BASTEI
LÜBBE

JERRY COTTON

JUBILÄUM

Der beste Mann der Mord-AG
Todesblumen aus Bangkok
Mein Mord-Kontrakt

Drei Kriminalromane

BASTEI LÜBBE

BASTEI LÜBBE TASCHENBUCH
Band 31 926

Erste Auflage: April 2000

Lektorat: Rainer Delfs
Titelbild: Bastei-Archiv
Umschlaggestaltung: QuadroGrafik, Bensberg
Satz: Fotosatz Steckstor, Rösrath
Druck und Verarbeitung: 49832
Société Nouvelle Firmin-Didot
27650 Mesnil-sur-l'Estrée, Frankreich
Printed in France
ISBN 3-404-31926-5

Sie finden uns im Internet unter
http://www.luebbe.de

Der Preis dieses Bandes versteht sich einschließlich der gesetzlichen Mehrwertsteuer

Der beste Mann der Mord-AG

Auf mein höfliches Klopfen an seine Tür gab Zacco Turner die denkbar unhöflichste Antwort: eine lange Serie aus einer Maschinenpistole.

Die Kugeln durchschlugen das dünne Holz. Splitter spritzten durch die Luft. Ich preßte den Rücken links von der Tür gegen die Wand. Rechts stand Phil. Aufrecht und starr wie Schildwachen der englischen Königin rahmten wir Zaccos Tür ein, obwohl er nicht die leiseste Ähnlichkeit mit einer Königin hatte, sondern als Killer für Kassmans Mord-AG arbeitete. Auch das Haus war alles andere als ein Palast. Turner veranstaltete sein Feuerwerk in einem vergammelten Fünf-Etagen-Bau der Lower East Side.

Sein gezielter Salut zu unserem Staatsbesuch dauerte fünfzehn Sekunden. Dann brüllte er zur Begrüßung: »Ich schick euch zur Hölle, G-men!«

G-men!

Woher wußte Zacco, wer vor seiner Tür stand? Doch im Augenblick blieb die Frage zweitrangig.

Wie üblich verlegten wir uns aufs Überreden. »Gib auf, Zacco! Du kannst dir den Weg nicht freischießen.«

»Ich lege jeden um!«

»Unsinn, Zacco! Du kannst nicht drei Dutzend Polizisten umlegen. Die Straße ist abgeriegelt.«

Der Satz entsprach nicht unbedingt der lauteren Wahrheit. Nichts war abgeriegelt. Nirgendwo warteten schußbereite Cops. Nur Phil und ich standen Zacco im Wege und hofften, daß er nichts davon ahnte.

Überall im Haus schrien Menschen, schlugen Türen, bebten die Holztreppen unter den Füßen der Bewohner, die ins Freie drängten. Auf dem Podest zur fünften Etage erschien eine mächtige farbige Mammy, die zwei plärrende Kleinkinder an die gewaltigen Brüste preßte.

Ich winkte heftig mit den Armen. »Zurück in die Wohnung! Schließen Sie die Tür!«

Jammernd rief sie die Heiligen um Hilfe an. Die Kinder legten noch einen Zahn an Lautstärke zu. Das Gebrüll und Geschrei im Haus hielt an. Und zur Krönung des Wirrwarrs drückte Zacco noch einmal auf den Abzug.

Vier Kugeln durchschlugen das Türblatt und knallten ins Holz der Treppe, auf deren Podest die Mammy stand. Sie heulte auf wie eine Schiffssirene und drehte ab. Himmel, welche Kehrseite! Krachend fiel hinter ihr die Wohnungstür ins Schloß. Wir konnten uns wieder mit Turner beschäftigen.

»Als Kronzeuge gegen Kassman gibt dir der Richter eine faire Chance, Zacco! Sei vernünftig, und komm raus!«

»Bei mir ist eine Frau!« schrie er. »Wenn ihr reinkommt, knall ich sie ab! Los, Baby, sag's ihnen! Sag den Schnüfflern, daß ich dir die Mündung an deine Birne halte! Sag's ihnen, zum Teufel!«

Es war kein Bluff. Eine Frau rief schluchzend: »Bitte, Zacco! Tu's nicht! Laß mich gehen! Bitte! Ich bin doch nur raufgekommen, weil du – du hast bekommen, was du wolltest! Laß mich gehen! Ich verlange kein Geld.«

Das Klatschen der Schläge war deutlich zu hören. Die Schmerzensschreie der Frau gingen in lautes Weinen über, das Zacco überbrüllte: »Alles klar, G-men? Ich schwöre euch, ich besorg's ihr!«

Kein Zweifel, Zacco hielt eine Frau in seiner Gewalt, vermutlich ein Mädchen, das er von der Straße mitgelotst hatte. Damit hatten wir nicht gerechnet. Schließlich war es elf Uhr vormittags. Doch wirklich nicht die übliche Zeit für – na ja, Sie wissen schon.

Eine Frau in Turners Wohnung! Das änderte die Lage.

Ob Professorentochter oder Straßennutte, Gewaltaktionen kamen nicht mehr in Frage. Jetzt mußten wir uns auf eine lange Belagerung und viel Geduld einrichteten, und dazu brauchten wir die Cops.

Phil gelangte zur gleichen Erkenntnis und holte das Walkie-talkie aus der Tasche. Er rief das Hauptquartier und sagte, sie sollten die City Police veranlassen, ein paar Streifenwagen und eine Special Action Squad in die Hester Street zu schicken.

Es war inzwischen ziemlich still geworden, im Haus und auch in Turners Wohnung. Phil sagte: »Roger! Bitte, bestätigen!«

Plötzlich preßte er das Walkie-talkie ans Ohr, lauschte angespannt, winkte mir heftig zu und zeigte aufs Gerät.

Ich holte mein Walkie-talkie heraus und folgte Phils Beispiel.

»... über die Feuerleiter aufs Dach, Zacco!« hörte ich eine Männerstimme. »Beeil dich!« Trotz des Rauschens vieler Störungen waren die Worte gut zu verstehen.

»Die Bullen schießen mich von der Leiter!« Das war Zacco Turners Stimme. Zacco flüsterte, damit wir ihn nicht auf direktem Weg hörten.

»Es gibt keine Bullen in der Straße! Nur die beiden G-men vor deiner Tür. Verdammt, warum hast du nicht früher auf das Rufzeichen reagiert? Schnell! Geh aufs Dach und ...«

»Zwei Bullen kann ich mit der MPi umnieten! Sie haben nur einfache Kanonen und ...«

»Die kannst du nicht umnieten. Das sind Top-Jungens. Cotton und Decker!« Der Mann sprach mit schneidender Schärfe: »Verdammter Armleuchter, wenn du nicht in drei Minuten auf dem Dach auftauchst, laß ich dich in deiner Scheiße ersticken!«

»Ich benutz die Nutte als Geisel!«

»Sie hindert dich nur!«

»Nein, sie ist mein einziger Schutz!« beharrte Turner. »Ich gehe nicht ohne sie ...«

»Schlepp sie meinetwegen mit, aber beeil dich!«

»Okay, okay, ich komme!«

Ich nickte Phil zu, verständigte mich mit ihm über die Rollenverteilung durch ein Handzeichen und flitzte die Treppe zur 5. Etage hoch.

Alle Wohnungstüren waren verschlossen. Mir blieb keine Zeit für ein langes Öffnungspalaver. Zweimal trat ich vors Schloß. Die Tür sprang auf.

Die zweite Begegnung mit der überaus fetten Mammy und ihren jaulenden Sprößlingen. Sie stand im kleinen Flur und füllte ihn ziemlich vollständig aus. Ich quetschte mich an ihr vorbei und grinste sie unter Aufbietung aller Gesichtsmuskeln so immens freundlich an, daß ihr das Hilfegeschrei in der Kehle erstarb.

Die nächste Tür stieß ich mit der Schulter auf und platzte in die Küche. Auf dem Herd qualmte es aus drei Töpfen. Auf einem zerschlissenen Sofa lag ein magerer Mann in Unterwäsche, ein Weißer, und schnarchte. Mit jedem Atemstoß blies er eine Wolke Fuseldunst in die stickige Luft.

Ich ging zum Fenster und schob es hoch.

Die Feuerleiter verlief als Stahltreppe im Zickzackmuster in der Hausmitte. Eine Etage tiefer sah ich Zacco Turner, der sich aus der Fensteröffnung wand und das Mädchen mitzerrte. Wir hatten ihn wirklich übel gestört, denn er trug nur eine Hose und war barfuß.

Das Mädchen war eine knallige Blondine, bekleidet mit einem schwarzen Slip und ihrem langen strohblonden Haar. Mit der linken Hand hatte Zacco sie gepackt. In der rechten hielt er eine Uzi-Maschinenpistole, eine überaus handliche Kugelspritze, bei kapitalistischen Gangstern nicht weniger beliebt als russische Kalaschnikows bei linken Terroristen.

Als die Schüsse fielen, steckte das Mädchen noch zur Hälfte im Zimmer. Ich sah, daß Zacco getroffen wurde. Die Wucht der Einschläge warf seinen Körper nach vorn, bevor die Knie nachgaben und Zacco zusammenbrach. Er kippte seitlich weg.

Die Uzi schlug scheppernd auf eine Stahlstufe. Sekundenlang hielt ihn das Gegengewicht der Frau, in deren Haar er seine linke Hand gekrallt hatte. Dann verloren seine Finger die Kraft. Der Griff löste sich. Zaccos Körper rutschte kopfüber die Stalltreppe hinunter, bis das Gittergeländer ihn auffing und festhielt.

Unten schrien die Leute. Die Hester Street ist schmal. Keine Midtown Avenue, nur eine alte Wohnstraße mit verfallenen Häusern. Aus allen Fenstern starrten neugierige Gesichter.

Wo war der Schütze? Aus welchem Fenster, von welchem Dach hatte er geschossen?

Ich glaubte, eine Bewegung zwischen den Dachaufbauten eines Hauses zu sehen, das zwanzig Yards weiter straßenaufwärts stand.

Ich warf mich herum und raste durch die Küche. Der Betrunkene schnarchte unverändert. Ich war zu hastig und rannte voll in die Mammy rein. Erst im zweiten Anlauf konnte ich mich an ihr vorbeiquetschen.

Phil stürzte aus Turners Wohnung.

»Weißt du, wo?« schrie er.

»Das braune Haus auf der anderen Seite!«

Wir rasten die Treppen hinunter, stürzten aus dem Eingang und überquerten die Fahrbahn. Viel zu viele Menschen standen uns im Weg, und im Eingang des Hauses mit dem abblätternden braunen Anstrich ballte sich eine Gruppe Frauen und Kinder. Wir verloren kostbare Sekunden. Das Haus hatte fünf Etagen wie der Bau, in dem wir Turner aufgespürt hatten. Von der letzten Etage führte eine schmale und steile Treppe aufs Dach.

Alte New Yorker Hausdächer haben mehr Aufbauten als ein Schiffsdampfer. Kamine, Entlüftungsschächte, Antennen, Kaninchenställe und Abstellverschläge stehen wild durcheinander. Dazwischen ist jede Menge Gerümpel.

Phil fand die Waffen neben einem gemauerten Kamin, ein Repetiergewehr mit abnehmbarem Schaft. Fünf Schritte weiter lag ein japanisches Walkie-talkie. »Wir hätten ihm auf der Treppe begegnen müssen«, sagte Phil.

Nein, auch wenn wir schneller gewesen wären, hätten wir ihn nicht auf der Treppe abfangen können. Er hatte das Haus auf anderem Weg verlassen. Erst bei gründlicher Nachsuche durch die Spurensicherung des Homicide Department entdeckte ein Beamter das Seil, das Turners Mörder um die Stahlsäule einer TV-Antenne geschlungen hatte und das auf der Hausrückseite bis auf den Grund des Lichtschachtes fiel.

»Wenn er sich daran abgeseilt hat, muß er sich körperlich in Bestform befinden«, stellte Phil fest.

Auf der anderen Straßenseite in Turners Wohnung lief die Untersuchung in üblicher Routine ab. Zaccos Leiche wurde fotografiert. Der Polizeiarzt stellte den Tod fest, bevor der Körper in einer Zinkwanne abtransportiert wurde.

Das blonde Mädchen war mit ein paar Kratzern und einem mittleren Schock davongekommen. Sie war fähig, unsere Fragen zu beantworten.

Turner hatte sie um zehn Uhr in einem Coffee Shop aufgerissen und in seine Wohnung mitgenommen. Nach dem ersten Durchgang war Turner eingeschlafen. Die Blonde hatte das Zimmer nach etwas Trinkbarem abgesucht, war im Eisschrank fündig geworden und mit einem gut gefüllten Glas ins Bett zurückgekehrt. Sie hatte sich von dem ständigen Summen und Blinken gestört gefühlt, das ein schmales schwarzes Gerät auf dem Nachttisch von sich gegeben hatte. Sie wußte, wie ein Walkie-talkie aussah, aber sie konnte es nicht bedienen. Schließlich hatte sie Zacco Turner so lange geschüttelt, bis er aufgewacht war.

»Irgendwer will dich sprechen.«

Turner hatte sich das Walkie-talkie geschnappt und ins Mikro gesagt: »Was ist los?« Im selben Augenblick hatten wir an die Tür geklopft. Turner war aus dem Bett zum Kleiderschrank gehechtet, hatte die Türen aufgerissen, die Maschinenpistole aus dem Versteck geholt und sofort losgeballert.

»Lagen Sie noch im Bett, Miss?« fragte Phil freundlich.

Sie nickte. »Ich war starr vor Schreck. Als er sich nach den ersten Schüssen auf mich stürzte, dachte ich, er würde mich umbringen.«

»Wann griff er wieder nach dem Walkie-talkie?«

»Es war eingeschaltet, und ein Mann rief immer wieder Zaccos Namen, bis er schließlich das Gerät aufnahm und sagte: ›Was soll ich tun?‹«

»Nannte Turner seinerseits einen Namen?«

»Nein, ich erinnere mich nicht.«

»Danke, Miss! Wir freuen uns, daß Sie den Zwischenfall unbeschadet überstanden haben.«

Sie war schon wieder in Form und lächelte Phil vielversprechend an. »Ich möchte mich bei Ihnen bedanken,

G-man. Wenn Sie mich nicht so schnell von der Feuerleiter in die Wohnung zurückgezogen hätten, wäre auch ich ein Opfer des Mörders geworden.«

»Nicht der Rede wert«, antwortete Phil. »Hoffentlich habe ich Sie nicht zu hart angefaßt.«

»Ich denke, Sie haben gespürt, daß ich nicht aus Watte bin.« Phil drängte zur Tür. Es war höchste Zeit, das Gespräch zu beenden.

Volle zweihundertfünfzig Pfund brachte Joe Kassman auf die Waage. Wenn er sich zwischen den Tischreihen seines Restaurants hindurchschob, begannen manche Gäste, schneller zu essen, aus Furcht, Kassman könnte ihnen die Schüssel wegnehmen. Er erweckte den Eindruck absoluter Unersättlichkeit.

Das Restaurant befand sich in einem schmalen, alten Haus der Front Street, überragt vom vielzackigen Gebirge der Downtown-Wolkenkratzer, eins der seltenen alten Häuser, die von der Bodenspekulation nicht gefressen worden waren und bis auf Widerruf schwarz und schäbig ihr Dasein zwischen Stahl- und Betontürmen fristeten.

Kassmans Restaurant hieß *The Kitchen.* Er hatte alle vier Etagen des Hauses und sämtliche Anbauten gemietet, *The Kitchen* einen Speak-easy-Look gegeben und die Räume im Stil einer Gangsterkneipe der Prohibitionszeit eingerichtet. Es gab Hinterzimmer, einen Billardraum, Brandy in Kaffeetassen und italienische Gerichte. Die Spekulation mit der Nostalgiewelle zahlte sich aus. *The Kitchen* entwickelte sich zu einem vielbesuchten Restaurant, und es entwickelte sich zu genau dem, was es zu sein vorgab: zu einem Treffpunkt für Gangster.

Gegen Gangster war Joe Kassman nicht allergisch. Er selbst hatte seine Laufbahn als Buchmacher begonnen, bis er zu dick geworden war, um beim Einkassieren der Wetten täglich viele Treppen zu steigen. Über einige Zwischenstufen hatte er sich zum Chefberater des Faranghi-Syndikats aufgeschwungen.

Die Faranghis, Vater Jerome, drei Söhne und ein rundes Dutzend Vettern, waren mit ein paar Millionen Dollar Startkapital aus dem Libanon in die Staaten gekommen und hatten versucht, einen Anteil am New Yorker Rauschgiftmarkt zu erobern. Nach anfänglichen Erfolgen waren Jerome, zwei Söhne und der eine oder andere Vetter auf der Strecke geblieben. Der Rest des Clans hatte einen hastigen Rückzug in den Libanon angetreten.

Obwohl Joe Kassman ein wichtiger Mann in der Faranghi-Organisation war, wurde ihm nie ein Haar gekrümmt. Auch später blieb er ungeschoren.

Wir brauchten ein Jahr, bis wir die Zusammenhänge durchschauten.

Nach den ersten Erfolgen der Libanesen hatten die Bosse von fünf Syndikaten, deren Geschäfte bereits durch die Aktivität der Faranghis gelitten hatten, ihre internen Streitigkeiten begraben und sich auf die Gründung einer Organisation verständigt, mit deren Hilfe die Konkurrenz ausgeschaltet werden sollte. Sie hatten sich verhalten wie die Gründer einer normalen Aktiengesellschaft, hatten pro Kopf fünfzigtausend Dollar als Startkapital eingezahlt und die Verpflichtung übernommen, ein Fünftel der Kosten zu tragen. Dann hatten sie nach einem geeigneten Geschäftsführer Ausschau gehalten und waren auf den grandiosen Gedanken verfallen, Joe Kassman den Posten anzubieten.

Ohne Skrupel und ohne Zögern hatte Kassman angenommen. Acht Monate später waren die wichtigsten Faranghi-Männer tot, erschossen von Killern, die Kassman angeheuert und denen er die Gelegenheit verschafft hatte, an ihre Opfer heranzukommen.

Die Aktiengesellschaft hatte ihre Aufgabe erfüllt. Sie hätte liquidiert werden können. Statt dessen geschah, was schon einmal mit einer Mord-AG in den zwanziger Jahren geschehen war. Sie existierte als selbständige Firma weiter, unabhängig auch von ihren Gründern, ein Dienstleistungsunternehmen für jedermann, der einen Mord brauchte und bereit war, dafür zu zahlen.

Der Name blieb erhalten.

Mord-AG.

Die Geschäfte führte ein übergewichtiger Restaurantbesitzer: Joe Kassman.

Im Erdgeschoß von *The Kitchen* servierten ein halbes Dutzend Kellner Schnellgerichte für Clerks und Sekretärinnen der nahen Bürotürme.

Eine steile Treppe führte zur ersten Etage hinauf. Dort standen die Tische in Nischen. Die Speisekarte war umfangreicher und enthielt die berühmten Leibgerichte der großen Gangster: Makkaroni á la Carbonara, Saltimbocca und gefüllter Fisch.

Kassman stand neben der Kasse, sprach mit der Kassiererin, einer jungen Farbigen, und tätschelte die geschwungene Rückseite des Mädchens, das wehrlos lächelte. Als Kassman uns erblickte, ging ein breites Lächeln auf seinem Gesicht auf. Er flüsterte dem Mädchen etwas zu, lachte laut, und ihr blieb keine andere Wahl, als mitzulachen. Kassman ließ ihre Rückseite in Ruhe und wandte sich uns zu.

Er war ein Sechs-Fuß-Mann mit einem kantigen Schädel, auf dem eisgraues Stoppelhaar wuchs. Die blauen Augen standen weit auseinander. Die Nase war kurz und knollig, der Mund breit mit dicken Lippen. Ein strammer Bauch wölbte die Jacke. Er ging auf übergroßen Füßen, für die er Schuhe nach Maß anfertigen lassen mußte. Seine Erscheinung erinnerte an einen Grizzlybären.

»Willkommen zum Lunch, G-men!« trompetete er. »Es ist eine hohe Ehre für *The Kitchen*, wenn New Yorks Edelschnüffler ihre leichtverdienten Steuerdollars bei uns verfrühstücken. Der Küchenchef empfiehlt heute Ossobucco oder, falls ihr jiddische Küche vorzieht, Hechtklößchen in Sauerrahm.«

»Jack Turner, genannt Zacco, der beste Mann deiner Mord-AG, ist tot«, sagte ich.

Er gab sich keine Mühe zu verbergen, daß die Nachricht für ihn nicht neu war.

»Tut mir leid um Mr. Turner. Er war häufig Gast in meinem Restaurant. Daher kenne ich ihn. Ich betreibe nämlich ein Restaurant, G-men, und nicht eine Aktiengesellschaft für Mord, wie ihr immer wieder behauptet.«

»Wir wollen dir ein paar Fragen stellen, Kassman.«

»In Ordnung, ich stehe zur Verfügung. In der Ecke ist ein Tisch frei.«

Er führte uns zu einem Nischentisch, ließ sich auf einen Stuhl fallen und winkte dem Kellner.

»Was wollt ihr essen?« fragte er uns.

Phil und ich lehnten ab. »Wenigstens einen Drink?«

»Auch keinen Drink.«

»Hoffentlich erlaubt ihr, daß ich etwas esse?« Er beauftragte den Kellner, ihm Wein und Muscheln in Safran zu bringen.

»Legt los!« sagte er, sobald sich der Kellner entfernt hatte.

»Wann hast du Turner zuletzt gesehen?«

»Ich schätze, daß er zum letztenmal vor ungefähr drei Wochen zum Lunch kam.«

»Richtig! Du schicktest ihn nach Atlanta, wo er am achten August Fanny Wortigo erschoß.«

»Ich kenne keine Fanny Wortigo.«

»Niemand behauptet, daß du die Menschen, auf die du einen Killer ansetzt, persönlich kennst. Für dich sind sie ja nur ein Auftrag.«

Der Kellner brachte den Wein und füllte ein Glas aus der Karaffe. Kassman kostete und grunzte zufrieden.

»Noch nie war ich in Atlanta«, sagte er und setzte das Glas ab.

»Fanny Wortigo verwaltete einen Nachtclub für das Greenwood-Syndikat, wobei sie dick in die eigene Tasche wirtschaftete. Außerdem verzieh sie Nathaniel Greenwood die jüngere Freundin nicht, die er an ihre Stelle gesetzt hatte. Als Greenwood sie wegen der Unterschlagungen feuern wollte, drohte sie ihm mit Anzeigen und Enthüllungen. Da er tatsächlich ein paar saftige Spritzer auf der Weste hatte, zum Beispiel Prostitution, Rauschgiftdeals, Alkoholpanscherei, Steuerhinterziehung und so weiter, entschloß er sich für den radikalen Weg, um seine Exfreundin loszuwerden. Am vierzehnten Mai, Kassman, hat Nathaniel Greenwood in deinem Restaurant gegessen und sich mit dir über den Auftrag zur Tötung von Fanny Wortigo verständigt.«

»Es steht schlecht um mich.« Aus Kassmans Stimme troff Spott wie Fett aus einem Weihnachtskrapfen. »Wenn Mr. Greenwood ein Geständnis unterschrieben hat, werde ich auf dem elektrischen Stuhl enden.«

Der Kellner servierte eine Terrine, aus der der Duft scharfer Gewürze aufstieg. Kassman stopfte sich eine große Serviette in den Hemdkragen und begann, den Inhalt der Terrine in sich hineinzuschaufeln.

»Hat Mr. Greenwood gestanden?« fragte er zwischen zwei Löffeln.

Natürlich hatte Greenwood nicht gestanden. Was ich Kassman vorhielt, war die Rekonstruktion der Tat und ihrer Motive. In der Nacht, in der Turner die Frau erschoß, hatte sich Greenwood bei einem Meeting der Republikanischen Partei befunden und sogar eine große Rede geschwungen, die ihm ein Fünfhundert-Personen-Alibi verschaffte. Nein, weder Greenwood noch Kassman konnten wir wegen des Mordes in Atlanta verhaften.

Zacco Turner hätten wir verhaften können, denn er hatte schlampig gearbeitet und sein Opfer vor Augenzeugen getötet. Zwei zufällige Zeugen waren Beamte der Atlanta City Police, die sich zwar selbst in einer verfänglichen Situation befunden hatten, in Zivil und mit spärlich bekleideten Mädchen auf den Knien, aber Turner mit hundertprozentiger Sicherheit als Täter identifizierten.

Aus und vorbei! Das Glückslos hatte sich im letzten Augenblick als Niete entpuppt. In unserem Kampf gegen die Mord-AG besaßen Haftbefehl und Zeugenaussagen gegen Zacco Turner nur noch den Wert von Altpapier.

»Ihr solltet die Muscheln versuchen«, sagte Kassman. »Sie schmecken phantastisch.«

Ein Mann trat an unseren Tisch. Ohne jede Einleitung stellte er die Frage: »Sind Sie Polizeibeamte? Detektive?«

Ich erinnerte mich, ihn beim Heraufkommen an einem Tisch in der Nähe der Treppe gesehen zu haben, zusammen mit einer jungen Frau. Die Frau saß noch an diesem Tisch.

»Scher dich zum Teufel!« schrie Kassman.

Der Mann war jung, Anfang dreißig. Das blonde Haar

trug er halblang. Er hatte das glatte, nicht besonders ausgeprägte Gesicht eines Collegeschülers, zu dem die schmalen, zusammengekniffenen Augen mit ihrer grüngrauen Iris schlecht paßten.

»Wer sind Sie?« fragte ich.

»Robert Gilbride von R&G News Agency.«

»Reporter?«

Er machte eine ungeduldige Handbewegung. »Natürlich! Zu welcher Sorte Polizei zählen Sie? City? State? Federal?«

Kassman warf den Löffel in die Terrine. Die Safransauce spritzte. »Ich gebe dir fürs Verschwinden drei Sekunden!« brüllte er.

»Vermuten Sie auch, daß Joe Kassman Boß und Organisator der neuen Mord-AG ist?« fragte der Reporter unbeirrt.

Kassman wuchtete sein ganzes Gewicht so heftig in die Höhe, daß der Stuhl umstürzte, und nahm sich den Blonden zur Brust. Gilbride leistete Widerstand. Obwohl er mindestens hundert Pfund weniger wog, schien er gut trainiert zu sein. Ohne offen zuzuschlagen, machte er Kassman das Leben schwer, bis dieser es aufgab, seinen Gegner durch schieres Gewicht zur Treppe zu drängen, und wutentbrannt versuchte, den Mann zusammenzuschlagen. Ich sah, daß die junge Frau aufgestanden war und mit einer Pocketkamera Aufnahme nach Aufnahme von Kassmans Angriff auf ihren Begleiter schoß.

Die Kellner griffen ein. Sie packten Gilbride und rissen ihm die Arme auf den Rücken, so daß er wehrlos war.

Kassman zögerte keine Sekunde. Er rammte dem Wehrlosen die Faust tief unter die Gürtellinie. Gilbride sackte zusammen. Kassman holte mit der Rechten aus.

»Hör auf, Kassman!« rief ich scharf.

»In die Gosse mit dem Bastard!«

Ich beobachtete, wie die junge Frau die Kamera zusammenschob, zum Tisch zurückging und nach ihrer Schultertasche griff. Sie warf ein paar Geldscheine auf den Tisch und wandte sich zur Treppe.

Kassman versperrte ihr den Weg. »Gib den Film raus, verdammtes Flittchen!«

Sie war mittelgroß, braunhaarig, weder hübsch noch häßlich und nicht besonders gut angezogen mit dem verdrückten blauen Rock und einer Bluse, die eine baldige Wäsche bitter nötig hatte.

»Lassen Sie mich gehen!« zischte sie Kassman an.

Er hielt sie mit einer groben Handbewegung zurück. »Den Film!« wiederholte er. »Glaub mir, Süße, du wärst nicht die erste Nutte, der ich ein Make-up verpasse, das sich nicht abschminken läßt.«

Phil drängte sich zwischen Kassman und die Frau. »Hör auf, den wilden Stier zu spielen!« sagte er ruhig.

»Niemand hat das Recht, in meinem Haus ohne meine Einwilligung herumzufotografieren!«

Phil streckte die Hand aus. »Geben Sie den Film mir!«

»Ihnen so wenig wie dem Fettwanst!« rief sie schrill.

»Dann beschlagnahme ich ihn!« Phil zeigte ihr die ID Card. »Fotos von FBI-Agenten dürfen nur mit ausdrücklicher Erlaubnis veröffentlicht werden.«

»Ich habe nicht Sie fotografiert.«

»Mag sein, aber es besteht die Möglichkeit, daß wir auf den Bildern zu sehen sind. Wir entwickeln den Film.« Einen Grad energischer befahl er: »Beeilen Sie sich!«

Sie gehorchte, öffnete die Kamera und gab den Film ab.

»Kann ich gehen?« fragte sie. »Ich muß mich um Bob kümmern. Wer weiß, ob dieses Schwein ihn nicht umgebracht hat.«

Kassman hob den Arm. Phil fing seine Hand ab.

»Warten Sie auf der Straße auf uns, Miss.«

Sie ging zur Treppe, und Kassman brüllte ihr nach: »Laß dich hier nie wieder blicken, oder ...« Den zusammengeschlagenen Reporter hatten die Kellner schon nach unten getragen.

Nur langsam verebbte die Zornesröte in Kassmans grobem Gesicht.

»Räumt auf!« herrschte er seine Kellner an und stampfte nach vorn, wo die Treppe nach oben in die dritte und vierte Etage führte, in denen seine privaten Räume lagen.

»Kennst du den Mann?« fragte ich Kassman.

»In den letzten Wochen war er oft hier. Er bestellte wenig, saß aber stundenlang mit seiner Nutte herum. Ich erinnere mich, daß er dauernd Notizen machte.« Er schlug sich vor die Stirn. »Mir fällt ein, daß einige meiner Leute mir berichteten, ein Mann habe sich an sie herangemacht und versucht, sie über mich auszufragen. Ich dachte nicht weiter darüber nach, weil ich annahm, es handle sich um einen Schnüffler von eurer Sorte. Reporter sind schlimmer.«

»Warum?«

Er grinste, aber seine schlechte Laune war noch nicht verflogen. Das Grinsen fiel dünn aus.

»Ihr braucht Beweise. Den Sensationshyänen genügen Gerüchte. Was sie veröffentlichen, kann einen Mann ruinieren, auch wenn die Story erstunken und erlogen ist.«

»Um welche Firma sorgst du dich?« fragte ich. »Um *The Kitchen*? Oder um die Mord-AG?«

Fünf Sekunden lang starrte er mich wortlos an. Dann stampfte er die Stufen hinauf, drehte sich aber auf der halben Treppe noch einmal um.

»Wenn ich eine Aktiengesellschaft für Mord leitete«, sagte er, »würde ich meinen besten Mann auf diese Zeitungshyäne ansetzen.«

Gilbride saß auf dem Bordstein. Er hielt den Kopf in den Nacken gelegt. Die junge Frau kniete neben ihm und bemühte sich, mit Papiertaschentüchern das Blut zu stillen, das aus seiner Nase und den aufgeplatzten Lippen sickerte. In kurzen Abständen warf sie ein vollgesogenes Tuch in den nahen Gully.

»Lill sagte mir, daß Sie FBI-Agenten sind«, näselte der Reporter unter dem Tuch hervor. »Also hat mich meine Nase nicht getrogen.«

»Ihre Nase wird Ihnen in den nächsten vier, fünf Tagen ziemlich viel Kummer bereiten«, antwortete ich. »Warum nannten Sie Joe Kassman den Boß der neuen Mord-AG?«

»Weil er es ist!«

»Wer hat Ihnen das erzählt?«

»Ich habe es herausgefunden.«

»Uns würde interessieren, wie Sie es herausgefunden haben.«

»Okay, ich erzähle Ihnen alles, aber nicht hier im Rinnstein. Lill, hilf mir auf die Füße!«

Als er stand, lächelte er uns beim Wechsel der Papiertücher an. »FBI-Agenten! G-men! Genau der Kontakt, den ich mir gewünscht habe.«

Er wies auf das Mädchen. »Lilly Karpow! Sie hilft mir in allen Lebenslagen.«

»Der G-man beschlagnahmte den Film«, sagte sie.

Gilbride blickte Phil an. »Warum?«

»Geben Sie zu, daß es ein abgekartetes Spiel war!« Phil lächelte. »Sie provozierten Kassman. Sie wollten, daß er sich auf Sie stürzte, damit Ihre Freundin Fotos schießen konnte, die Kassmans Brutalität dokumentieren.«

Er zuckte mit den Schultern. »Die Bilder sind nicht wichtig. Ich will nicht beweisen, daß Kassman Gäste zusammenschlägt, sondern daß er die Mord-AG leitet. Trinken Sie einen Schluck mit mir, G-men! Ich erzähle Ihnen alles, was ich über Kassman herausgefunden habe, und Sie revanchieren sich mit ein paar exklusiven Tips.«

Wir wählten einen Coffee Shop in der Maiden Lane. Gilbride gab uns seine Karte mit Adresse und Telefonnummer.

»East 11th Street 102«, las Phil laut. »Ihre Privatadresse oder die Adresse der News Agency?«

»Beide sind identisch. Ich bin die News Agency. Die Buchstaben R und G stehen für Robert Gilbride.«

»Erzählen Sie von sich, Robert!«

»Vor fünfzehn Monaten war ich noch Lieutenant der Green Berets. Ich verlängerte meine Verpflichtung nicht, kehrte nach New York zurück und versuche seitdem, Karriere als Journalist und Reporter zu machen. Einige kleine Storys konnte ich verkaufen. Was mir fehlt, ist der große Knüller, die Superstory, die von allen Zeitungen und TV-Sendern des Landes übernommen wird und meinen Namen bekannt macht.«

»Sie glauben, Kassman und *The Kitchen* wären der richtige Stoff?«

»Kassman, seine Mord-AG und die Auftraggeber, für die er Morde ausführen ließ. Das Restaurant dient nur als Tarnung und als Treffpunkt.«

Seine Nase begann anzuschwellen, und noch immer tröpfelte Blut.

»Am wichtigsten für mich sind die Auftraggeber. Ich spreche nicht von Gangstern, die die Dienste der Mord-

AG in Anspruch nahmen, um Mitwisser oder Konkurrenten zu beseitigen. Solche Verbrechen interessieren das Publikum wenig. Kassmans Firma hat für ganz andere Leute gearbeitet. Zum Beispiel für Millionärssöhne, die endlich an die Millionen ihrer Väter herankommen wollten. Für junge Frauen, die genug vom alten Ehemann hatten. Und umgekehrt für Männer, die die Scheidungskosten sparen wollten. Kassman hat Managern Mitbewerber um Präsidentenposten von Großkonzernen aus dem Weg geräumt. Seine Killer haben dafür gesorgt, daß Bestechungsaffären nie aufgedeckt wurden.«

In Gilbrides Augen glühten fanatische Funken. »G-men, wenn ich der Nation erzähle, welche Leute mit großen Namen die Ermordung der Männer und Frauen bezahlt haben, an deren Grab sie als Trauernde in der ersten Reihe standen, werden Erschütterungen Amerikas Gesellschaftsgefüge durchrütteln wie nicht mehr seit Watergate.«

»Sie phantasieren, mein Freund!«

»Glauben Sie? Ich nenne zwei Namen: Phyllis Ryler und Anthony Croft. Kennen Sie die Namen?«

»Ja, die Namen kennen wir«, antwortete Phil.

»Phyllis Ryler verlor ihren Mann durch einen ungeklärten Motorbootunfall vor Florida und erbte die Ryler-Warenhauskette. Anthony Croft besitzt große Anteile an einer Baufirma. Er ließ zwei Prüfingenieure der Regierung beseitigen, die Abrechnungen über Straßenbauarbeiten beanstandet hatten. Ein Ingenieur wurde bei einem vorgetäuschten Straßenraub erstochen. Der andere verschwand von der Bildfläche. Seine Leiche konnte nie gefunden werden.«

Phil und ich wechselten einen schnellen Blick. Die Fälle, die Gilbride erwähnte, standen auch in unseren Akten.

»Wer hat Sie auf die Mord-AG aufmerksam gemacht?«

»Als Green-Berets-Lieutenant hielt ich mich mit einer kleinen Einheit zur Unterstützung einer CIA-Aktion im Libanon auf. Dabei lernte ich einen Mann mit dem Namen Hassan Faranghi kennen. Von ihm erfuhr ich die Geschichte seines Clans und die üble Rolle, die Kassman bei der Zerschlagung gespielt hatte.«

»Besitzen Sie Beweise gegen Kassman?«

»G-man, Sie wissen so gut wie ich, daß Kassman noch nie einen Mord eigenhändig begangen hat. Er ist der Organisator und der große Vermittler. Er nimmt die Aufträge an, läßt das Opfer beobachten, beschafft Waffen und Ausrüstung und schickt den Killer im richtigen Augenblick.«

»Mit anderen Worten, Robert: Ihre Hände sind leer.«

Er zögerte einige Sekunden, bevor er sich an Lilly Karpow wandte: »Zeig den G-men das Foto!«

Sie öffnete die Schultertasche und gab Gilbride ein Foto, der es vor uns auf den Tisch legte.

»Das ist der Mann, der Beweise gegen Joe Kassman liefern könnte, weil er mindestens fünf Morde im Auftrag der Mord-AG ausgeführt hat. Er heißt Jack Turner. Seine Freunde nennen ihn Zacco. Er ist der beste Mann der Mord-AG.«

»Vielleicht war er's«, sagte Phil. »Heute morgen wurde er von einem besseren erschossen.«

Der Betrieb in *The Kitchen* lief bis Mitternacht. Nach elf Uhr waren noch viele Tische in der ersten Etage besetzt. An Tisch Nr. 6 bewirtete Benny Merlot, ein Racketboß vom anderen Ufer aus South Brooklyn, seine Unterführer. Nebenan ließ sich Carlo Canuzzi von zwei Starlets aus dem eigenen Bestand verwöhnen. Die Mädchen waren Mitglieder der Strip-Truppe, die Canuzzis Nightclubs in Schwung hielt. Auf der anderen Seite des Gangs verhandelte ein Großhehler mit dem Boß einer Bande, die sich auf Lastwagenraub spezialisiert hatte. Dazwischen saßen Direktoren, vier oder fünf Leute aus dem Showgeschäft und ein paar Touristen.

Kassman wandelte auf seinen gewaltigen Füßen zwischen den Tischreihen, begrüßte die Gäste und wechselte ein paar Worte mit ihnen. Canuzzi lud ihn zu einem Glas an seinen Tisch, und Kassman ließ sich die Gelegenheit nicht entgehen, an den Mädchen herumzufingern. Dabei beobachtete er eine Frau, die seit zwei Stunden allein am Tisch Nr. 9 saß. Sie hatte sich ein teures Menü servieren lassen, aber die einzelnen Gänge kaum angerührt. Statt dessen hatte sie vier große Whisky geleert. Immer wieder blickte sie zu Kassman herüber.

Er entschloß sich, ihr eine Chance zu geben, nahm die Hand vom Oberschenkel des Canuzzi-Mädchens, stand auf und watschelte zu Tisch 9.

»Guten Abend, Madam«, sagte er. »Ist das Menü nicht in Ordnung? Ich sah, daß Sie die Schüsseln kaum anrührten.«

»Ich bin nicht wegen des Essens gekommen«, stieß sie hervor, griff sofort nach dem Glas und setzte es an, obwohl es leer war.

Kassman winkte dem Kellner.

»Noch einen Scotch!« Er beugte sich zu der Frau. »Trinken Sie nicht zuviel! Sie brauchen einen klaren Kopf!«

Der Kellner brachte den Scotch.

»Einen dürfen Sie noch!« sagte Kassman.

Sie nahm das Glas, behielt es jedoch ohne zu trinken in der Hand.

»Können Sie mir bei der Lösung eines Problems helfen?« fragte sie.

Kassman zog einen flachen Schlüssel aus der Tasche und legte ihn auf den Tisch.

»Er paßt zur Tür auf der Hofseite. Kommen Sie um zwei Uhr morgens! Dann bin ich allein im Haus.«

Sie legte die freie Hand auf den Schlüssel. »Um zwei Uhr«, wiederholte sie.

»Der letzte Whisky geht auf Kosten des Hauses«, sagte Kassman.

Die Kassiererin verließ *The Kitchen* als letzte kurz nach ein Uhr morgens.

Joe Kassman ging in die dritte Etage hinauf. Er schloß die Dollars der Tageseinnahme in einen kleinen Tresor, zog die Jacke aus und zündete eine schwere Zigarre an.

Entspannt brachte er seinen feisten Körper in einem Sessel unter, legte die Füße hoch und blies Rauchkringel in die Luft. Trotz des Zwischenfalls mit Zacco Turner fühlte er sich nicht in Gefahr. Im Gegenteil bewies Zaccos Ende, daß die Sicherungen, die Kassman eingebaut hatte, funktionierten. Allerdings hätte er nicht so lange warten dürfen. Zacco hätte sofort beseitigt werden müssen, als feststand, wie leichtsinnig er in Atlanta gearbeitet hatte. Ohne Lesters Tüchtigkeit in letzter Sekunde wäre Turner von den G-men geschnappt worden.

Beim Gedanken an Lester verflog Kassmans gute Laune. In seiner Vorstellung glich die Mord-AG einem großen Spinnennetz, in dessen Mitte er, Kassman, saß und über tausend empfindliche Fäden alles erfuhr, alles entschied und alles steuerte.

Einzige Ausnahme blieb der Mann, der sich Lester

nannte. Er arbeitete für die Mord-AG, aber er entzog sich Kassmans Griff. Zwar führte er aus, was Kassman wünschte, doch die Methode, den Ort und die Zeit bestimmte er selbst.

Kassman wuchtete sich aus dem Sessel, öffnete einen Schrank und entnahm ihm ein großes Sprechfunkgerät. Sorgfältig überprüfte er die eingestellte Frequenz, zog die Antenne aus und sprach in das Mikrofon: »World Trade Center! World Trade Center!«

Er wußte, daß er mit einer unmittelbaren Antwort nicht rechnen konnte. Die drei Worte, die den Namen der höchsten Wolkenkratzer New Yorks bedeuteten, waren der einzige Faden in Kassmans Netz, der zu Lester führte, und Lester entschied darüber, wo, wann und auf welche Weise er den Kontakt aufnahm. Schon oft hatte Kassman die Code-Worte hundertmal ohne Antwort wiederholen müssen. Bei anderen Versuchen hatte Lester sofort reagiert. In dieser Nacht schlug nach zwei Minuten die Telefonklingel an. Kassman hob ab und meldete sich mit einem geknurrten »Hallo«.

»Hier spricht das World Trade Center.« Wie immer klang Lesters Stimme gequetscht und quäkend, weil er eine Metallfolie über die Sprechmuschel gelegt hatte.

»Zehn Riesen extra«, sagte Kassman. »Wohin soll ich sie schicken?«

»Zahl sie auf das Bahama-Konto ein!«

»Geht in Ordnung! Unser verstorbener Freund sollte den Auftrag in der Madison Avenue ausführen. Jetzt wird Hugh den Job übernehmen. Du kennst Hugh?«

»Er lieferte im Januar saubere Arbeit an der Westküste. Ich brauchte nicht einzugreifen.«

»Ich halte nicht viel von ihm. Bei Komplikationen verliert er leicht die Nerven. Paß scharf auf ihn auf!«

»Wenn er einen Fehler macht, werde ich ihn ausbügeln. Auf mich kannst du dich verlassen.«

»Du bist mein bester Mann. Ich wünschte, du würdest offen mit mir arbeiten.«

Lester lachte. Die Metallfolie verwandelte das Gelächter in ein häßlich scheppderndes Geräusch, das Kassman in den Ohren schmerzte.

»Irgendwann werde ich zum Essen in *The Kitchen* kommen«, sagte er.

»Hoffentlich gibst du dich zu erkennen. Ich weiß nichts von dir. Seitdem du zum erstenmal anriefst und …«

»Laß die alte Geschichte! Sprich über aktuelle Probleme! Wer wird die Arbeit in Harlem erledigen? Auch dafür hattest du unseren verstorbenen Freund vorgesehen.«

»Ich werde Malcolm einsetzen. Er ist selbst schwarz. Das erleichtert ihm den Job.«

»Bis wann müssen die Aufträge abgewickelt sein?«

»Madison Avenue wird noch in dieser Woche erledigt, Harlem bis zum Monatsende.«

Ein leises Klingelsignal ertönte und zeigte Kassman an, daß die Lieferantentür an der Hofseite geöffnet worden war.

»Wir müssen Schluß machen. Ich bekomme Besuch. Warum gibst du mir nicht eine Telefonnummer, unter der ich dich erreichen kann? Wozu immer wieder die umständliche Prozedur mit dem Walkie-talkie?«

»Weil ich nicht auffliegen will, wenn deine Firma Konkurs macht, Dicker!«

Ein Knacken verriet Kassman, daß Lester aufgelegt hatte. Er warf den Hörer auf die Gabel, nahm eine Taschenlampe und stampfte drei Treppen ins Erdgeschoß hinunter.

»Sind Sie hier?« fragte er laut und ließ den Lichtstrahl durch den Raum gleiten, bis die Frau erfaßt wurde.

Sie stand in dem schmalen Verbindungsgang zwischen Küche und Vorratsräumen. Kassman stellte fest, daß sie sich umgezogen hatte. Den Kaschmir-Mantel hatte sie gegen einen Trenchcoat ausgetauscht.

»Folgen Sie mir! Ich werde in den Restaurants kein Licht einschalten.«

Während sie die Treppe hinaufgingen, hielt sie sich dicht hinter ihm. Er hörte ihren Atem und konnte das Parfüm riechen.

Im Wohnzimmer forderte er sie auf, den Mantel abzulegen und sich in einen Sessel zu setzen.

»Heute abend tranken Sie Scotch. Nehmen Sie ein Glas?«

Sie nickte stumm und legte den Mantel ab, unter dem sie eine blaue Samthose und einen Seidenpullover trug.

Kassman schätzte ihr Alter auf ungefähr fünfunddreißig. Unter dem starken Make-up zeigte ihr Gesicht erste Spuren des Verfalls. Schrägstehende, grünliche Augen, breite Wangenknochen und ein starker Mund verliehen ihrem Aussehen etwas Katzenhaftes. Das schwarze Haar fiel in weichen Wellen bis auf die Schultern. Sie war mittelgroß. Wie das Gesicht verriet auch die Figur eine Andeutung erster Erschlaffung.

Er reichte ihr den Drink. »Wie heißen Sie?«

»Ich will meinen Namen nicht nennen. Wir können uns einigen, ohne daß wir erfahren, wie wir heißen.«

Kassman lachte. »Madam, Sie wissen längst, wie ich heiße. Bei einem schwierigen Geschäft sollte keine Seite einen Vorteil besitzen.«

»Wenn ich Sie mit Bargeld bezahle, kann Ihnen mein Name gleichgültig sein.«

Er setzte sich breit in einen Sessel und schüttelte den Kopf. »Sie kommen zu mir, weil Sie wollen, daß ich für Sie einen Menschen umbringen lasse«, sagte er mit brutaler Offenheit. »Bei einer solchen Bestellung kann der Auftraggeber nicht anonym bleiben. Sie müssen mir sagen, wen ich töten lassen soll, und es wäre für mich eine Kleinigkeit, vom Opfer auf den Auftraggeber zu schließen. Also sparen Sie mir die Mühe, und nennen Sie Ihren Namen!«

Die Frau machte eine Bewegung, als wollte sie aufstehen und gehen. Dann setzte sie das Glas an, leerte es auf einen Zug und hielt es Kassman zum Nachfüllen hin.

»Ich bin Celia Radcliff!« stieß sie hervor.

»Finden Sie den Scotch gut, Celia?« fragte er und goß die goldfarbene Flüssigkeit nach. »Es ist Schmuggelware aus Kanada. Wen wollen Sie aus der Welt geschafft haben, Celia?«

Sie öffnete die Handtasche, zog ein Foto heraus und reichte es ihm.

Kassman nahm das Foto, betrachtete es und zog die Augenbrauen hoch. »Sie sieht verdammt jung aus. Wie alt ist sie?«

»Siebzehn.«

»Himmel, ich will nicht hoffen, daß Ihr Mann sich eine so junge Freundin hält.«

»Sie ist seine Tochter.«

»Auch Ihre Tochter, Celia?«

»Sie war schon da, als Leon mich vor sieben Jahren heiratete.«

»Ich verstehe«, sagte Kassman. »Eine Stieftochter, die sich zwischen Sie und Ihren Mann drängt.« Er beobachtete die Frau mit sadistischer Genauigkeit. »Oder sollte ich besser sagen, dieses hübsche Mädchen«, er hielt das

Foto hoch, »steht zwischen Ihnen und dem Erbe Ihres Mannes?«

Celia Radcliff starrte in ihr Glas. Ohne den Kopf zu heben, sagte sie mit haßerstickter Stimme: »Sie ist ein verdammtes kleines Biest.«

Kassman lehnte sich zurück. »Packen Sie aus, Celia! Ich brauche alle Einzelheiten. Wer ist Ihr Mann? Wie alt? Welches Geschäft betreibt er? Wo wohnt er? Wo wohnen Sie? Wo hält sich das Mädchen auf? Alles ist wichtig.«

»Ich bin verheiratet mit Leon Radcliff. Leon besitzt die Mehrheit der Cannop-Reederei. Wir bewohnen eine Villa auf Staten Island, aber Leon liegt seit Monaten im Krankenhaus. Er hat Krebs. Er wird bald sterben. Die Ärzte geben ihm nur noch wenige Wochen.«

»Wer erbt?« Wieder hielt er das Foto hoch. »Sie?«

Celia Radcliff nickte stumm.

»Wie lautet ihr Vorname?«

»Rahel.«

»Leben Sie mit ihr unter einem Dach?«

»Cedar Grove Avenue, Oakwood Beach, Long Island.«

»Hübsche Gegend! Wenn Leon stirbt und Rahel erbt, fliegen Sie raus, Celia, oder?«

»Sie haßt mich.«

»Das scheint mir auf Gegenseitigkeit zu beruhen. Falls der hübschen jungen Rahel noch vor dem Tod Ihres Vaters ein ernsthafter Unglücksfall zustößt, kassieren dann Sie die Villa, die Cannop-Reederei und alles, was Mr. Radcliff an irdischen Gütern angesammelt hat?«

»Ja«, antwortete sie hart.

Kassman schob das Foto in die Brusttasche. »Ich werde mein Bestes tun, damit Sie nach der Beerdigung Ihres Mannes nicht mittellos auf der Straße stehen, Celia. Besitzen Sie ein eigenes Konto? Haben Sie das Scheckbuch bei sich?«

»Natürlich!«

»Stellen Sie einen Scheck über fünftausend Dollar aus!«

Ihre Augen weiteten sich entsetzt. »Wollen Sie Ihr Honorar per Scheck kassieren?«

Er lachte dröhnend. »Honorar? Celia, glauben Sie wirklich, ich verschaffte Ihnen für fünf schäbige Riesen ein Millionenerbe? Mein Preis liegt um das Hundertfache höher. Fünfhunderttausend Dollar und selbstverständlich bar oder durch eine Auslandsüberweisung. Der Scheck, den ich von Ihnen verlange, wird niemals eingelöst werden. Er dient nur zur Sicherung meiner Ansprüche. Sie erhalten ihn zurück, sobald Sie die letzte Rate gezahlt haben.«

Er spürte ihr mißtrauisches Zögern. »Sie haben keine andere Wahl, Celia. Ohne den Scheck krümme ich keinen Finger für Sie.«

»Ich habe Bargeld bei mir«, sagte sie.

»Großartig! Wieviel?«

»Zehntausend Dollar!«

»Genau die richtige Summe für eine Anzahlung! Geben Sie her!«

»Im Mantel.«

Kassman wuchtete sich aus dem Sessel, holte den Mantel und gab ihn Celia. Sie zog vier Dollarbündel aus den Innentaschen und legte sie auf den Couchtisch. Kassman blätterte ein Bündel durch.

»In Ordnung! Unterschreiben Sie jetzt den Scheck!«

»Hören Sie, Mr. Kassman! Ich werde bestimmt zahlen. Wenn Sie wollen, können Sie schon morgen noch einmal zehntausend Dollar erhalten. Wozu bestehen Sie auf einem Scheck, den Sie nicht einlösen wollen?«

»Mrs. Radcliff, ich verkaufe Ihnen nicht ein Auto, für das Sie Ratenzahlung in Anspruch nehmen wollen, sondern ich organisiere für Sie einen Mord. Wundern Sie sich nicht, daß ich ganz offen darüber rede? Könnte es nicht sein, daß Sie ein Polizeispitzel sind? Nun, Celia, solange wir nur darüber reden, bleibt alles blauer Dunst, für den ich nicht vor ein Gericht zitiert werden kann. Wenn es ernst wird, brauche ich einen Beweis dafür, daß Sie mich zur Tat angestiftet haben. Der Scheck wäre ein Beweis. Stellen Sie ihn aus, oder packen sie auch das Bargeld ein, während ich Ihnen ein Taxi rufe!«

Dreißig Sekunden später hielt er den unterschriebenen Scheck in den Händen.

Er hob sein Glas. »Auf gute Zusammenarbeit, Celia!«

Sie stieß mit ihm an, ja, sie lächelte sogar. Jetzt, da sie die Grenze überschritten hatte, verlor sie die letzten Hemmungen vor dem unmenschlichen Geschäft.

»Es muß bald geschehen, Joe«, drängte sie. »Leon weiß, daß er keine Chance hat. Er will nicht, daß die Ärzte ihn auf die Intensivstation bringen und ihm mit Hilfe von Maschinen noch ein paar Wochen verschaffen. Natürlich darf kein Verdacht auf mich fallen. Können Sie es wie einen Unfall aussehen lassen?«

»Besitzt sie ein Auto?«

»Nein.«

»Ohne Auto ist es schwierig, einen Unfall vorzutäuschen.« Er schnalzte mit der Zunge. »Mir fällt etwas anderes ein.«

Mit der linken Hand zog er das Foto aus der Tasche und betrachtete es noch einmal. »Sie ist hübsch. Irgendwer könnte so scharf auf sie sein, daß ihm die Sicherungen durchbrennen.«

»Was meinen Sie?« fragte Celia Radcliff. Ihr Atem ging schneller.

»Vergewaltigung«, antwortete er lakonisch. »Sie wehrt

sich. Der Strolch schlägt sie nieder, und hinterher bringt er sie aus Angst vor Entdeckung um. Das hätte noch einen anderen Vorteil. Bei einem Sexmord wäre das Motiv auf den ersten Blick zu erkennen, und kein Schnüffler müßte sich den Kopf zerbrechen.«

»Auf dem Schulweg ist sie selten allein«, warf Celia Radcliff ein.

»Geht sie nie aus?«

»Sie besucht Freundinnen und hin und wieder irgendwelche Partys. Außerdem spielt sie am Donnerstag Tennis in einer Halle.« Leiser setzte sie hinzu: »Das Spiel dauert bis zehn Uhr abends. Der Heimweg führt durch eine Parkanlage. Bevor Leon ins Krankenhaus mußte, bestand er darauf, daß sie abgeholt wurde.«

»Und jetzt?«

»Sie kommt allein.«

»Sehr gut!« Kassman verstaute das Foto. »Bei soviel Leichtsinn wird sich niemand darüber wundern, wenn sie einem Sexteufel begegnet.«

Celia Radcliff lachte schrill auf.

»Ich gönn's ihr. Sie ist wirklich ein böses kleines Biest. Immer hat sie versucht, Leon gegen mich aufzuhetzen.«

»Anscheinend hat sie dich frühzeitig durchschaut«, sagte Kassman zynisch. »Bevor du gehst, noch eine Frage! Wer hat dir geflüstert, daß in *The Kitchen* nicht nur Suppe serviert wird?«

»Ein Mann, den ich vor Monaten kennenlernte und dem ich in einer vertrauten Stunde meine Sorgen erzählte, sagte mir, der Besitzer von *The Kitchen* könne mir vielleicht helfen.«

»Welcher Mann?«

»Sie kennen ihn bestimmt nicht.«

»Ich kenne viele Leute. Den Namen, Baby!«

»Rocco Challan«, antwortete sie widerwillig.

»Und ob ich ihn kenne!« Kassman lachte dröhnend. »Warst du schon in seinem Bett?«

Ich blätterte in einem abgegriffenen Notizbuch, das die Spurensicherung des Homicide Department in Turners Wohnung gefunden und uns zugestellt hatte.

Die meisten Eintragungen bestanden aus Ziffern, dazwischen ein paar Buchstabenkombinationen, die Abkürzungen von Namen zu sein schienen.

Die letzten Notizen lauteten: J.S. und B.B., jeweils mit siebenstelligen Zahlen.

Phil blickte mir über die Schulter.

»Telefonnummern«, stellte er lakonisch fest. »Ruf an!« Er wies auf die Buchstaben B.B. »Eine zuckrige französische Schauspielerin wird BeBe genannt. Vielleicht ist das ihr amerikanischer Anschluß! Los, ruf an, Jerry!«

»Der Zucker ist längst abgeschmolzen, mein Junge. Sie muß die Fünfzig überschritten haben. Welcher Schreck, wenn sie tatsächlich am Apparat wäre.«

Ich wählte die andere Nummer. Beleidigt zuckte Phil mit den Schultern.

Eine tiefe Männerstimme meldete sich mit »Hallo«.

»Nennen Sie Ihren Namen!« forderte ich ihn auf.

»Warum? Weißt du nicht, wen du anrufst?«

»Ich kenne nur zwei Buchstaben, J und S.«

Er begriff. »Polizei?« fragte er.

»Genau. Stimmen die Buchstaben mit Ihrem Namen überein?«

»Ja, ich bin Jarvis Sloat.«

»Kennen Sie den Namen Jack Zacco Turner?«

»Nie gehört.«

»Wir fanden Ihre Telefonnummer in seinem Notizbuch.«

»Ich betreibe einen Nightclub. Der Anschluß hat dieselbe Nummer. Euer Mann kann sich die Ziffern aus diesem Grund notiert haben. Ist er farbig?«

»Nein, ein Weißer!«

»Wir sind Blacks. Zwar dulde ich Weiße in meinem Club, aber sie wagen sich selten zu uns.«

»Nennen Sie mir die Adresse, Jarvis!«

»East 129th Street, Nummer 50.«

»Tatsächlich ein gefährliches Stück New York für Weiße. Wie heißt Ihr Nightclub?«

»Nr. 50 – wie das Haus! Geöffnet ab neun Uhr abends.«

»Wir werden Sie besuchen, Jarvis.«

»Auf eigenes Risiko bis zum Eingang. Hinter der Tür garantiere ich für eure Sicherheit.«

»Haben Sie Feinde, Jarvis Sloat?«

Für einen Augenblick blieb ihm die Sprache weg. Dann brach er in Gelächter aus. »Ich kenne eine Menge Stinktiere.«

»Passen Sie gut auf sich auf, Jarvis! Bis heute abend!«

Ich drückte die Gabel nieder, ließ sie los und tippte die Zahlen ein, die Zacco Turner hinter den Buchstaben B.B. notiert hatte.

Eine Frauenstimme meldete sich: »Blair Security Agency.«

»Security Agency? Sind Sie eine Privatdetektei?«

»Richtig! Können wir Ihnen helfen, Sir?«

»Verbinden Sie mich mit Ihrem Chef!«

»Mr. Bruce Blair kommt in einer halben Stunde. Geben Sie mir Ihre Telefonnummer! Er wird Sie anrufen.«

»Nicht notwendig! Sagen Sie ihm, er soll auf uns warten!«

»Unser Office befindet sich im Cross Building, 1130 Madison Avenue.«

Zwanzig Minuten später standen wir dem Mädchen gegenüber. Sie war eine appetitlich in einen strammen Pullover und enge Jeans verpackte Puertoricanerin.

»Mr. Blair erwartet Sie«, erklärte sie und wies auf die Tür zum Chefbüro.

Blair erwartete uns nicht nur, sondern er stürzte uns entgegen, kaum daß wir die Tür einen Spalt geöffnet hatten.

»Wer sind Sie? Was wollen Sie?« kläffte er.

Er war ein mittelgroßer, knochiger Mann mit einem länglichen Gesicht, das von der langen, höckrigen Nase beherrscht wurde.

»Cotton und Decker vom FBI.«

In einer unwillkürlichen Reaktion zog er sich zwei Schritte zurück. »FBI? Sie haben sich in der Adresse geirrt. Ich bin Privatdetektiv. Ich kümmere mich um Scheidungsfälle, Versicherungsbetrügereien und anderen Kleinkram. An Staatsaffären verbrenne ich mir nicht die Finger.«

»Beantworten Sie einige Fragen, Bruce!«

»Selbstverständlich! Ich kenne meine Pflichten als Bürger dieses Landes. Wollen Sie meine Lizenz prüfen? Ich besitze sie seit zehn Jahren.«

»Wir arbeiten nicht für die Gewerbeaufsicht«, murmelte Phil.

Blair ging hinter seinen Schreibtisch und bot uns die beiden Sessel an, die davor standen.

Er drückte auf den Knopf der Sprechanlage und befahl: »Keine Störung, Dorsy! Keine Telefongespräche.«

Mir entging nicht, daß er einen kleinen Schalter betätigte, mit dem er vermutlich ein Tonbandgerät in Gang setzte.

Ich legte Turners Notizbuch auf den Tisch und zeigte ihm die Eintragung. »Ihre Telefonnummer, Bruce, und die Anfangsbuchstaben Ihres Namens.«

»Richtig! Habe ich für den Mann einmal gearbeitet?«

»Hoffentlich hat er nie für Sie gearbeitet, Bruce! Das Notizbuch gehörte einem Berufskiller.«

Blair fuhr auf. »Wollen Sie behaupten, ich arbeitete mit Killern zusammen?«

»Wir wollen feststellen, warum Ihre Telefonnummer in Zacco Turners Notizbuch steht.«

»Zacco Turner? Ein Name, den ich noch nie gehört habe.«

Phil mischte sich ein. »Wie läuft Ihr Laden, Bruce? Haben Sie genügend Aufträge?«

Der Privatdetektiv kniff die Augen zusammen. »Ich werde nichts über meine Aufträge erzählen. Das Gesetz verpflichtet mich zum Schweigen.«

Abwehrend hob Phil beide Hände. »Himmel nein, Bruce, ich erwarte nicht, daß Sie die Namen der Ehemänner nennen, denen Sie auf ihren Abwegen folgen. Sie sollen darüber nachdenken, ob Sie augenblicklich in einer Sache herumstochern, die für irgendwen besonders unangenehm werden könnte.«

»Alle Sachen, in denen ich herumstochere, sind für irgendwen unangenehm.«

»Ich sagte: besonders unangenehm. Lassen Sie mich ein stärkeres Wort wählen! So gefährlich, so existenzbedrohend, daß der Mann oder die Frau einen Killer beauftragt, Sie aus dem Verkehr zu ziehen, Bruce! Denken Sie nach!«

Zu meinem Erstaunen blieb er gelassen. Ein dünnes Lächeln krümmte seine schmalen Lippen.

»Sie halten das Notizbuch für eine Abschußliste?«

»Nicht ausschließlich eine Abschußliste. Es enthält auch die Telefonnummern von Wettbüros, Banken, einem Zahnarzt und so weiter. Aus reinem Zufall ist Ihre Nummer nicht hineingeraten, Bruce. Wenn Sie Zacco tatsächlich nicht gekannt haben, liegt der Gedanke nahe, daß Sie ihn in nächster Zeit kennengelernt hätten, und ich frage mich, ob Sie die Begegnung überlebt hätten.«

»Wurde der Mann verhaftet?«

»Erschossen!«

»Bei der Verhaftung erschossen?«

»Ja, aber nicht von uns, sondern von einem Berufskollegen.«

Blairs dünnes Lächeln verstärkte sich zum Grinsen. »Was habe ich von einem toten Mann zu fürchten? Nichts!«

»Turner war kein Killer auf eigene Rechnung«, sagte ich. »Er arbeitete für die Mord-AG. Ob er tot ist oder nicht, spielt keine Rolle. Sie, Bruce, stehen noch immer in den Auftragsbüchern der Mord-AG.«

Das Grinsen verschwand wie weggewischt. »Sie glauben, ein anderer Killer wird auf mich angesetzt?«

»Bis jetzt hat die AG noch jeden Auftrag erledigt.« Ich beugte mich über den Tisch und versuchte, seinen unsteten Blick festzunageln. »Wir kamen immer zu spät. Daß die Mord-AG wieder einen Auftrag ausgeführt hatte, erfuhren wir erst, wenn wir an der Leiche des Opfers standen. Sie, Bruce Blair, sind der erste Mensch, dessen Tod bei der Mord-AG bestellt wurde, den wir noch lebend antreffen. Sie kennen Ihre Feinde, Bruce! Sie wissen, wer Sie haßt, wem Sie Schwierigkeiten machen. Vielleicht legen Sie irgendwem die Daumenschrauben an?«

Ich registrierte ein Aufblitzen in seinen Augen. Hatte ich ins Schwarze getroffen?

»Wenn Sie uns helfen, können wir die Mord-AG auffliegen lassen und die Bedrohung beseitigen, unter der Sie stehen.«

Er senkte den Blick.

»Meine Arbeit bewegt sich im Rahmen der Gesetze. Darauf achte ich streng«, sagte er. Es klang ungefähr so glaubhaft wie die Behauptung eines Haifischs, er fräße nur Seetang. »Der Job bringt es mit sich, daß ich mir Feinde mache. Natürlich haßt mich jeder Bursche, den ich mit einer Freundin fotografiere und dann das Foto seiner Frau gebe. Der Mann, dem ich einen Versicherungsbetrug nachweise, würde mir gern die Zähne einschlagen, wenn er nicht zu feige wäre. Alle sind zu feige, G-man.«

»Mag sein, Bruce, aber anscheinend ist irgendwer reich genug, den Preis, den die Mord-AG für Sie verlangt, hinzublättern.«

Er griff unter die Jacke, holte einen kurzläufigen Colt hervor und legte die Waffe auf den Tisch. »Auch dafür besitze ich eine Lizenz«, sagte er.

»Zacco Turner hätte Ihnen keine Chance gelassen, die Kanone zu benutzen. Ich fürchte, auch bei seinem Nachfolger werden Sie kein Glück haben.«

Ich legte eine Karte mit der Telefonnummer des FBI auf den Colt.

»Entschließen Sie sich zur Zusammenarbeit, und rufen Sie uns an. Es ist besser, als sich auf die Kanone zu verlassen. Besser für Sie, Mr. Blair!«

Am frühen Nachmittag verließ Joe Kassman *The Kitchen*. Er holte seinen Wagen, einen bejahrten Mercury Cougar, aus der Tiefgarage des nahen Orient Building und steuerte ihn gelassen nach Norden. Während der Fahrt achtete er scharf darauf, ob er beschattet wurde. Er benutzte die Seventh Avenue und stellte den Mercury auf einem provisorischen Parkplatz ab, auf dem die Gebühren acht Dollar für die Stunde betrugen. Um ganz sicher zu sein, betrat er zunächst Macy's. Er wußte, daß er in dem riesigen Kaufhaus jeden Verfolger abhängen konnte.

Zwanzig Minuten später betrat er ein Haus in der 39th Street. Der Lift brachte ihn zur zwölften Etage. Er läutete an der Tür des Apartments L 4.

Die Tür wurde bis zum Anschlag der Sicherungskette geöffnet.

»Laß mich rein, Rocco!« sagte Kassman.

»Hallo, Dicker!« Der Mann lachte. »Ich bin nicht allein.«

»Du bist selten allein, Rocco. Wie heißt sie? Celia?« Der andere stieß einen leisen Pfiff aus. »Du weißt Bescheid in meinem Intimleben. Celia besucht mich selten. Das Schätzchen in meinem Bett ist von der Party heute nacht übriggeblieben.«

»Wirf sie raus! Ich habe Wichtiges mit dir zu besprechen, Rocco.«

Der Mann löste die Sperrkette und öffnete die Tür ganz. Er umarmte Kassman. »Nett, dich zu sehen, Dicker!«

Kassman stieß ihn zurück. »Faß mich nicht an!«

Rocco Challan lachte. »Sizilianer umarmen ihre Freunde.«

»Du bist kein Sizilianer, auch wenn du dich Rocco nennst.«

Challan lachte noch immer. Er war groß, breitschultrig und muskulös. Er trug weiße Shorts und Sandalen an den Füßen. Die Haut zeigte jene gleichmäßige Bräune, die sich nur auf Sonnenbänken erzielen läßt. Schwarzes Brusthaar, schmale Hüften, flacher Bauch und das Spiel der Muskeln machten Rocco Challan zum Idealbild eines Mannes. Er stand vor Kassman, als wäre er dem Titelblatt einer Zeitschrift für Bodybuilding entstiegen.

»Warte im Wohnzimmer auf mich!« sagte er.

Der Raum wies deutliche Spuren der nächtlichen Party auf: leere Flaschen, übervolle Aschenbecher, verstreute Kissen, ein paar verlorene Kleidungsstücke.

Kassman fand eine halb geleerte Kiste mit Zigarren und zündete eine für sich an. Auf einen Drink verzichtete er. Es gab kein sauberes Glas im Barschrank.

Irgendwo in der Wohnung wurde eine Frauenstimme laut. Kassman konnte die Worte nicht verstehen, aber der Tonfall verriet Empörung und Protest. Schläge klatschten. Die Frau schrie auf. Noch ein Schlag brachte sie zum Verstummen.

Nach drei Minuten Stille fiel die Apartmenttür ins Schloß, und Rocco Challan betrat das Wohnzimmer.

»Sie wollte unbedingt vorher duschen«, sagte er lächelnd und ließ sich in einen Sessel fallen. »Du wirst zu dick, Joe.«

»Celia Radcliff kam zu mir«, sagte Kassman. »Woher kennst du sie?«

»Von einer zufälligen Begegnung in Miami. Sie suchte Erholung, und ich suchte unter den Hippiemädchen nach ein paar brauchbaren Girls für die 42nd Street.« Challan tippte an seine Nase. »Ich wittere, wenn eine Frau unbefriedigt ist und Trost braucht. Drei Planter's Punches an der Hotelbar genügten, um sie vergessen zu lassen, daß sie verheiratet war – und noch ist. Damit war die Sache zwischen ihr und mir gelaufen, denn, ohne anzugeben, Joe, im Bett bin ich eine Offenbarung.«

Er streifte den Ärmel des weißen Bademantels, in dem er den Wohnraum betreten hatte, zurück und zeigte Kassman eine goldene Uhr. »Ihr Abschiedsgeschenk für die wundervollen zehn Tage in Miami. Natürlich trafen wir uns in New York wieder, wenn auch nur drei- oder viermal. Celia muß vorsichtig sein. Sie hat Angst vor Entdeckung. Weißt du, wen sie am meisten fürchtet? Ihre Stieftochter, ein Collegegirl von siebzehn Jahren. Sie glaubt, daß das kleine Biest ihr nachspioniert.«

»Mehr noch, Rocco! Die Stieftochter wird ihr das Erbe wegschnappen. Das ist nicht nur ein Glaube, sondern eine Gewißheit.«

»Genau dieser Grund brachte sie zu dir, Joe.«

»Auf deine Empfehlung.«

Rocco Challan lachte. »Ich verlange keine Provision.«

»Eine Provision wäre nur ein Trinkgeld, verglichen mit dem Radcliff-Vermögen. Deiner Celia werden einige Millionen Dollar zufallen. Ich wette, du rechnest dir eine gute Chance aus, einen saftigen Anteil in deine Taschen zu leiten. Wirst du sie heiraten?«

»Notfalls ja.« Challan zog die Uhr vom Handgelenk und warf sie spielerisch von einer Hand in die andere. »Das hängt nicht zuletzt davon ab, wie sauber deine Firma arbeitet, Joe. Ich möchte nicht in Verdacht geraten, die kleine Rahel beseitigt zu haben.«

»Warum erledigst du den Job nicht selbst?«

Rocco Challans Blick veränderte sich. Er wurde feindselig.

Kassman fuhr ungerührt fort: »Die Ausführungsmethode, wie Celia sie wünscht, würde auf deiner Linie liegen, Rocco. Zuerst eine Vergewaltigung, dann ...« Er schnappte mit Daumen und Zeigefinger. »Für Frauen bist du Spezialist.«

»Ich bin kein Killer«, zischte Challan.

Kassman blies ihm eine dicke Wolke Zigarrenrauch ins Gesicht.

»Sag nicht solchen Unsinn, Rocco! Soll ich dir deine Unterschrift unter einer Zehntausend-Dollar-Quittung zeigen? Für die zehn Riesen hast du damals eine saubere, perfekte Arbeit geleistet.«

»Trotzdem bin ich kein Killer«, wiederholte Challan. »Damals war ich pleite. Ich wußte nicht aus noch ein. Nur darum habe ich mich von dir für den Job anheuern lassen. Seitdem habe ich's nie wieder getan.«

»Richtig! Nach deiner guten Leistung in Suffolk bot ich dir drei- oder viermal Aufträge an. Immer lehntest du ab. Geld verdientest du inzwischen auf leichtere Weise, denn du hattest deine Talente entdeckt. Auf dich flogen Frauen zwischen sechzehn und sechzig wie Motten auf einen Leuchtturmscheinwerfer. Du konntest sie auf die Straße schicken, an andere Zuhälter verkaufen oder einfach ausplündern.«

Challans gute Laune kehrte zurück. »Daran hat sich nichts geändert, Joe!«

»Ja, du bist ein cleverer Junge, Rocco. Wenn jetzt die Sache mit Celia Radcliff klappt, hast du für alle Zeiten ausgesorgt. Hast du dir die Villa in Oakwood Beach schon angesehen, in der du dann wohnen wirst?«

»Was willst du von mir, Joe?« fragte Challan. »Willst du mir drohen?«

»Ich brauche einen Mann für die Arbeit an Rahel Radcliff«, antwortete Kassman und zerdrückte die halbe Zigarre im Aschenbecher. »Vor drei Tagen verlor ich Zacco Turner, der in Atlanta zu leichtsinnig gewesen war. Ich will nicht nach neuen Leuten suchen. Man weiß nie, an wen man gerät. Jeder neue, unerprobte Junge erhöht die Gefahr. Darum dachte ich an dich, Rocco. Du bist der geeignete Mann für den Radcliff-Job. Du kennst dich in den Verhältnissen aus. Du arbeitest schnell, präzise, und du bist zutiefst skrupellos. Und außerdem bist du der große Verdiener in dieser Sache. Also wäre es nur gerecht, daß du auch den Mord übernimmst.«

»Nein«, sagte Challan scharf. »Du bringst mich nicht dazu, daß ich mir noch einmal die Hände schmutzig mache.«

»Verdammter Heuchler!« rief Kassman. »Denkst du, deine Hände blieben sauber, wenn ein anderer das Radcliff-Girl wegräumt, damit du und deine Celia nackt in Dollarscheinen baden könnt?«

»Zum letzten Mal, Joe! Ich mache es nicht. Es könnte mich den Hals kosten. Die Schnüffler würden herausfinden, was zwischen mir und Celia läuft. Ich würde in Verdacht geraten, und sie würden nicht aufgeben, bis sie mich zur Strecke gebracht hätten. Mein Alibi muß bombenfest sein.«

Kassman schwieg minutenlang. »Ich kann dich nicht zwingen«, sagte er schließlich. »Vergiß nicht, daß ich den Mann für den Radcliff-Auftrag noch finden muß! Die Suche kann lange dauern. Gib mir nicht die Schuld, wenn Leon Radcliff an seiner Krankheit stirbt, bevor seine Tochter ein Fall für die Akten des Homicide Department geworden ist!«

Er stand auf. Rocco Challan folgte seinem Beispiel. »Ich weiß, daß du dein Bestes tun wirst, Joe.« Er legte Kassman den Arm um die Schultern und begleitete ihn zur Tür. »Für Geld tust du immer dein Bestes.« Er öffnete die Tür, aber Kassman schloß sie wieder.

»Manchmal denke ich, daß ich dich unterschätze, Rocco«, sagte er. »Als du damals den Auftrag in Suffolk ausführtest, hast du kühl, überlegt, ja sogar routiniert gearbeitet, und ich sah in dir einen Burschen, der das Zeug zum besten Mann der Firma hatte. Statt dessen wurdest du zu einem billigen Weiberhelden. Heute frage ich mich, ob das alles nicht Tarnung war und noch ist. Warst du schon einmal auf den Bahamas?«

»Schon viermal! Die Inseln sind ergiebige Jagdgründe. Viele reiche Engländerinnen. Frauen aus Germany mit massenhaft Deutschmark. Auch US-Ladys genug, falls du nur an die eigene Währung glaubst.«

»Besitzt du ein Bankkonto auf den Bahamas?«

Rocco Challan schüttelte den Kopf. »So viel konnte ich nicht absahnen, daß sich die Einrichtung eines Kontos gelohnt hätte.«

Kassman öffnete seinerseits die Tür. »Good-bye, Lester«, sagte er.

»Good-bye, Joe! He, wie hast du mich genannt?«

»Nur ein Versprecher.« Lachend verließ Kassman die Wohnung.

Der schwarze Fahrer unseres Taxis trat abrupt auf die Bremse. »Nicht einen Zoll fahre ich weiter. Seht, was da vor uns los ist!«

Er kurbelte am Steuerrad, wendete mit kreischenden Reifen und wollte zurückfahren.

»Laß uns aussteigen!«

»Zwölf Dollar! Schnell! Schnell!«

Ich drückte ihm das Geld in die Hand. Er fuhr so hastig an, daß Phil um ein Haar umgerissen worden wäre.

Fünfzig Yards straßenaufwärts hatte sich ein Wagen, ein grüner Rabbit, in einer Falle der Streetgangster festgefahren. Wie üblich hatten sie das Fahrzeug mit einer improvisierten Barrikade gestoppt und ihm blitzschnell den Rückweg durch Mülltonnen und Nagelbretter abgeschnitten. Jetzt umringten sie den Rabbit und schickten sich an, ihn zu erobern.

East 129th Street! Tiefes Harlem! Abgeschrieben und aufgegeben! Dem Gesetz des Dschungels verfallen seit Jahrzehnten.

Die Heckscheibe des Rabbit zerplatzte unter den Hieben eines Baseballschlägers. Die Seitentür wurde aufgerissen. Fünf Streetrunner, keiner älter als zwanzig Jahre, zerrten eine Frau aus dem Wagen.

Phil und ich übersprangen Mülltonnen und Nagelbretter.

Die Frau war eine Weiße. Sie schrie und schlug um sich. Gegen die harten Boys hatte sie keine Chance. Sie wurde niedergerissen und über die Straße geschleift.

Ich prallte mit einem hochaufgeschossenen Jungen zusammen, der in einem knallroten Pullover steckte. Mit einer Armbewegung räumte ich ihn aus dem Weg.

»Hände weg von der Frau!« brüllte Phil. »FBI!«

Ein Schuß krachte. Weder Phil noch ich hatten geschossen. Unsere Hände waren leer. Wir hielten uns an die alte Regel, die Kanone so lange wie möglich unter der Jacke zu lassen

Phil nahm sich einen breiten Burschen mit Reggae-Frisur vor, entriß ihm den Baseballknüppel und stieß ihn zur Seite. Ich bekam einen der Typen zu fassen, die an der Frau zerrten. Er war schnell wie eine Katze. Ich sah wilde Entschlossenheit in seinen Augen und ein schweres Schnappmesser in der rechten Faust. Ein Zögern hätte ich teuer bezahlt. Mit einem krachharten Haken räumte ich ihn ab.

»Laßt die Frau los!« Phil brüllte wie ein Berserker.

»Verdammt, Leute, ich will niemandem den Schädel einschlagen, aber ich schwöre euch, daß ich keinen schone, der ...«

Ich kickte das Schnappmesser mit einem Fußtritt weg und packte den nächsten Streetgangster an der Jacke. Er war ein schmaler, schmächtiger Junge, der mit einer Fahrradkette um sich schlug, und – bevor ich kontern konnte – aus der Jacke schlüpfte und türmte. Nur die leere Jacke blieb mir in der Faust.

Auch die anderen flüchteten in langen Sätzen. In sicherem Abstand blieben sie stehen, rotteten sich zusammen und schrien Beschimpfungen.

Die Frau lag im Straßendreck, Gesicht nach unten. Ihre Strümpfe waren zerrissen. Die Bluse hing in Fetzen.

Vorsichtig drehte ich sie auf den Rücken und richtete ihren Oberkörper auf. Sie blutete aus ein paar Schrammen. Bewußtlos war sie nicht.

Ich kannte sie: Es war Lill Karpow, Freundin und Fotografin des Reporters Robert Gilbride, den Kassman vor unseren Augen zusammengeschlagen hatte.

Ich blickte zum Wagen hinüber und sah Gilbride, der auf der Fahrerseite neben dem Rabbit stand. In den Händen hielt er ein Repetiergewehr.

Ich fragte Lill Karpow: »Können Sie aufstehen?«

Sie nickte. »Ja, es wird gehen!«

Gilbride rief: »Bist du okay, Lill?«

Ich half ihr auf die Füße. »Im Wagen liegt ein Mantel«, sagte sie. »Bitte, holen Sie ihn!«

Phil übernahm es, das Mädchen zu stützen. Ich ging zum Rabbit.

»Geben Sie mir das Gewehr, Robert!« befahl ich.

»Ich mußte schießen. Sie hätten uns umgebracht.«

»Das Gewehr, verdammt!«

Er gab mir die Waffe, eine Repetierflinte für Schrotpatronen.

»Warum sind Sie hier?« fragte ich.

»Das hängt mit der Mord-AG und Joe Kassman zusammen.«

»Jeder New Yorker weiß, wie heiß hier das Pflaster ist, besonders für Weiße.«

»Ich habe es riskiert, weil ich einen Mann warnen will.«

»Wenigstens hätten Sie Karpow zu Hause lassen sollen.« Ich warf das Gewehr in den Rabbit, nahm den Mantel und legte ihn dem Mädchen um.

»Läuft der Wagen noch?«

Gilbrides Auto war glimpflich davongekommen. Zertrümmert waren nur die Heckscheibe und ein Seitenfenster. Als der Reporter startete, sprang der Motor sofort an.

»Fahren Sie Schrittempo! Wir halten Ihnen den Weg frei.«

Phil nötigte Lill Karpow, ebenfalls einzusteigen.

»Geben Sie mir das Gewehr!« rief Gilbride.

»Wenn Sie die verdammte Kugelspritze noch einmal anfassen, werde ich Sie verhaften!« schnauzte ich ihn an.

Phil und ich räumten die improvisierte Barrikade von der Fahrbahn. Die Streetgangster johlten. Eine gellende Stimme schrie: »Damit rettet ihr eure Ärsche nicht!«

Langsam gingen wir auf die Meute zu.

Das Johlen steigerte sich zum tobenden Haßausbruch.

Wir ließen uns nicht aufhalten, wir gingen weiter. Als uns noch sechs Schritte von der lebenden Kette trennten, begannen die vordersten Boys zurückzuweichen. Das Geschrei verebbte. Wie von selbst bildete sich eine Gasse.

Am Ende des Blocks leuchtete an einer Hausfassade die Zahl 50 in rotem Neonlicht.

Phil und ich lotsten Gilbrides Wagen durch die Gasse. Wir hatten viele Zuschauer. Aus Fenstern und von den Hauseingängen beobachteten die Bewohner unsere Auseinandersetzung mit der Streetgang, und ich glaube nicht, daß die Sympathien auf unserer Seite lagen.

Auch unter der Nr. 50 standen Männer in einer Gruppe beieinander, lachten, rissen Witze über uns und schlossen vielleicht Wetten ab, ob wir's schaffen würden.

Die Streetgangster folgten uns. Gilbride stoppte seinen Wagen vor Nr. 50.

»Wer von Ihnen ist Jarvis Sloat?« fragte er laut.

Ein großer, schwergewichtiger Mann mit sehr dunkler Haut hob die Hand. »Das bin ich.«

Er war ungemein elegant angezogen. Sein Anzug glänzte in sattem Rosa. Die Krawatte leuchtete in strahlendem Blau, und die Füße steckten in Schuhen aus feinstem Krokodilleder. Die Männer, die ihn umringten, fielen gegen seine Pracht ab, obwohl die meisten ebenfalls viel Geld für ihre Klamotten ausgegeben haben mußten.

Der prachtvolle Mr. Sloat wandte sich uns zu. »Ich wette, ihr seid die Bullen, die mich am Morgen angerufen haben. Wie ihr mit den Boys umgesprungen seid, hat mir gefallen. Ich mag Männer, die sich auf ihre Fäuste verlassen und nicht sofort zur Kanone greifen.«

Er trat mit seinen Krokodilschuhen vom Bürgersteig in den zollhohen Straßendreck und rief den Streetgangstern zu: »Laßt die Leute in Ruhe! Sie sind meine Gäste!«

»Die Straße gehört nicht dir, Jarvis!« brüllte irgend jemand aus der Bande zurück.

»Ich kaufe euch die Weißen ab.«

Er zog eine Rolle Dollarnoten aus der Tasche, blätterte davon zehn Scheine ab und warf sie auf die Straße. Ohne sich darum zu kümmern, wer sie aufhob, trat er auf uns zu.

»Kommt in meinen Laden!«

Im Vorbeigehen wies er zwei Männer an, auf Gilbrides Auto aufzupassen.

Nr. 50 entpuppte sich als ein schwülstig eingerichteter, in erdbeerfarbenes Licht getauchter Nightclub, in dem sich zu dieser frühen Stunde ein Dutzend Mädchen an den Tischen langweilten und auf Gäste warteten. An Mädchen bot Sloat einen Querschnitt durch New Yorks Bevölkerung mit allen Variationen der Hautfarbe.

Er führte uns an einen Tisch. Auf seinen Wink kamen zwei Mädchen, eine schlanke, kraushaarige Farbige und eine ausufernde weiße Blondine.

»Kümmert euch um sie!« befahl er und wies auf Lill Karpow. »Sorgt dafür, daß sie sich das Blut abwaschen kann, und verschafft ihr irgend etwas zum Anziehen!«

»Danke, aber ich möchte …«, setzte Gilbrides Freundin an.

Sloat unterbrach sie. »Baby, ich will keine Frau an diesem Tisch. Wenn sie sich gewaschen hat, gebt ihr einen Drink an der Bar!« setzte er hinzu.

Lill Karpow sah Gilbride an. Der Reporter reagierte nicht. Die Negerin und die Blonde faßten ihre Arme und zogen sie mit.

»Zu welcher Bullenorganisation gehört ihr?« fragte Sloat.

»FBI«, antwortete ich. »Jerry Cotton und Phil Decker.«

Er blickte Gilbride an. »Dann bist du der Zeitungsschnüffler, der mich eine Stunde nach den G-men anrief?«

»Richtig!«

Er lächelte breit und zeigte viel Gold im Gebiß. »Schmeichelhaft für mich, daß sich drei Weiße Sorgen um meinen schwarzen Arsch machen. Ich höre, G-man!«

»Der Mann, in dessen Notizbuch wir Ihre Telefonnummer fanden, Jarvis, war ein Berufskiller.«

»Hat er gesagt, daß er mich umlegen sollte?«

»Er wurde bei der Verhaftung erschossen.«

»Euch genügt meine Telefonnummer in seinem Notizbuch für die Annahme, daß ich auf seiner Abschußliste stand?«

»Zacco Turner arbeitete für die Mord-AG.«

»War er weiß?«

»Ja, er war ein Weißer. Sie haben die Frage schon am Telefon gestellt.«

»Ich lebe im schwärzesten Gebiet von New York«, sagte Sloat. »Verdammt schwierig für einen weißen Killer, an mich heranzukommen. Ihr selbst habt vorhin eine Kostprobe erhalten.«

»Der neue Mann, der's Ihnen besorgen soll, Jarvis Sloat, ist ein Schwarzer«, erklärte Robert Gilbride gelassen.

»Stimmt das?« Sloat richtete die Frage an uns.

»Keine Ahnung!« antwortete ich. »Woher wollen Sie wissen, Robert, daß ein Farbiger als Killer auf Sloat angesetzt ist?«

»Auch seinen Vornamen kenne ich. Er lautet: Malcolm.«

»Woher Sie Ihre Kenntnisse beziehen, habe ich gefragt.«

Gilbride schüttelte den Kopf. »Als Journalist bin ich berechtigt, meine Quellen geheimzuhalten.«

»Es geht um Mord!«

»Mr. Sloat lebt, und die Informationen, die ich ihm verschaffen kann, werden ihm helfen, am Leben zu bleiben.«

»Wenn Sie uns Informationen verweigern, die uns helfen könnten, einen Mörder zu fassen, machen Sie sich mitschuldig.«

»Ich weigere mich nur, Ihnen die Herkunft meiner

Informationen zu nennen. Was ich weiß, habe ich gesagt. Der neue Killer ist farbig und heißt Malcolm.«

Sloat blickte von einem zum anderen. »Die Presse scheint die Nase vorn zu haben, G-man«, stellte er fest. Er legte Gilbride seine mächtige dunkle Hand auf die Schulter. »Wir verstehen uns, mein Junge. Die Schnüffler verlangen alle Kenntnisse, die man sich mühsam verschafft hat, ohne einen Dollar als Bezahlung anzubieten. Außerdem läuft man Gefahr, sich eine Anklage einzuhandeln, weil man nach ihrer Meinung gegen irgendwelche Gesetze verstoßen hat. Bei mir läuft eine solche Sache anders. Ich bezahle für gute Leistungen, und eine sichere Information ist eine gute Leistung.«

»Wenn ich mehr weiß, werde ich Sie anrufen, Jarvis.«

»Du kannst mich zu jeder Zeit anrufen oder herkommen. Nimm ein Taxi mit einem schwarzen Fahrer und laß das Mädchen zu Hause!«

»In Ordnung!« Gilbride stand auf und ging Lill Karpow entgegen, die in den Clubraum zurückkehrte. Er führte sie zur Bar und ließ sich zwei Drinks geben.

Sloat wandte sich an uns. »Ich hoffe, ihr macht dem Jungen keine Schwierigkeiten. Vermutlich beliefern ihn irgendwelche Leute in blauen Uniformen mit Nachrichten. Habt ihr noch Fragen an mich?«

»Womit verdienen Sie Ihr Geld, Sloat?«

»Mit diesem Nightclub.«

»Ich sehe keinen zahlenden Gast.«

»Kommt um Mitternacht! Dann ist mein Schuppen knallvoll, und die Mädchen setzen sich nur noch an Tische, an denen Champagner getrunken wird.«

»Sie kennen Ihre Feinde, Jarvis. Einer davon hat den Mord in Auftrag gegeben. Nennen Sie uns die Namen, und wir werden diesen Mann finden! Das ist der sicherste Weg, Ihr Leben zu schützen! Die Mord-AG begeht keine Gratismorde.«

Er ließ das Gold in seinen Zähnen aufblitzen. »G-men, ihr könnt euch an fünf Fingern ausrechnen, daß ich einen Mann, der mich umlegen lassen will, verdammt weh getan haben muß. Soll ich riskieren, daß er euch erzählt, auf weiche Weise ich ihm weh getan habe? Wahrscheinlich würdet ihr meine Methoden ungesetzlich finden. Sobald der andere seine Aussage unterschrieben hätte, würdet ihr zu mir kommen, und dann wäre ich es, dem die Daumenschrauben angelegt würden.«

Sorgfältig blies er ein Stäubchen vom Jackenärmel. »Zusammenarbeit mit Polizisten zahlt sich nicht aus«, sagte er, schob den Stuhl zurück und stand auf. »Lieber zahle ich ein paar Dollars an den Zeitungsschnüffler, als daß ich mich von euch gratis beschützen lasse und am Ende Hemd und Hose verliere und mich selbst hinter Gittern wiederfinde. Schluß der offiziellen Unterredung! Wenn ihr bleiben wollt, dann sucht euch zwei Mädchen aus und bestellt ihnen und euch Drinks! Die Show beginnt eine Stunde vor Mitternacht. Wenn nicht, gebe ich euch ein paar Leute mit, die euch sicher aus dem Bezirk rausbringen.«

Der Rückzug verlief reibungslos. Gilbride und Lill Karpow, Phil und ich bestiegen den Rabbit. Vier Leute aus Sloats Crew eskortierten uns in einem schneeweißen Dodge Diplomat bis zur Fifth Avenue, die auch nördlich der 110th Street als leidlich sicher gilt. Dort drehten sie ab.

Gilbride steuerte seinen beschädigten Wagen südwärts. »Wo soll ich Sie absetzen?« fragte er.

»Army Plaza. Suchen Sie einen Platz, auf dem Sie länger stehenbleiben können! Sie müssen uns einige Fragen beantworten.«

»Okay«, antwortete er knapp.

Er fand eine Parklücke am Rande der Plaza.

»Woher wußten Sie, daß Sloats Telefonnummer in Zaccos Notizbuch stand?« fragte ich.

»Davon wußte ich nichts.«

»Auf welche Weise haben Sie dann erfahren, daß er von der Mord-AG umgebracht werden soll?«

»Sie finden die Antwort im Kofferraum«, sagte er, stieg mit uns aus und öffnete die Heckklappe des Wagens.

»Öffnen Sie den Karton!«

Phil hob den Deckel ab. Wir sahen ein batteriebetriebenes Empfangsgerät mit zwei Kopfhörern.

»Haben Sie Kassman eine Wanze in den Pelz gesetzt?«

»Ja, Lill riskierte es, sich in seine Wohnung zu wagen.«

»Wann, Miss Karpow?«

»Vor zehn Tagen«, gab sie zu. »Wir besuchten das Restaurant und sahen, daß sich Kassman in der Küche aufhielt. Die Wohnung liegt in der dritten Etage. Ich ging einfach hinauf.«

»Wo brachten Sie die Wanze an?«

Die Frage verwirrte sie. »Ich erinnere mich nicht.«

»Du solltest sie nahe am Telefon anbringen«, sagte Gilbride. »Als du zurückkamst, sprachst du von einem Tisch vor der Couch, unter dessen Platte du die Wanze angebracht hättest.«

»Ja, so war es.«

»Magnethaftung?« fragte Phil. Gilbride nickte.

»Wir beschlagnahmen die Tonbänder«, erklärte ich.

»Es gibt keine Tonbänder, nur mitstenografierte Protokolle, und sie sind Bruchstücke. Von Anfang an war der Empfang schlecht. Fast alles blieb unverständlich. Offenbar taugte das Mikrofon nichts. Während der Öffnungszeiten von *The Kitchen* hörten wir überhaupt nichts. Jede

Küchenmaschine störte den Empfang, und nach Mitternacht hörten wir kaum mehr als Kassmans Schnarchen. Glück hatten wir nur an dem Tag, an dem ich zusammengeschlagen worden war.«

Er suchte in seinen Taschen nach Zigaretten. Seine Freundin nahm ein Päckchen aus dem Mantel, zündete eine Zigarette an und gab sie an Gilbride weiter.

Er inhalierte einen tiefen Zug. »Nach den Prügeln war ich fürchterlich wütend auf Kassman«, sagte er und stieß im Sprechen den Rauch aus. »Ich hatte Schmerzen und konnte nicht schlafen. Nach Mitternacht überredete ich Lill, noch einen Abhörversuch mitzumachen. Sie muß dabeisein. Falls eine Cop-Streife uns entdeckt, müssen wir für ein Liebespaar gehalten werden. Einen Mann allein in einem Auto würden sich die Cops sofort vornehmen.«

»Was hörten Sie?«

»Wie immer: Bruchstücke! Zuerst wiederholte Kassman immer wieder die Worte: ›World Trade Center‹. Ich vermute, sie dienen als Code. Etwas später erhielt er einen Telefonanruf. Ich hörte das Läuten.«

Aus der Innentasche zog er einen Notizblock. »Ich lese Ihnen vor, was ich verstand.«

»Lassen Sie es mich selbst lesen!« Ich streckte die Hand aus.

»Es ist Stenografie. Sie werden nichts entziffern können.«

Er hielt den Block ins Licht der nahen Straßenlaterne, daß ich die krausen Zeichen seiner Stenoschrift sehen konnte.

»In Ordnung! Lesen Sie vor!«

»... zehn Riesen«, las er. »... Auftrag in der Madison Avenue – Job übernehmen – mein bester Mann – mit mir arbeiten – Malcolm einsetzen – ist farbig – erleichtert ihm den Job – in dieser Woche erledigt, Harlem bis zum Monatsende – bekomme Besuch ...«

Er ließ den Block sinken. »Das ist alles. Die einzigen Worte, die eine sinnvolle Kombination ergaben, waren: ›Malcolm ist farbig. Erleichtert ihm den Job – Harlem. Sie konnten nichts anderes bedeuten, als daß die Mord-AG einen farbigen Killer, dessen Vorname Malcolm lautet, für einen Mord in Harlem einsetzt.«

»Wie fanden Sie heraus, daß Jarvis Sloat das Opfer ist?«

»Seit mehr als zehn Monaten beobachte ich Kassman und die Gäste seines Restaurants. Immer wieder legte ich mich auf die Lauer und schoß Teleaufnahmen von Besuchern, die mir ungewöhnlich erschienen. Wenn sie in einem Wagen vorfuhren, war es ziemlich einfach, sie zu identifizieren. In anderen Fällen benutze ich die Bildarchive einer großen Zeitung. Daß die Arbeit nicht sinnlos war, stellte sich heraus, als ein paar Monate später Personen, die ich als Kassman-Besucher fotografiert hatte, auf Trauerfotos bei der Beerdigung von Ehemännern, Geschäftspartnern und Konkurrenten zu sehen waren.«

»Sloat lebt noch.«

»Farbige kommen selten in *The Kitchen*. Vor ungefähr zwei Monaten fotografierte ich einen Schwarzen, der in einem Cadillac vorfuhr. Über die Zulassungsnummer brachte ich seinen Namen in Erfahrung. Er hieß William Doyle und galt als großer Hai in Harlem. Bis Anfang des Jahres gehörte ihm auch ein Nightclub in der 129th Street mit der schönen Bezeichnung Midnight Palace! Heute heißt der Club Nr. 50 und gehört Jarvis Sloat. Das ist die Erklärung, warum ich Sloat für einen Auftrag der Mord-AG halte.«

»Wo finden wir diesen William Doyle?«

»Er hat sich nach Haiti abgesetzt und wird erst zurückkommen, wenn die Mord-AG den Auftrag erledigt hat.« Er warf den Zigarettenstummel auf die Straße und zertrat die Glut.

»Sie wissen mehr über die Mord-AG als wir, Gilbride«, sagte ich nachdenklich.

»Ich habe ein Jahr meines Lebens in die Nachforschungen investiert. Diese Story soll der große Knüller werden, der mich nach oben katapultiert.«

»Sie benutzen für Ihre Nachforschungen illegale Mittel.«

Er lachte. »Wollen Sie mein Abhörgerät beschlagnahmen? Nehmen Sie es mit! Es taugt verdammt wenig.«

»Wiederholen Sie die letzten Worte!«

Er warf einen Blick auf den Notizblock. »... bekomme Besuch ...«

»Bekam er wirklich Besuch?«

»Ich sah nicht, daß jemand das Haus betrat.«

»Ihre Abhöranlage blieb stumm?«

»Nur unverständliche Geräusche. Wenn Kassman wirklich Besuch hatte, muß er sich mit ihm in größerer Entfernung von der Wanze aufgehalten haben.«

Ich stoppte ein vorbeifahrendes Taxi. »Robert, wenn wir uns beim nächstenmal begegnen, werden Sie mir einen leeren Kofferraum zeigen. Kein Abhörgerät! Kein Gewehr!«

Der Taxifahrer steckte den Kopf aus dem Fenster. »Wollt ihr nun mit mir fahren oder nicht?«

»Wir kommen!« antwortete ich und wandte mich noch einmal an Gilbride. »Am besten lassen Sie die Finger von Joe Kassman und der Mord-AG! Sie bringen sich und Miss Karpow in Lebensgefahr.«

Er schüttelte den Kopf. »Nein, G-man! Ich habe zuviel investiert.«

Am nächsten Morgen um neun Uhr legte ich unserem Chef Turners Notizbuch auf den Schreibtisch. Ich zeigte ihm die Eintragungen.

»Bruce Blair, Inhaber einer Security Agency, und Jarvis Sloat, Besitzer eines Nightclubs in Harlem«, erläuterte ich. »Phil und ich sind überzeugt, daß beide als nächste Opfer von Zacco Turner im Auftrag der Mord-AG getötet werden sollten. Im Fall des Nachtclubbesitzers scheint der neue Killer schon unterwegs zu sein.«

Ich berichtete John D. High von Gilbride, seinen Beobachtungen und erlauschten Satzfetzen. Der Chef hörte kommentarlos zu. »Wir sollten Bruce Blair und Jarvis Sloat beschatten lassen«, schlug ich vor.

»Zur Zeit unmöglich, Jerry.« Mr. High schüttelte den Kopf. »Die Überwachungsabteilung verfügt über keinen freien Mann. Alle sind in einer riesigen Beschattungsaktion von UN-Diplomaten eingesetzt, bei der es um höchste nationale Interessen geht. Illegaler Technologietransfer in den Osten.«

»Verschaffen Sie uns die Erlaubnis, Kassmans Telefon anzuzapfen!« sagte Phil. »Anscheinend telefoniert er mit seinen Killern ohne besondere Vorsichtsmaßnahmen. Mit einem guten Gerät hätten wir viel mehr erfahren als Gilbride.«

Er brach ab, als er Mr. Highs Kopfschütteln sah. »Aussichtslos, Phil! Wir leben in Wahlkampfzeiten. Die Opposition wirft der Regierung vor, sie mißachte die Rechte der Bürger, und die Regierung will den Vorwurf nicht auf sich sitzen lassen. Der Justizminister hat die Gerichte angewiesen, strengste Maßstäbe bei der Entscheidung über Abhöranträge anzulegen. Wir besitzen nichts, was unseren Verdacht gegen Kassman untermauern und einen Richter überzeugen könnte.«

Helen, Mr. Highs Sekretärin, meldete sich über die Sprechanlage. »Ein Telefongespräch für Jerry und Phil!«

Der Chef übergab mir den Hörer. »Blair Security Agency«, sagte die Stimme der hübschen Puertoricanerin. »Ich verbinde mit Mr. Blair.«

Blairs Kläffstimme schlug an mein Ohr. »Sind Sie einer der G-men von gestern?«

»Genau!«

»Ich habe eine kleine Überraschung für Sie. Ich kenne den Mann, der's mir besorgen soll. Ich weiß, wie er heißt und wo ihr ihn finden könnt.«

»Dann sagen Sie es uns, Blair!«

»Kommen Sie zu mir!«

Ich sah Mr. High fragend an, der über den Lautsprecher mithörte. Er nickte.

»In einer halben Stunde, Blair!«

»Ja, ich erwarte euch. Ihr werdet zugeben müssen, daß ich saubere Arbeit geleistet habe.« Seine Stimme klang dick vor Triumph.

Ich legte auf und erhob mich. »Mit Ihrer Erlaubnis, Sir!«

»Selbstverständlich!«

Wir verließen das Büro. Auf dem Weg zum Jaguar sagte Phil: »Verdammt peinlich, wenn außer einem Journalisten auch noch ein Privatdetektiv die Nase vorn hätte.«

Der Pullover von Blairs puertoricanischer Sekretärin war blau mit eingewirkten Silbersternen, und zwei Sterne saßen genau auf den Höhepunkten der Auswölbungen. Sie lächelte und machte eine graziöse Handbewegung.

»Mr. Blair erwartet Sie. Er freut sich und hat Drinks bereitstellen lassen.«

Diesmal stürzte uns Bruce Blair nicht entgegen. In großer Haltung saß er hinter seinem Schreibtisch, auf dem neben dem Telefon ein großes Tablett mit Gläsern, Flaschen und einem Eisbehälter stand.

»He, G-men!« rief er und hob zur Begrüßung sein Glas. Mit der anderen Hand wies er auf das Tablett. »Bedient euch, Leute!«

»Nicht um zehn Uhr morgens, Blair!«

»Es gibt Grund zum Feiern. Achtzig Prozent der Arbeit habe ich euch abgenommen. Ihr braucht den Mann nur abzuholen.«

»Vergeuden Sie nicht länger unsere Zeit! Wer ist es?«

Er zog eine Schublade auf, nahm ein Foto heraus und warf es auf den Schreibtisch. »Gestern nacht mit einer Spezialkamera geschossen!«

Das Foto zeigte einen Mann an einer Bartheke. Er führte eine Tasse an den Mund, während er gleichzeitig in einer zusammengefalteten Zeitung las. Sein Gesicht war im Profil zu sehen. Er hatte eine kurze, aufgestülpte Nase, eine niedrige Stirn und feiste Wangen, die auf erhebliches Übergewicht des ganzen Burschen schließen ließen.

»Hugh Finch, vierunddreißig Jahre alt, zweimal unter Anklage wegen Totschlags, freigesprochen aufgrund ungenügender Beweise und zurückgezogener Zeugenaussagen«, erklärte Blair herablassend, als läse er aus einer Polizeikartei vor.

»Woher wollen Sie wissen, daß er der Killer ist, den die Mord-AG als Nachfolger von Zacco Turner auf Sie angesetzt hat?«

»Ich habe mich umgehört«, antwortete er unbestimmt.

»Die Antwort genügt nicht.«

»Als Privatdetektiv bleibt man erfolglos, wenn man

sich nicht Verbindungen in der Unterwelt verschafft. Wie soll ich geklautes oder geraubtes hochversichertes Zeug wieder an Land ziehen, damit die Versicherungen nicht zahlen müssen, ohne Leute zu kennen, die mir flüstern, wer die Dinger gedreht hat? Ich kenne solche Leute, G-man, und diesmal habe ich sie gefragt, wer als Killer für eine saubere Arbeit zu haben ist.« Er wies auf das Foto. »Sie halten sein Bild in den Händen.«

»Glauben Sie, er wäre der einzige Mann in New York, der das Töten zu seinem Beruf gemacht hat?«

»Natürlich nicht! Sechs Namen wurden mir genannt. Trotzdem ist Finch der richtige. Er ist mein Killer.«

»Woher die Gewißheit, Blair?«

»Weil ich ihn gestern zweimal sah. Einmal in der Halle des Hauses, ein zweites Mal vor meiner Wohnung. Dann sorgte ich dafür, daß ich ihn zum drittenmal zu sehen bekam, und zwar in einem Schnellimbiß am Times Square. Dort wurde das Foto geschossen.«

»Hat er Sie nicht gesehen? Wenn er Ihr Killer wäre, müßte er mindestens Ihr Gesicht kennen.«

»Ich kann mit Perücken, falschen Bärten und dunklen Brillen umgehen, G-man. Das gehört zum Handwerk. Ich saß zwei Hocker von ihm entfernt und fotografierte ihn mit einer Knopflochkamera. Für den Rest des Abends blieb ich ihm auf den Fersen. Er besuchte eine Show in der 42nd Street. Danach kippte er ein gutes Dutzend harter Drinks in einer Kaschemme an der Penna Station. Als er nach Hause wankte, war er ziemlich blau. An jeder dunklen Ecke hätte ich ihn erledigen können, und es hätte ausgesehen wie ein gewöhnlicher Straßenraub.« Er füllte sein Glas. »Natürlich bin ich kein Mörder. Also übergebe ich den Mann dem FBI. Holen Sie ihn sich! Die Adresse lautet: Hugh Finch, 526 West 33rd Street, Wohnung Nummer 6/19.«

Er warf uns die Adresse mit der Großzügigkeit des Profis hin, der alle Probleme gelöst hat und die Stümper gnädigst am Erfolg teilhaben läßt.

»Kann ich Ihr Telefon benutzen?« fragte ich.

»Selbstverständlich.«

Ich rief das Hauptquartier an, ließ mich mit dem Check-up-Office verbinden und bat: »Fragt den Computer nach Hugh Finch!«

Eine Minute später sagte der Kollege vorm Bildschirm des Terminals: »Wir haben ihn, Jerry.«

»Lies vor!«

Was er vom Bildschirm ablas, stimmte mit Blairs Angaben überein, war aber in einigen Punkten etwas ausführlicher.

Außerdem waren Finchs Daten mit einem Q9-Vermerk gekennzeichnet, der bedeutete, daß seine Beteiligung an schweren, unbekannt gebliebenen Verbrechen vermutet wurde.

Ich gab Blair den Hörer zurück.

»Na und?« fragte er.

»Wir werden uns Finch näher ansehen.«

Der Privatdetektiv blies sich auf wie ein Luftballon. »Ihre Probleme löst Blairs Security Agency!« trompetete er. »Wenden Sie sich vertrauensvoll an uns!«

»Am liebsten würde ich meinen nächsten Urlaub benutzen, um Blair einen gewaltigen Dämpfer zu versetzen«, sagte Phil wütend. »Ich halte jede Wette, daß der Bursche massenweise Dreck am Stecken hat.«

»Er wehrt sich seiner Haut«, antwortete ich und steuerte den Jaguar in eine Parklücke.

Wir stiegen aus, gingen die 33rd Street hinunter. Nr.

526 war ein Wohnhaus von zehn Etagen und mit kleinen Geschäften im Erdgeschoß.

»Sekunde!«

Phil blieb stehen, zog sein Walkie-talkie aus der Tasche und schaltete es ein. Wie üblich gab das Gerät viel Gequäke von sich. Die Wachdienste der Hochhäuser und Banken, die Ingenieure auf den Großbaustellen, die Manager der riesigen Hotels – sie alle dirigieren ihre Leute über Sprechfunksysteme, deren Sendeleistung so hoch ist, daß sich aus dem Überschuß ein Geräuschsalat bildet. Nur in unmittelbarer Nähe und auf der richtigen Frequenz werden andere Sender ausreichend überlagert.

Phil drehte am Knopf für die Feinabstimmung, lauschte noch einmal und schüttelte lächelnd den Kopf. »Kein Kontaktmann für Mr. Finch im Äther!«

Wir betraten das Haus, dessen Eingangstür nicht verschlossen war. Ein farbiger Wächter saß mitten in der Halle, bequem in einen baufälligen Korbsessel gelehnt, die Füße auf dem Rand eines Blumenkübels, in dem eine fast kahle Zimmerpalme vor sich hinkümmerte.

Er warf uns einen uninteressierten Blick über den Rand seiner Zeitung zu. »Wohin?«

»Hugh Finch.«

»Kennen Sie die Wohnungsnummer? Sonst muß ich im Mietverzeichnis nachsehen.«

»Sechste Etage. Wohnung Nummer neunzehn.«

»In Ordnung«, sagte er. »Benutzen Sie den rechten Fahrstuhl! Der andere funktioniert nicht.« Er zog sich hinter seine Zeitung zurück.

Die Fahrstuhlkabine war schmutzig und stank nach kaltem Rauch. Die Schachttür quietschte beim Öffnen.

Wir gingen durch den langen Flur. An den Türen standen die Wohnungsnummern in aufgemalten Zahlen.

Zwei Frauen kamen uns entgegen. Sie redeten heftig in einer fremden Sprache aufeinander ein. Uns beachteten sie nicht.

»Nummer neunzehn«, sagte Phil. Er legte den Daumen auf den Klingelknopf und grinste mich an. »Tritt zur Seite, Jerry, falls wieder mit einer MPi-Serie geantwortet wird!«

Das Schrillen der Klingel war deutlich zu hören.

Niemand reagierte.

Phil läutete noch dreimal ohne Resultat. Er legte das Ohr an die Tür.

»Jemand spricht!« stellte er fest und lauschte noch einmal. »Wahrscheinlich Radio oder Fernseher! Hol den Wächter rauf! Er soll die Wohnung mit dem Generalschlüssel öffnen.«

Ich fuhr zurück in die Halle. Der Wächter weigerte sich und wollte sich nicht von seiner Zeitung trennen. Erst der Anblick des FBI-Ausweises brachte ihn in Bewegung.

Phil wartete vor der Tür von Nr. 19. Er nahm dem Hauswächter den Schlüssel ab und öffnete.

Musik schlug uns entgegen und brach ab. Eine Männerstimme sagte: »Versuchen Sie Mellock's Happy Breakfast-Haferflocken! Ihre Kinder werden jubeln.«

In der Diele hing ein blauer Trenchcoat. Die Tür zum Wohnraum stand offen, und als wir den Raum betraten, jubelte eine Kinderstimme: »Oh, Mammy, Happy Breakfast-Haferflocken! Wir lieben dich!«

Die Vorhänge waren nicht vorgezogen. Das Tageslicht verbreitete soviel Helligkeit, daß die Gestalten auf dem Bildschirm nur schemenhaft und blaß zu sehen waren. Aber mit grausamer Deutlichkeit zeigte es jede Falte und jede Bartstoppel im erstarrten Gesicht des Mannes, der vor der Couch lag, die Arme leicht gespreizt, das linke

Bein wie zur Abwehr angezogen. Die Schlinge, mit der er erdrosselt worden war, schnitt so tief in die Haut seines Halses, daß sie wie eine Operationsnaht aussah.

Hinter uns gurgelte ein erstickter Schrei, gefolgt von einem schweren Fall.

Wir fuhren herum.

Der Hauswächter war ohnmächtig umgekippt.

Bruce Blair rief seine Sekretärin. »Komm rein, Dorsy! Los, komm rein!« Er füllte ein Glas mit Wodka und Orangensirup, ging ihr entgegen und hielt ihr das Glas hin.

»Diese Pflasterlatscher vom FBI wollten nicht mit mir trinken! Also stoß du mit mir an, Schätzchen, und gib Big Bruce einen Kuß! Du hast den besten Schnüffler New Yorks zum Chef.« Er drückte ihr das Glas in die Hand. »Cops, Tecs, Narcotic Squads und G-men, alles lausige Nullen im Vergleich zu mir.«

»Du bist der Größte, Bruce!« stimmte sie zu. »Cheerio!«

Er zog sie an sich. Während sie trank, küßte er sie auf den Hals. Sie kicherte die Tonleiter rauf und runter. »Oh, Himmel, laß los! Du verschüttest den Drink.«

»Noch genug davon da«, brummte er, ohne die Lippen von der Haut des Mädchens zu lösen.

Sie wand sich. »Bruce, mein Pullover! Die Flecken vom Sirup gehen nicht raus!«

»Dann zieh ihn aus, Honey!« Er schob seine Hände unter den Pullover und umfaßte Dorsys Brüste.

»Du bist verrückt, Bruce«, stöhnte sie, ohne ernsthaft Widerstand zu leisten. »Tu das nicht! Es ist zehn Uhr morgens, nicht Mitternacht. Vergiß das nicht, Darling!«

Blair drängte sie gegen die Couch. »Ja, ich bin verrückt nach dir.«

Ihr Atem ging schneller. »Bruce, wir haben noch nie so früh – und hier …«

»Ich bin nicht zu stoppen, Baby! Du wirst dich wundern! Ich fühle mich groß in Form.« Er ließ eine Hand sinken und tastete nach dem Reißverschluß ihres Rockes.

Mit der freien Hand fing sie den rutschenden Rock ab.

»Laß mich die Tür schließen!« keuchte sie. »Jeden Augenblick kann jemand ins Büro kommen.«

»Mir egal!« Er schob den Pullover hoch. »Laß dich freilegen, Dorsy-Darling!«

Ihr Widerstand verstärkte sich. »Nein, nein, Bruce! Erst laß mich die Tür abschließen! Ich will nicht von einem Mädchen aus anderen Büros überrascht werden. Jeden Morgen kommt irgendeine und leiht sich Kaffee oder meinen Nagellack.« Es gelang ihr, ihn ein wenig zurückzuschieben.

»Nur eine Minute!« flüsterte sie und küßte ihn leidenschaftlich.

Er gab sie frei. »Beeil dich! Verdammt, beeil dich!« Er nahm ihr das Glas ab, das sie noch immer in der Hand hielt. Sie zog den Pullover notdürftig herunter. Auf das Schließen des Rockes verzichtete sie.

Blair sah ihr nach, wie sie zur Tür seines Büros ging, sie öffnete und sich im Rahmen noch einmal umdrehte. Sie spitzte die Lippen und schickte ihm einen Luftkuß.

»Komm sofort zurück!« röhrte er. »Dorsy, ich werde dir …«

Sie verschwand ins Vorzimmer. Blair riß den Kragen seines Hemdes auf, streifte die Jacke ab und schleuderte sie in einen Sessel.

»Wo bleibst du, Dorsy?« brüllte er und ließ sich auf die Couch fallen. »Ich liege schon …!«

Er hörte das Geräusch eines Falls aus dem Nebenzimmer, glaubte, Dorsy habe in der Eile einen Stuhl umgestoßen, und schrie: »Komm endlich!«

In der offenen Verbindungstür erschien eine Gestalt.

Blair breitete die Arme aus. Er wollte irgendeinen Unsinn rufen. Schon der erste Laut erstarb ihm auf den Lippen. Nicht Dorsy, sondern ein Mann in einem Trenchcoat und mit einem tief in die Stirn gezogenen Hut kam herein.

Der Mann durchquerte den Raum mit großen, schnellen Schritten.

»Wer sind Sie?« schrie Blair und richtete sich auf. Er starrte in das bewegungslose Gesicht einer fleischfarbenen Maske mit roten Lippen und aufgemalten Augenbrauen.

»Nein, bitte, nein«, stöhnte er, ohne sich der eigenen Worte bewußt zu werden. Gelähmt wie ein Kaninchen unter einem Schlangenblick behielt er seine lächerliche Haltung bei, machte keine Abwehrbewegung, als der Maskierte die Hand hob, reagierte nicht beim Anblick der Waffe, und seine Muskeln und Sehnen spannten sich nicht zu einer letzten Verzweiflungstat.

Bis auf den Abstand einer Armlänge trat der Maskierte an die Couch und erschoß Bruce Blair.

Ich zog den ohnmächtigen Hauswächter hoch, lehnte ihn gegen die Wand und verpaßte ihm ein paar sanfte Ohrfeigen, die ihn ins Bewußtsein zurückholten.

Phil beugte sich über den Toten und berührte ihn vorsichtig. »Kalt!« sagte er. »Seit vielen Stunden tot.« Er schaltete den Fernsehapparat ab. Die plötzliche Stille fiel schwer in den Raum.

Die Schranktüren standen offen. Alle Schubladen

waren herausgezogen. Ihr Inhalt lag wild verstreut auf dem Boden. Die Szene sah nach einem Raubmord aus.

Phil verglich das Foto, das Blair uns gegeben hatte, mit dem entstellten Gesicht. »Das ist der Mann!« stellte er fest.

Ich versuchte, aus dem verstörten Hauswächter ein paar brauchbare Auskünfte herauszuholen. »Seit wann sind Sie im Dienst?«

»Seit acht Uhr morgens«, stammelte er.

»Wer war Ihr Vorgänger?«

»Gibt keinen Vorgänger, Sir. Nur tagsüber, wenn die meisten Mieter nicht im Haus sind, sitze ich in der Halle.«

Phil hob eine offene Brieftasche auf, die dicht neben dem Kopf des Toten lag. Er fand darin ein paar Dollars und einen Führerschein. »Ausgestellt auf den Namen Hugh Finch!«

»Arbeit für das Homicide Department.«

Ein Telefon stand auf einem niedrigen Tisch. Ich rief das Homicide Department der City Police an.

»FBI-Agent Cotton! Wir fanden einen ermordeten Mann, der von uns als Berufskiller verdächtigt wird. Es ist wichtig, daß alle Spuren gesichert werden. Ihr müßt mit großer Besetzung kommen.«

»Für den Augenblick kann ich Ihnen nur einen jungen Inspektor und zwei Anfänger von der Polizeiakademie schicken, die bei uns ein Praktikum absolvieren«, antwortete der Einsatzleiter des Department. »Heute nacht war blutiger Hochbetrieb in New York, und meine letzte Crew mußte ich vor fünf Minuten zu einem frischen Mord in die Madison Avenue schicken.«

»Madison Avenue? Welche Adresse?

»Cross Building.«

»Und wer?«

»Lassen Sie mich nachsehen!« Ich hörte das Rascheln von Papier. »Gemeldet von einer Judy Harvest! Sie fand zwei Personen in den Räumen der Blair Security Agency. Wahrscheinlich handelt es sich um den Besitzer und seine Sekretärin.«

Ein Streifenwagen und zwei Fahrzeuge der Mordabteilung der City Police blockierten den Bürgersteig vor dem Bürohochhaus. In der 12. Etage sperrten Polizisten den Zugang zu Blairs Office. Sie hielten Neugierige aus den anderen Büros und die inzwischen aufgekreuzten Journalisten zurück.

Die Gruppe des Homicide Department wurde von Lieutenant Mike Cafaldo geleitet. Er war ein Mann Mitte Vierzig, den ich von früheren Einsätzen her kannte. Ich stieß im Vorzimmer auf ihn.

»Allein, Cotton?« fragte er.

»Genau, Lieutenant! Mein Freund Phil ist in der Wohnung des Mannes zurückgeblieben, der Bruce Blair umbringen sollte.«

Lieutenant Cafaldo sah mich verdutzt an. »Umgebracht hat?« fragte er.

»Nein, umbringen sollte! Er ist selber tot.«

Cafaldo seufzte. »Ich bin nur ein einfacher Polizist, amico mio. Wenn ich die Zusammenhänge kapieren soll, müssen Sie mir alles langsam und deutlich erklären.«

»Später, Mike! Schildern Sie mir, was sich hier abgespielt hat!«

»Das weiß ich auch nur ungenau. Ich bin erst seit einer Viertelstunde hier. Da kommt der Arzt!«

Der Polizeiarzt kam aus Blairs Büro in den Vorraum. Er

packte im Gehen seine Instrumente in die Tasche. »Tot seit höchstens zwei Stunden ...«, sagte er.

»Seit einer«, unterbrach ich. »Um zehn Uhr haben wir noch mit Bruce Blair gesprochen.«

»Ich weiß nicht, ob der Tote auf der Couch Bruce Blair ist«, knurrte der Doc unwirsch.

»Auf jeden Fall lag um zehn Uhr kein Toter auf der Couch.«

»Der Mann ist Bruce Blair«, mischte sich Lieutenant Cafaldo ein. »Ich habe ihn durch Leute aus anderen Büros identifizieren lassen.«

»Na, also!« Der Arzt musterte mich unfreundlich. »Kann ich fortfahren?«

»Sorry wegen der Unterbrechung, Doc!«

»Nur eine Schußwunde! Hier!« Er tippte mit dem Zeigefinger auf die Mitte der eigenen Stirn. »Keine Austrittsöffnung. Kugel steckt noch im Schädel. Vermutlich ein kleines Kaliber. Sonst wäre von der Hirnschale nicht viel übriggeblieben.«

»Danke, Doc«, sagte Cafaldo. »Andere Besonderheiten?«

»Lippenstiftspuren im Gesicht und auf dem Hemdkragen! Er muß mit dem Mädchen herumgeknutscht haben, bevor man es ihm besorgt hat. Ich gebe Ihnen einen Tip, Lieutenant. Vergleichen Sie die Farbe mit dem Lippenstift des Mädchens, das hier lag. Sie war auch nicht vollständig bekleidet. Ich wette, Chef und Sekretärin wurden beim Schäferstündchen gestört. Vielleicht war's ein eifersüchtiger Freund!«

Er nickte uns zu und ging.

»Wurde die Sekretärin auch ermordet?«

Cafaldo schüttelte den Kopf. »Nicht ermordet, sondern niedergeschlagen, aber massiv. Als wir eintrafen, kümmerte sich bereits ein Arzt um sie, dessen Praxis sich im Cross Building befindet. Er bestand darauf, daß sie sofort in ein Krankenhaus gebracht wurde. Verdacht auf Schädelbruch.« Er warf einen Blick in sein Notizbuch. »Dorsett Macrez, ein Mädchen puertoricanischer Herkunft.«

»Wer hat das Verbrechen entdeckt?«

»Eine Sekretärin aus einer anderen Firma. Sie ist mit Dorsett Macrez befreundet und kam in Blairs Agency, um ihrer Freundin einen Ausflug am Wochenende vorzuschlagen. Sie fand das Mädchen ungefähr hier.« Er wies auf die Stelle. »Die Tür zum Chefbüro stand offen. Wollen Sie Blair sehen? Wir haben noch nichts in seinem Office verändert.«

Bruce Blair lag auf einer schwarzen Ledercouch. Sein Gesicht war kaum entstellt, und da sein Kopf nach dem Schuß tief in den Nacken gefallen war, auch nicht voll Blut. Er war nur mit Hose und Hemd bekleidet. Die Schuhe standen unordentlich vor der Couch, als habe er sie eilig abgestreift. Die Jacke hing über einer Sessellehne.

»Sieht aus, als habe der Doc recht«, sagte Cafaldo. »Soll ich nach einem eifersüchtigen Freund der Sekretärin fahnden?«

»Das können Sie sich sparen, Lieutenant. Blair wurde nicht aus Eifersucht umgebracht. Seine Ermordung lief als Auftrag bei der Mord-AG. Er glaubte, seinen Killer entdeckt zu haben.«

»Sprechen Sie von dem Mann, den Sie fanden?«

»Ja, er heißt Hugh Finch. Vor knapp zwei Stunden, um zehn Uhr, nannte Blair uns Namen und Adresse und gab uns dazu noch ein Foto. Als wir hinkamen, fanden wir nur einen Toten.«

»Auch erschossen?«

»Erdrosselt und seit vielen Stunden tot. Bedenken Sie,

daß, während wir Finch fanden, Blair umgebracht wurde! Entweder war alles eine Falle, oder für die Mord-AG ist ein Superkiller unterwegs.«

Lieutenant Cafaldo zog die Augenbrauen hoch. »Soll ich an eine Art *Superman* der Unterwelt glauben?« fragte er mit spürbarem Spott.

»Lachen Sie nicht, Mike! Der Bursche hat uns schon einmal einen Mann unter den Händen weggeschossen! Er verhinderte, daß wir die Mord-AG endlich in den Konkurs trieben.«

Ich blickte mich im Büro um.

»Wir werden alle Geschäftsunterlagen der Agency überprüfen. Blair war ein zwielichtiger Typ, der wahrscheinlich seine erschnüffelten Kenntnisse so lange zur Erpressung benutzte, bis eins seiner Opfer für ihn bei der Mord-AG ein Killing kaufte. Vielleicht kommen wir auf diesem Weg weiter. Schicken Sie einen zweiten Schlüssel vom Sicherungsschloß ins Hauptquartier! Danke, Lieutenant!«

Um 11 Uhr 30 Uhr war in Kassmans Restaurant noch nicht viel los. Ein paar Leute standen an der Bar und löschten den frühen Durst. Ich fragte einen Kellner nach dem Boß.

»In seiner Wohnung, Sir. Ich rufe ihn.« Er griff zum Telefon.

»Nicht nötig! Ich gehe hinauf.«

Zweifellos rief er trotzdem an, denn Kassman kam mir auf der Treppe zwischen seiner Wohnung und dem Restaurant der ersten Etage entgegen.

»Essen servieren wir erst ab Mittag, G-man!«

»Ich will in deiner Wohnung mit dir sprechen!« Er

rührte sich nicht von der Stelle. Seine Gestalt verstopfte den Aufgang wie ein Korken einen Flaschenhals.

»Bringst du einen Haftbefehl mit?« fragte er.

»Davor scheinst du Angst zu haben, Kassman. Fürchtest du die Küche im Gefängnis?«

»Ich habe nichts zu verbergen!« sagte er. »Komm rauf!«

Der Raum, in den die Treppe mündete, nahm anscheinend die ganze Etage ein, abgesehen von ein paar Quadratyards für Küche und Badezimmer. Die Einrichtung verriet, daß Kassman ihn als Wohn- und Arbeitsraum benutzte. Der Schreibtisch war riesig, und die Sessel hätten einem mittleren Elefanten als Ruheplatz genügt.

»Ich weiß, daß du Drinks ablehnst, G-man«, sagte Kassman. »Mir schmeckt das Essen besser nach einem Schluck Sherry.«

Er ging zum Barschrank und hantierte mit einer Flasche, die noch verkorkt war.

Ich stand vor dem Tisch, um den sich die Elefantensessel gruppierten. Auch der Tisch war ein mächtiges Gebilde mit einer Marmorplatte und einem Säulenfuß in der Mitte.

Hatte Lilly Karpow die Wanze unter diesen Tisch geheftet? Ich schätzte die Entfernung zum Telefon.

Der Apparat hing an einem Schwenkarm, so daß er am Schreibtisch und von einem Sessel aus benutzt werden konnte. Ich fuhr mit der Hand unter der Tischkante entlang. Meine Finger ertasteten nichts.

Kassman füllte sein Glas und drehte sich um. »Beeil dich, G-man! Ab zwölf Uhr muß ich mich um meine Gäste kümmern.«

Ich legte ein Foto auf die Marmorplatte. Ein Mann der Homicide Crew hatte es mit einer Polaroidkamera geschossen. Es zeigte Blairs Leiche.

Kassman warf einen flüchtigen Blick auf das Foto und drehte angewidert den Kopf zur Seite. »Warum zwingst du mich, häßliche Dinge zu betrachten? Ich kenne den Mann nicht.«

»Kennst du diesen Mann?« Ich legte das Bild Hugh Finchs dazu.

»Kommt mir vor, als hätte ich ihn schon einmal gesehen«, antwortete Kassman vorsichtig. »Vielleicht ein Gast?«

»Ein Gast!« wiederholte ich wütend. »Das ist deine ständige Antwort und eine erstklassige Ausrede dazu. Killer und Auftraggeber, alle kommen nur in deinen Laden, weil sie essen wollen, und du sprichst mit ihnen über nichts anderes als über die Speisekarte. Hör gut zu, Kassman! Turner hat ein paar Notizen hinterlassen. Das nächste Opfer der Mord-AG heißt Jarvis Sloat. Ich kann nicht behaupten, daß Sloat ein besonders wertvolles Mitglied der Gesellschaft wäre, aber wir haben ihn gewarnt. Diesen Auftrag wird deine Firma nicht erfüllen.«

Er schlürfte sein Glas leer und stellte es auf die Marmorplatte. »Warum nimmst du nicht Vernunft an, G-man?« fragte er und machte mit seinem gefräßigen Mund Kaubewegungen, als hielte er ein großes Stück Fleisch zwischen den Zähnen. »Ich weiß, daß euch meine Karriere nicht gefällt. Weil ich für die Faranghi-Familie gearbeitet habe und weil ein halbes Dutzend der Faranghi-Jungs von der Konkurrenz weggeschossen wurden, haltet ihr mich für den großen Buhmann. Vielleicht wurde damals wirklich eine Aktiengesellschaft zur Erledigung der Faranghis gegründet, aber ich hatte nie etwas damit zu tun. Ich gehörte zur anderen Seite, und ich wundere mich noch heute, daß ich nicht abgeknipst wurde. Als die Faranghis aufgaben und die Staaten verließen, stieg ich aus allen schrägen Geschäften aus und kümmerte mich nur noch um mein Restaurant. Dabei ist es geblieben. Die Mord-AG, von der ihr Schnüffler ständig redet, ist ein Hirngespinst. Wenn die Firma je existierte, wurde sie mit Sicherheit aufgelöst, als sie ihren Zweck erreicht und die Faranghi-Organisation durch die Ermordung der wichtigsten Männer lahmgelegt hatte.«

»Eine schöne Rede, Joe, und jedes Wort eine Lüge«, antwortete ich. »Im Krieg der New Yorker Gangs gegen die neue Konkurrenz aus dem Libanon bist du umgestiegen, als die alten Bosse dir das richtige Angebot machten. Du hast die Mord-AG organisiert. Du hast die Killer angeheuert. Du hast ihnen die Möglichkeit verschafft, ihre Jobs auszuführen. Als die Aufgabe erfüllt war und sich die überlebenden Faranghis in den Libanon zurückzogen, dachtest du nicht im Traum daran, die Firma zu liquidieren. Du bist gefräßig wie ein Wolf, Kassman. In deinen Händen liefen die Fäden einer Organisation zusammen, mit deren Hilfe sich Hunderttausende verdienen ließen. Das erkanntest du, und im Laufe weniger Monate machtest du die Mord-AG zu deinem eigenen Unternehmen. In der Börsensprache ausgedrückt: Du, Joe Kassman, hältst alle Aktien. Du trägst die Verantwortung für mehr als zwanzig Morde, die seit dem Ende der Faranghis von der AG verübt wurden!«

Er massierte die eisgrauen Stoppel auf seinem Schädel. »Zwanzig Morde?« In seinen vorquellenden blauen Augen mischten sich Hohn und Haß gleichermaßen. »Welchen Platz unter Amerikas Massenmördern erreiche ich damit?«

»Du hast niemals einen Mord eigenhändig begangen, Joe. Trotzdem wirst du eines Tages eine Begegnung mit dem elektrischen Stuhl haben.«

»Sobald du mich verlassen hast, G-man, werde ich meinen Anwalt anrufen«, sagte er. »In diesem Land gibt es Gesetze, mit deren Hilfe man auch einen wildgewordenen FBI-Agenten an die Kette legen kann.«

»Die Rolle der verfolgten Unschuld paßt nicht zu dir, Joe Kassman.« Noch einmal strich ich über die Marmorplatte. »Seit wann steht der Tisch an dieser Stelle, Joe?«

Sekundenlang starrte er mich fassungslos an. Dann verzog er das Gesicht zu einer Grimasse. »Ich denke nicht daran, dumme Fragen eines Schnüfflers zu beantworten, dem nichts Besseres einfällt«, kläffte er und stampfte zur Treppe.

An der Tür hing eine einfache Visitenkarte mit dem Aufdruck: R&G – News Agency.

Auf mein Läuten öffnete Lilly Karpow. Sie steckte in einem blauen Bademantel und hatte ihr Haar mit einem Kopftuch aufgebunden. Die rechte Wange zeigte Schrammen, und die Unterlippe war geschwollen. Spuren der Behandlung, die sie in Harlem durch die Streetgangster erlitten hatte.

»Guten Tag, Karpow!«

Sie verzog keine Miene des wenig attraktiven Gesichtes.

»Warum haben Sie nicht angerufen?« fragte sie unfreundlich. »Wir sind erst vor einer halben Stunde aufgestanden. Bob ist noch im Bad. Sie können im Büro warten.«

Sie führte mich durch die große Wohnung, die mindestens fünf Zimmer umfaßte. Einige Türen standen offen, so daß ich in die Räume blicken konnte, die vollständig, aber nachlässig eingerichtet waren.

Im Büro standen zwei Schreibtische, ein Fernschreiber

und Regale mit Aktenordnern. An einem Gestell hingen mehrere Kameras, ein Blitzgerät und ein hochkarätiges Fernglas.

»Ich werde Bob sagen, daß Sie hier sind.« Lill Karpow wandte sich zur Tür.

»Warten Sie, Lill! Ich möchte Sie noch einmal fragen, wo Sie das Abhörgerät in Kassmans Wohnung anbrachten.«

»Unter einem Tisch.«

»Wo genau stand der Tisch?«

»Nicht weit vom Telefon.«

»Bitte genauer, Lill!«

Die Tür wurde geöffnet, und Gilbride kam herein. Auch er trug einen Bademantel. Sein Haar war naß.

»Hallo, G-man! Ich hörte Ihre Stimme! Entschuldigen Sie unser Aussehen! Die gestrige Nacht hat uns ziemlich fertiggemacht. Wir mußten uns gründlich ausschlafen. Lillys Nerven waren so strapaziert, daß sie im Schlaf schrie.«

»Der G-man verlangt, daß ich den genauen Platz des Tisches beschreibe«, sagte sie.

»Kannst du es nicht?«

»Ich war so aufgeregt und fürchtete mich.«

»Bestimmt werden Sie sich daran erinnern, aus welchem Material der Tisch bestand«, beharrte ich.

Sie senkte den Blick.

»Warum schweigst du?« fragte Gilbride zornig.

»Ein Metalltisch«, sagte sie leise.

»Nein, Lill! Der einzige Tisch, der in Kassmans Wohnraum in Frage kommt, hat eine Marmorplatte und steht auf einem Mittelfuß aus gleichem Material.«

Sie zog die Schultern hoch. »Mag sein, daß ich mich irre.« Sie sah nicht mich, sondern den Reporter an.

»Nehmen Sie Lills Unsicherheit nicht zu wichtig,

G-man!« Er legte einen Arm um seine Freundin. »Sie war damals tatsächlich ungeheuer aufgeregt. In gewissem Maße trage ich die Schuld. Ich zwang sie, sich in Kassmans Wohnung einzuschleichen, obwohl sie vor Angst beinahe starb.«

»Sagten Sie nicht, Sie hätten eine Wanze mit Magnethaftung benutzt? Magnethaftung funktioniert bei Marmor nicht.«

Ich sah, wie er sich auf die Unterlippe biß. »Wohin zielen Ihre Fragen, G-man?« fragte er mit einem feindlichen Unterton.

»Ich versuche herauszufinden, ob tatsächlich ein Abhörmikrofon in Kassmans Wohnung ist.«

»Glauben Sie, daß Lill und ich lügen? Warum sollten wir uns selbst einer Tat bezichtigen, die immerhin als illegal gilt und für die wir bestraft werden können?«

»Das frage ich mich auch, Bob. Aber Magnete funktionieren an Marmor wirklich nicht.«

»Vielleicht ist die Wanze sofort wieder abgefallen.« Sein Gesicht erhellte sich. »Das würde den schlechten Empfang erklären.« Mißbilligend sah er seine Freundin an. »Auch wenn deine Nerven flattern, sollest du Marmor von Metall unterscheiden können, Darling.«

»Ein abgefallenes Mikrofon müßte Kassman entdeckt haben.«

»Es war nicht größer als ein Daumennagel, G-man. Schon zwischen den Fasern eines Teppichs wäre es nicht leicht zu sehen.«

»Okay, Gilbride! Beim nächsten Besuch in Kassmans Wohnung werde ich einen Staubsauger mitnehmen.«

Er lachte befreit auf. »Mögen Sie einen Kaffee, G-man? Er ist noch heiß. Lill, bring Kaffee für uns!«

»Gestern erzählten Sie, daß Sie viele Besucher von *The*

Kitchen heimlich fotografiert hätten. Ich möchte diese Fotos sehen.«

»Einverstanden! Kommen Sie mit in mein Labor. Lill wird den Kaffee im Labor servieren.«

Das Zimmer, in das er mich führte, hatte schwere Vorhänge vor den Fenstern, die das Tageslicht ausschlossen. Gilbride schaltete starke Neonröhren ein.

Auf einem Arbeitstisch standen ein Entwicklungsgerät, Flaschen mit Chemikalien, ein Vergrößerungsapparat und mehrere Fixierschalen. An der gegenüberliegenden Wand hingen neun Fotos im Format einer Zeitungsseite, jedes offensichtlich die Vergrößerung eines Schnappschusses.

Aus einem Regal zog Gilbride eine dicke Mappe und trug sie zu einem Tisch. »Sie enthält die Fotos des ersten Beobachtungsmonats. Damals habe ich eine Menge Material verbraucht, weil ich jeden Besucher von *The Kitchen* wahllos fotografierte. Später lernte ich die Clerks und Stenotypistinnen aus den Büros der Wolkenkratzer von den wirklich interessanten Leuten zu unterscheiden und schoß nur noch Fotos von besonderen Typen.«

Ich öffnete die Mappe. Auf jeder Seite waren zwölf Fotos aufgeklebt, samt und sonders aus demselben Blickwinkel geschossen. Sie zeigten den Eingang zu Kassmans Restaurant mit Männern und gelegentlich Frauen, die *The Kitchen* betraten oder verließen.

Ich schlug einige Seiten um. Nichts änderte sich auf den Bildern außer den Personen.

»Wie viele Fotos haben Sie?« fragte ich Gilbride.

»Mehr als zweitausend!«

Lilly Karpow brachte den Kaffee. Sie hatte sich ein Kleid angezogen und ihr Haar frisiert. Sobald sie die Tassen gefüllt hatte, verließ sie das Labor.

Ich wies auf die Fotos an der Wand. »Warum haben Sie diese Bilder ausgewählt?«

In Gilbrides Augen leuchtete Stolz. »Das sind meine Treffer, G-man. Einige Leute müßten Sie erkennen.« Er stand auf und ging zu der Wand. »Alle Fotos habe ich von solchen Aufnahmen, wie Sie sie in den Mappen sehen, vergrößert.«

Er wies auf ein Bild. »Anthony Croft, Besitzer einer Baufirma, verwickelt in einen Bauskandal, besuchte *The Kitchen* am achten November des vorigen Jahres. Acht Wochen später verschwanden zwei Prüfingenieure, die seine unsauberen Abrechnungen aufgedeckt hatten.«

Seine Hand glitt zum nächsten Foto. »Nathaniel Greenwood, Besitzer einer Kette von Nightclubs und Stripshows mit Schwerpunkt in Atlanta. Dreimal in zwei Tagen kam er zum Essen in *The Kitchen*. Sechs Wochen später wurde in Atlanta eine gewisse Fanny Wortigo getötet, die für Greenwood einen Nightclub verwaltete. Sie, G-man, bestätigten mir, daß der Mord von Jack Zacco Turner ausgeführt wurde. Turners Foto hängt in der dritten Reihe. Ein kleineres Exemplar zeigte ich Ihnen bei unserer ersten Begegnung.«

Er wies auf das Foto einer Frau. »Phyllis Ryler. Sie besuchte *The Kitchen* während eines New-York-Aufenthaltes an vier Tagen im Februar. Genau am zweiten April stand sie am Grab ihres Mannes, umgeben von den Direktoren aller Filialen der Ryler-Warenhauskette, deren neue Chefin sie mit dieser Beerdigung wurde.«

Zu jedem Foto lieferte Gilbride im Reportagestil die passende Geschichte von Mord, Unglücksfall oder spurlosem Verschwinden. Nur eine der Geschichten war neu für mich. Die anderen Ereignisse standen auch in unserer Liste von Fällen, bei denen wir Beteiligung der Mord-AG vermuteten. Das letzte Foto zeigte einen großen, schwergewichtigen Farbigen. Deutlich war die bohnengroße Perle in seiner Krawatte zu erkennen.

»William Doyle, der Mann, der seinen Nightclub an Jarvis Sloat verlor«, erklärte Gilbride. »Natürlich geht es nicht nur um den Nightclub, sondern um die Herrschaft über ein gutes Stück Harlem. Zur Zeit wartet Doyle in Haiti darauf, daß sein Auftrag an Jarvis Sloat erfüllt wird.«

»Interessante Sammlung, Bob«, sagte ich. »Wir werden uns Ihre Fotos sehr genau ansehen, auch die in den Mappen. Ihre Galerie an der Wand besteht aus acht Bildern von Personen, die vermutlich Morde bestellt haben, und nur einem Killerporträt. Wir wissen, daß für Kassmans Mord-AG mindestens sechs oder sieben Killer arbeiten. Ist es Ihnen nie gelungen, einen anderen außer Zacco Turner zu fotografieren?«

Er wies auf die Mappen im Regal. »Vielleicht stecken Fotos anderer Killer zwischen den zweitausend Aufnahmen, ohne daß ich sie identifizieren konnte.«

Ich zeigte ihm das Bild Hugh Finchs. »Sahen Sie diesen Mann unter den Besuchern von *The Kitchen*?«

Er betrachtete das Foto lange. »Ich könnte das Bild mit meinen Aufnahmen vergleichen«, schlug er vor. »Wer ist der Mann?«

»Er war ein Killer der Mord-AG.«

»War?«

Ich nickte. »Er wurde in der vergangenen Nacht erdrosselt. Die Firma hatte ihn auf einen Privatdetektiv angesetzt, der ursprünglich von Zacco Turner erledigt werden sollte. Wir fanden seine Initialen und die Telefonnummer in Turners Notizbuch ebenso wie die Angaben über den Nightclubbesitzer in Harlem. Wir warnten ihn, und der Mann war clever genug, seinen Killer zu entdecken, zu fotografieren und seine Wohnung festzustellen. Trotzdem kamen wir zu spät.«

Gilbride geriet in Erregung. »Immerhin besteht für Sie jetzt die Chance, die Mord-AG über den geretteten Privatdetektiv aufzurollen. Hören Sie, Cotton! Geben Sie mir Tips, damit ich ...«

»Er wurde nicht gerettet«, unterbrach ich. »Ein anderer Killer der Firma brachten ihn zwischen zehn und elf Uhr heute morgen um.«

»Unglaublich!« rief Gilbride aus.

Ich nahm einen Schluck vom Kaffee. »Für die Mordfirma arbeitet ein Superkiller, von dem wir nichts wissen außer der Tatsache, daß er immer zur Stelle ist, wenn die Lage für Kassman gefährlich zu werden droht. Er überwacht andere Killer bei der Arbeit, und er bügelt Fehler auf die denkbar einfachste Weise aus, indem er den Mann beseitigt, der den Fehler machte.« Ich tippte auf die Mappe. »Vielleicht steckt sein Foto in Ihrer Sammlung, Bob. Aber ich besitze nicht den kleinsten Anhaltspunkt, es herauszufiltern. Kassmans bester Mann kann blond, schwarz, alt oder jung sein. Sogar um eine Frau könnte es sich handeln, obwohl ich das nicht glaube.«

»Ich wäre Ihnen verdammt gern behilflich, Cotton! Aufklärung und meine große Story würden gut zueinander passen.«

»Stellen Sie uns Ihre Fotosammlung zur Verfügung, Bob!«

»Selbstverständlich! Ich gebe sie nicht gern aus den Händen, G-man, aber Sie können sie hier auswerten.«

»Danke, Bob. Ich rufe Sie an, sobald das Hauptquartier dafür ein oder zwei Spezialisten abstellen kann.« Ich leerte die Tasse. »Danke für den Kaffee!«

Er begleitete mich zur Tür. »Kann ich Ihnen nicht noch auf andere Weise behilflich sein?« fragte er.

»Was meinen Sie?«

Er lächelte. »Ich habe das Abhörgerät noch nicht demontiert.«

»Bob, mit einem schlechten Gerät und einer Wanze im Staubsaugerbeutel läßt sich nicht viel anfangen«, antwortete ich lachend.

Ich fuhr zurück in die 33rd Street. In Finchs Wohnung arbeitete inzwischen eine Gruppe des Homicide Department. Finchs Leiche war schon längst abtransportiert worden.

»Der Arzt hält drei Uhr morgens für die Todeszeit«, sagte Phil und zeigte ein paar Sachen, die die Jungs der Spurensicherung gefunden hatten: ein Walkie-talkie vom gleichen Typ, wie Turner eins besessen hatte, einen schweren Colt Metropolitan und einen Schalldämpfer.

»Die Tür ist nicht gewaltsam geöffnet worden.« Phil zeigte auf das Walkie-talkie. »Finchs Mörder hat sich angemeldet, und er ließ ihn herein.«

»Warum wurde die Wohnung durchwühlt? Was denkst du?«

»Vermutlich fürchtete er, Finch könne Aufzeichnungen gemacht haben, die Kassman belasten.«

»Phil, immer hielten wir Joe Kassman für den wichtigsten Mann der Mord-AG«, sagte ich. »Natürlich ist er der Organisator. Aber ohne den unheimlichen Burschen, der uns Turner wegschoß und Finch tötete, würde Kassman längst hinter Gittern sitzen, und seine Mordfirma wäre geplatzt. Ich habe das Gefühl, als schöbe sich der Mann allmählich an Kassmans Stelle, als wäre der dicke Joe schon von ihm abhängig. Wir müssen ihn unbedingt fassen.«

»Hast du ein Rezept, wie wir das anfangen sollen?« fragte Phil mit leisem Spott in der Stimme. »Wieviel wissen wir über ihn?« Er schnippte mit den Fingern. »Nichts.«

»Er war rechtzeitig zur Stelle, als wir Turner festnehmen wollten. Er muß beobachtet haben, daß Blair sich auf Finchs Fährte gesetzt hatte. Ich bin überzeugt, er weiß auch, daß wir Jarvis Sloat in Harlem aufsuchten. Also muß er dort in nächster Zeit zuschlagen.«

Ich faßte einen Entschluß.

»Heute abend gehen wir noch einmal nach Harlem. Jarvis Sloat muß uns helfen, eine Falle für den besten Mann der Mord-AG zu bauen.«

Während vieler Stunden des Nachmittags hatte Joe Kassman die Code-Worte ›World Trade Center‹ ins Mikrofon seines Walkie-talkies gesprochen, ohne eine Antwort zu erhalten. Gegen acht Uhr abends, als die ersten Gäste zum Abendessen bereits an den Tischen saßen, wurde Kassman von einem Kellner ans Telefon gerufen. »Für Sie, Boß!«

Er ging zum Apparat und hörte die gequetschte, quäkende Stimme.

»Endlich!« sagte er erleichtert.

»Steig in dein Auto, Dicker!« befahl der Mann, der sich Lester nannte. »Fahr zum Drugstore Ecke Cliff und John Street! Warte auf meinen Anruf!«

»Warum willst du nicht sofort mit mir sprechen?« Ein Knacken verriet, daß der andere eingehängt hatte.

Wütend rief Kassman seinen ältesten Kellner. »Übernimm den Laden, Shorty! Sorg für Ordnung! Tisch sieben ist für eine große Gesellschaft Carlo Canuzzis reserviert. Für zehn Uhr haben sich zwölf Leute von einer Broadwayshow angesagt. Ich verlaß mich auf dich, Shorty.«

Kassman haßte es, während der Dinnerzeit nicht den besorgten Restaurantbesitzer spielen zu können. Aber Lesters Anruf ließ ihm keine Wahl.

Es regnete. Er holte nicht den eigenen Wagen, sondern rief ein Taxi, das ihn zur nahen Cliff Street brachte. Er parkte seine zweihundertfünfzig Pfund an der Theke und bestellte Whisky.

Der Keeper musterte ihn kurz. »Ich wette, Sie sind Mr. Kassman«, sagte er. »Ich habe eine Nachricht für Sie.« Er gab ihm einen zusammengefalteten Zettel.

Kassman las: *Wir treffen uns im Jade Garden, 15 Mott Street, Chinatown.*

»Wer gab Ihnen den Zettel?« fragte er.

»Niemand, Sir. Ich notierte einen Telefonanruf. Der Anrufer sagte, ich würde Sie leicht erkennen. Er beschrieb Sie als ein auffallendes Schwergewicht.«

Kassman wandte sich zum Ausgang. »Ihr Whisky, Sir!« rief ihm der Keeper vergeblich nach.

Der Regen hatte sich zu einem mittleren Wolkenbruch verstärkt. Fünf, sechs Taxifahrer übersahen Kassmans Signale, bis ihn endlich ein Cab aufnahm.

Jade Garden in Chinatown entpuppte sich als ein winziges kantonesisches Restaurant, in dem nur Bewohner des Bezirks aßen. Der Tisch, an dem er Platz fand, schien, verglichen mit Kassmans Körpergröße, aus einem Kinderzimmer zu stammen.

Der Kellner brachte ihm die Speisekarte.

»Ich will nicht essen. Bring mir einen Whisky.«

Während er auf den Whisky wartete, las er noch einmal die Nachricht. Er fragte sich, ob die Worte *Wir treffen uns* ... bedeuteten, daß er endlich ›Lester‹ zu Gesicht bekommen würde. Seine Überzeugung, daß sich hinter dem Namen und dem geheimnisvollen Getue Rocco Challan verbarg, war im Laufe der letzten vierundzwanzig Stunden zwar nicht ins Wanken geraten, aber er hätte sich verdammt gern Gewißheit verschafft.

Der Kellner brachte den Whisky, und Kassman, sonst eher ein vorsichtiger Trinker, kippte das Zeug hinunter. Kaum hatte er das Glas abgesetzt, kam der Kellner zurück.

»Mr. Kassman, Sir? Telefon, bitte!«

Er folgte dem Kellner. Das Telefon befand sich in einem schmalen Gang zwischen Restaurant und Küche, aus der Schwaden von Kochdünsten durch den Gang zogen.

Kassman meldete sich.

»Hast du ein Essen bestellt, Joe?« fragte die quäkende, entstellte Stimme. »Die Küche ist gut im Jade Garden. Ich esse gelegentlich dort.«

»Ich habe den ganzen Nachmittag auf einen Anruf gewartet.«

»Dicker, ich hatte eine Menge damit zu tun, deine verdammten Fehler auszubügeln.«

Trotz der Verzerrung hörte Kassman den Zorn in der Stimme. »Okay, okay, mein Junge! Ich bin dir sehr dankbar dafür, daß du gehandelt hast. Als du in der Nacht anriefst und sagtest, daß Finch ausgeschaltet werden müsse, war ich sofort einverstanden, oder? Aber warum hast du mir nicht gesagt, daß du Finchs Auftrag übernehmen würdest?«

»In der Nacht war ich selbst noch nicht entschlossen. Später dachte ich, daß ich mir Finchs Honorar verdienen könnte.«

»Natürlich bekommst du es. Wieder auf das Bahamas-Konto?«

Der Mann, der sich Lester nannte, lachte. »Glaubst du nicht, daß ich langsam eine richtige Partnerschaft verdient hätte? Zweimal habe ich dich vor dem elektrischen Stuhl gerettet, Joe.«

»Wir können darüber reden, Lester!« versicherte Kasman eifrig. »Bestimm Ort und Zeit, und ich werde kommen!«

»Nein, Dicker, ich will dich nicht sehen. Im Augenblick bist du heiß wie ein glühendes Stück Koks. Die beiden Schnüffler, denen ich bei Zacco zuvorkam, waren nicht nur bei Blair, sondern auch bei Sloat in Harlem. Sie wissen, daß Sloat ein Auftrag für die Firma ist. Sie haben ihn gewarnt, und sie werden auf ihn aufpassen, als wäre er der Präsident der USA. Ich sprach mit Malcolm. Er wird versuchen, Sloat noch heute nacht zu erledigen. Danach ist erst einmal Schluß, Joe. Du wirst keine neuen Aufträge annehmen. Die G-men sitzen dir zu dicht im Nacken. Und nicht nur die G-men. In Harlem beobachtete ich einen Zeitungsreporter samt seinem Mädchen, der genau wie die G-men zu Jarvis Sloat ging. Ich sah denselben Jungen auch schon in der Nähe von *The Kitchen*. Sloats Nightclub verließ er zusammen mit den G-men.«

»Ich kenne ihn! Er brach in Gegenwart der Schnüffler einen Streit mit mir vom Zaun.«

»Ich warne dich, Joe. Reporter sind gefährlicher als Polizisten. Für sie gibt es keine Dienstvorschriften, und auf Gesetze pfeifen manche von ihnen.«

»Ich weiß, wie er heißt und wo er wohnt. Nötigenfalls lasse ich ihn kaltmachen.«

»Halt dich lieber still, Dicker! Nur noch Sloat, und danach wirst du dich für ein paar Monate ausschließlich mit deinem Laden beschäftigen!«

»Ein Auftrag außer Sloat ist noch zu erledigen.«

»Schieb ihn auf!«

»Das geht nicht.« Kassman lachte. »Und du weißt, daß es nicht geht.«

»Sprich nicht in Rätseln!«

Kassman versuchte, einen lässigen Ton anzuschlagen. »Gib den Bluff auf, Rocco! Du willst doch Celia sicher nicht enttäuschen? Wir können die Ausführung nicht aufschieben, bis ihr Mann gestorben ist, und das kann jeden Tag geschehen.«

»Celia? Nimm an, ich hätte den Namen nie gehört! Erzähl mir die Einzelheiten!«

»Unsinn, du kennst sie besser als ich, Rocco.«

»Dicker, vor vielen Monaten einigten wir uns darauf, daß du mich Lester nennst. Laß es dabei bleiben!«

»Okay, Lester! Der Auftrag heißt Rahel Radcliff, siebzehn Jahre alt, Tochter und Erbin von Leon Radcliff, der an Krebs erkrankt ist und sehr bald sterben wird. Falls die Tochter nicht vor dem Vater stirbt, verunglückt oder auf andere Weise umkommt, erbt Radcliffs zweite Frau, deine Freundin, nichts. Die Entscheidung liegt bei dir, mein Junge. Entweder inszenierst du eine kleine Vergewaltigung mit tödlichem Ausgang, oder du verzichtest auf die Radcliff-Millionen.«

Er wartete auf eine Antwort, und als der Apparat stumm blieb, rief er: »Hörst du mich?«

Aus der Küche kamen zwei schmale Chinesen in weißen Jacken. Sie balancierten Tabletts, auf denen dutzendweise kleine Schüsseln um einen hochgetürmten Berg Reis gruppiert waren. Im engen Gang zwängten sie sich an Kassmans mächtiger Gestalt vorbei. »Sorry, Sir«, lispelten sie. Kassman legte auf, zahlte den Drink und verließ das Chinarestaurant.

Es regnete nicht mehr.

Als wir in der 129th Street vor Nr. 50 aus dem Taxi stiegen, hatte es aufgehört zu regnen. Eine Gruppe Streetgangster stand an der Kreuzung. Sie starrten zu uns rüber, ohne etwas zu unternehmen. Wir kamen zur gleichen Stunde wie beim erstenmal.

Im Eingang zu Nr. 50 lungerten zwei der bunt gekleideten Typen aus Sloats Gefolgschaft. Sie erkannten uns.

»Jarvis ist nicht im Club«, erklärte einer von ihnen, ohne die Zigarre aus dem Mund zu nehmen.

»Wann kommt er?«

»Keine Ahnung!«

»Wir werden auf ihn warten.« Sie gaben den Eingang frei. Im Inneren von Nr. 50 bot sich das gleiche Bild: viele Mädchen, wenig Gäste.

Das änderte sich mit einem Schlage kurz nach zehn Uhr, als an die dreißig Männer wie von einer Woge in den Club gespült wurden. Alle waren Farbige, und sie redeten in einer Sprache miteinander, die niemand von den Harlem-Farbigen verstand. Die Besucher gehörten zu einer UN-Delegation und erlaubten sich eine scharfe Pause von der Politik. Die Mädchen erwachten aus der Lethargie. Auf dem kleinen Podest hieben die Musiker unverzüglich in ihre Instrumente. Minuten später knallten die ersten Champagnerkorken auf Kosten irgendwelcher Steuerzahler in Afrika. Die Tanzfläche belebte sich mit aneinanderklebenden Paaren, und Sloats Geschäftsführer verkündete über den Lautsprecher, daß es bald die erste nackte Haut zu sehen geben werde.

Jemand berührte meine Schulter. Ich drehte mich um und blickte in Gilbrides Gesicht.

»Ich habe erwartet, daß ich hier auf Sie stoßen würde«, sagte er. »Bevor ich nach Harlem aufbrach, versuchte ich, Sie zu erreichen.«

»Aus welchem Grund?«

»Mit Ihnen zusammen hätte ich mich sicherer gefühlt. Auf einen zweiten Zusammenstoß mit Streetgangstern bin ich nicht erpicht. Haben Sie schon mit Jarvis Sloat gesprochen?«

»Er ist noch nicht aufgetaucht. Warum wollen Sie ihn sprechen?

»Ein einfacher Grund, G-man! Ich habe meine Fotosammlung durchforstet und alle Bilder von Farbigen herausgesucht. Ich will sie Sloat zeigen und ihn fragen, ob er irgendwen kennt. Es sind nur elf Fotos.«

»Bitte, lassen Sie uns die Aufnahmen sehen!«

Er zog ein schmales Päckchen Fotos aus der Brusttasche und legte es auf die Theke. Das Licht war so schummrig, daß auf den Bildern wenig zu erkennen war.

Phil berührte meinen Arm. »Sloat kommt!« Der Besitzer von Nr. 50 überquerte die Tanzfläche, begleitet von zwei Bodyguards. Er war noch prächtiger angezogen als bei unserer ersten Begegnung. Er trug einen cremefarbenen Anzug, ein weißes Rüschenhemd und auf dem Kopf einen breitrandigen schwarzen Hut mit rotem Band.

»He, Leute!« begrüßte er uns und verlieh der vielfarbigen Komposition seiner Erscheinung ein Glanzlicht durch das Gold im Gebiß. »Heute läuft mein Laden! Gleich startet die Show! Ich wette, daß ihr nie 'ne schärfere Show gesehen habt.« Er legte Gilbride die Pranke auf die Schulter. »Hast du dein Mädchen mitgebracht?«

»Nein, Mr. Sloat. Lilly habe ich zu Hause gelassen.«

»Ah, gut so! Bei dem, was meine Girls zeigen, fallen anständige Frauen in Ohnmacht.« Er knipste sein Grinsen aus und fragte nüchtern: »Was wollt ihr?«

Ich gab ihm die Fotos. »Gilbride will Ihnen die Bilder zeigen.«

»Kommt mit in mein Büro.«

Er führte uns zu einer Tür mit der Aufschrift: *Nur für Personal.* Dahinter öffnete sich ein langer Flur, an dem außer Sloats Büro die Garderoben lagen. Fünf Mädchen, drei junge Farbige, eine Weiße und eine zierliche Chinesin, kamen uns entgegen, aufgeputzt für den Auftritt und vorläufig noch verhüllt von Glitzerumhängen in allen Farben des Regenbogens. Kichernd drängten sie sich an uns vorbei und erstickten uns fast mit der Wolke ihres Parfüms.

Sloats Office war so grandios eingerichtet, wie er selbst aufzutreten pflegte. Auf roten Teppichen prangten weiße Lederpolster. Riesige Gemälde, auf denen in süßlichen Kitschfarben gemalte Mädchen ihre Reize zur Schau stellten, hingen an den Wänden. Von der Decke strahlte ein Kronleuchter, der für einen Ballsaal ausgereicht hätte.

Sloat ließ sich in einen Sessel fallen. Seine Gorillas bauten sich neben der Tür auf.

»Falls ihr Durst habt, bedient euch!« sagte er und wies auf die Bartheke aus Glas und Messing, auf der eine Batterie Flaschen und Karaffen stand.

Sorgfältig betrachtete er die Fotos. Das siebte Bild hielt er hoch. »Den Bastard kenne ich!«

Ich nahm ihm das Foto aus der Hand. Als Vergrößerung hatte ich es schon an Gilbrides Laborwand gesehen. Es zeigte William Doyle, den Vorbesitzer von Nr. 50.

»Hat er den Killer für mich gekauft?« Sloat blickte von einem zum anderen.

Phil und ich schwiegen.

Sloats Blick blieb auf Gilbride haften. »Ich zahle gut für Informationen.« Der Nightclubbesitzer griff in die Tasche und holte eine Rolle Dollarnoten hervor. »Also?«

Eine wuchtige Explosion erschütterte den Bau. Die

Wände bebten. Eins der riesigen Kitschbilder löste sich vom Haken und krachte zwischen die Flaschen auf der Bartheke. Der Kronleuchter klirrte. Glühbirnen platzten. Einen Atemzug später erlosch jedes Licht.

Schreie und das Kreischen der Mädchen gellten durch das Haus. Sloat brüllte: »Was war das? Macht Licht! Licht!«

Die Finsternis war so vollständig wie in einem verschraubten Faß. Ich erhielt einen gewaltigen Stoß, prallte gegen einen Körper und wurde von fuchtelnden Armen getroffen.

Ein Schrei übertönte alle anderen. »Feuer! Hilfe! Feuer!«

Die Tür zum Gang wurde aufgerissen. Ferner Widerschein von Feuer verwandelte die Schwärze in schwaches Rot, in dem sich die Umrisse von Gestalten erahnen ließen.

Sloat und seine Gorillas fanden sich auch in der halben Finsternis zurecht. Sie preschten den Gang entlang zur Bar und rannten rücksichtslos die Stripmädchen um, die aus der Bar zurück in die Garderoben flüchteten. Zu sehen war so gut wie nichts. Aber Flüche und Schmerzensschreie verrieten, was sich abspielte.

Eine Hand berührte mich. »Jerry?« vergewisserte sich Phil.

»Richtig! Zur Bar! Schnell!«

Ich tastete mich in den Gang und stieß mit einem Mädchen zusammen. Sie krallte sich an mich und kreischte mir ins Gesicht: »Bring mich raus! Bitte!« Mit Gewalt löste ich ihren Griff, schob sie aus dem Weg, wich der nächsten aus und prallte gegen die Verbindungstür zur Bar.

Der beißende Gestank brennenden Stoffs schlug mir entgegen, obwohl auch in der Bar fast völlige Dunkelheit herrschte. Das Feuer schien irgendwo im Haus ausgebrochen zu sein.

Über dem allgemeinen Geschrei dröhnte Sloats Stimme: »Rennt nicht rum wie kopflose Hühner! Sorgt für Licht! Bringt Taschenlampen!«

Der weiße Lichtfinger einer starken Stablampe tastete plötzlich durch den Raum, strich über Gesichter, erfaßte Gestalten und umgestürzte Möbel, ließ einen Sektkühler aufblinken, aus dem noch die Flasche ragte, und blieb auf Jarvis Sloat haften.

Sloat stand am Rand der Tanzfläche. Mit weit aufgerissenem Mund brüllte er seine Befehle. Das Licht war so intensiv, daß die Rachenhöhle in Sloats schwarzem Gesicht rot aufleuchtete.

Die harten Peitschenschläge von drei Schüssen durchschlugen den Lärm der Panik.

Jarvis Sloat warf die Arme hoch. Sein mächtiger Körper bäumte sich auf. Der Scheinwerferstrahl erlosch, und die rotdurchwirkte Dunkelheit fiel wieder über die Szene wie schweres Tuch.

Ich hatte gesehen, wo das Mündungsfeuer der Schüsse aufgeblitzt war. Ich rannte in diese Richtung, prallte gegen Tische, riß Sessel um und krachte aus vollem Lauf gegen eine Wand.

Hatte ich die Richtung verfehlt?

Ich spürte einen Luftzug, schob mich an der Wand entlang und fiel gegen eine Tür, die unter dem Druck meines Körpers nachgab.

Ich stieß sie weit auf und sah eine schmale Gasse vor mir, die von hellem Feuerschein in zuckendes Licht getaucht wurde. Die Gasse trennte Nr. 50 vom Nachbarhaus, führte an der Giebelseite entlang und mündete in die 129th Street.

Der Vorsprung des Mannes war groß. In der Sekunde, in der ich die Tür aufstieß, verschwand er in der 129th Street. In langen Sätzen verfolgte ich ihn.

Klar, daß die 129th Street von Menschen wimmelte. Das Feuer hatte sie von allen Kreuzungen, aus allen Häusern gelockt wie ein Signal. In Nr. 50 schlugen Flammen aus den Fenstern der ersten Etage.

Wo war der Mann? War er in der Menge untergetaucht? Wie sollte ich ihn erkennen? Nur für eine Sekunde hatte ich ihn im unsicheren Licht gesehen. Ich wußte nicht, ob er groß oder klein war. Ich kannte die Farbe seines Anzugs nicht.

Er verriet sich selbst, als er zwanzig Yards straßenaufwärts die Fahrbahn überquerte und auf die Kreuzung zulief.

Keinen Zoll hatte er von seinem Vorsprung verloren. Aus vollem Lauf schlug er einen Haken und tauchte in die Lexington Avenue weg.

Ich preschte ihm nach. Er besaß eine Kanone. Wenn er jenseits des Eckhauses auf mich wartete, würde er es mir geben, bevor ich den Finger krümmen konnte.

Nein, er wartete nicht auf mich. Er hatte sich in seinen Wagen gestürzt. Der Motor sprang in dieser Sekunde an. Unmöglich, ihn noch einzuholen.

Mit der linken stützte ich die rechte Hand ab und zog durch. Ich zielte auf die Reifen. Die ersten Schüsse stoppten den Wagen nicht, der sich vom Bordstein löste und schneller wurde.

Ich zerbiß einen Fluch zwischen den Zähnen und jagte die letzte Kugel raus.

Der weißblaue Blitz einer Explosion durchzuckte das Innere des Autos. Der Druck blies alle Fenster in einem Regen von Glassplittern nach außen. Die Motorhaube wölbte sich. Der Wagen stellte sich schräg und rutschte quer über die Fahrbahn, wobei ein Vorderrad wegbrach. Dann blieb er stehen, und es war unheimlich zu sehen, wie eine Seitentür langsam aufschwang, als wollte ein Insasse aussteigen.

Ich lief in großen Sprüngen zu dem Auto und rechnete mit der Sekundärexplosion des Benzintanks.

Nichts geschah. Ich erreichte das Wrack.

Der Mann saß fast aufrecht hinter dem Steuer, und es ist schrecklich zu sagen, daß er in der Sekunde, in der ich ihn berührte, noch lebte, denn die Explosion hatte ihm beide Beine weggerissen und die Steuersäule hatte seinen Brustkorb eingedrückt.

Zwei Minuten später war er tot.

Ein Streifenwagen der City Police schoß sirenenheulend heran. Er wurde neben dem zerstörten Auto hart abgebremst. Ein Sergeant sprang heraus, die Hand auf dem Revolvergriff.

»Wer sind Sie, Mann?« fragte er barsch.

»Cotton! FBI!«

Er warf einen Blick in den Wagen, ließ sich vom Fahrer das Mikrofon geben und forderte das Homicide Department an. Während er mit der Zentrale sprach, erschienen unter schrillem Klingeln ihrer Alarmglocken vier schwere Löschzüge auf der Szene.

Die Cops blieben beim Wagen mit dem toten Mann zurück. Ich lief zurück in die 129th Street zu Nr. 50.

Das Feuer hatte auf die zweite Etage übergegriffen. Aus den Fenstern im Erdgeschoß und dem Eingang zum Nightclub quollen Rauchwolken. Trotzdem hatten viele Menschen ins Freie gefunden. UN-Diplomaten in feinen blauen Anzügen und halbnackte Girls irrten zwischen den Gaffern umher.

Ich versuchte, durch die Gasse und die Seitentür wieder ins Haus zu gelangen. Männer und ein paar Mädchen, die den Fluchtweg entdeckt hatten oder kannten, drängten mir entgegen. Ich sah einen von Sloats Bodyguards und versuchte, ihn aufzuhalten. In wilder Panik schlug und trat er um sich.

Mit kalter Routine brachten die Männer der Feuerwehr die Situation unter Kontrolle. Während die Schläuche ausgelegt und zwei Fahrleitern in Stellung gebracht wurden, drang ein Trupp, geschützt durch Rauchgasmasken, in den Club ein, sorgte dafür, daß alle herausgebracht wurden, die sich noch im Haus befanden, und löschte kleine Brandherden mit Handlöschern.

In kurzen Abständen trafen Streifenwagen der City Police ein. Die Besatzungen drängten die Neugierigen ab.

Noch war Phil nicht aufgetaucht. Ich schlug mich zum Chef der Feuerwehrtruppe durch, der mit seinen Leuten im Haus über Sprechfunk in Verbindung stand.

»FBI-Agent Cotton!« Ich mußte brüllen, um mich im Zischen des Wasserdampfs und im Dröhnen der Schlauchpumpen verständlich zu machen. »Sind noch Menschen im Bau?«

»Im Nightclub nur noch wenige. In den anderen Etagen habe ich noch keinen Überblick. Anscheinend wurde ein Mord verübt. Ich erhielt die Anweisung, das Homicide Department anzufordern.«

»Kann ich rein?‹

»Meinetwegen, wenn es Ihnen auf etwas Husten nicht ankommt.« Er hob sein Walkie-talkie an die Lippen und sagte: »Eddy, es kommt ein Zivilist rein. Er ist FBI-Agent.«

»Danke, Lieutenant!«

»Nehmen Sie eine Taschenlampe mit!« Er warf mir eine Stablampe zu.

Im Eingang von Nr. 50 stolperte ich über Trümmer und schlitterte durch den Schaum der Handlöscher. Schon sickerte Löschwasser durch die Decke. Zahlreiche Scheinwerfer geisterten in der Finsternis. Feuerwehrmänner suchten die Räume nach Menschen ab. Von Zeit zu Zeit durchzuckten weißblaue Blitze die Dunkelheit.

Ich rief Phils Namen. Er antwortete sofort, und wir fanden uns im Clubraum am Rand der Tanzfläche.

»Sloat?« fragte ich.

Er nahm mir die Lampe aus der Hand und richtete den Lichtstrahl auf die Tanzfläche.

Jarvis Sloat lag auf dem Rücken, den Kopf zur Seite gedreht. Die cremefarbene Jacke war auseinandergefallen. Blut hatte das feine Rüschenhemd durchtränkt.

»Und der Mann, der geschossen hat?« fragte Phil.

»Tot wie sein Opfer! Er flüchtete in einem Auto, das nach dem Start explodierte.«

»Drei tote Killer!« Phil knipste die Lampe aus. »Die Mord-AG verliert ihre Mannschaft.«

Wieder zuckte das weißblaue Licht.

»Wer ist das?«

»Gilbride und sein Blitzlicht«, antwortete Phil. »Für ihn ist das, was sich hier abspielt, ein Glücksfall. So hautnah erlebt ein Reporter selten einen Mord mit.«

»Was hast du beobachtet, als der Mord geschah?«

»Wenig! Ich war über irgend etwas gestolpert und hatte die Nase unten. Ich sah den Lichtstrahl und erinnere mich, daß ich dachte, das Licht werde die Leute beruhigen. Gleich darauf fielen die Schüsse.«

»Sahst du das Mündungsfeuer?«

»Nein, Jerry!«

»Ich sah es, Phil. Und ich bin verdammt sicher, daß das Mündungsfeuer und das Scheinwerferlicht nicht aus der gleichen Richtung kamen. Es waren zwei Täter. Einer, der das Ziel anleuchtete, und ein zweiter, der schoß.«

»Wie viele Männer flohen? Wie viele waren in dem explodierten Wagen?«

»Nur ein Mann! Und vorher sah ich nur einen Mann, der flüchtete.«

»Der andere hatte vielleicht einen zu großen Vorsprung.«

»Vielleicht! Oder er flüchtete nicht, sondern blieb im Club.«

Eine Männerstimme rief: »FBI-Agent Cotton wird von einer Crew des Homicide Department verlangt.«

»Ich komme!« antwortete ich.

Die Untersuchungsgruppe stand unter der Leitung eines farbigen Inspektors mit Namen Jim Harvest. Uniformierte Polizisten hatten einen Kreis um den explodierten Wagen abgesperrt.

»Der Wagen konnte identifiziert werden«, erklärte der Inspektor. »Er wurde vor drei Tagen in Queens als gestohlen gemeldet.«

»Und der Mann?«

Wortlos übergab er mir eine Brieftasche. Ich fand drei Kreditkarten auf den Namen Malcolm Rust.

»Er ist im Computer der City Police registriert«, teilte Harvest mit. »Zwei Vorstrafen wegen Raub und Körperverletzung.«

»Fanden Sie eine Waffe?«

»Er trug einen schweren Revolver im Holster. Wegen

der Fingerabdrücke haben wir die Kanone nicht angerührt.«

»Er benutzte sie für einen Mord in Nr. 50. Der Wagen muß von Sprengstoffspezialisten untersucht werden. Ich will wissen, woraus die Ladung, die ihn umbrachte, bestand und wie sie zur Explosion gebracht wurde.«

»Waren Sie Augenzeuge, G-man?«

»Augenzeuge von zwei Morden innerhalb von drei Minuten«, antwortete ich.

An der Absperrung entstand Streit zwischen einem Polizisten und Robert Gilbride, der durchgelassen werden wollte.

»Ich muß mit dem G-man sprechen!« rief der Reporter. »Ich kenne ihn.« Er sah mich und winkte. »Mr. Cotton! Bitte, sagen Sie den Cops, daß ich passieren darf!«

»Lassen Sie ihn durch!«

Er rannte auf mich zu und riß sofort die Kamera hoch. Ich legte die Hand aufs Objektiv.

Wütend ließ er die Kamera sinken. Seine Augen glühten. »Verderben Sie mir nicht die Chancen, Cotton! Mit zwei Fotos von zwei Ermordeten, von denen einer der Mörder des anderen ist, komme ich auf die Titelseiten.«

»Bob, wo waren Sie, als Sloat erschossen wurde?«

»Fragen Sie mich was Leichteres, G-man! Ich stolperte irgendwo in der Finsternis herum.«

»Sahen Sie den Scheinwerfer, der Sloat anstrahlte?«

»Ich erinnere mich, daß ein Lichtstrahl durch den Raum geisterte. Aber ich sah nicht, daß er Jarvis Sloat erfaßte.«

»Und die Schüsse?«

»Ich hörte sie und dachte, irgendein Verrückter schieße sich vor Panik den Weg nach draußen frei.«

»Hatten Sie eine Taschenlampe bei sich?«

»Ja, und ich habe sie noch bei mir. Ich brauche sie, wenn ich in der Dunkelheit einen Film einlegen will.« Er zog die Lampe aus der linken Rocktasche und schaltete sie ein. Sie war schmal, nicht größer als eine Zigarettenschachtel, und lieferte nur wenig Licht.

»Schicken Sie uns Abzüge aller Aufnahmen, die Sie in Nr. 50 gemacht haben!«

»In Ordnung, Mr. Cotton!«

Er nahm die Kamera hoch und drückte so blitzschnell ab, daß ihm zwei Aufnahmen gelangen, bevor die Cops ihn abdrängten.

Das dunkelhäutige Hausmädchen Kitty trat an den Rand des Swimmingpools und rief: »Telefon für Sie, Mrs. Radcliff!«

Celia änderte die Richtung und schwamm zur Leiter, wo das Mädchen sie mit dem Bademantel erwartete. Celia, die immer nackt schwamm, ließ sich in den weichen Stoff einhüllen, griff zum Hörer und meldete sich.

Der Anrufer war Dr. Spanburgh, einer der Ärzte, von denen Leon Radcliff im Hospital betreut wurde.

»Tut mir leid, Sie an einem Sonntag zu stören, Mrs. Radcliff«, sagte er. »Vor einer Stunde sprach ich mit Ihrem Mann. Ich bemühte mich, ihn zu überzeugen, daß eine weitere Operation erforderlich sei. Ich hatte keinen Erfolg. Er verweigert die Einwilligung.«

»Würde die Operation ihn retten?«

»Nein, Mrs. Radcliff, aber sie würde ihm einen Aufschub von einigen Monaten verschaffen. Monaten, in denen wir mit neuen Medikamenten eine Heilung versuchen könnten. Natürlich wäre auch die Operation sehr risikoreich. Ich muß zugeben, daß für ihr Gelingen nur eine Fünfzig-Prozent-Chance besteht, aber ohne Operation ist Leon verloren.«

»Wie lange geben Sie ihm noch, Doc?«

»Ohne Operation wäre es ein Wunder, wenn er die nächste Woche überlebte. Verzeihen Sie meine Offenheit! Da ich gescheitert bin, bitte ich Sie, Ihren Mann von der Notwendigkeit einer Operation zu überzeugen. Bitte, kommen Sie noch heute ins Krankenhaus!«

»Ja, ich werde kommen. Danke für Ihren Anruf, Dr. Spanburgh!«

Sie legte auf, ging zum Barwagen und mischte sich einen Drink aus Wodka und Wermut. »Ich brauche dich nicht mehr, Kitty«, sagte sie zu dem wartenden Mädchen.

Während das Mädchen über den Rasen zur Villa zurückging, ließ sich Celia in einen Liegestuhl fallen. Sie leerte das Glas schnell. Der Anruf des Arztes hatte sie aufgewühlt. Ihre Nerven flatterten. Sie wußte, daß Leon Radcliff in eine Operation nicht einwilligen würde. Er war erschöpft, am Ende seiner Leidensfähigkeit. Er sehnte den Tod herbei und wollte sterben.

Ihr blieb also nur noch eine Woche Zeit, wenn sie nicht alles verlieren wollte, was ihr die Heirat mit Leon eingebracht hatte. Sie blickte zu dem langgestreckten weißen Haus hinüber. Riesige alte Kastanienbäume überragten das ziegelgedeckte Dach. In den ersten Jahren ihrer Ehe hatten Leon und sie wundervolle Feste in den prachtvollen Räumen gefeiert, Feste, deren ungekrönte Königin Celia gewesen war. Bis in die letzte Faser ihrer Nerven hatte sie Bewunderung und Neid der anderen genossen.

In einem Wutanfall zerschmetterte sie das Glas auf den Marmorplatten der Poolterrasse. Niemals werde ich mich von dem verdammten, kleinen Biest aus dem Haus vertreiben lassen, dachte sie. Sie griff nach dem Telefon und wählte eine Nummer in New York. Niemand meldete sich.

»Rufst du das Krankenhaus an?« fragte eine Mädchenstimme hinter ihr.

Celia Radcliff warf den Hörer auf die Gabel, sprang aus dem Liegestuhl und schrie ihre Stieftochter an: »Verdammt, ich will nicht, daß du mich bei meinen Telefongesprächen belauschst!«

Rahel Radcliff trat einen Schritt zurück. Sie trug Reithosen und eine weiße Bluse. Das blonde Haar hatte sie zu einem Zopf geflochten. Aus blauen Augen sah sie ihre Stiefmutter zornig an.

»Ich habe dich nicht belauscht«, sagte sie. »Kitty sagte mir, daß Dr. Spanburgh angerufen hat. Daraufhin brachte ich das Pferd in den Stall zurück und kam zum Pool.«

»Ich werde das schwarze Schwatzmaul feuern!« tobte Celia. »Was fällt dieser Idiotin ein, dir zu erzählen, wer mich anruft!«

Rahel Radcliff stampfte mit dem Fuß auf. »Ich will wissen, was Dr. Spanburgh über Daddys Zustand gesagt hat«, verlangte sie energisch. »Wenn du es mir nicht sagst, werde ich ihn selbst anrufen.«

Am liebsten hätte Celia ihre Stieftochter an den Haaren gepackt und in den Pool geworfen. Mit einem Ruck drehte sie sich um, ging zur Bar und füllte ein Glas. Ihre Hände zitterten. Als das Glas klirrend an die Flasche stieß, weil sie ihre Finger nicht beherrschen konnte, erkannte Celia, daß sie einen schweren Fehler beging, wenn sie ihrem Haß die Zügel schießen ließ.

Sie stellte Glas und Flasche ab, zog den Bademantel enger um sich und strich sich das Haar aus der Stirn.

»Tut mir leid, mein Darling«, sagte sie. »Verzeih mir, daß ich heftig wurde! Du hast mich erschreckt.«

»Nenn mich bitte nicht Darling!« antwortete das Mädchen eisig. »Warum hat Dr. Spanburgh angerufen? Geht es Daddy sehr schlecht?«

»Oh, nein! Sein Zustand hat sich nicht geändert. Natürlich kann man nicht sagen, daß es ihm gutgeht. Aber Dr. Spanburgh zerstreute meine Befürchtungen.«

»Deine Befürchtungen?« wiederholte Rahel Radcliff. »Deine Befürchtungen gelten immer nur dir selbst. Ich werde Daddy heute besuchen, und ich werde auch mit dem Arzt sprechen.«

»Du weißt, daß Besuche ihn anstrengen. Der Arzt hat festgelegt, daß du deinen Vater am Mittwoch siehst.«

Mit einer heftigen Kopfbewegung warf Rahel Radcliff den blonden Zopf in den Nacken. »Du hast kein Recht, mich von meinem Vater fernzuhalten!« schrie sie. »Du kümmerst dich nicht um ihn! Du läßt ihn sterben. Du willst, daß er stirbt, damit du dich ungestört mit deinen Liebhabern herumtreiben kannst.«

Celia holte aus, besann sich im letzten Augenblick und schlug nicht zu. »Wenn dein Vater dich hören könnte, würde er sich für dich schämen«, sagte sie. »Ich werde ihm nicht erzählen, daß sich seine Tochter wie eine Furie benimmt. Du vergißt, daß Leon mich aus Liebe geheiratet hat.«

Das Mädchen warf sich herum und rannte quer über den Rasen zu dem kleinen Stallgebäude, in dem Leons Pferd stand. Seit Radcliffs Krankheit so weit fortgeschritten war, daß er nicht mehr reiten konnte, versorgte Rahel das Pferd und ritt es.

Celia, die nicht reiten konnte, haßte das Pferd, und der Anblick des Tieres mit Radcliffs Tochter auf dem Rücken entzündete stets von neuem ihre Wut.

Auch heute, als Rahel das Pferd aus dem Stall führte,

aufsaß und durch das Gatter ritt, ballte Celia die Hände und zischte flüsternd durch die Zähne, unmenschlich in ihrer Wut: »Wenn's dich erwischt hat, Miststück, verkauf ich den Gaul an eine Fabrik für Hundefutter.«

Sie rief das Krankenhaus an und ließ sich mit Dr. Spanburgh verbinden. »Ich werde gegen vier Uhr ins Krankenhaus kommen, Doc, und versuchen, Leon von der Notwendigkeit einer Operation zu überzeugen.«

»Sehr gut, Mrs. Radcliff. Ich hoffe, daß Sie mehr Erfolg haben als ich.«

»Ich werde mir große Mühe geben, Dr. Spanburgh. Darf ich eine Bitte äußern?«

»Selbstverständlich.«

»Geben Sie Anweisung, daß Leon von niemandem besucht werden darf! Das gilt besonders für unsere Tochter. Rahel würde ihre Bestürzung über sein Aussehen nicht verbergen können, und ihr Besuch hätte dadurch negative Auswirkungen auf Leons Zustand. Außerdem möchte ich unsere Tochter vor einer seelischen Belastung bewahren, für die sie einfach noch zu jung ist.«

»Eine sehr kluge Entscheidung, Mrs. Radcliff«, lobte der Arzt. »Ich werde anordnen, daß Ihr Mann nur mit meiner ausdrücklichen Erlaubnis besucht werden darf.«

Celia legte auf, ging ins Haus und schrie nach dem Dienstmädchen Kitty. Sie beschimpfte die junge Schwarze, drohte ihr mit Rauswurf und ließ sich gleichzeitig von ihr beim Anziehen helfen.

Kurz vor Mittag stieg sie in den roten Camaro-Sportwagen, ein Geschenk Leons zu ihrem Geburtstag. Über die Verrazano-Brücke, die Staten Island und Brooklyn verbindet, fuhr sie nach Norden und durch den Battery-Tunnel zur Südspitze Manhattans. Wie immer an Sonntagen wimmelte die Stadt von Menschen. Aber der Autoverkehr hielt sich in Grenzen. Celia parkte den Camaro auf einem freien Grundstück und zahlte eine Stundengebühr von neun Dollar. Zu Fuß ging sie zur 39th Street und betrat das Haus, in dem Rocco Challan wohnte.

Auf ihren Anruf hatte sich Challan nicht gemeldet. Einen zweiten Versuch hatte sie nicht unternommen, bevor sie nach New York gestartet war. Falls sie Rocco nicht erreichte, war sie entschlossen, selber ein zweites Mal mit dem dicken Restaurantbesitzer zu sprechen.

Sie läutete lange und wartete mehrere Minuten. Als sie zum zweitenmal auf die Klingel drücken wollte, wurde die Tür geöffnet, und sie sah Challan vor sich.

»Laß mich rein, Rocco!« sagte sie hastig und drängte an ihm vorbei in die Wohnung.

Rocco Challan drückte die Tür ins Schloß. »Warum kommst du?« fragte er. »Wir hatten verabredet, uns nicht zu sehen, bis die Sache ausgestanden ist.«

Celia warf sich dem Mann an den Hals und küßte ihn leidenschaftlich. Routiniert drückte er sie an sich und streichelte mit einer Hand ihre Hüfte und ihre Brüste.

»Hast du es so nötig, Baby?« flüsterte er.

Sie machte sich frei. »Das ist nicht der Grund, Rocco! Der Arzt rief mich an. Ohne Operation geben sie Leon nur noch eine Chance von vier oder fünf Tagen.«

»Zum Teufel, verdirb mir nicht den Sonntag mit deinen Problemen!« sagte er böse.

»Es sind auch deine Probleme. Zehntausend Dollar Anzahlung habe ich dem Fettwanst in sein breites Froschmaul gestopft. Wo bleibt die Gegenleistung? Nichts ist passiert. Das kleine Biest läuft herum und macht mir die Hölle heiß.«

»Knall ihr ein paar Ohrfeigen! Sie ist nicht großjährig, und du bist nach dem Gesetz ihre Mutter!«

Sie packte die Aufschläge seiner Jacke, reckte sich zu ihm hoch und schrie ihm ins Gesicht: »Leon kann jeden Augenblick sterben! Begreifst du nicht, daß ich mit dem letzten Schlag seines Herzens alles verliere? Die Reederei, das Haus auf Long Island, die Aktien, alles, alles fällt der verdammten Göre in den Schoß.«

Challan legte einen Arm um ihre Schultern. »Laß uns einen Schluck trinken!« sagte er. »Zur Beruhigung!«

Er führte sie in den Wohnraum, mixte Drinks für beide und setzte sich zu Celia auf die Couch.

»Wir wollen sorgfältig über alles nachdenken«, schlug er vor. »Der Doc sagt, ohne Operation hält dein Mann nur noch ein paar Tage durch, oder?«

Celia nickte, setzte ihr Glas an und trank.

»Und mit Operation?«

»Leon läßt sich nicht operieren. Außerdem erklärt der Arzt die Operation für gefährlich. Er gibt Leon nur eine Chance von fünfzig Prozent, sie zu überstehen. Wenn Leon auf dem Operationstisch stirbt, ist für mich alles vorbei.«

»Dann bleibt uns nur noch die Möglichkeit, Kassman Dampf zu machen. Wieviel verlangte er von dir?«

»Eine halbe Million!«

»Geh zu ihm! Mach ihm klar, wie verdammt dringend der Fall für dich ist, und biete ihm noch etwas mehr, wenn er dir das Radcliff-Mädchen in achtundvierzig Stunden vom Hals schafft.«

»Sprich du mit ihm!« sagte Celia.

Challan zog den Arm von ihrer Schulter zurück. »Ich? Das wäre ein großer Fehler! Ich kenne den Mann kaum. Weißt du, Darling, ich habe nur läuten gehört, daß er die richtige Adresse für jemanden ist, der eine heiße Arbeit zu vergeben hat. Als du mir in Florida von deinen Sorgen erzähltest, dachte ich mir, es könne nicht schaden, wenn ich dir die Adresse nennen würde.«

Sie stellte das Glas aus der Hand. »Du lügst, Rocco!« erklärte sie kalt. »Kassman zwang mich zu sagen, wer mich zu ihm geschickt hatte. Als ich deinen Namen nannte, lachte er und fragte, ob ich schon in deinem Bett geschlafen hätte. Er wußte genau über dich Bescheid, Rocco.«

In Challans glattem Piratengesicht zeigte sich ein Ausdruck kalter Wut. Er packte Celias Handgelenk und bog ihr den Arm nach hinten. »Ich hatte dir befohlen, meinen Namen nicht zu nennen«, fauchte er. »Warum hast du dich nicht daran gehalten?«

»Laß mich los, Rocco!« Celia bog den Körper zurück, um den Druck zu mildern. »Du tust mir weh!«

»Genau das will ich! So wirst du lernen zu gehorchen.«

Challan verstärkte seinen Druck, bis sie schrie.

Von einem Augenblick auf den anderen ließ Challan sie los. Er nahm eine Zigarette aus dem Etui, das auf dem Couchtisch lag, und zündete sie an.

»Hast du Kassman alle Informationen gegeben, die er braucht?«

»Alles, was er verlangte. Er besitzt ein Foto, und er weiß Bescheid über ihre Gewohnheiten.«

»Wann wäre eine günstige Gelegenheit?«

»Am Donnerstag! Sie kommt um zehn Uhr abends vom Tennisspielen. Sie nimmt immer den Weg durch den Oakwood Park.«

»Okay!« Challan stieß den eingeatmeten Rauch aus. »Geh jetzt! Es bleibt bei unserer Verabredung, daß wir uns nicht sehen, bis das erste Gras über Radcliffs Grab gewachsen ist.«

»Wirst du mit Kassman sprechen? Wirst du dafür sorgen, daß er rechtzeitig den Auftrag ausführt?«

»Stell keine überflüssigen Fragen!« schnauzte er sie an. »Geh und paß auf, daß dich niemand beim Verlassen meiner Wohnung sieht!«

Sie machte eine Bewegung, als wollte sie aufstehen, zögerte und legte die Arme um Challans Nacken. »Rocco, vielleicht werden wir uns viele Wochen nicht sehen können«, flüsterte sie. »Ich werde mich entsetzlich nach dir sehnen.« Sie berührte mit den Lippen sein Ohr. »So wie ich mich jetzt nach dir sehne«, hauchte sie. »Rocco, bitte, schick mich nicht weg, ohne ...«

Challan zerdrückte die Zigarette, drehte den Kopf und sah ihr aus einer Handspanne Abstand in die Augen. »Ich habe sofort gewußt, daß du nur deshalb gekommen bist«, sagte er.

Am Abend dieses Sonntags waren alle Tische in *The Kitchen* besetzt oder reserviert. Eine rote Kordel sperrte den Aufgang zur ersten Etage. Als Rocco Challan trotzdem hochgehen wollte, wurde er von einem Kellner angehalten.

»Haben Sie einen Tisch bestellt, Sir?«

»Dein Boß kennt mich.« Challan schob den Mann aus dem Weg und sprang die steile Treppe zum Restaurant hinauf.

Oben herrschte Hochbetrieb. Kassmans Stammkundschaft aus Showgeschäft und Unterwelt machte sich an allen Tischen breit.

Kassman selbst saß am großen Rundtisch, an dem eine Zwölf-Personen-Gesellschaft, gemixt aus breitschultrigen Schläger- und Zuhältertypen und grell aufgezäumten Nachtclubgirls, saß und trank, Witze riß und Witze belachte. Der Boß von *The Kitchen* hatte seinen Platz zwischen einer Blondine mit atemberaubendem Ausschnitt und einer jungen Schwarzen gewählt, deren grünglitzerndes Kleid so eng wie eine zweite Haut den Körper umschloß. Kassman hatte die Arme um die Taillen der Mädchen gelegt und betatschte beide.

Trotz dieser Ablenkung bemerkte er Challan sofort. Erstaunt zog er die Augenbrauen hoch, nahm die linke Hand von der Blondine und zeigte mit dem Daumen auf sich als stumme Frage: *Willst du mich sprechen?*

Challan nickte, und Kassman schob seinen Stuhl zurück, stand auf und ging zu ihm.

»Hallo, Rocco!« Er schüttelte ihm die Hand. »Warum hast du nicht angerufen? Am Sonntag sind Plätze in *The Kitchen* Mangelware.«

»Ich will mir nicht an deinen fetten Makkaroni den Magen verderben, sondern mit dir sprechen.«

»Geh in meine Wohnung. Ich komme nach. Nimm dir einen Drink.«

Challan ging die zweite Treppe hinauf, an deren Geländer ein Schild hing: *Privat! Kein Zutritt für Gäste.*

In Kassmans Wohnung sah er sich kurz um, ging zum Barschrank und füllte ein Glas mit Eiswürfeln und einem gehörigen Schuß Whisky.

Kassman kam nach zehn Minuten. Er schaltete das Fernsehgerät ein und öffnete den Lautstärkeregler.

»Was soll das?« fragte Challan.

»Vorsichtsmaßnahme! Darauf legst du doch Wert, oder?«

»Hast du Angst vor Wanzen?«

»Du nicht?«

Challan zuckte mit den Schultern. »Wer sollte sich für mich interessieren?« Kassmans Blick aus den vorquellenden Augen erweckte in ihm Unbehagen. »Zum Teufel, warum glotzt du mich an, als wäre ich die Jungfrau ohne Unterleib in einer Zirkusshow?«

Kassman strich sich über die eisgraue Haarbürste. »Ich denke über dich nach, Rocco, und ich frage mich, ob du ein vorzüglicher Bluffer bist oder ob ich mich irre.«

»Du sprichst in Rätseln, Joe!«

»Laß uns die Karten auf den Tisch legen, Rocco! Du bist Lester!«

»Das scheint ein Tick von dir zu sein, Dicker. Schon beim letztenmal hast du mich mit diesem Namen angesprochen. Beruhigt dich die Versicherung, daß mich niemals irgendwer so genannt hat, nicht einmal ich mich selbst, wenn ich einem Mädchen meinen richtigen Namen verschwieg, damit es am Tag danach keinen Ärger gab?«

»Ich kann dich nicht zwingen, die Wahrheit zu sagen. Was willst du? Warum kommst du?«

»Du hast einen Auftrag übernommen, Joe, und zehntausend Dollar Anzahlung kassiert.«

Kassman lehnte sich zurück und verschränkte die Arme. »Deine Freundin Celia muß sich gedulden. Wie du weißt, liefen ein paar Sachen schief, und ich ...«

»Ich weiß nichts«, unterbrach Challan.

»Ob du es weißt oder nicht, bleibt sich gleich«, antwortete Kassman mit unterdrückter Wut. »Ich habe keinen Mann für die Ausführung. Seit ich Zacco Turner verlor, häufen sich die Pannen. Die Schnüffler sitzen mir im Nacken, und Lester empfahl mir, mich besser für ein paar Monate vom Geschäft zurückzuziehen.«

»Du nervst mich mit dem Namen, Dicker. Wer ist der Kerl?«

»Erinnerst du dich an die Arbeit, die du für mich in Suffolk übernommen hast?«

»Warum sprichst du immer wieder davon?« Challan leerte sein Glas und griff nach der Flasche. »Ich will nicht daran erinnert werden.«

»Das hast du damals schon gesagt, Rocco. Zwei Monate nach dem Suffolk-Job bot ich dir einen Auftrag in Detroit an. Du hast geantwortet, du wolltest nie wieder für mich arbeiten. Drei Tage später rief ein Mann an, der sich Lester nannte. Wir wurden uns einig. Er übernahm die Sache in Detroit und erledigte sie so perfekt, wie du in Suffolk gearbeitet hattest. Es war die gleiche Handschrift. Das hätte mir damals schon auffallen müssen.«

»Wieso glaubst du, ich wäre dieser Mann? Hast du ihn nie gesehen?«

Kassman schüttelte den Kopf.

»Unsere Stimmen können nicht völlig gleich klingen.«

»Er benutzt bei allen Telefongesprächen einen Verzerrer.« Kassman hielt Challan sein Glas zum Eingießen hin. »Oft fragte ich mich, warum er mich seine Stimme nicht hören lassen wollte. Heute weiß ich die Antwort. Er fürchtete, ich würde sie wiedererkennen.« Er hob sein Glas und trank Challan zu. »Cheerio, Rocco. Der Verzerrer arbeitet vorzüglich. An der Stimme hätte ich dich nie identifiziert.«

»Warum, zum Teufel, glaubst du immer noch, daß ich und der Kerl identisch sind?«

»Weil ich keinen anderen weiß, der es sein könnte.«

Challan brach in Gelächter aus. »Joe, ich biete dir eine Hundert-zu-eins-Wette an, daß ich nicht der geheimnisvolle Lester bin.«

»Ich halte die Wette mit tausend Dollar Einsatz«, antwortete Kassman ungerührt und hielt die Hand zum Einschlagen hin.

Challan schlug ein. »Und jetzt Schluß mit dem

Unsinn!« sagte er. »Wann schaffst du die kleine Radcliff aus dem Weg?«

Der andere hob die feisten Schultern.

»Du hörst nicht zu, Rocco! Ich sagte schon einmal, daß ich über keinen Mann verfüge, der für die Arbeit geeignet wäre.«

»Du hältst mich zum Narren, Joe!« schrie Challan. »Vor drei Minuten hast du diesen Lester als perfekten Killer gerühmt! Warum setzt du ihn nicht auf den Fall an? Oder ist er nur ein Hirngespinst?«

Kassman lächelte tückisch. »Ich kann ihn nicht zwingen, einen Auftrag zu übernehmen. Er ruft an oder auch nicht. Ich kenne keine Telefonnummer, keine Adresse.«

»Wir haben nur noch drei oder vier Tage Zeit, Joe. Radcliffs Zustand verschlechtert sich von Tag zu Tag.«

»Mein Angebot steht noch immer, Rocco. Du kannst den Auftrag übernehmen.«

»Kommt nicht in Frage!« Challan stellte sein Glas so heftig ab, daß es ihm in der Hand zerbrach. Er zog ein Tuch aus der Tasche und trocknete die Hand ab. »Kommt nicht in Frage!« wiederholte er.

Kassman zuckte mit den Schultern. »Ohne deine Hilfe kann ich eine schnelle Ausführung nicht garantieren. Ich werde Celia die Anzahlung zurückgeben. Sucht euch einen anderen Organisator!«

»Du darfst uns nicht im Stich lassen, Joe. Bis zum Ende der nächsten Woche muß die Sache erledigt sein.«

»Die Entscheidung liegt bei dir, Rocco! Du kennst meine Methode. Ich besorge das Handwerkszeug, und nötigenfalls beschaffe ich dir ein Alibi.«

Challan beugte sich vor und legte eine Hand auf Kassmans Arm. »Joe, ich kann's nicht machen, weil ich und Celia schon seit Florida 'ne Liebschaft miteinander haben. Und ich denke nicht daran, mich von ihr ausgerechnet dann abzusetzen, wenn sie das Radcliff-Vermögen geerbt hat. Genau das müßte ich aber, um die Schnüffler nicht auf mich aufmerksam zu machen.« Er schlug sich mit der flachen Hand heftig vor die Stirn. »Es wäre verrückt, solches Risiko einzugehen! Wenn die Schnüffler mich nur einmal an Celias Seite sähen, hätte ich sie alle auf dem Hals.«

»Unsinn, Rocco! Bei einer Vergewaltigung und einem Sexmord suchen sie nur nach krummen Typen und nehmen sich die Leute mit Macken vor, die sie in ihren Karteien gesammelt haben. Du bist sauber. Wenigstens in dieser Beziehung.«

»Joe, wir zahlen zwanzig Prozent über deinen Preis, wenn du es bis zum Wochenende erledigst. Für dich muß es eine Kleinigkeit sein, irgendeinen Kerl für den Job aufzutreiben.«

»Ich kann mir einen neuen Mann nicht leisten. Für mich kommt es nicht auf die Muskeln an, sondern auf die Verschwiegenheit. Soll ich einen Junkie anheuern, der sich vom Honorar als erstes eine volle Ladung kauft, sich das Zeug reinjubelt und dann rumerzählt, womit er das Geld für den Stoff verdient und wer ihn bezahlt hat? Solche Leute findest in New York an jeder zweiten Straßenecke. Ohne mich, Rocco!«

Challan nagte an seiner Unterlippe. »Wenn du uns hilfst, Joe, übernehme ich einen anderen Job für dich.«

Kassman hob die Arme und ließ sie auf die Sessellehne zurückfallen. »Ein faires Angebot, mein Junge«, lobte er, »und trotzdem kann ich nicht darauf eingehen. In drei oder vier Wochen könnte alles anders aussehen.«

»Leon Radcliff überlebt die nächste Woche nicht. Wenn du uns seine Tochter bis dahin nicht vom Hals geschafft hast, kann sie meinetwegen heiraten, Kinder bekommen und Großmutter werden.«

»Es tut mir verdammt leid, Rocco. Aber helfen kann ich dir nur, wenn du selbst ...«

Challan füllte sein Glas. Er trank den Whisky in kleinen Schlückchen. Er ließ sich Zeit mit dem Trinken und starrte minutenlang wortlos vor sich hin.

Kassman störte ihn nicht. Er beobachtete ihn und wartete.

Schließlich sagte Challan: »Am Donnerstag spielt sie Tennis bis zehn Uhr abends.«

»Ich weiß«, warf Kassman ein.

»Sie nimmt den Weg durch den Oakwood Park. Könnte man es im Park erledigen?«

»Nur mit einigem Risiko. Auf keinen Fall dürfte sie schreien und bei der ...« er zögerte, bevor er das Wort benutzte, »... bei der Sache müßte man vor einer zufälligen Entdeckung sicher sein.«

»Staten Island ist nicht Manhattan. Dort wagen sich die Leute auch nach Einbruch der Dunkelheit in die Parkanlagen. Mit Spaziergängern und Joggern muß man rechnen.«

»Richtig!« Kassman nickte nachdrücklich. Seine feisten Bulldoggenwangen bebten. »Ihr Fußweg verläuft parallel zur Straße. Wahrscheinlich wäre es sicherer, sie abzufangen, in einen Wagen zu verfrachten und sie an einen Platz zu bringen, an dem man Störungen nicht befürchten müßte. An dem Platz könnte sie nachher bleiben. Allerdings müßte der Ort so gewählt werden, daß sie spätestens nach zwei Tagen gefunden wird.«

Wieder zögerte er, bevor er weitersprach. »Wenn die Behandlung im Wagen durchgeführt wird, könnte man sie im Auto zurücklassen. Das würde für die Polizei dann so aussehen, als hätten ein oder mehrere angetörnte Typen einen Wagen geklaut und sich ein Mädchen von der Straße geschnappt!«

Rocco Challan legte den Kopf in den Nacken und blickte gegen die Decke. »Besorg mir einen Wagen für Donnerstag!« sagte er.

Dienstagmorgen trafen wir in Mr. Highs Büro den Sprengstoffexperten Matthew Pickart aus Washington. Vor zwei Tagen war Pickart eingeflogen. Seitdem hatte er sich mit den Trümmern des explodierten Plymouth beschäftigt, in dem Malcolm Rust gestorben war.

Pickart hatte eine Schautafel mitgebracht, an die er Fotos hängte.

»Nach dem Grad der Zerstörung schätze ich das Gewicht der Sprengladung auf ungefähr fünfzehn Unzen reinen Sprengstoffs«, dozierte er. »Ausgelöst wurde die Explosion durch einen Erschütterungszünder des Typs B-19-Q.«

Er öffnete einen Karton, holte einige deformierte Blech- und Stahlstücke hervor und hielt sie hoch. »Das sind Teile des Zünders. Die Army benutzt solche Zünder bei der Sicherung von Gebäuden und mititärischem Gelände. Einzäunungen werden damit bestückt. Je nach Stärke der angehängten Ladung lösen die Zünder Alarmexplosionen aus, oder sie zerfetzten den Eindringling auf der Stelle.«

»Können sich Privatpersonen solche Geräte beschaffen?« fragte High.

»Sir, die Zünder wurden zu Zigtausenden in alle Welt geliefert. Die Israelis zum Beispiel haben ein paar hundert Meilen Zaun zwischen ihrem Land und dem Libanon damit bestückt. B-19-Q-Zünder sind im illegalen Waffenhandel kistenweise zu bekommen.«

»Erklären Sie uns die Funktion, Matthew!«

»Das Ding hat ein Schwingungselement. Durch eine Erschütterung gerät es in Bewegung, berührt Kontakte und – wuummm!« Er deutete mit den Händen die Explosion an.

»Wie empfindlich reagiert der Zünder?«

»Das läßt sich einstellen.« Er wählte ein Teil aus seiner Sammlung von Bruchstücken. »Mit dieser Rädelschraube versteift oder lockert man den Übertragungsstift. Bei der strammsten Einstellung müssen Sie schon mit dem Fuß gegen den Zünder treten, um ihn auszulösen.«

»Wo war die Ladung eingebaut?« fragte Phil.

»Ich glaube, sie lag frei unter den Pedalen.«

»Matt, ich sah die Explosion«, mischte ich mich in die Diskussion. »Ich sah auch, was ihr vorausging. Malcolm Rust warf sich in sein Auto. Er zog die Tür mit einem Knall ins Schloß. Er startete und fuhr mit einem harten Ruck an. Erst als der Wagen rollte, explodierte die Sprengladung. Glauben Sie, der Sprengkörper könnte sich schon auf der Hinfahrt in dem Wagen befunden haben, ohne zu explodieren?«

Pickart lachte.

»Ich würde nicht mit dem Hintern auf einem Erschütterungszünder durch New York fahren, gleichgültig, wie stramm die Einstellung wäre.«

»Halten Sie es trotzdem für möglich?«

»Es wäre unsinnig, Cotton. Die Ladung wurde angebracht, um den Mann zu töten. Mir wurde gesagt, der Mann habe einen Mord begangen. Wenn sich die Bombe mit dem Erschütterungszünder schon auf der Hinfahrt im Wagen befunden hätte, hätte sie ebensogut vor der Tat explodieren können. Ich bin überzeugt, sie wurde in den Wagen gelegt, während der Mann seine Tat beging.«

»Ist die Klärung der Frage wichtig?« erkundigte sich der Chef.

»Vermutlich hatte der Mörder einen Helfer im Nightclub. Wenn die Ladung in den Plymouth gelegt wurde, während sich Malcolm Rust in Nr. 50 aufhielt, spielte ein dritter Mann die Runde mit.«

»Der Mann, der Turner und Hugh Finch tötete?«

Ich nickte. »Der beste Mann der Mord-AG! Der Mörder der Mörder, Sir! Er beseitigt die Killer nach der Tat oder vor der Verhaftung und hält Joe Kassman den Rücken frei.«

Mr. High drehte den Kugelschreiber zwischen den Fingern. »Auch der Brand wurde durch eine Explosion ausgelöst. Der vorläufige Untersuchungsbericht der Feuerwehr spricht von fünf gefundenen Benzinkanistern und Splittern, die auf eine Handgranate schließen lassen. Nehmen wir an, die Kanister wurden bereits am Tage ins Haus gebracht. Der Nachtclub öffnet am Abend. Der Brand brach im Treppenhaus aus und zerstörte die elektrischen Zuleitungen, griff aber erst später auf die eigentlichen Clubräume über. Ich halte es für möglich, daß Malcolm Rust selber die Handgranate warf, das Haus verließ, in die Gasse rannte und durch die Stahltür, die einen direkten Zugang in den Nightclub bot, in Nr. 50 eindrang.«

»Er drang nicht ein, Sir«, berichtigte ich. »Er blieb in der Türöffnung stehen. Sein Partner richtete den Scheinwerfer auf Jarvis Sloat. Rust drückte auf den Abzug und floh.«

»Sind Sie überzeugt, daß er einen Helfer in der Bar hatte, Jerry?«

»Ohne einen Helfer hätte er Sloat nicht erwischt, Sir. Es herrschte völlige Dunkelheit und ein erhebliches Durcheinander. Er hätte zwei Dutzend Leuten ins Gesicht leuchten müssen, um Sloat herauszufinden. Aber ein Mann, der wußte, was passieren würde, konnte sich an Sloat halten und ihn im passenden Augenblick anleuchten.«

»Wer kommt dafür in Frage?«

»Wenn wir von einigen Mädchen absehen, befanden sich nur drei Weiße im Club – Phil, der Reporter Gilbride und ich. Rust war schwarz, und ich glaube, daß auch sein Helfer ein Farbiger war.«

»Außer den UN-Diplomaten hielten sich nur ein Dutzend Männer aus Sloats Gang in Nr. 50 auf. Unter ihnen müßten wir nach dem Helfer suchen.«

Mr. Highs Sekretärin meldete sich über die Sprechanlage.

»Mr. Robert Gilbride möchte mit Jerry und Phil sprechen …«

»Telefonisch?«

»Nein, er wartet vor dem Office. Er hat Fotos mitgebracht.«

»Drei Minuten Geduld!« sagte Mr. High und wandte sich an uns. »Noch Fragen an Matthew Pickart?«

Phil und ich vereinten.

Der Chef bedankte sich bei dem Sprengstoffexperten. »Danke für die prompte Arbeit, Matt. Soll ich Sie zum Flughafen fahren lassen?«

»Wäre nett von Ihnen, Sir! Meinen schriftlichen Bericht schicke ich Ihnen von Washington.« Er betrachtete seine Finger. »Kann ich mir die Hände waschen? Irgendwo an dem Zünder scheint schwarze Farbe zu kleben.«

Mr. High öffnete ihm die Tür des eingebauten Waschkabinetts. Pickart wusch sich die Hände und sagte: »Geht leicht ab!« Etwas schwarzes Seifenwasser floß von seinen Händen ins weiße Becken, und er ließ so lange Wasser darüber laufen, bis es klar blieb.

Gilbride wartete im Gang vor unserem Büro.

»Nett, Sie zu sehen«, begrüßte er uns. Er sah frisch und unternehmungslustig aus. Die Spuren der Behandlung durch Kassman am ersten Tage unserer Bekanntschaft hatten sich weitgehend verloren.

»Wie fanden Sie meine Fotos im Daily New York und in der Brooklyn News?« fragte er.

»Beeindruckend!«

»Die Fotos brachten mir achthundert Dollar. Außerdem verkaufte ich die ganze Serie an drei TV-Stationen, obwohl die Sender mit stehenden Bildern wenig anfangen können. CBS forderte mich auf, mir eine Filmkamera anzuschaffen. Ich glaube, die Sache in Nr. 50 hat mir dazu verholfen, einen Fuß in die Tür zu den wichtigsten Redaktionen zu bekommen.«

Er legte einen dicken Umschlag mit Fotos auf unseren Schreibtisch.

»Alle Bilder, die ich in Nr. 50 schoß, und einige Fotos von dem Mann im Auto.«

Wir sortierten die Bilder auf dem Schreibtisch. Gilbrides Kamera hatte die Panik in Nr. 50 eindrucksvoll festgehalten. Die Fotos zeigten verzerrte Gesichter mit aufgerissenen Mündern, Menschen, die sich anrempelten, einen Mann, der ein Mädchen zur Seite schleuderte, und so weiter.

»Bob, erinnern Sie sich, wann Sie die erste Aufnahme geschossen haben?« fragte ich.

»Ich benahm mich nicht wie ein Held, G-man! Zuerst

ließ ich mich von der Panik mitreißen und rannte um mein Leben. Die Kaltschnäuzigkeit des Reporters fand ich nach den Schüssen wieder. Als es knallte, begriff ich meine Chance.«

»Haben Sie sich seit der Ermordung von Jarvis Sloat mit Kassman befaßt?«

»Ich habe das Gefühl, die Mord-AG befaßt sich mit mir.« Er zog drei Fotos aus der Brusttasche der Jacke und gab sie mir.

»Der Mann fiel mir auf«, sagte er. »Ich sah ihn gestern und vorgestern. Er war in der Nähe, als ich aus der Redaktion der Brooklyn News kam. Er stand vor dem Haus herum, in dem ich wohne, und er saß mit Lilly und mir im selben Quick-Restaurant. Es gelang mir, ihn zu fotografieren. Ich glaube nicht, daß er es gemerkt hat.«

Obwohl die Fotos nicht sehr scharf waren, ließ sich das Gesicht eines Mannes zwischen fünfunddreißig und vierzig Jahren von südländischem Typus erkennen.

»Beschreiben Sie ihn!«

»So groß wie Sie, G-man! Schwarzhaarig, sonnengebräunt, ein gutaussehender Bursche. Teuer angezogen. Die Lederjacke, die er im Quick Service trug, schätze ich auf vierhundert Dollar.«

»Können wir die Fotos behalten?«

»Selbstverständlich.«

»Wir hatten noch keine Zeit, Ihre Sammlung von Kassman-Besuchern zu durchforsten. Das Hauptquartier kann keinen Spezialisten abzweigen. Wahrscheinlich werden wir uns selbst darum kümmern.«

»Sie sind zu jeder Zeit willkommen.« Gilbride tippte auf die Fotos des schwarzhaarigen Mannes. »Könnte er der Superkiller der Mord-AG sein?«

»Keine Ahnung, Bob. Vielleicht haben Sie nur einen

harmlosen Passanten fotografiert, der Ihnen zufällig zwei-, dreimal über den Weg lief.«

Er schüttelte den Kopf. »Ein Zufall scheidet aus, Cotton. Wenn Sie mich als Leiche finden, sollten Sie nach diesem Mann suchen.«

Brandspuren schwärzten die Fassade von Nr. 50. Ein rotes Absperrseil war vor die Eingänge gespannt. Ein Schild warnte: *Betreten verboten!*

Ein Wagen des Homicide Department stand vorm Haus. Vier Cops beobachteten die Gruppe müßiger Neugieriger auf der anderen Straßenseite. Im wüsten Durcheinander des Nightclubs stocherten drei Beamte der Spurensicherung. Die Stelle, an der Sloats Körper gelegen hatte, war durch Kreidestriche markiert.

In Sloats Büro, bis zu dem der Brand nicht vorgedrungen war, sichtete als vierter Beamter der farbige Inspektor Jim Harvest den Inhalt des Schreibtischs und der Schränke. Wir waren Harvest in der Tatnacht begegnet, in der er die Untersuchungsgruppe geführt hatte.

»Ich habe beide Fälle übernommen«, sagte er. »Den Mord an Jarvis Sloat und den Mord an seinem Mörder. Ich stamme aus Harlem und habe sechs Jahre im Streifendienst gearbeitet. Zu jener Zeit war Jarvis Sloat ein Zuhälter mit nie mehr als zwei Mädchen auf der Straße. Malcolm Rust bin ich nie begegnet. Es existiert eine schmale Akte über ihn bei der City Police, weil er zweimal unter Anklage wegen Raubüberfalls stand, ohne verurteilt zu werden. Er galt als Einzelgänger. Ich durchsuchte seine Wohnung und fand neuntausend Dollar in bar. Eine stolze Summe für einen angeblich arbeitslosen Harlem-Schwarzen.«

»Jim, wir müssen alle Leute aus Sloats Gang, die sich

an dem Abend in Nr. 50 aufhielten, unter die Lupe nehmen. Zwischen ihnen muß sich ein Helfer des Mörders befinden.«

»Sie glauben, daß nicht Rust allein Jarvis Sloat umgelegt hat?«

»Natürlich hat nur Rust gefeuert. Aber ein anderer Mann richtete den Scheinwerfer einer Taschenlampe auf das Opfer.«

»Meine Leute fanden eine Stablampe in der Bar. Wollen Sie die Lampe sehen?«

»Nicht nötig. Aber lassen Sie die Fingerabdrücke festhalten!« Ich zog ein Foto des schwarzhaarigen Mannes, von dem sich Gilbride verfolgt fühlte, aus der Tasche und hielt es dem Inspektor hin. »Ist Ihnen dieser Mann jemals in Harlem begegnet?«

»Ein Weißer?« Harvest verneinte mit einem Kopfschütteln.

»Ich will Ihnen erklären, warum ich frage«, sagte ich. »Für die Mord-AG arbeitet ein Killer, der die Mörder beseitigt, die für den Boß der Firma eine Gefahr werden können. Er war der Mann, der in Rusts Auto die Sprengladung angebracht hat und ...«

Der Inspektor unterbrach mich. »Der Mann auf dem Foto kommt dafür nicht in Frage.«

»Warum nicht?«

»Weil er weiß ist. Einen Weißen in Harlem würden sich die Streetgangs sofort vornehmen, um ihn auszurauben. Ich glaube nicht, daß er Gelegenheit fände, ein Verbrechen zu begehen. Dafür hätte er alle Chancen, selbst Opfer eines Verbrechens zu werden.«

»Daran habe ich noch nicht gedacht, obwohl ich mir auch nicht vorstellen kann, daß ein Farbiger der beste Mann der Mord-AG ist.«

»Hüten Sie sich vor Rassendiskriminierung, G-man!« warnte Harvest scherzhaft.

Phil und ich verließen die Ruine von Nr. 50.

Auf der Straße hatte sich die Szene verändert. Mitten auf der Fahrbahn stand ein rosafarbener Cadillac mit goldglänzenden Stoßstangen. Die Leute umdrängten den Wagen und einen großen, schwergewichtigen Schwarzen, der gerade ausgestiegen sein mußte. Der Mann trug einen cremegelben Kamelhaarmantel und einen breitrandigen Hut vom gleichen Rosa der Autolackierung. An den Händen versprühten Brillanten in klobigen Goldringen kaltes Feuer.

Der Mann verteilte Fünf-Dollar-Scheine.

»Kommt alle her!« rief er lachend. »Jeder soll die Rückkehr von Big Father Bill feiern!«

Ich erkannte ihn nach dem Foto, das ich in Gilbrides Sammlung gesehen hatte.

William Doyle, Vorgänger und Konkurrent von Jarvis Sloat, war in sein Imperium zurückgekehrt, aus dem er von Sloat vertrieben worden war!

Die Investition in Mord hatte sich für ihn ausgezahlt.

»Wir kannten Namen und Adressen«, sagte Phil. »Wir wußten, daß sie umgebracht werden sollten. Trotzdem konnten wir ihre Ermordung nicht verhindern.« Er schaltete den Lautsprecher des Funkgeräts ein. »Verdammt deprimierend.«

Ich steuerte den Jaguar von Harlem aus südwärts. In Manhattans Straßen tobte die abendliche Verkehrsschlacht, wenn sich die Bürotürme leeren und die Menschen in die Snackbars, die Hamburger-Restaurants und Coffee Shops strömen. Vor den Kinokassen am Times

Square bilden sich dann Besucherschlangen für die erste Abendvorstellung, und die Straßenkriminalität erreicht ihren Höchstwert in der Vierundzwanzig-Stunden-Statistik.

»Bis jetzt haben wir im Kampf gegen Kassmans Mord-AG nur Niederlagen einstecken müssen«, stellte Phil mit einem Unterton von Resignation fest, »und unsere nächste Niederlage ist schon vorprogrammiert. Wo und wann ein Killer der Mord-AG den nächsten Auftrag ausführt, wissen wir nicht. Eines Tages werden wir wieder neben einem Toten stehen ohne die leiseste Chance, Joe Kassman diesen oder einen anderen der Morde, die er verkauft, zu beweisen.«

»Seit Sloats Ermordung haben wir uns Kassman nicht mehr vorgenommen«, sagte ich. »Laß uns heute mit ihm sprechen.«

Phil seufzte hörbar. »Sein triumphierendes Grinsen macht mich krank. Er weiß genau, wie machtlos wir sind.«

Während wir uns langsam im dichten Fahrzeugstrom südwärts arbeiteten, prasselten ununterbrochen aus dem Lautsprecher die Anweisungen der Zentrale an die Streifenwagen der City Police.

Die allabendliche Hochflut von Straßenraub, Taschendiebstahl, Überfällen auf Schnapsläden und Schlägereien hielt die Cops auf Trab. Phil und ich hörten die Meldungen mit, weil sich auf diese Weise Verkehrsstaus am schnellsten erkennen ließen.

Wir hatten die Kreuzung mit der 23rd Street überquert, als eine Anweisung die East llth Street betraf. Der Sprecher rief die Wagen 46 und 91.

»Feuermeldung für East llth Nr. 102!« sagte er. »Fahrt hin und gebt der Feuerwehr Absperrhilfe!«

»102 East llth Street«, wiederholte ich. »Das ist der Block, in dem Gilbride wohnt.«

Ich schaltete Rotlicht und Sirene ein, gab Gas und schickte mich an zu überholen, was im dichten Verkehrsgewühl zu überholen war.

Phil rief die Zentrale der City Police und verlangte Einzelheiten über den Brand in der 11th Street.

»Scheint keine große Sache zu sein«, lautete die Antwort. »Ambulanzen wurden nicht angefordert.«

Acht Minuten brauchte ich von der 23rd bis zur 11th Street. Zusammen mit einem Löschzug der Feuerwehr erreichten wir Nr. 102. Die Cops waren schon zur Stelle und sorgten für unsere Durchfahrt.

Nr. 102 war ein großer Wohnblock mit fünf Aufgängen und jeweils sieben Etagen für jeden Gebäudeteil. Gilbrides Wohnung war über Aufgang 5 zu erreichen und nahm die ganze siebte Etage ein. Genau aus den Fenstern, die zu seiner Wohnung gehörten, quoll schwarzer Rauch. Es herrschte keine Panik. Ein City Cop sperrte den Eingang und stoppte uns mit ausgebreiteten Armen.

»Gehen Sie nicht rein, bis die Feuerwehr entschieden hat, ob das Haus geräumt werden muß!«

»FBI! Was ist in der siebten Etage los?«

»An die siebte Etage kommen Sie nicht ran, G-man! Ich war schon oben. Zwischen der sechsten und siebten steht das Treppenhaus in Flammen.«

Der Anführer des Feuerwehrkommandos bahnte sich an uns vorbei einen Weg ins Haus. Im Vorbeistürmen rief er dem Cop zu: »Laß die drei oberen Etagen räumen, und sorg dafür, daß die Zivilisten uns nicht auf den Schläuchen herumstehen!«

Ich zog Phil am Arm zurück. »Wir versuchen, übers Dach ranzukommen.«

Auch in Aufgang 4 strömten aufgeregte Leute aus ihren Wohnungen. Vorsichtshalber war der Aufzug stillgelegt worden. Phil und ich hasteten die schmalen Stufen der Nottreppe hoch und drängten uns an Männern, Frauen und Kindern vorbei, die den Block verlassen wollten.

In der siebten Etage führte eine eiserne Steigleiter zu einer Falltür in der Decke. Ich drückte die Tür hoch und schwang mich aufs Dach. Phil folgte in Sekundenschnelle.

Wir erkannten, daß wir noch nicht am Ziel waren. Große Brandschutzmauern, jede von doppelter Mannshöhe, trennten die fünf Gebäude des Blocks voneinander.

Vom Dachrand konnten wir die Rauchwolken im Nachbargebäude sehen. Sieben Etagen tiefer erschien unter schrillem Geklingel ein zweiter Löschzug auf dem Schauplatz.

»Hilf mir rüber!« bat ich Phil.

Er stemmte sich mit beiden Händen gegen die Mauer, die ohne Vorsprung oder Nische nicht den geringsten Halt bot.

Auf Phils Schultern stehend, konnte ich den Sims erreichen und mich hochziehen.

Ich glaube, der Schuß fiel in der Sekunde, in der ich flach auf dem Sims lag. Die Kugel schlug eine halbe Armlänge vor meinem Kopf ein und spritzte mir eine Ladung Steinstücke ins Gesicht. Ich ließ mich fallen und knallte aus zehn Fuß Höhe aufs Dach. Zur Vorsicht blieb ich liegen.

Von der anderen Mauerseite brüllte Phil: »Jerry! Oh, verdammt! Jerry!«

Für ihn mußte es ausgesehen haben, als sei ich von der Mauerkrone heruntergeschossen worden wie ein Spatz vom Dach.

»Ich bin okay!« rief ich zurück. »Hast du gesehen, von wo er schoß?«

»Andere Straßenseite! Aus dem Neubau!« Vorsichtig hob ich den Kopf. Gegenüber von Nr. 102 ragte das Stahl- und Betonskelett eines unfertigen Wolkenkratzers mittlerer Höhe mit rund dreißig Etagen auf. Der Bau machte einen verlassenen und angerosteten Eindruck. Wahrscheinlich war den Finanziers die Luft ausgegangen.

»Kannst du ihn sehen?« fragte ich Phil.

»Nein!«

»Ich arbeite mich zur Falltür vor. Versuch, ihn unten zu halten!«

»In Ordnung!«

»Jetzt!« Ich sprang auf und rannte in langen Sätzen über das Dach.

»Achtung, Jerry!« brüllte Phil. Sein 38er krachte, und gleichzeitig peitschten Schüsse einer anderen Waffe. Aus vollem Lauf warf ich mich hin, rutschte bis zur Einstiegstür, packte den Griff und zog die Stahlplatte hoch.

Als nähme man den Deckel von einem Topf, in dem das Essen angebrannt war, quoll schwarzer Qualm aus der Öffnung. Ich rollte mich über die Kante, fiel rund drei Yards und landete auf dem Treppenabsatz vor Gilbrides Wohnungstür.

Das Feuer wütete eine halbe Etage tiefer, hatte die Wandverkleidung erfaßt und stieß erste Flammenzungen nach oben vor. Gilbrides Wohnungstür war verschlossen.

Ich trat viermal wuchtig gegen das Schloß. Die Tür sprang nicht auf. Mit einem Griff zog ich den 38er, setzte die Mündung an die richtige Stelle und blies die Lasche mit zwei Kugeln weg. Danach genügte ein Schulterstoß.

Die Wohnung war voll Rauch, Hitze und Flammen.

Ich bin kein Experte in Brandursachen, aber daß hier

ein Brandstifter gearbeitet hatte, lag auf der Hand. Er hatte zwei Feuer gelegt, das erste in der Wohnung und ein zweites zwischen der sechsten und siebten Etage, um Rettern den Weg abzuschneiden. Das Dach hatte er entweder vergessen, oder er hatte kalkuliert, daß Hilfe auf diese Weise zu spät kommen würde.

Kam ich zu spät? Der hintere Teil der großen Wohnung, wo Gilbrides Dunkelkammer und sein Archiv lagen, brannte lichterloh. Beizende Rauchwolken wälzten sich durch den Flur.

Ich brüllte die Namen von Gilbride und Lilly Karpow, kämpfte mich durch Qualm und Hitze in die Wohnung, stieß Türen auf und rief immer wieder: »Gilbride! Miss Karpow! Antworten Sie!«

Ich wußte, daß ich die Suche bald abbrechen mußte. Erstickungsanfälle nahmen mir die Luft. Der Rauch würde mich umbringen, wenn ich zuviel davon schluckte.

Ich rammte die Schulter gegen die dritte Tür. Der Raum dahinter war voll Qualm. Ich stolperte über einen Blechkanister. Ich sah eine große, versengte Fläche im Teppichboden, die zwar noch qualmte, aber aus der keine Flammen mehr züngelten. Das Feuer, das der Brandstifter auch in diesem Raum gelegt hatte, war wieder erloschen. Er hatte nicht gründlich genug gearbeitet.

Als ich mich umdrehte, entdeckte ich Lill Karpow. Sie lag auf einer Couch und rührte sich nicht. Ich stürzte mich auf sie, packte sie an den Schultern und schüttelte sie.

Ihre Augenlider zitterten. Sie atmete heftig. Ich roch den süßlichen Gestank von Äther oder Chloroform in ihrem Atem. Ich lud sie mir auf die Arme und trug sie aus der Wohnung.

Vor der Steigleiter packte ich sie auf meine Schulter. Trotzdem blieb es schwierig, sie aufs Dach zu bringen.

Als ich sie endlich oben hatte, war sie noch immer schlaff und reglos. Ausgepumpt blieb ich für eine Minute neben ihr liegen und saugte frische Luft in meine Lungen, die gereizt mit Hustenanfällen reagierten.

Phil hörte mein Gebelfer. »Alles okay, Jerry?«

»Okay«, antwortete ich zwischen zwei Hustenanfällen. »Ich habe Lilly Karpow rausgebracht. Sie braucht schnell Hilfe!«

»Die Feuerwehrjungs sind dabei, eine Leiter auszufahren. Sie wissen, daß wir auf dem Dach sind. Ich habe es ihnen über das Walkie-talkie erklärt.«

»Und der Schütze im Neubau?«

»Die Cops sind reingegangen. Ich weiß nicht, ob er noch auf eine Schußchance lauert oder sich aus dem Staub gemacht hat. Am besten bleibst du liegen, bis die Feuerwehrmänner oben angekommen sind.«

»Hast du den Mann gesehen?«

»Nur ein paar Umrisse! Er trug eine Mütze mit Schirm und benutzte ein Gewehr mit Zielfernrohr.«

»Wie bei Zacco Turner?«

»Genau! He, die Leiter und der erste Feuerwehrmann kommen!«

Am Dachrand schob sich das Gestänge einer Fahrleiter hoch, auf deren Sprossen ein Mann der Feuerwehr stand und über Sprechfunk die Steuerung dirigierte, bis die Leiter anlag. Er stieg aufs Dach, kam zu uns, kniete neben Lilly Karpow nieder, sah ihr prüfend ins Gesicht und sagte in sein Walkie-talkie: »Erste-Hilfe-Ausrüstung! Sauerstoff! Notarzt anfordern!« Er sah mich an. »Wie geht's Ihnen?«

»Nicht schlecht, abgesehen von einem Gefühl, als hätte ich eine Kiste Zigarren hintereinander geraucht.«

»Wenn der Sauerstoff raufkommt, nehmen Sie auch ein paar Atemzüge. Kann noch jemand in der Wohnung sein?«

»Durchaus möglich. Außer der Frau wohnte ein Reporter darin.«

»Wir werden nachsehen!«

In schneller Folge erschienen ein Dutzend Feuerwehrleute auf dem Dach. Sie wußten, was zu tun war. Einer zwängte Lilly Karpow das Mundstück eines Sauerstoffgeräts zwischen die Zähne. Zwei andere drangen, mit Atemgeräten ausgerüstet, in die Wohnung ein. Die übrigen schickten sich an, das Feuer unter Kontrolle zu bringen.

Mir halfen sie über die Brandmauer auf das andere Dach zurück.

Phil stand am Rand und blickte zum Neubau hinüber.

»Bis jetzt fanden die Cops nichts«, sagte er und hängte die Frage an: »Was geschah in Gilbrides Wohnung?«

»Brandstiftung! Seine Fotosammlung ist Asche.«

»Und er selbst?«

»Das wird sich erst herausstellen, wenn alle Räume durchsucht werden können.«

Über das Funksprechgerät meldete sich ein City Cop.

»Wir entdeckten ein Gewehr und Hülsen.«

»Wir kommen rüber. Welche Etage?«

»Zehnte, G-man! Ich winke. Sie müssen mich sehen können.«

»Wir sehen Sie, Officer. Es ist schon etwas dunkel. Haben Sie Taschenlampen?«

»So viel Sie brauchen, G-man!«

Als wir die Straße erreichten, seilten die Feuerwehrleute gerade Lilly Karpow ab. Unten wurde sie vom Notarzt und den Ambulanzhelfern in Empfang genommen und sofort in den Wagen gebracht. Ich ließ mir vom Arzt die Adresse des Hospitals nennen.

In der zehnten Etage des unfertigen Wolkenkratzers erwarteten uns vier Cops.

Das Gewehr lag neben einem Stahlträger. An den Spuren im Mörtelstaub war zu erkennen, daß ein Mann an dieser Stelle gestanden hatte, obwohl er die Abdrücke seiner Schuhe verwischt hatte.

»Wir übergeben das Gewehr der Spurensicherung«, sagte Phil. »Fingerabdrücke werden sie nicht finden. Dazu ist er zu vorsichtig.«

»Wenn wir den ganzen Bau absuchen sollen, G-man, brauchen wir eine größere Truppe«, erklärte ein Sergeant der City Police.

Phil blickte sich um. »Ich denke, die Arbeit können wir euch ersparen. Für den Mann war es kein Problem, unbemerkt zu verschwinden. Er hatte die Auswahl zwischen vier Straßen.«

Aus den Fenstern der Gilbride-Wohnung drang nur noch dünner Rauch. Über eine zweite Leiter bekämpfte die Feuerwehr den Brand direkt, und der Ambulanzwagen setzte sich unter schrillem Geklingel in Bewegung und brachte Lilly Karpow ins Mount Sinai Hospital.

Eine halbe Stunde dauerte es noch, bis der Chef der Feuerwehrtruppe an den Jaguar trat, in dem wir warteten. »Kein Toter in der Wohnung«, teilte er mit.

»Sind Sie sicher?«

»Völlig sicher, G-man! Bei solchem Feuer bleibt eine Menge von einem Menschen übrig. Meine Leute hätten Überreste gefunden.«

Ich stieß Phil an. »Fahr los! Ich brauche eine Dusche und frische Wäsche.«

Das Klappern des Geschirrs drang vom Restaurant in der ersten Etage bis in Kassmans Wohnung. Vor dem Spiegel im Schlafzimmer stand Kassman in Hemdsärmeln und band seine Krawatte. Als die Telefonklingel anschlug, hob er den Hörer des Zweitapparats auf dem Nachttisch ab.

»He, Dicker«, vernahm er Lesters verzerrte Stimme, »ich will dich vor einem Besuch der Schnüffler warnen. Ich habe versucht, dir und mir den Reporter vom Hals zu schaffen. Anscheinend ist der Schlag nicht gelungen. Deine besonderen Freunde vom FBI könnten den Vorfall benutzen, dich in ein hartes Verhör zu nehmen. Stell dich darauf ein!«

Kassman geriet in Aufregung. »Das war nicht vereinbart. Du hattest keinen Auftrag von mir. Der Reporter war höchstens lästig, aber nicht gefährlich.«

»Darüber bin ich anderer Meinung. Ich hielt es für richtig, ihn auszuschalten. Verdammt schade, daß es nicht funktionierte. Immerhin ging alles Material, das er gegen dich und die Firma gesammelt hatte, in Rauch und Asche auf.«

»Was hast du gemacht?«

»Warum soll ich dir Einzelheiten erzählen? Je weniger du weißt, desto besser kannst du die G-men von deiner Unschuld überzeugen.«

Kassman zerrte am gerade gebundenen Knoten der Krawatte. »Hör zu, mein Junge!« sagte er böse. »Der Boß bin ich, und ich habe es satt, dein Versteckspiel länger mitzumachen. Entweder gibst du dich zu erkennen, oder ich breche den Umgang mit dir ab.«

»Keine Drohungen, Dicker! Beantworte mir eine Frage! Wird Rocco die Arbeit auf Staten Island übernehmen?«

»Verdammter Bluff!« schrie Kassman. »Du weißt so gut

wie ich, daß du es tun wirst! Vor drei Stunden hast du den Wagen übernommen und …«

»Zieh keine voreiligen Schlüsse, Joe! Halte mich nicht für Rocco, bevor du mich gesehen hast!«

»Ich sag's dir noch einmal«, erklärte Kassman. »Entweder zeigst du mir dein Gesicht, oder dieses Telefongespräch ist das letzte!«

»Einverstanden, Dicker! Es trifft sich gut, daß du *The Kitchen* am Donnerstag geschlossen hältst. Also warte übermorgen auf mich! Ich werde bei dir auftauchen – nachher!«

Kassman brach in Gelächter aus. »Also doch du, Rocco!« trompetete er. »Auf die Erklärung für die Gründe dieses Bluffs bin ich neugierig.«

Er erhielt keine Antwort. Der andere hatte eingehängt.

Abends um neun Uhr reagierte meine Luftröhre noch immer gereizt auf jeden Atemzug. Mr. Highs Sekretärin versorgte mich mit kühler Milch, und Phil stellte ein Schild auf unseren Schreibtisch: *Rauchen verboten.*

Das half nicht im Archivraum, der noch immer so heißt, obwohl er keine Akten, sondern Terminals birgt, die mit dem großen Computer in Washington verbunden sind. Dave Reston, der Leiter der Informationsabteilung, ist Kettenraucher. Um meine Hustenanfälle kümmerte er sich nicht, sondern produzierte ungerührt Qualmwolken aus billigen Zigarren.

Er hielt ein Foto des südländisch aussehenden Mannes in den nikotinverfärbten Fingern und betrachtete es durch eine Lupe. »Was hat der Junge verbrochen?«

»Mord, Brandstiftung und so weiter in Serie.«

»Ein Spitzenmann?«

»Der beste Mann der Mord-AG, falls es das richtige Foto ist.«

»Soweit ich sehen kann, hat er keine besonderen Merkmale.« Reston nahm für zehn Sekunden die Zigarre aus dem Mundwinkel, weil der Rauch das Lupenglas beschlug. »Nein, keine besonderen Kennzeichen«, entschied er. »Seinen Namen kennt ihr nicht?«

»Dann hätten wir ihn genannt.«

»Fingerabdrücke?«

Er wartete die Antwort nicht ab, sondern winkte einem Assistenten, gab ihm das Foto und befahl ihm: »Versuch's mit dem Face-Numbering-Programm!« Dann nickte er uns zu und sagte: »Fragt in zwei Monaten nach!«

»Das kann nicht dein Ernst sein, Dave!« empörte sich Phil. »In allen Kantinengesprächen schwärmst du von der Überlegenheit deines Computers gegenüber der alten Aktensucherei. In zwei Monaten hätte ich eine Menge Akten durchgeblättert.«

Reston holte die letzten Qualmwolken aus dem kurzen Zigarrenstummel heraus. »Gib mir den Namen, und ich finde den Mann in zehn Sekunden«, antwortete er ungerührt. »Bring mir seine Fingerabdrücke, und es wird kaum länger dauern! Zähl mir seine besonderen Kennzeichen auf, und sofort wird der Drucker eine lange Liste von Jungs ausdrucken, auf die seine Merkmale zutreffen. Je mehr Merkmale, desto kürzer, aber auch desto genauer wird die Liste ausfallen. Aber was bringt ihr?« Er zerstampfte den Stummel im vollen Aschenbecher. »Ein Foto! Was, zum Teufel, glaubt ihr, kann ein Computer mit einem Foto anfangen? Er braucht Zahlen.« Mit der Arroganz des Fachmanns ließ er sich zu einer Erklärung herab. »Weil ständig tüchtige Detectives eurer Sorte uns

Fotos von angeblichen Verbrechern auf den Tisch legen, ohne weitere Angaben machen zu können, haben wir ein Programm ausgeknobelt, um euch vielleicht zu helfen. Wir vermessen die Gesichter: Nasenlänge, Augenabstand, Stirnhöhe, Mundgröße und so weiter. Natürlich haben wir auch die Gesichter der Jungs vermessen, die bei uns gespeichert sind. Damit besitzen wir Zahlen, die sich vergleichen lassen. Leider ist das Programm nicht empfindlich genug. Gleiche Nasenlänge bedeutet noch lange nicht Identität. Am Ende müssen wir die Fotos noch immer durchs Menschenauge vergleichen. Der Computer hilft uns nur, den Kreis einzuengen. Sonst müßtet ihr nicht zwei Monate, sondern zwanzig Jahre auf ein Ergebnis warten.«

Das Telefon auf Restons Schreibtisch läutete. Er hob ab, lauschte und gab den Hörer weiter. »Für euch!« Phil übernahm und meldete sich.

»Hallo, Gilbride«, sagte er, als der Anrufer seinen Namen genannt hatte. »Woher telefonieren Sie?« Gilbride antwortete, und Phil sagte: »Bleiben Sie dort! Wir kommen sofort hin.«

Er gab Reston den Hörer zurück. »Gilbride ist im Mount Sinai Hospital! Er wartet auf uns.«

Robert Gilbride stand in der Vorhalle des Krankenhauses an einem Fenster und starrte in den schmalen Innenhof hinaus, in dem ein angestrahlter Springbrunnen plätscherte. Als Phil seine Schulter berührte, fuhr er herum. »Ah, Sie sind es!« stieß er hervor.

»Wen haben Sie erwartet?«

»Natürlich niemanden.« Er machte eine hilflose Geste. »Meine Nerven taugen zur Zeit wenig.«

»Haben Sie schon mit Miss Karpow gesprochen?«

»Ja, der Arzt erlaubte mir, sie zu sehen. Zum Glück besteht keine Gefahr für sie. Ich möchte mich bei Ihnen bedanken, G-man. Ich hörte, daß Sie es waren, der Lilly rausholte.«

»Wann erfuhren Sie, daß Ihre Wohnung ausbrannte?«

»Vor ungefähr einer Stunde. Ich kam in die 11th Street zurück und stieß auf die Besatzung eines Streifenwagens, die mir den Zutritt zur Wohnung verwehrte. Ein Cop sagte mir, daß Lilly in dieses Krankenhaus gebracht worden sei. Ich fuhr hin, sprach mit ihr und rief dann bei Ihnen an.«

»Wann verließen Sie das Haus, Bob?«

»Gegen drei Uhr nachmittags. Ich glaube, ich beging einen schrecklichen Fehler in dem Augenblick, in dem ich das Haus verließ.«

»Warum?«

»Sie erinnern sich, daß ich Ihnen Fotos von einem Mann übergab, von dem ich mich beschattet glaube. Ich wollte den Mann abhängen, verließ das Haus nicht durch den normalen Ausgang, sondern überkletterte eine Lichtschachtmauer, durchquerte ein Abbruchgelände und gelangte auf die Third Avenue. Auch meinen Wagen ließ ich auf dem üblichen Parkplatz zurück. Der Mann muß angenommen haben, daß ich mich in der Wohnung befände. Darum unternahm er den Mordanschlag.«

»Sahen Sie ihn, bevor Sie das Haus verließen?«

»Nein, aber ich vermutete, daß er sich irgendwo verborgen hielt, zum Beispiel in einem Wagen.«

»Wo waren Sie zwischen drei Uhr und dem Ausbruch des Brandes?«

»Ich sprach mit zwei Redaktionen. Sie waren interessiert an einer ausführlichen Story über die Verbrechen der Mord-AG. Ich sagte ihnen, daß ich viel Material besäße, und wir verabredeten Termine für eine weitere Besprechung.«

»Geben Sie uns die Namen und die Telefonnummern.«

»Wollen Sie meine Angaben überprüfen?«

»Selbstverständlich.«

»Warum, zum Teufel?«

»Weil Sie nicht in der Wohnung waren, als es brannte.«

»Glauben Sie, ich hätte das Feuer gelegt? Warum hätte ich so etwas tun sollen?«

»Wenn Ihr Alibi stichhaltig ist, Gilbride, erledigt sich die Frage von selbst.«

»Wie Sie wollen.« Er nannte die Namen der Redakteure im lokalen TV-Sender New York Day&Night und der Zeitung Brooklyn News, mit denen er gesprochen haben wollte. »Natürlich sind weitere Verhandlungen überflüssig«, setzte er hinzu. »Ich besitze kein einziges Foto mehr. Die Arbeit eines ganzen Jahres war umsonst.«

»Tut mir leid für Sie, Bob. Wenn der Arzt es erlaubt, möchten wir jetzt mit Lilly Karpow sprechen.«

»Kann ich mitkommen?«

»Besser nicht. Warten Sie auf uns.«

Der Stationsarzt hatte gegen ein kurzes Verhör nichts einzuwenden. »Aber nicht länger als zehn Minuten! Sie hat keine ernsthaften Verletzungen davongetragen, aber einen leichten Schock.«

Phil hielt den Arzt, der zu einem anderen Patienten eilen wollte, am Ärmel zurück. »Stand sie unter der Wirkung von Betäubungsmitteln?«

»Als sie gebracht wurde, war sie bei Bewußtsein. Ihr Kreislauf war in Ordnung, nur ein wenig wacklig. Eine komplizierte Blutuntersuchung wurde nicht durchgeführt. Für uns ist sie ein leichter Fall. Wir werden sie morgen nach Hause schicken.«

An Lilly Karpows Bett wachte eine Krankenschwester. Gilbrides Freundin schlief nicht. Sie wandte den Kopf und sah uns an. Ihre Augen waren vom Rauch verquollen. Das Haar umrahmte in glanzlosen Strähnen ihr Gesicht.

»Wie fühlen Sie sich, Lilly?« fragte ich.

Sie beantwortete die Frage nicht, sondern flüsterte: »Haben Sie mit Bob gesprochen?«

»Vor wenigen Minuten.«

Sie schien darauf zu warten, daß ich mehr sagte. »Sind Sie in der Lage, uns einige Fragen zu beantworten?«

Sie nickte stumm.

»Gilbride verließ die Wohnung um drei Uhr. Wo waren Sie?«

»In Bobs Arbeitszimmer. Bevor er ging, tranken wir Kaffee.«

»Und danach?«

»Ich räumte die Wohnung auf. Ungefähr um sechs Uhr legte ich mich zum Ausruhen auf die Couch. Damit ich schlafen kann, ziehe ich immer die Vorhänge vor. Das Zimmer ist dann dunkel. Ich erwachte von einem Geräusch. Ich glaubte, Bob sei zurück, und wollte aufstehen. In dieser Sekunde wurde mir ein feuchtes, stark riechendes Tuch auf Mund und Nase gepreßt, und das schwere Gewicht eines Körpers drückte mich nieder. Ich verlor das Bewußtsein.«

»War Bob der Mann?« fragte ich hart.

Sie richtete sich auf. Ihre Augen weiteten sich. »Nein!« schrie sie. »Nein, es war nicht Bob! Wie können Sie es wagen, Bob zu beschuldigen? Warum hätte er mich umbringen sollen?«

Die Krankenschwester beugte sich über sie. »Regen Sie sich nicht auf, Miss Karpow! Legen Sie sich hin. Bleiben Sie ruhig.« Zu uns gewandt, drohte sie: »Ich werde den Arzt rufen!«

»Schon gut, Schwester. Wir werden Miss Karpow keine weiteren Fragen stellen. Gute Nacht.« Wir verließen das Krankenzimmer.

»Glaubst du tatsächlich, Gilbride habe das Feuer gelegt?« fragte Phil auf dem Weg in die Halle.

»Ich kann es nicht wirklich glauben, weil ich kein Motiv weiß. Andererseits paßt der mißglückte Brandanschlag nicht in die Serie. Irgendwie kommt er mir stümperhafter vor als alle anderen Aktionen unseres Superkillers. Der Mann schießt uns Turner vor der Nase weg. Er bringt Hugh Finch und Bruce Blair um. Er sorgt dafür, daß Rust beim Anschlag auf Sloat die richtige Zielbeleuchtung vorfindet, und bläst Minuten später Rust mit einer heimtückischen Sprengstoffladung das Lebenslicht aus. Ausgerechnet bei Gilbride versagt er. Er merkt nicht, daß sein Opfer die Wohnung verlassen hat. Er begnügt sich damit, Lilly Karpow zu betäuben und Feuer zu legen. Warum hat er Gilbrides Freundin nicht sofort umgebracht?«

»Er hat auch Blairs Sekretärin nicht getötet, sondern nur niedergeschlagen«, erwiderte Phil. »Als bezahlter Killer war Gilbride sein Auftrag. Für Lilly Karpow war er nicht bezahlt worden. Also brachte er sie nicht um. Profis arbeiten nicht umsonst.«

»Eine dünne Theorie, Phil«, sagte ich. »Ohne uns wäre sie erstickt und verbrannt.«

Gilbride saß auf einer Bank in der Nähe des Ausgangs. Bei unserem Anblick stand er auf.

»Haben Sie jetzt einen Grund, mich zu verhaften?« fragte er feindlich. »Hat Lilly mich beschuldigt?«

»Nein!« Ich schüttelte den Kopf. »Sie bleiben ein freier Mann. Wo werden Sie wohnen?«

»Westchester Hotel, Jerome Avenue, Bronx. Das ist ein billiges Hotel, in dem ich die ersten Monate in New York verbrachte. Da ich von vorn anfangen muß, werde ich auf meine Startblöcke zurückkehren.«

»Sorgen Sie dafür, daß wir Sie immer erreichen können!«

»Geht in Ordnung, G-man!« Er zögerte, bevor er sich zu der Frage entschloß: »Werden Sie mit Joe Kassman sprechen?«

»Wir fahren jetzt hin. Wollen Sie mitkommen?«

»Besser nicht! Ich weiß nicht, ob ich mich beherrschen könnte. Am liebsten würde ich den Hundesohn umbringen.«

»Bis jetzt wollten Sie ihn nur journalistisch zur Strecke bringen. Bleiben Sie dabei!«

Er begleitete uns zum Parkplatz des Krankenhauses, wartete, bis wir eingestiegen waren, und hob, als der Jaguar anrollte, grüßend die Hand. Im Rückspiegel sah ich, wie er sich umdrehte und zurückging.

In *The Kitchen* herrschte fröhlicher, lauter Betrieb. Beide Restaurants waren bis zum letzten Platz gefüllt. Wir eroberten uns eine enge Standfläche an der Theke und warteten darauf, daß Kassman auftauchte. Tatsächlich kam er nach einer knappen halben Stunde von der ersten Etage herunter, sah uns und befahl einem Kellner, für uns einen Tisch freizumachen.

»Ich weiß, daß ich euch nicht loswerde, bevor ihr eure Fragen auf mich abgeschossen habt«, sagte er und führte uns zu dem Tisch. »Was wollt ihr trinken?«

Schwerfällig ließ er sich auf einen Stuhl fallen. Mir schien, mit ihm war eine Veränderung vor sich gegangen. Er wirkte schlaffer, nervöser und weniger selbstsicher als bei früheren Begegnungen. In seinen vorstehenden blauen Fischaugen flackerte Unruhe, vielleicht auch Angst.

»Du erinnerst dich an den Reporter, den du vor unseren Augen zusammenschlugst, oder?«

»Selbstverständlich. Ich bedaure, daß ich es ihm nicht gründlicher besorgt habe.«

»Gründlicher? Nun, irgendwer versuchte heute abend, ganze Arbeit zu leisten. Gilbrides Wohnung wurde angezündet und brannte aus.«

»Ich war hier, G-men! Fragt die Kellner oder die Leute in der Küche!« Er hob beide Hände und spreizte die Finger. »Seht ihr Brandblasen?«

»Du fragst nicht, was mit dem Reporter geschah?«

»Es interessiert mich nicht.«

»O nein, Joe! Du fragst nicht, weil du schon weißt, daß dein bester Mann diesmal schlechte Arbeit leistete. Du weißt, daß Gilbride nicht in der Wohnung war und seine Freundin gerettet wurde. Immerhin verbrannte alles Material, das er über dich und deine Kunden besaß.«

»Ihr macht mich richtig stolz«, antwortete er spöttisch. »Nach eurer Meinung organisiere ich Morde, lasse Häuser anzünden, und wenn ihr ausgekochten Jungs vom FBI endlich einen Zeugen gegen mich aufgetrieben habt, schicke ich meinen Superkiller los, der die Lage bereinigt.«

»Genauso ist es, Joe Kassman«, bestätigte ich nüchtern, »aber wir geben nicht auf. Wir fassen dich, Joe, und dann bleibt nur die Frage offen, ob die Handschellen weit genug für deine fetten Gelenke sind.«

Ich griff in die Tasche, in der ich eine Kopie des Fotos trug, das Gilbride von seinem Beschatter gemacht hatte. Ich wollte es Kassman zeigen und seine Reaktion beobachten.

Nach kurzem Nachdenken verzichtete ich darauf. Falls Gilbride den richtigen Mann fotografiert hatte, wäre Kassman durch das Foto nur gewarnt worden.

Wir standen auf. Kassman blieb sitzen und glotzte uns an. Das spöttische Lächeln auf seinen breiten Lippen fiel merkwürdig dünn aus.

Ich blickte auf ihn hinab und fragte mich, welche Gedanken hinter seiner Stirn brodelten und welche höllischen Pläne in seinem Gehirn reiften.

Es wog schwer zu unseren Ungunsten, daß wir Kassman keinen Mord der Vergangenheit beweisen konnten. Noch schwerer wog die Gewißheit, daß wir kein Mittel besaßen, den nächsten Mord zu verhindern.

Der nächste Tag stand ganz im Zeichen des Präsidentschaftswahlkampfs. In sechs Jumboladungen fiel die Mannschaft des Präsidenten mitsamt dem üblichen Journalistentroß und einem Bataillon Sicherungskräften in New York ein. Um neun Uhr landete die Air Force One und brachte den Präsidenten zu zwei Wahlveranstaltungen und einer Wahlparty.

Für New Yorks Polizei und auch für die Agenten des FBI-Hauptquartiers New York war an Alltagsarbeit nicht zu denken. Jeder Mann wurde für die Sicherung des Präsidentenauftritts eingesetzt.

Phil und ich wurden als sogenannte ortskundige Berater zwei Gruppen zugeteilt, deren Aufgabe die vorbeugende Terroristenbekämpfung war. Die Jungs brachten lange Computerausdrucke mit den Namen verdächtiger Personen mit, denen sie einen Anschlag auf das Leben des Präsidenten zutrauten. Von uns erwarteten sie, daß wir ihnen halfen, die möglichen Attentäter aufzuspüren, einzuschüchtern und nötigenfalls vorübergehend festzunehmen. Ich weiß nicht, ob alle Männer und die wenigen Frauen auf der Liste wirklich so gefährlich waren, wie die Washingtoner Präsidentenschützer vermuteten. Denn einige trafen wir bei sehr friedlichen Tätigkeiten an, zum Beispiel beim Biertrinken, Billardspielen oder Staubsaugen. Eine vermutete Präsidentenhasserin erwischten wir, wie sie ihren Enkel aus einem kirchlichen Kindergarten abholte. Sie war grauhaarig und benutzte beim Gehen einen Stock. Vermutlich geisterte ihr Name seit der Erfindung des Computers in dessen elektronischem Gedächtnis herum und war nie wieder gelöscht worden.

Trotz der Oma, der Biertrinker und Billardspieler nahmen unsere Freunde aus Washington ihre Arbeit ernst. Vielleicht hatten sie damit sogar recht. Sie hielten uns mit ihrer Ernsthaftigkeit auf Trab. Während des ganzen Tages bekamen wir den Präsidenten natürlich nicht zu sehen. Am Abend, als die Wahlparty in den Festsälen des Waldorf Astoria begann, packten sie die Computerlisten für New York ein und holten die für Baltimore, wo der Präsident morgen auftreten wollte, aus den Sicherheitskoffern.

Der Crew-Chef bedankte sich bei uns und verabschiedete sich mit den Worten: »Viel Glück bei eurem Alltagskram, Leute!«

Mein »Alltagskram« hieß Lilly Karpow. Während Phil ins District Office fuhr, um den Bericht zu schreiben, den die Zentrale über die Zusammenarbeit erwartete, steuerte ich den Jaguar zum Mount Sinai Hospital. Ich wollte ein zweites Mal mit Lilly Karpow sprechen.

Im Krankenhaus traf ich auf dem Etagenflur die Schwester, die gestern an ihrem Bett gewacht hatte.

»Wie geht es Miss Karpow heute?« fragte ich.

»Fein, hoffe ich«, antwortete sie. »Dr. Grasny erlaubte, daß sie das Haus verließ. Ihr Freund holte sie schon heute mittag ab. Sie hatte sich wirklich schnell erholt.«

Ich fiel aus allen Wolken und war so überrascht, daß ich dumme Fragen stellte: »Wohin hat er sie gebracht?«

Die Schwester zog die Augenbrauen hoch und gab mir Saures.

»Darum kümmern wir uns nie«, sagte sie spitz. »Wir sind ein Krankenhaus und kein Polizeirevier.«

Ich hätte in dem Hotel, das Gilbride uns genannt hatte, anrufen können. Aber ich fuhr selbst in die Bronx mit der sicheren Erwartung, daß ich auch dort ein leeres Zimmer vorfinden würde.

Das Westchester Hotel war ein düsterer, verwahrloster Bau von einem Dutzend Stockwerken und einigen hundert Zimmern. Die schmuddlige Eingangshalle mit ihren verschlissenen Teppichen und durchgesessenen Polstermöbeln verriet, daß seit Jahren kein Cent in den Laden investiert worden war.

Am Empfang fragte ich nach Robert Gilbride. Ein farbiger Clerk blätterte in einem Karteikasten.

»Zimmer vierhundertsieben«, sagte er.

»Nicht abgereist?«

»Auf jeden Fall nicht abgemeldet.« Er grinste. »Wir kassieren den Zimmerpreis täglich im voraus. Mr. Gilbride hat für heute bezahlt.«

Ein schaukelnder Fahrstuhl brachte mich in den vierten Stock. Ich klopfte an die Tür von Nr. 407.

Gilbride öffnete so prompt, als hätte er auf mich gewartet.

»Hallo!« grüßte ich. »Nett, Sie zu sehen, Bob! Zu achtzig Prozent rechnete ich mit Ihrem Verschwinden.«

»Morgen werden wir New York verlassen«, antwortete er. »Ich habe die Nase voll.«

Lilly Karpow lag angezogen auf dem Bett. Ihr wenig attraktives Gesicht war verquollen, als hätte sie geweint. Das fahle Haar hing in fettigen Strähnen bis zu den Schultern.

»Wie fühlen Sie sich, Lilly?«

»Leidlich«, sagte sie leise, stand auf und zog sich bis zum Fenster zurück. Gilbride stellte sich neben sie und griff nach ihrer Hand.

»Bitte, beantworten Sie mir einige Fragen, die gestern offengeblieben sind! Sie sagten, Sie hätten geschlafen und seien von einem Geräusch geweckt worden. Da Sie die Vorhänge vorgezogen hatten, war der Raum dunkel. Wie konnte der Mann, der sie betäubte, erkennen, daß Sie auf der Couch lagen?«

Sie reagierte mit einem Achselzucken. »Vielleicht hat er eine Taschenlampe benutzt, aber sie schon ausgeschaltet, als ich aufwachte.«

»Dafür hatte er keine Hand frei. Er hielt das äthergetränkte Tuch griffbereit. Die andere Hand brauchte er, um die Türen zu öffnen. Noch eine andere Frage ist ungeklärt. Woher wußte er, daß Sie schliefen und ihm damit die Chance gaben, Ihren Schlaf durch Äther in tiefe Bewußtlosigkeit zu verwandeln?«

»Auch wenn er mich wach angetroffen hätte, wäre ich gegen die Wirkung des Äthers hilflos gewesen.«

»Auf jeden Fall hätten Sie sich gewehrt. Für einen einzelnen Mann ist es schwierig, sein Opfer so lange festzuhalten, bis es genügend Äther eingeatmet hat. Wenn er Sie nicht im Schlaf überrascht hätte, wären Sie ein paar

Schreie und Fußtritte auf jeden Fall losgeworden. Außerdem hätten Sie sein Gesicht gesehen.«

Gilbride mischte sich ein. »Wissen Sie mit Sicherheit, daß Kassman nur einen Mann auf uns ansetzte? Kann nicht eine Crew am Werk gewesen sein?«

»Sie selbst fotografierten einen einzelnen Mann, Bob.«

»Das muß nicht bedeuten, daß er keine Helfer hatte. Denken Sie an die Ereignisse in Nr. 50! Bei Sloats Ermordung war auch nicht nur ein Mann der Mord-AG im Einsatz, sondern ein Team.«

Hatte er recht? War es falsch, sich Kassmans Superkiller als Einzelperson vorzustellen? Leistete ein Team die tödliche Präzisionsarbeit?

»Wir sahen nur einen Mann, der auf uns schoß«, antwortete ich.

»Wer schoß auf Sie?« fragte Lilly Karpow. Ich sah hektische rote Flecken auf ihren Wangen.

»Ein Mann, der vom gegenüberliegenden Neubau das Feuer beobachtete. Er versuchte, mich wegzuputzen, als ich die Brandmauer überkletterte.«

»Sahen Sie ihn?« Ihre Stimme zitterte vor Erregung.

»Mein Kollege Phil Decker sah ihn. Wegen einer Schirmmütze war das Gesicht nicht zu erkennen. Er benutzte ein Gewehr mit Zielfernrohr.«

»Warum schoß er?« fragte sie. Natürlich war es eine törichte Frage.

Aber ich antwortete trotzdem. »Er wollte mich töten, um zu verhindern, daß Sie gerettet wurden.«

»Schoß er auch auf mich?«

Seltsamerweise sah sie bei der Frage nicht mich, sondern Gilbride an.

»Dazu hatte er keine Gelegenheit. Als ich Sie aufs Dach brachte, waren längst Polizisten ins Haus eingedrungen.«

Sie verhielt sich, als hätte sie die Antwort nicht gehört. Unentwegt sah sie Gilbride an.

»Haben Sie mir etwas zu sagen, Miss Karpow?«

Ich mußte die Frage wiederholen, bevor sie langsam den Kopf schüttelte.

»Wirklich nicht?«

»Nein«, antwortete sie tonlos. »Es ist alles in Ordnung.«

Gilbride führte sie zum Bett. »Leg dich wieder hin, Lill!« Sie gehorchte, und er begleitete mich zur Tür.

»Morgen werden wir New York verlassen«, sagte er. »Haben Sie Einwände?«

»Wohin wollen Sie fahren?«

»An die Westküste. Ein bestimmtes Ziel habe ich nicht.«

Ich suchte seinen Blick.

Er wich nicht aus. »Irgendwelche Einwände?« wiederholte er.

»Nein«, antwortete ich. »Nur mit einem Haftbefehl könnte ich Sie festhalten, Bob. Das wissen Sie genau. Gute Reise! Wenn es sein muß, werde ich Sie zu finden wissen.«

Am Donnerstag kurz nach neun Uhr morgens rief das Krankenhaus in der Radcliff-Villa an. Celia, die am Frühstückstisch saß, weigerte sich, das Gespräch anzunehmen, und ließ durch das Hausmädchen Kitty ausrichten, sie werde später zurückrufen. Erst zwei Stunden später griff sie zum Hörer und ließ sich mit Dr. Spanburgh verbinden.

»Bitte, kommen Sie sofort ins Krankenhaus, Mrs. Radcliff!« verlangte der Arzt ohne Umschweife. »Ihr Mann hatte eine schwere Krise.«

»Ist Leon tot?« Ihre Frage klang schrill wie ein Aufschrei.

»Wir konnten den Zusammenbruch des Kreislaufs abfangen. Trotzdem ist sein Zustand nach wie vor kritisch.«

»Ich komme sofort!« versicherte Celia.

Sie drückte die Gabel nieder, ließ sie hochschnellen und wählte die Nummer von Rocco Challan. Deutlich hörte sie das Summen. Aber niemand hob ab.

Sie schrie nach Kitty und ließ sich von ihr beim Umkleiden helfen. In großer Eile verließ sie das Haus, stieg in den roten Camaro und fuhr nach New York.

Gegen Mittag stand sie vor Challans Wohnungstür und läutete wieder und wieder. Das Läuten blieb so vergeblich wie die Telefonanrufe.

In panischer Hast lief sie zum Parkplatz, auf dem sie den Camaro zurückgelassen hatte, und fuhr zur Front Street. Sie fand eine Lücke nicht weit von dem schmalen alten Haus zwischen den Wolkenkratzern, in dem Kassman *The Kitchen* betrieb.

Es war Lunchzeit, und sie hoffte auf die Gelegenheit, dem dicken Mann klarmachen zu können, daß es unbedingt heute geschehen müsse. Sie brauchte Gewißheit. Roccos vage Versprechungen, seine ausweichenden Antworten auf ihre drängenden Fragen genügten ihr nicht angesichts der neuen Nachricht aus dem Krankenhaus.

Sie fand die Tür zum Restaurant verschlossen, das Rollgitter herabgelassen und daran ein Schild mit dem Text: *Heute bringen wir unsere Küche auf Hochglanz, damit Sie sich an allen anderen Tagen der Woche bei uns wohl fühlen.*

Die einfache Mitteilung löste in Celia Radcliff lähmendes Entsetzen aus. Sie ging zum Camaro zurück. Lange saß sie hinter dem Steuer, ohne den Motor zu starten.

Endlich faßte sie einen Entschluß und fuhr zum Krankenhaus. Als sie die Eingangshalle betrat, fielen ihr die Telefonzellen für Besucher auf.

Sie bat die Schwester am Empfangstisch um ein Telefonbuch, suchte die Nummer von *The Kitchen* heraus und betrat eine freie Zelle. Sie warf eine Münze ein und wählte die Zahlenreihe.

Es dauerte lange, bis sich eine Männerstimme meldete.

»Mr. Kassman?« fragte Celia.

Der Mann antwortete mit einer Gegenfrage: »Bist du es, Celia?«

»Ja, Mr. Kassman«, antwortete sie atemlos. »Ich will Ihnen sagen, daß keine Zeit verloren werden darf. Das Krankenhaus rief mich an. Leon erlitt einen Kreislaufzusammenbruch. Er wird vielleicht heute schon sterben und ...«

»Verlier nicht die Nerven, Baby!« unterbrach der Mann. »Sorg dafür, daß sie zum Tennisspielen geht, und es wird geschehen, was du bezahlt hast. Verhalte dich richtig. Keine Anrufe! Kein ungewöhnliches Benehmen! Tu alles, was eine Frau tut, deren Mann im Sterben liegt. Geh ins Krankenhaus und halte seine Hand.«

»Ich bin im Krankenhaus«, sagte Celia.

»Großartig! Bleib ein paar Stunden dort. Das macht einen guten Eindruck.«

Er legte grußlos auf.

Celia nahm den Hörer vom Ohr und ließ ihn auf die Gabel fallen. Sie fühlte sich ruhiger.

Bevor sie die Zelle verließ, überprüfte sie ihr Make-up und zog die Lippen nach. Dann ging sie zum Empfangstisch.

»Ich bin Mrs. Radcliff«, sagte sie der Schwester. »Bitte, melden Sie mich Dr. Spanburgh!«

Am Donnerstagabend steckte ich zwischen Rockefeller Center und Times Square in einem Verkehrsstau, der so fest verknotet zu sein schien wie ein zehnfach verdralltes Segeltau. Seit zwanzig Minuten kam ich nur schrittweise vorwärts.

Der Stau war nur der I-Punkt auf einem Tag voller Leerlauf. Begonnen hatte es am Morgen mit einem langen Palaver zwischen uns und zwei Brandexperten, die sich nicht einigen konnten, ob bei den Bränden in Sloats Nightclub und in Gilbrides Wohnung dieselben Täter am Werk gewesen waren. Im Anschluß daran hatten Phil und ich systematisch an alle Türen des Wohnblocks geklopft und die Bewohner gefragt, ob sie vor dem Feuer irgend etwas Ungewöhnliches bemerkt hätten. Das Ergebnis war eine große Tüte voll Luft.

Am späten Nachmittag hatten wir uns getrennt. Phil wollte mit einem gewissen Duke Harkness sprechen, der hin und wieder Informationen aus der Unterwelt verkaufte. Ich hatte mich damit beschäftigt, Robert Gilbrides Alibi zu überprüfen. Ich hatte mit Redakteuren vom lokalen TV-Sender New York Day&Night und der Zeitung Brooklyn News gesprochen.

Tatsächlich war Gilbride bei ihnen gewesen. Trotzdem wollte niemand beschwören, daß er sich auch noch zu der Zeit, in der das Feuer ausbrach, dort aufgehalten hatte. Ein hieb- und stichfestes Alibi ließ sich aus den Angaben nicht konstruieren.

Ich fragte mich, warum ich an seinem Alibi herummäkelte. Verdächtigte ich ihn ernsthaft? Schon Phil hatte mich nach dem Motiv gefragt, und ich war die Antwort schuldig geblieben. Denn das unbehagliche Gefühl, das sich beim Gedanken an Robert Gilbride in meiner Magengrube ausbreitete, konnte eine logische Begründung nicht ersetzen. Noch einmal war ich am Westchester Hotel vorbeigefahren und hatte vom Clerk hinter dem Empfangstisch erfahren, daß Gilbride und Lilly Karpow schon am Vormittag abgereist waren.

Ich hatte beschlossen, den mißlungenen Tag in einem Bierglas zu ertränken.

Auf dem Weg zu Mario, unserer Stammpizzeria mit Familienanschluß, steckte ich jetzt im Stau, vor dem mich in diesem Fall auch nicht das Mithören auf der City-Police-Frequenz bewahrt hatte.

Eine flackernde Lampe und ein Summton signalisierten, daß ich das Gerät auf die FBI-Frequenz umschalten sollte. Ich drehte den Schalter und hörte: »... melden! Jerry Cotton! Sofort melden! Dringend!«

Ich nahm das Mikrofon aus der Halterung. »Okay, Leute, hier bin ich!«

»Wo steckst du, Jerry?« An der Stimme erkannte ich Steve Dillagio.

»Ungefähr dreihundert dicht besetzte Autolängen vor Times Square.«

»Wir erhielten eine Nachricht, die für dich bestimmt war. Der Anrufer benutzte die Durchwahlnummer eures Büros. Da dort niemand abhob, schaltete die Automatik den Anruf in die Zentrale. Ich lese dir den Text vor: *Radcliff, Oakwood Beach, Staten Island. Nächstes Opfer der Mord-AG. Rettet sie!* Das ist schon alles, Jerry. Wir sind stolz darauf, dir einen klaren Wortlaut zu geben, denn es war ein verdammt hastiger und undeutlicher Anruf.«

»Mann oder Frau?«

»Nicht einmal das ist eindeutig zu entscheiden.«

»Spiel mir das Band vor!«

»Hier hast du's!«

Für kaum fünf Sekunden hörte ich eine schnelle Folge

krächzender Geräusche, von denen nur wenige als Wortsilben klar zu erkennen waren.

»Steve, gibt es eine Radcliff-Familie auf Staten Island?«

»Haben wir schon gecheckt, Jerry. Leon Radcliff, Cedar Grove Avenue, Oakwood Beach. Dem Mann gehören die Cannop-Reederei und ein paar weitere Kleinigkeiten.«

»Ich fahre rüber, Steve, und sehe mir die Leute an. Könnt ihr Phil erreichen?«

»Er hat sich nicht gemeldet.«

»Sobald ihr ihn habt, sagt ihm, wo ich bin.«

»In Ordnung, Jerry!«

Ich setzte das Rotlicht aufs Dach, schaltete die Sirene ein und machte mich daran, den Jaguar aus dem Stau rauszubringen. In zehn Minuten und mit ein paar Umwegen über Bürgersteige erreichte ich die Auffahrt zur Brooklyn Bridge, brauste über den East River und durch Brooklyn südwärts zur Verrazano Bridge.

Vier Meilen Brücke brachten mich auf Staten Island. Als ich das Gebiet von Oakwood Beach erreichte, war es längst dunkel.

Ich durchfuhr Straßen, in denen Villen und Bungalows mit riesigen Gärten vornehm Abstand voneinander hielten. Was an Autos vor den Garagen stand, gehörte ausnahmslos in die oberste Preisklasse.

Die Radcliff-Villa in der Cedar Grove Avenue war ein langgestreckter Bau unter großen Zedern, den eine Mauer mit aufgesetzten Gittern von der Straße abschirmte. Eine Auffahrt führte zum Eingang.

Ich parkte den Jaguar neben einem roten Camaro und läutete. Über die Sprechanlage wurde ich von einer Frauenstimme gefragt, wer ich sei.

»FBI-Agent Jerry Cotton.«

Wenig später wurde die Tür bis zum Anschlag der

Sicherungskette geöffnet. Im Spalt sah ich das dunkle Gesicht eines Hausmädchens.

»Wen wollen Sie sprechen, Sir?«

Ich hielt dem Mädchen den FBI-Ausweis vor. »Am besten Mr. Radcliff.«

»Mr. Radcliff liegt seit Wochen im Hospital. Er wird sterben.«

»Öffnen Sie! Lassen Sie mich hinein.«

Sie löste die Kette und gab den Eingang frei. Ich sah eine große Halle mit einem weißen Marmorfußboden vor mir. An den Wänden hingen Bilder, die verdammt kostbar aussahen. Schwarze Ledersessel bildeten einen gewollten Kontrast zum weißen Boden.

»Wer gehört noch zur Radcliff-Familie?« fragte ich.

Bevor das Hausmädchen antworten konnte, rief eine Frauenstimme: »Kitty, wer ist da? Mit wem sprichst du?«

Die Stimme hatte einen erregten, ungeduldigen Klang.

Dann schoß ihre Besitzerin aus einem Seitenraum in die Halle, als hätte das Hausmädchen um Hilfe geschrien.

Bei meinem Anblick stoppte sie abrupt. Ihr zorniges Gesicht veränderte sich schlagartig zu einer weißen Maske. Die roten Lippen wurden schmale Striche, die Augen grünliche Kreise.

Sie trug einen roten Hosenanzug, viel Gold an den Handgelenken und zahlreiche Ringe an den Fingern. Ihr schwarzes Haar war prachtvoll, und ihre Figur verriet, daß sie sich in Form hielt. Jung war sie nicht. Wahrscheinlich stand sie kurz vor den vierzig.

»Mrs. Radcliff?« fragte ich.

Nicht sie antwortete, sondern das Hausmädchen: »Ja, das ist Mrs. Radcliff.«

Ich ging drei Schritte auf die Frau zu. »Mein Name ist

Jerry Cotton, Madam. Ich bin FBI-Agent. Wir erhielten eine Warnung, die Ihre Familie betraf.« Ich erwartete, daß sie fragen würde, aber sie blieb völlig reglos, im wahren Sinne des Wortes zur Salzsäule erstarrt.

»Wir müssen befürchten, daß ein Mordanschlag gegen ein Mitglied Ihrer Familie geplant ist.«

Ein Aufschrei ließ mich herumfahren. Das Hausmädchen sah mich aus schreckensweiten Augen an. »Sie werden Rahel umbringen!« jammerte sie.

»Wer ist Rahel?«

Celia Radcliff erwachte aus ihrer Erstarrung, als hätte sie einen elektrischen Schlag erhalten. »Raus mit dir, du schwarze Idiotin!« kreischte sie. »Halt dein verdammtes Maul, bis du gefragt wirst!«

Das Hausmädchen wich zurück.

Celia Radcliff ging auf mich los. Ihre Augen loderten. Aber ihrem Mund zwang sie ein Lächeln ab. »Ein Mordanschlag gegen meine Familie? O Himmel, woher stammt dieser Unsinn? Niemand von uns fühlt sich bedroht.« Sie lachte überlaut. »Irgendwer hat sie zum Narren gehalten.«

»Wer ist Rahel?« wiederholte ich.

»Zum Teufel, ich kann nicht einsehen, warum ich Ihnen meine Familienverhältnisse auseinandersetzen soll!« fauchte sie.

»Rahel ist Mr. Radcliffs Tochter!« rief das Hausmädchen mit dem Mut der Verzweiflung.

»Du elende schwarze Schlampe!« brach es aus Celia Radcliffs vornehmer Seele. »Ich werde dich ...«

»Ich möchte Ihre Tochter sprechen.«

»Sie ist nicht im Haus!« antwortete sie bissig.

»Wo ist sie?«

»Bei Bekannten. Freunden unserer Familie. In Sicherheit.«

»Sie lügt!« Das Hausmädchen stieß die Hand vor und zeigte auf Celia Radcliff. »Rahel spielt in einer Halle Tennis und wird allein durch den Oakwood Park zurückkommen. Um zehn Uhr!«

Ich warf einen Blick auf die Armbanduhr. Es war zwölf nach zehn!

»Miststück ...«, keuchte Celia Radcliff. »Nichts von ihrem Geschwafel ist wahr. G-man, ich verlange ...«

Sie hob beide Hände und spreizte die Finger, deren Nägel im satten Rot des Hosenanzugs lackiert waren. Sie wollte sich auf das Mädchen stürzen und ihr das Gesicht zerkratzen. Aber sie schaffte nur einen Schritt. Ihr Körper erzitterte. Sie verdrehte die Augen und brach ohnmächtig zusammen.

Ich faßte den Arm des Hausmädchens. »Zeigen Sie mir den Weg! Kommen Sie!«

Ich riß die Haustür auf und zog sie ins Freie und zum Wagen.

»Es ist nicht weit«, keuchte die junge Schwarze. »Rahel kommt zu Fuß. Wir können ihr entgegengehen.«

»Okay! Wo geht's lang?«

Ich ließ den Jaguar vor dem Haus zurück – eine verdammt falsche Entscheidung.

Rahel Radcliff verlor das Spiel 3:6, 4:6, und ihre Doppelpartnerin machte spitze Bemerkungen über die vielen Fehler, die Rahel unterlaufen waren. Tatsächlich hatte sie unkonzentriert gespielt. Wegen der schlechten Stimmung verzichtete sie auf das Glas Cola, das gewöhnlich nach dem Spiel im Restaurant der Halle getrunken wurde, und begab sich auf den Heimweg.

Oakwood Park ist eine kleine Anlage, deren Hauptwege nach Einbruch der Dunkelheit beleuchtet werden. Rahel begegnete einer Gruppe Jogger und einem Ehepaar, das seinen Hund ausführte. Sie hatte den Tennisdreß nicht gewechselt und trug ihre Schläger unterm Arm.

Nach rund siebenhundert Yards mündete der Weg in die sogenannte Oleander-Allee, die parallel zur Küstenstraße verlief. Große, dichte Oleanderbüsche schirmten den Fußweg gegen die Fahrbahn ab, auf der zu dieser Stunde wenig Verkehr herrschte.

Der Mann brach so überraschend aus dem Gebüsch, daß Rahel keine Sekunde zum Schreien blieb. Er preßte seine große Hand auf ihren Mund. Den linken Arm schlang er um ihre Taille, hob das leichte Mädchen hoch und schickte sich an, Rahel ins Gebüsch zu zerren.

Klappernd schlugen die Tennisschläger auf. Zweige trafen die nackten Beine des Mädchens wie Peitschenhiebe. Rahel rang nach Luft. Der Handschuh auf Mund und Nase roch stark nach einem herben Parfum.

Ihr Widerstandswille erwachte. Sie zappelte und trat um sich. Aber gegen die Kräfte des Mannes war sie machtlos. Mit ihr in den Armen durchbrach er das Gebüsch.

Ein Wagen mit offener Seitentür stand dicht am Fahrbahnrand. Der Mann warf Rahel brutal, als wäre sie ein lebloser Gegenstand, in den Wagen. Schwer schlug sie mit dem Kopf gegen einen Fensterholm und verlor für Sekunden die Besinnung.

»Jetzt links!« rief das Hausmädchen.

Vor uns lag eine asphaltierte Straße. Ein Wagen kam uns entgegen. Der Fahrer schaltete die Scheinwerfer ein und blendete uns für ein paar Sekunden, bis das Auto vorbeigerauscht war.

Ich überquerte die Fahrbahn. Die Straße beschrieb eine leichte Kurve. Im Scheitelpunkt der Kurve stand ein Fahrzeug dicht am Straßenrand. Im Augenblick, in dem ich den Wagen entdeckte, durchbrach eine Gestalt das Gebüsch.

Obwohl die Straße beleuchtet war, hätte ich Einzelheiten nicht erkennen können, wenn nicht die Scheinwerfer eines Wagens, der uns überholte, für zwei Sekunden über die Szene hinweggestrichen wären. So erfaßte ich genau, daß ein Mann ein zappelndes, weiß gekleidetes Mädchen hochhob und rücksichtslos in den Wagen schleuderte, als handelte es sich um eine Kleiderpuppe.

Ich riß den 38er aus dem Holster und brüllte: »Keine Bewegung! Ich schieße!«

Er sprang in den Wagen. Die Tür knallte ins Schloß. Der Motor heulte auf.

Ich zog durch und zielte bewußt tief. Denn ich durfte auf keinen Fall das Mädchen im Wagen treffen. Ich hoffte, einen Reifen zu erwischen.

Aber ich hatte kein Glück. Der Wagen nahm Fahrt auf und wechselte die Straßenseite. Höhnisch glühten mich die Rücklichter an.

Natürlich war es aussichtlos, bis zum Jaguar zu preschen und dann die Verfolgung aufzunehmen. Zum Glück tauchten hinter uns die Lichter eines Fahrzeugs auf. Ich sprang mitten auf die Fahrbahn und breitete die Arme aus. Der Wagen näherte sich schnell.

In mir ließ der Selbsterhaltungstrieb alle Alarmsignale schrillen. Eine innere Stimme schrie: *Jerry, alter Junge, wirf dich zur Seite! Der walzt dich platt!*

Ich blieb auf der Fahrbahn, und das Kreischen der Reifen, als die Bremsen anschlugen, war für meine Ohren schön wie Musik.

Der Wagen schlitterte, brach aus und stellte sich quer. Kurz vor meinen Schuhspitzen stand er. Der Fahrer streckte den Kopf aus dem Seitenfenster und brüllte: »Verrückt geworden, Mann?«

Ich hielt ihm den FBI-Ausweis unter die Nase. »Dringender Notfall! FBI! Ich brauche den Wagen! Steigen Sie aus!«

Er begriff nicht. Ich packte zu und zog ihn raus. »Jeder Schaden wird ersetzt!« tröstete ich ihn, warf mich hinter das Steuer, orientierte mich kurz und gab Gas. Der Motor röhrte auf, und der Schlitten zischte davon wie ein Klassepferd beim Derby.

Ich hatte ein Prachtexemplar erwischt, einen Sportwagen aus Old Germany, einen Porsche Carrera, der es leicht mit meinem Jaguar aufgenommen hätte. Ich schaltete ihn hoch, und er fraß ein paar Meilen schneller weg als ein durstiger Mann ein Glas Bier in sich hineinziehen kann.

Eine breite, dunkle Spur zeichnete sich auf dem hellen Asphalt ab. War es Benzin? Hatte ich den Tank getroffen? Und wenn ich ihn getroffen hatte, welch glücklicher Zufall hatte die Hand im Spiel gehabt, daß das Fahrzeug nicht sofort in Flammen aufgegangen war?

Die Scheinwerfer erfaßten einen dunkelgrünen Wagen vor mir. Nicht den Typ, nur die grüne Farbe hatte ich in der Eile an dem Gangsterauto identifizieren können. Der Wagen fuhr viele Meilen schneller als das erlaubte Limit, und als ich näher herankam, sah ich, daß die dunkle Flüssigkeitsspur auf dem Asphalt von ihm ausging.

Ich hatte ihn! War es am besten, nichts zu unternehmen und zu warten, bis ihm der Sprit vollständig ausgelaufen war? Ich ließ den Porsche leicht zurückfallen. Los wurde mich der Gangster nicht mehr.

Das erkannte er auch. Sein Wagen wurde langsamer. Plötzlich riß er ihn scharf nach rechts, gab Gas und ließ die Limousine in eine schmale Seitenstraße hineinschießen.

Ich erwischte die Kurve nicht schlechter als er und hing nach wenigen Sekunden wieder hinter ihm. Meine Scheinwerfer erfaßten ihn voll.

Seine Bremslichter glühten auf. Er ging hart mit der Geschwindigkeit herunter. Ich sah, wie die Seitentür aufgestoßen wurde. Eine Männergestalt schnellte sich aus dem Wagen, der noch so schnell war, daß er ausbrach und mit lautem Krachen an einem Baum entlangschrammte.

Ich brachte meinen Schlitten zum Stehen, ließ Zündung und Scheinwerfer an, rammte die Tür auf und hechtete raus.

Der Gangster war anscheinend hart aufgeschlagen. Im Streulicht des Scheinwerfers sah ich, wie er mit schwerfälligen Bewegungen aufstand.

»Hände hoch!« rief ich.

Er ließ seine Waffe Feuer spucken. Ich hatte viermal auf die Reifen geschossen. Nur zwei Kugeln steckten noch in der Trommel. Ich zielte sorgfältig auf seine Beine. Die zweite Kugel traf. Er schrie auf und kippte seitlich weg.

Ich kümmerte mich nicht weiter um ihn, sondern rannte zu dem grünen Wagen, der schräg im Gebüsch hing. Ich roch den Gestank von Benzin. Es war ein halbes Wunder, daß das Auto nicht längst in Flammen aufgegangen war.

Das Fahrzeug, ein Chrysler Newport, lag voll im Scheinwerferlicht meines Wagens. Ich fand das Mädchen auf dem Boden zwischen Vorder- und Rücksitzen. Sie war nicht bewußtlos, aber völlig verstört. Aus aufgerissenen blauen Augen starrte sie mich an. Das blonde Haar hatte sich aus der Schleife gelöst und fiel ihr wirr ins Gesicht. Sie blutete aus ein paar Schrammen an den nackten Armen.

Ich hob sie aus dem Chrysler und stellte sie auf die Füße.

»Bitte«, keuchte sie, »bitte, lassen Sie mich gehen!«

»Keine Gefahr, Miss! Ich bin FBI-Agent! Polizist! Gehen Sie zur Straße, und legen Sie sich flach hinter einen Baum! Bleiben Sie liegen, bis ich wieder bei Ihnen bin!«

Ich wartete, bis sie aus meinem Blickfeld verschwunden war, lud die Trommel des 38ers nach und bewegte mich vorsichtig auf die Stelle zu, an der ich den Gangster gesehen hatte. Zwischen den Bäumen wucherte dichtes Gebüsch. Er lag nicht dort, wo ich ihn vermutet hatte. Schritt um Schritt drang ich in das Gebüsch ein.

Er hatte keinen großen Vorsprung. Wenn ich stehenblieb, hörte ich das Krachen der Äste. Mit der Kugel im Bein kam er schlecht vorwärts.

»Bleib stehen, Mann!« rief ich. »Du hast keine Chance!«

Er reagierte, wie erwartet, feuerte und verriet durch das Aufzucken der Mündungsflamme seinen Standort.

Ich schoß nicht zurück. Ich provozierte ihn. »Damit schaffst du es nicht!«

Wie besessen drückte er auf den Abzug, in Panik und ohne eine echte Trefferchance. War das der beste Mann der Mord-AG, der Superkiller, der mit kalter Präzision unter unseren Augen gemordet hatte? Ich zählte die Schüsse. Ihre Anzahl bewies eindeutig, daß er eine Pistole benutzte und ein zweites Magazin leerschoß. In die Stille, die dem achten Schuß folgte, startete ich.

Fünf Sprünge genügten. Weit jenseits des Scheinwerferbereichs prallten wir in völliger Finsternis gegeneinander.

Er stand nicht sicher auf seinem angeschossenen Bein, brach zusammen und schrie: »Nicht schießen! Nicht schießen! Bitte ...!«

Ich setzte die Mündung des 38ers irgendwo an seinen Rücken, tastete ihn mit der anderen Hand ab und fand keine Waffe.

»Steh auf!«

»Ich kann nicht«, stöhnte er.

Ich griff ihm unter die Achsel und half ihm hoch. Er wankte. Viel Anspruch auf liebevolle Behandlung hatte er sich nicht verdient. Ich zwang ihn, durch das Gesträuch bis in die weißen Lichtkegel der Scheinwerfer zurückzuhumpeln.

Er war ein großer schwarzhaariger Mann. Als er ins Scheinwerferlicht taumelte, drehte er mir den Rücken zu. Der Stoff des linken Hosenbeins war vom Blut durchtränkt. Schwer stützte er sich auf die Motorhaube.

»Dreh dich um!«

Er gehorchte. Ich sah sein Gesicht und erkannte den Mann, den Gilbride fotografiert und dessen Bild er uns gebracht hatte.

»Du arbeitest für Kassman?«

Er war erschöpft. Die Schußwunde bereitete ihm Schmerzen. Er hatte verloren. Diese Gewißheit und die Schmerzen raubten ihm die Kraft zum Widerstand.

»Ja«, flüsterte er. »Für Kassman! Für seine Firma!« Für mich hatten die Worte Fanfarenklang! Endlich ein Zeuge, ein lebender Zeuge gegen den dicken Boß der Mord-AG!

Der Mann taumelte. »Ich brauche einen Arzt«, flüsterte er.

»Schaffst du es bis zur Straße?«

Er nickte, und ich stützte ihn. Als wir die Abzweigung erreichten, rief ich nach dem Mädchen. Sie tauchte hinter einem Baum auf. Beim Anblick des Mannes schrie sie leise.

»Sei unbesorgt! Er wird dich nicht anfassen. Geh auf die Straße und versuch, einen Wagen zu stoppen!«

Es war nicht nötig. Aus der Ferne näherte sich das Heulen einer Polizeisirene. Wenig später sah ich die Scheinwerfer und das flackernde Rotlicht. Das Mädchen winkte. Hart schlugen die Bremsen an. Sobald der Wagen stand, sprangen zwei Cops heraus, die schweren Revolver in den Händen.

»Cotton vom FBI!« sagte ich. »Dieser Mann steht unter Arrest! Er braucht einen Arzt! Rufen Sie eine Ambulanz und einen Wagen, der mich zur Cedar Grove Avenue bringt!«

Der Sergeant hängte sich ans Sprechfunkgerät. Der zweite Cop verpaßte dem Gefangenen Handschellen.

Das Radcliff-Mädchen berührte meinen Arm. »Wollte er mich umbringen?« fragte Rahel leise.

»Ja, ich fürchte, das wollte er.«

»Hat meine Stiefmutter ihn beauftragt?«

»Glaubst du, sie wäre dazu fähig?«

»Ja, das wäre sie«, antwortete sie mit Nachdruck. Ich wandte mich an den Mann. »Hast du gehört, was sie sagte?«

Er nickte stumm.

»Wie heißt du?«

»Rocco Challan.«

»Bist du der Mann, der uns Zacco Turner wegschoß?«

»Nein«, antwortete er.

»Jarvis Sloat? Bruce Blair? Hugh Finch?«

»Nein, nein! Damit habe ich nichts zu tun!« Er stöhnte.

»Wann kommt der Arzt? Ihr dürft mich nicht verbluten lassen.«

Ein zweiter Streifenwagen jagte heran. Zusammen mit dem Fahrer stieg ein Sergeant aus.

Ich hatte es jetzt sehr eilig. »Sergeant, lassen Sie sofort Mrs. Radcliff verhaften!«

Er riß die Augen weit auf.

Offenbar kannte er die Radcliffs als Familie der besten Gesellschaft.

»Jawohl, verhaften!« wiederholte ich. »Informieren Sie die FBI-Zentrale, daß ich zu *The Kitchen* fahre! Ich werde den beschlagnahmten Sportwagen benutzen. Beruhigen Sie den Besitzer! Er sitzt irgendwo jammernd am Straßenrand.«

Ich wandte mich um, stoppte und bat: »Geben Sie mir ein paar Handschellen! Die weitesten, die Sie haben. Der Kerl, dem ich sie anlegen will, hat fette Gelenke.«

Um elf Uhr schaltete Joe Kassman das Fernsehgerät aus.

Seit die Leute der Reinigungskolonne *The Kitchen* verlassen hatten, war es fast unheimlich still im Haus. Die Isolierfenster hielten den Straßenlärm fern.

Kassman griff nach der Flasche französischen Cognacs, mit der er sich den ganzen Abend beschäftigt hatte. Er füllte sein Glas nach, schwenkte es aus dem Handgelenk und ließ den Cognac kreisen.

»Elf Uhr«, sagte er laut. »Wahrscheinlich ist die Sache erledigt.«

Sein Gehirn malte sich Bilder aus, und seine Mundwinkel wurden feucht. Hastig trank er von dem Cognac.

Rocco und Lester, dachte er. Wenn er Wort hält, werde ich erfahren, ob sie miteinander identisch sind.

Er führte die rechte Hand unter die Jacke und betastete den Griff des Revolvers, den er gegen seine Gewohnheit heute trug.

Ein leises Klingelsignal zeigte Kassman an, daß die Lieferantentür an der Hofseite geöffnet worden war.

Mit einem Ruck stemmte er sich aus dem Sessel hoch. Er spürte den eigenen erregten Herzschlag hart wie die Schläge eines Klöppels gegen die Rippen. Irgendwer, dem er nie einen Schlüssel gegeben hatte, befand sich im Haus.

Kassman ging bis zur Treppe, die seine Wohnung mit dem Restaurant in der ersten Etage verband. »Wer ist da?«

»Ich bin's«, antwortete eine Männerstimme. Kassman erinnerte sich nicht, diese Stimme jemals gehört zu haben.

»Ich bin Lester«, wiederholte die Stimme. »Ich habe versprochen zu kommen, und ich bin hier.«

Kassman tastete nach dem Hauptschalter, zögerte und wechselte die Hand, damit er die rechte um den Revolvergriff legen konnte. Er betätigte den Schalter. In allen Räumen und in allen Stockwerken flammten die Leuchter auf, als würde *The Kitchen* für die Gäste geöffnet. Aber nur ein Mann stand zwischen den Tischen, die schon für morgen gedeckt waren.

Die Stimme hatte Kassman nicht erkannt, den Mann kannte er. Wut sprang in ihm auf wie eine Explosionsflamme.

»Was willst du hier, verdammter Schnüffler?« brüllte er.

»Bist du schwerhörig? Ich bin Lester. Und ich komme, um meinen Anteil an der Mord-AG zu kassieren«, antwortete Robert Gilbride.

Kassman zerrte den Revolver aus dem Holster. Der Journalist war viel schneller. Eine langläufige Armypistole lag in seiner Hand.

»Warum willst du auf mich schießen, Dicker?« sagte er gelassen. »Gestern wolltest du mich noch zu deinem Partner machen.«

Er hob die Armypistole an. »Steck die Kanone ein und komm runter!« befahl er.

Kassmans Zorn verrauchte. Sein schnelles Gehirn begriff Zusammenhänge. Plötzlich lachte er laut.

»Darauf wäre ich nie gekommen!« rief er.

Er stampfte die Treppe hinunter. Die Stufen ächzten unter seinem Gewicht. Den Revolver behielt er in der Hand.

»Du also hast mich ein Jahr lang zum Narren gehalten!« trompetete Kassman. »Ich kann's kaum glauben. Ich hielt dich für einen gewöhnlichen News-Schnüffler, für einen verdammten Reporter, der mich zu einer Zeitungssensation ausschlachten wollte.«

»So fing ich an«, sagte Gilbride. »Als ich beobachtete, wie gut dein Geschäft lief, sah ich, daß mit dir mehr zu verdienen war als gegen dich. Ich rief dich an und führte den ersten Auftrag für deine Firma aus. Wie man's macht, hatte ich bei den Green Berets gelernt.«

»Es war ein Auftrag in Denver.« Kassman grinste breit. »Der Mann hieß Vorster, und du hast ihn mit seinem Boot absaufen lassen. Seine Leiche wurde nie gefunden.«

»Vorster als erster in einer langen Kette, die mit Turner, Finch, Blair und so weiter ihre Fortsetzung fand.«

»Für jeden wurdest du gut bezahlt.«

»Nicht gut genug. Zehntausend Dollar für jeden Mord, während du das Sechs- und Siebenfache kassiertest.«

»Für die Zukunft werden wir anders teilen.«

»Es gibt keine Zukunft für die Mord-AG, Joe!« sagte Gilbride. »Die kleine Radcliff, die heute von Rocco Challan umgebracht wurde, war die letzte Arbeit der Mord-AG.«

»Okay, okay, ich weiß, daß wir uns für eine Zeit totstellen müssen. Aber das wird nicht das Ende der Firma sein.«

»Du irrst dich! Ich habe die Liquidation beschlossen. Ich selbst lieferte den G-men ein Foto von Rocco Challan. Sie werden ihn fassen, und sie werden ihn als den Superkiller ansehen, genau wie du angenommen hast, er wäre Lester. Ich, Dicker, bin dann ein für allemal aus dem Schneider. In aller Ruhe kann ich das ganz große Geschäft ankurbeln, das du dir aufgespart hast.«

Kassmans Gesicht verfärbte sich. »Ich verstehe nicht, was du meinst«, stammelte er.

Gilbride lächelte. Aber die Augen blieben kalt und ausdruckslos, als wären sie aus Eis.

»Die größte Erpressung, die jemals durchgeführt wurde! Glaubst du, ich wüßte nicht, daß du in deinem Safe ein halbes Hundert Schecks verwahrst, ausgestellt und unterschrieben von Männern und Frauen, die einen Mord bei dir bestellten? Unwiderlegbare Beweisstücke für die böse Tat, durch die sie reich wurden, ein Erbe antraten, eine Firma eroberten, Zeugen beseitigten, Korruption ausbügelten oder Konkurrenten aus dem Wege räumten. Alle diese Personen werden für den Rest ihres Lebens an mich zahlen müssen, wenn sie nicht auffliegen wollen. Und ich weiß, daß sie zahlen werden. Eine Fotokopie ihres Schecks, die sie in ihrer Post finden, genügt, sie weich zu machen. Wie sollten sie sich wehren? Dich, Dicker, hätten sie noch mit in den Abgrund reißen können, und vielleicht hätte einer es aus Verzweiflung getan.

An mich kommen sie nicht ran. Mich kennt niemand. Ich bin nur ein kleiner Reporter, dem die Killer der Mord-AG die Wohnung über dem Kopf angezündet haben.«

Kassman wollte abdrücken, aber er kam nicht mehr dazu. Ein harter Tritt traf sein Handgelenk. Er verlor den Revolver. Ein zweiter Tritt, der voll in seinem Wanst landete, warf ihn zwischen die Tische. Er riß eine Decke mit. Gläser und Teller zersprangen klirrend auf dem Boden.

Gilbride beugte sich über ihn. In der linken Hand hielt er ein Messer, dessen Klinge wie eine Sichel gekrümmt war.

»Mitbringsel aus dem Orient, Dicker«, sagte er. »Ich weiß 'ne Menge damit anzustellen. Wo ist der Safe? Antworte schnell und wahr, oder ...«

Mit einer Bewegung aus dem Handgelenk schnitt er mit dem Sichelmesser Kassmans Krawatte dicht am Hals ab, als mähte er Grashalme. Die gekrümmte Spitze ritzte die Haut des dicken Mannes.

Kassman schrie auf.

»Der Safe! Wo? Wenn ich noch einmal fragen muß ...«

»In der Küche!« kreischte Kassman. »Hinter einem Regal!«

Gilbride trat einen Schritt zurück. »Steh auf und geh voran.«

Kassman zog sich am Treppengeländer hoch. Er schwankte. Er hatte das Gefühl, als könnten seine zitternden Knie das Gewicht des schweren Körpers nicht länger tragen.

»Wir wollen uns einigen«, sagte er lallend, als wäre er betrunken. »Ich gebe dir eine Million – nein, zwei ...«

Gilbride setzte ihm die Pistolenmündung ins Genick. »Vorwärts, Joe!« sagte er höhnisch.

Kassman wälzte sich die Treppe zum Erdgeschoß hinunter. Die beiden Männer durchquerten den unteren Raum. Eine Pendeltür mit zwei Flügeln trennte die Küche von der Bar.

Auch die Küchenbeleuchtung brannte. Das blauweiße Neonlicht spiegelte sich in blankgescheuerten Töpfen und im Edelstahl der Kochplatten.

»Beeil dich!«

Kassman fühlte die Spitze des Sichelmessers am Ohr. Er zeigte auf ein Regal, dessen Fächer mit Konservendosen gefüllt waren. »Dahinter!«

Sechs Flügelschrauben hielten das Regal an der Wand. Kassman mußte sie eigenhändig lösen. Nach der letzten Schraube wollte er das Regal abrücken. Gilbride stemmte einen Fuß gegen die Seitenverstrebung und kippte das Regal nach vorn um. Scheppernd schlug es auf dem Steinboden auf. Die Konservendosen spritzten nach allen Seiten.

Die weiße Stahltür des Safes war kaum größer als ein Aktendeckel und hatte ein Zahlenschloß.

»Stell die Kombination ein!«

Kassmans Widerstandswille war verraucht. Mit zitternden Händen drehte er das Schloß. Er irrte sich einmal und mußte von vorn beginnen. Nach der letzten Zahl wandte er sich um.

»Es ist offen«, keuchte er. »Hör zu, Lester …« Unwillkürlich benutzte er den Tarnnamen.

Gilbride schob ihn zur Seite, drehte den Griff und zog die Stahltür auf. Der Safe enthielt nur eine kleine Ledertasche mit Reißverschluß. Gilbride öffnete den Verschluß, griff hinein und holte ein flaches Päckchen schmaler Papierstreifen heraus – über vierzig Scheckformulare vieler verschiedener Banken, ausgestellt und unterzeichnet von Kunden der Mord-AG …

Der oberste Scheck über fünftausend Dollar trug die Unterschrift Celia Radcliffs.

»Genau das suche ich«, sagte Gilbride.

Kassman spürte, wie sein Herz aussetze. Er rang nach Luft.

»Bring mich nicht um!« stammelte er.

»Warum sollte ich dich schonen? Du wirst das letzte Opfer des besten Mannes deiner eigenen Mord-AG.«

Draußen schlug eine Autohupe an.

Gilbride warf den Kopf hoch.

»Licht aus!« befahl er.

Als ich den Porsche in die Front Street hineinschießen ließ, hatte ich zweifellos einen neuen Rekord für die Strecke Staten Island nach Manhattan aufgestellt, und zwar ohne Rotlicht und Sirene.

Eigentlich hätte ich eine Meute empörter Verkehrspolizisten im Schlepptau haben müssen. Aber die Kollegen von der Traffic Police waren anscheinend zu intensiv mit dem Aufschreiben von Parksündern beschäftigt und nahmen meine Geschwindigkeitsüberschreitung um hundert Prozent nicht zur Kenntnis.

Das schmale Haus zwischen den Wolkenkratzern, Restaurant und Zentrale der Mord-AG zugleich, war bis ins letzte Fenster erleuchtet.

Ich bremste den Porsche ab und sprang hinaus.

Vor der Eingangstür war das Rollgitter herabgelassen. Ich wußte, daß es einen Zugang für Lieferanten an der Rückseite gab, und lief an der Giebelseite entlang. Auf dem kleinen Hof, den die Steilwand des Pensold Building begrenzte, standen drei Wagen, darunter Kassmans pompöser Mercury Cougar.

Die Flügel der Lieferantentür waren offen. Im Gang dahinter und in der Küche brannte Licht.

Als ich auf die Tür zulief, heulte hinter mir eine Autohupe auf.

Keiner der Wagen war beleuchtet, und ich konnte nicht sehen, wer in welchem Auto saß.

Die Neonleuchten in der Küche erloschen. Zwei große Lampen, die den Gang erhellten, brannten weiter.

Ich sprang über Treppenstufen in den Flur, an dessen Ende der Eingang zur Küche als große schwarze Öffnung gähnte.

»Kassman!« rief ich.

Aus der Dunkelheit lösten sich die Umrisse seiner Gestalt. Schritt für Schritt wankte Kassmans mächtiger Körper in den erleuchteten Flur.

Er hielt beide Hände über dem Kopf. Sein Gesicht, sonst dick und aufgeblasen wie ein Ballon, war fahl und schlaff.

»Schieß nicht, G-man!« keuchte er.

Ich schoß!

Nicht auf Kassman, sondern auf die Lampen an der Decke, denn ich hatte die Bewegung hinter ihm gesehen.

Alles geschah gleichzeitig. Mein 38er krachte, die beiden Lampen zerplatzten, ich ließ mich fallen, und der Bastard, der Kassman als Deckung benutzte, feuerte.

Fünf Sekunden Feuerwerk und die Donnerschläge der Schüsse! Dann plötzlich Stille, die noch einmal von einem Geräusch unterbrochen wurde, dem dumpfen Aufschlag eines schweren Körpers.

Ich sprang auf und stürzte vorwärts. Ich berührte einen Körper und wußte, daß es Kassman war.

Der Mann, der auf mich geschossen hatte, flüchtete in die Küche zurück. Ich sah ihn nicht, aber ich konnte ihn hören. Eine Menge Blech schepperte, als er gegen irgendein Regal stieß.

Dann zerklirrte Glas. Offenbar zerschlug er ein Fenster. Aber durch die Fenster konnte er nicht fliehen. Sie waren alle zum Schutz gegen Einbruch vergittert. Ich spürte, daß ich die Küche erreicht hatte, und schob mich vorsichtig an der Wand entlang. Die Umrisse der Fenster waren als hellere Quadrate zu erahnen, und ferne Lichter spiegelten sich schwach in irgendwelchem blankpoliertem Gerät.

»Gib auf!« sagte ich laut.

»Lilly!« brüllte er. »Lilly, die MPi! Schnell! Im Kofferraum! Bring sie ans Fenster!«

Natürlich erkannte ich die Stimme. Ich wunderte mich nicht. Nein, ich hatte nicht gewußt, daß Gilbride der Superkiller war. Ich will mir nicht nachträglich einen Lorbeerkranz aufsetzen, den ich nicht verdiene. Und trotzdem war ich nicht überrascht.

Mein Instinkt hatte erahnt, daß an dem Mann einiges nicht stimmte.

»Die MPi!« seine Stimme überschlug sich. »Schnell, du verdammte Nutte!«

Wenn er eine Maschinenpistole in die Hände bekam, sah es schlecht für mich aus.

Ich tastete die Wand ab. Überall in der Welt befinden sich die Lichtschalter am Eingang zu den Räumen, und ich stand am Eingang zur Küche.

Und trotzdem brauchte ich endlose Sekunden, bis meine Finger den Schalter berührten.

Ich legte den Daumen der linken Hand auf den Kippschalter, hob den 38er, holte tief Luft und drückte den Schalter nieder.

Ein halbes Dutzend Neonleuchten flackerten auf, so

wie Neonröhren nun einmal funktionieren mit ihrer merkwürdigen Verzögerung.

Das Ende einer schwierigen Arbeit ist manchmal sehr einfach. Ich sah Robert Gilbride neben dem eingeschlagenen Fenster. Er hielt eine langläufige Waffe in der Hand und schwenkte sie herum.

Ich verfeuerte vier Kugeln. Er brach zusammen, ohne den Finger noch einmal krümmen zu können.

Ich ging zu ihm, hob seine Waffe auf und trat an das Fenster. Das Licht fiel in den Hof. Zwei Schritte vor dem Fenster stand Lilly Karpow. Mit beiden Händen trug sie die Maschinenpistole, die Gilbride hatte retten sollen.

»Lassen Sie das Ding fallen, Lilly!« befahl ich sanft.

Wortlos gehorchte sie. Als die MPi aufschlug, barg sie das Gesicht in den Händen.

Phil erschien als erster auf dem Schauplatz, noch vor den Cops, aber drei Minuten zu spät für eine aktive Mitwirkung, worüber er sich sehr ärgerte.

Dann tauchten die Streifenwagen, die Ambulanzen und eine Crew der Mordkommission auf. Weder Gilbride noch Kassman waren tot, wenn auch in bedenklichem Zustand. Ein Notarzt behandelte sie, bevor die Ambulanzen sie in die Intensivstationen eines Krankenhauses brachten.

Nicht ich, sondern Phil fand die Mappe mit den Schecks, deren Bedeutung wir sofort begriffen.

Wir rasten ins Hauptquartier. Mr. High schaltete den Generalstaatsanwalt und einen Richter ein.

Dreiundvierzig Haftbefehle wurden ausgestellt und noch vor Morgengrauen in neunzehn Städten der USA vollstreckt.

Monate später, als die ersten Sensationsprozesse gegen die Auftraggeber der Mord-AG angelaufen waren, saßen Phil und ich an einem Abend in Marios Cafeteria. Der Fernseher war eingeschaltet. Über den Bildschirm lief ein aktueller Bericht vom Prozeß gegen Anthony Croft, den korrupten Bauunternehmer, der die Ermordung von zwei Prüfingenieuren bei der Mord-AG in Auftrag gegeben hatte.

Der Sprecher erwähnte die saubere Arbeit des FBI. »Nett, daß die Presse uns lobt«, sagte Phil.

»Unverdientes Lob«, antwortete ich. »Ohne Lilly Karpows Anruf wäre Gilbrides Plan perfekt verwirklicht worden. Challan hätte die kleine Radcliff umgebracht. Wir hätten einen toten Joe Kassman vor einem leeren Tresor gefunden. Und wenn wir früher oder später Rocco Challan gefaßt hätten, wäre ihm selbstverständlich auch die Ermordung Kassmans angelastet worden.«

»Warum hat sie uns vor dem Mord an Rahel Radcliff angerufen?« Phil schüttelte nachdenklich den Kopf. »Sie war Gilbrides Geliebte. Sie wußte, daß er ein Mörder war. Sie hatte seine Verbrechen mitgemacht, ihm sogar geholfen. Sie war es, die die Bombe in Malcolm Rusts Auto legte. Sie hatte sich dazu das Gesicht und die Hände schwarz gefärbt, um nicht als Weiße im schwarzen Harlem aufzufallen. Was brachte sie dazu, diesen einen Mord an der Radcliff-Tochter verhindern zu wollen?«

»Ich glaube, sie hatte zwei Gründe, Phil. Seit dem Brand in der Wohnung ahnte sie, daß Gilbride auch ihren Tod eingeplant hatte. Zwar versuchte er, sie zu bluffen und ihr klarzumachen, daß andere Killer der Firma den neugierigen Journalisten beseitigen wollten. Sie mag genickt haben, aber in der Tiefe ihres Herzens hat sie ihm nicht geglaubt.«

Mario brachte Kaffee, wies mit dem Daumen auf den Bildschirm und fragte: »Euer Fall?«

Wir reagierten mit Kopfschütteln, und Mario kümmerte sich um andere Gäste.

»Und der zweite Grund?« fragte Phil.

»Trotz allem, was sie unter Gilbrides Einfluß getan hatte – sie blieb eine Frau. Ein siebzehnjähriges Mädchen sollte vergewaltigt und umgebracht werden. Das war mehr, als eine Frau, auch eine Frau wie Lilly Karpow, ertragen konnte. Diesen Mord mußte sie verhindern. Sie konnte einfach nicht anders. Darum rief sie uns unter Benutzung des Verzerrers in einem unbewachten Augenblick an.«

»Ich verstehe sie trotzdem nicht«, sagte Phil. »Erst durchkreuzt sie seinen Plan, und dann bringt sie ihm doch die Maschinenpistole, damit er sich den Weg freischießen kann.«

»Wann hätten Männer jemals Frauen verstanden«, antwortete ich achselzuckend.

ENDE

Todesblumen aus Bangkok

Die Stimme war in ihrem Kopf. Eine leise Stimme, raunend, beschwörend. Geh, flüsterte sie. Geh und töte ihn – geh, geh …

Das Mädchen schloß die Augen und lehnte die Stirn gegen das kühle Glas der Fensterscheibe. Die Stimme in ihrem Kopf wisperte weiter. Sie wußte nicht mehr, wann es angefangen hatte. Vielleicht war die Stimme schon immer dagewesen. Vielleicht erinnerte sie sich nur nicht daran, wie sie sich an so vieles nicht erinnerte …

Draußen fiel Regen und bewegte das Laub der Bäume wie mit sanften Fingern.

Das Mädchen schauderte. Gleich würde Boolin kommen und mit ihr wegfahren, hinüber in die große Stadt, vor der sie sich fürchtete. Boolin schien immer zu wissen, was die Stimme in ihrem Kopf befahl. Hörte er sie ebenfalls? Sie durfte ihn nicht fragen. Es gab Dinge, über die sie nicht sprechen durfte, oder die Stimme würde nicht aufhören zu reden, würde sie quälen, in ihrem Kopf dröhnen, endlos widerhallen …

Rasch wandte sich das Mädchen vom Fenster ab. Sie durchquerte das kleine Zimmer und öffnete einen Schrank. Finger schlossen sich um den kühlen Griff der Pistole. Die Stimme in ihrem Kopf flüsterte immer noch.

Geh, raunte sie ihr zu. Geh und töte ihn! Töte, töte, töte …

Zwischen den hohen, düsteren Hauswänden bildete der Hinterhof einen engen Schacht, in den nicht einmal der Widerschein der Lichtglocke über Manhattan drang. Das einzige helle Fenster schälte eine mattgelbe Insel aus der Dunkelheit und ließ einen Streifen nassen Kopfsteinpflasters glänzen. Lee Singal duckte sich in den Schlagschatten leerer Getränkekästen. Er lauschte auf die Schritte, die sich näherten.

Leise Schritte, unsicher und verstohlen …

Der Chinese runzelte die Stirn. Sein schmales, scharfgeschnittenes Gesicht spiegelte die gleichmütige Ruhe des Asiaten. Innerlich spannte er sich. Er beobachtete die Bar mit dem Namen Mun River seit Tagen. Es war das erst Mal, daß jemand den Hof betrat, auf den nur eine einzige Tür mündete, nämlich der Hinterausgang des Lokals.

Aus zusammengekniffenen Augen blickte Lee Singal zu der handtuchschmalen Einfahrt hinüber. Die Gestalt des Fremden war nur ein Schattenriß, schmal, kleingewachsen, fast zierlich. jetzt streifte ihn das Licht aus dem hellen Fenster. Es traf ein asiatisches Gesicht unter glänzendem, blauschwarzem Haar. Ein Gesicht, das Lee Singal kannte.

Überraschung ließ seine schrägen Augen aufblitzen.

Pibul, dachte er. Pridi Pibul aus Bangkok …

Wie kam der Mann nach New York? Was suchte er im Mun River? Er war Thai, und dies hier war ein thailändisches Lokal. Aber zwischen den Besitzern des Mun River und den Männern, die hinter Pridi Pibul standen, hatte es nie eine Verbindung gegeben.

Singals Hand tastete unwillkürlich zum Schulterholster, während seine Gedanken fieberhaft arbeiteten. Nur wenige Yards von ihm entfernt blieb der schlanke Thai geduckt stehen. Er spähte in die Runde und lauschte. Auf Zehenspitzen huschte er weiter. Der Drehknauf quietschte leise, als er ihn bewegte. Die Tür schwang völlig lautlos in den Angeln. Pridi Pibul drückte sie hinter sich ins Schloß. Sekunden später verriet die feine, helle Linie über der Schwelle, daß er Licht gemacht hatte.

Singal runzelte die Stirn. Er brauchte zwei Atemzüge, um seine Schlüsse zu ziehen. Ein heimlicher Eindringling hätte sich gehütet, das Flurlicht einzuschalten. Der Thai hatte es aufgegeben, wie ein Dieb zu schleichen, sobald er die Hintertür erreichte. Das hieß, daß er Gefahr nur von außen fürchtete, daß die Bar sein Schlupfwinkel war.

Wieso? Es paßte nicht. Lee Singal zog die Hand vom Schulterholster zurück und schüttelte dabei den Kopf. Nein, es paßte nicht. Es gab nur zwei mögliche Erklärungen. Die eine war unwahrscheinlich: eine erdrutschartige Verschiebung im Machtgefüge gewisser großer Syndikate.

Die andere erschien Singal glaubhafter. Pridi Pibul konnte Schwierigkeiten haben, vor denen er floh – in den Schutz einer mächtigen Gang. Vielleicht besaß er Informationen, die er verkaufen wollte. Vielleicht hoffte er auf die Hilfe alter Freunde. Oder vielleicht war er einfach nur am Ende seiner Nerven und griff nach einem Strohhahn.

Grübelnd starrte Lee Singal auf die geschlossene Hintertür.

Er mußte herausfinden, was hier gespielt wurde. Und dann würde er entweder seine eigenen Pläne danach ausrichten – oder dafür sorgen, daß sich diejenigen um Pridi Pibul kümmerten, die für ihn zuständig waren.

Bei dem verdammten Regenwetter hätten Phil und ich eigentlich nichts dagegen gehabt, den Nachtdienst schön geruhsam mit dem Aufarbeiten von Akten zu verbringen.

Wenn einem der Schriftkram drei Yards zum Hals heraushängt, passiert bestimmt nichts, das einen davon erlöst. In einer ungemütlichen Nacht kann man fast sicher sein, daß etwas passiert – und zwar meist an einer besonders ungemütlichen Ecke. So gesehen konnten wir für den Einsatz im Mun River sogar dankbar sein.

Der Mann, um den es ging, wurde durch internationalen Haftbefehl gesucht. Er hieß Pridi Pibul und stammte aus Thailand. Laut Interpol hatte er sich mit Mädchenhandel befaßt, seit er als Zwölfjähriger von zu Hause ausriß und seine zehnjährige Schwester mitschleppte, um sie in Bangkok an ein Kinderbordell zu verschachern.

Später schloß er sich einer Organisation an, die ihre Blütezeit während des Vietnamkriegs erlebte, als Saigon voll von Soldaten war, die ihr Vergnügen haben wollten. Nach dem zweifelhaften Friedensschluß, dem bekanntlich sehr schnell die nordvietnamesische Offensive folgte, mußten die Amerikaner wohl oder übel eine Menge Südvietnamesen evakuieren, denen es sonst dreckig gegangen wäre.

Darunter waren nicht nur Patrioten, Idealisten oder harmlose Geschäftsleute. Darunter waren auch weit weniger harmlose Kriegsgewinnler einer bestimmten Sorte, die die Gelegenheit beim Schopf packten und ganze Schiffsladungen verstörter Girls nach Amerika verfrachteten. Nicht etwa, um sie vor Umerziehungslagern oder Schlimmerem zu bewahren, sondern um die dreckigen Geschäfte in einem günstigeren Klima neu aufzubauen.

Einer dieser Typen, ein vergleichsweise kleiner Fisch, war Pridi Pibul.

Wie gesagt, er wurde von Interpol gesucht. Man vermutete ihn zur Zeit in Thailand. Die Information, daß er in New York war und – warum auch immer – das Mun River als Schlupfwinkel benutzte, verdankten wir einem Rauschgiftfahnder. Einem Mann namens Lee Singal, den wir von einem Einsatz in Hongkong und dem Goldenen

Dreieck in Südostasien her kannten und von dem wir wußten, daß alles, was er weitergab, ganz sicher Hand und Fuß hatte.

Der Morgen graute bereits, als ich den Jaguar vor dem Mun River ausrollen ließ.

Das Lokal war bekannt. Moon River nannten es die meisten Amerikaner – Mond-Fluß, sehr romantisch. Aber Mun ist ein thailändisches Wort, das mit Mond nicht das geringste zu tun hat. Und romantisch war mir sowieso nicht zumute, als ich neben meinem Freund und Kollegen Phil Decker die Straße überquerte.

Wir hatten eine starke Eingreifreserve im Rücken. Immerhin mußten wir – obwohl Singal das für unwahrscheinlich hielt – damit rechnen, daß Pridi Pibul wichtig für die Rauschgiftgangster war, die das Mun River betrieben. Falls sie versuchen sollten, uns an der Verhaftung des Burschen zu hindern, konnte uns das nur recht sein. Dann würden wir zwei Fliegen mit einer Klappe schlagen. Pibul einerseits – und außerdem jeden, der sich möglicherweise mit Waffengewalt einem FBI-Einsatz entgegenstellte.

Das Gesetz verbot uns die einfachste Möglichkeit, nämlich heimlich die Hintertür zu benutzen und Pibul aus dem Zimmer zu fischen, dessen genaue Lage Lee Singal herausgefunden hatte. Juristisch wäre das Hausfriedensbruch gewesen. Wir mußten die Bar schön brav durch den Haupteingang betreten und den Typen in der Bar die Chance geben, sich als gesetzestreue Bürger zu erweisen, die selbstverständlich nicht daran dachten, einen steckbrieflich gesuchten Verbrecher zu decken.

Der Witz daran war, daß sich im Mun River offenbar wirklich niemand bemüßigt fühlte, Pridi Pibul zu schützen. Der Mixer zuckte nur mit den Schultern und verwies uns an den Geschäftsführer. Der nannte die Zimmernummer, die wir schon von Lee Singal kannten, und setzte mit hämischem Grinsen hinzu, daß wir Pibul wohl in einer pikanten Situation überraschen würden, weil gerade eben ein niedliches Girl zu ihm hinaufgegangen sei.

Mir zog es die Magenmuskeln zusammen. Ein Mädchen, eine mögliche Geisel – das war genau das, was wir am wenigsten gebrauchen konnten.

Phil benutzte sein Walkie-talkie. Fünf Sekunden später war unser Kollege Steve Dillaggio zur Stelle. Er würde dafür sorgen, daß Pridi Pibul nicht etwa telefonisch gewarnt wurde, während Phil und ich den uralten, scheppernden Käfiglift nahmen.

Der Flur im dritten Stockwerk war leer und still wie ein Friedhof um Mitternacht.

Wir huschten auf leisen Sohlen über den abgeschabten Teppich. Die Tür zu Pridi Pibuls Zimmer war nur angelehnt. Ich runzelte die Stirn und blickte Phil an. Er dachte offenbar das gleiche wie ich. Eine Prostituierte, die zu einem Kunden geht, läßt normalerweise nicht die Tür hinter sich offen.

Mit zwei Schritten stand ich an dem schmalen Spalt und spähte ins Zimmer.

Und hatte von einem Atemzug zum anderen das Gefühl, einen Alptraum zu erleben!

Pridi Pibul stand mit hängenden Armen mitten im Raum, reglos, die Lider weit auseinandergezogen, die Lippen zu einem ungläubigen, törichten Ausdruck geöffnet.

Das Girl war drei Schritte von ihm entfernt: ein junges Thai-Mädchen, bildhübsch, zart, mit sanften Zügen und großen dunklen Mandelaugen. In der Rechten hielt sie eine matt schimmernde Beretta, die zu schwer für ihre schmale Hand wirkte.

Ihr Finger lag am Abzug, und die Mündung zielte unmißverständlich auf Pibuls Kopf.

»Suri«, flüsterte er. »Suri – nein ...«

Das Mädchen krümmte mit einem vagen Lächeln den Finger.

»Nicht!« schrie ich – aber da war es bereits zu spät.

Die Pistole blaffte leise wegen des aufgeschraubten Schalldämpfers. Pridi Pibul zuckte zusammen wie unter einem Peitschenhieb. Langsam, mit einer fast tänzerisch anmutenden Bewegung drehte er sich um die eigene Achse, sank auf die Knie und kippte zur Seite.

Ich sah seine Augen brechen.

Gleichzeitig trat ich gegen die Tür, daß sie krachend gegen die Wand prallte. Der 38er lag schußbereit in meiner Rechten. Das Mädchen fuhr herum, starrte mich an. Die Beretta hatte sie mitgeschwenkt. Aber ich wußte, daß sie nicht abdrücken würde, obwohl ich mir selbst nicht erklären konnte, was mich so sicher machte.

Eine Sekunde lang verharrte sie reglos, als lauschte sie auf etwas.

Dann ließ sie die Waffe fallen, noch ehe Phil oder ich sie dazu aufgefordert hatten.

Im offenen Kamin brannte knisternd ein Feuer. Der rötliche Widerschein fiel auf das Gesicht eines großen, stämmigen Mannes mit blauschwarzem Haar und asiatischen Zügen. Praja Ramjad lehnte im Sessel, die Ellbogen auf die Lehnen gestützt, die Fingerspitzen gegeneinander gelegt. Er stammte aus Thailand und lebte seit zwanzig Jahren in den Staaten. Aber er hatte immer noch Verbindungen zu seiner alten Heimat. Das Geschäft, das er betrieb, war international organisiert. In Bangkok saßen die Zulieferer, in New York die Abnehmer. Der Transport bot keine Probleme, weil er völlig legal vonstatten ging. Praja Ramjad hatte lediglich dafür zu sorgen, daß es mit der lebenden ›Ware‹ keine Schwierigkeiten gab. Eine einfache Aufgabe, wie er fand. Die Methode, die seine Komplicen in Thailand ausgetüftelt hatten, um die Girls bei der Stange zu halten, nötigte ihm immer wieder Bewunderung ab.

Und es war eine Methode, die man nicht nur benutzen konnte, um die Mädchen zu kontrollieren. Sie bot noch andere Möglichkeiten. Erstklassige Möglichkeiten – das hatte sich gerade heute wieder erwiesen. Praja Ramjad war zufrieden. Zwar schmälerte ein kleiner Schönheitsfehler den Erfolg, aber das störte ihn nicht sonderlich.

»Du bist also sicher, daß dich die Bullen nicht gesehen haben?« fragte er den drahtigen blonden Angloamerikaner, der am Kamin stand.

Al Boolin bewegte unbehaglich die Schultern. Seine Finger drehten ein tragbares Funksprechgerät hin und her.

»Niemand hat mich gesehen«, versicherte er. »Die Schnüffler hatten keinen Grund, auf parkende Wagen zu achten. Trotzdem gefällt mir die Sache nicht.«

»Suri weiß nichts«, sagte Praja Ramjad.

»Schon möglich. Aber wieso kreuzten die Bullen plötzlich auf, um Pibul aus dem Mun River herauszuholen? Da stimmt doch was nicht. Die Typen aus der Kaschemme haben sich für Pibul zwar kein Bein ausgerissen. Aber sie hätten ihn nie im Leben an die Polizei verpfiffen. Und Zufall war es garantiert nicht. Die Bullen wußten ganz genau, was sie wollten. Zwei Minuten früher, und Pibul wäre ihnen lebendig in die Hände gefallen.«

»Was uns eine Menge Ärger eingetragen hätte, ich weiß.« Ramjad nickte nachdenklich. »Es war ein Fehler, Pibul nicht gleich in Bangkok zu erledigen. Sie kannten ihn dort besser als wir. Sie hätten wissen müssen, daß er genügend Instinkt besaß, um rechtzeitig zu merken, daß er mit seiner Extratour nicht durchkommen würde.«

»Schnee von gestern.« Boolin stockte und senkte rasch die Augen, weil er sekundenlang fürchtete, zu weit gegangen zu sein. »Ich meine – das spielt ja jetzt keine Rolle mehr. Ich finde es wichtiger herauszufinden, wieso sich die Bullen einmischten.«

Ramjad lächelte dünn. »Hältst du es nicht für möglich, daß Pibul sie selbst gerufen hat? Das wäre ja ...«

»Es wäre eine einleuchtende Erklärung, oder? Pibul hatte Instinkt, das sagte ich schon. Ihm muß ziemlich schnell aufgegangen sein, daß er sich den falschen Leuten an den Hals geworfen hatte. Daß kein Mensch daran dachte, sich für ihn die Finger zu verbrennen. Für ihn nicht – und auch nicht für das bißchen Heroin, mit dem er seine Brieftasche aufpolstern wollte.«

Al Boolin nagte skeptisch an der Unterlippe. »Und Sie glauben, dann ist er umgeschwenkt und hat sich statt dessen den Bullen an den Hals geworfen?«

»Genau. Er wußte, daß er auf der Abschußliste stand.«

»Und warum hat er dann Suri an sich rangelassen?«

»Weil er auf einen Killer gefaßt war und nicht auf ein kleines Mädchen«, sagte Ramjad sanft. »Würdest du einem unserer Engelchen zutrauen, kaltblütig eine Pistole abzufeuern, Al? Doch, du würdest – aber nur, weil du weißt, wie wir Suri präpariert haben. Pibul ahnte es nicht. Er hat es ja nicht einmal bei seiner eigenen Schwester geahnt, sonst wäre er nie auf den Gedanken verfallen, sie für seine Zwecke einzuspannen.«

»Stimmt.« Boolin grinste hämisch. »Die Kleine hatte nichts Eiligeres zu tun, als ihren heißgeliebten Bruder in die Pfanne zu hauen. Und was machen wir jetzt?« setzte er hinzu.

Praja Ramjad, der thailändische Gangsterboß, lehnte sich im Sessel zurück. Seine schrägen, dunklen Augen glitzerten.

»Nichts«, sagte er schlicht. »Wozu auch? Suri kann uns nicht gefährlich werden. Alles, was sie dem FBI erzählt, wird höchstens dazu führen, daß man sie in eine Irrenanstalt einweist. Und dort ist sie gut aufgehoben.«

Bei der Mordkommission unseres alten Freundes Harry Easton waren die Tatortermittlungen in besten Händen. Er arbeitete mit der üblichen Gründlichkeit, teilte Spurenspezialisten ein und gab dem Polizeifotografen Anweisungen. Ed Schulz, Eastons baumlanger Stellvertreter, leitete die Vernehmung von Gästen und Personal des Mun River.

Wir wußten schon vorher, was dabei herauskommen würde, nämlich nichts. Unser Durchsuchungsbefehl galt nur für das Zimmer, nicht für das Lokal. Solange die Typen nicht befürchten mußten, daß wir sie wegen Rauschgifthandels festnageln konnten, würden sie den Mund halten.

Der Barbesitzer, ein spindeldürrer, kleiner Thai mit dem denkwürdigen Namen Jonas Kittikachri, spielte den Ahnungslosen. Angeblich kannte er das Mädchen, das geschossen hatte, überhaupt nicht und das Opfer nur flüchtig. Das Zimmer, behauptete er, habe er Pibul aus reiner Gefälligkeit einem Landsmann gegenüber vermietet, der sich in New York fremd fühlte. Der einzige Punkt, der an der Geschichte stimmte, war vermutlich die Tatsache, daß sich Pridi Pibul wirklich erst seit zwei Wochen in den Staaten aufhielt.

Phil und ich warteten, bis unsere Kollegin June Clark eintraf, die wir als weibliche Begleitperson brauchten, wenn wir die Mörderin ins District Office transportierten.

Das Mädchen hatte keine Papiere bei sich – und sie hatte bis jetzt kein einziges Wort gesprochen. Sie stand einfach da: schmal, durchscheinend blaß, mit großen, leeren Augen, deren Blick durch alles hindurchging. Ich bezweifelte, daß sie zuhörte, als Phil ihr vorschriftsmäßig ihre Rechte vorlas. Mein erster Gedanke war gewesen, daß sie unter Rauschgift stand. Doch der Polizeiarzt hatte das nach einer kurzen Untersuchung verneint.

Aber irgend etwas stimmte nicht mit ihr, da war ich sicher.

Die Art, wie sie sich zu June Clarks Dienstwagen führen ließ und auf dem Rücksitz Platz nahm, erinnerte an eine Marionette. Ihr Blick wirkte gedankenverloren, als ginge sie die ganze Sache überhaupt nichts an. Als sie einmal in einer Kurve halb gegen mich fiel, huschte sogar ein Lächeln um ihre Lippen. Ein scheues, kindliches Lächeln, bei dem ich mich fragte, ob sie überhaupt wußte, was sie getan hatte.

Phil fuhr mit dem Jaguar unmittelbar hinter uns in den Hof.

Als das Girl wenig später auf einem der unbequemen Holzstühle im Vernehmungszimmer saß, die Knie gegeneinander gedrückt und die Hände gefaltet, sah sie wie ein kleines Mädchen aus, das zu unrecht bestraft worden ist. June Clark bedachte Phil und mich mit vorwurfsvollen

Blicken. Wahrscheinlich konnte sie einfach nicht glauben, daß dieses zarte, zerbrechliche Geschöpf einen kaltblütigen Mord begangen hatte. Ich hätte es auch nicht so leicht geglaubt, wenn es nicht vor meinen Augen geschehen wäre.

»Wie heißen Sie?« fragte unsere Kollegin sehr sanft.

Das Mädchen hob den Kopf. »Suri«, flüsterte sie. Ihre Stimme klang dünn und hell wie das Zwitschern eines verletzten Vogels. »Ich heiße Suri Thipodi.«

»Und wo wohnen Sie?«

Die großen Mandelaugen flackerten. »Ich – weiß nicht«, kam die Antwort nach einer Weile tonlos. Eine Antwort, die – das spürte ich sofort – alles andere war als der Versuch einer plumpen Lüge, so verrückt sie auch klingen mochte.

»Sie wissen es nicht?« fragte June vorsichtig.

»Da ist ein Haus – weit weg, nicht in der Stadt. Ich weiß nicht, wo ...«

»Aber Sie leben dort? Schon lange?«

»Ich weiß nicht. Früher war ich woanders. Zu Hause im Dorf. Dann in Bangkok. Aber sie haben gesagt, ich muß mit nach Amerika fliegen.«

»Sie?«

Auf dem schmalen exotischen Mädchengesicht erschien ein gequälter Ausdruck. Die dunklen Mandelaugen blickten ins Leere.

»Die Stimmen«, flüsterte sie. »Die Stimmen haben es gesagt. Ich muß ihnen gehorchen, sonst lassen sie mir keine Ruhe.«

June warf uns einen Blick zu. Wir hatten ihr die Führung des Gesprächs überlassen, weil wir spürten, daß sie besser mit dem Mädchen zurechtkam. Aber allmählich gewann ich den Eindruck, daß hier weder weibliches

Einfühlungsvermögen noch der geschickteste Vernehmungsspezialist, sondern allenfalls ein Psychiater weiterhelfen würde.

»Was für Stimmen?« fragte unsere Kollegin behutsam. Das Mädchen fuhr sich mit der Hand über die Stirn. Ihre Finger zitterten.

»Die Stimmen in meinem Kopf«, murmelte sie. »Sie reden mit mir. Sie sind in meinem Kopf, immerzu. Ich wollte den Mann nicht töten, aber die Stimmen haben es befohlen. Ich mußte gehorchen. Ich muß immer gehorchen. Sonst hören sie nicht auf, mich zu quälen. Sonst lassen sie mich wahnsinnig werden ...«

Ihre Worte erstarben. Die großen, dunklen Augen füllten sich mit Tränen. Ich biß mir heftig auf die Lippen.

Akustische Halluzinationen, dachte ich. So etwas gab es. Suri Thipodi war geisteskrank, daran gab es nicht den geringsten Zweifel.

Aber ebensowenig zweifelte ich daran, daß der Gangster Pridi Pibul nicht das zufällige Opfer einer Wahnidee geworden war, sondern daß irgend jemand das Mädchen als Werkzeug benutzt hatte.

Jonas Kittikachri, der dürre Besitzer des Mun River, lief in seinem Büro wie ein gefangener Tiger auf und ab.

Die vier anderen Männer im Raum sahen ihm zu. Zwei schlanke Thailänder, ein gelbhäutiger, kahlköpfiger Hüne undefinierbarer Herkunft und ein Weißer, der mit dem korrekten Anzug und dem smarten, gutgeschnittenen Gesicht wie ein erfolgreicher Manager aussah. Er war es, der schließlich das Wort ergriff.

»Es hilft nichts, wenn du dir vor Wut ein Loch in den Bauch beißt, Jonas«, sagte er mit einem Anflug von Spott.

»Du hast dir die Sache eingebrockt. Also mußt du sie auslöffeln. Beweisen kann man dir in dieser Angelegenheit doch nichts, oder?«

»Natürlich nicht – weil ich nichts mit der Sache zu tun habe. Ich will einfach keine Bullen in meiner Nähe. Und ich will nicht mit diesem verdammten Bastard Praja Ramjad in Verbindung gebracht werden.«

»Das hättest du dir überlegen müssen, bevor du Pibul hier einquartiertest und …«

»Schlaukopf! Der Kerl kam an und faselte mir etwas von einem tollen Heroindeal vor. Ich habe von Anfang an nicht daran gedacht, wegen dem bißchen Zeug zu riskieren, mir die Finger zu verbrennen. Warum hätte ich ihn umlegen sollen?«

»Du hättest ihn auf die Straße setzen können, oder?«

»Und mir die Chance entgehen lassen, ihm ein paar nützliche Informationen aus der Nase zu ziehen? Verdammt, ich konnte nicht ahnen, daß Ramjad ihm eine Killerin schicken würde!« Der Dürre stockte, griff nach einem Whiskyglas und goß sich den Inhalt mit einer heftigen Bewegung in die Kehle. »Irgend etwas stimmt da nicht«, knurrte er. »Daß Ramjad seinen Mann gefunden und erledigt hat, mag noch angehen. Aber wer hat Pibul den FBI auf den Hals gehetzt?«

»Vielleicht Ramjad selbst«, sagte einer der beiden Thailänder, der eine gezackte Narbe unter dem Auge hatte. »Vielleicht wollte er der Polizei eine glatte Sache liefern, Opfer und Mörderin auf dem Silbertablett. Wenn er dann noch Vorsorge getroffen hat, die Fäden zu kappen, die von dem Mädchen zu ihm führen …«

»Unsinn!« Der dürre Jonas Kittikachri schüttelte den Kopf. »Das wäre schlechtes Timing gewesen. Vergiß nicht, daß es praktisch um Sekunden ging! Pibul hätte den Bullen genausogut lebend in die Hände fallen und wie ein Kanarienvogel singen können. Nein, der Tip an die Polizei kann nicht aus Ramjads Ecke gekommen sein. Da ist noch jemand anders im Spiel. Jemand, der erstens verdammt gut Bescheid wissen muß, weil er Pridi Pibul sonst nicht kennen würde, und der zweitens ganz offensichtlich seine Nase in unsere Angelegenheiten steckt.«

Für eine Weile blieb es still.

Der Managertyp kniff nachdenklich die Augen zusammen. Der gelbhäutige Hüne mit dem kahlen Schädel fuhr sich mit dem Daumennagel über die wulstigen Lippen. Er holte ein paarmal geräuschvoll Atem. Nach und nach wandten sich die Blicke der anderen dem groben Gesicht zu. Sie warteten geduldig, weil sie wußten, daß ihr Komplice stets lange brauchte, um seine verschwommenen Gedanken in Worte zu kleiden. Der Riese war nicht schwachsinnig, aber sein Denken folgte nicht den Bahnen normaler Logik. Es spielte sich auf einer mehr instinktiven Ebene ab, die von einem phantastischen, nur halb bewußten Erinnerungsvermögen gespeist wurde.

»Der Chinese«, sagte er langsam. »Da war ein Chinese, der mir bekannt vorkam. Trieb sich draußen auf der Straße herum. Ich habe ihn schon früher gesehen.«

Kittikachri beugte sich gespannt vor. »Wo?« fragte er.

»In Bangkok. Und letztes Jahr in Burma. Und jetzt ist er hier.«

Wieder entstand ein kurzes Schweigen. Der Managertyp runzelte zweifelnd die Stirn. Er wollte etwas sagen, aber Kittikachri brachte ihn mit einer Handbewegung zum Schweigen.

»Wo genau hast du ihn gesehen, Shiny?« fragte er eindringlich. »Hier in New York, meine ich.«

»Drüben auf der anderen Straßenseite, vor dem Schaufenster mit den Fotoapparaten. Später noch einmal, da stieg er in einen Wagen.«

»Und die Autonummer?«

Der Hüne schloß halb die Augen. Seine Fähigkeit, auch die unwichtigsten Kleinigkeiten im Gedächtnis zu speichern und bei Bedarf wieder auszugraben, war manchmal gespenstisch. Zwei Sekunden konzentrierte er sich. Dann leierte er Buchstaben und Zahlen herunter.

Jonas Kittikachri atmete tief durch, als er die Nummer notierte.

Der Managertyp starrte ihn fassungslos an. »Bist du verrückt geworden?« fragte er. »Du glaubst doch nicht etwa, daß an dem konfusen Gerede dieses Halbidioten etwas dran ist, oder?«

Der Dürre lächelte schmal. »Und ob ich das glaube!« sagte er zufrieden. »Du kennst ihn nicht so gut wie ich. Wenn sich Shiny eine Autonummer merkt, dann stimmt sie auch. Wenn er behauptet, diesen Chinesen in Bangkok und vorher in Burma gesehen zu haben, dann hat er ihn gesehen. Und daß der Bursche rein zufällig an drei völlig verschiedenen Orten in unserer Nähe aufgetaucht ist, will mir ja wohl keiner von euch im Ernst erzählen.«

»Rätselhaft«, sagte Malcolm Sternberg.

Dabei kehrte er ratlos die Handflächen nach oben. Doc Sternberg arbeitet als Psychologe für den FBI. Ratlos haben wir ihn nur höchst selten erlebt.

»Drogen?« fragte ich mit zusammengekniffenen Augen.

Der Doc zuckte mit den Schultern. »Möglich, daß das arme Mädchen früher einmal mit Drogen behandelt worden ist, die für den teilweisen Gedächtnisschwund verantwortlich sind. Nur bezieht sich die Amnesie durchaus nicht auf die Zeit vor dem Mord, sondern auf einen weiter zurückliegenden Zeitraum, auf Herkunft, Kindheit – die ganze Vergangenheit bis vor etwa einem halben Jahr.«

»Sie hat aber behauptet, nicht zu wissen, wo sie bis heute gewohnt hat«, gab Phil zu bedenken.

»Na und? Sie weiß es nicht, weil sie die Gegend nicht kennt und sich den Weg nicht gemerkt hat, ganz einfach. Bei allen anderen Punkten, zum Beispiel bei der Frage, wie sie bis zum Mun River gelangt ist, behauptet sie gar nicht, es nicht zu wissen. Sie weigert sich nur, es zu verraten.«

»Weil die Stimmen in ihrem Kopf es verboten haben«, sagte ich.

»Genau – diese Stimmen in ihrem Kopf. Akustische Halluzinationen sind an sich nicht ungewöhnlich, bei psychisch Kranken, meine ich. Aber in diesem Fall bekomme ich einfach kein klares Bild. Die meisten Wahnvorstellungen pflegen in sich durchaus logisch zu sein. Suris Wahnvorstellungen sind es nicht. Sie gibt ganz offen zu, daß sie den Mann im Mun River erschossen hat – weil die Stimmen, die sie sich einbildet, es befohlen haben. Aber sie schweigt über alles, was Motiv und Hintergründe des Mordes klären könnte – weil die Stimmen es angeblich verbieten. Das wirkt ...« Er stockte und schüttelte den Kopf. »Es wirkt alles irgendwie gesteuert, obwohl das natürlich ein Ding der Unmöglichkeit ist.«

Ich hatte den gleichen Gedanken gehabt – daß jemand das Mädchen als Werkzeug benutzte.

»Könnte Hypnose dahinterstecken?« fragte ich.

»Nein. Erstens ist ein posthypnotischer Mordbefehl eine unsichere Sache, weil er bei den meisten Menschen an der unbewußten moralischen Hemmschwelle scheitert. Zweitens hätte man das Mädchen in diesem Fall ganz einfach dazu bringen können, alles zu vergessen, statt ihr etwas so Kompliziertes wie die Geschichte mit den Stimmen in ihrem Kopf zu suggerieren.«

»Und wenn sie uns ein raffiniertes Theater vorspielt?« schaltete sich Phil ein.

»Nein«, sagte Doc Sternberg überzeugt. »Sie simuliert nicht. Das wäre die einfachste Erklärung, aber ich glaube nicht daran. In einer Spezialklinik wird sich das zweifellos bestätigen. Und ebenso zweifellos werden Sie nichts davon haben, weil die Untersuchungsergebnisse der ärztlichen Schweigepflicht unterliegen«, schloß er.

Dem war nichts hinzuzufügen.

Doc Sternberg verabschiedete sich, um dafür zu sorgen, daß seine Patientin in eine Spezialklinik überführt wurde. Als Zeugin fiel sie damit für uns aus. Aber wir waren inzwischen nicht untätig gewesen. Phil zog einen Zettel zu sich heran und wiederholte, was wir über das Girl herausgefunden hatten.

»Suri Thipodi, neunzehn Jahre alt, in einem winzigen thailändischen Dorf geboren. Vor drei Monaten zusammen mit einer Gruppe anderer Mädchen offiziell in die Staaten eingereist. Alle hatten einen gültigen Arbeitsvertrag in der Tasche, und ihr zukünftiger Boß stellte vorschriftsmäßig die Kaution. Dieser Boß ...«

»... heißt Praja Ramjad, stammt aus Thailand und betreibt ein sogenanntes Kurhotel samt Klinik«, ergänzte ich. »Außerdem besitzt er ein gutes Dutzend zweifelhafter Nachtlokale. Was bedeuten dürfte, daß er sich den Kaviar auf seine Brötchen mit einer Bordellkette verdient.«

»Und dabei die Frechheit besitzt, einen Teil der Mädchen offiziell als Krankenschwestern zu beschäftigen.« Phil schüttelte grimmig den Kopf. »Der Laden nennt sich *Blumen von Bangkok* – sehr sinnig. Übrigens liegt er draußen auf Long Island. Also könnte es sich gut um das Haus handeln, von dem Suri Thipodi gesprochen hat.«

»Möglich. Ich werde mich auf jeden Fall mal dort umsehen.«

»Hmm.« Phil runzelte die Stirn. »Meinst du nicht, daß es dazu noch ein bißchen früh ist? Solange wir völlig im dunkeln tappen, können dich die Typen glatt abfahren lassen. Wir sollten erst mal etwas mehr über diesen Pridi Pibul erfahren.«

»Und wo willst du da anfangen?«

»Bei unserem Freund Lee Singal«, sagte Phil wie aus der Pistole geschossen. »Er weiß garantiert mehr, als er am Telefon in der Eile erzählen konnte. Schließlich hat er uns nicht umsonst seine derzeitige Adresse verraten.«

Ich nickte zustimmend. Daß wir mit Lee Singal reden mußten, war sowieso klar. Und was das Kurhotel mit dem schönen Namen *Blumen aus Bangkok* betraf – vielleicht hatte Phil recht. Die Vernunft sagte mir, daß es tatsächlich sinnlos war, dort auf den Busch zu klopfen, mit nichts in der Hand als der Tatsache, daß eine der Angestellten einen unerklärlichen Mord begangen hatte.

Aber mein Instinkt redete eine andere Sprache. Ich hatte es einfach im Gefühl, daß es wichtig war, mir den Laden auf Long Island näher anzusehen.

Wir teilten uns die Arbeit.

Phil fuhr zu der Adresse, die uns Lee Singal am Telefon angegeben hatte. Ich versuchte noch eine Weile, dem Computer ein paar Auskünfte über Pridi Pibul, das Mädchen Suri Thipodi und den thailändischen Gangsterboß mit dem Namen Praja Ramjad zu entlocken.

Denn allzu früh wollte ich nicht zu dem getarnten Bordell hinüberfahren, weil Nachtarbeiter erfahrungsgemäß lange schlafen.

Der Jumbo-Jet aus Bangkok befand sich planmäßig im Landeanflug auf den John F. Kennedy International Airport.

Stewardessen hatten die Gurte der Passagiere kontrolliert. Die grüne Leuchtschrift mit der Aufforderung *Bitte anschnallen und das Rauchen einstellen* flimmerte. Mit glänzenden Augen beugte sich das schlanke, blutjunge Thai-Mädchen zum Fenster.

»Mai! Schau doch, Mai!« Erregt deutete sie auf das Häusermeer der Millionenstadt, das sich wie Spielzeug unter der Maschine ausbreitete. »New York! Wir sind da! Wir sind endlich da!«

Mai antwortete nicht. Ihr Gesicht wirkte abwesend. Der Blick der dunklen Augen schien ins Leere zu gehen.

Jarlit Wong runzelte die Stirn und schwieg ernüchtert. Einen Moment lang hatte sie vergessen, daß Mai anders war – anders als die restliche Gruppe hübscher, sanftäugiger Girls, die offiziell und legal von Bangkok nach New York flogen, mit Aufenthalts- und Arbeitserlaubnis, um Jobs als Krankenschwester in einer Klinik oder als Zimmermädchen oder Küchenhilfe in einem Kurhotel anzutreten.

Sie wußten alle, daß es kein Krankenhaus und kein Hotel geben würde. Oder vielleicht doch – aber dann nur zur Tarnung.

Den Mädchen war klar, daß man sie als Prostituierte angeworben hatte und daß sie in einem Bordell arbeiten würden. Sie machten sich keine Illusionen. Sie waren sogar recht zufrieden mit ihrem Los. Die meisten hatten sich schon als halbe Kinder verkaufen müssen, um nicht zu verhungern. Oder sie waren gar nicht selten von ihren eigenen Eltern verkauft worden, die irgendwelche Lügenmärchen glaubten, weil sie sie glauben wollten.

Jarlit war fünfzehn gewesen, als dieses Schicksal sie traf. Ein Schicksal, das sie gelassen hinnahm. Denn es bedeutete vor allem, daß sie genug zu essen und ein Dach über dem Kopf hatte und nicht mehr auf den Feldern schuften mußte. Und in Amerika, in New York, konnte es ihrer Meinung nach nur noch besser werden.

Aber Mai war anders.

Mai war jünger gewesen als Jarlit, wirklich noch ein Kind, als sie damals aus dem gemeinsamen Heimatdorf verschwand. Ihr Bruder hatte sie mitgenommen – dieser Bruder, dem sie blind vertraute, den sie bewunderte, von dem sie sich eine märchenhafte Zukunft versprach.

Jedenfalls war das damals so gewesen.

Später, als Jarlit die Freundin in Bangkok wiedertraf, hatte sich Mai erschreckend verändert. Etwas wie ein dunkler Bann lag über ihr. Eine unsichtbare Mauer schien sie von den anderen Mädchen zu trennen, die sich immer noch einen Rest Fröhlichkeit und Lebenslust bewahrten.

Vielleicht hatte sie es als Verrat empfunden, daß sich die märchenhafte Zukunft doch nur als Bordell herausstellte. Vielleicht haßte sie ihren Bruder insgeheim. Vielleicht hatte die Enttäuschung ihren Verstand durcheinandergebracht. Aber Jarlit wurde nie den Verdacht los, daß noch etwas anderes, etwas Schlimmeres dahintersteckte.

Von Anfang an hatte sie das Gefühl gehabt, Mai beschützen zu müssen – nicht zuletzt vor ihrem Bruder.

Jetzt verstärkte sich dieses Gefühl, weil sich Mais spürbare innere Unruhe verstärkte. Was war es? Angst? Vielleicht einfach nur Schmerz, körperlicher Schmerz? Sie hatte sich vor zwei Wochen in Bangkok bei einem Sturz den Arm gebrochen. Ihr Bruder war zufällig dabeigewesen, hatte sie zu einem Arzt gefahren und versichert, daß es nicht weiter schlimm sei.

Mai klagte nicht. Der Gipsverband schien sie auch nicht zu behindern. Nur jetzt preßte sie ihn samt der Schlinge, in der er lag, seltsam verkrampft gegen ihren Magen.

Jarlit furchte die Stirn. »Tut dein Arm weh?« fragte sie leise.

Mai zuckte zusammen. »Nein, nein«, murmelte sie.

»Was ist es dann? Fühlst du dich krank? Hast du vor irgend etwas Angst?«

Jarlit flüsterte, damit niemand sie hörte. Vor allem Madame Wu nicht, die weiter hinten saß und ein wachsames Auge auf die Mädchen hatte. Äußerlich wirkte sie zerbrechlich wie ein Porzellanpüppchen. Ihr Gemüt aber bestand aus rasiermesserscharfem Stahl. Sich vor ihr zu fürchten war ganz normal. Aber Mai hatte sie die ganze Zeit über kaum beachtet.

»Mai!« drängte Jarlit. »So sag doch etwas! Kann ich dir helfen?«

»Niemand kann mir helfen ...« Mais Stimme klang abwesend, und ihr Blick ging ins Leere. Als sie weiterredete, schien sie mehr zu sich selbst als zu ihrer Freundin zu sprechen. »Ich mußte es tun. Sie haben es befohlen. Sie hätten mich bestraft. Ich mußte es tun ...«

»Was tun?« fragte Jarlit eindringlich.

Mais Finger zitterten, als sie mit der gesunden Hand über ihre Stirn rieb. »Ich habe ihn verraten«, flüsterte sie.

»Wen?« fragte Jarlit, die kein Wort begriff.

»Meinen Bruder – meinen eigenen Bruder. Ich habe ihn

verraten. Es ist meine Schuld, wenn sie ihm etwas antun ...«

Jarlit dachte, daß das bestimmt kein Schaden für die Menschheit sein würde, wenn jemand diesem widerlichen Pridi Pibul etwas antat. Aber sie führte den Gedanken nicht zu Ende.

Denn in Mais Gesicht erschien jetzt ein Ausdruck, der an die Angst eines gejagten, in die Enge getriebenen Tiers erinnerte.

»Ich mußte es tun«, wiederholte sie leise, fast fiebrig. »Die Stimmen wollten es so, die Stimmen in meinem Kopf. O Jarlit, Jarlit, hilf mir, ich ...« Sie verstummte abrupt.

Das leichte Rütteln der aufsetzenden Maschine schien sie wie aus einem wirren Alptraum zu wecken. Mit aufgerissenen Augen blickte sie um sich.

»Ich hab nichts gesagt!« stammelte sie. »Nicht wahr, ich habe nichts gesagt, ich ...«

»Beruhige dich! Und sei jetzt still! Wir sprechen später darüber.«

Jarlit hatte über die Schulter gesehen und einen stechenden Blick Madame Wus aufgefangen. Die anderen Mädchen tuschelten in ihrer Heimatsprache miteinander. Sie hatten alle ihre geheimen Träume, bewahrten alle noch einen Rest von dem naiven Glauben an die große, einmalige Chance im Land der unbegrenzten Möglichkeiten. Sie waren neugierig und erregt.

Jarlit wäre es normalerweise genauso gegangen. Aber sie konnte einfach nicht die Sorge um Mai beiseite schieben. Als sie ihr Bordcase von dem leeren Platz neben sich nahm, empfand sie sekundenlang das Gefühl einer ungreifbaren, schrecklichen Drohung.

Das Gewimmel auf dem Flugsteig und in der Abfertigungshalle lenkte sie ab. Sie sah sich um und ließ sich mit den anderen treiben. Aber dabei hielt sie immer noch Mais gesunden Arm fest, weil sie den Eindruck hatte, daß ihre Freundin kaum noch wußte, was um sie herum vorging.

Die Abfertigung zog sich eine Weile hin, verlief jedoch reibungslos.

Madame Wu verwandelte sich in die verkörperte Liebenswürdigkeit: eine zerbrechliche ältere Dame, die mit hilflosem Lächeln und zwitschernder Stimme jeden dazu brachte, sie bevorzugt zu behandeln. Nur ihre aufmerksam hin und her huschenden Augen verrieten, daß sie in Wahrheit alles andere als hilflos war. Sie unternahm den Flug von Bangkok nach New York nicht zum erstenmal. Bis zur Erledigung sämtlicher Formalitäten trug sie die Verantwortung für ihre ›Schützlinge‹, wie sie sie nannte. Und nicht immer handelte es sich um willige Opfer, die sich widerstandslos in ihr Schicksal fügten. Aber unter Madame Wus Argusaugen war es noch nie einem Mädchen gelungen, sich von der Gruppe abzusetzen.

Wozu auch? dachte Jarlit schicksalsergeben.

Was sollten sie denn allein in der fremden Riesenstadt, fast ohne Gepäck und ohne einen Cent in der Tasche?

Jarlit zuckte unwillkürlich mit den Schultern, während sie zwischen den anderen durch die Eingangsfront der Halle hinaus in den Sonnenschein trat. Taxis kurvten herum, Gepäckkarren, schwerfällige Greyhound-Busse.

Auf dem Parkplatz glitzerten Autodächer in allen Farben.

Jarlits Blick wanderte hin und her. Sie hatte sehr genau die unauffälligen, hartgesichtigen Männer bemerkt, die sich in der Nähe der Gruppe aufhielten. Aber das störte sie nicht.

Ein weiterer Mann, ein schlanker, lächelnder Thai, sprang vom Fahrersitz eines grauen Kleinbusses und winkte in Madame Wus Richtung.

Sie blieb stehen, strich sich mit den Fingerspitzen über die Schläfen und seufzte. Jetzt traten auch die drei anderen Männer näher: breitschultrige, muskulöse Angloamerikaner, die für Jarlits Begriffe alle ziemlich gleich aussahen. Sie spürte Mai neben sich zittern und wandte den Kopf.

Mais Augen suchten zwischen den eifrigen Passanten. Ihre Stimme war nur ein Hauch. »Pridi. Er ist nicht da. Ich wußte es.«

»Warum sollte er hier sein? Wir werden doch abgeholt, wie du siehst.«

Jarlit drehte sich dem Bus zu – und blickte in die Gesichter Madame Wus, des Thai, der drei anderen Männer.

Sie starrten herüber. Aber sie starrten nicht Jarlit an, sondern Mai, die jetzt, wie von unsichtbaren Schnüren gezogen, den Kopf hob.

Jarlit spürte den Ruck, der durch den Körper der Freundin ging, spürte deutlich, wie sich unter ihrer Hand, die immer noch Mais Arm umfaßte, die Muskeln verkrampften und die Haut eiskalt wurde. Das Zittern schien wie ein elektrischer Strom auf Jarlits Fingerspitzen überzuspringen und ihren eigenen Körper zu erfassen. Sie grub die Zähne in die Unterlippe. Jäh war das Gefühl der Bedrohung wieder da. Aber Jarlit wagte nichts zu sagen und keine Frage zu stellen. Nur ihr Herz hämmerte plötzlich hoch im Hals, als wollte es sie ersticken.

Lächelnd trat Madame Wu auf die beiden Mädchen zu.

Ein Lächeln, das die Augen nicht erreichte. Diese Augen waren wie schwarzer Schlamm: kalt, matt glitzernd und ohne Tiefe.

»Das sind Mr. Rank und Mr. Prynne«, sagte Madame Wu und wies auf die beiden Männer, die ihr folgten. »Du wirst mit ihnen fahren, Liebling.«

Mai antwortete nicht. Sie stand da wie ein hypnotisiertes Kaninchen.

Es war Jarlit, die sich aufraffte. »Warum?« fragte sie.

Madame Wu lächelte. »Kindchen, du solltest dich nicht um Dinge kümmern, die ...«

»Ich will bei Jarlit bleiben«, brachte Mai heraus. »Und bei den anderen.«

Ihre Stimme bebte. Das Zittern des schmalen Körpers ließ sich jetzt nicht nur fühlen, sondern auch sehen. Madame Wus Schlangenblick wandte sich Jarlit zu. Ja, sie wirkte wie eine Schlange, kalt, ausdruckslos und gefährlich. Aber Jarlit war kein Kaninchen.

»Mai geht es nicht gut«, sagte sie, wenn auch mühsam. »Sie hat sich den Arm gebrochen. Sie fühlt sich schlecht und braucht Ruhe. Und wir können uns um sie kümmern.«

Die beiden Männer, die Rank und Prynne hießen, runzelten ungeduldig die Brauen. Madame Wus Ungeduld war nur im leichten Flirren ihres Blicks zu lesen.

»Richtig«, sagte sie. »Sie fühlt sich nicht gut, und deshalb braucht sie zunächst einmal einen Arzt. Mai, Liebling, du wirst sehen, daß es dir bald bessergeht. Deine Freundinnen können sich darauf verlassen, daß gut für dich gesorgt wird.«

Jarlit ließ die Hand sinken.

Sie glaubte kein Wort. Aber sie wagte keinen weiteren Widerspruch. Ihr Herz zog sich zusammen, als sie noch einen verzweifelten, flehenden Blick der Freundin auffing. Dann senkte Mai ergeben den Kopf. Madame Wu legte den Arm um ihre Schultern und führte sie zu einem cremefarbenen Dodge, der in der Nähe des grauen Kleinbusses parkte.

Jarlit konnte sich selbst nicht erklären, warum sie das Gefühl hatte, als schlössen sich die Türen des Wagens mit der schrecklichen Endgültigkeit eines Sargdeckels.

Sie starrte dem Dodge nach, bis eins der anderen Mädchen sie auffordernd anstieß. Wie betäubt stieg sie in den Bus und ließ sich auf den nächstbesten Platz sinken. Das Bordcase preßte sie so krampfhaft an sich, daß ihre Finger schmerzten.

Mai, dachte sie verzweifelt, als der Bus anfuhr. O Mai …

Wohin brachte man sie? Wo steckte ihr Bruder? Was hatte sie gemeint, als sie behauptete, ihn verraten zu haben? Und was, um alles in der Welt, hatte sie mit diesen »Stimmen« gemeint, die ihr Befehle erteilten?

Jarlit Wong schloß die Augen.

Sie wußte, sie mußte an sich selbst denken. Sie versuchte, die Fragen abzuschütteln, die in ihrem Kopf hämmerten. Aber sie ahnte bereits, daß ihr das nicht gelingen würde.

Blumen von Bangkok – Sanatorium – Kurzentrum

Der Name prangte in phantasievoll verschnörkelten Buchstaben auf dem großen Hinweisschild am Rand des Highway. Das Kleingedruckte konnte ich im Vorbeifahren nicht entziffern, aber ich kannte es ungefähr aus den Prospekten, die ich gesehen hatte.

Gehetzten, streßgeplagten Zeitgenossen wurde versprochen, sie mit ›unerschütterlicher Ruhe und Gelassenheit‹ auszustatten. Sie sollten sie angeblich aus der Begegnung mit ›fernöstlicher Weisheit‹ und dem ›Geheimnis des lächelnden Thailand‹ schöpfen.

Clive Carmody, der Psychiater, der die private Nervenklinik leitete, praktizierte die Methoden irgendeines obskuren Guru. Das schränkte den Kundenkreis ein. Und es konnte notfalls als Erklärung dafür herhalten, daß die Patienten der Klinik und die Gäste des Kurhotels nicht nur dem ›Geheimnis des lächelnden Thailand‹, sondern vor allem jeder Menge lächelnder Thailänderinnen begegneten.

Während ich dem Richtungspfeil folgte und in die schmale, gut gepflasterte Nebenstraße einbog, ließ ich mir noch einmal alles durch den Kopf gehen, was wir inzwischen über Praja Ramjads Unternehmen wußten.

Eine Klinik, ein Kurhotel, eine Kette von Nachtclubs ...

Da die Klinik unter staatlicher Kontrolle stand, mußte zumindest ein Teil der Krankenschwestern echt sein. Aber das besagte nicht viel. Einem Girl, das aus Thailand herüberkam, um hier zu arbeiten, konnte niemand verbieten, nach kurzer Zeit in einen völlig anderen Job überzuwechseln.

Bei dem Hotel lagen die Dinge sogar noch einfacher, weil nicht einmal der echte oder gefälschte Nachweis einer Schwesternausbildung nötig war. Alles in allem also eine recht brauchbare Methode, Mädchen ganz legal ins Land zu bringen, durch das ›Kurzentrum‹ zu schleusen und später auf die Bars, Clubs und Massagesalons zu verteilen, die Praja Ramjad über Strohmänner betrieb.

Trotzdem erschien mir der Laden einfach zu aufwendig für diesen Zweck.

Der Nutzeffekt des Kurhotels leuchtete mir ein. Aber wozu ein so kostspieliges Unternehmen wie die Klinik? Sie war nicht darauf eingerichtet, verletzte Gangster zusammenzuflicken oder zum Beispiel die Gesichter von Leuten zu verändern, die untertauchen mußten. Welchen

Zweck außer der reinen Tarnung konnte sie also sonst noch haben?

Gestreßte Ganoven von ihren geistigen Macken zu befreien? Unsinn! Irgendwelche Typen aus dem Verkehr zu ziehen und mit Medikamenten ruhigzustellen? Oder sie psychisch zu beeinflussen, damit sie taten, was sie sollten? Das Stichwort Gehirnwäsche ging mir durch den Sinn. Und wie in einer Vision tauchte das blasse, zarte Gesicht des Mädchens Suri vor mir auf, die von den Stimmen in ihrem Kopf sprach, Stimmen, die ihr einen Mord befohlen hatten …

Ein kühler Schauer rann mir über den Rücken.

Energisch machte ich mir klar, daß es zu früh für solche Spekulationen war. Bisher wußten wir nur, daß Suri Thipodi in die USA hatte einreisen dürfen, weil sie einen Arbeitsvertrag mit dem Kurzentrum *Blumen von Bangkok* vorzuweisen hatte. Wir konnten nicht einmal beweisen, daß sie je dort eingetroffen war. Und selbst wenn, würde uns auch das nicht viel weiterbringen.

Vor mir tauchte eine zweite Hinweistafel auf, diesmal an einer abgesperrten Privatstraße. Der rotweiße Schlagbaum wurde von einem Pförtnerhäuschen aus bedient, hinter dessen Scheiben ich einen hageren Mann mit Halbglatze und randloser Brille erkannte. Ich reichte ihm meinen Ausweis durchs Fenster. Er warf nur einen kurzen, mäßig interessierten Blick darauf. Nun ja, daß sich die Polizei für Praja Ramjad und seine Mitarbeiter interessierte, war schließlich nichts Neues.

Quietschend klappte der Schlagbaum hoch.

Ich fuhr weiter und folgte den engen Kurven, die sich durch eine aufwendige, sorgsam gepflegte Parkanlage schlängelten. Die Gebäude lagen verstreut, scheinbar regellos, alles nicht übermäßig groß, so daß jeder Eindruck von seelenloser Maschinerie vermieden wurde. Ich richtete mich nach den Wegweisern mit der Aufschrift Verwaltung. Ein paar Minuten später stoppte ich auf einem großen Parkplatz, den hohe, mit Kletterrosen berankte Zäune gegen das restliche Gelände abschirmten.

Sonnenlicht spiegelte sich in der breiten, gläsernen Eingangsfront. In der Halle verbreitete die Klimaanlage die Kälte, die die meisten Amerikaner im Sommer lieben, während sie Wohnungen und Büros im Winter meist hoffnungslos überheizen. Es gab ein langes Empfangspult, hypermoderne, weiße Ledermöbel, die sich auf dem afrikanischen Schiefer des Fußbodens sehr dekorativ machten, dazu einen plätschernden Springbrunnen und jede Menge Grünzeug in weißen Keramikkübeln.

Ein Dutzend blutjunger, bildhübscher Thai-Mädchen schnatterte durcheinander. Ich musterte sie prüfend, während ich die Halle durchquerte. Sie trugen normale, ziemlich brave Kleidung, hatten Handtaschen, Bordcases und ähnliche kleinere Gepäckstücke dabei. Offenbar waren sie gerade eingetroffen. Sie wirkten aufgeregt, ein wenig verwirrt, aber ganz und gar nicht so, als ob sie sich fürchteten oder gezwungenermaßen hier wären.

Vielleicht glaubten sie wirklich, daß normale, ordentliche Jobs auf sie warteten. Genausogut konnte es aber auch sein, daß sie sich freiwillig als Prostituierte hatten anwerben lassen, um auf diese Weise ins Land der angeblich unbegrenzten Möglichkeiten zu kommen.

Mindestens der Hälfte der Girls sah man deutlich an, daß sie noch minderjährig waren. Wahrscheinlich standen falsche Daten in ihren Pässen. Falsch, aber nicht gefälscht. Wer wollte schon nachkontrollieren, wie alt ein Girl wirklich war, das aus irgendeinem gottverlassenen thailändischen Bergdorf stammte? Aus diesem Punkt würden wir Praja Ramjad und seinen Komplicen bestimmt keinen Strick drehen können.

Auch hinter dem Desk wirkten hübsche Thai-Mädchen, sie allerdings in weißen Kitteln und Schwesternhäubchen. Ich zeigte einer von ihnen meinen Ausweis. Laut angestecktem Namensschild hieß sie Lilith. Ihre schönen dunklen Mandelaugen wurden weit.

»FBI?« staunte sie. »Ist das Bundespolizei? Sind Sie ein G-man?«

Vermutlich lebte sie noch nicht lange in den Staaten. Bei der naiven Bewunderung in ihrem Gesicht mußte ich ein Grinsen unterdrücken. Ich sagte ihr, daß ich Mr. Ramjad sprechen müsse. Sie informierte einen schmächtigen wasserstoffblonden Schönling, der hier offenbar die Oberaufsicht führte. Er maß erst meinen Ausweis, dann mich mit einem abschätzenden Blick aus blasierten Blauaugen. Danach bequemte er sich, zu einem der zahlreichen Telefone zu greifen.

Während ich wartete, spürte ich eine leichte Berührung am rechten Ellbogen.

Eins der Thai-Mädchen hatte sich ein Stück von der schnatternden Gruppe entfernt und neben mich geschoben. Ich nahm an, daß sie jemanden hinter dem Desk etwas fragen wollte. Mechanisch lächelte ich ihr zu. Und spürte im nächsten Moment ein leichtes Prickeln im Nacken, weil mich die schwarzen Mandelaugen beschwörend und offensichtlich angstvoll anstarrten.

»Kann ich Ihnen helfen?« fragte ich, die Stimme unwillkürlich zum Flüstern dämpfend.

Sie flüsterte ebenfalls. »Sind Sie wirklich ein G-man?« Und als ich nickte: »Ich habe Angst. Es geht um meine Freundin. Sie ist …«

»Jarlit, Liebling! Brauchst du etwas?«

Die Stimme klang wie das Zwitschern eines Vogels. Aber irgendwie hatte ich das Gefühl, daß in diesem Zwitschern rasiermesserscharfer Stahl mitschwang. Das Girl mit dem Namen Jarlit zuckte zusammen. Hastig wandte sie sich um. Ich folgte ihrer Blickrichtung.

Eine Frau trat auf uns zu. Eine Frau wie ein Porzellanpüppchen, mit anmutigen kleinen Händen, trippelnden kleinen Füßen, einem lächelnden kleinen Mund. Das Gesicht wirkte seltsam alterslos und zeigte einen leicht chinesischen Einschlag. Ganz kurz fing ich ihren Blick auf, bevor sie flirrend die Lider senkte. Einen Blick von der Schärfe einer Dolchspitze!

»Nun, Jarlit, Liebling?« fragte sie mit dieser süßen, zwitschernden Stimme.

Das Mädchen schluckte. »Pardon, Madame Wu. Ich – ich wollte nur fragen, wo hier die Toiletten ...«

»Aber das hättest du mich doch fragen können, Schätzchen. Ich bin schließlich für euch da. Keine Angst, ihr werdet euch schnell mit allem zurechtfinden.«

Liebevoll legte sie den Arm um die Schultern des Girls. Liebevoll – und sehr nachdrücklich. Ich sah ihr nach. Ein Schmetterling aus Stahl – das war der Vergleich, der mir unwillkürlich einfiel. Aber ich hatte keine Zeit, länger über die Lady nachzudenken.

Der schöne Blonde beendete das Telefongespräch und teilte mir mit, daß der Herr Generalmanager mich empfangen werde.

Feiner Titel, dachte ich sarkastisch. Der Schönling führte mich durch eine zweite, etwas intimere Halle, dann durch einen kurzen Flur, der vor einer breiten, schalldicht gepolsterten Tür endete. Ein Videoauge summte. Sonst hatte ich noch keine großartigen Sicherheitsvorkehrungen bemerkt. Entweder waren sie gut getarnt, oder Praja Ramjad fühlte sich sehr sicher.

Ein paar Sekunden später stand ich ihm in seinem Luxusbüro gegenüber.

Er war nicht allein. Mit strahlendem Lächeln stellte er mir die drei anderen Männer vor. Dr. Clive Carmody, der Psychiater, war breitschultrig und untersetzt, hatte ein eckiges Gesicht mit hellen, fast farblosen Augen und silbergrauer Haarbürste. Bei dem schlanken, glattgesichtigen Eurasier neben ihm handelte es sich um den Assistant Manager des Hotels. Die Rolle des dritten Mannes blieb unklar. Er hieß Al Boolin: ein drahtiger, durchtrainierter Bursche mit harten Augen, den ich für einen Bodyguard hielt.

Ramjad selbst kannte ich von Fotos. Aber Fotos konnten nichts von der raubtierhaften Geschmeidigkeit seiner Bewegungen vermitteln, von dieser gebändigten Kraft, die ihm eine fast animalische Ausstrahlung verlieh. In dem dunklen Gesicht unter dem blauschwarzen Haar blitzten kräftige schneeweiße Zähne. Die Augen glänzten wie polierte Onyxe. Seine Stimme klang voll, sonor und sehr kontrolliert.

»Setzen Sie sich doch, Mr. Cotton! Ich hatte gerade eine Besprechung. Aber wenn ich der Polizei helfen kann, geht das selbstverständlich vor. Ich hoffe doch, es ist nichts Unangenehmes? Wir leben hier nämlich sehr zurückgezogen, müssen Sie wissen, sozusagen auf einer friedlichen Insel.«

Er senkte ein wenig die Lider. Ich wußte, er trug so dick auf, weil er wollte, daß ich den Hohn spürte. Gelassen zuckte ich mit den Schultern.

»Wohl mehr ein ganzer Archipel«, sagte ich trocken. »Und ob Ihre Vergnügungsbetriebe friedliche Inseln sind, möchte ich bezweifeln. Um bei dem Vergleich zu bleiben: Ich hätte gern gewußt, auf welchem traulichen Eiland Sie Miss Suri Thipodi untergebracht haben.«

Seine Augen verrieten nichts. »Suri Thipodi? Sollte ich die kennen?«

»Nicht unbedingt. Ich kann mir gut vorstellen, daß die armen Mädchen nur Nummern für Sie sind. Aber da bei Ihnen ja alles streng legal und nach Vorschrift geht, sollten Sie in der Lage sein, jemanden herbeizuschaffen, der mir Auskunft geben kann.«

Seine Lippen spannten sich. »Wenn Sie mich beleidigen wollen ...«

»Habe ich Sie beleidigt? Das tut mir aber leid.«

Ich lächelte dabei. Die hellen Augen des Psychiaters hingen aufmerksam an meinem Gesicht. Er wirkte beunruhigt.

Offenbar wußte er, daß ich genau den Ton traf, auf den Praja Ramjad gereizt – und möglicherweise unvorsichtig reagierte.

Jetzt beherrschte er sich schnell wieder. Nur die Art, wie er die Hand um den Telefonhörer klammerte, verriet seine innere Spannung. Er wählte einen Hausanschluß. Ein gewisser Joe erhielt den Auftrag, sich nach Suri Thipodi zu erkundigen.

Ich fragte unterdessen nach Pridi Pibul. Die Antwort war ein Achselzucken. Da die Zeitungen über den Mord im Mun River berichtet hatten, konnte Ramjad getrost zugeben, daß er davon wußte. Er gab auch zu, Pibul zu kennen. Angeblich war der für eine Arbeitsvermittlung in Bangkok tätig gewesen, die Ramjad manchmal in Anspruch nahm, wenn er Personal brauchte. Die Geschichte würde wahrscheinlich sogar einer Überprüfung standhalten, weil sie zu Pridi Pibuls Tarnung gehört hatte.

Fünf Minuten später summte das Telefon, und Ramjad erhielt die gewünschten Auskünfte.

Demnach war Suri Thipodi – von Pibul vermittelt – vor drei Monaten aus Bangkok nach New York gekommen, um eine Stelle als Zimmermädchen hier im Hotel anzutreten. Ein paar Tage später habe sie dann behauptet, der Job gefalle ihr nicht, und sei mit Sack und Pack verschwunden.

Praja Ramjad senkte die Lider über die spöttisch funkelnden Augen, breitete die Arme aus und kehrte die Handflächen nach oben.

»Pech, G-man! Die Kleine scheint recht seltsam gewesen zu sein. Jedenfalls hatte sie mit keinem Kontakt und hat sich kaum aus ihrem Zimmer gerührt. Daß sie so einfach alles hinwarf, war natürlich heller Wahnsinn. Aber wie hätte man sie aufhalten können? Nun ja, vielleicht ist sie nicht ganz richtig im Kopf.«

»Womit sie hier ja eigentlich an der richtigen Adresse gewesen wäre, oder?«

Mein Blick wanderte zu Clive Carmody. Er zuckte zusammen. Hatte ich einen wunden Punkt berührt? Ich konnte nicht mehr nachhaken, weil im selben Moment wieder das Telefon anschlug.

Dr. Carmody wurde zu einem dringenden Fall gerufen.

Praja Ramjad blickte auffällig zur Uhr. Ich blieb ungerührt und stellte noch eine Reihe von Fragen, doch es kam nichts dabei heraus.

Als die Tür des Luxusbüros hinter mir zufiel, war ich so klug wie vorher. Aber das hatte ich schließlich nicht anders erwarten können.

Und jetzt? Wahrscheinlich brachte es nichts, wenn ich mich auf dem Gelände umsah – da konnte ich allenfalls auf einen hilfreichen Zufall hoffen. Um aufwendige

Ermittlungen in die Wege zu leiten, etwa Ramjads sämtliche Angestellte zu überprüfen, hatte ich einfach nicht genug in der Hand. Tief in Gedanken versunken, betrat ich den kleinen Aufenthaltsraum, der an die eigentliche Halle grenzte – und fuhr leicht zusammen.

Das Mädchen mit dem Namen Jarlit hatte in dem Gang gewartet, der vermutlich zu den Toiletten führte.

Ihre Augen waren weit aufgerissen. Mit zwei Schritten stand sie neben mir. Etwas knisterte zwischen ihren Fingern. Blitzschnell schob sie mir die Hand in die Jackentasche und zog sie wieder zurück.

»Gehen Sie weiter, schnell!« flüsterte sie mit zitternder Stimme. Dabei warf sie sich auf dem Absatz herum und war auch schon wieder in dem Gang verschwunden.

Ganz kurz zögerte ich.

Durch die Glastür konnte ich in der Halle die restlichen Mädchen erkennen – und die Lady mit der Zwitscherstimme. Madame Wu. Die Frau, für die mir die Bezeichnung »Schmetterling aus Stahl« eingefallen war – und vor der sich die Girls offenbar fürchteten.

Entschlossen ging ich weiter.

Der Teufel mochte wissen, in welche Gefahr ich Jarlit brachte, wenn ich jetzt nachhakte. Zunächst einmal mußte ich wissen, was sie mir da überhaupt zugesteckt hatte. Also durchquerte ich die Halle und kletterte draußen auf dem Parkplatz in meinen Jaguar.

Erst ein paar Meilen von dem Kurzentrum entfernt fuhr ich auf einen Rastplatz und griff in die Tasche.

Es war ein Foto.

Ein Gruppenbild, unscharf und amateurhaft, offenbar mit einer ziemlich primitiven Polaroidkamera aufgenommen. Es zeigte fünf Thai-Mädchen vor einem verwischten Hintergrund aus Büschen und Bäumen. Ich erkannte

Jarlit ganz links. Um das Gesicht des Girls, das neben ihr stand, hatte sie mit Kugelschreiber einen Kreis gemalt.

Ich drehte das Bild um, weil ich auf Anhieb ein paar flüchtig hingekritzelte Worte auf der Rückseite entdeckt hatte. Worte in einer kindlichen, unsicheren Schrift, die ich mühsam entzifferte.

Mai Pibul – verschwunden – Gefahr.

Pibul!

Ich runzelte die Stirn und drehte das Foto von neuem herum. Mai Pibul. Das lächelnde Gesicht in dem Kugelschreiberkreis kannte ich nicht. Hatte es Ähnlichkeit mit den Zügen des ermordeten Pridi Pibul? Ich konnte es nicht entscheiden.

Mit zusammengekniffenen Augen betrachtete ich die Gesichter der drei anderen Girls auf dem Bild und zuckte zusammen.

Denn das Mädchen ganz rechts in der Reihe war eindeutig Suri Thipodi.

Phil hatte seinen Besuch bei Lee Singal telefonisch angekündigt.

Der chinesische Rauschgiftfahnder bewohnte für die Dauer seines Einsatzes in New York ein Dachzimmer in der Chinatown. Phil wußte, daß der andere seit Jahren getarnt im Goldenen Dreieck arbeitete. Dort, an der Nahtstelle zwischen Burma, Laos und Thailand, hatte er es kürzlich sogar mit Jerrys Hilfe geschafft, die halbe Opiumernte eines Jahres in Flammen aufgehen zu lassen.

Aber er kannte sich auch in der Unterwelt der großen fernöstlichen Metropolen aus. In Bangkok hatte er die Spur aufgenommen, die nach New York führte. Ihm ging es um Jonas Kittikachri, den Rauschgiftboß. Pridi Pibul,

Ramjad und Konsorten interessierten ihn im Grunde nicht. Oder nur insoweit, als er sich fragte, was ein Mann wie Kittikachri plötzlich mit einem internationalen Mädchenhändler-Ring zu tun hatte.

Genau das war die Frage, die sich auch Phil stellte.

Er glaubte nicht recht an eine Verbindung. Dafür lagen die jeweiligen Interessen zu verschieden. Aber Pridi Pibul mußte einen Grund gehabt haben, im Mun River unterzukriechen. Und wenn man diesen Grund kannte, fand man vielleicht einen Hebel, den man gegen Praja Ramjad ansetzen konnte.

Phil parkte den Dienstwagen neben einem Telefonhäuschen mit Pagodendach. Er brauchte eine Weile, um die richtige Hausnummer zu finden. Sie war mit einem Pfeil versehen, der in eine handtuchschmale Einfahrt wies.

Zwei prächtige chinesische Laternen hingen an einem hölzernen Querbalken mit buntbemalten Schnitzereien. Der Hof war so eng, daß er selbst am hellen Tag düster wirkte. Irgendwo in einem Fenster erklang das typische Klingeln von Muschelplättchen im Luftzug. Phil ging auf die Tür zu, probierte die verschnörkelte Klinke und stellte fest, daß nicht abgeschlossen war.

Im Treppenhaus spendeten bemalte, mit Troddeln verzierte Wandlampen Licht. Der Zahl der Etagentüren nach zu schließen, mußten die Wohnungen winzig sein. Falls es einen Aufzug gab, war er so geschickt verborgen, daß Phil gar nicht erst danach suchte.

Der Geruch von Räucherstäbchen drang ihm in die Nase. Etwas atemlos erreichte er das Dachgeschoß. Er grinste matt, weil Lee Singals Vorgänger die Tür ausgerechnet mit einem prächtigen feuerspeienden Drachen bemalt hatte.

Ein Namensschild gab es nicht, aber immerhin eine ganz normale Klingel.

Phil lauschte auf den melodischen Glockengong. Eine halbe Minute lang rührte sich nichts. Dann verdunkelte sich plötzlich das Auge des Drachens, und Phil stellte amüsiert fest, daß der unbekannte Künstler das Fabeltier um den Spion herumgepinselt hatte.

Die Tür schwang auf.

»Hallo, Lee«, begann Phil.

Und verstummte mitten in der Begrüßung.

Es war nicht Lee Singal, der vor ihm stand. Es war ein mittelgroßer, drahtiger Eurasier mit einer Narbe im Gesicht und bösen kleinen Augen. In der Rechten hielt er eine klobige Welsey-Pistole. Sein Finger lag am Abzug, und die Mündung zeigte unmißverständlich auf Phils Magengrube.

»Hände hoch!« sagte der Bursche mit leicht singendem Akzent. »Du darfst hereinkommen. Aber mach dabei besser keine falsche Bewegung! Sonst war es deine letzte.«

»Jarlit, Liebling! Wo bist du so lange gewesen?« Scharf musterten Madame Wus Schlangenaugen das blasse Gesicht des Mädchens. Die meisten anderen Girls waren bereits verschwunden. Eine kleine Gruppe wartete noch auf jemanden, der sie zu ihrem Zimmer bringen würde.

Jarlit kannte das Prinzip. In Bangkok war es genauso gewesen: Nie blieb eine Gruppe lange zusammen, nie lange am selben Ort. Man wollte nicht, daß die Mädchen zuviel erfuhren, daß sie Freundschaft schlossen oder sich gar verbündeten.

»Nun, Schätzchen?« fragte Madame Wu.

»Mir – mir war schlecht«, stammelte Jarlit. Das erklärte

nicht nur ihr langes Ausbleiben, sondern auch das Zittern ihrer Stimme. »Ich mußte mich übergeben, und dann wurde mir schwindlig.«

»Armes Kind! Der anstrengende Flug wahrscheinlich. Komm, ich werde dir ein paar Tabletten geben.«

»Madame Wu?«

Jarlit fuhr herum. Sie kannte den Mann nicht, der in der offenen Glastür stand, die sie selbst vorhin benutzt hatte. Er war blond und drahtig, ein Angloamerikaner. Sekundenlang flammten Madame Wus Augen zornig auf, weil der Bursche offenbar erwartete, daß sie zu ihm kam statt umgekehrt. Dann tätschelte sie flüchtig Jarlits Schulter, wandte sich ab und trippelte durch die Halle.

Beklommen beobachtete Jarlit, wie die beiden miteinander sprachen.

Es dauerte lange. Für ein paar Minuten verschwanden sie schließlich in dem Aufenthaltsraum, durch den es unter anderem zu Praja Ramjads Büro ging. Auch die drei letzten Girls setzten sich jetzt unter Führung einer Frau in Schwesterntracht in Bewegung. Erleichtert wollte sich Jarlit anschließen. Doch da kehrte Madame Wu bereits zurück.

Sie lächelte.

»Warte, Kindchen! Du brauchst wirklich Tabletten. Und vielleicht einen Cognac. Ich habe noch einen Napoleon in meinem Zimmer. Ich glaube, ich kann jetzt auch etwas vertragen. Es ist doch immer wieder anstrengend: der lange Flug, die Zeitverschiebung ...«

Munter plauderte sie weiter, die zierliche Hand leicht auf Jarlits Arm gelegt. Dem Girl blieb nichts anderes übrig, als mitzugehen.

Die zwitschernde, unermüdliche Stimme wirkte fast einlullend. Jetzt erzählte sie von dem angenehmen

Leben, das die Mädchen hier führen würden. Beiläufig flocht sie ein, daß es Mai schon wieder bessergehe – nur eine kleine Kreislaufkrise.

Jarlit grub die Zähne in die Unterlippe. Hatte sie sich geirrt und sich die Gefahr für die Freundin nur eingebildet? Sie wußte einfach nicht mehr, was sie denken sollte, als Madame Wu schließlich mit einladender Geste eine Tür öffnete.

Das Zimmer war behaglich, aber unpersönlich eingerichtet. Madame Wu schloß die Tür, warf ihre Handtasche aufs Bett und seufzte tief auf.

»Setz dich, Liebes!« sagte sie. »Ich bringe gleich den Cognac. Oder nein, erst die Tabletten. Du wirst sehen, es geht dir bald wieder besser.«

Sie verschwand durch die Tür ins Badezimmer. Jarlit, die unsicher mitten im Zimmer stehengeblieben war, ging zu einem Sessel und kauerte sich auf die Kante. Aus dem Bad drangen klirrende Geräusche und das Rauschen von Wasser.

Nach ein paar Sekunden kam Madame Wu zurück.

Lächelnd drückte sie dem Girl ein Glas mit einer milchigen Flüssigkeit in die Hand. »Trink das, Kindchen!«

»Was ist das?« fragte Jarlit unsicher.

»Bittersalz, was sonst? Die einfachsten Mittel sind doch immer noch die besten.«

Jarlit nippte. Es schmeckte wirklich nach Bittersalz.

Entschlossen leerte sie das Glas. Am liebsten hätte sie hysterisch aufgelacht, so absurd erschien ihr plötzlich der Verdacht, der sie für einen winzigen Moment durchzuckt hatte.

Madame Wu öffnete einen Schrank und entnahm ihm eine Cognacflasche und zwei Schwenker. Sie setzte sich ebenfalls, nachdem sie eingeschenkt hatte. Ihre kalten

Schlangenaugen wirkten eigenartig verschleiert. Das glatte, perfekte Puppengesicht schien zu verschwimmen. Jarlit blinzelte. Vor ihren Augen flimmerte es. Die Anstrengung, dachte sie. Der Klimawechsel, die Zeitverschiebung …

»Cheerio«, sagte Madame Wu. »Auf die Zukunft, Liebchen!«

Jarlit griff nach dem Cognac-Schwenker. Merkwürdig, wie schwer er war. Das Zimmer begann sich um sie zu drehen. Alles verschwamm, verzerrte sich …

Klirrend zerbrach das Glas, als es Jarlits kraftlosen Fingern entglitt. Sie fiel zurück und sank im Sessel zusammen. Ihr Kopf prallte gegen die Lehne. Aber das spürte sie schon nicht mehr.

Sie hörte auch nicht die Tür gehen und sah nicht die Männer, die rasch eintraten. Dr. Carmody hob eins ihrer Augenlider an und nickte zufrieden.

Praja Ramjad warf Madame Wu einen düsteren, glühenden Blick zu. »Wie konnte das passieren?« stieß er hervor. »Wenn Al die Kleine nicht zufällig beobachtet hätte …«

»Es konnte passieren, weil Sie zugelassen haben, daß eine Spur von Pridi Pibul zu Ihnen führt«, sagte Madame Wu kühl.

»Unsinn! Suri Thipodi weiß nichts.«

»Aber man konnte sie mit Ihnen in Verbindung bringen. Hätten Sie das Problem Pibul anders gelöst, wäre der G-man nie hier erschienen. Man kann nicht vorsichtig genug sein. Das ist durchaus keine leere Redensart, wie Sie sehen.«

Ramjads Zähne knirschten. Madame Wu kräuselte spöttisch die Lippen. Für einen Moment knisterte der Haß wie Elektrizität zwischen ihnen. Aber sie wußten beide, daß sie es sich nicht leisten konnten, diesem Haß nachzugeben.

»Was, zum Teufel, kann sie dem G-man zugesteckt haben?« fragte Ramjad durch die Zähne.

Dr. Carmody zuckte mit den Schultern. »Wir werden es erfahren. Ein paar Drogen, ein bißchen Hypnose ...«

»Die Nachricht wird dem G-man nichts nützen. Wir werden das Mädchen spurlos verschwinden lassen und ...«

»... und riskieren, daß der FBI weiter hier herumschnüffelt und nicht lockerläßt?« Madame Wus Stimme klang schneidend.

»Sie hat recht«, sagte Dr. Carmody. »Ich bin Psychologe, vergessen Sie das nicht! Dieser Cotton ist ein Mann, der nicht aufgibt, dafür kann ich garantieren. Wenn wir ihn uns vom Hals halten wollen, müssen wir ihm die Kleine lebendig vorführen und dafür sorgen, daß sie ihm das erzählt, was sie erzählen soll.«

Praja Ramjad preßte die Lippen zusammen. Einen Augenblick überlegte er. Dann atmete er tief durch.

»Also schön«, knurrte er. »Versuchen wir, sie zu präparieren! Werden Sie es schnell genug schaffen, Doc?«

»Ich denke doch. Wir haben die Methoden inzwischen wesentlich verfeinert. Notfalls müssen wir den G-man ein paar Tage hinhalten. Aber ich glaube, ich werde es auch so schaffen.«

Er lächelte selbstzufrieden, während er zum Telefonhörer griff.

Fünf Minuten später wurde Jarlit Wong auf eine Trage gebettet. Sie war immer noch bewußtlos, als zwei stämmige Pfleger sie auf Umwegen hinüber in die Klinik brachten.

»Hm«, brummte Doc Sternberg, während er das Foto mit den fünf Thai-Mädchen und dem Kugelschreiberkreis betrachtete.

Ich hatte unseren Psychologen bei einem Telefongespräch mit der staatlichen Nervenklinik gestört, in die Suri Thipodi eingewiesen werden sollte. Im Moment schlief das Girl in einer unserer bequemeren Zellen, in denen wir sonst Leute beherbergen, die kurzfristig Schutzhaft brauchen. Doc Sternberg kniff die Augen zusammen, drehte das Bild um und betrachtete die wenigen Worte. Er verstand etwas von Graphologie.

»Angst und Erregung«, stellte er fest. »Im übrigen handelt es sich um eine – nun sagen wir unentwickelte Persönlichkeit. Intelligenz, Lebensbejahung. Großzügigkeit, positive Charakteranlagen – alles vorhanden, aber alles gleichsam zurückgenommen, in einer Art Abwehrhaltung erstarrt. Ein junger Mensch, der durch ständigen Druck von außen an seiner Entfaltung gehindert wird, würde ich sagen. Ein gefährdeter Mensch.«

»Gefährdet?«

»Seelischer Druck dieser Art kann die Persönlichkeit verbiegen, entweder in Richtung auf Aggressivität oder auf völlige Passivität hin.« Doc Sternberg machte eine Pause und betrachtete wieder das Gesicht, das Jarlit mit dem Kugelschreiber eingekreist hatte. »Habt ihr herausgefunden, ob diese Mai Pibul tatsächlich mit dem ermordeten Pridi Pibul verwandt ist?«

»Die schwarze Lola denkt noch.« Schwarze Lola wird unser Computer genannt. Der Spitzname stammt aus der Zeit, als Elektronengehirne tatsächlich noch schwarze, ratternde Ungetüme waren. »Aber ich habe beim Kennedy International nachgefragt«, fügte ich hinzu. »Mai Pibul ist heute morgen mit der Maschine aus Bangkok eingetroffen. Zusammen mit Jarlit Wong und einer Gruppe anderer Mädchen.«

»Und jetzt soll sie verschwunden und in Gefahr sein?«

Ich zuckte mit den Schultern. »Ich weiß es nicht, Doc. Aber wenn ich an Suri Thipodi denke, habe ich ein verdammt schlechtes Gefühl. Ich möchte zumindest sehen, wie sie auf den Anblick des Fotos reagiert.«

Der Psychologe überlegte sehr gründlich und für meine Begriffe endlos lange, bevor er zustimmte.

Auch diesmal war unsere Kollegin June Clark dabei, als uns Suri Thipodi blaß und reglos gegenübersaß. Auf einen Protokollführer konnten wir verzichten, weil es sich nicht um eine offizielle Vernehmung handelte. Das Gespräch führte Doc Sternberg. Er als Arzt trug die Verantwortung. Und er hatte mir unmißverständlich klargemacht, daß es ihm in erster Linie um das Wohl der Patientin ging, der man um so besser würde helfen können, je mehr man über sie wußte.

Suri schien ihm halbwegs zu vertrauen. Sie lächelte ihn schüchtern an, als er sie fragte, ob sie mit einem Mädchen namens Jarlit befreundet sei.

»Jarlit?« Suri runzelte die Stirn. »Ja, wir haben uns gekannt. Früher ...«

»In Bangkok.«

»Ja, in Bangkok.«

»Und kennen Sie ein Mädchen namens Mai Pibul?«

»Mai? Ja, auch Mai. Wir waren in Bangkok zusammen, Mai und Jarlit und ich.«

»Auch die anderen Mädchen auf diesem Bild?«

Doc Sternberg schob ihr das Foto hin. Suri runzelte die Stirn. Wir beobachteten sie gespannt. Sie antwortete nicht auf die Frage. Ihr Blick sog sich an dem Gesicht in dem Kugelschreiberkreis fest.

»Mai!« flüsterte sie. »Wer hat das gemacht?«

»Was gemacht?« fragte Doc Sternberg behutsam.

»Diesen Kreis! Warum? Was ist mit Mai geschehen?« Suri stockte, und ihre Augen füllten sich mit Tränen. »Haben – haben sie ihr auch so etwas Schreckliches befohlen wie mir?« stammelte sie.

»Sie?«

Suris Lippen zitterten. Die Tränen rannen lautlos über ihre Wangen. »Die Stimmen«, flüsterte sie. »Mai hat die Stimmen in ihrem Kopf auch gehört. Keiner von den anderen konnte mich verstehen, nur Mai. Weil sie die Stimmen auch hörte ...«

Fünf Minuten später wurde Suri wieder hinausgeführt.

Erzählt hatte sie uns nichts mehr, nur immer wieder beschwörend nach Mai Pibuls Schicksal gefragt. Doc Sternberg hatte es Mühe gekostet, sie zu beruhigen, und ich bezweifelte, ob es ihm völlig gelungen war.

»Es war ein Fehler«, murmelte der Doc. »Wir durften nicht ...«

»Immerhin sieht es so aus, als brauche auch Mai Pibul ärztliche Hilfe, und das hätten wir ohne Suri nicht erfahren«, widersprach ich. »Kommt Ihnen die Sache übrigens nicht ein bißchen unheimlich vor? Zwei Mädchen, die an der gleichen Krankheit mit den gleichen Symptomen leiden?«

»Psychisch kranke oder auch nur psychisch labile Typen können sich gegenseitig beeinflussen. Menschen in einer schwierigen oder gefährlichen Situation teilen gern etwas miteinander – und wenn es nur eine Wahnidee ist.«

Möglich, dachte ich.

Aber ich war nicht überzeugt. Und schon gar nicht beruhigt. Suri Thipodis Frage, ob die ›Stimmen‹ auch Mai etwas Schreckliches befohlen hätten, ging mir einfach nicht aus dem Kopf.

Weil es nämlich haargenau die Frage war, die ich mir selber auch stellte.

Dem Doc verriet ich das allerdings lieber nicht. Er würde mich glatt für verrückt erklären, wenn ich auch nur andeutete, daß die geheimnisvollen ›Stimmen‹ etwas anderes als krankhafte akustische Halluzinationen sein könnten. Die Vernunft sagte mir, daß er recht hatte. Aber irgendein Instinkt, tiefer als Vernunft und Logik, hörte nicht auf, an dieser einfachen Erklärung zu zweifeln.

Ich marschierte in unser Office zurück und rief am Terminal die Informationen ab, die der Computer inzwischen ausgespuckt hatte.

Viel war es nicht. Genaugenommen nur eine einzige konkrete Tatsache: Mai Pibul war tatsächlich Pridi Pibuls Schwester, jene Schwester, die er als Zehnjährige bei der Flucht aus seinem Heimatdorf mitgeschleppt und an ein Kinderbordell verschachert hatte. Immerhin schien er sie im Auge behalten zu haben, wahrscheinlich aus rein finanziellem Interesse. Toten soll man nichts Schlechtes nachsagen, heißt es. Aber ich muß gestehen, daß ich diesen Pridi Pibul, tot oder nicht, schlicht und einfach widerwärtig fand.

Suri Thipodi hatte ihn erschossen. Konnte es sein, daß Rache dahintersteckte? Daß er einer Verschwörung zum Opfer gefallen, daß irgendeine Teufelei, die er seiner eigenen Schwester, Suri und vielleicht noch anderen Mädchen angetan hatte, auf ihn selbst zurückgefallen war?

Und wie paßten dann diese ›Stimmen‹ hinein, die Geisteskrankheit? Ich schüttelte den Kopf und fuhr mir heftig mit der Hand über die Stirn. Wenn ich so weitermachte, würde ich mich ins Fahrwasser der Phantasterei verirren. Ich mußte mich an die Tatsachen halten.

Erstens: Suris »Stimmen« gehörten zu den Symptomen einer psychischen Krankheit. Wenn Mai Pibul ebenfalls Stimmen hörte, dann war sie ebenfalls krank – punktum.

Zweitens: das Mädchen Jarlit hatte sich an mich gewandt, weil sie ihre Freundin Mai in Gefahr glaubte – und das war ein durchaus ernst zu nehmender Hinweis.

Drittens: Wir mußten Mai Pibul so oder so finden, weil wir den Mord an ihrem Bruder aufzuklären hatten. Denn klar war, vom nackten Tathergang abgesehen, an diesem Mord bisher so gut wie gar nichts.

Systematisch begab ich mich daran, die notwendigen Schritte einzuleiten. Im Fotolabor würden die Spezialisten versuchen, aus dem unscharfen Polaroidbild ein halbwegs brauchbares Porträt von Mai Pibul herauszuarbeiten. Anfragen würden an die Polizeireviere gehen, an die Kriminalabteilung der City Police, an Sitte und Narcotic Squad – auch an die Gerichtsmedizin, nicht zu vergessen. Unsere V-Leute konnten wir ebenfalls aufscheuchen. Vor allem die Spitzel aus dem Zuhälter- und Nuttenmilieu, wo viel geredet wird und sich Neuigkeiten schnell verbreiten.

Irgendwann erinnerte mich das flaue Gefühl in meinem Magen daran, daß ich das Mittagessen hatte ausfallen lassen. Ich warf einen Blick zur Uhr. Phil hätte inzwischen auch zurück sein müssen. Na ja, vielleicht verband er das Angenehme mit dem Nützlichen, genauer das dienstliche Gespräch mit einem ausgiebigen chinesischen Essen. Ich holte mir ein paar Sandwiches samt einer Gallone Kaffee aus der Kantine und versuchte, wenigstens für eine Weile abzuschalten. Draußen dämmerte es bereits, als ich probeweise Lee Singals Nummer wählte, weil mich allmählich interessierte, was mein Freund herausgefunden hatte.

Niemand meldete sich. Beim zweiten Versuch genausowenig. Auch die Zentrale hatte nichts von Phil gehört. Offenbar war er mit Lee Singal unterwegs, vielleicht zu einem der geheimnisvollen Informanten, für die der Rauschgiftfahnder berühmt ist.

Ich sah vorerst keinen Grund, mir darüber Sorgen zu machen.

Das Erwachen war ein langwieriger, schmerzhafter Prozeß.

Phil spürte tief einschneidende Nylonstricke an Händen und Füßen und die Kälte von Beton unter seinem Körper. Langsam kehrte die Erinnerung zurück. Er war wie ein Anfänger in die Falle gelaufen. Lee Singal mußte es genauso ergangen sein. Wahrscheinlich hatte er dem Gangster völlig arglos geöffnet, weil er Phil erwartete.

Der G-man hob die Lider einen Spalt und rollte die Augen nach links und rechts, ohne sich zu bewegen. Er sah einen kahlen, fensterlosen Keller, von einer nackten Glühbirne erhellt. Lee Singal war an einen altmodischen Lehnstuhl gefesselt. Aus seinem Haaransatz zog sich ein Faden getrockneten Blutes über die Haut. Seine geschlitzten dunklen Augen musterten ausdruckslos die vier Gangster, die sich vor ihm aufgebaut hatten.

Phil kannte zumindest drei von ihnen.

Der Eurasier und der muskelbepackte Hüne hatten ihn in Lee Singals Wohnung überrumpelt und betäubt. Nummer drei, der einzige Angloamerikaner des Quartetts, war ihm fremd. Aber den vierten Mann, dürr und scharfzügig, erkannte er auf Anhieb: Jonas Kittikachri persönlich.

Und damit stand wohl auch fest, wo sie sich befanden: im Keller des Mun River. In einem Keller, den sie nicht lebend verlassen würden, wenn es nach ihren Gegnern ging. Die Kerle trugen nicht einmal Masken. Das hieß, daß Kittikachri plante, seine Opfer umzubringen.

Phil fragte sich, wie der Rauschgiftboß überhaupt auf Lee Singal gekommen war. Die Antwort ergab sich schon in den nächsten Sekunden.

»Du bist ein Bulle«, zischte Kittikachri. »Ein verdammter Narc oder etwas Ähnliches. Shiny hat dich in Bangkok und in Burma gesehen, und jetzt schleichst du um das Mun River herum.«

Singal zog die Schultern hoch, so weit das trotz der Fesseln möglich war. »Na und?« fragte er gelassen. »Muß ich deshalb ein Bulle sein?«

Kittikachri stutzte. Phil hielt den Atem an. Er wußte, daß die Marschroute, die Singal da einschlug, ihre einzige Chance war. Und der Gangsterboß würde den Bluff vermutlich schlucken.

Wenn er seiner Sache sicher gewesen wäre, hätte er Singal nämlich gar nicht erst kidnappen, sondern sofort umbringen lassen.

»Du bist ein Bulle«, wiederholte Kittikachri langsam. »Du warst mit diesem verdammten G-man verabredet und ...«

»Blödsinn! Der G-man steht mir auf den Schuhen, das ist alles.« Lee Singal schoß Phil einen überzeugend bösen Blick zu. »Wahrscheinlich ist er allein aufgekreuzt, weil er mich ohne Zuschauer weichkochen wollte. Er braucht nämlich einen Kronzeugen gegen ...«

Scheinbar erschrocken brach der Rauschgiftfahnder ab.

Phils Kopfhaut kribbelte. Er begriff jetzt endgültig, worauf der andere hinauswollte. Ein verdammt gefährliches Spiel.

»Ramjad?« fragte Jonas Kittikachri gedehnt.

»Hab ich das behauptet?«

»Nein, aber …«

»Er blufft«, unterbrach der Angloamerikaner, ein smarter mittelblonder Managertyp in teurem Anzug. »Ramjad mag einen Schatten auf Pridi Pibul angesetzt haben. Aber das Schlitzauge da hat uns schon in Burma und Bangkok bespitzelt.«

Der Ausdruck Schlitzauge ließ Kittikachris Nasenflügel beben. Er kniff die Lider zusammen.

»Das eine schließt das andere nicht aus«, knurrte er. »Ramjad streckt seine Fühler nach uns aus, weil er den Hals nicht voll kriegt und sich einen Teil des Rauschgiftgeschäfts unter den Nagel reißen will. Und Pridi Pibul hat versucht, mit Hilfe seiner kleinen Schwester einen Heroinhandel auf eigene Faust durchzuziehen. Seine Leute sind dahintergekommen, und Pibul ist bei uns untergekrochen. Klar, daß sich das ein großkotziger Bastard wie Praja Ramjad nicht gefallen läßt. Er hat die Puppe geschickt, die Pibul erschoß …«

»Und wer, zum Teufel, hat dann Pibul den FBI auf den Hals gehetzt?« fuhr der Managertyp dazwischen.

»Niemand.« Jonas Kittikachri zog die Lippen von den Zähnen, was vermutlich ein Grinsen sein sollte. »Du hast doch gehört, daß die Bullen deinem sogenannten Schlitzauge auf den Schuhen stehen. Sie haben ihn beschattet und sind dabei zufällig auf Pibul gestoßen, ganz einfach. Der wurde nämlich steckbrieflich gesucht, falls dir das entfallen sein sollte.«

In Lee Singals Gesicht rührte sich nichts.

Phil hätte beinahe gelacht. Der dürre Gangsterboß kam sich ungemein schlau vor. Und merkte dabei gar nicht, daß er seinen Opfern frei Haus die Informationen lieferte, die sie für ihren Bluff brauchten.

Und die auch der FBI brauchte!

Phil unterstrich die Einzelheiten in seinem Gedächtnis. Bisher war völlig unklar gewesen, warum Pridi Pibul sterben mußte. Daß er noch Kontakt zu seiner Schwester gehabt hatte, wußte ebenfalls niemand. Heroinschmuggel, an dem Pibul auf eigene Faust verdienen wollte – das war eine plausible Erklärung. Wahrscheinlich gehörte das Girl zu den Prostituierten, die Praja Ramjad aus Thailand holte. Bisher hatte der Mädchenhändlerboß die Finger vom Rauschgift gelassen. Alles sprach dafür, daß er es auch in Zukunft so halten wollte. Aber das konnten Jonas Kittikachri und seine Komplicen zum Glück nicht ahnen.

Lee Singal lächelte matt. »Wenn Sie schon alles wissen – wieso sind Sie dann das Risiko eines Kidnappings eingegangen?« fragte er.

»Du gibst also zu, daß du für Praja Ramjad arbeitest?«

»Würden Sie mir glauben, wenn ich das Gegenteil behauptete?«

»Nein«, sagte Kittikachri prompt. Und mit wutfunkelnden Augen: »Was will er? Was will dieser verdammte Bastard von uns? Er muß doch wissen, daß er sich nicht in unsere Geschäfte drängen kann, ohne einen Haufen Schwierigkeiten zu bekommen. Schwierigkeiten nicht nur hier in New York, sondern auch in Bangkok und im Goldenen Dreieck!«

Singal zuckte mit den Schultern. Seine nächsten Worte waren genau berechnet. »Ich weiß es nicht. Ich habe keine Ahnung. Mir kommt es auch blödsinnig vor. Aber ich arbeite nun mal für den, der bezahlt – klar?«

Jonas Kittikachris Augen wurden noch schmaler. »Haben die Bullen etwas gegen dich in der Hand?« fragte er gedehnt.

»Nichts außer Vermutungen. Ich bin nicht einmal vorbestraft.« Singal lachte trocken auf. »Aber Praja Ramjad überschlägt sich natürlich nicht gerade vor Begeisterung darüber, daß ein verdammter G-man in meinem Kielwasser herumschwimmt.«

»Du glaubst, er wird dich auf die Abschußliste setzen?«

Singal zuckte mit den Schultern. »Könnte passieren. Nur interessiert mich das im Moment nicht. Auf deiner Abschußliste stehe ich ja wohl jetzt schon, wenn ich das richtig sehe. Und bekanntlich stirbt man nur einmal.«

Kittikachri kicherte dünn.

Er hatte die Kröte geschluckt. Seine Augen funkelten triumphierend.

»Sehr richtig«, sagte er. »Man stirbt nur einmal, und einmal stirbt jeder. Aber es macht einen kleinen Unterschied, ob das früher oder später passiert. Ich nehme an, du hängst am Leben, Singal. Und ich kann jemanden gebrauchen, der Kontakt zu Ramjads Leuten hat und mir Informationen liefern kann. Das war auch der Grund dafür, daß ich Pridi Pibul hier unterkriechen ließ. Nur rückte Pibul nicht mit der Sprache heraus. Er wollte, daß wir im Gegenzug seine Schwester schnappten und ihm das Heroin verschafften.« Er zuckte mit den Schultern. »Wenn ich gewußt hätte, daß Ramjad ohnehin vorhat, seine gierigen Finger in unsere Geschäfte zu stecken, wäre meine Entscheidung anders ausgefallen.«

»Können Sie das Girl nicht immer noch einkassieren?« fragte Singal.

»Aussichtslos. Wir hätten eine Chance gehabt, als sie

auf dem Flughafen eintraf. Jetzt müßten wir sie aus Ramjads Burg herausholen, und das geht nicht.«

»Ich könnte es schaffen«, sagte Lee Singal.

»Hm. Keine schlechte Idee.« Kittikachri überlegte einen Moment. Dann nickte er. »Okay, mein Junge, wir sprechen noch darüber. Aber zunächst wirst du etwas anderes für mich erledigen.«

»Und das wäre?«

»Du wirst den G-man erschießen«, sagte Jonas Kittikachri lächelnd. »Wenn du nämlich einen Mord auf deinem Konto hast, kann ich sicher sein, daß du nicht bei nächster Gelegenheit abspringst und wieder die Fronten wechselst.«

Jarlit Wong hatte das Gefühl, sich unendlich mühsam durch einen zähen Nebel zu kämpfen.

Erinnerungsfetzen zuckten in ihr auf und verblaßten, ehe sie sie klar erfassen konnte. Stimmen und Gesichter – Spritzen, die in ihre Haut drangen. Müdigkeit, die schwer und lähmend auf ihr lastete und sie doch nicht einschlafen ließ …

Sie lag auf einem Bett. Durch den Nebel vor ihren Augen sah sie weiße Wände, Bilder in heiteren Farben, ein Fenster, das mit weißlackiertem Schmiedeeisen vergittert war.

Vergittert?

Der jähe Schrecken klärte Jarlits Bewußtsein ein wenig. Wie Mosaiksteinchen setzten sich die Bruchstücke der Wahrnehmung zu einem Bild zusammen. Sie lag in einem Zimmer der Nervenklinik. Und sie wußte beim besten Willen nicht, warum sie hier lag.

Was war geschehen?

Mühsam stützte sich das Girl auf die Ellbogen und wartete, bis das Schwindelgefühl nachließ. Das Zimmer wirkte modern und freundlich. Daß die Fenster vergittert waren, mußte bei einer Nervenklinik wohl so sein. Und die Tür?

Jarlit schüttelte den Kopf über sich selbst. Warum sollte die Tür abgeschlossen sein? Wahrscheinlich hatte sie einen Schwächeanfall erlitten. Was lag da näher, als sie hierherzubringen, wo es ärztliche Versorgung gab?

Wenn sie sich doch nur genau erinnern könnte!

Alles, was seit der Ankunft in New York geschehen war, schien zu verschwimmen und zurückzuweichen, sobald sie ihre Gedanken darauf konzentrierte. Hatte sie wirklich Spritzen bekommen? Mit gerunzelter Stirn streifte sie den Ärmel des weißen Krankenhausnachthemds hoch, das sie trug.

Prüfend betrachtete sie die Haut in ihrer Ellbogenbeuge – und zuckte zusammen, als sie die feinen roten Einstiche erkannte.

Drogen?

Aber warum? Sie hatte nichts getan, sich weder gewehrt noch irgendeinem Menschen Schwierigkeiten gemacht. Oder doch? Da war etwas gewesen. Etwas, an das sie sich nicht erinnern konnte. Etwas Wichtiges! Es mußte wichtig sein, sonst hätte sie nicht diesen verzweifelten Drang gespürt, sich zu erinnern.

Ihre Knie zitterten vor Schwäche, als sie aus dem Bett aufstand und zur Tür ging. Der Drehknauf quietschte leise.

Abgeschlossen!

Jarlit biß sich auf die Lippen. Ganz kurz glaubte sie, draußen auf dem Flur ein Geräusch zu hören. Im nächsten Augenblick war es wieder still. Das Girl atmete heftig. Sekundenlang wurde der Impuls, mit den Fäusten gegen die Tür zu hämmern, fast übermächtig.

Aber welchen Zweck sollte das haben? Sie befand sich in einer Nervenklinik. Wer sie eingesperrt hatte, brauchte nicht einmal Augen- oder Ohrenzeugen zu fürchten. In einer Nervenklinik kam es sicher oft vor, daß Patienten tobten und schrien und am Weglaufen gehindert werden mußten.

Jarlit ließ die Arme sinken.

Taumelnd ging sie zum Bett zurück und setzte sich. Ihr war schwindlig. Sie hatte das Gefühl, daß ihr Bewußtsein sofort wieder in dem zähen Nebel versank, sobald sie aufhörte, mit aller Kraft dagegen anzukämpfen. Aber sie hatte keine Kraft mehr. Stöhnend sank sie in die Kissen zurück und schloß die Augen.

Und dann, als habe das Nachlassen der krampfhaften Anstrengung etwas in ihrem Unterbewußtsein freigesetzt, wußte sie plötzlich, was geschehen war.

Mai Pibul!

Mais Verschwinden – die Angst um die Freundin. Sie, Jarlit, hatte sich nicht damit abfinden wollen. Sie hatte gespürt, gewußt, daß Mai Gefahr drohte. Und deshalb ...

»Ruhig«, flüsterte eine Stimme. »Ruhig! Ganz ruhig!«

Jarlit ruckte hoch und riß die Augen auf. Niemand befand sich im Zimmer. Die Tür war geschlossen wie vorher, das Fenster ebenfalls. Und trotzdem konnte sie die Worte deutlich hören.

»Sei ruhig, sei ganz ruhig! Wir sind bei dir. Wir schützen dich.« Jarlits Herz hämmerte hoch im Hals. Hilflos irrte ihr Blick hin und her.

»Wer ist da?« stammelte sie. »Wo sind Sie?«

»... schützen dich – schützen dich ...«, klang es in ihr nach. »Ruh dich aus! Ruh dich aus, Jarlit Wong ...«

»Wer sind Sie? Zeigen Sie sich doch! Bitte!«

»Jarlit Wong – Jarlit Wong – Jarlit Wong ...« Wie Glockenschläge schienen die Worte durch ihr Hirn zu dröhnen. Verzweifelt preßte das Girl die Hände gegen die Ohren. Aber die Stimme verstummte nicht. Sie hörte nicht auf, ihren Namen zu flüstern, zu rufen, zu zischen. Jarlit Wong – Jarlit Wong – wieder und wieder! Unermüdlich! Eine Stimme, die von überall und nirgends kam. Eine Stimme, die ...

Jarlit hielt den Atem an.

Die Stimme war in ihrem Kopf!

Von einer Sekunde zur anderen begriff sie es. Sie hörte die Stimme in ihrem eigenen Kopf, ihrem Hirn, ihren Gedanken. Wie Mai! Auch Mai hatte Stimmen in ihrem Kopf gehört. Stimmen, die zu ihr sprachen, sie quälten und ihr einen Willen aufzwangen, der nicht ihr eigener war ...

Sekundenlang fürchtete Jarlit, vor Entsetzen den Verstand zu verlieren.

Oder hatte sie ihn längst verloren? War sie wahnsinnig?

Lag sie in einer Nervenklinik, weil sie verrückt war und alle außer ihr selbst es wußten?

Immer noch preßte sie die Hände auf die Ohren. Ihre Schläfen hämmerten.

Verzweifelt warf sie den Kopf hin und her, aber sie konnte der Stimme nicht entgehen.

»Ruhig! Ruhig! Hab keine Angst! Du bist in Sicherheit. Wir werden dich schützen und leiten. Höre, Jarlit! Hör auf uns! Jarlit, Jarlit, Jarlit ...«

Etwas in ihr schien zu brechen.

Aufstöhnend vergrub sie das Gesicht in den Kissen, schloß die Augen und blieb reglos liegen, während die endlose Monotonie der raunenden, beschwörenden Stimme allmählich begann, ihre Sinne zu betäuben und das Entsetzen abzustumpfen.

Draußen machten Neonkaskaden, Bogenlampen und zahllose Autoscheinwerfer die Nacht zum Tage, als es mir endgültig zu bunt wurde.

Weder in Lee Singals Wohnung noch in Phils Dienstwagen meldete sich jemand. Mein Freund mußte verdammt genau wissen, daß ich mir Sorgen machte. Wenn er mit Lee Singals Hilfe auf eine Spur gestoßen war, die er nicht kalt werden lassen wollte, hätte er mich benachrichtigt. Freiwillig ließ er mich bestimmt nicht so lange schmoren.

Ich meldete mich bei der Zentrale ab, schwang mich in den Jaguar und fuhr in Richtung Chinatown.

Die Rush-hour war bereits abgeflaut. Über die Gehsteige schoben sich Touristen, bewunderten das vielfarbige Gefunkel von Laternen, glitzernden Ornamenten und bestickten Drachenbannern und umlagerten die Straßenläden, wo man sämtliche chinesische Spezialitäten vom beinernen Rückenkratzer bis zum getrockneten Seepferdchen kaufen konnte. Ich hatte Schwierigkeiten, die richtige Hausnummer zu finden. Der Eingang lag im Hinterhof – keine Seltenheit in diesem verwickelten Viertel. Ich betrat einen Flur, in dem es nach Räucherstäbchen roch, und stieg im Schummerlicht troddelverzierter Wandlampen die Treppe hinauf.

Der gemalte Drache schien mich mit seinem leuchtenden Auge böse anzustarren. Außerdem fiel Licht durch den Spalt der Tür. Sie war nur angelehnt. Ich hatte das Gefühl, als krabbelten Ameisen über mein Rückgrat.

Zwei Sekunden lauschte ich mit angehaltenem Atem. Dann glitt ich einen Schritt nach links in den toten Winkel, hob den Fuß und versetzte der Tür einen leichten Tritt.

Gemächlich schwang sie bis an die Wand.

Nichts geschah. Von meinem Platz aus konnte ich schräg in die winzige Diele spähen.

Ich sah eine helle Grastapete, ein Stück Dielenschrank mit dunkel glänzenden Lackbildern auf den Türen – und die Scherben eines Spiegels, der von der Wand gefallen war.

Jetzt spürte ich das Ameisenkribbeln nicht mehr, weil sich mein Rückgrat in eine Stange Eis zu verwandeln schien.

Ich biß die Zähne zusammen. Normalerweise wäre ich sicher gewesen, daß sich niemand in der Wohnung aufhielt. Aber in diesem Fall hatte ich mit Asiaten zu tun. Es gibt bestimmte Techniken des Zen-Buddhismus, die sich »Ninjutsu« nennen. Hauptsächlich bestehen sie in der Kunst, sich in voller Sicht zu befinden und trotzdem nicht bemerkt zu werden. Wenn ein »Ninja«-Anhänger in einer leeren Wohnung lauert, dann reicht auch der feinste Instinkt nicht aus, um seine Anwesenheit wahrzunehmen, bevor man ihm gegenübersteht.

Ich glaube nicht, daß Praja Ramjad oder Jonas Kittikachri solche Leute zur Verfügung hatten. Aber Vorsicht ist nun mal die Mutter der Gesundheit. Also huschte ich sehr vorsichtig durch die Diele, blieb noch einmal lauschend stehen und sprang dann schräg durch die Verbindungstür ins Zimmer, wo ich mich sofort nach einer Deckung umsah.

Zwei Minuten später wußte ich, daß die kleine Wohnung leer war.

Leer – und ziemlich verwüstet. Jemand hatte sie in aller Eile durchsucht. Flaschenscherben, eine zerbrochene Lampe und ein umgestürzter Rattanstuhl sahen außerdem sehr nach Kampfspuren aus. Zudem glaubte ich, in dem Geruch nach Räucherstäbchen, der in fast allen Häusern der Chinatown nistet, eine leichte Chloroformbeimischung wahrzunehmen. Einen Augenblick blieb ich reglos auf dem verrutschten Seidenteppich stehen und überlegte.

Phil hatte sich telefonisch bei dem Rauschgiftfahnder angemeldet.

Also bestand die Möglichkeit, daß sogar ein erfahrener Mann wie Lee Singal einem Besucher, der zur passenden Zeit erschien, ohne Vorsichtsmaßnahmen geöffnet hatte. Er mußte überrumpelt worden sein. Und dann hatten seine Gegner auch noch Phil überrumpeln können, weil es für meinen Freund nicht den leisesten Grund gab, damit zu rechnen, daß ihm jemand anderer als Singal die Tür öffnen würde.

Aber wer hatte ihm geöffnet?

Praja Ramjad konnte die Burschen nicht geschickt haben, weil er Singal überhaupt nicht kannte. Also Kittikachris Leute? Singal war seit Wochen hinter dieser Organisation her. Ich konnte mir eigentlich nicht vorstellen, daß sich der Rauschgiftfahnder eine Blöße gegeben hatte. Aber andererseits ist auch der beste Mann nicht so perfekt, daß ihm nie ein Fehler unterläuft.

Ich umwickelte meine Finger mit dem Taschentuch, griff zum Telefon und wählte die Nummer der Zentrale, um einen Spurensicherungstrupp anzufordern.

Danach begann ich, mich zumindest flüchtig umzusehen.

In der Wohnung hatte es einen Kampf gegeben. So

etwas hinterläßt Spuren – mit etwas Glück auch Spuren, die auf die Beteiligten hinweisen.

Als erstes fand ich einen abgerissenen Knopf. Einen ganz gewöhnlichen Jackenknopf, der mir nur verriet, daß er jedenfalls nicht Phil gehörte. Ein paar Minuten später entdeckte ich etwas Kleines, Rotes, das sich halb unter den verrutschten Seidenteppich geschoben hatte.

Wieder umwickelte ich meine Finger mit dem Taschentuch, bevor ich das Ding hervorzupfte.

Ein Streichholzbriefchen!

Auf rotem Grund zeigte es einen silbernen Drachen – und den Reklameaufdruck des Mun River.

Lee Singal rauchte nicht.

Phil hatte im Zusammenhang mit dem Mord an Pridi Pibul zwar das Lokal betreten, sich dort aber bestimmt kein Streichholzbriefchen geben lassen. Also Jonas Kittikachris Leute! Der Gangsterboß mochte sich dafür interessieren, wieso plötzlich der FBI seine Kreise störte. Lee Singal mußte sich verdächtig gemacht haben, und wenn auch nur dadurch, daß er in der Nähe des Mun River zu oft sein Gesicht gezeigt hatte. Kittikachris Gangster hatten den Rauschgiftfahnder gekidnappt – und Phil gleich mit eingesammelt, als er zur unpassenden Zeit auftauchte.

Ich vermutete jedenfalls stark, daß es so gewesen war.

Einen Moment lang zögerte ich. Dann verließ ich die Wohnung. Ich hatte einfach nicht den Nerv, auf den Spurensicherungstrupp zu warten. Vom Jaguar aus informierte ich die Zentrale über mein Ziel. Ein paar Kollegen setzten sich sofort als Verstärkung in Marsch. Aber ich erreichte das Mun River gut zehn Minuten früher, als sie es bestenfalls schaffen konnten.

Den Jaguar setzte ich außer Sichtweite rückwärts in eine Einfahrt.

Die Neonreklame über dem Eingang des Lokals tauchte Gehsteig und Straße in glutrotes Licht wie vom Widerschein einer Feuersbrunst. Eine Gruppe angetrunkener Touristen debattierte lautstark über die Frage, ob man im Mun River wohl Girls abschleppen könne. Ich ging langsam an der benachbarten Hausfront vorbei.

Verdammt, ich wußte selbst nicht genau, was ich unternehmen sollte! In der Bar würde ich bestimmt keine Spur von Phil und Lee Singal finden. Und ins Haus durfte ich ohne Durchsuchungsbefehl nur eindringen, wenn schwerwiegende Gründe vorlagen. Zum Beispiel das, was der Gesetzgeber Gefahr im Verzuge oder Gefahr für Leib oder Leben Dritter nennt.

Ein Streichholzbriefchen mit Reklameaufdruck war leider kein besonders schwerwiegender Grund.

Ich schnippte die Zigarette, die ich mir angezündet hatte, in den Rinnstein. Die Touristengruppe hatte sich nun doch entschlossen, im Mun River ihr Glück zu versuchen. Ich wartete, bis die letzte schwankende Gestalt durch die Eingangstür verschwunden war. Dann knöpfte ich mein Jackett auf, um im Notfall schneller an den 38er zu kommen, und tauchte nach links in die Dunkelheit der Einfahrt.

Auf den verwinkelten, schmutzigen Hof mündete nur eine einzige Tür: der Hinterausgang der Kneipe. Beleuchtung gab es nicht, wenn man von ein paar hellen Fenstern absah. Mit einem Schritt glitt ich in den Schatten eines riesigen Müllcontainers und spähte in die Runde.

Mein erster Blick fiel auf einen silbergrauen Dodge: Phils Dienstwagen, den ich in der Umgebung von Lee Singals Wohnung vergeblich gesucht hatte.

Ich atmete auf.

Nicht etwa, weil ich es besonders beruhigend fand,

daß sich Phil und Singal offenbar tatsächlich im Mun River aufhielten. Aber der Dodge lieferte mir einen schwerwiegenden Grund zum Eindringen. Denn ich mußte annehmen, daß meinem Freund und dem chinesischen Rauschgiftfahnder unmittelbare Gefahr für Leib oder Leben drohte.

Die Hintertür sah nicht so aus, als ob ihr Schloß einem Sperrhaken lange widerstehen würde. Ich griff in die Tasche und tastete nach dem kleinen Etui mit Dietrichen und Spezialwerkzeugen. Aber ich kam nicht dazu, mein Vorhaben in die Tat umzusetzen. Denn im selben Augenblick bewies der schmale, helle Streifen über der Türschwelle, daß im Flur dahinter Licht aufflammte.

Rasch drückte ich mich tiefer in den Schatten und zog den Kopf ein.

Schritte näherten sich. Ich biß mir auf die Unterlippe. Berühmt war meine Deckung nicht gerade. Aber wer immer den Hof betreten würde, konnte nicht mit mir rechnen.

Außerdem ahnte ich, daß er Phils Dienstwagen nehmen würde. Und wenn auch nur, um das verräterische Fahrzeug wegzubringen.

Daß es überhaupt hier stand, ging mir ohnehin nicht recht in den Kopf. Es sei denn, Jonas Kittikachris Kreaturen hatten von Anfang an vorgehabt, nicht nur das Auto verschwinden zu lassen, sondern Lee Singal und Phil gleich mit.

Jetzt schwang die Tür auf.

Der erste, der den Hof betrat, war ein drahtiger Eurasier mit einer Narbe auf der Wange. Prüfend sah er sich nach allen Seiten um. Mich konnte er nicht entdecken. Er atmete auf, wandte sich halb um und hob die Hand zu einem Wink.

In dem Mann, der als nächster über die Schwelle stolperte, erkannte ich meinen Freund Phil Decker.

Er verlor fast das Gleichgewicht. Kein Wunder, da seine Hände auf den Rücken gefesselt waren. Jemand mußte ihm einen brutalen Stoß versetzt haben. Jemand, der sich eine Sekunde später in mein Blickfeld schob.

Lee Singal!

Ungefesselt und unverletzt, wenn man von einer kleinen Platzwunde über der Stirn absah ...

Einen Herzschlag lang hielt ich die Luft an. Dann atmete ich langsam aus. Ich wußte, was gespielt wurde. Wie es im einzelnen gelaufen war, konnte ich natürlich nicht ahnen. Aber ich wußte, daß ein Bluff dahintersteckte. Ich kannte Lee Singal. Ich hätte jederzeit blind mein Leben darauf gesetzt, daß er nie und unter keinen Umständen ernsthaft auf die Seite eines Kerls wie Kittikachri wechseln würde.

Der letzte Mann, ein muskelbepackter, glatzköpfiger Hüne, schloß die Tür hinter sich.

Er tat es mit der Linken. Die Rechte hatte er in die Jackentasche geschoben. Unter dem Stoff zeichnete sich deutlich die runde Mündung einer Pistole ab. So ganz trauten die Gangster Lee Singal also wohl doch nicht.

Der Eurasier riß den Wagenschlag auf und wies auf den Fahrersitz. Singal sollte fahren – die beste Möglichkeit, ihn unter Kontrolle zu halten. Phil wurde auf den Rücksitz gestoßen. Der Eurasier und der gelbhäutige Hüne keilten ihn zwischen sich ein. Wie gesagt, seine Hände waren auf den Rücken gefesselt. Und die Gangster hatten Waffen. Lee Singal würde kaum etwas unternehmen können, solange er am Steuer saß.

Geschickt wendete er den Wagen auf dem engen Hof.

Die Scheinwerfer ließ er erst in der Einfahrt aufflammen, so daß sie mich nicht mehr erfassen konnten. Er bog nach links ab. Ich rannte durch die Einfahrt, spähte um die Ecke und sah gerade noch, wie der Wagen in der nächsten Einmündung verschwand.

Wenn ich ihn nicht verlieren wollte, mußte ich mich verdammt beeilen.

In olympiareifem Tempo spurtete ich über die Straße, schwang mich in meinen Jaguar und ließ den Motor an.

Phil hörte auf, an den Handfesseln zu zerren, nachdem ihm der kahlköpfige Hüne einmal mit wütendem Grunzen seine Schmiedehammerfaust in die Seite gerammt hatte.

Zwecklos wäre es ohnehin gewesen. Die Fesselung bestand aus unzerreißbaren Nylonschnüren und war so gelegt, daß sie sich bei jeder Anstrengung nur noch enger zusammenzog.

Phil betrachtete Lee Singals Hinterkopf. Der chinesische Rauschgiftfahnder war unbewaffnet. Aber die Kerle wollten, daß er eigenhändig einen Mord beging. Also würde ihnen nichts anderes übrigbleiben, als ihm im entscheidenden Augenblick ein Schießeisen oder zumindest ein Messer in die Hand zu drücken.

Außerdem unterschätzten sie ihn vermutlich. Er war schlank, drahtig, nicht übermäßig groß – eine halbe Portion für die Begriffe seiner Gegner. Phil dagegen wußte, daß es Lee Singal allemal mit zwei mittelprächtigen Gangstern wie dem Hünen und dem Eurasier aufnehmen konnte. Vor allem, weil das Opfer in diesem Spiel auch mit gefesselten Händen immer noch die Möglichkeit hatte, ein bißchen mitzumischen und für Ablenkung zu sorgen, wenn der Tanz losging.

Halbwegs optimistisch harrte der G-man der Dinge, die da kommen sollten.

Die Fahrt ging zur Westside hinüber. Lee Singal richtete sich nach den Anweisungen des Eurasiers. Eine Weile rollte der Wagen im Schatten der Highway-Stelzen über die West Street. Dann bog er durch eine der zahlreichen Lücken im Maschendrahtzaun auf das Gelände der stillgelegten Piers ein.

Phil runzelte die Stirn.

Nicht die beste Gegend, überlegte er. Zwar herrschte babylonische Finsternis, aber man mußte immer mit Junkies und Landstreichern rechnen, die in irgendwelchen Löchern steckten. Nun ja, Junkies und Stadtstreicher pflegten im Zweifelsfall nichts zu sehen, nichts zu hören und schon gar nichts zu sagen. Und die Gangster legten verständlicherweise wenig Wert darauf, mit dem Dienstwagen eines G-man stundenlang durch die Stadt zu kutschieren.

»Fahr an die Kaimauer!« befahl der Eurasier. »Wir schieben den Schlitten in den Bach, wenn der Bulle auf der langen Reise ist. Gefunden wird er hier in hundert Jahren nicht.«

»Würde ich nicht drauf wetten«, sagte Lee Singal trocken. »Wenn die goldenen Zeiten anbrechen, die unser verehrter Mr. President versprochen hat, könnte die Gegend saniert werden und ...«

»Schnauze, du Komiker! Nun mach schon!«

Achselzuckend rangierte Singal den Dodge bis zum äußersten Ende des Piers, stellte den Motor ab und stieg aus. Die beiden Gangster kletterten ebenfalls ins Freie. Auch Phil wurde aus dem Wagen gezerrt. Schweigend packte der Hüne seine gefesselten Arme und stieß ihn auf den Fahrersitz.

»Wozu die Umstände?« erkundigte sich Lee Singal scheinbar gleichmütig.

Der Eurasier grinste. »Nur für den Fall, daß er tatsächlich gefunden wird, Schlaukopf. Wir schicken ihn schlafen, nehmen ihm die Fesseln ab, und du verpaßt ihm eine Überdosis Heroin. Dann sieht es nämlich wie ein Unfall aus, verstehst du?«

Lee Singal verstand nur zu genau.

Phil ebenfalls. Wenn er selbst bewußtlos geschlagen wurde und sie dem Rauschgiftfahnder als einzige Waffe eine Injektionsspritze in die Hand drückten, sahen ihre Chancen gegen zwei schußbereite Pistolen gar nicht mehr so gut aus.

Singals ruhige asiatische Züge verrieten nicht die geringste Gemütsbewegung.

Mit einem Achselzucken ging er einen Schritt vor und lehnte sich neben der offenen Fahrertür an den Wagen. Womit er schon mal eine strategisch günstige Position zwischen Phil und den Gangstern hatte.

»Okay«, sagte er gelassen. »Dann komm mal mit der Spritze rüber! Ich nehme an, euer Boß legt Wert darauf, daß ich sie eigenhändig aufziehe.«

Der Mann, der vorsichtig durch den Schmutz des Müllplatzes stakste, sah mit seinen braunen Cordhosen und dem flotten Kaschmirpullover nicht so aus, als habe er es nötig, Abfallberge zu plündern.

Er tat es trotzdem, sogar mit schöner Regelmäßigkeit. Allerdings nicht wie manche Stadtstreicher, weil er nach Dingen suchte, die man gebrauchen oder für ein paar Cents verkaufen konnte. Mark Maturin hatte nicht Sparsamkeit, sondern Kunst im Sinn. Pop Art, genauer gesagt. Die Stilleben, die er aus Flaschenscherben, zerbeulten Dosen, verbogenen Metallteilen und sonstigen zweifelhaften Zutaten zusammenbastelte, erzielten gute Preise. Ein paar hingen oder standen sogar in Museen, und Kritiker verfaßten tiefgründige Betrachtungen darüber.

Wenn Mark Maturin einen Müllplatz sah, konnte er nicht widerstehen. Nicht einmal mitten in der Nacht. So wie jetzt, als er zufällig hier vorbeigekommen war, weil er auf dem Weg von Long Island nach Manhattan eine Umleitung fahren mußte.

Der Strahl seiner Taschenlampe strich wie ein bleicher Geisterfinger über Altpapierhügel, zerschlissene Polstermöbel, schimmelnde Küchenabfälle und rostende Schrottpakete. Ein blühender Löwenzahn vor dem Hintergrund eines beinlosen, verschossenen Brokatsessels versetzte den Künstler in helles Entzücken. Er sah das Ganze schon als moderne Plastik vor sich.

Den Löwenzahn mußte man natürlich in einen sorgfältig getarnten Topf pflanzen. Oder verblühte Löwenzahn zu schnell? Na, egal! Wer sich eine Plastik von Mark Maturin leisten konnte, würde vor einem Minigewächshaus zur Nachzucht von Löwenzahn nicht zurückschrecken.

Prüfend rüttelte der Künstler an der Lehne des beinlosen Sessels.

Irgendwo hatte sich das verflixte Ding verhakt. Maturin zerrte, schnaufte und zerrte wieder. Natürlich hätte er überall einen alten Sessel auftreiben können. Aber er wollte gerade diesen haben, mit dem genau im richtigen Maße verblichenen Stoff und der rostigen Sprungfeder, die wie ein Symbol der Vergänglichkeit aus dem Polster ragte.

Maturin zertrampelte den Löwenzahn, als er das Sitzmöbel von der anderen Seite aus anzuheben versuchte.

Er keuchte und schnaufte. Schweiß trat auf seine Stirn, als er die Schulter unter die Vorderkante des Polsters stemmte. Sekunden vergingen – dann landete er bäuchlings im Dreck, weil der Sessel ganz plötzlich umgekippt war.

Mark Maturin ächzte und rappelte sich mühsam auf. Sein Besuch bei Freunden in Port Washington hatte ihn immerhin mehrere Whisky gekostet. Fahren konnte er noch. Nur sportliche Anstrengungen waren ihm nicht mehr besonders zuträglich. Mit dem Handrücken wischte er sich den Schweiß von der Stirn und ließ den Blick schweifen auf der Suche nach dem Gegenstand, der das Sesselpolster so lange festgehalten hatte.

Er entdeckte ihn nicht.

Dafür sah er etwas anderes. Etwas, das ihm im ersten Moment wie eine makabre Vision erschien und das er eigentlich lieber gar nicht wahrgenommen hätte.

Eine menschliche Hand!

Eine Hand, die aus dem Müll herausragte – seltsam verkrampft, als habe sie noch im letzten Augenblick etwas zu fassen versucht.

Mark Maturin schluckte hart. Abdrehen, verschwinden, alles vergessen – das war sein erster Gedanke. Er wußte, es mußte eine Leiche sein, die da unter dem Müll lag. Die Leiche einer Frau oder eines jungen Mädchens! Denn die Hand war schmal, zart, schutzlos und zerbrechlich auf eine Art, die den Maler im Innersten anrührte.

Er biß die Zähne zusammen.

Hundertmal hatte er sich selbst gesagt, daß er nicht zu der Sorte Menschen gehöre, die sich aus Angst vor Verwicklungen von ihrer Umwelt abschließen. Jetzt war der Augenblick gekommen, den Beweis dafür anzutreten. Mark Maturin wünschte sich nichts weniger, als ausgerechnet heute noch mit der Polizei zu tun zu haben. Aber er begann trotzdem, den Berg aus Müll, Altpapier, vertrockneten Kartoffelschalen und ähnlichem beiseite zu räumen.

Er wußte nicht, wieviel Zeit vergangen war, als er das Gesicht der Toten sah.

Ein fremdartiges Gesicht.

Thailänderin oder Vietnamesin, dachte er sofort. Er kannte nur eine bestimmte Art solcher Mädchen, nämlich die Girls, die man in Clubs und Massagesalons traf, in den Bordellen, die er oft aufsuchte, weil er keine Lust hatte, jedes sexuelle Erlebnis mit gefühlsmäßigen Verwicklungen zu bezahlen. Er mochte asiatische Girls. Weißen oder schwarzen Prostituierten gelang es fast nie, selbst wenn sie sich Mühe gaben, den knallharten geschäftlichen Aspekt der Sache vergessen zu lassen. Asiatische Mädchen waren anders. Sie konnten einem Mann das Gefühl geben, willkommen zu sein und für die halbe Stunde, die es dauerte, die wichtigste Rolle in ihrem Leben zu spielen.

Bei manchen hatte man fast das Gefühl, daß sie meinten, was sie in ihrer blumigen Sprache sagten. *Komm mit – ich schenke dir meinen Frühling, und dann schenkst du mir auch ein bißchen …*

Mark Maturin starrte lange in das zarte, leblose Gesicht und spürte einen erstickenden Zorn in sich wachsen.

Weggeworfen. Umgebracht und wie Abfall weggeworfen, auf einem dreckigen, einsamen Müllplatz …

Nein, er würde nicht gehen und alles vergessen. Er

würde nicht Augen und Ohren verschließen um der eigenen Bequemlichkeit willen. Mit einem tiefen Atemzug drehte der Maler ab und suchte den Weg zu seinem Wagen zurück.

Er hatte Autotelefon. Die Nummer des zuständigen Polizeireviers erfuhr er bei der Auskunft. Zwei Minuten später zündete er sich eine Zigarette an, lehnte sich zurück und wartete auf die Beamten der Mordkommission.

»Okay, dann komm mal mit der Spritze rüber! Ich nehme an, euer Boß legt Wert darauf, daß ich sie eigenhändig aufziehe.«

Lee Singals Worte drangen deutlich zu mir.

So, wie er da scheinbar lässig an dem silbergrauen Wagen lehnte, hatte er die beste Stellung, um notfalls meinen gefesselten, wehrlosen Kollegen zu decken. Nur für ihn selbst war die Stellung natürlich nicht so gut. Er stand unbewaffnet in der Schußlinie, während die beiden Gangster ihre schweren schallgedämpften Pistolen bereits in den Fäusten hielten. Und außer dem Dodge selbst gab es keine Deckung, weil der Eurasier und der Hüne den Weg zu den Piergebäuden versperrten.

Trotzdem blieb ich einigermaßen gelassen.

Ich befand mich im Rücken meiner Gegner, geduckt hinter einer offenen, schief in den Angeln hängenden Schuppentür. Ich hatte den Überraschungseffekt auf meiner Seite.

Außerdem würden Phil und Lee Singal natürlich nicht untätig bleiben. Zwei G-men und ein Rauschgiftfahnder – das waren drei geschulte, austrainierte Kämpfer gegen zwei mittelprächtige Ganoven. Phil und ich haben schon weitaus kitzligere Situationen bewältigt.

Der Eurasier griff in die Innentasche seiner Jacke.

Ich nahm an, daß er Singal die Schachtel mit dem Injektionsbesteck zuwerfen und dabei zumindest für eine Sekunde abgelenkt sein würde. Wahrscheinlich plante Singal, genau diesen Augenblick auszunutzen. Ich faßte den 38er fester und legte den Daumen auf den Hahn.

»So«, knurrte der Eurasier. »Dann zeig mal, was hinter deiner großen Klappe steckt!«

Dabei machte er eine lässige Bewegung mit der Linken. Ein länglicher brauner Gegenstand flog durch die Luft.

Phil, Lee Singal und ich handelten fast gleichzeitig.

Zwei lange Schritte – schon stand ich mitten auf dem Pier. »FBI!« schrie ich. »Waffen weg!«

Wie Peitschenhiebe schienen die Worte meine Gegner zu treffen. Ich achtete auf ihre Hände. Wenn einer von ihnen den Finger krümmte, mußte ich abdrücken, und wenn es mir noch so widerwärtig war, einen Mann in den Rücken zu schießen.

Beide brauchten etwas mehr als die normale Schrecksekunde, um zu reagieren. Phil und Lee dagegen hatten sich mit jeder Faser auf den Augenblick des Handelns hin gespannt. Sie waren schneller als die Gangster, einen kurzen, aber entscheidenden Sekundenbruchteil schneller.

Lee Singal fing das Päckchen mit der Spritze aus der Luft und schleuderte es zurück, während er geschmeidig in die Hocke sackte.

Phil schnellte aus dem Dodge, überschlug sich auf dem Kopfsteinpflaster, zog die Knie an und stieß sich zu einem neuen Hechtsprung ab. Der Zweck war klar. Er wollte Verwirrung stiften und wenigstens eine der Pistolen auf sich ziehen. Verdammt gefährlich, was er da machte. Doch er schaffte es besser, als er erwarten konnte.

Die beiden Gangster wirbelten herum.

Der Eurasier schwenkte seine schwere Luger in Phils Richtung. Der Hüne stierte mich an, die Waffe im Combat-Anschlag. Er wollte abdrücken. Aber da stieß sich Lee Singal schon ab, sprang ihm in den Rücken und trat ihm die Beine weg.

Ich visierte die Luger an.

Phil wälzte sich immer noch über das Kopfsteinpflaster. Er blieb ständig in Bewegung, um ein möglichst schlechtes Ziel zu bieten. Ich sah die schwere Pistole über Kimme und Korn. Ruhig wie auf dem Schießstand zog ich durch, ohne den 38er auch nur um eine Haarbreite zu verreißen.

Sekundenbruchteile vorher mußte dem Gangster klargeworden sein, daß von einem gefesselten Mann weniger Gefahr ausging als von dem, der da hinter ihm »FBI!« geschrien hatte.

Fauchend vor Schreck und Wut fuhr der Eurasier herum. Ich konnte die Bewegung, mit der mein Finger den Druckpunkt überzog, nicht mehr stoppen. Schießen müssen hätte ich so oder so. Denn mein Gegner begann noch in der Kreiselbewegung zu feuern.

Blindlings ballerte er los, überhastet, in wilder Panik.

Blitzschnell ließ ich mich fallen. Im Sturz sah ich, wie die Kugel aus dem 38er in die Brust des Eurasiers schlug, sah ihn taumeln und sich zusammenkrümmen. Immer noch feuerte er. Zwei Geschosse schlugen neben mir Funken aus dem Blaubasalt. Dann riß es abrupt ab.

Ein hohles Klicken erklang, ein scheppernder Laut und das dumpfe, schreckliche Ächzen, als der Gangster wie im Zeitlupentempo über seiner Waffe zusammensackte.

Ich wußte, er lebte nicht mehr.

Meine Kugel hatte ihn genau in Höhe des Herzens

getroffen. Unbeabsichtigt! Trotzdem wurde meine Kehle trocken. Aber ich hatte einfach keine Zeit, mich mit dem miesen Gefühl aufzuhalten, das einen auch noch nach Jahren, auch in noch so klaren Notwehrsituationen überkommt, wenn man einen Menschen töten mußte.

Lee Singal und der gelbhäutige Hüne krachten gerade ineinander verkrallt gegen die Motorhaube des Dodge.

Singal hatte dem anderen die Waffe aus der Hand geschlagen. Ich sah sie drei Schritte entfernt auf dem Pflaster liegen. Doch der Hüne mußte schneller und weit weniger schwerfällig sein, als er aussah. Er keuchte heftig, was ich eher der Wut als plötzlichem Luftmangel zuschrieb. Mit seinem ganzen Gewicht preßte er den Rauschgiftfahnder gegen den Wagen und versuchte, ihm den Unterarm gegen die Kehle zu pressen.

Ich spurtete die wenigen Schritte bis zu dem Dodge.

Den 38er ließ ich dabei im Schulterholster verschwinden. Schießen konnte ich nicht, ohne Singal zu gefährden. Ich hätte es so oder so nicht getan, weil der Hüne unbewaffnet war. Andererseits wollte ich auch kein Risiko eingehen. Ich nahm Maß, um den Gangster mit einem genau dosierten Karateschlag schlafen zu schicken. Doch so weit kam es nicht mehr.

Ich weiß nicht, welchen Trick Lee Singal aus der Kiste holte.

Ich hörte nur den urigen Aufschrei des Hünen.

Brüllend torkelte er mit rudernden Armen rückwärts. Ich konnte nicht ausweichen. Und verdammt, der Kerl war so schwer, daß ich das Gefühl hatte, von einem rollenden Felsblock niedergewalzt zu werden.

Ich verlor das Gleichgewicht.

In letzter Sekunde schaffte ich es, meinem Körper eine Drehung zu geben, bevor der Koloß auf mich stürzte.

Sein Ellbogen streifte meinen Kopf, wohl eher zufällig als gezielt. In meinem Schädel dröhnte es wie von einem Paukenschlag. Aber dafür lag der Gangster wie ein plumper Käfer auf dem Rücken. Was ich allerdings nur undeutlich erkennen konnte, weil vor meinen Augen ein prächtiges Feuerwerk sprühte.

Genauso undeutlich sah ich die huschende Bewegung von dem Dodge her.

Lee Singal fackelte nicht lange. Der Kick mit der Fußspitze, der den Hünen genau auf dem Punkt erwischte, mochte vielleicht nicht ganz die feine englische Art sein. Aber nach allem, was passiert war, konnte niemand verlangen, daß sich einer von uns ohne Not noch einmal in die Reichweite der Schmiedehammerfäuste begab.

Mit einem dumpfen Gurgeln ging der Hüne auf Tauchstation.

Ich kam leicht schwankend auf die Füße. Phil hatte sich zum Sitzen aufgerichtet. An seiner Stirn blühte eine Beule. Kinn und Nase waren zerschrammt von den Turnübungen auf dem rauhen Kopfsteinpflaster. Den Anzug konnte er auch abschreiben. Alles in allem sah er schlimmer aus als Lee Singal und ich, obwohl er gar nicht aktiv in den Kampf eingegriffen hatte.

»Autsch!« fluchte er, als ich die tief einschneidenden Stricke an seinen Gelenken mit dem Taschenmesser zersäbelte.

»Quittung für leichtsinniges Tappen in weit offene Fallen«, sagte ich trocken.

»Du mich auch! Konnte ich ahnen, daß sich ein alter Hase in seiner eigenen Bude von zwei mickrigen Westentaschenganoven überrumpeln läßt?«

Das letzte war auf Lee Singal gemünzt, der sein blauschwarzes Haar mit den Fingern ordnete, während er herankam. Er antwortete mit einem ausdruckslosen asiatischen Lächeln.

»Die Wege der Vorsehung sind unerforschlich«, sagte er. »Hätten wir uns nicht beide überrumpeln lassen, wären Jonas Kittikachri und seine Komplicen jetzt nicht wegen Kidnapping und Anstiftung zum Mord dran. Sie sind erledigt. Und weil wir wahrscheinlich keinem von ihnen einen vollendeten Mord nachweisen können, werden sie reden. Das heißt, daß die Rauschgiftbehörde die Chance hat, den gesamten Schmuggelring von hier bis nach Bangkok und ins Goldene Dreieck aufzurollen.«

Lee Singals Lächeln vertiefte sich. Er wirkte zufrieden. Das durfte er auch. Er hatte seinen Mann. Er würde das Ziel erreichen, auf das er zäh und mit vollem Einsatz hinarbeitete.

Phil und ich hatten unseren Mann noch nicht.

Denn unser Mann hieß Praja Ramjad. Und der saß vorerst noch sicher und geruhsam wie eine Spinne im Netz. Einem Netz, das sich bestimmt nicht so einfach zerreißen ließ.

Vielleicht wußte Kittikachri mehr über Pridi Pibul, als er bisher gesagt hatte.

Vielleicht würde der Schlag gegen den Rauschgiftboß auch zum entscheidenden Hebel gegen den Mädchenhändler-Ring werden.

Vielleicht ...

Ich hoffte es. Denn ich sah immer noch das zarte, durchscheinend blasse Gesicht von Suri Thipodi vor mir. Ich dachte an ein Mädchen, das Jarlit Wong hieß und sich weigerte, nichts zu sehen, zu hören und zu sagen. Und an ein Girl namens Mai Pibul, das angeblich spurlos verschwunden war und dem Gefahr drohte.

Ich biß die Zähne zusammen.

Ja, vielleicht würde uns Jonas Kittikachri weiterhelfen.

Aber ich spürte mit jeder Faser meines Körpers, daß wir nicht mehr viel Zeit hatten.

Der Monitor gab einen leisen, vibrierenden Summton von sich.

Das Bild, von einem Videoauge übertragen, zeigte ein kleines, bis auf die Grafiken an den Wänden und die gelben Vorhänge ganz in sterilem Weiß gehaltenes Krankenzimmer. Jarlit Wong lag auf dem Bett. Kissen und Laken waren zerwühlt. Unruhig warf sich das Mädchen hin und her. Immer wieder fuhren ihre Hände zum Kopf und preßten sich verzweifelt und vergeblich auf die Schläfen.

Praja Ramjads Blick hing an dem fahrbaren Krankenhausnachttisch, den das Videobild ebenfalls zeigte. An dem blitzenden Injektionsbesteck auf diesem Tisch. Die Spritze war fertig aufgezogen. Sie lag auf einer sterilen Unterlage, mit der Kanüle in der leeren, aufgebrochenen Ampulle.

Das Mädchen brauchte die Spritze nur noch zu ergreifen.

Sie mußte sich nicht einmal den Arm abbinden und ihre Vene treffen oder eine Stelle am Körper finden, die intramuskuläre Injektionen erlaubte. Das Mittel würde einfach unter die Haut gespritzt wie das Insulin bei Zuckerkranken. Ein harmloses Mittel, ein sogenanntes Placebo, völlig wirkungslos außer in der Einbildung des jeweiligen Patienten. Aber das konnte Jarlit natürlich nicht wissen.

Man hatte ihr nur gesagt, sie werde sich nach der Spritze wohl fühlen. Sie selbst nahm an, daß es sich um ein Rauschmittel handelte, irgendeine gefährliche Droge, die sie süchtig machen würde. Daß sie das annahm, war der eigentliche Sinn des Tests. Jarlit sollte an die Gefährlichkeit der Droge glauben, sich vor ihr fürchten – und sie am Ende doch nehmen.

So, wie sie am Ende alles tun würde, was man ihr befahl, blind und hilflos, auch wenn es ihrem eigenen Willen noch so sehr widersprach.

Praja Ramjads Blick wanderte zu dem kleinen Tonbandgerät hinüber, das sich emsig drehte.

Madame Wu hatte es besprochen, mit einem Text, den Dr. Carmody nach raffinierten psychologischen Gesichtspunkten entworfen hatte. Madame Wus Stimme war elektronisch verfremdet worden. Es bestand nur noch wenig Ähnlichkeit mit ihrem normalen Tonfall. Nichts als ein schwacher Anklang, der Jarlit an etwas Ungreifbares erinnern und sie dadurch um so mehr verwirren sollte.

Madame Wu hörte fasziniert zu, während ihre zierlichen Finger die dünne Orientzigarette zum Mund führten. Außer der Frau, Praja Ramjad und Dr. Carmody saß nur noch ein einziger Mann im Raum. Seine Augen glänzten. Die Pupillen hatten sich auf die Größe von Stecknadelköpfen zusammengezogen. Professor Forrestri war unheilbar heroinsüchtig. Aber er hatte seinerzeit die Grundlagen für die teuflische Methode entwickelt, die Dr. Carmody seit damals ständig verbesserte. Und Forrestri war immer noch brauchbar – sei es auch nur als möglicher Sündenbock für den Fall eines Falles.

Gebannt beobachtete er das Mädchen, das sich auf dem Bett hin und her warf.

Jarlit stöhnte gequält. Ihre zuckenden Bewegungen wurden immer heftiger. Dr. Carmody veränderte den Bildausschnitt, bis er das verzerrte, schweißbedeckte Gesicht in Großaufnahme sah.

Einen Augenblick zögerte er. Dann drehte er ganz

langsam das Tonbandgerät leiser, bevor er es endgültig abstellte.

Praja Ramjad runzelte die Stirn. »Warum das? Sie war doch schon fast so weit.«

»Weil wir ihr zwischendurch Gelegenheit geben müssen, wieder ein wenig zu sich selbst zu kommen. Sie darf das Ganze nicht für einen Alptraum halten. Sie muß daran glauben, verstehen Sie? Sie muß glauben, daß es Wirklichkeit ist. Unerklärliche, aber nichtsdestoweniger eindeutige Wirklichkeit.«

»Und wie lange wird es noch dauern?«

»Warten wir's ab! Eine Stunde vielleicht.« Praja Ramjad lehnte sich achselzuckend zurück.

Der Monitor zeigte jetzt wieder einen größeren Ausschnitt des Krankenzimmers. Jarlit lag mit weit geöffneten Augen auf dem Bett. Sie lauschte in sich hinein. Erst nach langen Minuten entspannte sich ihre verkrampfte Haltung, und die Lider senkten sich erschöpft.

Praja Ramjad zündete sich eine Zigarette an.

Müßig blickte er zu dem Professor hinüber und fragte sich, ob der Bursche eigentlich selbst wußte, was für ein Wrack er war. In Forrestris Leben zählten nur noch zwei Dinge: das Heroin – und die Augenblicke, in denen er sich, so wie jetzt, an den Erfolgen seiner Arbeit berauschen konnte, vielmehr der Weiterentwicklung seiner Arbeit.

Forrestri mochte ein Genie gewesen sein, doch er war auch von einer Besessenheit erfüllt gewesen, die an Wahnsinn grenzte. Sonst hätte er damals bestimmt nicht mit einer Gruppe zwar freiwilliger, aber sonst ahnungsloser Studenten jene gefährlichen Psychoexperimente unternommen, die dann seiner Kontrolle entglitten.

Einige der Beteiligten waren unheilbar wahnsinnig

geworden. Kaum einer hatte die Versuche ohne psychischen Knacks überstanden.

Strafrechtlich konnte man Forrestri nichts anhaben. Die Studenten waren bezahlt worden. Ihre schriftlichen Einverständniserklärungen lagen vor, samt der – von ihnen als bloße Formsache aufgefaßten – Versicherung, daß sie über gewisse, nicht näher bezeichnete Gefahren belehrt worden seien. Es gab da eine Lücke im Gesetz. Mit keinem juristisch faßbaren Tatbestand war Forrestri festzunageln gewesen.

Aber seine Karriere war trotzdem ruiniert gewesen.

Er verlor seinen guten Ruf, seine Einkünfte, die Professur, die Zulassung als Arzt – er verlor alles. Und er betrachtete diese Tatsache als typische, himmelschreiende Ungerechtigkeit der Gesellschaft dem unverstandenen Genie gegenüber.

Es war ein böses Spiel des Zufalls gewesen, das ihn mit Clive Carmody zusammengebracht hatte.

Carmody hatte schon auf der Universität LSD für einen Rauschgiftring hergestellt. Seit er als Halbwüchsiger mit einem raffinierten Trick seinen ersten Automaten ausgeräumt hatte, war er keinen Tag lang den geraden Weg gegangen – ohne allerdings je erwischt zu werden. Er hatte sofort erkannt, welche Möglichkeiten in Forrestris Methode steckten, hatte sie weiterentwickelt und ...

Praja Ramjads Gedanken stockten.

Auf dem Monitor begann sich Jarlit Wong wieder zu bewegen. Sie hatte reglos dagelegen, schlafend oder vor sich hindämmernd. Jetzt verzog sie schmerzlich das Gesicht. Erneut tasteten ihre zittrigen Finger nach den Schläfen. Aber die Bewegung wirkte matt, und nach einer Weile ließ das Girl die Arme sinken.

Ein paar Minuten später richtete sie sich mühsam auf.

Sie starrte die Spritze an. Tränen glitzerten in den dunklen Mandelaugen, rannen über die blassen Wangen und hinterließen Spuren verlaufener Wimperntusche auf der Haut.

Nur noch einmal riß sich das Girl aus der dumpfen Apathie.

Sie griff nach ihrer Handtasche, ließ sie aufschnappen und begann sie fieberhaft zu durchwühlen. Sie suchte Kopfschmerztabletten oder ein Schlafmittel – irgend etwas. Aber sie fand nichts, weil der Inhalt der Tasche sorgfältig kontrolliert worden war.

Stöhnend schlug Jarlit die Hände vor das Gesicht.

Als sie wieder aufsah, waren ihre Augen tränenleer.

Mit einer langsamen, fast marionettenhaften Bewegung griff sie nach der Spritze, drückte prüfend den Kolben um eine Kleinigkeit nieder und starrte einen Augenblick lang auf ihren Handrücken.

Dr. Carmody atmete tief durch, als die Kanüle in die Haut stach.

»Na also«, sagte er zufrieden. »Das war's! Der Rest ist ein Kinderspiel.«

Seine hellen, durchdringenden Augen glitzerten triumphierend, als er nacheinander die Geräte ausschaltete, die vor ihm auf dem Tisch standen.

Um fünf Uhr morgens schob ich mich durch eine schmale Luke auf das Dach des Hauses, das dem Mun River unmittelbar benachbart war.

Der gelbhäutige, kahlköpfige Hüne hatte geredet. Warum, begriff ich immer noch nicht ganz genau. Er machte nicht den Eindruck, als ginge es in seinen Kopf, daß wir ihm mehrere Mordversuche nachweisen konnten und daß er Punkte sammeln mußte, wenn er nicht im Zuchthaus alt werden wollte. Aber er begriff immerhin, daß er in einer höllischen Patsche saß. Irgendwie mußte er wohl rein instinktiv Jonas Kittikachri die Schuld daran geben.

Und deshalb redete er.

Sein Geständnis war phänomenal. Es wirkte fast gespenstisch.

Er schilderte jede Kleinigkeit, vom Brandloch im Teppich bis zum klemmenden Fensterflügel in Kittikachris Büro. Die Gewohnheiten des Gangsterbosses kannte er ebenfalls bis in die letzte Einzelheit. Dieses ungewöhnliche Erinnerungsvermögen war es übrigens auch gewesen, das Lee Singal fast zum Verhängnis wurde. Weder in Bangkok noch bei der Begegnung in Burma konnte Singal für den Hünen mehr gewesen sein als ein Gesicht in der Menge. Und trotzdem hatte sich Shiny, so hieß er, an den Rauschgiftfahnder erinnert.

Im Augenblick stand Lee Singal, geschickt maskiert, an der Bartheke des Mun River, während sich um das Lokal ein unsichtbarer Ring schloß.

Singal spielte den Angesäuselten und warf mit dem Geld um sich. Seine Aufgabe bestand darin, sich möglichst als letzter hinauskomplimentieren zu lassen, wenn sämtliche Girls und normale Gäste bereits draußen waren.

Wir wußten nicht, wer vom Personal der Bar zu Kittikachris Handlangern gehörte. Shiny, der Hüne, hatte das selbst nicht genau gewußt. Meine Kollegen wollten den Keeper, die beiden Kellner und die drei Rausschmeißer im Blitzangriff überwältigen, ohne Kampfgetümmel, vor allem ohne Schießerei. Zweifellos bot das keine großen

Schwierigkeiten. Aber ob die Aktion völlig lautlos ablaufen würde, ließ sich nicht mit Sicherheit vorhersagen. Und da lag der Hase im Pfeffer.

Unser Freund Shiny war überzeugt davon, daß sich Jonas Kittikachri in seinem Büro im ersten Stock aufhielt, um die Vollzugsmeldung zu erwarten. Zusammen mit seinem thailändischen Unterführer und einem Angloamerikaner, der als Verbindungsmann zwischen dem Schmuggelring und der Verteilerorganisation arbeitete. Und wahrscheinlich zusammen mit einem taubstummen Girl, das angeblich Kittikachris Nichte war. Sie hielt sich fast ständig in seiner Nähe auf, bediente ihn, mixte ihm die Drinks, brachte ihm die Pantoffeln und was weiß ich noch.

Er hing offenbar an ihr. Aber wir bezweifelten, daß er mehr an ihr hing als an seiner eigenen kostbaren Person. Also mußten wir verhindern, daß er die Kleine als Geisel benutzte, falls er Verdacht schöpfte.

Deshalb kauerte ich hier auf dem Dach. Und deshalb schob sich jetzt, mit Jodflecken und Heftpflastern verziert, mein Freund Phil durch die enge Luke.

»Du liebe Güte«, murmelte er mit einem Blick in die Runde.

Ich grinste matt. Schräg über uns starrten furchterregende Drachenköpfe vom Rand eines Pagodendachs, das einen Kamin beschirmte. Das eigentliche Dach war reichlich steil. Aber es gab so viele wirklich oder scheinbar nutzlose Türmchen, Erkerchen und reich verzierte Aufbauten, daß die Kletterei ein Kinderspiel sein würde.

Ich prüfte jedesmal sorgfältig, wohin ich meine Füße setzte und an welchen verschnörkelten Schnitzereien ich mich festhielt.

Die Brandmauer, die das Haus vom Nachbargebäude

trennte, wirkte erfrischend solide. Ich turnte hinüber. Phil folgte mir. Von unten leuchtete der Widerschein roter Neonbuchstaben. Ein Girl, das offenbar gerade mit einem Gast das Lokal verließ, kicherte albern.

Wir mußten auf die Rückseite des Gebäudes.

Die beiden Fenster zu Kittikachris Büro waren nicht vergittert und bestanden aus ganz normalem Glas. Der Rauschgiftboß schien kaum besondere Sicherheitsmaßnahmen getroffen zu haben. Diese Nachlässigkeit hatte er mit Praja Ramjad gemeinsam.

Zweifellos lag das an der Art ihrer Geschäfte. Ein entschlossener Gangster kann einen bestimmten Bezirk oder ein überschaubares Syndikat übernehmen, indem er den Mann an der Spitze umbringen läßt. Bei international organisierten Geschäften geht das nicht. Da gibt es zu viele Verflechtungen, ein zu kompliziertes Machtgefüge, in das niemand eingreifen kann, ohne fast mit Sicherheit in Null Komma nichts als Störfaktor ausgeschaltet zu werden.

Und was die Polizei betraf, so schienen sich weder Kittikachri noch Ramjad Sorgen zu machen. Sie fühlten sich unangreifbar mit ihren internationalen Beziehungen, ihren Schmuggelwegen und den vielen Fluchtmöglichkeiten, über die sie verfügten. Daß es zur Flucht zu spät sein würde, wenn ihnen erst einmal ein Polizist die Dienstwaffe unter die Nase hielt, hielten sie offenbar für unmöglich.

Uns konnte es recht nur sein.

Ich hörte auf, darüber nachzudenken. Das letzte Stück des steilen Dachs erforderte meine volle Konzentration. Jenseits des Firsts, der gemeinerweise mit einer Reihe rotlackierter, unangenehm spitzer Minitürmchen besetzt war, ließ ich mich vorsichtig wieder abwärts gleiten. Phil folgte mir und fluchte dabei leise vor sich hin, weil er allmählich wohl doch seine blauen Flecken und Schrammen spürte.

Ein paar Minuten später erreichten wir die Stelle am Dachrand, wo ein Stockwerk tiefer die Fenster zu Kittikachris Büro lagen.

Ich warf einen Blick nach unten. Gedämpftes Lampenlicht schimmerte herauf. Phil wickelte bereits das Seil von seiner Taille und suchte nach einem passenden Schnörkel, der stabil genug war, um sein Gewicht zu tragen.

Kittikachris Bürofenster hatten Bambusrollos an den Innenseiten. Aber von dem Gedächtniskünstler Shiny wußten wir, daß es sich um uralte, morsche Rollos handelte, die man vorsichtig bedienen mußte, weil sie sonst leicht abreißen konnten. Ich hoffte inständig, daß er recht hatte. Denn was geschehen würde, wenn Phil oder ich in einem der Dinger hängenblieben, wagte ich mir gar nicht erst auszumalen.

Rasch wickelte ich ebenfalls das Seil von meiner Taille. Phil hatte sein Exemplar bereits mit Hilfe des überdimensionalen Karabinerhakens festgemacht und ließ das freie Ende behutsam über den Dachrand gleiten.

Ein paar Sekunden später war ich ebenfalls soweit.

Beide Seile baumelten an der Hauswand, jeweils drei Handbreit neben dem hellen Fenster, damit sie auch nicht durch irgendeinen dummen Zufall entdeckt werden konnten. Ich tastete nach dem Walkie-talkie an meinem Gürtel. Es war auf Empfang geschaltet. Den Einsatzbefehl würde uns Steve Dillaggio geben. Und zwar in dem Augenblick, in dem unsere Kollegen entweder vor Kittikachris Tür standen – oder ein Zwischenfall die Gangster warnte, so daß wir sofort handeln mußten.

Phil kletterte als erster abwärts.

Ich sicherte ihn von oben mit der Dienstwaffe. Falls jemand das Fenster öffnete und ihn entdeckte, konnte ich ihn zumindest daran hindern, den Kopf oder auch nur die Schußhand nach draußen zu strecken.

Mein Freund brauchte drei Minuten, weil er sich so lautlos wie möglich bewegen mußte.

Er verschaffte sich sicheren Halt, stieß den Daumen nach oben und fischte den 38er aus dem Schulterholster. Jetzt war er es, der die Deckung übernahm. Ich atmete auf, als ich neben dem Fenster hing, hinter dessen Scheiben ich die altersdunklen Stäbe des Bambusrollos erkennen konnte.

Phil steckte den Revolver wieder ein und zog statt dessen ein kleines, geriffeltes Metallei aus der Tasche.

Er grinste zuversichtlich. Nicht ohne Grund! Wir planten nämlich nicht etwa, uns einfach auf Biegen und Brechen in die Höhle des Löwen zu stürzen, sondern hatten noch eine kleine Extraüberraschung auf Lager.

In den engen Hof sickerte allmählich das trübe Grau der Morgendämmerung.

Flüchtig fragte ich mich, was ein Frühaufsteher unter den Bewohnern der umliegenden Häuser wohl tun würde, wenn er einen Blick nach dem Wetter warf und uns hier hängen sah. Nichts vermutlich. Allenfalls würde er die Polizei anrufen und beruhigt werden. Das hoffte ich jedenfalls. Aber es war sinnlos, sich jetzt den Kopf darüber zu zerbrechen.

Wir warteten.

Und warten zu müssen – das ist vor einem kitzligen Einsatz immer wieder gleich nervenaufreibend.

Um die gleiche Zeit schlief der Mädchenhändlerboß Praja Ramjad so tief und fest, wie man das sonst angeblich nur auf dem sanften Ruhekissen eines guten Gewissens tut.

Professor Forrestri schlief ebenfalls – einen todesähnlichen Schlaf unter dem Einfluß der letzten, um eine Spur zu hohen Dosis Heroin.

Madame Wu genehmigte sich in der Zurückgezogenheit ihres Zimmers eine Opiumpfeife und gab sich angenehmen Träumereien hin.

Einzig Dr. Carmody war noch auf den Beinen. Auch er fühlte sich sicher. Der Gedanke, daß über kurz oder lang dieser lästige G-man wieder hier auftauchen würde, beunruhigte ihn nicht mehr. Es hatte ihm nur aus mehr als einem Grund widerstrebt, ausgerechnet heute den routinemäßigen Nachtdienst in der Klinik jemand anderem zu überlassen.

Es war sechs Uhr morgens, als eine Schwester an die Tür des Bereitschaftszimmers klopfte. Leise, weil die Sache offenbar nicht wichtig genug war, um den Chef energischer zu stören. Aber Carmody öffnete sofort, weil er den Grund für die Störung erahnte.

»Mr. Harrodson von Nr. 114«, sagte die Schwester denn auch. Ein Hauch von Ehrfurcht schwang in ihrer Stimme mit. Eigentlich hegte sie ja eine gewisse Verachtung für die Patienten dieser Klinik, die ihrer Meinung nach allesamt ein schmutziges Innenleben hatten und nur hierher kamen, um sich vom schlechten Gewissen heilen zu lassen. Aber Parkins Harrodson war immerhin mehrfacher Millionär, was in den Augen der unbedarften Schwester manches entschuldigte.

»Nervenkrise?« fragte Dr. Carmody knapp.

»Das nicht gerade. Er jammert, will nicht sagen, was er hat, und weigert sich, ein Schlafmittel zu nehmen.«

»Gut. Lassen Sie uns bitte allein! Ich werde mich persönlich darum kümmern.«

Zwei Minuten später klopfte Carmody an die Tür mit der Nummer 114 und betrat mit einem verbindlichen Lächeln das Zimmer.

Parkins Harrodson verfügte über allen Luxus, den sein Herz begehrte. Das war sein Leben lang so gewesen. Die Langeweile, die sich daraus ergab, bekämpfte er mit der Zeit durch immer abseitigere Dinge, von perversen Orgien über Schwarze Magie bis zu zweifelhaften Heilslehren. Aus einer obskuren Sekte war er ausgestiegen, als ihm gerade noch rechtzeitig klar wurde, daß der sogenannte »Meister« es nur auf seine Dollars abgesehen hatte. Sein Vermögen hielt Parkins Harrodson lieber zusammen.

Die Gefühle von Einsamkeit, Ausgestoßensein und Leere, die ihn nach der Trennung von der Sekte quälten, trug er in eine teure Privatklinik, deren Methoden ihm zusagten. Er ahnte nicht, daß er zielsicher vom Regen in die Traufe gestolpert war.

Jetzt lag er blaß und elend auf dem Bett, bewegte unruhig die Hände über die Decke und lächelte mühsam, als er Clive Carmody in seinem weißen Kittel erkannte.

»Hallo, Doc! Gut, daß Sie da sind. Mir geht es schlecht – sogar sehr schlecht, Doc.«

»Tatsächlich? Nun, gewisse Rückschläge sind unvermeidbar. Das ist ganz normal. Wollen Sie mir erzählen, was Sie quält, Mr. Harrodson?«

Der Millionär nickte eifrig. »Ich – also ich bin so unruhig – regelrecht kribblig. Dabei fühle ich mich so erschöpft, daß ich kaum einen Finger rühren kann und …«

»Das ist eine körperliche Reaktion auf die Anstrengungen der Therapie«, sagte der Psychiater freundlich.

»Therapie«, murmelte Harrodson. »Ja, sicher, die Therapie ...« Er stockte und fuhr sich mit dem Handrücken über die Stirn. »Ich – ich habe dauernd Schwierigkeiten, mich zu erinnern«, klagte er. »Manchmal verschwimmt alles, verstehen Sie?«

»Natürlich verstehe ich das. Psychische Erschöpfung. Um sich davon zu erholen, sind Sie ja schließlich hier, Mr. Harrodson.«

»Aber es wird schlimmer, statt besser! Immer schlimmer! Und dann ...«, beschwörend starrte der Millionär Dr. Carmody an, »... dann ist da noch etwas.«

»Ja?«

Harrodson senkte die Stimme. »Ich – ich höre Stimmen«, gestand er stockend.

»Natürlich, Mr. Harrodson. In einem Krankenhaus ist es nie so still, daß ...«

»Nein, nein, so meine ich es nicht«, flüsterte der Millionär. »Die Stimmen kommen nicht einfach von irgendwoher. Sie sind in mir, hier drin!« Erregt klopfte er mit dem Fingerknöchel gegen seine Schläfe. »Sie sind in meinem Kopf, verstehen Sie? Ich höre sie in meinem Kopf, immerzu!«

»Nein, Mr. Harrodson.«

»Doch! Doch! Ich höre sie. Ich schwöre Ihnen, daß ich sie höre.«

»Jetzt?« fragte der Psychiater.

»Nein, jetzt nicht. Aber vorhin, da ...«

»Nein, Mr. Harrodson«, wiederholte Dr. Carmody mit beruhigendem Lächeln. »Sie hören gewiß keine Stimmen in Ihrem Kopf. Sie hatten einen Alptraum. Einen Alptraum, der sich in Ihrer Phantasie mit der Wirklichkeit vermischt hat, weil Sie nervlich immer noch ein wenig labil sind.«

»Glauben Sie?« fragte der Patient hoffnungsvoll.

»Das glaube ich nicht nur, das weiß ich.«

»Dann – denken Sie nicht, daß ich vielleicht wahnsinnig bin? Daß ich – nun ja, Halluzinationen habe?«

»Gewiß nicht. Solche Halluzinationen gibt es nicht. Verstehen Sie, Mr. Harrodson? Sie sind nicht wahnsinnig, und Sie werden auch nicht wahnsinnig. Das müssen Sie sich immer vor Augen halten. Dann werden Sie ganz bestimmt nicht noch einmal Stimmen hören.«

Parkins Harrodson war halbwegs beruhigt.

Und ahnte nicht, daß der verbrecherische Arzt nichts weiter getan hatte, als ihm mit den letzten halbwegs einleuchtenden Erklärungen auch jede Möglichkeit zu entziehen, sich gegen den teuflischen Einfluß zur Wehr zu setzen.

Hinter der Theke des Mun River begann der Keeper mit den blauschwarzen Locken damit, die Einnahmen der vergangenen Nacht zusammenzuzählen.

Die Rausschmeißer und die Kellner waren ebenfalls noch da. Die Kellner, um aufzuräumen. Die Rausschmeißer, weil es zu ihren Aufgaben zählte, den Transport der Geldbombe zum nächsten Nachttresor abzusichern. Einer von ihnen wollte den Haupteingang abschließen. Er kam nicht dazu, weil ihm die Tür beinahe an den Kopf flog.

Im nächsten Moment bohrte sich eine Revolvermündung in seinen dicken Bauch.

»FBI«, sagte die leise Stimme. »Wenn du schlau bist, bleibst du ganz friedlich, Junge.«

Der Rausschmeißer war in der Tat schlau genug, um keinen Laut von sich zu geben.

Um dieselbe Zeit quietschte leise die Hintertür des

Lokals. Doch das hörte niemand. Einer der Kellner leerte Aschenbecher. Sein Kollege wischte die Tische ab. Die beiden restlichen Rausschmeißer lümmelten an der Bar und genehmigten sich jeder einen letzten Whisky, weil Aufräumungsarbeiten nicht in ihr Ressort fielen.

Der Keeper öffnete den Mund, um einen zufriedenen Kommentar über die Summe abzugeben, die durch seine flinken Finger in die Geldbombe gewandert war.

Genau in diesem Augenblick flog die Tür mit der Aufschrift *Toiletten* bis gegen die Wand.

Gleichzeitig wurde der schallschluckende Filzvorhang beiseite gefegt, der den Durchgang zum Foyer abschirmte. Ein halbes Dutzend Männer stürmte in den Raum und verteilte sich auf strategische Positionen.

»FBI!« peitschte eine Stimme. »Keine Aufregung, Gentlemen! Seid vernünftig und haltet die Hände ruhig!«

Der Keeper war nicht vernünftig.

Er hielt auch nicht die Hände ruhig. Lange Jahre im Dienste einer Gangsterorganisation hatten ihn darauf gedrillt, unter allen Umständen die Dollars seines Bosses zu verteidigen. Nicht, weil er diesem Boß sonderlich treu ergeben war, sondern weil er wußte, daß es tödlich für ihn sein konnte, Jonas Kittikachris Geld zu verlieren. Die drei Buchstaben FBI hatte der Keeper kaum bewußt wahrgenommen.

Im Reflex zuckten seine Fäuste unter die Theke. Blitzschnell riß er die altertümliche Schrotflinte mit dem abgesägten Lauf hoch. Die beiden Rausschmeißer rutschten geistesgegenwärtig von den Barhockern und warfen sich zu Boden.

Die Kellner, ebenfalls an Kummer gewöhnt, kippten wie einstudiert jeder einen Tisch um und nahmen hinter den soliden Marmorplatten Deckung.

Der G-man Steve Dillaggio blickte in die Mündung der Schrotflinte, die ihn wie ein böses Auge anstarrte.

Er wußte, daß er schießen mußte. Eine Ladung gehacktes Blei würde auf diese Entfernung verheerend wirken.

»Vorsicht!« schrie Steve, ließ sich in die Hocke fallen und feuerte.

Er traf den Keeper in die Schulter. Aber er konnte nicht verhindern, daß der Kerl noch im Zurücktaumeln den Abzug durchriß.

Krachend entlud sich die Schrotflinte, und das gehackte Blei prasselte wie ein Hagelschauer in die Decke.

»Jetzt!« zischte die Stimme unseres Kollegen im Walkietalkie. Es hätte des Einsatzbefehls gar nicht mehr bedurft. Selbst hier draußen auf der Rückseite des Gebäudes hatten Phil und ich das Krachen der Schrotflinte gehört. Klar, daß es Jonas Kittikachri und seinen Komplicen nicht entgangen sein konnte.

Mit dem rechten Bein stieß ich mich kräftig von der Hauswand ab.

Daß Phil auf seiner Seite das gleiche tat, sah ich nur aus den Augenwinkeln. Das Seil straffte sich unter meinen Fingern. Ich hatte mich schräg abgestoßen, im spitzen Winkel. Jetzt flog ich mit den Füßen voraus genau auf das helle Fenster zu.

Klirrend zerbarst die Scheibe.

Im nächsten Sekundenbruchteil rammten meine Schuhsohlen das Bambusrollo. Einen Herzschlag lang verkrampfte ich mich innerlich. Wenn sich Shiny, der Gedächtniskünstler, in diesem einen Punkt geirrt hatte, würde ich es jetzt erfahren.

Er hatte sich nicht geirrt.

Ganz kurz spürte ich Widerstand. Dann gab es ein scharfes, trockenes Knacken. Das Rollo brach irgendwo im oberen Drittel und flog davon. Mein Jackett verfing sich in Glaszacken und riß sie mit.

Das Gesicht hatte ich notdürftig hinter den angewinkelten Armen verborgen. Hart ratschte meine Schulter am Fensterrahmen entlang. Im selben Augenblick ließ ich das Seil los.

Inmitten eines Scherbenregens sprang ich ins Zimmer. Dabei kniff ich fest die Lider zusammen und legte den Unterarm über die Augen. Denn ich wußte, daß neben mir nicht nur Phil landen würde, sondern auch noch etwas anderes.

Da! Jetzt mischte sich der platschende Aufschlag in das Klirren von Glas.

Ein scharfer Knall ließ meine Trommelfelle vibrieren. Krach ist bekanntlich nicht die schlechteste Methode, einen Gegner zu verwirren. Aber in diesem Fall war das nur ein Nebeneffekt.

Trotz der zusammengekniffenen Lider und des Arms vor den Augen nahm ich zumindest schwach den Widerschein der Blendgranate wahr. Ich zählte Sekunden. Dann ließ ich den Arm fallen, öffnete die Augen – und stellte wieder einmal fest, daß der unerträglich grelle Blitz dieser Blendgranaten tatsächlich jeden, den er unvorbereitet trifft, für eine Weile völlig außer Gefecht setzt.

Jonas Kittikachri, sein zweiter Mann und der Angloamerikaner waren von den Sesseln aufgesprungen. Hilflos taumelten sie herum, mit abwehrend erhobenen Händen, blind im wahrsten Sinne des Wortes. Außer den Scherben der Fensterscheiben lagen auch noch ein Tablett und zerbrochene Gläser auf dem Teppich.

Ein blutjunges Girl in einem gemusterten Sari kauerte am Boden, drückte das Gesicht auf die Knie und stieß helle, wimmernde Laute aus.

Um das Mädchen ging es.

Mit drei Schritten stand ich bei ihr, zog sie hoch und riß mit der freien Hand die Tür auf. Durch das nachzitternde Dröhnen in meinen Ohren hörte ich Schritte, die die Treppe heraufpolterten.

»FBI!« brüllte Steve Dillaggio, damit keine Mißverständnisse aufkamen.

Ich stieß das Mädchen in den Flur hinaus und knallte die Tür zu.

Das alles hatte kaum eine Sekunde gedauert. Nicht lange genug für die Gangster, um die Wirkung des Schocks zu überwinden.

Auf dem Absatz fuhr ich herum und sah gerade noch, wie mein Freund Kittikachris thailändischen zweiten Mann mit einem wohlgezielten Karatehieb ins Land der Träume schickte.

Ich nahm mir den Angloamerikaner vor, weil er passenderweise genau auf mich zu taumelte.

Die Arme hielt er immer noch in Augenhöhe. Sein Kinn war ungedeckt. Im letzten Moment schien er meine Anwesenheit zu spüren. Aufschreiend taumelte er zurück. Doch da war es bereits zu spät.

Der Uppercut, den ich hochzog, explodierte genau auf dem Punkt.

Der Gangster torkelte zwei Schritte rückwärts und brach zusammen. Ich sprang über ihn hinweg. Denn inzwischen hatte sich Jonas Kittikachri zum Handeln aufgerafft. Sofern man bei einer völlig irrwitzigen Panikreaktion von Handeln sprechen will.

Sehen konnte er immer noch nicht.

Trotzdem griff er unter die Jacke und riß die Pistole aus dem Holster. Er vermutete den Gegner in der Richtung, aus der er den Schrei des Angloamerikaners gehört hatte. Dort stand ich längst nicht mehr. Aber verdammt, wenn Kittikachri schoß, würde er die Tür treffen! Und durch das dünne Holz vielleicht das Girl oder einen unserer Kollegen ...

Phil und ich sprangen fast gleichzeitig.

Einem unbeteiligten Zuschauer wäre die Szene vielleicht grotesk vorgekommen. Wir konnten nichts Lustiges daran finden. Ich sprang flach und erwischte Kittikachris Beine in Kniehöhe. Phil rammte ihm von hinten den Schädel ins Kreuz.

Der Gangster schrie auf und stürzte nach vorn. Klar, daß er dabei über mir landete. Er war ein Leichtgewicht. Aber Phil konnte nicht verhindern, daß er ebenfalls auf uns fiel! Das reichte, um mir die Luft aus den Lungen zu treiben und meine Rippen knacken zu lassen.

Blindlings wollte ich nach der Pistole greifen, mit der Kittikachri durch die Luft fuchtelte.

Gleichzeitig setzte Phil dem Gangster einen präzisen Karateschlag gegen die Schußhand. Von oben, logischerweise!

Die Pistole knallte mir so hart auf die Finger, daß ich die Engel im Himmel singen hörte.

Genau in diesem Augenblick rannten unsere Kollegen von draußen die Tür ein.

»FBI!« schrie Steve Dillaggio zum wiederholten Male. »Waffen weg, Hände hoch und keine überflüssige Bewe ...«

Er verstummte mitten im Wort, weil ihm auffiel, daß da niemand mehr war, der die Waffe wegwerfen und die Hände heben konnte.

Phil sprang auf und zog den dürren Gangsterboß am Kragen mit. Ich rappelte mich etwas mühsamer hoch. Dabei unterdrückte ich den Impuls, meine schmerzenden Fingerknöchel zu reiben, und schoß Steve Dillaggio einen bösen Blick zu, den er sicher nicht verdiente.

Aber ich fand, nach allem hätte er sich getrost noch ein paar Sekunden länger Zeit lassen und mir das Vergnügen gönnen können, Jonas Kittikachri die stählernen Armbänder eigenhändig zu verpassen.

Fünf Minuten später lehnten die Gangster bleich und fassungslos an der Wand und hörten zu, wie ihnen Steve ihre Rechte vorlas.

Unten in der Bar hatte es eine Schießerei gegeben, bei der einer der Kellner und der Keeper verletzt worden waren. Mordversuch und Widerstand gegen die Staatsgewalt – das reichte, um zunächst einmal die ganze Bande festzunehmen. Für Kittikachri, seinen zweiten Mann und den Angloamerikaner sah die Zukunft ohnehin rabenschwarz aus. Phils Anblick hatte ihnen den ersten Schock versetzt. Das Auftauchen des gleichmütig lächelnden Lee Singal gab ihnen den Rest. Wir konnten deutlich sehen, wie in Kittikachris Schlitzaugen die Erkenntnis aufdämmerte, daß er nicht die leiseste Chance hatte, sich aus dieser Schlinge wieder herauszuwinden.

Er murmelte etwas auf Thai. Ich verstand es nicht.

Lee Singal dagegen, der die Sprache konnte, nickte gelassen.

»Stimmt, Mr. Kittikachri«, sagte er. »Das ist zwar ein häßlicher, aber sehr treffender Ausdruck für Ihre Lage. Sie werden ins Zuchthaus gehen. Lange, Mr. Kittikachri. Viele, viele Jahre.«

Der Gangsterboß verstand auch den unausgesprochenen Teil. »Und wenn ich auspacke?« krächzte er.

»Wir können nichts versprechen. Aber Sie kennen sich ja aus, nicht wahr?«

Der Gangster nickte, sank auf die nächstbeste Sessellehne und ließ den Kopf hängen.

Wir wußten, daß wir gewonnen hatten. Kittikachri würde reden. Er würde gründlich auspacken, der Rauschgiftbehörde die Handhabe zur Aushebung einer internationalen Organisation liefern – und uns vielleicht den Ansatzpunkt, den wir für unsere Ermittlungen gegen Praja Ramjad brauchten.

Eine halbe Stunde später waren die Gangster bereits unterwegs zum Federal Building. Da schlug unsere optimistische Stimmung jäh ins Gegenteil um.

Steve Dillaggio nahm den Anruf entgegen. Einen Anruf unseres Chefs John D. High. Was er uns mitzuteilen hatte, wirkte wie eine eiskalte Dusche.

Auf einem Müllplatz drüben auf Long Island war die Leiche von Mai Pibul gefunden worden.

Das Testament wurde im Büro des vornehmsten Rechtsanwalts und Notars der kleinen Stadt in New Jersey eröffnet.

Gilbert B. Gilbert, Konzernchef, Millionär und eigensinniger Familienpatriarch, war vor wenigen Tagen an einem Herzanfall verschieden. Es wäre übertrieben gewesen zu behaupten, daß die Familie trauerte. Dafür hatte der ›Alte‹, wie sie ihn nannten, sie allesamt zu lange tyrannisiert. Außerdem war er in den letzten Jahren immer wunderlicher geworden mit seinem Guru-Tick, seinen Yoga-Übungen und zuletzt der Behauptung, von irgendwelchen jenseitigen Mächten auserwählt zu sein.

Demnächst hätte er entmündigt werden müssen, überlegte sein Neffe, Gilbert B. Gilbert der Fünfte, der sich im Geiste schon auf dem Chefsessel sitzen sah.

Nun ja, das war der Familie glücklicherweise erspart geblieben. Es hätte einen schlechten Eindruck gemacht. Oder doch nicht? Ein gewisses Verständnis wäre der Familie jedenfalls sicher gewesen. Schließlich hatte der alte Tyrann nicht nur seine Schwestern, Schwäger, Neffen und Nichten, sondern auch die führenden Bürger der Stadt zur geistigen Erneuerung, moralischen Aufrüstung und dergleichen zu bekehren versucht.

Gilbert der Jüngere erinnerte sich voll Bitterkeit an die Vorträge, denen er hatte zuhören müssen, wenn er nicht riskieren wollte, vierkant gefeuert und obendrein enterbt zu werden.

Er unterdrückte einen Seufzer. Was ihm nicht sonderlich schwerfiel – jetzt, wo sich der alte Tyrann zu seinen Ahnen versammelt hatte. Die nächste Regung, die Gilbert der Jüngere unterdrücken mußte, war ein schadenfrohes Grinsen. Das hätte sich in dieser Versammlung schwarzgekleideter Hinterbliebener mit betont kummervollen Gesichtern denn doch nicht geschickt.

Im nächsten Moment zuckte Gilbert V. erschrocken zusammen, weil ein spitzer Schrei in seine Gedanken schnitt.

Tante Mabel hatte ihn ausgestoßen. Tante Marthe war von ihrem Stuhl aufgesprungen. Auch die anderen sahen aus, als wäre in ihrer Mitte eine Granate explodiert. Oder als wäre der alte Gilbert B. Gilbert gerade quicklebendig hereinspaziert, um ihnen mitzuteilen, daß alles nur ein Scherz gewesen sei.

Gilbert dem Jüngeren wurde bewußt, daß er in den letzten Sekunden nicht auf die Worte des Notars geachtet hatte.

Alarmiert setzte er sich aufrechter. Dabei bemühte er sich, die allgemeine Empörung nachzuahmen, damit niemand merkte, daß er überhaupt nicht wußte, was los war.

»Nein!« keuchte Tante Mabel. »Das ist zuviel! Das ist einfach zuviel!«

»Wohin ist es nur mit der Welt gekommen?« murmelte Tante Jezibel. Das pflegte sie allerdings auch zu murmeln, wenn der Fernseher streikte oder ein Platzregen ihre Geranien ruinierte.

»Könnten Sie das noch mal wiederholen, zum Henker?« dröhnte Schwager Murdochs rauher Baß dazwischen.

Wenigstens ein vernünftiger Mensch, dachte Gilbert der Jüngere.

Und hatte im nächsten Moment das Gefühl, einen Tritt in den Magen zu erhalten.

»Tja«, sagte der weißhaarige Notar mit bedauerndem Kopfschütteln. »Es tut mir leid, aber ich kann es nicht ändern. Der Verblichene hat, von den jeweiligen Pflichtteilen abgesehen, sein gesamtes Vermögen der New Yorker Nervenklinik vermacht, in der er sich letztes Jahr einer Kur unterzog.«

Damit lehnte er sich schicksalergeben auf seinem Stuhl zurück. Denn er wußte, daß sich die ernste, gesittete Hinterbliebenenversammlung im nächsten Augenblick in einen Hexenkessel verwandeln würde.

Auch der strahlende Sonnenschein nahm dem Müllplatz nichts von seiner Trostlosigkeit.

Die Mordkommission wurde von einem Mann geleitet, den wir nicht kannten. Er informierte uns kurz. Mein

Blick wanderte immer wieder zu der schmalen, reglosen Gestalt hinüber, den starren Augen, den blauen Würgemalen am Hals. Mai Pibul …

Gestern war sie mit dem Flugzeug in New York eingetroffen, voll Hoffnung auf eine bessere Zukunft wahrscheinlich. Ihre Freundin Jarlit Wong hatte versucht, ihr zu helfen, und sich in ihrer Verzweiflung an mich gewandt, den G-man, der ihr rein zufällig über den Weg gelaufen war. Doch da war es schon zu spät gewesen.

»Irgendwelche Spuren?« fragte Phil mit rauher Stimme.

Der Lieutenant zuckte mit den Schultern. »Nichts, was auf die Täter hinwiese. Aber da ist eine Sache, die mir verdammt merkwürdig vorkommt.«

»Und die wäre?«

»Schauen Sie sich das an! Her und hier und hier!«

Er war in die Hocke gegangen und zeigte auf verschiedene Stellen an Arm und Handrücken der Toten. »Das sind Gipsspuren, Gentlemen. Und ein paar Brocken davon haben wir in der Nähe verstreut gefunden. Der Doc meint, die Kleine habe einen Gipsverband getragen.«

»Möglich, oder?« sagte ich leicht begriffsstutzig.

»Sicher. Und es ist auch möglich, daß der Gips kaputtging, als die Leiche auf den Müll geworfen wurde. Nur hat das Mädchen nicht einmal den kleinen Finger verstaucht oder gebrochen. Ihr Arm ist völlig in Ordnung.«

Ich kniff die Augen zusammen. Phil stieß einen dünnen Pfiff aus und starrte mich an.

»Das Heroin, Jerry«, sagte er leise. »Wir wissen von Kittikachri, daß Pridi Pibul mit Hilfe seiner Schwester einen Heroindeal auf eigene Faust durchziehen wollte. Das Zeug war in dem Gipsverband versteckt, ganz einfach.«

Ich nickte langsam. »Verdammt, ja, so könnte es gewesen sein. Pridi Pibul mußte sich absetzen, weil ihm die eigenen Leute auf die Schliche gekommen waren. Er versuchte, Kittikachri mit dem Heroin zu ködern. Der sprang nicht darauf an und ...«

»Und Praja Ramjad schickte Pibul eine Killerin und brachte seine Schwester zum Schweigen«, vollendete Phil. »Nicht ohne nebenbei das Heroin einzustecken, versteht sich.«

Zwei Stunden später wußten wir, daß wir mit unserer Vermutung genau richtig lagen.

Die eingesammelten Gipsbrocken waren im Labor untersucht worden. Die meisten wiesen Spuren von Heroin auf. Offenbar hatten die Gangster, als sie den Gipsverband vom Arm der toten Mai Pibul lösten, dabei auch den Beutel mit dem Stoff beschädigt.

Vom Labor aus gingen wir direkt zu Mr. High, um einen kurzen Zwischenbericht zu geben.

Jonas Kittikachri und seine unverletzten Komplicen saßen in Vernehmungszimmern. Die Rauschgiftbehörde jubelte, wie der Chef mit einem leisen Lächeln berichtete.

Ich hörte zu und unterdrückte meine Ungeduld. Mr. High bemerkte sie trotzdem.

»Sie haben ausgezeichnete Arbeit geleistet«, stellte er fest. »Aber Kittikachris Rauschgiftring ist ja eigentlich nicht der Fall, an dem Sie arbeiten. Sehen Sie eine Möglichkeit, Mai Pibuls Mörder zu finden, Jerry?«

»Suchen brauchen wir ihn nicht mehr«, sagte ich überzeugt. »Der Auftraggeber heißt auf jeden Fall Praja Ramjad.«

»Und wie wollen Sie ihn überführen?«

»Jarlit Wong! Sie wußte, daß ihrer Freundin Gefahr drohte. Da sie mit Sicherheit nicht in die Heroingeschichte eingeweiht war, konnte sie das nur wissen, wenn sie gesehen hat, von wem Mai Pibul verschleppt worden ist.«

»Abgeholt«, verbesserte Mr. High. »Ich glaube kaum, daß es die Täter riskiert haben, vor aller Augen ein Mädchen gewaltsam zu verschleppen.«

»Richtig, Sir. Aber wir können die Männer festnageln, die Mai mitgenommen haben. Es ist immerhin eine Spur. Und sie fängt bei Jarlit Wong an.«

Mr. High nickte. »Seien Sie vorsichtig, bitte! Falls Jarlit Wong wirklich gefährlich für die Gangster ist, dürfte es schwierig sein, sie aus dem Kurzentrum herauszuholen.«

Da konnte er recht haben.

Aber wir hatten einfach nicht genug in der Hand, um Praja Ramjad mit einem großen Aufgebot auf die Bude zu rücken. Wir mußten uns darauf verlassen, daß sich der Mädchenhändlerboß hüten würde, in seiner eigenen Burg zwei G-men verschwinden zu lassen und damit dem FBI einen Grund zu liefern, das Unterste zuoberst zu kehren.

Zehn Minuten später waren wir unterwegs.

Der Weg zu dem sogenannten Kurzentrum zog sich in die Länge. Statt des Jaguar hatten wir einen neutralen Dienstwagen genommen. Erstens, weil wir mit Jarlit als Passagier zurückfahren wollten, damit sie sich bei ihrer Aussage nicht von Ramjad oder der unheimlichen Madame Wu beobachtet fühlte. Zweitens, weil man nie vorsichtig genug sein kann. Die Gangster kannten meinen Jaguar.

Sie mochten durchaus auf die Idee verfallen, daß es eine elegante Lösung ihrer Probleme wäre, wenn wir irgendwo weitab vom Schuß mit dem Auto in die Luft flögen.

Wir nutzten die Zeit, um noch einmal alles durchzusprechen, was wir wußten oder vermuteten. Aber es kam nicht viel dabei heraus. Denn was wirklich an mir nagte, was ich in Gedanken hin und her wendete und was mir keine Ruhe ließ, quittierte mein Freund jedesmal mit einem vielsagenden Hochziehen der Augenbrauen.

Das war nämlich immer noch der Verdacht, daß hinter den unheimlichen Stimmen, die Suri Thipodi hörte und die angeblich auch Mai Pibul gehört hatte, etwas anderes steckte, als der FBI-Psychologe glaubte.

In dem Pförtnerhäuschen neben dem rotweißen Schlagbaum saß heute ein schläfriger Mulatte.

Der Blick, den er auf meinen Ausweis warf, geriet viel zu flüchtig, als daß er mehr als ein Stück Papier hätte erkennen können. Mir sollte es recht sein. Wir fuhren bis zu dem großen Parkplatz vor dem Verwaltungsgebäude, ließen den Wagen stehen und betraten die kühle, elegante Halle.

Die Prozedur – ein Thai-Girl, der arrogante blonde Schönling, dann der Telefonanruf – war fast die gleiche wie bei meinem ersten Besuch. Nur empfing uns Praja Ramjad diesmal allein in seinem Büro.

Lässig lehnte er hinter seinem Luxusschreibtisch, musterte uns unter halb gesenkten Lidern und lächelte. Ein Lächeln, das meiner Meinung nach unangenehm an einen satten Puma erinnerte.

Bei der Eröffnung, daß wir Jarlit Wong sprechen wollten, zog der Gangsterboß die dichten schwarzen Brauen zusammen.

»Wong?« wiederholte er gedehnt. »Jarlit Wong? Etwa wieder so ein Fall wie diese – wie hieß sie noch? Suri Thipodi?« Und als wir schwiegen: »Du lieber Himmel! Wollen Sie in Zukunft jedesmal, wenn irgend etwas mit einem thailändischen Mädchen passiert, hierher zu mir gerannt kommen?«

»Wir wissen, daß sich Jarlit Wong hier aufhält, Mr. Ramjad.«

Das mußte ihm neu sein. Ich hatte jedenfalls keinen Grund, etwas anderes anzunehmen, weil ich von dem heimlichen Beobachter bei meiner Begegnung mit Jarlit nichts wußte. Und Ramjad spielte sehr geschickt den Ahnungslosen.

»Okay, okay, wenn Sie es sagen, wird es schon stimmen, G-man. Warten Sie einen Moment! Ich werde mich erkundigen.«

Auch diesmal griff er zum Telefon und rief den Burschen mit dem Namen Joe an. Der konnte offenbar sofort Auskunft geben. Der Gangsterboß hörte zu, nickte ein paarmal und legte wieder auf.

»Tatsächlich«, sagte er anscheinend erstaunt. »Eine gewisse Jarlit Wong ist in der Klinik angestellt. Sie hatte eine kleine Kreislaufkrise, deshalb wird sie noch behandelt. Der lange Flug, die Zeitverschiebung, der Klimawechsel – Sie verstehen schon.«

Ich spürte ein Kribbeln im Nacken wie von spitzen Eisnadeln.

»Können wir sie sprechen?« fragte ich.

Ramjad lächelte. Viel zu selbstsicher für meine Begriffe.

»Natürlich können Sie die Kleine sprechen«, sagte er. Dabei schob er seinen Schreibtischsessel zurück. »Kommen Sie mit! Ich werde Sie hinbringen. Allerdings ist das arme Kind ein bißchen mit den Nerven herunter. Diese Mädchen reagieren manchmal recht verwirrt auf die neue Umgebung. So eine Art Kulturschock, denke ich. Aber das kann Ihnen Dr. Carmody besser erklären, falls Sie Wert darauf legen.«

Ich preßte die Lippen zusammen. Wut kochte in mir. Der Zynismus dieses Kerls war wirklich nicht mehr zu überbieten. Ich starrte seinen Rücken an, während er voranging. Ich schwor mir, daß er nicht davonkommen, daß er für den Rest seines Lebens in einer Zelle sitzen und die Wände anstarren würde.

Nur einmal auf dem Weg durch die langen weißen Flure hielt Ramjad kurz inne und klopfte an eine Tür, um Dr. Carmody zu benachrichtigen.

Aber der Psychiater war beschäftigt. Er telefonierte offenbar. Bevor die Tür wieder zufiel, fing ich ein paar Satzfetzen auf.

»... habe ich nicht zu verantworten, Sir. Wenn es der Wunsch des Verstorbenen war, der Klinik sein Vermögen zu vermachen, sollte man das respektieren, denke ich. Aber müssen wir darüber am Telefon ...?«

Ich runzelte die Stirn.

Täuschte ich mich, oder hatte es Praja Ramjad plötzlich eiliger als vorher? Warum? Weil wir nicht erfahren sollten, daß da irgendein Sonderling die Klinik in seinem Testament bedacht hatte?

Es gibt Leute, die ihre Millionen einem Schoßhund vererben. Oder dem Verein zur Erforschung des Liebeslebens der Kartoffelkäfer. Oder einem Guru.

Und Clive Carmody, fiel mir ein, sollte ja angeblich die Methoden irgendeines zweifelhaften Guru praktizieren.

Ich zwang mich, den Gedanken vorerst abzuschalten.

Aber ich schob ihn durchaus nicht beiseite. Denn ich hatte plötzlich das Gefühl, daß wir in diesem Zusammenhang auf ein paar höchst interessante Dinge stoßen würden, wenn wir erst einmal gründlich nachbohrten.

Die Stille war wie eine Erlösung.

Jarlit saß reglos und apathisch auf dem Bett. Sie rauchte eine Zigarette, ohne darüber nachzudenken, daß das in einem Krankenzimmer verboten war.

Sie wollte überhaupt nicht mehr denken. Nur noch die Stille zählte. Diese tiefe, sanfte, wunderbare Stille, in die sie sich endlich hatte fallenlassen dürfen, nachdem sie getan hatte, was die Stimmen wollten.

Und wenn sie zurückkehrten?

Sie wieder quälten, bis sie nicht mehr aus noch ein wußte?

Schon die bloße Vorstellung genügte, um zitternde Unruhe zu wecken. Hastig drückte Jarlit die Zigarette aus.

Was sollte sie tun? Irgend etwas Schreckliches war mit ihr geschehen. Sie mußte es begreifen, oder sie war verloren.

Aber sie konnte sich nicht erinnern. So sehr sie sich auch bemühte – sie konnte und konnte es nicht.

Gequält fuhr sie sich mit der Hand über die Stirn. Schon wollte sie sich wieder der dumpfen Gleichgültigkeit überlassen, da zuckte sie plötzlich zusammen.

Der Schlüssel drehte sich im Schloß.

Leise, behutsam – doch sie nahm das Geräusch trotzdem wahr. Ihr Magen verkrampfte sich. Erst nach Sekunden, als sie sicher war, daß niemand hereinkam, atmete sie erleichtert auf.

Sie konnte nicht ahnen, daß dem Gangster mit dem Namen Joe gerade noch rechtzeitig eingefallen war, wie verdächtig eine eingesperrte Patientin auf die beiden G-men wirken würde.

Jarlit begriff nur, daß jemand aufgeschlossen hatte. Sie starrte die Tür an. Dunkel entsann sie sich, daß sie irgendwann verzweifelt am Drehknauf dieser Tür gerüttelt hatte, um aus dem Zimmer zu fliehen.

Von einer Sekunde zur anderen erwachte ein blinder Fluchtimpuls in ihr, den sie sich selbst nicht erklären konnte.

Sie sprang auf und bückte sich mechanisch nach ihrer Handtasche. Mit drei Schritten huschte sie zur Tür. Diesmal gab das Schloß nach, als sie den Drehknauf bewegte. Leise glitt Jarlit hinaus und sah sich um.

Ein langer, leerer Flur.

Sie wußte nicht, wohin er führte. Sie erinnerte sich ja nicht einmal daran, daß sie bewußtlos gewesen war, als man sie hierher gebracht hatte. Einen Augenblick zögerte sie und grub heftig die Zähne in die Unterlippe. Dann sagte sie sich, daß es schließlich nicht so schwer sein konnte, den Ausgang zu finden.

Aufs Geratewohl wandte sie sich nach rechts.

Mußte sie aufpassen? Sich verstecken, wenn jemand kam? Unsinn, dachte sie. Nicht jeder hier konnte ein Feind sein. Sie befand sich in einer großen Klinik, die ...

Wirklich?

Jarlit runzelte die Stirn. Merkwürdig: Sie wußte, daß es eine Klinik war, aber sie erinnerte sich nicht, woher sie das wußte. Das Zimmer sah nicht aus wie die Zimmer in den Krankenhäusern, die sie aus ihrer Heimat kannte.

Zweifelnd blickte sie an sich hinab. Sie trug Rock und Bluse, war jedoch barfuß. Im ersten Moment stutzte sie. Dann fiel es ihr ein: Sie hatte sich angezogen, um das gräßliche weiße Nachthemd loszuwerden, und die Schuhe vergessen, weil sie ohnehin ständig auf dem Bett saß.

Ein zittriges Lächeln flog über ihr Gesicht.

Wenigstens an ein paar Dinge erinnerte sie sich. Also

konnte sie nicht völlig das Gedächtnis verloren haben. Und die Stimmen – ja, an die Stimmen erinnerte sie sich ganz deutlich. Aber vielleicht waren sie nur ein Alptraum gewesen.

Mit einem tiefen Atemzug eilte sie weiter.

Zweimal bog sie auf gut Glück in einen Quergang ein. Niemand begegnete ihr.

Sie wußte nicht, daß sich das Zimmer, in dem sie gelegen hatte, in einem Trakt befand, wo Dr. Carmody nur ganz bestimmte Patienten unterbrachte.

Sie war froh, daß sie unbehelligt blieb. Und als sie nach ein paar Minuten schließlich doch Schritte hörte, schlug ihr das Herz von einer Sekunde zur anderen bis zum Halse.

Sie konnte nicht ausweichen.

Schon bogen ein paar Yards vor ihr Gestalten um die Ecke. Praja Ramjad! Ein blonder Mann, den sie nicht kannte! Ein zweiter Fremder, der …

Nein! Kein Fremder!

Er war G-man. Er hieß Jerry Cotton. Sie hatte ihn an der Rezeption gesehen und später heimlich auf ihn gewartet, damit er Mai rettete.

Mai! Jetzt wußte sie es wieder. Irgend etwas Schreckliches war mit Mai geschehen – und würde auch mit ihr, Jarlit, geschehen, wenn sie nicht floh.

Das Bewußtsein der Gefahr überspülte sie wie eine Woge, riß sie mit und ließ sie ohne Zögern auf den G-man zulaufen.

Praja Ramjad blieb wie angenagelt stehen, als er das Mädchen so plötzlich in dem Flur auftauchen sah.

Phil und ich waren kaum weniger überrascht. Vor

allem, als Jarlit Wong uns ein paar Sekunden lang anstarrte – und dann mit einem erstickten Laut auf uns zustürzte.

Auf mich zustürzte, genauer gesagt.

Sie taumelte. Ramjad wich sie aus wie ein gehetztes Wild der Falle. Keuchend stolperte sie gegen mich und klammerte sich an mir fest, als wolle sie nie mehr loslassen.

»Helfen Sie mir!« stieß sie hervor. »Bitte, helfen Sie mir! Bringen Sie mich weg von hier!«

»A – aber ...«, krächzte Praja Ramjad sichtlich fassungslos.

»Ich will weg hier! Nehmen Sie mich mit, Mr. Cotton! Bitte, nehmen Sie mich mit!«

»Selbstverständlich werde ich Sie mitnehmen, wenn Sie das wünschen, Miss Wong«, sagte ich ruhig. »Sie sind schließlich nicht nervenkrank, sondern haben nur eine harmlose Kreislaufschwäche erlitten, wie uns Mr. Ramjad versicherte.«

Ich sah den Gangsterboß dabei an. Seine Augen flackerten. Ich spürte, daß ihn die Wendung der Dinge völlig überrumpelt hatte. Aber er faßte sich schnell wieder. Erstaunlich schnell für meine Begriffe.

»Ich bin kein Arzt«, sagte er mühsam beherrscht. »Sie müssen Dr. Carmody fragen und ...«

»Irrtum«, schaltete sich Phil ein. Er hatte sich auch erst von der Überraschung erholen müssen. Jetzt klang seine Stimme sehr kühl. »Wir müssen Dr. Carmody nicht fragen. Da es Miss Wongs erklärter Wille ist, uns zu begleiten, liegt es nicht in Dr. Carmodys Ermessen, sie daran zu hindern. Es sei denn, er kann einen gerichtlichen Zwangseinweisungsbeschluß vorlegen.«

Das konnte Clive Carmody natürlich nicht, wie sich

wenig später herausstellte. Der Psychiater hatte sich völlig in der Gewalt. Er lächelte Jarlit freundlich an, redete beruhigend auf sie ein, wollte ihren Arm tätscheln – und zuckte mit den Schultern, als das Mädchen vor ihm zurückwich.

»Ihre Verantwortung, Gentlemen«, sagte er gelassen.

Ich sah ihn an. »Wieso? Ich denke, Wong hatte nur eine harmlose Kreislaufkrise.«

»In der Tat! Leider vertrug sie die Medikamente nicht gut und reagierte allergisch, mit Bewußtlosigkeit und beginnendem Schock. Wir konnten die Symptome abfangen. Aber so ein Schock wirkt sich auch nervlich und seelisch aus. Ich fürchte ...« Er lächelte dünn. »Ich fürchte, Sie werden nicht viel Freude an Miss Wong als Zeugin haben – oder was immer Sie sich von ihr versprechen.«

Ich verzichtete auf jede weitere Diskussion.

Wenn Jarlit einen Arzt brauchte, würde sie ihn bekommen. Einen erfahrenen FBI-Arzt, dem sie vertrauen konnte. Und wenn sie nervliche und seelische Probleme hatte, stand Doc Sternberg zur Verfügung.

Zunächst einmal erschien es mir am wichtigsten, mit dem Girl aus diesem Fuchsbau zu verschwinden.

Clive Carmody starrte dem Wagen nach. Praja Ramjad stand neben ihm und ballte die Hände, daß die Knöchel hervortraten. Der blonde Al Boolin, eilig durch Telefon herbeizitiert, betrat gerade das Zimmer.

»Ja, Boß?« fragte er gedehnt.

Ramjad wies auf den Parkplatz hinunter. »Der blaue Pontiac! Er wird zum FBI-Gebäude fahren.«

»Soll ich hinterher?«

»Ja. Aber halte dich außer Sichtweite! Du brauchst

nichts weiter tun, als festzustellen, ob die Bullen das Girl im District Office behalten oder sonstwohin bringen.«

»Und wenn sie das tun, hänge ich mich an?«

»Natürlich. Aber bis dahin hast du Verstärkung und die nötige technische Ausrüstung. Beeil dich jetzt!« Al Boolin schwang schweigend herum und verließ das Zimmer. Praja Ramjad atmete tief durch und fuhr sich mit allen fünf Fingern durch das dichte blauschwarze Haar. Seine dunklen Augen funkelten.

»So«, knirschte er. »Im Grunde hätte es gar nicht besser laufen können. Wir werden den Bullen eine so perfekte Schau liefern, daß sie keine Sekunde an Jarlits völlig freiwilliger Flucht zweifeln werden.«

In einem behielt Praja Ramjad recht: Jarlit Wongs Aussagen brachten uns nicht viel weiter.

Während ich den Wagen nach Manhattan lenkte, versuchte Phil, dem Girl erste Fragen zu stellen. Vor allem die Frage, wovor sie sich gefürchtet habe.

Sie lächelte scheu. »Ich – ich weiß nicht genau. Ich muß – irgendwie zusammengebrochen sein. Eine Nervenkrise oder so ähnlich. Wegen Mai, glaube ich. Weil Mai plötzlich verschwunden war. Deshalb habe ich Mr. Cotton ja auch das Foto zugesteckt.«

»Verschwunden«, hakte Phil nach. »Was heißt das genau?«

Im Rückspiegel sah ich, wie sich Jarlit auf die Lippen biß.

»Vielleicht irre ich mich«, murmelte sie. »Es war auf dem Flughafen. Ein paar Männer holten Mai von unserer Gruppe weg. Sie wollte nicht mitgehen. Sie hatte Angst. Aber sie war eigentlich schon die ganze Zeit über seltsam gewesen. Vielleicht sollten die Männer sie nur zu ihrem Bruder bringen. Sie hat nämlich einen Bruder hier in New York.«

Zu Pridi Pibul hatten die Unbekannten das Girl bestimmt nicht gebracht. Aber mit den Ereignissen auf dem Flugplatz würden wir uns später noch befassen.

»Und was geschah weiter?« fragte Phil behutsam. »In der Klinik, meine ich?«

Jarlit zuckte unglücklich mit den Schultern. »Das weiß ich ja eben nicht genau. Vielleicht stimmt das mit der Kreislaufkrise und dem Nervenschock. Ich kann mich nicht erinnern, wie ich in das Krankenzimmer gekommen bin. Ich wollte einfach nur weg, und als ich dann plötzlich Mr. Cotton sah, fiel mir die Sache mit Mai wieder ein. Aber ich will nicht dorthin zurück«, setzte sie heftig hinzu.

»Das müssen Sie auch nicht. Aber versuchen Sie nachzudenken! Fällt Ihnen nicht noch mehr ein?«

Jarlit schüttelte den Kopf.

Dabei blieb sie, auch später im Office. Sie beschrieb vage die Männer, die Mai mitgenommen hatten, und sie beschrieb den Wagen, ohne die Nummer nennen zu können. Sie wußte auch noch, daß sie mir das Foto zugesteckt hatte.

Aber da wurden die Erinnerungen bereits verschwommen. Und danach klaffte eine Lücke, die das Girl auf irgendeine Art von körperlichem Zusammenbruch schob.

Was sie erzählte, klang im Grunde ziemlich logisch.

Sie machte einen ruhigen, vernünftigen Eindruck.

Wir konnten nicht ahnen, daß sie uns nicht die ganze Wahrheit sagte, weil sie sich verzweifelt davor fürchtete, für wahnsinnig gehalten zu werden.

Der Doc stellte anhand der Blutprobe fest, daß sie Beruhigungsmittel, kreislaufstützende Medikamente und Psychopharmaka erhalten hatte.

Aber nichts davon legte auf Anhieb den Verdacht nahe, sie könnte aus anderen als medizinischen Gründen damit behandelt worden sein. Wenn ihr Erinnerungsvermögen mit Drogen blockiert oder gestört worden war, dann mußten es die Gangster jedenfalls sehr raffiniert angefangen haben.

Jarlit wollte in kein Krankenhaus, weil sie sich – durchaus begreiflich – zur Zeit vor jeder Art Klinik fürchtete.

Sie wollte auch nicht in einer unserer komfortableren Zellen übernachten – schon das Wort ließ ihre Augen erschrocken aufflackern. Die Lösung des Problems kam schließlich von unserer Kollegin June Clark. Sie stellte ihr eigenes Apartment zur Verfügung.

Steve Dillaggio war es, der das Girl dorthin fuhr und bei ihr blieb, um auf sie aufzupassen.

June Clark, die noch einen dringenden Termin hatte, wollte ihn dann später ablösen. Ich glaubte zwar nicht daran, daß unsere Gegner riskieren würden, etwas gegen Jarlit Wong zu unternehmen – aber besser ist besser.

»Und jetzt?« fragte Phil, als wir wieder in unserem Office saßen und Kaffee aus Pappbechern schlürften.

Ich zündete mir eine Zigarette an.

Die ganze Zeit über hatte ich einen bestimmten Gedanken im Hinterkopf behalten. Jetzt holte ich ihn hervor, um Phils Meinung zu hören.

»Warum, glaubst du, vermacht jemand einer Nervenklinik sein gesamtes Vermögen?« fragte ich.

»Du denkst an Carmodys Telefongespräch? Na ja, vielleicht war der Verstorbene ein besonders edler Mensch.«

»Meinst du? Und wie ist es dann zum Beispiel mit all

diesen Typen, die ihr Hab und Gut irgendwelchen Sekten schenken?«

»Das ist etwas anderes. Die werden psychisch bearbeitet, abhängig gemacht, seelisch verbogen ...« Phil stockte abrupt. Er starrte mich an. Seine Augen waren sehr schmal geworden.

»Eben, Phil«, sagte ich leise und griff bereits zum Telefonhörer.

Steve Dillaggio runzelte die Stirn, als es nach einer knappen Stunde an der Tür von June Clarks Apartment klingelte.

Jarlit lehnte mit geschlossenen Augen im Sessel und schien zu schlafen. Steve warf ihr einen prüfenden Blick zu, bevor er aufstand, in die Diele ging und durch den Spion spähte. Das konnte er gefahrlos tun. Junes Tür ist kugelsicher.

Draußen stand ein höchstens vierzehnjähriger Boy mit dem Namen eines Blumengeschäfts auf dem Rand seiner Schirmmütze.

Er lächelte breit. Mit der Rechten hielt er einen Strauß hoch: drei herrliche Orchideenrispen, in eine Klarsichthülle eingeschlagen.

Auf dem Umschlag, den er gleich darauf vor den Spion schob, stand June Clarks Name.

Steve zögerte. Der Boy war harmlos, kein Zweifel. Daß ein Verehrer June Clark Blumen schickte, konnte niemanden wundern, der sie kannte. Aber der G-man war für ein neunzehnjähriges Mädchen verantwortlich und blieb vorsichtig.

»Moment, bitte«, sagte er durch die Sprechanlage, griff zum Telefon und rief den Portier an.

Der bestätigte, daß der Bote des Blumengeschäfts nicht nur allein erschienen sei, sondern überdies einen Korb mit anderen Angebinden in seiner Obhut zurückgelassen habe.

Steve öffnete die Tür, nahm den Strauß entgegen, gab dem Jungen ein Trinkgeld und schloß wieder ab.

Das Cellophan knisterte, als er es abwickelte. Die drei zierlichen Orchideenrispen boten keine Verstecke, weder für Knallerbsen noch für Wanzen oder sonst etwas. Trotzdem nahm sich der G-man Zeit, die Blumen gründlich zu begutachten.

Er fand nichts Verdächtiges. Also ging er in die Küche, ließ etwas Wasser in die Spüle laufen und brachte die Orchideen dort unter, weil er es June überlassen wollte, die passende Vase zu wählen.

Jarlit Wong hatte von dem ganzen Zwischenspiel offenbar nichts mitbekommen.

Sie lehnte immer noch reglos im Sessel, hielt die Augen geschlossen und schien weit fort zu sein.

Der Mann von der Steuerfahndung, zu dem ich mich schließlich durchgefragt hatte, war nicht bereit gewesen, mir telefonisch Auskunft zu geben.

Jetzt saß ich ihm in einem Café in der Midtown gegenüber. Phil kümmerte sich inzwischen um die Ergebnisse der Mordkommission, die im Fall Mai Pibul ermittelt hatte.

Vor allem interessierte ihn der Mann, der auf die Leiche gestoßen war. Seine Begründung dafür, daß er nächtens auf Müllplätzen herumstöberte, klang reichlich seltsam. Und selbst wenn sie zutraf, mochte der Bursche mehr gesehen haben, als ihm bewußt war.

Der Steuerfahnder – Mart Krantz hieß er – verzehrte Torte mit Schlagsahne. Er hörte sich meine Fragen an und nickte bedächtig.

»Natürlich hat es Steuerprüfungen bei dem Kurzentrum gegeben«, bestätigte er. »Ohne Beanstandungen! Ich fürchte, Al Capone war der letzte Gangster, der über seine Steuererklärung stolperte.«

»Wir haben noch keine Beweise«, stellte ich richtig.

»Ist mir klar.« Er grinste heiter. »Sonst würden Sie ja nicht hier sitzen, oder? Wie gesagt, steuerrechtlich ist alles in Ordnung. Und was Spenden und Erbschaften angeht, so ist es schließlich keinem Menschen verboten, seine Dollars wem immer er will in den Rachen zu werfen.«

Ich unterdrückte einen Seufzer. »Ich weiß, Mr. Krantz. Ich möchte nur erfahren, ob es ungewöhnlich oft vorkommt, daß jemand seine Dollars ausgerechnet dem Kurzentrum ›*Blumen von Bangkok*‹ in den Rachen wirft.«

»Ja«, sagte der Steuerfahnder nach kurzem Zögern. »Ja, das kommt ungewöhnlich oft vor.«

»Können Sie mir Einzelheiten nennen?«

»Nicht, wo das Steuergeheimnis berührt wird.« Krantz lächelte hintergründig. »Aber es hat Fälle gegeben, die an die Öffentlichkeit gelangten, weil Erben das Testament anfochten oder Angehörige versuchten, den jeweiligen edlen Spender nachträglich entmündigen zu lassen. In einigen Fällen ist es geglückt, in anderen nicht. Und wie gesagt: Die Fälle, in denen erst gar nicht Protest erhoben wurde, sind weit zahlreicher.«

Mart Krantz bückte sich und ließ den Verschluß seiner abgeschabten braunen Aktenmappe aufschnappen. Wie ein Zauberer aus dem Hut holte er einen Stapel von Computerausdrucken hervor, die er mir reichte.

Ich brauchte sie nur flüchtig durchzublättern, um zu erkennen, daß ich genau das in der Hand hielt, was ich gesucht hatte.

»Möchten Sie Kaffee?« fragte Jarlit lächelnd.

»Ja, gern.« Steve Dillaggio lächelte zurück, weil er froh war, daß sich das Mädchen endlich wieder rührte. Es konnte nicht gut für sie sein, immer nur zu grübeln. Ein bißchen Abwechslung würde sie vielleicht aufmuntern.

Jarlit ging in die Küche, warf die Kaffeemaschine an, suchte und fand zwei Tassen.

Angst brannte in ihren Augen, als sie zu den Orchideen in der Spüle blickte. Mit zitternden Fingern schenkte sie den Kaffee ein.

»Milch und Zucker?« rief sie über die Schulter.

»Nur Milch, bitte.«

Jarlit gab einen Schuß Kondensmilch in eine der Tassen. Wieder starrte sie die Orchideen an. Sekundenlang stand sie ganz still da. Dann trat sie mit schnellen Schritten an die Spüle, zupfte ein paar Blütenkelche von der Rispe und hielt sie über die für Steve bestimmte Tasse, während sie mit geschlossenen Augen die Finger zusammenpreßte.

Wenige Tropfen einer farblosen Flüssigkeit fielen in den Kaffee.

Jarlit schleuderte die zerquetschten Blütenkelche weg, als habe sie etwas unendlich Ekelhaftes berührt.

Sie brauchte fast eine Minute, bis sie ihre Beherrschung so weit zurückgewonnen hatte, daß sie die beiden Tassen mit einem Lächeln hinüber ins Wohnzimmer tragen konnte.

Ich lenkte den Jaguar wieder in Richtung Office, als es im Funkgerät lebendig wurde.

Phil war am anderen Ende. Seine Stimme klang so rauh, daß sich von einem Augenblick zum anderen meine Eingeweide verknoteten.

»Jerry, June hat sich gerade gemeldet. Sie wollte bei sich zu Hause anrufen, um Steve zu sagen, daß es mit der Ablösung etwas später wird. Er hebt nicht ab! Sie hat es zigmal versucht und ich ebenfalls! Aber es meldet sich niemand!«

»Verdammt«, sagte ich tonlos. Und nach einer Pause: »Ich fahre hin. Ich bin ganz in der Nähe.«

»Okay. Wir werden etwa eine Viertelstunde brauchen. Sei vorsichtig, Jerry!«

Die Verbindung brach ab, ehe ich antworten konnte.

Ich biß die Zähne zusammen. June Clarks Apartment lag von meinem Standort aus tatsächlich nur um ein paar Ecken. Aber mir schien es endlos lange zu dauern, bis ich den Jaguar schräg in eine Parkbox lenkte.

Der Portier saß nicht in seiner Glaskabine.

Reiner Zufall – doch das konnte ich nicht ahnen. Meine Unruhe wuchs. Mit dem Aufzug fuhr ich nach oben. An Junes Tür klingelte ich Sturm. Alles andere wäre Zeitverschwendung gewesen. Denn wenn tatsächlich Gangster in die Wohnung eingedrungen waren, hatten sie sich bestimmt sofort wieder verdrückt, weil sie damit rechnen mußten, daß Steve abgelöst werden würde.

Ich geduldete mich genau zehn Sekunden. Dann griff ich nach dem Etui mit Dietrichen und Spezialwerkzeugen.

Junes Tür ist stabil. Ich mußte wohl oder übel das Schloß knacken. Daß es keinerlei Kratzer und Beschädigungen aufwies, stellte ich nebenbei fest. Verdammt, ich konnte mir nicht vorstellen, daß Steve jemandem freiwillig geöffnet hatte. Aber ich fand auch keine andere Erklärung dafür, daß er sich nicht meldete.

Ein paar Minuten später schwang die Tür auf.

In der Wohnung war es still. Gespenstisch still! Ich lauschte sekundenlang. Dann durchquerte ich die Diele und betrat den Livingroom.

Nach drei Schritten blieb ich stehen, als wäre ich gegen eine unsichtbare Mauer gelaufen.

Steve Dillaggio lag vor einem Sessel auf dem Teppich.

Er war bewußtlos. Neben seiner ausgestreckten Hand glitzerten die Scherben einer zerbrochenen Tasse. Der Kaffeefleck, der sich darunter ausbreitete, schimmerte noch feucht.

Jarlit, dachte ich.

Nur Jarlit konnte den Kaffee serviert haben ...

In derselben Sekunde knackte hinter mir ein Revolverhahn. Auf dem Absatz fuhr ich herum – und erstarrte.

Jarlit Wong stand mir in drei Schritten Abstand gegenüber.

Ihre schlanke Hand umklammerte Steves Dienstwaffe, und ihr Finger schob sich über den Abzug.

Ein paar Herzschläge lang hatte ich das Gefühl, meine Nerven lägen entblößt auf der Haut.

Ich starrte das Girl an. Ihr zartes, totenblasses Gesicht. Die dunklen Mandelaugen. So hatte Suri Thipodi ausgesehen, als sie Pridi Pibul erschoß. Ganz genau so!

Eisern zwang ich mich zur Ruhe.

»Warum?« fragte ich leise. »Jarlit, warum?«

Sie schluckte. Die Hand mit dem Revolver zitterte ein wenig.

»Ich muß«, flüsterte sie. »Ich muß es tun – Sie verlangen es ...«

»Wer? Wer verlangt es?« Jarlits Augen wurden leer.

»Die Stimmen«, murmelte sie. »Die Stimmen in meinem Kopf ...«

Einen Augenblick brauchte ich meine ganze Beherrschung, um gegen das Gefühl des Unwirklichen anzukämpfen, des alptraumhaften Déjà-vu, des verzweifelten und totalen Nichtbegreifens.

Suri Thipodi – Mai Pibul – und jetzt Jarlit Wong!

Aber es gab keine Geisteskrankheiten, die sich ausbreiteten wie eine Seuche! Praja Ramjad war ein gewöhnlicher Psychiater, kein Dr. Mabuse aus dem Gruselkabinett. Es mußte eine vernünftige Erklärung geben.

Gewaltsam riß ich mich zusammen.

»Erzähl mir von diesen Stimmen, Jarlit!« bat ich so ruhig wie möglich.

Sie schüttelte den Kopf. Ganz sacht – und sehr endgültig.

»Du mußt sterben«, flüsterte sie. »Ich muß dich töten, ja, töten ...«

Ihr Finger krümmte sich.

Und ich begriff, daß ich schon fast zu lange gezögert hatte.

Aus dem Stand schnellte ich vorwärts.

Das Peitschen des Schusses mischte sich mit Jarlits erschrockenem Schrei. Irgendwo hinter mir klatschte die Kugel in die Wand.

Meine Schulter erwischte das Girl in Hüfthöhe. Wieder erklang ihr dünner, fast kindlicher Schrei. Sie stolperte und stürzte. Mein Inneres verkrampfte sich, als ich den dumpfen Laut hörte, mit dem ihr Hinterkopf auf die hölzerne Tischkante schlug.

Sie blieb reglos liegen. Bleich, verkrümmt, mit geschlossenen Augen.

Eiskalt vor Schrecken sprang ich auf und hastete zu ihr hinüber.

Ich weiß nicht, ob es aufsteigende Panik war, die mich nicht sofort erkennen ließ, ob das Girl nur das Bewußtsein verloren hatte oder nicht mehr lebte.

Mit hämmerndem Herzen kniete ich neben ihr, beugte mich vor und brachte das Ohr dicht an ihre leicht geöffneten Lippen, um ihren Atem zu hören ...

Und hörte etwas anderes!

Etwas, das meinen eigenen Atem stocken ließ und einen eisigen Schauer bis ins Mark meiner Knochen jagte.

Ich schloß die Augen. Ich weiß nicht, wie lange es dauerte, bis ich das Gefühl des Grauens überwand. Und bis mir langsam, ganz langsam klar wurde, daß dies hier die Lösung des Rätsels sein mußte.

»Die Stimmen«, hatte Jarlit gesagt. »Die Stimmen in meinem Kopf ...«

Akustische Halluzinationen, so nannte Doc Sternberg diese Stimmen. Und behauptete, sie seien bei einer Geisteskrankheit nicht ungewöhnlich.

Ungewöhnlich war nur, daß ich, der G-man Jerry Cotton, sie ebenfalls hören konnte.

»Töte ihn!« wisperten sie. »Du mußt ihn töten! Nimm den Revolver und töte ihn! Töte, Jarlit Wong! Töte, töte, töte ...«

Langsam richtete ich mich auf.

Ich hatte begriffen. Nicht die Einzelheiten. Nicht die ganze teuflische Methode. Aber das Wesentliche hatte ich begriffen. Mein Gesicht war kalkweiß vor Zorn, als ich zum Telefon ging, die Zentrale anrief und mich mit Phils Dienstwagen verbinden ließ.

Der Kastenwagen parkte ganz normal und unauffällig am Straßenrand.

Der Gangster mit dem Namen Joe saß am Steuer und las Zeitung. Im Innern des Kastenaufbaus brannte Licht. Al Boolin und zwei seiner Komplicen hockten schweigend auf der Ladefläche.

Zwischen ihnen stand ein tragbares Tonbandgerät.

Ein Gerät, auf dessen Rückseite ein Funksender mit Teleskopantenne angeschraubt war. Die Spulen drehten sich surrend. Die Gangster verzichteten darauf, den Lautsprecher zu benutzen. Sie hatten lediglich die Verbindung zwischen Tonbandgerät und Sender geschaltet. Im Wagen war nur dieses leise Surren zu hören.

Der geschlossene Kastenaufbau hatte den Vorteil, daß niemand von draußen hereinsehen konnte.

Und den Nachteil, daß den Gangstern verborgen blieb, was draußen vorging.

Al Boolin gähnte.

Flüchtig runzelte er die Stirn, als er ein dumpfes Geräusch aus der Fahrerkabine hörte. Er achtete nicht weiter darauf. Was sollte es schon sein – außer daß sich Joe bei einer ungeschickten Bewegung gestoßen hatte?

Zwei Minuten später wurde an die Heckklappe des Wagens geklopft.

»He! Macht doch mal auf!« erklang Joes deutlich gequetschte Stimme.

Al Boolin nahm an, daß sich sein Komplice vorhin im Fahrerhaus irgendwie verletzt hatte. Fluchend erhob er sich, ging nach hinten und öffnete den Innenriegel.

Bevor er die Heckklappe aufstoßen konnte, wurde sie ihm mit einem Ruck aus den Fingern gerissen.

Der ärgerliche Aufschrei erstarb ihm in der Kehle. Fassungslos starrte er in die Mündungen von drei Revolvern der Marke Smith&Wesson 38 Special und einer kurzläufigen Bügel-MPi.

»FBI«, sagte eine scharfe Stimme. »Ihr sitzt in der Falle, also seid vernünftig! Wir sind nämlich überhaupt nicht in der Stimmung, lange mit euch zu fackeln.«

Das Ding lag auf einem Objektträger im Labor.

Ein glitzerndes kleines Metallding, geformt wie ein Backenzahn, mit einem spitz zulaufenden Stift dort, wo eigentlich die Wurzel hingehörte. Ein Strahler war auf das Ding gerichtet. Und fast ein Dutzend Augenpaare.

»Im Grunde ist es ganz einfach«, sagte Doc Sörensen langsam. »Zumindest die Implantation und das regelmäßige Auswechseln, das nötig ist, weil sich sonst die Energie erschöpfen würde. Ist Ihnen schon mal eine Jacketkrone abgebrochen?«

Ich weiß nicht, warum er ausgerechnet Phil und mich dabei ansah.

»Nicht?« fragte er. »Also – falls die Wurzel noch in Ordnung ist, wird der Zahnarzt den Nerv abtöten und die Krone mittels eines Goldstifts mit der Wurzel verbinden. So ähnlich funktioniert das Ding hier auch. Nur daß es sich weder um eine Jacketkrone noch um einen Stiftzahn aus Metall, sondern um einen Miniaturempfänger handelt.«

»Und das ist möglich?« fragte Steve Dillaggio, der sich von der Wirkung des Betäubungsmittels aus den Orchideenkelchen halbwegs erholt hatte.

Doc Sörensen zuckte mit den Schultern. »Es ist möglich, seit es Miniaturschaltungen gibt. Bei einem Sender, der ein starkes Kurzwellensignal ausstrahlt, braucht der Empfänger nicht größer zu sein als eine Erbse. Die Energiequelle und der Umwandler für die elektronischen Impulse stecken im Zahn. Der Kieferknochen wirkt als Verstärker, weil er bekanntlich mit dem Ohr verbunden ist. Und was die unglücklichen Opfer erleben, sind Stimmen, die sie buchstäblich in ihrem eigenen Kopf hören. Wenn man dann noch mit Hilfe von Drogen oder vielleicht Hypnose den Boden bereitet ...«

Er brach achselzuckend ab.

Ich biß die Zähne zusammen, weil ich immer noch den Wunsch spürte, jemanden für diese Teufelei kaltblütig zu erwürgen.

Doc Sternberg, unser Psychologe, war blaß vor Zorn. »Das ist teuflisch!« stieß er hervor. »Das ist – ich habe keine Worte dafür. So niederträchtig in der Seele eines Menschen herumzupfuschen – praktisch den lieben Gott zu spielen! Warum? Warum tut jemand so etwas? Ich kann es mir nicht vorstellen.«

»Ich schon«, sagte ich leise.

Dabei griff ich nach der Computerliste, die ich vorhin achtlos irgendwo abgelegt hatte.

Und dann berichtete ich knapp, was schon allein aufgrund dieser Liste an Fällen zusammenkam, in denen Dr. Clive Carmody reiche Patienten dazu gebracht hatte, seiner Klinik ihr Vermögen zu überschreiben oder zu vererben.

»Es funktioniert offenbar«, schloß ich. »Es funktioniert, weil es sich nicht nachweisen läßt. Auf die Klinik ist nie auch nur der Schatten eines Verdachts gefallen. Wenn ein Testament erfolgreich angefochten oder jemand entmündigt wurde, dann nie, weil die Richter annahmen, Dr. Carmody könne seine Patienten beeinflußt haben, sondern immer nur, weil die Betreffenden schon vorher offensichtlich unzurechnungsfähig waren. Und das hier ...«, ich tippte auf die Liste, »... sind nicht einmal alle Beträge, die ordnungsgemäß versteuert wurden. Was am Finanzamt vorbeigelaufen ist, muß noch erheblich mehr sein.«

»Grundgütiger Himmel«, murmelte Steve Dillaggio. »Also das ist der eigentliche Zweck. Geld – das ganz große Geld! Und die Mädchen?«

Ich glaubte, Jarlit vor mir zu sehen, die jetzt im Krankenhaus lag. Suri Thipodi – Mai Pibul, die ihren Bruder ans Messer geliefert hatte aus Angst vor den Stimmen in ihrem Kopf, die sie für etwas Übernatürliches hielt ...

»Ich weiß es nicht«, sagte ich rauh. »Man hat sie benutzt. Um die anderen Girls zu kontrollieren, um willenlose Werkzeuge zur Verfügung zu haben – vielleicht auch nur als Versuchskaninchen. Denn ausprobieren konnte man die Sache natürlich nicht an reichen Patienten. Dazu mußte man jemanden nehmen, nach dem im Zweifelsfall niemand fragen würde. Und das ist vielleicht das Teuflischste daran.«

Für einen Moment blieb es still. Mr. High, der ebenfalls anwesend war, atmete tief durch. Sein sonst so ruhiges, beherrschtes Gesicht wirkte blaß und angespannt.

»Können wir es beweisen?« fragte er. »Ramjad und Carmody beweisen, meine ich?«

Ich zögerte einen Augenblick. Dann nickte ich.

»Al Boolin und seine Komplicen werden reden«, sagte ich überzeugt. »Sie werden reden, weil das ihre einzige Chance ist, mit zwanzig oder dreißig Jahren statt mit lebenslänglich davonzukommen.«

Boolin und die drei anderen Gangster redeten tatsächlich.

Sie brauchten sich nicht abzusprechen, um eine gemeinsame Marschroute einzuschlagen. Alle vier behaupteten, die Sache mit dem Tonband und dem Sender für einen verrückten Tick von Dr. Carmody gehalten zu haben, ein kindisches Experiment, bei dem sie nur mitspielten, weil sie keine Sekunde an seine Wirksamkeit glaubten. Zu ihrem Glück war auch der Mordbefehl, der sich gegen mich richtete, durchaus nicht improvisiert gewesen, sondern ebenfalls von dem Psychiater auf Band gesprochen worden.

Jarlit hatte ihren Bewacher betäuben, auf seine Ablösung warten, schießen und die Waffe mit ihren Fingerabdrücken zurücklassen sollen. Damit wäre dann bewiesen gewesen, daß ihr die Flucht allein gelungen war, ohne Hilfe von außen. Wobei sich von selbst verstand, daß die verräterischen Orchideen verschwinden mußten.

Ramjad und Carmody hätten ihre Hände in Unschuld waschen können. Wir wären vermutlich auf die richtige Idee gekommen, ohne sie jedoch beweisen zu können. Und Jarlit Wong wäre nie wieder aufgetaucht, jedenfalls nicht lebendig.

Al Boolin schwitzte, als er zum Telefon griff und Praja Ramjads Geheimnummer wählte.

Der Gangsterboß mußte damit rechnen, daß seine Leitung abgehört wurde. Deshalb war nur eine kurze neutrale Vollzugsmeldung vereinbart. Trotzdem ging Boolin die Sache an die Nieren. Er war sich nicht völlig sicher, ob sich die Lage nicht inzwischen geändert hatte, ob nicht doch Worte fallen würden, die ihn belasteten.

»Ja?« meldete sich Ramjads dunkle, sonore Stimme.

»Wir haben sie«, sagte Boolin knapp.

Und legte den Hörer so schnell auf, als fürchte er, sich die Finger daran zu verbrennen.

Fünf Minuten später wurde er, genau wie seine Komplicen, in einer Zelle untergebracht.

Erwartet wurden sie vorerst nicht. Angeblich hatten sie sich mit Jarlit Wong in irgendeine verschwiegene Pension zurückziehen sollen. In Wahrheit war zweifellos der Tod des Girls geplant gewesen. Aber wie auch immer: Praja Ramjad und Clive Carmody fühlten sich sicher. Und was wichtiger war: Sie würden sich auch noch sicher fühlen, wenn der FBI bei ihnen auftauchte, würden sogar damit rechnen und allenfalls Verdacht schöpfen, wenn der Besuch zu lange auf sich warten ließ.

Immerhin blieb uns Zeit genug, um den Einsatz vorzubereiten.

Wenn er so lief, wie wir ihn planten, würde er ein Stoßtruppunternehmen werden. Stürmen konnten wir weder die Klinik noch das Kurhotel – dabei wären zu viele Unschuldige gefährdet worden.

Aber natürlich konnten wir uns nicht einfach darauf verlassen, daß alles nach Wunsch ging. Wir brauchten zumindest einen losen Sperring um das Gelände. Wir brauchten die übliche technische Ausrüstung und vor allem eine starke Eingreifreserve.

Es dämmerte bereits, als ich den Jaguar – zum wievielten Mal eigentlich? – auf den rotweißen Sperrbalken zulenkte.

Phil saß neben mir. Hinter uns strahlten die Scheinwerfer des Dienstwagens, den unsere Kollegen Steve Dillaggio und Zeerookah benutzten.

Steve hatte glaubhaft versichert, nichts mehr von den Nachwirkungen des Betäubungsmittels zu spüren. Er brannte darauf, den Kerlen, denen er die Niederlage verdankte, eigenhändig Armbänder anzulegen.

In dem Pförtnerhäuschen saß immer noch der schläfrige Mulatte. Da er mich kannte, ließ er uns sofort passieren. Wahrscheinlich würde er unsere Ankunft telefonisch melden. Und dann schön schnell und unauffällig festgenommen werden, damit er nicht auch noch melden konnte, was sich sonst tat – falls er etwas davon mitbekam.

Wir ließen uns Zeit.

Aus Al Boolin und seinen Komplicen hatten wir alles herausgeholt, was sie über die Gebäude, über Keller, Hinter- und Nebenausgänge wußten. Vor allem der Bursche mit dem Namen Joe war sehr gut unterrichtet gewesen.

Er spielte für seine Bosse so eine Art wandelndes Archiv. Denn moderne Computertechnik gab es in dem sogenannten Kurzentrum nicht. Praja Ramjad hing der Meinung an, daß im Zeitalter der Hacker ein solider Panzerschrank sicherer wäre als ein Datenspeicher.

Als wir die elegante Empfangshalle betraten, ahnten wir nicht, daß uns Al Boolin trotz allem einen entscheidenden Punkt verschwiegen hatte. Einen Punkt, über den Bescheid zu wissen er nicht zuzugeben wagte – aus gutem Grund.

An der Rezeption tat auch jetzt der blonde Schönling Dienst. Beredt verdrehte er die Augen, als er uns sah.

Nun, die Arroganz würde ihm schnell vergehen. Wir wußten von unseren Gefangenen, daß der Blonde jede Menge Dreck am Stecken hatte.

Er hielt schon den Telefonhörer in der Hand, als wir ihm erklärten, daß wir diesmal nicht Ramjad, sondern Dr. Carmody sprechen wollten. Achselzuckend hängte er wieder ein. Er nahm an, daß wir wegen Jarlit Wong, die wir beim letzten Besuch mitgenommen hatten, mit Dr. Carmody sprechen wollten.

Wir hatten einen anderen Grund. Einen Grund, der mit den baulichen Begebenheiten und der Lage von Carmodys Büro zusammenhing.

Den Weg fanden wir allein.

Trotzdem waren wir sicher, daß uns der Psychiater bereits erwartete, als wir anklopften. Er lehnte hinter seinem weißen Schreibtisch und lächelte säuerlich.

»Eine Invasion«, stellte er fest. »Halten Sie mich neuerdings für Frankenstein persönlich, daß Sie gleich zu viert antanzen?«

Wir sparten uns den Kommentar.

Statt dessen stellten wir die Fragen, die Carmody zweifellos erwartete. Kühl und beherrscht schmetterte er sie ab. Er wisse nichts von Jarlit Wong. Er habe sie in den Gewahrsam des FBI überstellt, und wenn sie uns abhanden gekommen sei, könne man dafür nicht ihn verantwortlich machen.

Auf die nächsten Fragen – Scheinfragen – erklärte er wie erwartet, daß sie in die Zuständigkeit von Praja Ramjad fielen.

Selbstverständlich war er gern bereit, Ramjad herzubitten. Das tat er telefonisch. Fünf Minuten später war der Gangsterboß zur Stelle, lächelnd, zuvorkommend und mit einem unverhüllten Glitzern des Triumphs in den schwarzen Augen.

Wir fragten weiter.

Nicht nur, um das Gespräch in eine ganz bestimmte Richtung zu lenken, sondern weil unsere Eingreifreserve Zeit brauchte, auf das Grundstück vorzudringen und in Stellung zu gehen.

Nach einer Viertelstunde waren unsere Gesprächspartner endgültig davon überzeugt, daß wir nichts gegen sie in der Hand hatten, sondern nur hilflos im dunkeln tappten.

Daß wir auch noch den Assistant Manager und den sogenannten Sicherheitschef sprechen wollten, entlockte

Ramjad zwar ein verständnisloses Achselzucken, regte ihn aber nicht weiter auf. Carmody griff erneut zum Telefon, auch er durchaus nicht beunruhigt.

Das änderte sich erst, als er das Gespräch beendet hatte.

Da nämlich zog Steve Dillaggio die beiden Haftbefehle aus der Tasche und begann seelenruhig, die Verhaftungsformeln vorzulesen.

Praja Ramjad, der betont gelangweilt zum Fenster hinausgesehen hatte, fuhr wie von einer Natter gebissen herum. Clive Carmodys Züge versteinerten. Als Psychiater war er daran gewöhnt, auch einen Schock mit unbewegtem Pokergesicht zu verdauen. Aber wir spürten trotzdem, daß ihn dieser Schock verdammt tief traf.

Ramjad atmete scharf ein. »Sind Sie verrückt? Sie können nichts beweisen! Nichts, gar nichts! Selbst wenn Sie das Girl hätten ...«

»Wir haben sie, Ramjad«, unterbrach ich ihn ruhig.

Sein Gesicht wurde fahlweiß. »Was heißt das – ihr habt sie?« fragte er tonlos.

»Es heißt, daß Jarlit Wong weder jemanden erschossen hat noch aus der Wohnung geflohen ist. Sie liegt im Krankenhaus. Ob sie in absehbarer Zeit eine juristisch gültige Aussage machen kann, spielt keine Rolle. Wir haben nämlich auch Al Boolin und die anderen. Und wir haben vor allem ihr kleines technisches Wunderwerk entdeckt. Wir wissen, wie Sie bei Ihren unglücklichen Opfern die Stimmen im Kopf erzeugt haben.«

Praja Ramjad stieß einen erstickten Laut aus.

Seine Rechte fuhr zum Schulterholster. Aber da war Zeerookah bereits hinter ihn geglitten und hieb ihm kurz und trocken die Handkante auf den Unterarm.

Den Assistant Manager, einen gewissen Rob Beanes,

und den angeblichen Sicherheitschef Calvin Rollart kassierten wir, als sie ahnungslos das Büro betraten.

Phil benutzte sein Walkie-talkie, um die Kollegen draußen zu informieren. Die vier Gangster, laut Al Boolins Aussage die führenden Köpfe der Bande, trugen Handschellen. Jetzt mußten wir sie nur noch hier hinausbringen, ohne daß uns ihre Komplicen einen heißen Tanz lieferten. Doch auch dafür hatten wir, wie wir glaubten, einen sicheren, einfachen Weg gefunden.

Der Zugang zum Keller befand sich nur wenige Schritte entfernt am Ende des Flurs.

Niemand begegnete uns – nicht hier oben. Phil spielte die Vorhut und zog den Revolver, als er sich am Fuß der Kellertreppe aufbaute, in angemessener Entfernung, falls einer der Gangster auf die Idee kommen sollte, ihn anzuspringen. Wahnsinn wäre das so oder so gewesen. Aber gestellte Verbrecher, die keinen Ausweg mehr sehen, neigen manchmal zu Wahnsinnsunternehmen.

Unsere Gegner waren offenbar noch viel zu geschockt, um an Widerstand zu denken. Und zu realistisch, um sich mit gefesselten Händen gegen vier Revolver eine Chance auszurechnen.

Wahrscheinlich zerbrachen sie sich die Köpfe darüber, ob es vielleicht doch noch eine Möglichkeit für sie gab den Hals aus der Schlinge zu ziehen. Jedenfalls stiegen sie gehorsam im Licht der Notbeleuchtung die Treppe hinunter und sahen nicht so aus, als wären Schwierigkeiten von ihnen zu erwarten.

Der Fehler lag auf unserer Seite. Ein Fehler, von dem wir nichts ahnen konnten.

Vielleicht hätte Al Boolin nicht gewagt, uns den einen Punkt zu verschweigen, wenn er nicht ganz selbstverständlich davon ausgegangen wäre, daß wir den kürzesten Weg wählen würden. Der führte durch die Vorratskeller zu einer Art Verladerampe. Aber Vorratskeller haben es an sich, daß ab und zu jemand dort auftaucht. Wir wollten kein Risiko eingehen.

Es gab einen zweiten Kellertrakt, in dem – angeblich – nur ausrangierte Möbel und Gerätschaften gelagert wurden. Er hatte ebenfalls einen Ausgang, und zwar zu einem längst nicht mehr benutzten, verwilderten Küchengarten hin. Alles in allem also der längere, dafür jedoch sicherere Weg, zumal er laut Boolins dilettantischer Grundrißzeichnung immer schön geradeaus führte.

Auch hier funktionierte die Notbeleuchtung.

Ab und zu zweigten schmalere, stockfinstere Gänge ab. Der Hauptflur war gut zwei Yards breit und ließ uns genügend Bewegungsfreiheit.

Trotzdem spürte ich ein kaltes Prickeln im Genick. Ich hatte das Gefühl, daß etwas nicht stimmte. Aber erst eine halbe Minute später wurde mir klar, woran das lag.

Die Türen!

Es gab einfach zu viele Türen links und rechts. Das hieß, daß die dahinter liegenden Kellerräume viel zu klein sein mußten, um ausrangierte Möbel und medizinische Geräte darin zu lagern.

Ich überlegte, wozu sie sonst dienen mochten.

Und erhielt die Antwort sofort, auch wenn ich sie nicht sofort begriff.

Jäh und schrill gellte ein Schrei auf. Ein langgezogener, schauerlicher Schrei.

Irgendwo fluchte jemand. Gleichzeitig flammte gleißendes Neonlicht auf. Eine Stahltür krachte bis an die Wand, und eine Sekunde später war in dem stillen Keller der Teufel los.

Immer noch gellte der schreckliche Schrei.

Ich fuhr halb herum, weil das Geräusch der Tür aus einer Nische schräg hinter mir gekommen war. Aber die plötzliche Helligkeit blendete mich. Ich konnte nur Umrisse sehen. Ein helles Viereck. Gestalten, die erschrocken zurückprallten. Hünenhafte, bedrohliche Gestalten.

Irrenwärter? Hier unten im Keller?

Praja Ramjads jähe Bewegung ließ mich gerade noch rechtzeitig erkennen, daß ich über das Wieso und Warum später nachdenken konnte. Dieser Schlauch von einem Flur, vier Gefangene, die zumindest im Weg stehen würden, eine unbekannte Zahl von Gegnern – das war eine Situation, wie sie schlimmer kaum hätte sein können.

Ich fuhr wieder herum.

Einen Atemzug lang zögerte ich, dann riß ich die gestreckte Hand hoch. Ein ungefährlicher, aber wirkungsvoller Karateschlag löschte Praja Ramjads Bewußtsein aus. Ich durfte keine Rücksicht nehmen. Die vier Kerle waren gefesselt, aber sie würden trotzdem ins Geschehen eingreifen.

Meine Kollegen begriffen das ebenfalls.

Clive Carmody wurde von einem kurzen Aufwärtshaken empfangen, als er an Phil vorbeizuwischen versuchte. Zeerookah packte den Assistant Manager am Kragen. Steve Dillaggio wollte sich auf den vierten Mann stürzen – und stolperte dabei über Praja Ramjads Beine.

»Achtung, Jerry!« brüllte Steve noch im Sturz.

Erneut fuhr ich herum.

Jetzt konnte ich besser sehen. Drei riesige, muskelbepackte Gorillatypen drängten sich ein paar Yards entfernt im Flur. Ihre Augen waren erschrocken aufgerissen. Sie wußten nicht, was vorging. Sie konnten es nicht wissen.

Aber das hatte sie nicht gehindert, ihre klobigen Pistolen zu ziehen.

Meine Hand flog zum Schulterholster.

Undeutlich hörte ich einen zweiten Warnschrei. In der Sekunde, in der ich den 38er in der Hand hielt, sprang mich der vierte Mann, der sogenannte Sicherheitschef, von hinten an. Ich torkelte nach vorn – das war der Zweck der Übung gewesen.

Aber ich schlug nicht einfach hin. Ich gab dem Kerl nicht die Chance, mich am Boden festzunageln und den anderen freies Schußfeld auf meine Kollegen zu verschaffen. Bevor ich endgültig das Gleichgewicht verlor, krümmte ich den Rücken und zog meinen Körper zusammen. Der gefesselte Gangster konnte nicht verhindern, daß er wie eine Puppe über mich hinweggeschleudert wurde.

Er brüllte auf.

Ein Schrei, der sich mit dem Wummern der schweren Pistolen mischte. Ich rollte zur Seite und blieb mit dem Kopf unten. Vor mir brach der gefesselte Gangster, von einem halben Dutzend Kugeln getroffen, zusammen.

Hinter mir peitschten 38er Revolver auf. Eine endlose Sekunde lang wurde der Lärm in dem engen Flur zum Höllenspektakel – dann verstummte er wie abgeschnitten.

Einer der Angreifer lag verkrümmt am Boden. Der zweite hielt sich wimmernd die zerschossene Hand.

Der dritte streckte krampfhaft die Arme zur Decke.

Und aus der Richtung des Ausgangs näherten sich bereits die Schritte der Kollegen, die den Krach von draußen gehört hatten.

Wir begriffen rasch, warum Al Boolin nicht hatte zugeben wollen, das Geheimnis des Kellers zu kennen.

Vier Männer holten wir aus den Zellen. Vier menschliche Wracks, verwahrlost, unheilbar wahnsinnig. Unglückliche Opfer, an denen Clive Carmody seine teuflische Methode ausprobiert und mit denen er dann weitere Experimente unternommen hatte.

Der verbrecherische Psychiater, Praja Ramjad, Madame Wu und die meisten ihrer Komplicen wurden zu lebenslangem Zuchthaus verurteilt.

Dem Großteil der Opfer konnten die Ärzte helfen. So weit die Opfer bekannt waren, heißt das. Nicht alle, die um ihr Vermögen gebracht worden waren, ließen sich noch ausfindig machen. Aber eine Gefahr bestand nicht mehr für sie. Denn da die teuflischen Miniaturempfänger bei ihnen nicht regelmäßig ausgewechselt worden waren, hatte sich längst die Energie erschöpft.

In dem sogenannten Kurzentrum wurde später übrigens eine Rehabilitationsklinik für Drogenabhängige eingerichtet. Wer heutzutage die Empfangshalle betritt, kann an der Rezeption zwei besonders reizenden Thai-Mädchen begegnen, die Jarlit Wong und Suri Thipodi heißen.

ENDE

Mein Mord-Kontrakt

Henry Dyson schwitzte erbärmlich. Aber er wagte es nicht, von der Seite des hünenhaften Oliver Cervera zu weichen, dem die schwüle Hitze nichts anzuhaben schien. Seit fast einer Stunde standen sie am Rand des Vorfeldes. Unverwandt war das zerklüftete Gesicht des Kolumbianers in den gleißenden Himmel gerichtet.

Der winzige Punkt, der vor wenigen Minuten am glühenden Himmel über der Karibik sichtbar geworden war, verwandelte sich allmählich in den schneeweißen Rumpf eines kleinen Jets. Weit draußen über der Bucht zog der Learjet eine Schleife, um am anderen Ende des Rollfeldes zur Landung anzusetzen.

Henry Dyson sah sich um und erschrak. Rings um das Vorfeld waren Militärfahrzeuge aufgefahren, als würde ein Staatsbesucher erwartet oder als sollte eine Invasion abgewehrt werden. Dabei war es nur Oliver Cerveras Tochter, die heimkehrte. In einem eigens für sie gecharterten Jet, der in Wirklichkeit eine fliegende Intensivstation war.

Ein Klinomobil rollte zwischen den Militärfahrzeugen her und hielt mit laufendem Motor an. Die beiden Ärzte stiegen aus, blieben aber bei ihrem Wagen.

Henry Dyson rannte neben Cervera her, der jetzt mit ausgreifenden Schritten auf den Learjet zueilte. Das Syndikat erwartete von ihm nicht nur, daß er das Aussichtslose versuchte. Es rechnete damit, daß er Erfolg hatte.

Das schrille Pfeifen der Triebwerke erstarb. Die Kabinentür wurde von innen geöffnet. Ein Hubwagen rollte heran. Die hydraulische Plattform glitt in die Höhe und hielt genau an der Kante der Kabinentür an.

Zwei Schwestern in hellblauen Kitteln und der amerikanische Arzt, der die Patientin während des Fluges betreut hatte, schoben das Spezialgestell mit dem Bett auf die Plattform. Der Arzt blieb neben dem Bett stehen. Er gab ein Handzeichen, und die Plattform schwebte lautlos abwärts.

Oliver Cerveras Schritt wirkte plötzlich kraftlos, als er sich dem Bett näherte.

Der amerikanische Arzt schob das dünne Gewebe des Gazezeltes, das die Patientin vor Sonne und Staub schützen sollte, ein wenig zur Seite.

Kein Muskel zuckte in dem Gesicht des Kolumbianers, als er die reglose Gestalt betrachtete. Das eingefallene Gesicht des jungen Mädchens mit der durchsichtigen Haut wies kaum Ähnlichkeit mit den Zügen seiner Tochter auf, und doch war sie es, daran gab es keinen Zweifel. Einundzwanzig Jahre lang hatte er Maria Pilar vor allen Gefahren des Lebens beschützen können. Sie war ein intelligentes, hochbegabtes Mädchen. Schweren Herzens hatte er ihrem Drängen nachgegeben und ihr erlaubt, in den Vereinigten Staaten Chemie zu studieren. Vor drei Monaten war sie abgeflogen.

Und so kehrte sie jetzt zurück. Teilnahmslos, die Augen ins Leere starrend, die Umwelt nicht wahrnehmend. Ein Wrack! Er wandte sich ab. Er wollte nicht mit ansehen, was mit ihr geschah.

Sein Blick fiel auf Henry Dyson. Dessen Tropenanzug wies unter den Armen große dunkle Schweißflecken auf. Dyson sah an dem Kolumbianer vorbei, dessen Augen in Tränen schwammen.

»Ausgerechnet sie«, sagte Cervera heiser. »Ausgerechnet sie ...«

Dyson räusperte sich.

»Damit konnte niemand rechnen. Es war Zufall, blinder Zufall ...«

»Erzählen Sie mir jetzt keine Geschichten, Dyson!«

»Keine Geschichten, Señor Cervera. Sie war so unerfahren, und sie war versessen auf diese Musik. In dem Club gab es Marihuana und Haschisch ...«

»Wollen Sie die Schuld etwa auf mich schieben, Dyson?« Cerveras Hals schwoll an. »Wollen Sie mir mit der verquasten Psychologie Ihres dekadenten Landes kommen? Hätte ich sie darauf vorbereiten müssen, daß es bei euch an jeder Ecke Rauschgift zu kaufen gibt? Bin ich schuld, Dyson? Wollen Sie das behaupten?«

»Der Schuldige wurde bereits zur Verantwortung gezogen.«

»Ein kleiner Dealer! Glauben Sie, damit sei für mich alles erledigt? Und für sie?« Er deutete auf den davonfahrenden Wagen, in dem seine Tochter jetzt lag. »Nein, Dyson, nein. Ich weiß, was ich zu tun habe.«

»Es war Heroin, kein Kokain«, sagte Dyson. Der Schweiß rann in Strömen an seinem Körper herab.

»Die Hände, die das Gift verteilen, sind dieselben! Verlassen Sie die Stadt, Dyson! Verlassen Sie das Land, bevor ich's mir anders überlege!«

»Sie können die Lieferungen nicht einfach einstellen!« sagte Dyson laut.

»Wer will mich daran hindern? Sie?«

»Es ist ein Milliardengeschäft! Auch Sie haben daran verdient, Señor Cervera! Das Syndikat nimmt es nicht einfach hin, wenn Sie jetzt plötzlich den Saubermann spielen wollen!«

»Sie werden versuchen, einen Nachfolger für mich zu finden. Deshalb werden sie Killer schicken. Na und?« Cervera deutete auf die Militärfahrzeuge, die drohend in der glühenden Sonne standen. »Glauben Sie, die können mir etwas anhaben?«

»Sie können sich nicht immer hinter Ihrer Streitmacht

verstecken, Señor Cervera! Es wird einen geben, einen, der es schafft ...«

Cervera lächelte, bevor er sich umwandte. Es war ein grausames Lächeln. »Irgendwann«, sagte er verächtlich.

»Nicht irgendwann, Señor Cerveraer schrie Dyson. »Bald! Bald wird jemand kommen und Sie ins Jenseits befördern . . .«

Aus dem kalten, trüben New York, aus einem Frühling, der ein Winter war, flog ich der Sonne entgegen. Kurz nach dem Start in Houston, Texas, wo die Boeing der Pan Am zu einer Zwischenladung angesetzt hatte, schepperte die Stimme des Flugkapitäns aus den Kabinenlautsprechern, während die Hochhäuser der texanischen Großstadt unter der rechten Tragfläche verschwanden.

»Mexico City liegt zweitausenddreihundert Meter über dem Meeresspiegel. Die Temperatur am Boden beträgt zur Zeit neunzehn Grad Celsius und wird bis zu unserer Ankunft auf vierundzwanzig oder fünfundzwanzig Grad ansteigen. Die Flugzeit wird eine Stunde und fünfundfünfzig Minuten betragen. In etwa zehn Minuten überfliegen wir den Rio Grande. Sie werden den Fluß sehen können, wenn Sie nach links hinausblicken ...«

Die Stimme des Kapitäns übertönte das gleichmäßige Geräusch der Triebwerke, die den Jet in den klaren blauen Himmel schoben, während die fruchtbaren, grün leuchtenden Ebenen des südlichen Texas ihre Konturen verloren. In Mexico City fand ein internationaler Polizeikongreß statt, auf dem die besonderen Aspekte des Terrorismus auf den amerikanischen Kontinenten Gegenstand einer Reihe von Vorträgen und Arbeitskreisen waren.

Ich war dazu ausersehen, den FBI zu vertreten. Ich würde mir anhören, was die Experten an neuen Erkenntnissen über Ursachen und Bekämpfung des Terrorismus aufzubieten hatten. Ich würde selbst ein Referat über die Lebensbedingungen ethnischer Minderheitengruppen in amerikanischen Großstädten halten. Die Anpassungsschwierigkeiten vor allem der jüngeren Angehörigen dieser Bevölkerungsteile sind als Ursache eines hohen Gewaltpotentials anzusehen, auch wenn die Grenzen zwischen terroristischer und krimineller Tätigkeit fließend sind.

Ich hätte mich auf den Trip in den Frühling freuen können, wenn da nicht eine kleine Sonderaufgabe gewesen wäre, die mir John D. High, Chef des FBI New York, kurz vor dem Abflug mit auf den Weg gegeben hätte.

»Was sagt Ihnen der Name Oliver Cervera?« fragte Mr. High, als ich mich von ihm verabschieden wollte. Er hatte das Manuskript meines Referats gelesen. Ohne Änderungen oder Ergänzungen vorzuschlagen, schob er es mir wieder zu.

»Meinen Sie den Kolumbianer? Den Schlächter von Barranquilla?«

John D. High schüttelte den Kopf. »Das war sein Vater, Francisco Oliver Cervera Delgado. Francisco Cervera war General im Dienst zweier Militärdiktaturen. Er hat den Aufstand 1949 niedergeworfen, bei dem vierzehntausend Menschen getötet wurden. 1954 fiel er einem Attentat zum Opfer. Aber die geschichtlichen Zusammenhänge sollen uns jetzt nicht interessieren. Oliver Cervera ist der Polizeipräfekt von Barranquilla, der großen Hafenstadt im Norden Kolumbiens. Weil ihm die Bekämpfung der Rebellen in seinem Amtsbereich übertragen wurde, bekleidet er in Barranquilla und dem zugehörigen Departamento Atlantico praktisch die Stellung eines Militärgouverneurs. Irgendwann wurde er mit außergewöhnlichen Vollmachten ausgestattet, die man ihm später nicht mehr streitig zu machen wagte. Denn er hatte eine paramilitärische Anti-Terror-Einheit aufgebaut, die praktisch seine Privatarmee ist. Und die setzt er rücksichtslos für private Zwecke ein. Nach den Erkenntnissen der Drogenbehörde steckt er ganz tief im Rauschgiftgeschäft. Achtzig Prozent des Kokains, das in die Staaten gelangt, wird in den Bergen der Küstenregionen Kolumbiens angebaut. Oliver Cervera ist der Mann, der den Transport des Kokains von den Plantagen in den Bergen bis zum Hafen von Barranquilla besorgt, wo das Gift entweder auf Schiffe oder in Flugzeuge verladen wird und in die Staaten geht.« Ich hätte gern eine Zigarette geraucht, um den schalen Geschmack loszuwerden. Es waren Männer wie Oliver Cervera, die mit ihrer Hausmacht, mit Geld und Gewalt alle Bemühungen, die Seuche Rauschgift auch nur einzudämmen, zunichte machten.

»Das heißt«, fuhr der Chef nach einer kurzen Pause fort, »Oliver Cervera hat sich aus dem Kokainhandel zurückgezogen. Von heute auf morgen.«

Ich stieß einen leisen Pfiff aus. Dann würde die Mafia bald auf dem trockenen sitzen. Kokain war zur Droge Nummer eins aufgestiegen. Es gab einen ungeheuren Boom mit entsprechend großem Bedarf, und die Nachfrage stieg immer noch. Kolumbien war der Hauptlieferant. Neue Quellen ließen sich nur nach jahrelangen Vorbereitungen erschließen.

»Was war die Ursache für seinen Sinneswandel?« fragte ich.

»Er hat eine Tochter, Maria Pilar. Vor drei Monaten ließ er sie nach Boston gehen. Sie wollte dort Chemie studieren. Einundzwanzig Jahre lang hat sie in einem goldenen Käfig gelebt. Sie war auf das Leben außerhalb ihres Käfigs überhaupt nicht vorbereitet. Es ging blitzschnell. Sie probierte Marihuana, kam auf LSD, und ein paar Wochen später hing sie schon an der Nadel. Um ein Haar wäre sie ums Leben gekommen. Cervera hat sie nach Hause geholt ...«

»Und der Mafia den Kokainnachschub gesperrt? Läßt sie sich das gefallen?«

»Ihr wird nichts anderes übrigbleiben«, sagte mein Chef. »In Boston sind einige Dealer und Pusher auf spektakuläre Weise ermordet worden. Die Typen, die Maria Pilar auf die Nadel gebracht haben, sind dabei. Aber das Opfer war sinnlos, wie es scheint. Cervera kommt mit einem großen Troß nach Mexico City«, sagte John D. High dann unvermittelt.

Jetzt kommt der Pferdefuß, dachte ich unbehaglich.

»Er wird über Querverbindungen und Beziehungen zwischen kriminellen und anarchistischen Täterkreisen in Südamerika sprechen ...«

»Ausgerechnet er!« sagte ich erbittert.

»Versuchen Sie, mit ihm ins Gespräch zu kommen, Jerry!« sagte mein Chef, ohne auf meinen Einwand einzugehen. »Finden Sie heraus, ob er, unter welchen Bedingungen auch immer, bereit ist, über seine Kontakte zu den Syndikaten zu sprechen! Über Geldtransaktionen, Kontaktpersonen, Mittelsmänner. Über die Großen.«

»Wäre das nicht Aufgabe der DEA?« fragte ich.

Die DEA, die Drug Enforcement Administration, ist die international operierende Drogenbehörde der USA. In Zusammenarbeit mit Politikern und Polizeibehörden anderer Länder versucht sie, Rauschgiftanbau und Drogenhandel bereits an der Quelle zu bekämpfen.

»Die Drogenbehörde hat zu lange gegen ihn gearbeitet«, erklärte John D. High. »Sie hat jahrelang versucht, auf politischem Weg seine Ablösung zu erreichen und so die Voraussetzungen für den Transport und die Weiterverarbeitung des kolumbianischen Kokains zu erschweren. Mit DEA-Vertretern spricht er nicht. Einer vom Justizminister eingesetzten Delegation hat er unmißverständlich zu verstehen gegeben, daß er eine Entscheidung getroffen habe, die ihn allein betrifft. Er will nicht den Spitzel oder Verräter spielen.«

»Aber ausgerechnet meiner Überredungskunst wird er erliegen und den Wandel vom Saulus zum Paulus endgültig vollziehen?« Ich schüttelte den Kopf. »Sie überschätzen mich. Ich bin nicht der Typ, der einem solchen Verbrecher mit diplomatischem Geschick näherkommt. Beim ersten falschen Wort gehe ich ihm an die Kehle!«

Mein Chef lächelte. »Das werden Sie nicht tun«, meinte er überzeugt. »Und außerdem, Sie stehen nicht unter Erfolgszwang. Sie sollen es nur versuchen.«

Mit dieser Hypothek im Kopf flog ich nach Mexico City …

Neben mir am Kabinenfenster saß ein massiger Mann mit hellblonden Haaren und einem mächtigen Doppelkinn. Er stieß mich an und deutete aus dem Fenster nach unten.

»Der Rio Grande«, sagte er mit seiner dröhnenden Stimme. Weil sein unförmiger Bauch es mir unmöglich machte, mich hinüberzulehnen, reckte ich nur den Hals und lächelte begeistert.

Mein Sitznachbar trug ein scheußliches, blauweiß kariertes Jackett und eine giftgrüne Krawatte. Seine Aufmachung und sein lautstarkes Gehabe erinnerten an den klassischen Witzblatt-Touristen. Dabei war auch er ein Kollege. Längst hatten wir uns bekannt gemacht.

Er hieß Ernest Hillerman, war Detective Captain und arbeitete bei der Einwanderungsbehörde in Key West, Florida. Unter den Einwanderern oder Asylsuchenden aus den süd- und mittelamerikanischen Staaten verbargen sich nicht nur Rauschgiftkriminelle, sondern auch Extremisten aller Schattierungen. Sie herauszufiltern und davon abzuhalten, von US-amerikanischem Boden aus anarchistische oder terroristische Aktionen vorzubereiten oder durchzuführen, war Ernest Hillermans Job.

Die Stewardessen boten Getränke an. Hillerman nahm eine Cola. Ich entschied mich für Orangensaft. Mein linker Sitznachbar bestellte Bourbon.

»Das einzig Wahre!« Ernest Hillerman lachte dröhnend, als er sich vorbeugte und dem anderen zunickte. »Für mich nur etwas zu früh. Sind Sie auch ein Cop?«

Der Mann neben mir kippte seinen Bourbon und nickte dann. Er machte eine Handbewegung, die den ganzen hinteren Teil der Kabine einschloß. »Hier hinten ist doch alles für den Bullenkongreß reserviert!« Er wandte Hillerman das Gesicht zu und streckte ihm dann die Hand hin. »Ich bin Stan Ladbrook aus New Orleans.«

Anschließend drückte ich ihm die Hand. Sie fühlte sich feucht und glitschig an. Die blassen Augen und die hin und wieder unkontrolliert zuckenden Mundwinkel schienen das einzig Lebendige in dem starren und fahlen Gesicht zu sein. Er schnippte mit den Fingern und ließ sich von der Stewardeß noch einen Bourbon bringen. Aus der Plastiktüte, die zwischen seinen Knien klemmte, ragte der Hals einer Viertelgallonenflasche Kentucky Straight aus dem Duty Free Shop des Houston Airport.

»Vielleicht hat er nur Angst vorm Fliegen«, flüsterte Hillerman mir zu. Aber bis die Boeing auf dem Benito Juarez International in Mexico City aufsetzte, hatte Ladbrook die Stewardeß noch einige Male bemüht und darüber hinaus auch schon dem Inhalt der mitgebrachten Flasche zugesprochen.

Stan Ladbrook, der Kollege aus New Orleans, kam betrunken in Mexikos Metropole an.

»Wir können uns ein Taxi teilen«, schlug ich vor, als wir wenig später am Gepäckband standen und auf unsere Koffer warteten.

Ernest Hillerman hieb mir seine Pranke auf die Schulter. »Tut mir leid, Jerry, ich werde von einem Colonel der Grenzpolizei abgeholt. Ich bin froh, daß ich mit so einem Burschen mal auf die freundliche Tour etwas bereden kann.«

»Macht nichts«, sagte ich und sah Stan Ladbrook an, der ein schwarzes Kofferungetüm vom Band wuchtete. »Warten Sie, Stan, wir fahren zusammen.«

»Ich hab mir 'nen Leihwagen bestellt«, keuchte Ladbrook und setzte seinen schweren Koffer haarscharf neben meinen Fuß. »Aber ich kann Sie mitnehmen«, fügte er undeutlich hinzu. Seine blassen Augen schwammen bei dem Versuch, freundlich zu blinzeln.

Ladbrook nahm seinen schweren Koffer wieder auf und schwankte davon. Ich erspähte mein Gepäck, zerrte es vom Band und hastete hinter Ladbrook her.

Hillerman hatte seinen Koffer gerade geschnappt. Er blieb an meiner Seite, deutete mit dem massigen Kinn auf den vorausschwankenden Kollegen und meinte: »Wir können ihn doch nicht im Stich lassen, G-man!«

»Keine Sorge«, knurrte ich. Der Gedanke, Kindermädchen für einen Kollegen spielen zu müssen, der eine

Dienstreise zum Anlaß nahm, sich sofort zu besaufen, gefiel mir überhaupt nicht. Wir kamen glatt durch die Paß- und Zollkontrolle. In der Ankunftshalle wurden einige der mitgereisten Kollegen von Bekannten oder mexikanischen Kollegen, mit denen sie mal zusammengearbeitet hatten oder die sie von anderen Tagungen und Kongressen her kannten, in Empfang genommen.

Ladbrook steuerte den Schalter einer Leihwagenfirma namens Panamericana an. Hillerman blieb zurück.

»Hi, Jerry, hi, Stan!« rief uns der Kollege aus Florida nach. »Wir sehen uns im Hotel!«

Stan Ladbrook verhandelte bereits mit einer niedlichen, glutäugigen Mexikanerin, deren Rundungen in einer hübschen blauroten Uniform steckten. Ladbrooks Fahne mußte ihr ins gerade Näschen wehen. Aber anstandslos händigte sie ihm die Wagenpapiere und den Wagenschlüssel aus, nachdem sie seine Kreditkarte durch den Schlitz des Buchungsautomaten gezogen hatte.

»Felipe wird Ihnen den Wagen zeigen«, sagte sie und drückte einen Klingelknopf.

Während wir auf Felipe warteten, lächelte das Mädchen unentwegt zwischen Stan und mir hin und her. Sie hieß Emilia Ansorena, wie das kleine Namensschild auf der Wölbung ihrer Brust verriet. Ich versuchte, ihr Lächeln einzufangen, was mir nicht gelang, bis ich plötzlich das Gefühl hatte, als ob das Lächeln jemand anderem galt.

Ich wandte den Kopf. In der Masse fiel mir kein Gesicht besonders auf. Nur ein scheußliches blauweiß kariertes Jackett. Ernest Hillerman, gefolgt von einem schlanken Mann in einem hellen, gutgeschnittenen Leinenanzug, pflügte wie ein Rammbock durch die Menge. Von dem Colonel sah ich nur den Rücken und glattes, blauschwarzes Haar, das wie eine Kappe am schmalen Schädel haftete.

»Kommen Sie bitte mit, Señores!«

Felipe ergriff unsere Koffer und eilte zu einem Seitenausgang voraus. Das Gewicht von Stan Ladbrooks schwerem Koffer schien dem schmächtigen Mexikaner nichts auszumachen.

Ich nahm Stans Arm und schob ihn vor mir her. Wir gingen um eine Reisegruppe herum, deren Teilnehmer erschöpft auf ihren Koffern hockten. Hinter einer ganz in Schwarz gekleideten Matrone schob sich plötzlich ein Mann hervor, dessen schwammige Gestalt in einem hellgrauen, zerknitterten Anzug steckte.

Die herabgezogene Krempe eines formlosen Hutes verdeckte seine Augen. Sein Gesicht konnte ich ebenfalls nicht erkennen, weil er in diesem Moment eine Kamera hochriß. Das eingebaute Blitzlicht flammte auf. Ich blinzelte kurz und wollte stehenbleiben. Aber der Mann in Grau war bereits in der Menge untergetaucht, und Ladbrook, der von dem Vorfall nichts bemerkt hatte, zerrte ungeduldig an meiner Hand.

Der Kerl hatte uns fotografiert, da war ich sicher.

Aber wen hatte er gemeint? Stan? Oder mich? Oder uns beide?

Die Luft draußen kam mir im ersten Moment heiß und stickig vor. Aber sie war trocken, und der stickige Dunst stammte von den unzähligen Autos, die über den Platz vor den Abfertigungshallen fuhren oder mit laufenden Motoren vor den Ausgängen warteten.

Felipe führte uns zu einem gelben Toyota, der unter einem schattenspendenden Dach stand. Während ich Felipe, der unser Gepäck in den Kofferraum wuchtete, hundert Pesos Trinkgeld gab, klinkte Stan Ladbrook bereits die Fahrertür auf. Ich packte seinen Arm und zog ihn zurück. Felipe grinste vielsagend und sprang leichtfüßig davon. Ich bugsierte Ladbrook auf den Beifahrersitz. Er protestierte nur schwach.

Ich nahm den Platz hinter dem Lenkrad ein und schnallte mich an.

»Das sollten Sie auch tun«, sagte ich.

Ladbrook brummelte nur undeutlich vor sich hin. Ich fuhr um den Verteilerkreis und bog in den Boulevard Puerto Aereo ein, der auf schnellstem Weg in die City führt. Ich sah in den Rückspiegel, konnte aber nichts Auffälliges feststellen. Der Gedanke an den Kerl, der uns in der Ankunftshalle fotografiert hatte, beunruhigte mich doch. Aber mir konnte das Interesse des Fotografen doch nicht gegolten haben!

»Kennen Sie jemanden hier?« fragte ich. »Oder werden Sie erwartet?«

»Wie kommen Sie darauf?«

»Weil Sie einen Leihwagen genommen haben. Ein Taxi wäre billiger für die paar Tage.«

»Zerbrechen Sie sich nicht meinen Kopf«, sagte Ladbrook. Er holte die Bourbonflasche aus der Plastiktüte und schraubte den Verschluß ab.

»Das sollten Sie jetzt besser lassen«, sagte ich ruhig.

»Was sind Sie für einer? Wollen Sie mir Vorschriften machen?«

»Nein. Aber Sie sollten sich jetzt festschnallen, Stan. Und trinken Sie nicht soviel ...« Ich spürte seinen bösen Seitenblick.

»Sie sind der richtige Schnüfflertyp, was?« Er setzte die Flasche an die Lippen und ließ eine gehörige Portion in seinen Mund gluckern. »Was jetzt, Cotton? Ich bin ein freier Mann ...«

»Und ein amerikanischer Cop.«

Er lachte trocken auf. »Das verpflichtet mich, mich wie ein Musterknabe zu benehmen? Sie sind einer, Cotton. Was werden Sie tun? Mich beim Deputy Chief Commissioner von New Orleans anscheißen? Nur los, der will mich sowieso feuern.«

»Ich werde nichts dergleichen tun!« sagte ich scharf.

»Dann ist es ja gut«, sagte Ladbrook und nahm einen neuen Schluck. »Ich bin gern unabhängig, Cotton, verstehen Sie? Deshalb diese Kiste. Ich bin ein paar Tage raus aus diesem beschissenen Kaff am Golf, verstehen Sie? Da will ich Bewegungsfreiheit haben. Ich suche mir 'ne gute Nutte und ...«

»So genau will ich's nicht wissen«, unterbrach ich ihn, bevor er mir Einzelheiten seiner Freizeitgewohnheiten anvertrauen konnte. »Jeder muß selbst wissen, was er tut.«

»Sehr richtig!«

»Wir sind fotografiert worden«, sagte ich.

»Fotografiert? Wir? So schön sind wir doch gar nicht! Wo denn?«

»In der Flughafenhalle.«

»Das wird einer von den Fotografen gewesen sein, die nachher beim Abflug mit den Bildern dastehen und kassieren wollen«, meinte er und schraubte seine Flasche wieder zu.

Die Antwort war ein wenig zu glatt erfolgt, wenn ich das Quantum Bourbon bedachte, das Ladbrook in sich hineingeschüttet hatte. Aber ich ließ das Thema fallen, weil ich es hasse, mir miese Ausreden auftischen zu lassen.

Die Tagung fand auf Einladung der mexikanischen Bundesregierung statt. Deshalb waren alle Tagungsteilnehmer Gäste der Regierung. Wir waren im Hotel Nacional untergebracht, einem Luxushotel, das zu einem neuen Kongreßzentrum westlich der Pinacoteca Nacional gehört.

Ich überließ den Toyota und Ladbrooks Koffer einem Boy und nahm nur mein Gepäck mit, als ich den Kollegen aus New Orleans in die Halle bugsierte. Stan Ladbrook ging mit den steifen Schritten des Betrunkenen auf die Rezeption zu, wo er sich wie ein Ertrinkender, dem im letzten Moment ein rettender Balken entgegengeschwommen war, festklammerte.

»Danke, Cotton«, murmelte Stan Ladbrook, »ich komme jetzt zurecht.«

Ich war ebenfalls der Ansicht, daß ich meiner Fürsorgepflicht einem Landsmann und Kollegen gegenüber fürs erste Genüge getan hatte und mich jetzt um mich selbst kümmern konnte.

Ich schob meine Anmeldebestätigung zum Kongreß über das Pult.

»Willkommen im Nacional, Mr. Cotton«, sagte der Empfangschef. »Sie wohnen im zwölften Stock, Zimmer 12033.« Er wandte sich um und nahm eine weiße Karte aus dem Schlüsselfach, die er mir zusammen mit dem Zimmerschlüssel aushändigte.

»Dieser Herr wartet in der Bar auf Sie.«

D. Manuel Tocedo Rivas stand auf der Karte, darunter die Bezeichnung seiner Dienststelle und auf der Rückseite seine private Telefonnummer.

Manuel Tocedo war mexikanischer Bundespolizist, ein Beamter der Policia Federal, im Volksmund Fed genannt, was dem US-amerikanischen FBI-Beamten oder G-man entsprach. Ich kannte Tocedo nicht persönlich. Doch sein Name war mir geläufig. Es kam häufiger vor, daß ich von New York aus Anfragen nach Mexiko richten mußte, wegen vermißter Personen oder bei geflüchteten Verdächtigen.

Die Antworten waren meistens mit dem Namen M. Tocedo gezeichnet.

Immerhin ein bekannter Name in einer fremden Umgebung, dachte ich einigermaßen erfreut. Ich wandte mich um und schnappte nach Luft.

Das verheißungsvolle Lächeln der vollen roten Lippen traf mich mitten ins Herz. Abgrundtiefe, dunkle Augen musterten mich herausfordernd. Langes, schwarzes Haar umrahmte das längliche Gesicht, dessen glatte Haut wie Elfenbein glänzte.

»Kann ich Sie einen Augenblick sprechen, Mr. Cotton?« fragte sie auf englisch mit einem leichten spanischen Akzent.

Wir zogen uns aus dem Gewühl an der Rezeption in eine ruhigere Ecke zurück. Dort wandte sie sich mir. wieder zu.

»Ich bin Carmen Sanromán«, sagte sie.

Carmen! Wie konnte eine Erscheinung wie dieses Wesen auch anders heißen! Carmen! Sie trug einen schwarzen Rock und eine feuerrote Seidenbluse mit tiefem Ausschnitt. Durch das dünne Gewebe und die Spitzen des schwarzen Büstenhalters schimmerte die helle Haut ihrer vollen Brüste.

Mexiko im Frühling! Was konnte mir Besseres widerfahren! Mein Atem beschleunigte sich. Hingerissen lauschte ich ihrer dunklen, vollen Stimme.

»Ich arbeite für El Septenario, die größte mexikanische Wochenzeitschrift. Aus Anlaß des Polizeikongresses wollen wir in einer Artikelfolge einen Tagungsteilnehmer jeder teilnehmenden Polizeibehörde vorstellen. Mir ist die Aufgabe zugefallen, einen G-man zu interviewen. Und wenn Sie lange genug in meinen Ausschnitt gestarrt haben, können wir vielleicht über einen Termin reden.«

»Entschuldigen Sie!« sagte ich hastig. Das schöne Gesicht lächelte unverändert.

»Übelnehmen gilt nicht, Mr. Cotton.« Sie sah auf ihre Armbanduhr, ein winziges, mit Diamantsplittern besetztes Etwas. »Ich nehme an, daß Sie sich nach dem Flug erst frisch machen wollen. Wenn es Ihnen recht ist, nehmen wir an der Bar einen Drink und suchen dabei nach einer Lücke in Ihrem Programm.«

Die Bar! Ich hielt noch die Visitenkarte meines mexikanischen Kollegen in der Hand.

»Großartig«, sagte ich. »An der Bar wartet schon jemand auf mich. Kommen Sie mit!«

»Ich möchte Sie gern für mich allein haben, Mr. Cotton«, sagte Carmen Sanromán. Sie wippte leicht auf den Fußballen, während sie eine Hand in der Tiefe ihrer Umhängetasche versenkte. Sie förderte eine riesige Sonnenbrille zutage. »Wann werden Sie auf Ihrem Zimmer sein, Mr. Cotton?«

Die Augen verschwanden hinter undurchsichtigen Gläsern.

»Ich sage dem Kollegen an der Bar Bescheid, und dann ...«

Sie schüttelte leicht den Kopf. »Lassen Sie sich Zeit, Mr. Cotton! Ich rufe Sie an, dann verabreden wir uns zum Almuerzo, wie wir hier sagen. Zum Lunch.«

Sie drehte sich um und schritt auf die Drehtür zu.

Der Rock schwang um herrlich geformte Beine. Jerry-Boy, dachte ich froh, die Reise wird sich gelohnt haben, bevor sie zu Ende geht! Alle Boys und Gepäckträger schienen mit den Neuankömmlingen beschäftigt zu sein. Deshalb nahm ich meinen Koffer mit in die Bar.

Die Ausstattung der Bar sollte dem Gast das Innere einer aztekischen Kultstätte vorgaukeln. Aus allen Ecken glotzten Maskengesichter. Die Wände waren mit farbigen Ornamenten verziert, wie sie im Volk seit Urzeiten überliefert wurden.

Das gedämpfte Licht in dem länglichen Raum sollte über die frühe Stunde – es war 11 Uhr 30 – hinwegtäuschen. Ich ließ meinen Blick über die Anwesenden wandern. Es waren – trotz der frühen Stunde – recht viele, die sich bei einem Drink auf den bevorstehenden Lunch oder Almuerzo, wie man hier sagte, einstimmten: japanische Firmenvertreter, europäische Ingenieure, südamerikanische Geschäftsleute.

Gleich vorn saß ein stämmiger Mann mit olivfarbener Gesichtshaut, dessen tiefliegende Augen meinen Blick einfingen. Er hatte eine kühn gebogene Nase mit einem buschigen Schnäuzer darunter, in dem die Tropfen des Orangendrinks hingen, von dem er eben getrunken hatte.

Als ich die Karte ein wenig anhob und fragend die Augenbrauen wölbte, verzog sich das fleischige Gesicht zu einem Grinsen. Der Mexikaner rutschte vom Hocker und streckte mir seine breite Hand entgegen.

»Sie sind also Jerry Cotton! Willkommen, willkommen! Als ich Ihren Namen im Teilnehmerverzeichnis entdeckte, habe ich mir vorgenommen, Sie kennenzulernen. Ich bin Manuel Tocedo. Sagen Sie ruhig Manuel zu mir, wie es bei Ihnen üblich ist.«

Manuel Tocedo sprach ein einwandfreies Englisch, weshalb er vermutlich als Verbindungsmann zum FBI diente.

Ich lächelte über die offene Art des mexikanischen Kollegen. Bereitwillig ließ ich mich zu einem Drink überreden, zu einem alkoholfreien, versteht sich.

Nicht Terrorismus, sondern Prominentenschutz und Ausländerangelegenheiten gehörten zu Manuel Tocedos Aufgabenbereich. Mit der Tagung war er deshalb nur am Rande befaßt. Aber er wollte mir seine Stadt zeigen und mich zum Essen einladen – am liebsten schon heute abend.

Ich dachte an die schöne Carmen, die mich gleich anrufen wollte. Vielleicht hatte sie am Abend nichts vor. Ich grinste Tocedo an. Mit Carmen konnte er nicht konkurrieren.

»Ich weiß nicht genau, wie mein Zeitablauf aussieht«, sagte ich. Der Kongreß sollte morgen früh um zehn Uhr beginnen und die nächsten drei Tage, bis zum kommenden Freitag, dauern. »Auf jeden Fall brauche ich jetzt eine Dusche.«

Tocedo deutete auf meine Hemdtasche, in die ich seine Karte gesteckt hatte. »Rufen Sie mich an! Ich hole Sie ab. Okay?«

»Bueno«, antwortete ich. Ich leerte mein Glas und schnappte meinen Koffer. Tocedo begleitete mich in die Halle. Das Gedränge vor der Rezeption und den Aufzügen schien noch zugenommen zu haben. Unwillkürlich blieben wir stehen, um einigen Männern Platz zu machen, die durch die aufgestellten Flügel der Drehtüren hereinkamen. Es waren Männer mit ausdruckslosen Gesichtern. Stoisch blickten sie geradeaus, während sie fast im Gleichschritt durch die Halle marschierten und sich dann vor den Fahrstühlen aufbauten. Ihre Anzüge, dunkel und altmodisch, waren von gleichem Schnitt und erinnerten dadurch an Uniformen.

Ein unwilliges Grollen quoll aus Tocedos stämmigem Hals. »Daß die sich trauen, hierher zu kommen!«

»Sehen wie Gangster aus«, murmelte ich nah an seinem Ohr.

»Damit liegen Sie gar nicht so schief, Jerry«, gab der mexikanische Kollege leise zurück. »Sie gehören zur kolumbianischen Delegation ...«

Jäh wurde ich an meinen kleinen Sonderauftrag erinnert. »Oliver Cervera«, sagte ich. »Ist er dabei?«

»Er ist noch nicht eingetroffen«, antwortete Tocedo. »Was wissen Sie von ihm?« fragte er dann.

»Ach, nur daß ich ihn kennenlernen möchte«, antwortete ich leichthin. Als ich Tocedos befremdeten Seitenblick bemerkte, fügte ich schnell hinzu: »Ob gern oder ungern, sei dahingestellt, Manuel ...«

Mein Zimmer im 12. Stock entpuppte sich als ein geräumiges Apartment. Es bestand aus einem riesigen Salon und einem Schlafzimmer, zu dem ein luxuriös ausgestattetes Bad gehörte.

Wenn ich die schöne Carmen wiedersah, wollte ich ihr erfrischt gegenübertreten. Deshalb wuchtete ich meinen Koffer auf das Gestell, legte frische Wäsche zurecht und zog mich aus.

Im Bad nahm ich eins der flauschigen Handtücher vom Stapel.

Darunter kam ein Umschlag aus dicker brauner Pappe zum Vorschein, der Größe nach fast schon ein Päckchen. Wie eine häßliche Kröte lag er auf dem sauberen weißen Handtuch.

Jäh wurde ich daran erinnert, was der Grund meines Aufenthalts hier in Mexiko und was der Gegenstand der bevorstehenden Tagung war – der internationale Terrorismus. Fanatische und intelligente, zu allem entschlossene Gegenspieler, Kriminelle, mit gewöhnlichen Verbrechern kaum zu vergleichen, da die Motive ihres Handelns nicht faßbar, nicht erklärbar, nicht nachvollziehbar waren. Sie töteten nicht aus Haß oder Eifersucht oder Habgier. Sie legten keine Bomben, um Geld zu erpressen. Sie wollten eine andere Welt und eine andere Gesellschaftsordnung, ohne die neue Welt, die neue Gesellschaftsordnung beschreiben zu können. Zuerst wollten sie Anarchie, das Chaos. Nur das schien als gemeinsames Merkmal festzustehen.

Eine Tagung, an der Terrorismusbekämpfer vieler Nationen teilnahmen, eine Tagung, bei der hohe Polizeibeamte, ja, sogar Regierungsmitglieder mehrerer Länder Vorträge halten würden, mußte einen hohen Reiz auf Extremisten aller Schattierungen ausüben. Die Räume des Kongreßzentrums, in denen die Tagung stattfand, waren deshalb schon seit Tagen hermetisch abgeriegelt und wurden von einer Sondereinheit der mexikanischen Polizei ständig bewacht.

Ähnlich lückenlose Sicherheitsvorkehrungen ließen sich in einem Luxushotel mit über tausend Zimmern, mehreren Restaurants und Bars nicht durchführen.

Ich starrte auf den fleckigen Umschlag, die zolldicke Wölbung, und mein erster Impuls war, wegzurennen, raus aus diesem Raum. Ich war nackt. Ich kam mir verletzlich vor. Ich ließ mich auf ein Knie nieder, näherte mein Gesicht dem Umschlag und betrachtete ihn aus der Nähe. Mit einem Finger strich ich über die rauhe Pappe und prüfte, ob der Inhalt nachgiebig war, während alles, was ich über Briefbomben oder Kontaktgifte wußte, durch mein Hirn schoß.

Ich schob behutsam eine Hand unter den Umschlag und hob ihn etwas an. Er war nicht sehr schwer. Das Gewicht schien dem Umfang und der Dicke des Umschlags angemessen, wenn er Papier enthielt. Prospekte, Fotos, Broschüren.

Hatte der Gast, der vor mir in diesem Apartment gewohnt hatte, diesen Umschlag unter den Handtüchern versteckt und ihn bei der Abreise vergessen? Pornofotos, die seine Frau nicht entdecken durfte?

Unsinn, Jerry, dachte ich. Die Handtücher waren frisch und erst vor kurzem hier aufgestapelt worden. Wer immer den Umschlag abgelegt hatte, hatte es getan, nachdem das Zimmer für einen neuen Gast hergerichtet worden war.

Für den Special Agent Jerry Cotton aus New York!

Mutiger geworden, drehte ich den Umschlag um. Auch die andere Seite war nicht beschriftet. Ich bemerkte, daß die Lasche nur in den Umschlag gesteckt, aber weder zugeklebt noch geklammert war.

Ich nahm ein Messer aus meinem Necessaire. Vorsichtig schob ich die Klinge unter die Lasche und zog sie heraus. Langsam stieß ich den angehaltenen Atem aus. Der Inhalt des Umschlags hätte so manches Herz erfreut. Meins bestimmt nicht. Ich wußte, daß ich vor einem Problem stand.

Der Umschlag war mit Geldscheinen vollgestopft.

Weil ich die Scheine nicht mit den Fingern berühren wollte, zog ich sie mit einem Waschlappen heraus.

Das Geld war zu zwei Paketen gebündelt. Das eine enthielt Dollarnoten. Nach einem flüchtigen Durchblättern schätzte ich die Summe auf glatte zehntausend. Das andere bestand aus mexikanischen Pesos in großen Scheinen. Etwa eine Million, was bei dem derzeitigen hohen

Kurs dem Gegenwert von etwa fünftausend Dollar entsprach.

Vergeblich suchte ich nach einer Nachricht, einer Mitteilung, nach irgend etwas, das Aufschluß über die Absicht der Person gab, die mir fünfzehntausend Dollar ins Zimmer gelegt hatte.

Mir? Dem G-man Jerry Cotton? Oder dem Gast, der dieses Zimmer bezog, egal, wer es war? Oder handelte es sich um einen Irrtum? Hatte die Hotelleitung den Belegungsplan geändert und war das Geld für jemanden bestimmt, der ursprünglich dieses Apartment beziehen sollte? Und wofür sollte es sein? Bestechungsgeld? Lohn für eine schmutzige Arbeit?

War der Empfänger ein Polizeibeamter?

Ich zuckte leicht zusammen, als das Telefon schnarrte

Carmen, dachte ich bedauernd. Der gemeinsame Lunch mußte ins Wasser fallen.

Es gab auch einen Apparat im Bad. Ich nahm ab.

»Hallo?« Ich hoffte, daß meine Stimme neutral klang. Ich würde den Lunch absagen müssen. Ich mußte erst feststellen, was es mit diesem seltsamen verfrühten Osterei auf sich hatte.

Doch statt Carmens vibrierender Stimme hörte ich einen Mann, der leise lachte.

»Wer ist da?« fragte ich.

»Ich nehme an, Sie haben da was in Ihrem Badezimmer gefunden ...«

»Wenn der Umschlag Ihnen gehört, können Sie ihn abholen«, sagte ich.

Der Mann lachte wieder. »Was halten Sie von seinem Inhalt?«

»Geld sieht immer gut aus«, antwortete ich vorsichtig, »selbst wenn es einem nicht gehört.«

»Es gehört Ihnen«, sagte der Anrufer.

»Einfach so?« fragte ich. Ich kannte die Stimme nicht, ich wußte nur, daß sie einem Amerikaner gehörte. Ihr Besitzer war weder jung noch alt, und die glatte Ausdrucksweise ließ keinen Rückschluß auf seine Herkunft zu. Ich wollte ihn am Reden halten, um mehr über ihn herauszufinden. »Wo liegt der Haken?«

»Kein Haken. Das Geld gehört Ihnen. Wenn Sie noch mehr haben wollen, dreimal soviel, brauchen Sie uns nur einen Gefallen zu tun ...«

Natürlich wollten sie etwas kaufen. Selbstverständlich erwarteten sie eine Gegenleistung. Niemand verschenkt fünfzehntausend Dollar. Sie sollten den Köder für weitere dreißigtausend darstellen.

»Was ist das für ein Gefallen?« fragte ich.

»Jemanden umlegen, was sonst?«

»Vergessen Sie's!« sagte ich kalt.

»Nicht so voreilig, Mann! Ich ...«

»Ich bin Polizist ...«

»Meinen Sie, das wüßte ich nicht? Deshalb spucken wir ja auch dreißigtausend aus. Als Bullenprämie, gewissermaßen. Einen mexikanischen Killer bekämen wir für fünftausend, den besten für höchstens zehntausend.«

»Warum engagieren Sie ihn nicht?«

Warum legte ich nicht auf?

»Sie kommen problemlos an ihn ran. Sie können ihn umpusten und verschwinden. Niemand wird Sie verdächtigen.«

»Sie müßten wissen, daß ich es nicht tun werde«, sagte ich ruhiger, als ich mich fühlte. Das Ansinnen war so ungeheuerlich, daß es mir fast den Atem nahm. »Ich habe mich doch deutlich ausgedrückt, Mann. Behalten Sie das Geld, und vergessen Sie diesen Anruf! Oder überlegen

Sie es sich! Nur eins – tun Sie nichts Unüberlegtes! Denken Sie erst nach, bevor Sie der korrupten mexikanischen Polizei mit einer wüsten Geschichte kommen!«

Was war das für eine Affäre, in die ich verstrickt werden sollte? Der Mann am anderen Ende der Leitung war kein Terrorist. Was immer eine extremistische Gruppe plante, sie würde es allein durchziehen. Auf die ganz harte Tour. Mein Opfer sollte ein Tagungsteilnehmer sein, so viel schien mir sicher. Sollte es ein Kollege sein? Ein hoher Regierungsbeamter?

»Und wer sollte es sein?« fragte ich.

Eigenartig, daß ich noch nicht an Oliver Cervera dachte. Vielleicht lag es daran, daß ich noch an einen Irrtum, an ein Mißverständnis, an einen grausamen Scherz glaubte.

»Unsere Geschäftsbeziehung ist noch zu jung, als daß ich Ihnen jetzt schon den Namen nennen dürfte. Ich verrate Ihnen nur dies – es ist ein Schweinehund, ein geldgieriges, korruptes Stück Dreck, das mehr Menschenleben auf dem Gewissen hat, als Sie sich vorstellen können!«

»Nichts rechtfertigt einen Mord!«

»Heben Sie sich Ihre Sprüche für eine andere Gelegenheit auf, Mann! Und denken Sie nach! Es gibt Angebote, die man nicht ablehnen kann.«

Der Kerl redet eine Menge dummes Zeug, dachte ich.

»Versuchen Sie keine Mätzchen! Reden Sie mit niemandem über unser nettes Gespräch, und benehmen Sie sich ganz normal! Wir nehmen wieder Kontakt mit Ihnen auf.«

»Sagen Sie mir lieber, wann Sie das verdammte Geld wieder abholen!«

»Das reicht für jetzt. Ich wünsche Ihnen einen schönen Tag ...«

Ich stand da, splitternackt, mit dem Telefonhörer in der Hand, aus dem ein Summton drang. Ich legte auf. Ich spürte ein Kribbeln zwischen den Schulterblättern.

Ich vergaß die Dusche. Ich zog mich wieder an und nahm das Geld in die Hand. Der Anrufer hatte gelogen. Ich würde das Geld nicht einfach nehmen und den Anruf vergessen können. Irgend jemand hatte einen teuflischen Plan ausgekocht. Ein Spiel, in dem ich eine der Hauptrollen spielte. Es mußte eine Rolle sein, die mir eine Menge Variationsmöglichkeiten ließ.

Oder, anders ausgedrückt – es fiel kaum ins Gewicht, wie ich mich verhielt.

Was wiederum bedeutete, daß meine Rolle nicht die entscheidende war. Daß ich den Killer nur spielen sollte. Im wahrsten Sinne des Wortes.

Meine eigentliche Rolle war vielleicht die des Sündenbocks, wenn ich am Schluß neben einer Leiche stand, mit der Hand voll schmutzigem Geld ...

Der Empfangschef lächelte höflich, als ich ihn bat, mir ein Schließfach in der Hotelsafe-Anlage zu überlassen.

»Wenden Sie sich dafür bitte an den Chefkassierer, Sir, dort, die Tür!« sagte er und wollte sich einem neuen Gast zuwenden.

»Einen Augenblick noch«, bat ich ihn. »Ich habe Zimmer 12033. Wurden die einzelnen Zimmer den Kongreßteilnehmern namentlich zugeteilt, oder wurde erst bei der Ankunft entschieden, wer welches Zimmer bekam?«

Der Empfangschef zog die Augenbrauen in die Höhe. »Stimmt etwas nicht, Sir?« erkundigte er sich.

Ich mußte herausfinden, ob ich, der G-man Jerry Cotton aus New York, ganz persönlich das aberwitzige

Angebot erhalten hatte, einen Menschen umzubringen, oder ob ein ganz bestimmter anderer Gast gemeint war, der damit gerechnet hatte, mein Apartment im 12. Stock des Nacional zu bekommen.

Doch das konnte ich dem Hotelangestellten nicht erklären. Ich kehrte deshalb den Polypen heraus.

»Sie kennen das Tagungsthema«, sagte ich von oben herab. »Andere kennen es ebenfalls – Terroristen.«

Das Gesicht des Empfangschefs verfärbte sich leicht. »Die Sicherheitsbehörden unseres Landes haben Vorkehrungen getroffen«, sagte er gefaßt. »Die Tagung wird ohne Zwischenfälle verlaufen.«

Die Tagung begann erst morgen. Heute noch war das Hotel offen wie die Grand Central Station in Manhattan.

»Also, wie war das?« fragte ich von oben herab.

»Das Innenministerium hat im Auftrag der mexikanischen Bundesregierung pauschal dreihundert Zimmer reservieren lassen«, erklärte der Angestellte. »das war vor vier Monaten. Vor zwei Wochen hat uns die zuständige Abteilung die Teilnehmerliste zur Verfügung gestellt. Anhand dieser Liste haben wir die Zimmer verteilt.«

»Vor zwei Wochen also?«

»In den letzten Tagen«, sagte der Empfangschef. »Es war eine Routinearbeit des Reservierungsbüros.« Eine vollständige Liste aller Kongreßteilnehmer befand sich bei den Tagungsunterlagen, die ich in meinem Apartment vorgefunden hatte. Die Zimmernummern der Tagungsteilnehmer gingen daraus jedoch nicht hervor.

Im Reservierungsbüro berief ich mich auf den Empfangschef und ließ mir den Belegungsplan für den Zeitraum der Tagung vorlegen.

Neben der Nummer 12033 stand mein Name. Da war

nichts radiert oder ausgebessert worden. Vor mir hatte ein Flugkapitän der Quantas in 12033 übernachtet.

Anstandslos überließ man mir eine Kopie des Belegungsplans. Die steckte ich ein und wechselte ins Büro des Chefkassierers. Ich ließ mir ein Fach im Hotelsafe geben und schloß den Umschlag mit dem Geld dort ein. Den Schlüssel befestigte ich an meinem Schlüsselbund.

Ich fühlte mich etwas zuversichtlicher, als ich in die Halle zurückkehrte. Unter meinem leichten Jackett steckte mein vertrauter Smith&Wesson. Ich hatte ihn in meinem Koffer mit ins Land gebracht. Weiß der Teufel, gegen welche Vorschriften ich damit bereits verstoßen hatte. Sollte es auffallen, mußte ich mich auf ungemütliche Folgen gefaßt machen. Aber vielleicht fand ich auch Verständnis bei den zuständigen Beamten.

Aber irgend etwas ging vor, irgend etwas, das mit Gefahren nicht nur für meine Person verbunden war. Ich wollte nicht wehrlos sein, wenn es zu einem Kampf kam.

Ich hielt nach einer feuerroten Bluse und einem hinreißenden Gesicht Ausschau. Es gab einige rote Farbtupfer in der Halle, doch die meisten rührten von den roten Jacken der Boys und Gepäckträger her.

Carmen Sanromán hatte mich nicht angerufen. Sie wartete auch nicht in der Halle auf mich. Der Gedanke, daß sie unsere Verabredung vergessen oder ein anderes Opfer für ihr Interview aufgetan haben könnte, verletzte mein männliches Selbstwertgefühl, obwohl mir der Sinn im Augenblick weder nach Publicity noch nach einem erotischen Abenteuer stand.

Ich schwankte noch, ob ich erst einen Blick in die Bar werfen und dann versuchen solle, Manuel Tocedo zu erreichen, als mir Ernest Hillerman über den Weg lief. Er hatte sich umgezogen und trug jetzt eine karierte Hose und ein Buschhemd, das sich über dem mächtigen Bauch wölbte. Er strahlte mich an.

»Ich habe eben meinen Colonel verabschiedet«, sagte er laut. »Was machen wir mit dem angebrochenen Tag, Jerry?«

Ich sah ihn abwägend an. Ich mußte mich einem Menschen anvertrauen, weil ich vielleicht irgendwann Hilfe brauchte. Aber ich bezweifelte, daß dieser laute Plattfußdetective dafür der richtige Kandidat war.

»Mir ist jetzt nicht danach, einen draufzumachen«, sagte ich. Ich zwang mich zu einem entschuldigenden Lächeln. »Ein andermal, Ernest, wir sind ja noch ein paar Tage hier.«

Ernest Hillerman hob eine seiner fleischigen Hände und zeigte mir ihr rosiges Innere. »Schon gut, Jerry, schon gut! Aber wir machen einen drauf, Jerry, versprochen?«

»Versprochen«, sagte ich feierlich.

Um ihn loszuwerden, hätte ich sogar versprochen, seine Großmutter mit auf einen Kneipenbummel zu nehmen, wenn er darauf bestanden hätte.

Ich mußte herausfinden, wer umgebracht werden sollte und womit man mich zwingen wollte, das Spiel mitzumachen. Dabei war ich auf meine Phantasie angewiesen. Und auf jemanden, der sich hier in der Stadt und im Land auskannte.

Da fiel mir fast zwangsläufig der Name meines mexikanischen Kollegen Manuel Tocedo ein.

Aber war der überhaupt echt?

Unter der Nummer, die Manuel Tocedo – oder der Mann, der sich so nannte – auf die Rückseite der Karte geschrieben hatte, meldete sich niemand. Und im Telefonbuch von Mexiko City fand ich keinen Manuel Tocedo Rivas, was mich allerdings nicht weiter überraschte. Die Zeiten, in denen jeder Interessierte die Telefonnummer oder Adresse eines Polizeibeamten aus dem aktiven Dienst so leicht herausfinden konnte, waren auch bei uns in den Staaten längst vorbei.

Ich probierte es also mit der Policia Federal.

»Señor Tocedo ist zur Zeit nicht in der Dienststelle«, sagte der Beamte, mit dem ich verbunden wurde. »Worum handelt es sich, Señor?«

»Um eine private Angelegenheit«, antwortete ich. »Können Sie mir seine Adresse geben?«

»Tut mir leid, Señor Cotton«, sagte der Beamte höflich, aber bestimmt. »Wir geben die privaten Anschriften der Angehörigen unserer Behörde grundsätzlich nicht heraus.«

Dieselben Worte hätte Myrna in der Telefonzentrale des New Yorker FBI gebraucht, wenn Manuel Tocedo dort angerufen und nach mir gefragt hätte. »Ich bin FBI-Beamter aus New York und kenne Señor Tovedo nur von seinen Fernschreiben her. Deshalb ...«

Tocedo Rivas, was mich allerdings nicht ...«

»Tut mir leid, Señor Cotton. Ich kann ihm eine Mitteilung auf seinen Platz legen. Geben Sie mir Ihre Telefonnummer! Er ruft zurück.«

»Ich bin im Hotel Nacional«, sagte ich.

Ich sagte in der Telefonzentrale Bescheid, daß ich während der nächsten halben Stunde in der Bar anzutreffen sei.

Dort waren jetzt die Polizisten in der Mehrheit, wie die umherschwirrenden Gesprächsfetzen verrieten. Wie fast überall auf der Welt, wo Menschen unterschiedlicher Nationalität und Muttersprache zusammenkommen, wurde auch hier englisch gesprochen.

Es gab eine Auswahl kleinerer Gerichte – Maispfannkuchen, eingelegte Fische, kaltes Fleisch, bunte Salate. Ich nahm zwei der kleinen Pfannkuchen und spülte sie mit einem eiskalten Bier hinunter. Dabei beobachtete ich die anderen Gäste und versuchte mir vorzustellen, daß einer von ihnen das Opfer eines Killers werden sollte.

Mein Opfer!

Ich konnte es nicht. Was nicht allein daran lag, daß ich niemals vorsätzlich einen Menschen umbringen würde. Ich kam vielmehr zu dem Schluß, daß es sich bei dem vorgesehenen Opfer nicht um einen Menschen handelte, der sich unbekümmert an einer vollbesetzten Hotelbar niederlassen konnte. Wer immer ihn beseitigen wollte, hätte einen beliebigen Killer anheuern können, den besten einheimischen sogar, für lumpige zehntausend Dollar.

Lange konnte ich mich meinen Betrachtungen jedoch nicht hingeben. Mein Sitznachbar, ein britischer Polizeioffizier, der auf Barbados stationiert war, schwärmte von den alten Zeiten, als es noch keinen Terrorismus in den Kolonien gegeben hatte.

»Wir haben für die Schwarzen gesorgt, und wenn einer aufsässig wurde, bekam er Prügel.« Der Engländer trank Gin, den er mit einigen Tropfen Ananassaft verdünnte.

Ich hatte keine Lust, mir das Geschwafel eines Unverbesserlichen anzuhören, der längst in ein Museum gehört hätte. Aber ich mußte an seiner Seite ausharren, wenn ich Manuel Tocedos Anruf nicht verpassen wollte. In mein Apartment zog mich im Moment nichts. Wer weiß, wer dort ein und aus ging und beim nächsten Besuch vielleicht etwas anderes zurückließ als einen Packen Geldscheine.

Ich fragte mich, was Stan Ladbrook jetzt treiben mochte, während der Engländer mir erklärte, wie man früher in den Kolonien mit Protestierern und Rebellen umgesprungen war. An der Bar war Ladbrook nicht zu entdecken. Ob er sich in seinem Zimmer an der angebrochenen Flasche Bourbon stärkte? Oder machte er, angetrunken wie er war, mit dem gemieteten Toyota die mexikanische Hauptstadt unsicher?

Ich versuchte mir einzureden, daß es mich nichts anging. Es war die alte Geschichte. Wie weit ging die Fürsorgepflicht einem Fremden gegenüber, wenn der dabei war, sich selbst und andere in Schwierigkeiten zu bringen? Zum Teufel, Jerry, dachte ich, du steckst selbst in irgendwelchen Schwierigkeiten und hast nichts Besseres zu tun, als an die Probleme anderer zu denken!

Der Engländer stieß mir seinen Ellbogen in die Seite. Mir lag eine ärgerliche Bemerkung auf der Zunge, als ich ihn meinen Namen nennen hörte.

Dabei hatte ich mich mit ihm noch nicht bekannt gemacht.

»Mr. Cotton, sind Sie das, Sir?« fragte er.

Ich starrte ihn an.

Er deutete auf einen Pagen, der mit einer Tafel in der Hand durch die Bar ging. Auf der Tafel stand in gelber Farbe *Teléfono*, und darunter, mit Kreide geschrieben, *Mr. Cotton.*

Ich warf einen Geldschein auf die Theke und winkte dem Boy zu. Er führte mich zu einer Kabine in der Nähe der Hoteltelefonzentrale. Dort nahm ich den Hörer ab.

Ich erkannte die Stimme sofort und atmete auf. Manuel Tocedo war echt.

»Ich habe ein Problem«, sagte ich.

»Jetzt schon?« spottete Tocedo. »Wie soll sie denn aussehen? Schlank? Wir Mexikaner lieben sie etwas molliger ...«

Ich brauchte keine Hilfe, wenn ich eine Braut aufreißen wollte. Das sagte ich meinem mexikanischen Kollegen, und irgend etwas schien in meiner Stimme zu sein, denn er wurde unvermittelt ernst.

»Bueno, Jerry, ich muß noch zum Flughafen raus, mir etwas ansehen ...«

»Zum Flughafen?« fragte ich, weil mich im Moment alles interessierte, was ungewöhnlich zu sein schien. Und ein Ereignis am Flughafen, zu dem ein Fed zugezogen wurde, mußte ungewöhnlich sein und konnte mit dem geplanten Mord in Zusammenhang stehen.

»Genauer gesagt, ist es die Flughafenstraße«, sagte Tocedo. »Ein Unfall, in den ein Ausländer verwickelt sein soll. Die Verkehrspolizei will keinen Fehler machen. Ich weiß nicht, wie lange es dauern wird, Jerry. Ich hole Sie dann ab.«

Im Hotel fühlte ich mich kontrolliert und beobachtet. Und irgendwann würde irgend jemand Kontakt mit mir aufnehmen und mir erklären wollen, wie die haarsträubende Geschichte weitergehen sollte. Bestimmt war es kein Fehler, wenn ich mit dem mexikanischen Kollegen darüber sprach.

»Ich komme lieber zu Ihnen«, sagte ich.

Tocedo schwieg einen Augenblick. Er mußte erkannt haben, daß etwas Ernstes anstand. »Bueno, mein Freund, ich versuche, um sechs zu Hause zu sein. Sie nehmen am besten ein Taxi.«

Ich schrieb seine Adresse auf einen Zettel und legte auf. In Gedanken versunken verließ ich die Kabine. Ich hatte jetzt etwas Zeit. Wie konnte ich sie sinnvoll nutzen?

Mein Chef konnte mir jetzt nicht helfen. Niemals würde er die Namen von über zweihundert zumeist ausländischen Kollegen durch den Computer jagen lassen, nur weil mir jemand einen Packen Geld ins Zimmer gelegt und einen Mordkontrakt angeboten hatte. Wenn ich herausfinden wollte, was vorging, brauchte ich Hilfe vor Ort.

Alle Überlegungen liefen darauf hinaus, daß ich mich zuerst meinem mexikanischen Kollegen anvertrauen sollte. Er würde wissen, was zu tun war. Ich würde ihm die Entscheidung überlassen.

Ich blickte auf und lächelte unwillkürlich. Quer durch die Halle wirbelte ein feuerroter Fleck auf mich zu.

»Können Sie mir noch einmal verzeihen?« fragte sie etwas atemlos. Sie warf das lange, schwarz glänzende Haar zurück und nahm die Sonnenbrille ab. »Ich wurde aufgehalten. Tut mir leid. Haben Sie meinetwegen telefoniert?«

Ich schüttelte den Kopf und steckte den Zettel mit Manuel Tocedos Adresse ein.

»Zum Almuerzo ist es jetzt zu spät«, sagte ich.

Sie nahm einfach meinen Arm und zog mich auf einen der hinteren Ausgänge zu. Es war angenehm, die Wärme ihres Körpers zu spüren.

»Gehen wir auf die Terrasse, trinken wir einen Kaffee«, schlug sie vor. »Oder haben Sie immer noch keine Zeit?«

Ich sah auf die Uhr. Ich hatte keine Ahnung, wie lange das Taxi bis zu Manuel Tocedos Wohnung brauchen würde.

»Doch, natürlich, für einen Kaffee wird es reichen«, sagte ich.

Wir setzten uns an einen kleinen Tisch unter einem bunten Sonnenschirm. Sie verbarg ihre feurigen Augen wieder hinter den großen Gläsern ihrer Sonnenbrille.

»Schade«, sagte ich.

»Was? Oh!« Sie verstand. Lächelnd nahm sie die Brille wieder ab. »Besser?«

»Viel besser.«

Sie plauderte lebhaft über das Leben in Mexico City, bis der Kellner unseren Kaffee brachte.

»Wie ist Ihre Einstellung zu Gewalt?« fragte sie unvermittelt, als sich der Kellner wieder zurückzog.

»Beginnt jetzt das Interview?« fragte ich.

»Meine Stärke liegt im Gespräch«, erklärte sie. »Ich rede mit den Leuten und schreibe dann meine Eindrücke nieder.«

»Das sind dann aber sehr persönliche Berichte«, meinte ich.

»Vermutlich«, gab sie zu. Sie sah mich über den Rand ihrer Tasse hinweg an. »Mich interessiert, wie ein Mann denkt, der Tag für Tag mit der Gewalt konfrontiert wird.«

»Er denkt daran, wie er Probleme gewaltlos lösen kann«, antwortete ich.

»Sehr diplomatisch und sehr vage«, meinte Carmen lächelnd. »Kommen Sie nicht in Versuchung, private Probleme gewaltsam zu lösen, wenn sie sich anders nicht lösen lassen?«

»Nein.«

»Niemals?«

»Niemals«, antwortete ich überzeugt.

»Und beruflich? Wie hoch oder tief liegt da die Hemmschwelle?«

»Die Bereitschaft, Gewalt anzuwenden, hat bei einem Polizeibeamten wenig mit der Hemmschwelle zu tun. Es geht auch nicht um Problemlösungen, wie Sie eben andeuten wollten. Gewalt ist nur als äußerstes Mittel in einer aussichtslosen Situation vorstellbar. Jedenfalls für jemanden, der auf der Seite des Gesetzes steht.«

»Sie beziehen keine Stellung, Jerry. Sie reden wie ein Politiker.«

»Es tut mir leid, wenn es sich so anhört«, sagte ich.

Plötzlich wurde mir das Absurde an meiner Situation bewußt. Ich saß hier auf der Terrasse eines Luxushotels und plauderte mit einer schönen Frau über Gewalt, während vielleicht zur selben Zeit ein Mord vorbereitet wurde.

»Entschuldigen Sie mich bitte, ich bin heute kein brillanter Gesprächspartner. Vielleicht haben wir in den nächsten Tagen Gelegenheit, das Thema wieder aufzugreifen.«

Ich winkte dem Kellner und bezahlte die Rechnung. Carmen Sanromán verbarg ihre Augen wieder hinter den Gläsern der Sonnenbrille. Sie blieb an meiner Seite, als wir durch die Parkanlage gingen, die das Hotel umgab, doch ein Gespräch lebte nicht wieder auf. Denn mir war noch etwas bewußt geworden – ich wußte von Carmen Sanromán nicht mehr, als sie mir erzählt hatte. Und das war herzlich wenig.

Vorn in der Hotelauffahrt ließ ich mir vom Portier ein Taxi herbeipfeifen. Carmen winkte mir nach. Erst als das Taxi in die Avenida Tizapan einschwenkte, nannte ich dem Mann am Steuer das Fahrtziel.

»Er sieht nicht so aus, als ob Sie ihn überzeugt hätten«, meinte Henry Dyson, der lautlos hinter die Frau getreten war, die sich Carmen Sanromán nannte.

Carmen fuhr herum. Böse funkelte sie den mageren Mann im zerknitterten Anzug an. »Er wird es tun«, zischte sie. »Ich weiß es!«

Henry Dyson legte den Kopf auf die Schulter. Irgend etwas ging vor, das spürte er. Etwas, das sich seinem Verständnis entzog. Das Syndikat arbeitete daran, einen neuen Mann im Norden Kolumbiens aufzubauen. Dafür mußte Oliver Cervera beseitigt werden.

Bis dahin war alles von zwingender Logik. Allerdings konnte kaum jemand besser als er beurteilen, wie fest Oliver Cervera im Sattel saß und wie sehr er und seine Günstlinge das Departamento Atlantico beherrschten. Cerveras Tod würde Machtkämpfe ausbrechen lassen oder der Regierung im fernen Bogotá die lange erwartete Möglichkeit eröffnen, die Verhältnisse in der Küstenregion neu zu ordnen. In keinem Fall wäre ein ungestörter Anbau des Kokastrauchs mehr möglich, der die Voraussetzung bot für verläßliche Lieferungen zu Preisen, die ausreichenden Gewinn für alle versprachen.

Er, Henry Dyson, hatte dem Syndikat vorgeschlagen, Geduld aufzubringen und abzuwarten, ob Cervera nicht irgendwann dem Druck der vielen kleinen Bauern nachgeben mußte, die vom Anbau des Kokastrauchs lebten und für die das Ausbleiben der Dollars lebensbedrohende Auswirkungen haben mußte.

Aber das Syndikat hatte nicht auf seinen Rat gehört, obwohl er der Experte war. Er kannte das Land am besten, weil er sein halbes Leben dort zugebracht hatte, und er kannte Oliver Cervera wie niemand sonst.

Er, Henry Dyson, hatte deshalb seine eigene persönliche Entscheidung getroffen, als er erkannte, daß er nicht mehr das volle Vertrauen des Syndikats besaß.

»Er wird es tun!« wiederholte Carmen und wandte sich erst ab, als sie sicher war, daß die Glut ihres Lächelns ihn überzeugt hatte.

Henry Dyson wartete, bis sie mit wehendem Rock in den Weg zum Hotelparkplatz einbog.

In der klimatisierten Kühle der Halle suchte er ein Haustelefon, von dem aus er ungestört sprechen konnte.

»Ruiz? Ja, ich bin's. Ihr habt euch geirrt, Ruiz! Ich weiß jetzt, wer es ist! Es ist der andere! Ich hab's aus erster Hand, und ich weiß, daß er fünfzehntausend Dollar im Hotelsafe deponiert hat. – Wohin er jetzt …? Das weiß ich nicht! – Ich? Warum ich? Warum tun Sie es nicht selbst?« Henry Dyson schluckte seinen Ärger hinunter. »Okay, ich versuche es. Er hat ein Taxi genommen. Ich habe mir die Nummer gemerkt …«

Es war sieben Uhr durch, und die Schatten der Dämmerung fielen bereits auf die staubigen Dächer der alten Arbeitersiedlung im Nordosten der Stadt, als Manuel Tocedos alter Volkswagen Käfer endlich in die schmale Straße einbog. Vor der gelb verputzten Mauer mit dem verwitterten Holztor hielt er an. Das Motorgeräusch erstarb. Gleich darauf schlug die Wagentür zu.

Das Tor war nicht abgeschlossen gewesen. Deshalb hatte ich es geöffnet und auf der wackligen Bank neben der Eingangstür gewartet. Tocedo schien das kleine Haus mit einer unbestimmten Anzahl älterer Leute zu teilen. Eine Frau war einige Male herausgekommen, um mich ins Haus zu bitten oder mir etwas anzubieten. Aber durch Gesten hatte ich ihr zu verstehen gegeben, daß es mir nichts ausmache, hier draußen zu sitzen.

Es machte mir sehr wohl etwas aus. Meine Gedanken liefen im Kreis und kamen zu keinem Ziel. Ich hätte lieber etwas unternommen. Aber in einem fremden Land waren mir die Hände gebunden.

Manuel Tocedo stieß das Tor auf und nickte mir zu. Seinem Gesicht sah ich an, daß etwas geschehen sein mußte.

»Tut mir leid, daß Sie warten mußten«, sagte er. Er ging an mir vorbei und schaltete in dem engen Treppenhaus das Licht an. Es roch nach mir unbekannten Früchten und Öl. »Das Haus gehört mir«, sagte Tocedo, während ich hinter ihm her nach oben stieg. »Ich habe es von meinem Vater geerbt. Er hat sich buchstäblich zu Tode geschuftet, um es zu bauen. Ich habe es nicht fertiggebracht, es zu verkaufen oder so teuer wie möglich zu vermieten. Dabei brauche ich nur ein Zimmer und eine Ecke zum Schlafen.«

Seine Wohnung bestand tatsächlich nur aus einem schmalbrüstigen Raum mit schräger Decke und zwei kleinen Fenstern und einer winzigen Kammer, in der gerade ein Bett Platz hatte. Eine Nische mit einem Porzellanspülbecken und einem uralten Kühlschrank mit einer elektrischen Kochplatte darauf diente als Küche.

»Wollen Sie einen Kaffee, Jerry?« fragte Manuel.

»Kaffee wäre prima«, antwortete ich.

Manuel Tocedo legte seine dünne Jacke ab und machte sich an der Kochplatte zu schaffen, wobei er mir den Rücken zuwandte. Ich konnte den Revolver sehen, den er in einem Holster am Gürtel, fast auf dem Rücken, trug. Die hölzernen Griffschalen waren vom langen Gebrauch glatt und dunkel.

»Ich muß Sie darauf aufmerksam machen, Jerry«, sagte er dann, ohne sich umzudrehen, »daß ich dieses Gespräch nicht als private Unterhaltung ansehen kann.«

»Was ist passiert, Manuel?« Was immer es war, es mußte nach unserem ersten Gespräch heute vormittag in der Hotelhalle geschehen sein.

Ich hatte danach einen Haufen Geld in meinem Zimmer gefunden und war von einem Kerl angerufen worden, der mir einen Mordkontrakt anbot.

Und Manuel Tocedo war zu einer Unfallstelle an der Flughafenstraße gerufen worden …

»Was ist an der Flughafenstraße passiert?« fragte ich, als mein mexikanischer Kollege nicht sofort antwortete.

»Jemand ist getötet worden. Aus dem Fenster eines vorbeifahrenden Wagens wurde er mehrere Mal in den Kopf geschossen. Er durchbrach die Leitplanke und landete am Fuß eines Abhangs. Es sah deshalb zuerst nach einem Unfall aus.«

»Aber ich verstehe nicht, was das mit uns, mit mir zu tun hat.«

»Ich muß etwas erklären, Jerry«, sagte der Mexikaner.

Er stellte die Kaffeekanne auf den runden kleinen Tisch in der Mitte des Wohnzimmers, deutete auf einen Stuhl, holte Tassen und Zucker und setzte sich endlich auch. Tocedo wollte Zeit gewinnen. Irgend etwas mußte ihm schwer auf dem Magen liegen.

»Uns wurde da eine Information zugespielt«, begann er. »Vielleicht nur ein Gerücht, aber das müssen wir ernst nehmen.« Er rührte in seinem Kaffee. »Während des Kongresses soll jemand umgelegt werden.«

»Wer?«

»An der Tagung nehmen über zweihundert Personen teil. Jeder Teilnehmer hat in seinem Land Feinde, der eine mehr, der andere weniger. In dem einen Land sind die Gegner radikaler, brutaler ...«

»Manuel, wer?«

»Ich bin nicht berechtigt, darüber zu sprechen«, erklärte Manuel Tocedo steif.

»Und was hat das mit mir zu tun?« fragte ich, jetzt ebenfalls in einen förmlichen, kühlen Ton fallend.

»Der Killer soll einer von euch sein. Ein Cop, ein Teck, ein G-man aus den Staaten. Ein Gerücht. Das heißt, bisher war es nur ein Gerücht ...«

»Wollen Sie mir nicht einfach sagen, was wirklich los

ist, Manuel? Sie werden mich doch nicht für einen Killer halten! Hören Sie, ich habe da etwas in meinem Zimmer gefunden, und dann kam da ein Anruf ...«

»Moment, Jerry«, unterbrach mich der mexikanische Bundespolizist. »Bevor Sie weiterreden, will ich Ihnen sagen, was wir an der Flughafenstraße gefunden haben. Der Mann hatte einige Fotos bei sich. Drei Stück, um genau zu sein. Auf allen sind Sie zu sehen.«

Der Mann in Grau, dachte ich. »Der Mann in Grau«, sagte ich laut.

»Sie wissen von ihm?«

»Mir ist jemand aufgefallen, der mich fotografiert hat. Mich und meinen Begleiter.« Ich runzelte die Stirn. »Er hatte die fertigen Bilder in der Tasche?«

»Polaroidfotos«, antwortete Tocedo.

»Fotos von mir? Manuel, kann es nicht sein, daß ich als Opfer vorgesehen bin?«

Tocedo schüttelte langsam den Kopf. »Die uns vorliegende Information besagt, daß es sich bei der Zielperson um einen sehr hohen Beamten aus einem südamerikanischen Land handelt.«

»Wie paßt der Tote an der Flughafenstraße in die Geschichte?« fragte ich.

»Er stammt aus dem betreffenden Land«, antwortete Tocedo langsam. »Er gehört der dortigen Anti-Terror-Brigade an. Er war praktisch einer der Leibwächter des vorgesehenen Opfers.«

Großer Gott, dachte ich, und er hatte mich fotografiert! »Immerhin hat er die Fotos nicht weitergeben können«, meinte ich beklommen.

Tocedo wiegte zweifelnd den Kopf. »Darauf würde ich mich nicht verlassen, Jerry. In seinem Wagen lag ein angebrochenes Filmpack. Das hat er nachweislich erst heute morgen gekauft. Das Pack enthielt zwölf Bilder. Sechs unbelichtete Bildfolien befanden sich noch darin.«

Drei Fotos hatte er in der Tasche, als man ihn ermordet auffand. Es fehlten also drei weitere Fotos.

Fotos, auf denen ich abgelichtet war? Himmel, weshalb? Der Mann in Grau war nach Tocedos Worten so etwas wie ein Leibwächter des vorgesehenen Opfers. Er hatte mich fotografiert, und bevor er getötet wurde, mußte es ihm gelungen sein, drei Fotos weiterzugeben. Fotos von mir. Das Gerücht, das nicht nur der mexikanischen Bundespolizei, sondern auch dem vorgesehenen Opfer zugespielt worden war. Alle sollten denken, daß ich der Killer war, damit sich der richtige ungestört an ihn heranpirschen konnte!

»Und jetzt sind Sie dran, Jerry, wenn Sie glauben, mit mir sprechen zu müssen. Es steht Ihnen jedoch frei, mit in meine Dienststelle zu kommen und jemanden hinzuzuziehen. Ein Mitglied Ihrer Botschaft, einen Anwalt ...«

»Himmel, Manuel! Halten Sie mich für einen Mörder?« fragte ich laut, zu laut. Ich begann zu schwitzen, als ich an das Geld dachte, das ich im Hotelsafe deponiert hatte.

»Ich versuche nur, korrekt zu sein, Jerry«, sagte Tocedo. Seine tiefliegenden Augen blickten an mir vorbei. »Wie würden Sie sich verhalten?«

Ich suchte nach einer Antwort, aber der Mexikaner sprach weiter. »Für euch im Norden sind wir Mexikaner allesamt unfähig, träge und korrupt.«

»Das ist ein Vorurteil ...«

»Ein Vorurteil? Wirklich? Woran orientieren Sie sich denn, wenn nicht an Vorurteilen? Ihr seid aus unserer Sicht allesamt in den Händen der Mafia. Die Mafia beherrscht eure Wirtschaft. Ihr vom FBI und die Justiz, ihr laßt die Großen zufrieden. Dafür werfen sie euch hin und wieder einen Brocken hin. Hier mal einen Dieb, dort einen Pusher oder einen Killer. Und die holen sie nach einiger Zeit wieder raus aus dem Gefängnis. Vorurteile?«

»Natürlich«, antwortete ich überzeugt.

»Sicher, die Kleinen, und dazu gehören Sie auch, die reißen sich den Arsch auf, wie man bei euch sagt, und die Großen entscheiden über eure Köpfe hinweg. Stimmt es etwa nicht, daß bei euch Schwerverbrecher oft nach sehr kurzer Zeit wieder auf freien Fuß gesetzt werden?«

»Was auch geschieht, es geschieht im Rahmen der bestehenden Gesetze.«

Tocedo lachte trocken. »Das ist es doch, was ich meine Bei euch wird das Gesetz manipuliert, bei uns vielleicht die Menschen. Nennt es Korruption. Aber hier sind es einzelne. Vielleicht viele einzelne, aber eben einzelne. Bei euch ist es der ganze Staat, das ganze System. Aber Sie wollten mit mir sprechen. Wenn Sie noch wollen ...«

Er neigte lauschend den Kopf. Draußen knackte eine Diele. Tocedo lächelte. »Das ist Señora Prieto, eine entfernte Verwandte meines Vaters. Sie will mir wieder von ihren selbst eingelegten Oliven anbieten. Passen Sie auf, gleich klopft sie...«

Es klopfte. Manuel Tocedo stand auf. Ich durchsuchte meine Taschen nach einer Zigarette, als mir einfiel, daß ich die letzte draußen auf der Treppenstufe geraucht hatte, während ich auf Tocedo wartete.

Hinter mir knarrte die Tür. Ich hörte einen scharfen Atemzug und wandte den Kopf.

Manuel Tocedo stand steif da, mit ausgebreiteten Armen und weit aufgerissenen Augen. Genau auf ihn zielte ein Revolverlauf.

Aus dem Dunkel des Treppenflurs lösten sich zwei Gestalten. Die eine sprang mit einem Satz hinter meinen Stuhl und schmetterte einen Pistolengriff auf meine rechte Schulter. Meine Hand, die schon unter das Jackett gefahren war und den Griff des 38ers berührte, fiel schlaff herab.

Der andere Eindringling schob Manuel Tocedo in das Wohnzimmer zurück, schob ihn vor sich her und nagelte seinen Kopf mit dem Revolverlauf gegen die Wand.

Für Augenblicke war es totenstill im Zimmer. Der Kerl, der Tocedo bedrohte, war ein stämmiger Mittel- oder Südamerikaner mit Indioblut in den Adern, wie die dunkle, glänzende Haut und die fast schwarzen, etwas schrägen Augen im stoischen Gesicht verrieten.

Ich begriff plötzlich, wer das Mordopfer sein sollte, mein Opfer – Oliver Cervera. Denn ich hatte den Stämmigen erst vor wenigen Stunden gesehen, als er mitten im Troß der kolumbianischen Delegation durch die Hotelhalle walzte.

Aber ich begriff noch etwas. Tocedo hatte von einem Gerücht gesprochen, das der mexikanischen Bundespolizei zu Ohren gekommen war. Dasselbe Gerücht mußte auch Cerveras Leuten zugetragen worden sein. Mehr noch. Jemand hatte ihnen sogar gesteckt, wer der Killer sein sollte.

Ich, der G-man Jerry Cotton!

Denn der Stämmige versenkte jetzt die freie Hand in der Tasche seines Jacketts. Als er sie wieder hervorzog, hielt er ein Polaroidfoto zwischen den plumpen Fingern.

Ein Schauer überlief mich, als der Blick der schmalen Augen mein Gesicht abtastete. Dann nickte der Stämmige dem Burschen neben mir zu.

Er ist es, bedeutete die Geste.

Der Kerl neben mir hob die rechte Hand. Knochige Finger in dünnen hellbraunen Handschuhen schlossen sich um den Griff einer schweren Pistole. Im nächsten Augenblick spürte ich den Druck der Mündung an meiner Schläfe. Aus dem Augenwinkel konnte ich sehen, wie der Daumen den Spannabzug zurückzog.

Es sollte eine Hinrichtung werden.

»Nein!« keuchte Tocedo. Seine Augen quollen aus den Höhlen, als er versuchte, seinen Kopf zwischen der Revolvermündung und der Wand wegzudrehen, und dann brüllte er: »Nein!«

Er war mutig. Er versuchte das Aussichtslose. Er stieß seinem Bewacher ein Knie zwischen die Beine. Der Stämmige riß den Mund auf und krümmte sich. Der Kerl, der mich abknallen wollte, wurde einen Sekundenbruchteil abgelenkt. Tocedos Hand fuhr zum Rücken und riß den Revolver heraus.

Auch meine Muskeln und Sehnen waren bereits auf Kampf eingestellt. Mein Bein zuckte hoch und traf die Pistolenhand meines Mörders, als das Unfaßbare geschah.

Die Kanone des Stämmigen explodierte! Manuel Tocedo war auf der Stelle tot.

Bevor mein Hirn Gelegenheit bekam, das Schreckliche zu verarbeiten, rammte ich dem Kerl an meiner Seite den Ellbogen in den Magen und schnellte mich in die Höhe.

Der Kerl war hart. Er nahm den Hieb, ohne eine Reaktion zu zeigen. Seine Pistolenhand kam von oben herab und fiel ein zweites Mal auf meine rechte Schulter. Dann wies die Mündung auf mein Gesicht. Ich sah die Lippen des Mannes, die sich wie Wolfslefzen spannten.

Meine linke Hand erwischte die Kaffeekanne. Wie eine Keule schwang ich die Kanne herum und schmetterte sie dem Kerl auf die breite Stirn. Das Glas zersprang, und der kochendheiße, mit Glassplittern vermischte Kaffee spritzte heraus.

Während der Kerl eine tierischen Schmerzensschrei ausstieß, ließ ich mich fallen. Ich landete auf dem Boden, rollte um meine Körperachse, und weil mein rechter Arm noch nicht wieder zu gebrauchen war, versuchte ich, meinen 38er mit der Linken herauszureißen.

Ich prallte gegen die Beine des Stämmigen, der meinen mexikanischen Kollegen ermordet hatte. Der andere taumelte blind vor Schmerzen durch das kleine Zimmer.

Der Stämmige schrie ihn an, als sich der andere an ihn klammerte. Ich spürte einen gemeinen Tritt, der meine Rippen knacken ließ. Ich schnappte nach Luft, erwartete den tödlichen Schuß, dann sackte ein Zentnergewicht auf mich und blockierte meine linke Hand.

Ich stemmte das Gewicht von mir, sah für einen Augenblick das im Tode erstarrte Gesicht Manuel Tocedos, der im Stehen gestorben war. Ich rollte ihn zur Seite und gelangte auf die Füße, gerade, als der Stämmige seinen schweren Revolver auf mich richtete.

Aber er kam nicht zum Schuß, weil ihm der andere, der vor Schmerzen laut schrie, erneut in den Arm fiel. Wütend stieß der Killer seinen Komplicen zurück.

Ich hatte die Wohnungstür im Rücken. Sie stand noch offen. Dahinter die enge, dunkle Stiege.

Ich warf mich herum, hechtete durch die Tür, prallte mit der Hüfte gegen das Treppengeländer, flankte einfach hinüber, stürzte ins Dunkle, landete krachend auf den Stufen und schlitterte nach unten.

Im letzten Moment entschied ich mich dagegen, durch die Vordertür hinauszustürmen. Die Fenster von Manuel Tocedos Wohnzimmer befanden sich genau darüber.

Ich tastete durch den stockfinsteren Gang, bis ich gegen eine dünne Brettertür stieß. Vorsichtig zog ich sie auf.

Vor mir lag ein kleiner Hof. Schwach konnte ich die Mauer erkennen. Sie war ziemlich hoch.

Über mir wurde ein Fenster aufgerissen. Ein heller Lichtstreifen fiel über den schmalen Hof. Hier saß ich wie eine Ratte in der Falle.

Ich sprang an der Mauer hoch, krallte meine Finger in bröckelnden Zement und zog mich hinauf. Ich schnitt mir den linken Handballen an einer der messerscharfen Glasscherben auf, die wie Dolche aus dem Zement ragten.

Einer der Kerle in Manuel Tocedos Wohnung sah meinen Schatten oben auf der Mauer. Er schrie auf und brüllte dann etwas auf spanisch, irgend etwas, das »Halt!« bedeuten mochte, oder »Halt! Oder wir schießen!«

Ich ließ mich von der Mauer fallen und stürzte ins Dunkle. Ich sah den Boden nicht und konnte die Höhe nicht berechnen. Ich spürte nur den Aufprall, der mir die Beine in den Bauch trieb und meine Zähne klirren ließ. Ein neuer Schrei, heiser vor Zorn, brachte mich auf die Beine.

Mein rechter Fuß knickte um, und der jähe Schmerz ließ mich nach Luft schnappen. Ich stolperte, raffte mich wieder auf und rannte los wie ein Blinder. Ich war ein Fremder, plötzlich allein in einer fremden Stadt in einem fremden Land.

Aber irgendwo mußte es doch Hilfe geben! Ich war Jerry Cotton, der G-man aus New York, USA, und nicht irgendein Strolch!

Ich sah mich gehetzt um, prallte gegen einen Mauervorsprung und stolperte erneut. Eine Katze, gejagt von einem häßlichen gelben Köter, sprang fauchend aus einer Toreinfahrt. Wo war die breite Straße, die in die City führte? Ich hatte die Orientierung verloren. Als der Taxifahrer mich hergebracht hatte, hatte ich nicht auf meine Umgebung geachtet. Über den staubigen Dächern zu meiner Linken bemerkte ich einen schwachen Lichterglanz, die Spiegelung der verschwenderischen Beleuchtung der Boulevards und Chausseen. Licht!

Licht verhieß Sicherheit.

Ich rannte auf den Schimmer zu, als ich das Motorengeräusch hörte. Im nächsten Moment fegte ein hohes Fahrzeug, mit den kantigen Formen an einen Jeep erinnernd, mit aufgeblendeten Scheinwerfern um eine Ecke. Ich blieb stehen und preßte mich mit dem Rücken gegen eine Mauer. Die Lichtbalken schwenkten herum, erfaßten mich und rasten auf mich zu.

Ich warf mich herum und rannte zurück. Ein anderer Wagen, eine Limousine, kam mir entgegen. Sie nahmen mich in die Zange. Der Jeep hinter mir drehte auf. Mein Schatten, der wie ein schwarzer Teppich vor mir auf der Straße lag, wurde schnell kürzer. Ich wandte den Kopf.

Hinter den Scheinwerfern sah ich einen Gewehrlauf, der aus dem rechten Seitenfenster gestoßen wurde. Sie wollten mich erledigen, und sie wollten es um jeden Preis tun. Es kam ihnen nicht darauf an, wenn andere dabei draufgingen, wie Manuel Tocedo, der mexikanische Bundesbeamte.

Woher hatten sie gewußt, daß ich zu Tocedo wollte?

Ich keuchte. Mein verstauchter Knöchel schmerzte.

Seitenstiche marterten meinen Körper, was eine Folge des für mich ungewohnten Klimas war. Schließlich war ich erst am Vormittag in Mexico City eingetroffen!

Wie, zum Teufel, war ich in diesen Schlamassel geraten? Und wie war man ausgerechnet auf mich verfallen, einen amerikanischen G-man? Ich würde doch keinen Menschen töten, ermorden! Es mußte sich um eine Verwechslung handeln. Eine andere Erklärung gab es nicht. Ich war jetzt ziemlich sicher, daß es nur einen gab, dem ich meine jetzige Lage verdankte – nämlich Stan Ladbrook, der bei der Landung auf dem Benito Juarez Airport so betrunken gewesen war, daß er seinen Leihwagen nicht fahren konnte.

Aber zum Teufel, Ladbrook war ein Kollege, Polizist wie ich. War er auch ein reisender Killer?

Der Jeep hinter mir drehte auf. Bohrende Seitenstiche hinderten mich am Luftholen und ließen mich die schmerzende Schulter, den umgeknickten Fußknöchel und den zerschnittenen Handballen vergessen. Keuchend rannte ich meinem Schatten hinterher, der immer kürzer wurde, je stärker das Dröhnen des Motors anschwoll.

Ich sah zurück. Das Licht der großen Scheinwerfer stand jetzt wie eine undurchsichtige Wand vor dem Wagen. Ich konnte das Gewehr nicht mehr sehen, das kurz zuvor aus dem rechten Seitenfenster geschoben worden war.

Es war noch da, dessen war ich mir sicher.

Ich warf mich nach links, prallte gegen eine Hauswand und drehte mich um. Der Fahrer des Jeeps riß das Lenkrad herum.

Er wollte mich gegen die Mauer quetschen.

Mit einem langen Atemzug pumpte ich Luft in meine Lungen. Ich federte in den Knien und prüfte so die Kraft des unversehrten Fußes. Dann hechtete ich nach vorn, mitten in die Wand aus Licht, flog mit ausgebreiteten Armen hindurch und knallte auf die breite, flache Motorhaube.

Die Stoßstange scharrte über die Hausmauer, genau dort, wo ich eben gestanden hatte.

Ich sah mein Gesicht in der spiegelnden Frontscheibe. Es war verzerrt, der Mund weit aufgerissen. Der Fahrer setzte zurück. Ich schloß meine linke Hand um einen der Scheibenwischer, zog mich näher an die Scheibe heran, denn ich wußte, was jetzt folgen würde.

Der durchdrehenden Räder packten plötzlich wieder, und der Fahrer trat das Gaspedal ins Bodenblech. Der Jeep beschleunigte und raste durch die enge Gasse.

Ich zog einen Fuß unter meinen Leib. Die Sohle fand notdürftigen Halt auf dem glatten Blech. Dann stieß ich mich ab.

Ich erwischte genau den richtigen Augenblick.

Der Fahrer stieg auf die Bremse. Die Beschleunigungskraft hätte mich von der Motorhaube getrieben, genau vor die großen Räder des Jeeps.

Ich sprang zur Seite.

Der Fahrer hatte vielleicht nicht gesehen, daß ich seitlich abgesprungen war. Vielleicht hatte er sich auch so darauf konzentriert, sofort wieder Gas zu geben und mir auf diese Weise den Rest zu geben, daß sein Fuß auf ein neues Kommando des Gehirns nicht schnell genug reagierte.

Denn genau in diesem Moment fegte die Limousine, deren Insassen mir den Weg abschneiden wollten, um die Ecke.

Doch der Motor des Jeep heulte auf und trieb den schweren Wagen vorwärts, bevor ich wieder richtig auf den Füßen war. Ich preßte mich mit dem Rücken gegen eine Mauer und hob schützend einen Arm vor die Augen.

Keine Sekunde zu früh. Mit einem ohrenbetäubenden Knall krachten die Fahrzeuge ineinander. Die Scheinwerfergläser zersplitterten. Ihr Licht erlosch. Metall verbog sich knackend und zerriß.

Die Stille danach wirkte nicht weniger bedrohlich als der Lärm zuvor. Ich atmete mit weit geöffnetem Mund. Ganz in der Nähe wurden Stimmen laut, die nach der Polizei riefen.

Ich schob mich an den ineinander verkeilten Fahrzeugen vorbei und schlüpfte in eine enge Gasse. Im Schutz der Dunkelheit humpelte ich davon.

El Capistrano – Bar-Restaurant

Grün und gelb flackerte das Neonlicht über einem niedrigen Eingang, zu dem ein paar Stufen hinunterführten. Nach einigen primitiven Kneipen, Cantinas, die nur von Einheimischen aufgesucht wurden, war dieses die verheißungsvollste Anlaufstelle, seit ich mich nach dem großen Knall aus dem Staub gemacht hatte.

Fluchend war ich durch unbekannte Straßen und Gassen gegangen, mehr humpelnd als aufrecht gehend. Inzwischen würde man Manuel Tocedos Leiche gefunden haben. Ich preßte die Kiefer aufeinander, bis sich die Muskeln verkrampften.

Wie hätte ich ihm helfen können? Ich war doch ohne eigenes Verschulden in diese lausige Lage geraten! Was hätte ich tun können? In Manuels Wohnung war alles so gottverdammt schnell gegangen. Die Kerle waren reinmarschiert. Einer bohrte Manuel den Lauf ins Ohr. Der andere knallte mir eins auf die Schulter. Zwei Sekunden später hatte der Stämmige den Federal schon erschossen.

Ich hätte die Scheine, die in meinem Badezimmer lagen, dem Roten Kreuz oder Amnesty International spenden und mich sofort auf den Rückweg in die Staaten begeben sollen. Aus meiner jetzigen Sicht wäre das die einzige Verhaltensweise gewesen, die Manuel Tocedos Leben gerettet und mich aus allen Schwierigkeiten herausgehalten hätte. Hinterher ist man immer schlauer.

Doch es wäre eine Art von Flucht gewesen, die nichts daran geändert hätte, daß irgend jemand den Tod eines anderen Menschen beschlossen hatte. Eines Menschen, der sich, wie ich aus nächster Nähe mit ansehen mußte, seiner Haut zu wehren verstand. Auf eine erbarmungslose Art.

Ich stieß die Tür zur Bar auf. Tabakschwaden hingen unter der niedrigen Holzbalkendecke. Bar und Restaurant waren recht irreführende Bezeichnungen für einen schlauchartigen Raum mit einer langen Theke und ein paar Tischen am Ende, an denen einige Pärchen saßen. An der Theke klammerten sich an die zwei Dutzend Typen fest, die sich nur für das Bier oder den Tequila zwischen ihren Händen und den Fernsehapparat oben an der Wand interessierten. Das Fernsehen übertrug eine Charreada, die mexikanische Version des amerikanischen Rodeos.

Der Bursche hinter der Theke musterte mich abschätzig. Ich verbarg die blutverschmierte linke Hand in der Hosentasche und hoffte, daß meine Jacke nicht überall so verdreckt aussah wie vorn. Ausziehen konnte ich sie nicht, denn sie sollte meinen Revolver vor neugierigen Blicken schützen.

Ich brauchte eine Pause zum Atemholen und Nachdenken. Ich hätte gern etwas Kräftiges gehabt, um meine Hirnwindungen anzuregen, doch ich entschied mich für ein Glas Wein. Der Keeper grinste freundlicher, als er das Glas und einen Teller mit Oliven vor mich hinstellte. Er sagte etwas auf spanisch, das ich nicht verstand, aber ich lächelte und sagte: »Gracias.«

Ich nippte an dem Wein. Der erste Schluck durchströmte meinen Körper mit sanftem Feuer, und ich hielt mich am Handlauf fest, weil meine Beine zu zittern begannen, eine Folge der nachlassenden Anspannung.

Ich war überzeugt, daß Stan Ladbrook mir diese Geschichte eingebrockt hatte. Aber wieso eigentlich? Wie kam ich ausgerechnet auf ihn?

Er hatte im Flugzeug neben mir gesessen. Zufall? Die Plätze der Teilnehmer, die zum Polizeikongreß nach Mexico City flogen, waren lange vor Antritt des Flugs reserviert worden.

Nach der Ankunft in Mexico City war ich fotografiert worden. Kurz darauf wurde der Fotograf ermordet. Unglücklicherweise schien es ihm gelungen zu sein, vorher drei Fotos weiterzugehen. Fotos, auf denen ich abgebildet war.

Ladbrook doch wohl auch, schoß es mir durch den Kopf.

Ladbrook! War er nicht so betrunken gewesen, wie es den Anschein hatte? Hatte auch er den Fotografen bemerkt und seinen Kontaktmann alarmiert? Aber ich war doch kaum von seiner Seite gewichen!

Er hatte nur mit dem Mädchen von der Autovermietung gesprochen. Ladbrook, der unbedingt einen Leihwagen brauchte. Die Erklärung, die er mir dafür gegeben hatte, war ziemlich fadenscheinig gewesen, fand ich.

Ich mußte sehen, daß ich so schnell wie möglich wieder aus dem Schlamassel herauskam. Aber dafür brauchte ich Hilfe. Denn im Hotel wurde ich vielleicht schon erwartet. Von der mexikanischen Polizei oder von einem weiteren Killerkommando des Kolumbianers, der seinerseits auf der Abschußliste der Mafia stand.

Am einfachsten wäre es, meinen Chef einzuschalten. John D. High würde den Botschafter hier in der Stadt anrufen, und der würde mir eine Eskorte schicken. Anschließend würde ich ein langes Gespräch mit den Kollegen von der mexikanischen Bundespolizei führen. Und danach wäre die ganze verdammte Geschichte nicht mehr mein Problem.

»Haben Sie ein Telefon, Señor?« fragte ich den Mann hinter der Theke.

»Teléfono? Si, Señor!« Strahlend deutete er auf einen Wandapparat, der ausgerechnet unter dem Fernseher angebracht war.

»Ich möchte in die Staaten telefonieren. USA, Estados Unidos, comprende?«

»Estados Unidos, si, Señor, muy caro.« Er machte ein bekümmertes Gesicht und rieb Daumen und Zeigefinger aneinander.

Teuer, natürlich war es teuer, von einer mexikanischen Kneipe aus nach New York zu telefonieren, aber was sollte ich machen, zum Teufel?

Aber dann fiel mir ein, daß ich zwar meine Kreditkarten, aber nicht viel Bargeld bei mir hatte. Ich bedeutete dem Wirt, daß ich später telefonieren würde. Langsam, um meinen geschwollenen Fußknöchel nicht unnötigerweise zu beanspruchen, ging ich zur Toilette.

So gut es beim Schein einer trüben Lampe möglich war, reinigte ich die Schnittwunde an der linken Hand, wusch mein Gesicht und klopfte meinen Anzug notdürftig ab. Sehr vertrauenerweckend sah ich nach dieser Prozedur allerdings immer noch nicht wieder aus.

Dann kratzte ich mein Bargeld zusammen. Ich kam auf zweiundzwanzig Dollar, das war immerhin etwas, und an die sechstausend mexikanische Pesos, was noch einmal dieser Summe entsprach. Okay, für ein Telefongespräch würde es reichen. Aber wie lange mußte ich mit dem Geld vielleicht auskommen, bis mich jemand unter seine Fittiche nahm?

Ich kehrte in den Gastraum zurück. Die Charreada auf dem Bildschirm strebte ihrem Höhepunkt zu. Der Wirt drehte den Apparat auf höchste Lautstärke. Die Gäste an der Theke wurden wieder munter. Mit lauten Schreien begleiteten sie die Aktionen der verwegenen Reiter, die, in Sandwolken gehüllt, Stiere durch die Arena jagten.

Ich trank einen Schluck Wein, und da nicht abzusehen war, wie lange das Spektakel noch dauerte, ging ich ans Telefon. Der Barmann sah verstohlen auf seine Uhr. Einen Gebührenzähler gab es also nicht.

Schon beim zweiten Versuch kam ich durch.

»FBI New York ...«

Es war schön, Myrnas rauchige Stimme über die weite Entfernung zu hören. Es war neun Uhr abends, die ruhigste Zeit für eine Polizeibehörde in einer Großstadt. Myrna war durchaus zu einem kleinen Telefonflirt aufgelegt. Doch ich mußte an meine Probleme und meine Barschaft denken.

»Ich muß den Chef sprechen«, sagte ich deshalb sofort.

»Der Chef ist ab Mitternacht wieder zu Hause zu erreichen«, sagte Myrna. »Er ist mit dem Bundesanwalt zum Essen verabredet. Wenn es dringend ist, kann ich Ihnen eine Telefonnummer geben. Aber ich habe hier eine Nachricht für Sie. Phil hat sich krank gemeldet. Sie sollen ihn anrufen, bevor Sie sich mit sonst jemandem in Verbindung setzen.« Myrna lachte leise. »Ob er damit auch unseren Chef meinte ...« Der Rest des Satzes ging im Gebrüll der Gäste an der Theke unter, als die Vaqueros auf dem Bildschirm einen Stier zu Boden warfen. Phil hatte sich krank gemeldet? Ich spürte ein hohles Gefühl in der Magengegend. »Wann hat er die Nachricht für mich hinterlassen?« fragte ich laut.

»Das war vor zwei Stunden.«

Da hatte ich vor Manuel Tocedos Haus gesessen und auf meinen mexikanischen Kollegen gewartet.

Myrna meldete sich wieder. »Soll ich Ihnen jetzt ...«

»Verbinden Sie mich erst mit dem Archiv, Myrna!« bat ich. Ich hoffte, daß Phil sich noch ein paar Minuten gedulden konnte.

Im Archiv hielt der alte Neville die Stellung. Auch er schien zu einem Plausch aufgelegt zu sein, denn er begann, mir die Wetterlage in New York zu schildern, was, wie ich aus Erfahrung wußte, zu ausführlichen Betrachtungen über ähnliche oder weniger ähnliche Wetterperioden früherer Zeiten führen mußte, wenn man ihn nicht rechtzeitig stoppte.

»Neville«, sagte ich beherrscht, »ich bin hier in Mexico City, und ich habe ernste Probleme.«

»Warum sagst du das nicht gleich, Jerry? Also, was kann ich tun?«

So liebte ich ihn. Kurz und knapp und immer einsatzbereit.

»Ich brauche Informationen über einen Mann aus New Orleans.«

»Kein Problem, Jerry, seit ich den Computer in Washington direkt anwählen kann. New Orleans ist ebenfalls schon angeschlossen ...«

»Neville!« sagte ich lauter als beabsichtigt, weil aus dem Fernseher über mir lärmender Beifall toste. »Neville, es muß inoffiziell gehen.« Wenn Stan Ladbrook mit den Ereignissen hier nichts zu tun hatte, wollte ich seine Leute nicht für nichts und wieder nichts auf ihn aufmerksam machen. »Ich brauche es inoffiziell«, wiederholte ich.

»Um wen geht es? Um einen von der alten Garde?«

»Um einen Detective«, sagte ich.

Es rauschte etwas an mein Ohr, vermutlich ein langer, nachdenklicher Pfiff meines alten Kollegen. »Ein alter Freund von mir ist vor ein paar Jahren nach New Orleans gegangen«, sagte er. »Direkt ins Büro des Bundesanwalts.«

Na also, dachte ich, aber vorsichtshalber fragte ich: »Wann war das ungefähr?«

»Vor etwa fünfzehn Jahren.«

Großer Gott, dachte ich, das sind für Neville ein paar Jahre!

»Ruf ihn an!« sagte ich, weil es keine Alternative gab. »Der Mann, den ich meine, heißt Stan Ladbrook. Ich muß jetzt Schluß machen, Neville. Ruf mich hier an!« Ich nannte ihm die Nummer, die auf der Wählscheibe stand.

»Wann brauchst du die Information, Jerry?« fragte der alte Kollege.

»Sofort!« sagte ich. »Ich bin hier in einer Kneipe! Ich warte!«

Ich knallte den Hörer auf die Gabel, holte tief Luft und nahm erneut ab. Diesmal wählte ich die Nummer meines Freundes Phil Decker. Ich bemerkte den besorgten Blick des Barmanns. Ich fischte einige Dollarnoten aus meiner Tasche, es waren acht, und bedeutete ihm mir Bescheid zu sagen, wenn der Betrag verbraucht wäre.

»Hallo?« Eine fremde Stimme, dünn und unendlich weit entfernt.

Es war nicht Phils Stimme. Ein Arzt? Stand es so schlimm um meinen Freund?

»Hier ist Cotton!« sagte ich laut. »Kann ich Phil Decker sprechen?

»Cotton? Cotton? Sind Sie es?«

»Ja, ja! Was ist mit Phil Decker?«

»Einen Moment, er kann es Ihnen selbst sagen.« Erleichtert stieß ich den Atem aus, um ihn sofort wieder anzuhalten.

»Jerry? Jerry, hör zu, egal was es ist, tu nichts ...« Phil stöhnte, als ihm der Hörer aus der Hand gerissen wurde. Die andere Stimme, die sich zuerst gemeldet hatte, drang wieder aus dem Hörer.

»Wenn Sie nur einen einzigen noch so dummen Fehler machen, Cotton, geht es Ihrem Freund dreckig!«

»Was wollen Sie?« brüllte ich. Der Barmann schob sich heran und deutete auf die Uhr. Ich brüllte auch ihn an, und er prallte zurück.

»Sie wissen es schon, wenigstens in groben Zügen«, antwortete die Stimme kühl. »Wenn Sie nicht genau tun, was man Ihnen sagt, oder wenn Sie Fehler machen, Cotton, dann schicken wir Ihnen Ihren Freund ins Hotel Nacional – aber stückweise. Ist das klar?«

Ich zwang mich zur Ruhe. Aber das war nicht so einfach, weil ich gezwungen war, das Gebrüll im Fernsehen zu übertönen.

»Hören Sie, es wird nicht funktionieren. Jedenfalls nicht so, wie Sie es sich vorstellen! Die Polizei weiß schon Bescheid, und der – die Zielperson ebenfalls!«

»Damit haben wir gerechnet«, entgegnete der Unbekannte, der sich in Phils Wohnung eingenistet hatte.

So ein Bastard, dachte ich in ohnmächtigem Zorn. Mein Überleben war ohnehin nicht vorgesehen. Da spielte es für die Drahtzieher vermutlich keine Rolle, ob ich etwas früher draufging als geplant. Das Opfer mochte sich dann entsprechend früher in der trügerischen Sicherheit wiegen, daß die Gefahr gebannt sei.

»Seine Leibwächter hätten mich um ein Haar erwischt! Sie haben einen Fed ermordet, einen mexikanischen Bundesbeamten! Und Ihre Leute haben einen von ihnen getötet!«

Aber es war zu spät gewesen. Der Fotograf, ein Mitglied von Oliver Cerveras Polizeitruppe, hatte die Fotos, auf die es ankam, nämlich schon weitergegeben.

Oliver Cervera war ein Verbrecher. Daß er beschlossen hatte, die Kokainlieferungen aus der von ihm kontrollierten Region in die Staaten zu beenden, war keine Folge reuiger Einkehr. Sondern so etwas wie Rache an den Leuten, die er dafür verantwortlich machte, daß seine eigene Tochter dem Rauschgift verfallen war. Oliver Cervera war ein gemeiner Verbrecher. Für den brutalen Mord an Manuel Tocedo war er verantwortlich.

Aber die Mafia wollte nicht auf das Kokain aus den Bergen im Norden Kolumbiens verzichten. Sie mußte dort einen neuen Mann einsetzen, damit der Nachschub nicht abriß. Das war nur über Cerveras Leiche möglich.

Doch Cervera war nicht irgendwer. Er war der Polizeichef einer großen Region und Befehlshaber einer paramilitärischen Truppe, die ihm anscheinend blind gehorchte. Und die ihn beschützte wie einen Diktator.

Da mußte es der Mafia wie ein Geschenk des Himmels vorkommen, daß Cervera die absolute Sicherheit seines Befehlsbereichs verließ. Die Gelegenheit mußte ihr als so verlockend erscheinen, daß sie einen Wahnsinnsplan ausheckte, der zudem improvisiert zu sein schien. Denn sie hatten Phil erst vor zwei Stunden als Geisel genommen. Doch die Unzulänglichkeit eines solchen improvisierten Planes wurde aufgewogen durch die Rücksichtslosigkeit und Brutalität seiner Anstifter und der Gegenmaßnahmen des Betroffenen.

Cervera kam es nicht auf den Tod eines mexikanischen Bundesbeamten an, der Mafia nicht auf Freiheitsberaubung, den Tod eines G-man und ein Attentat auf einen hohen kolumbianischen Polizeioffizier, von dem Mord an dem Mann auf der Flughafenstraße ganz zu schweigen.

Ich war mitten in einen internationalen Gangsterkrieg geraten, und mein Freund Phil Decker ebenfalls.

»Jetzt regen Sie sich nicht auf, Cotton!« sagte der Mann in Phil Deckers Wohnung. »Behalten wir alle die Nerven! Gehen Sie in Ihr Hotel zurück ...«

»Dann ist die Sache beendet«, stieß ich hervor. »Wahrscheinlich warten dort schon die Feds auf mich!«

»Lassen Sie es drauf ankommen, Cotton! Wir verlassen uns drauf, daß Sie sich rausreden.«

»Ich will Decker sprechen, hören Sie? Das ist meine Bedingung!«

»Sie haben keine Bedingungen zu stellen«, sagte der Unbekannte kalt. »Oder sollen wir Ihrem Freund schon mal zeigen, was ihn erwartet?«

Ich würgte meinen Zorn hinunter. Was ich jetzt brauchte, war ein kühler Kopf. »Behalten Sie die Nerven!« sagte ich.

»So gefallen Sie mir, Cotton. Gehen Sie in Ihr Hotel zurück! Wir nehmen wieder Kontakt mit Ihnen auf.«

»Okay«, sagte ich einlenkend.

Ich mußte das Gespräch beenden, wenn ich nicht riskieren wollte, daß der Wirt wegen ein paar Cents, die mir möglicherweise zum Bezahlen der Rechnung fehlten, die Polizei rief.

»Ihr Freund kommt frei, sowie der Job da unten erledigt ist«, sagte der Gangster im fernen New York. »Falls Sie es für richtig halten, mit Ihren Leuten zu palavern, ist das Ihre Entscheidung, Cotton. Aber sowie in der Umgebung dieser Wohnung irgend etwas Verdächtiges vorgeht, probiert Ihr Freund das Fliegen!«

Phils Apartment liegt im 27. Stock …

»Das können Sie mir glauben«, fügte der Halunke kühl hinzu.

Ich glaubte ihm aufs Wort. An der Entschlossenheit unserer Gegner waren keine Zweifel erlaubt. Was hier lief, war kein Banküberfall, bei dem ein paar Idioten Geiseln genommen hatten. Da konnte man auf Verhandlungen und Zeitgewinn setzen.

Für das Syndikat, dem der Gangster in Phils Wohnung angehörte und das Oliver Cerveras Tod beschlossen hatte, ging es um Milliarden.

Wie, zum Teufel, fragte ich mich erbittert, konnte es geschehen, daß Phil ihnen in die Falle getappt war?

Phil Decker hatte die beiden Kerle, die ihn unten in der Halle abgefangen und mit Waffengewalt gezwungen hatten, mit ihnen in seine Wohnung zurückzukehren, Joe und Jack genannt. Sie sahen nicht wie Gangster aus. Deshalb war es ihnen vermutlich nicht schwergefallen, sich am hellichten Nachmittag am Wachmann vorbeizumogeln.

Beide Gangster trugen schwarze Mäntel und Handschuhe, die sie auch in der Wohnung nicht ablegten. Der Mann, den Phil Joe nannte, war etwa dreißig Jahre alt und schlank. Jack war etwas größer und älter. Mehr noch als Joe trug er die Gelassenheit zur Schau, die ihn als Profi auswies. Er war keiner von den großmäuligen Gangstertypen. Seine ruhige Selbstsicherheit beruhte vielmehr auf der unerschütterlichen Gewißheit, Bestandteil eines Systems zu sein, das auf Korruption, Angst und Gewalt aufgebaut war und deshalb funktionieren mußte.

Er war es, der Phils Hände und Füße mit einem dünnen Seil gefesselt hatte. Das Seil war sehr lang. Es führte in einer offenen Schlinge um Phils Hals. Das Ende hatte der Gangster um einen Lampenhaken in der Zimmerdecke geschlungen und straff gespannt. Es zwang Phil in eine sitzende Position, wenn er sich nicht selbst erdrosseln wollte.

Jack stellte jetzt das Telefon weg und nickte Joe zu. Joe zog ein schmales Etui aus seiner Manteltasche. Er setzte sich neben Phil. Bedächtig streifte er die Handschuhe ab, bevor er das Etui öffnete. Es enthielt ein Injektionsbesteck und fünf Ampullen aus braunem Glas ohne Aufdruck.

»Muß das sein?« fragte Phil beunruhigt, während er die Finger des Jüngeren beobachtete, die jetzt die Spritze zusammensetzten. Geschickt brach der Gangster eine der Ampullen auf, um den Inhalt in den Kolben aufzuziehen.

»Ein leichtes Betäubungsmittel«, erklärte Jack. Er verzog die fleischigen Lippen zu einem leichten Lächeln, das nicht dazu angetan war, Phils Befürchtungen zu zerstreuen. »Machen Sie sich keine Sorgen! Wir bleiben bei Ihnen …«

»Dann brauchen Sie mich nicht zu betäuben!« protestierte Phil.

»Es vereinfacht unseren Job, wenn Sie schlafen«, meinte Jack. »Sie werden erfrischt wieder aufwachen, wenn Ihr Freund in Mexiko genau tut, was von ihm erwartet wird.«

Phil preßte seinen linken Arm an den Oberkörper, als Joe ihm den Ärmel in die Höhe streifen wollte. Aber weil sich die Schlinge um seinen Hals dabei zusammenzog, gab er nach. Joe rieb die Armbeuge sorgfältig mit einem Wattebausch ein, den er zuvor in eine desinfizierende Lösung getaucht hatte.

»Er wird es nicht tun!« stieß Phil hervor. Er spürte kaum den feinen Einstich der Nadel.

»Woher wollen Sie das wissen?« erkundigte sich Jack. »Sie wissen doch nicht, was wir von Ihrem Freund verlangen.«

»Weil es eine Schweinerei ist – eine Schweinerei ...«

Phils Stimme klang bereits undeutlich. Eine Hitzewelle breitete sich in seinem Körper aus, während der Gangster noch den Kolbeninhalt der Spritze in seine Vene drückte. Das Blut in seinem Kopf begann zu hämmern und jedes andere Empfinden zu verdrängen. Er sackte zusammen. Die Schlinge, die sich zusammenzog, kratzte an seinem Hals. Mit schwindender Kraft richtete er sich noch einmal auf. Er spürte Joes Arme nicht mehr, die seinen Oberkörper stützten, während Jack das Seil lockerte. Nur undeutlich nahm er wahr, daß er aufgehoben und zur Couch getragen wurde.

Die Stimme des älteren Gangsters durchdrang noch einmal die Schichten seines schwindenden Bewußtseins.

»Zieh die Handschuhe wieder an und sieh nach, ob genug zu essen im Kühlschrank ist! Ich rufe inzwischen in Mexico City an ...«

Der Anruf meines Kollegen Neville ließ auf sich warten.

Zu allem Überfluß ging der Barmann an den Apparat und rief jemanden an, seine Freundin oder seine Mutter, was weiß ich. Ich starrte ihn grimmig an, aber er ließ sich nicht stören, bis zwei Polizisten hereinkamen. Da legte er schnell auf, verzog sein Gesicht zu einem schmierigen Grinsen und wieselte hinter der Theke hervor.

Die Gespräche an der Bar verstummten für kurze Zeit. Die Polizisten musterten die Gesichter der Gäste. Ich konnte mich nicht abwenden, ohne ihre besondere Aufmerksamkeit zu erregen. Ich nippte an meinem Wein, den ich inzwischen mit Wasser verdünnt hatte. Die Polizisten redeten mit dem Wirt und ließen sich Tequila einschenken. Ihre Augen huschten einige Male zu mir herüber, was nicht verwunderlich war. Ich sah wie ein heruntergekommener Gringo aus. Unter den Einheimischen mußte ich auffallen wie eine faule Melone in einem Korb voller Zitronen.

Die Polizisten tranken ihren Tequila und gingen wieder. Schlugen sie jetzt draußen Alarm? Würde die Bar umstellt werden?

Der Barmann drehte den Fernsehapparat wieder lauter. Ein Fußballspiel wurde übertragen. Er sah mich an und grinste. Wahrscheinlich hielt er mich für einen Fußballfan. Aber seit Beckenbauer nicht mehr für Cosmos spielt, ist mein Interesse für Soccer wieder hinter meine Leidenschaft für Boxen und Baseball zurückgetreten.

Das Telefon rasselte. Der Barmann nahm ab. Seine Mimik drückte aus, daß er nichts verstand. Er wollte schon wieder auflegen. Ich schnappte ihm gerade noch rechtzeitig den Hörer weg und deutete auf den dröhnenden Fernsehapparat. Der Barmann drehte den Ton etwas zurück.

»In was für einer Spelunke treibst du dich wieder rum, Jerry?« fragte der alte Neville vorwurfsvoll. Auf eine Antwort schien er keinen Wert zu legen. »Mein Gewährsmann in New Orleans kennt diesen Ladbrook«, sagte er dann. »Er ist ein Sozialfall. Er hängt an der Flasche und treibt sich mit Prostituierten herum. Aber sie wollen ihn nicht rausschmeißen, solange es sich vermeiden läßt. Deshalb halten sie ihn von heiklen Aufgaben fern und schicken ihn zu Veranstaltungen oder Lehrgängen, wo er keinen Schaden anrichten kann.«

»Warum wird er gedeckt?«

»Er hat vor zwei Jahren ein minderjähriges Mädchen erschossen, eine Vierzehnjährige. Sie ist mit einem Messer und einer Pistole auf Ladbrook losgegangen. Sie hat ihn verletzt, nachdem sie einen alten Mann fast umgebracht hatte. Es war eindeutig Notwehr, aber er hat es nicht verkraftet.«

Ich runzelte die Stirn.

Das hörte sich nicht nach der Charakterisierung eines nervenstarken Killers an, der im Auftrag des Syndikats einen von Leibwächtern umgebenen Mann abschießen sollte.

Undeutlich drang Nevilles Stimme durch den Lärm an mein Ohr. »Bist du noch dran, Jerry?«

»Ja, ja«, antwortete ich. »Danke, Neville.«

»Ist alles in Ordnung, Jerry?« erkundigte sich Neville.

»Alles okay.«

»Bestimmt?« Er war hartnäckig, der Alte.

Nichts war in Ordnung. »Bestimmt«, log ich und legte auf. Neville konnte mir nicht helfen. Aber konnte mir überhaupt jemand helfen? Ich durfte auch Phil nicht vergessen.

Der einzige, der uns helfen konnte, war vermutlich ich allein. Ich mußte den einzigen Vorteil nutzen, über den ich verfügte. Unsere Gegenspieler hatten improvisiert. An irgendeiner Stelle mußten sie entschieden haben, mich in ihr Spiel zu ziehen. Ich mußte an diese Stelle zurückkehren, denn dort hatten sie einen Fehler gemacht.

Ich mußte handeln, statt abwarten. Und ich würde handeln.

Ich hielt ein Taxi an. Erschöpft ließ ich mich auf die Bank im Fond sinken.

Wenn ich handeln wollte, mußte ich meine Bewegungsfreiheit behalten, und dafür brauchte ich Geld. Bargeld.

»Zum Zócalo«, sagte ich zum Fahrer.

Der Zócalo ist der Verkehrsmittelpunkt von Mexiko City. Dort, zwischen dem Rathaus und dem Cortez-Palast, gibt es ein Büro von American Express, das rund um die Uhr geöffnet ist. Gegen Vorlage meiner American Express-Karte konnte ich dort Bargeld bekommen. Problemlos, wie ich hoffte.

Ich schloß die Augen, um besser nachdenken zu können. Ich wandelte auf einem hauchdünnen Grat. Was immer ich tat, es konnte Phils und mein Leben kosten. Das Leben des Kolumbianers schien mir dagegen noch am wenigsten gefährdet. Ich brauchte der hiesigen Bundespolizei nur zu erklären, was geplant war, und Oliver Cervera würde wieder abreisen, falls er sich überhaupt schon in der Stadt aufhielt.

Doch sowie ich mich einem Mann in einer offiziellen Position, sei es hier in Mexiko, sei es in den Staaten, anvertraute, war Phils Leben keinen Cent mehr wert. Da schloß sich der Kreis meiner Gedanken wieder.

Aber es mußte einen Weg geben, um aus dieser Falle herauszukommen. Deshalb mußte ich Zeit gewinnen und jede Galgenfrist nutzen.

Der Taxifahrer begann zu schnattern. Ich öffnete die Augen. Stolz zeigte er mir die Barockkathedrale, die den Mittelpunkt der Stadt bildete.

Er fuhr um den Platz herum. Ich sah das blaue Licht über den erleuchteten Fenstern des American Express-Büros. In einiger Entfernung ließ ich mich absetzen. Ich gab dem Fahrer meine letzten Pesos. Von meiner Barschaft blieben mir jetzt noch ganze sieben Dollar.

Ich warf erst einen Blick durch ein Fenster, bevor ich das Büro betrat. Nur ein jüngerer Clerk hielt sich vorn im Kundenraum auf. Er sortierte Briefe in Postfächer.

Er drehte sich um und lächelte nichtssagend, während er meinen Aufzug betrachtete. Bestimmt war er einiges gewöhnt von amerikanischen Touristen, die abgebrannt hier hereinschneiten. Ein kleines Namensschild zierte das Revers seines hellblauen Blazers. Bill Hamilton.

»Guten Abend, Sir«, sagte er neutral.

Ich schob ihm meine Karte über den Tisch. Er nahm sie auf und betrachtete sie argwöhnisch.

»Sie ist nicht geklaut«, sagte ich mit dem schwachen Versuch, die Stimmung ein wenig aufzulockern.

Das Lächeln in dem glatten Gesicht meines Gegenübers veränderte sich nicht. Er drehte sich um und machte Anstalten, mit der Karte zu verschwinden.

Mit meiner Kreditkarte!

»He«, knurrte ich. Er wirbelte herum, als ob er einen Tiger hinter sich vermutete.

»Was ist los?« wollte ich wissen.

»Ich muß die Karte prüfen, Sir. Das ist Vorschrift.«

»Hinten? Auf der Toilette? Oder wo?« Ich deutete auf den Computerterminal. »Warum nicht hier an Ort und Stelle mit dem Terminal? Geben Sie mir ein Blatt Papier! Sie kriegen von mir ein Probeautogramm. Umsonst.«

Ich entdeckte ein starrendes Fernsehauge oben unter der Decke und begann zu schwitzen. Ich fühlte mich bereits wie ein Verfolgter.

»Tut mir leid, Sir. Ich habe Anweisung, jede Karte zu prüfen, ohne Ansehen der Person.«

Ich vergaß die Kamera über meinem Kopf und starrte den smarten Burschen an. Wurde bereits nach mir gefahndet? Ich wußte, daß Anlaufstellen wie diese – Kreditkartenbüros, Leihwagenfirmen – als erste in Fahndungsmaßnahmen einbezogen wurden, wenn jemand gesucht wurde. Oft genug hatte ich selbst so das Netz ausgeworfen.

Ich streckte die Hand aus. »Her damit!« fauchte ich den Kerl an.

Ich schnappte die Karte und verließ das Büro.

Eine Entscheidung war mir bereits abgenommen worden. Ich mußte es riskieren, ins Hotel Nacional zurückzukehren. Dort im Hotelsafe lag Geld, über das ich verfügen konnte. Blutgeld. Fünfzehntausend Dollar. Vielleicht kam ich doch noch an das Geld heran.

Eine andere Entscheidung hatte ich bereits getroffen, nur war sie mir bisher noch nicht in aller Konsequenz bewußt geworden.

Es gab nur eine Chance für Phil und für mich. Und für Cervera, auch wenn mir das Schicksal dieses Mannes herzlich gleichgültig sein sollte

Ich mußte den richtigen Killer identifizieren und ausschalten!

Wie eine hell erleuchtete Bühne lag der Eingangsbereich des Hotels Nacional unter dem gewölbten, weit vorspringenden Dach. Hauptdarsteller waren der gravitätische

Portier, schöne Frauen und interessante Männer. Umherflitzende Boys und eifrige Gepäckträger bildeten die Komparserie. In der halbkreisförmigen Anfahrt stieg eine von unsichtbaren Lampen in bunte, glitzernde Schnüre verwandelte Wassersäule in den samtschwarzen Himmel.

Ich stand im schützenden Dunkel des gegenüberliegenden Parks und beobachtete das rege Kommen und Gehen. Taxis und Limousinen fuhren vor. Gäste stiegen aus. Boys schleppten Koffer in die Halle.

Nichts deutete auf die Anwesenheit von Polizei in dienstlicher Eigenschaft hin. Das konnte sich zwar schnell ändern. Doch mit jedem neuen Problem würde ich mich erst dann befassen, wenn es auftauchte.

Mein augenblickliches Problem stellten die beiden Kolumbianer dar, die geduldig auf meine Rückkehr warteten.

Es war gar nicht so einfach gewesen, sie unter den Gästen, die das Hotel betraten oder zum Luftschnappen verließen, herauszufinden.

Zuerst war mir der hellhäutige, schlanke Mestize aufgefallen, der betont gelangweilt an der linken Seite der Einfahrt herumlungerte, wo die abfahrenden Wagen an ihm vorbei mußten und er gelegentlich in den Halbschatten tauchen konnte. Er war wie ein Dandy gekleidet mit seiner hellen, knapp sitzenden Leinenhose, den weißen Lederschuhen mit roten Absätzen und einem Rüschenhemd unter dem weißen Dinnerjackett. Seine geckenhafte Aufmachung konnte mich nicht darüber hinwegtäuschen, daß er ein Profi war und ein gefährlicher Gegner sein würde. Seine geschmeidigen Bewegungen verrieten eiserne Körperbeherrschung.

Aufgefallen war er mir zuerst nur deshalb, weil sich

seine Haltung bei jedem ankommenden Fahrzeug fast unmerklich spannte. Nur jemand wie ich, der das zermürbende Warten aus eigener Erfahrung kannte, konnte diese Anspannung erkennen und deuten.

Erst als ich meinen Mann sicher identifiziert und ihn lange genug beobachtet hatte, bemerkte ich, daß er hin und wieder Blickkontakt mit einem Partner aufnahm, der in einem Wagen ganz am Anfang der Haltebucht sitzen mußte. Auch diese Kontaktaufnahme geschah völlig unauffällig und wäre vielleicht sogar mir entgangen, wenn meine Sinne nicht aufs höchste geschärft gewesen wären.

Denn mir war bewußt, daß mich eine winzige Unaufmerksamkeit, die kleinste Nachlässigkeit das Leben kosten konnte.

Der Wagen war ein brauner Dodge mit weißen Seitenstreifen. Aus meiner Sicht wirkten die Scheiben wie schwarze, undurchsichtige Spiegel, hinter denen keine Bewegung zu erkennen war.

Ich bezog den Dodge in meine ständige Beobachtung ein. Doch meine Geduld wurde auf eine harte Probe gestellt, bis plötzlich ein stumpfer Rand am linken Seitenfenster erschien, durch den weißer Zigarettenrauch quoll. Nach einiger Zeit drehte der Mann auf dem Fahrersitz des Dodge die Scheibe noch ein Stück weiter herab. Ich sah von seinem Kopf nicht mehr als die etwas hellere Haut im dunklen Wageninneren.

Ein Sportwagen bog in die Anfahrt ein. Ziemlich schnell schoß er zum Eingang hinauf. Seine Scheinwerfer strichen über die Flanke des Dodge. Bevor der Mann am Steuer die Scheibe wieder hochdrehen konnte, sah ich im hellen Licht sein Gesicht.

Mein Magen zog sich jäh zusammen, als ich es

erkannte. Nie würde ich vergessen, wie dieser Mann Manuel Tocedo kaltblütig in den Kopf geschossen hatte! Sein stoisches Gesicht hatte dabei nicht geringste Regung gezeigt.

Ich bezwang meinen Zorn. Ich mußte kaltes Blut bewahren. Ich wartete, bis sich der Klumpen in meinem Magen auflöste und das harte Hämmern des Herzens etwas nachließ.

Ich schlug einen weiten Bogen, der mich aus dem Park hinausführte. Hinter der Kurve, die von den beiden Aufpassern nicht mehr eingesehen werden konnte, huschte ich über die Zufahrtsstraße. Eine hohe Hecke aus blühenden Bougainvilleen trennte den Hotelparkplatz von der gewundenen Anfahrt. Niemand achtete auf mich, als ich mich in die Hecke schob.

Geräuschlos arbeitete ich mich durch die dichten Blätter. Genau neben dem Dodge verließ ich das Gebüsch. Vorsichtig hob ich den Kopf und peilte über die Fensterkante der Beifahrertür.

Gegen den lichtübergossenen Eingangsbereich des Hotels konnte ich seinen Kopf deutlich erkennen. Er hockte tief im Fahrersitz und wandte nur den Kopf, wenn ein Fahrzeug vorbeifuhr.

Mit einer gewissen Erleichterung stellte ich fest, daß er allein im Wagen war. Sein Komplice, dem ich den heißen Kaffee ins Gesicht gegossen hatte, pflegte vermutlich irgendwo seine Wunden. Bis auf weiteres würde er sich nicht in der Öffentlichkeit zeigen können, ohne Kinder und alte Leute zu erschrecken.

Der Sperrstift der rechten Tür zeigte nach oben, sie war demnach nicht verschlossen. Geduckt arbeitete ich mich näher an die Flanke des Dodge heran. Ich zog meinen 38er und packte ihn fest über der Trommel, so daß der

Griff wie ein Hammerkopf aus meiner Faust ragte. Dann riß ich die Tür auf.

Ich hatte damit gerechnet, daß der Kolumbianer die automatische Innenbeleuchtung abgeschaltet hatte. Er fuhr herum, und seine Pranke verschwand in der Jacke. Aber er konnte nicht erkennen, wer da von unten in den Wagen hechtete, und er konnte nicht wissen, was ihn traf, als ich ihm die Faust in die kurzen Rippen stieß. Ich achtete nicht auf den brennenden Schmerz, der durch meinen Arm schoß. Die Wunde am Handballen war wieder aufgerissen.

Der stämmige Killer schnappte nach Luft, aber seine Reflexe ließen ihn so schnell nicht im Stich. Er beging nur einen Fehler, der sich für ihn allerdings fatal auswirken sollte – er wollte zu viele Dinge gleichzeitig tun. Seine Waffe rausreißen, mir den Ellbogen ins Gesicht stoßen und seinen Komplicen auf der anderen Seite der Anfahrt warnen.

Ich schmetterte ihm den Griff meines Revolvers auf die Nasenwurzel.

Sein Kopf schleuderte erst gegen die Nackenstütze. Dann sackte sein ganzer Oberkörper nach vorn. Ich fing ihn auf.

Angestrengt spähte ich durch die Windschutzscheibe. Der hellhäutige Mestize hatte nichts bemerkt. Er trat aus dem Halbschatten, als ein Taxi heranglitt, musterte die Aussteigenden und warf einen verstohlenen Blick zum Dodge. Als von dort kein Signal kam, zog er sich wieder hinter den Lichtervorhang zurück.

Der Stämmige stöhnte. Blut floß aus seiner Nase. Ich zerrte das Jackett über seine breiten Schultern herab, wodurch ich seine Bewegungsfreiheit beträchtlich einschränkte. Ich steckte meinen Smith&Wesson ins Schulterholster zurück, und behutsam zog ich die rechte Tür heran.

Ich war allein mit Manuel Tocedos Mörder, allein mit ihm wie auf einer einsamen Insel.

Er hob ein wenig den Kopf und stierte mich an. Ich ließ ihm Zeit, mein Gesicht im schwachen Schein der Außenbeleuchtung zu mustern. Allmählich sickerte das Erkennen durch die stumpfen Augen in sein Hirn. Er riß den Mund auf und zerrte an den Armen.

»Es hat keine Zweck«, sagte ich. »Du bist dran.« Der Zorn ließ meine Stimme kratzen.

»No comprendo«, stieß der Kolumbianer hervor.

Ich fletschte die Lippen und sah die Angst aus seinen dunklen Augen hervorkriechen. Ich wickelte ein Taschentuch um meine rechte Hand und zog den Revolver des Killers unter dessen Jacke hervor.

»Nein!« keuchte er. »Nein! Ich hatte meine Befehle bitte, Mister, Sir, nein ...«

Na also, dachte ich zufrieden, als sich der Killer auf seine englischen Sprachkenntnisse besann.

»Wer hat dir befohlen, Tocedo und mich umzubringen?« fragte ich.

Der Name des mexikanischen Bundespolizisten erzeugte keinerlei Reaktion in den stumpfen Augen. Der Mörder hatte den Namen seines Opfers nie gehört. Manuel hatte sterben müssen, weil ich zu ihm gekommen war und er nicht zulassen wollte, daß ich getötet wurde.

»Wer?« fuhr ich den Killer an.

Er spürte, daß es mir verdammt ernst war.

»Er – er bringt mich um ...«, stammelte er.

Er sah das böse Grinsen in meinem Gesicht und glaubte, was er glauben sollte. Seine Lippen begannen zu zittern. Er zuckte heftig zusammen, als ich ihn erneut berührte. Ich leerte seine Taschen, warf Papiere, Schlüssel, Zigaretten, Feuerzeug und andere Kleinigkeiten auf das Armaturenbrett. Sogar ein kleines Handfunkgerät und ein Paar Handschellen hatte er bei sich.

Das Polaroidfoto fand ich in seiner äußeren Jackentasche. Es zeigte Stan Ladbrook und mich vor dem Schalter der Autovermietung am Flughafen. Wir beide waren gut getroffen. Ich steckte das Foto ein.

»Wer hat den Befehl gegeben?« fragte ich kalt, weil der Kerl immer noch nicht antwortete.

»Ruiz – Pedro Ruiz ...«

Einen Augenblick fühlte ich mich betrogen. Als ob mir jemand den Teppich unter den Füßen weggezogen hätte. Dann rastete der Verstand wieder ein. Hatte ich denn erwartet, daß Oliver Cervera selbst Mordbefehle gab?

Ich durchsuchte die Brieftasche des Stämmigen. Sie enthielt einen kolumbianischen Paß auf den Namen Victor Lomba und einen Ausweis mit eingeschweißtem Foto, der Lomba als Mitglied der Policia Civil von Barranquilla, Departamento Atlantico, auswies.

»Ich bin Polizeibeamter«, sagte Lomba.

»Du bist ein gemeiner Mörder«, sagte ich.

Ich zog sein Jackett wieder in die Höhe. Als er zögernd die Armen bewegte, packte ich seine linke Hand und zog sie zwischen den Speichen des Lenkrads hindurch. Bevor er begriff, was mit ihm geschah, schnappten die Manschetten seiner eigenen Handschellen um seine Gelenke.

Im Handschuhfach fand ich eine Plastiktüte. Voller Angst zerrte Lomba an seinen gefesselten Armen, während ich den Revolver, mit dem er Tocedo getötet hatte, in die Tüte fallen ließ und ihn dann auf den Rücksitz warf.

»Von wem erhält Ruiz die Befehle?« fragte ich.

Lomba wollte den Harten spielen. Sein blutverschmiertes Gesicht verzerrte sich zu einer Fratze. Bevor er mich anspucken konnte, packte ich ihn an den Schultern und stieß sein Gesicht gegen die Seitenscheibe. Seine Schneid welkte dahin wie Salatblätter in heißem Wasser.

»Ich weiß Bescheid!« zischte ich in sein Ohr. »Es ist Oliver Cervera!«

»Er bringt mich um …«

Lomba zitterte, aber er erzählte alles, was ich wissen wollte. Oliver Cervera wurde erst im Lauf des morgigen Tages in Mexico City erwartet. Aus Sicherheitsgründen wurde die genaue Ankunftszeit nicht bekanntgegeben.

Die Vorhut dagegen hielt sich schon seit drei Tagen in der mexikanischen Hauptstadt auf. Sie bestand aus insgesamt vierzehn Personen. Darunter waren zwei Frauen, Sekretärinnen, wie Lomba versicherte, ein Arzt und zwei persönliche Assistenten des Polizeipräfekten von Barranquilla.

Die anderen neun waren Polizeibeamte wie Lomba, die Cervera als Leibwächter und notfalls als Killer zur Verfügung standen. Lomba schied allerdings aus, und sein Kumpel mit dem verbrühten Gesicht ebenfalls. Ob die Kerle, die mich in der Umgebung von Manuel Tocedos Wohnung durch die Gassen getrieben hatten, bevor ihre Wagen ineinanderrasselten, noch einsatzfähig waren, konnte ich nicht wissen, weder so noch so. Deshalb tat ich gut daran, mit sieben aktiven Gegnern zu rechnen.

Ich deutete durch die Windschutzscheibe nach vorn, wo eben der Mestize wieder unter dem ausladenden Vordach erschien.

»Wie heißt der da?« fragte ich.

»Alfonso Gomez.« Lomba stöhnte, weil er seine letzte

Hoffnung fahren sah. Er hatte wahrscheinlich damit gerechnet, daß Gomez etwas merken und die Truppe alarmieren würde.

Ich warf die Wagenschlüssel und den Schlüssel für die Handschellen nach hinten und steckte das Walkie-talkie ein. Lomba zog den Kopf zwischen die Schultern und quetschte sich so weit in die äußerste Ecke, wie es ihm die ans Lenkrad gefesselten Hände erlaubten. Vermutlich konnte er sich immer noch nicht vorstellen, daß ich ihn am Leben lassen würde.

Er konnte nicht ahnen, was ihn erwartete.

Ich klinkte die Beifahrertür auf. Gomez, der Mestize, achtete hauptsächlich auf ankommende Fahrzeuge.

Als er sich umwandte, um sich erneut in den Halbschatten außerhalb des Vordachs zurückzuziehen, glitt ich aus dem Dodge.

Unbehelligt erreichte ich die Halle des Nacional. In einer Telefonkabine schlug ich das Verzeichnis von Mexico City auf und rief die Policia Federal an.

Der Beamte in der Bereitschaft sprach fließend englisch. Er wurde hellwach, als ich ihm sagte, er solle die Ohren spitzen, ich hätte Angaben im Fall Manuel Tocedo zu machen.

»Was wissen Sie von dem Fall?« fragte er. »Wer sind Sie?«

Ich überging die Fragen, teilte ihm nur mit, wo er die Mordwaffe und den dazugehörigen Schützen finden konnte, und legte auf.

Ich blieb in der Halle. Hinter einer der hohen Scheiben bezog ich Posten und beobachtete den Dodge. Mit seinen ans Lenkrad gefesselten Händen war es dem Kolumbianer unmöglich, seinen Komplicen auf sich aufmerksam zu machen.

Victor Lomba wußte nicht, daß er einen Federal ermordet hatte, einen mexikanischen Bundespolizisten. Niemand, nicht einmal der Präsident seines Landes, würde ihn davor bewahren können, in einem mexikanischen Gefängnis zu verfaulen.

Nur eins hatte der Mörder mir nicht sagen können.

Woher die Information stammte, daß er mich bei Manuel Tocedo finden konnte.

Nur der Taxifahrer hätte es verraten können. Und auch nur dem, der mich hatte abfahren sehen und die Nummer des Wagen erkennen konnte.

Ich schüttelte den Kopf, als sich unwillkürlich Carmens hinreißendes Gesicht in mein Bewußtsein drängte.

Nach genau neun Minuten schossen vier Wagen wie aus dem Nichts heran und blockierten die An- und Abfahrt. Männer mit gezogenen Waffen kamen aus dem Dunkel und rannten auf den Dodge zu.

Vier von ihnen bildeten den Stoßtrupp. Zwei rissen schließlich die Türen auf, während die anderen ihnen Feuerschutz gaben.

Jetzt wirbelte ich durch die Drehtür nach draußen, hinaus auf die Bühne, wo alle Darsteller erstarrt dastanden, als ob der Regisseur ihnen verboten hätte, ihre Stellung zu verändern.

Nur Alfonso Gomez bewegte sich. Während die Feds seinen Komplicen aus dem Wagen zerrten, erwachte er aus seiner Erstarrung. Er wollte ins Hotel und die anderen alarmieren.

Ich stellte mich ihm in den Weg. Er wollte mich zur Seite schieben, als sein Blick auf mein Gesicht fiel.

Er behielt die Nerven. Seine Augen verengten sich ein

wenig, während er seine Rechte unter das makellose Dinnerjackett zu schieben versuchte.

»Wenn du deinen Freund Lomba begleiten willst, versuch es ruhig, Alfonso!« sagte ich flach.

Sein Blick glitt an mir hinab bis zu der ausgebeulten Tasche der Jacke. Meine Hand steckte darin, und sie hielt den 38er. Gomez war ein Profi. Deshalb sah er, daß ich nicht etwa mit einem Pfeifenstiel bluffte. Unter dem leichten Stoff zeichneten sich deutlich das Korn auf dem Lauf und der Umriß der Trommel ab.

»Jetzt gib mir mein Foto!« sagte ich. »Aber ganz vorsichtig!« Seine linke Hand kroch unter das Revers seines Jacketts und kam mit einem Foto wieder zum Vorschein. Ich steckte es ein. Zwei von den ursprünglich dreien, die der Fotograf am Flughafen gemacht und einem Komplicen übergeben hatte, hatte ich jetzt wieder eingesammelt.

Aus den Augenwinkeln sah ich, wie die mexikanischen Bundespolizisten den gefesselten Victor Lomba zu einem ihrer Wagen führten und ihn unsanft hineinstießen.

»So wird es jedem von euch gehen, der sich unaufgefordert in meiner Nähe sehen läßt«, sagte ich zu dem Mestizen. »Sag Ruiz, daß ich ihn sprechen will!« fuhr ich leise fort. »Bevor ihr noch einmal versucht, mich umzulegen, will ich ihm einen Vorschlag machen, der Cervera gefallen wird.«

In seinen runden Augen erschien ein leerer Ausdruck.

»Verstehst du, was ich sage?«

Gomez nickte verhalten. Aber er wurde allmählich nervös, denn die Feds hatten Lomba inzwischen verladen und würden sich jetzt nach dem Mann umsehen, der ihnen den Mörder ihres Kollegen auf dem silbernen Tablett serviert hatte.

»Ruiz soll mich morgen früh um neun Uhr anrufen«, sagte ich. »Und jetzt verschwinde, Gomez!«

Erleichtert, doch ohne verräterische Hast kehrte der Mestize ins Hotel zurück.

Niemand kümmerte sich um mich, als ich in den 12. Stock hinauffuhr. Manuel Tocedo hatte mir anscheinend erst die Chance geben wollen, ihm zu erklären, was die Fotos von mir im Besitz des ermordeten Fotografen zu bedeuten hatten, bevor er meinen Namen in einem Protokoll festhielt. Und mit seinem Tod würde man mich ebenfalls nicht in Verbindung bringen, zumal ihnen der Täter inzwischen bekannt war. Später, wenn alles vorbei war, würde ich den mexikanischen Kollegen einen genauen Bericht der Ereignisse aus meiner Sicht überlassen – falls ich diesen Gangsterkrieg überlebte.

Das rote Licht an meinem Servicetelefon leuchtete und zeigte damit an, daß in der Zentrale eine Nachricht für mich vorlag.

Doch zuerst kontrollierte ich die unsichtbaren Merkmale, an denen ich feststellen konnte, ob sich während meiner Abwesenheit jemand in meinem Apartment umgesehen hatte.

Das dünne Haar über dem Kofferverschluß war ebenso noch an seinem Platz wie die winzigen Papierschnipsel, die ich hinter die Schubfächer der Kornmode und zwischen den Rahmen und die Tür zum Bad geklemmt hatte. Ich konnte also ziemlich sicher sein, daß mich innerhalb meines Zimmers keine neuen Überraschungen erwarteten, als ich den Hörer abnahm und die Zentrale anrief. Ich nannte meine Zimmernummer.

»Mr. Decker aus New York hat angerufen. Er bittet um

Ihren sofortigen Rückruf, Sir«, sagte das Girl in der Telefonzentrale des Hotels.

»Wann haben Sie den Anruf entgegengenommen?« fragte ich.

»Um zehn vor sieben, Sir. Soll ich die Verbindung für Sie herstellen, oder möchten Sie selbst wählen?«

»Der Anruf hat sich erledigt«, sagte ich und legte auf.

Kurz vor sieben Uhr hatte man Phil also überrumpelt.

Ich war bereits am Vormittag in der mexikanischen Hauptstadt eingetroffen. Was ich bereits vermutet hatte, wurde jetzt immer deutlicher – man hatte mich erst nach meiner Ankunft auf den Benito Juarez International Airport ausgesucht. Ausgeguckt, um für die Leibwächter des vorgesehenen Opfers den Killer zu spielen.

Wer war der wirkliche Killer? Der Mann, der Oliver Cervera umlegen sollte?

Ich duschte ausgiebig, rasierte mich und schaffte es sogar noch, die Wunde an meinem Handballen zu verpflastern, bevor das Telefon rasselte. Ich sah auf die Uhr. Es war 23 Uhr 55. Kurz vor Mitternacht.

Ich nahm den Hörer ab. »Hallo?«

»Wo haben Sie gesteckt, Mann?«

»Werden Sie nicht intim!« sagte ich. »Und rufen Sie morgen früh wieder an ...«

»Lassen Sie die dummen Scherze, Mann!« sagte der Anrufer böse. »Sie wissen jetzt, was läuft!«

Ja, das wußte ich. »Okay, ich werde Cervera umlegen. Sonst noch was?«

Der Kerl schnappte nach Luft. »Keine Namen am Telefon!« japste er.

»Okay, treffen wir uns irgendwo!«

»Hören Sie jetzt zu, Mann! Ich habe keine Zeit für Ihre Kinkerlitzchen! Woher haben Sie den Namen?«

»Seine Killer haben mich gejagt und umzulegen versucht. Daher kenne ich ihn. Um ein Haar wäre ich draufgegangen. Erwischt hat es einen Fed, einen mexikanischen Bundesbeamten, der mit Ihren beschissenen Geschäften nichts zu tun hat, nichts, verstehen Sie?«

Ich spürte, wie sich die Muskeln an meinem Hals spannten, ein sicheres Zeichen dafür, daß mich ein unvernünftiger Zorn zu übermannen drohte. Ich zwang mich, langsamer zu atmen.

»Ein Fed? Haben Sie mit einem Fed geredet? Ich habe Ihnen doch gesagt, was Sie tun und was Sie nicht tun sollen, Mann!«

»Jetzt machst du dir in die Hosen, du Scheißer, was? Aber keine Sorge, der Fed wollte mich sprechen!«

»Warum? Weshalb wollte Sie ein Fed sprechen, das verstehe ich nicht, Mann!«

Allmählich ging mir das Mann-Anhängsel bei fast jedem zweiten Satz auf den Geist.

»Es hat da einen Toten gegeben. An der Flughafenstraße. Sie wissen, wen ich meine.«

»Wieso sollte ich etwas über einen ...«

»Brechen Sie sich keinen ab, Mann!« Jetzt sagte ich auch schon dieses geistlose Mann! »Er hatte drei Kugeln im Kopf und drei Fotos mit meinem Gesicht in der Tasche! Deshalb wollte der Fed mich sprechen.« Mann, hätte ich beinahe wieder hinzugefügt. »Wie geht es jetzt weiter?«

»Sie bleiben von jetzt an in Ihrem Zimmer, verstanden?«

»Genau das werde ich nicht tun!« sagte ich kalt und beherrscht.

Wieder schnappte der Bastard am anderen Ende der Leitung nach Luft. Er befolgte auch nur Befehle. Wenn ich nicht mitspielte, bekam er Minuspunkte.

»Denken Sie an Ihren Freund!«

Ich tat fast nichts anderes. »Das tue ich«, versicherte ich grimmig.

Sie konnten tatsächlich anfangen, meinem Freund die Finger zu brechen oder ihn in Stücke zu schneiden, wie der Gangster in Phils Wohnung gedroht hatte. Doch dabei hatten sie ein Handicap. Sie konnten mir zwar eine Menge erzählen, aber sie würden mir nicht unmittelbar vorführen oder nachweisen können, was sie mit Phil anstellten, um ihren Forderungen Nachdruck zu verleihen.

Ich hatte es mit kaltblütig handelnden Widersachern zu tun. Sie würden nur tun, was in ihren Augen Sinn machte. Sie würden nicht zögern, Phil umzubringen, wenn sein Tod ihrer Sache nützte, oder auch nur, um sich selbst nicht unglaubwürdig zu machen. Aber wenn sie ihn zu früh umbrachten, hätten sie ihr einziges Druckmittel mir gegenüber verloren.

Der Schweinehund, mit dem ich hier herumkasperte, wußte jetzt, daß Cerveras Leute bereits Jagd auf mich machten. Die Kolumbianer hatten den Köder also geschluckt. Die Syndikatsgangster würden Cervera jetzt nicht noch einen Killer vorführen wollen oder können – außer dem echten. Solange es den Anschein hatte, daß ihr Plan funktionieren konnte – und zwar mit mir –, mußten sie mich mit Samthandschuhen anfassen. Meine Karten waren im Augenblick also gar nicht so schlecht.

»Überspannen Sie den Bogen nicht, Mann!«

Ich grinste. Mein Gesprächspartner befand sich auf dem Rückzug.

»Verhalten Sie sich ganz normal«, schloß er lahm. »Ich melde mich wieder.«

Ich legte auf. Es war inzwischen Mitternacht geworden

und damit eigentlich an der Zeit, daß ich meinen Chef informierte. Er mußte wissen, daß sich einer seiner G-men als Geisel in der Gewalt der Mafia befand und ein anderer in ein Mordkomplott verwickelt war – und das im Ausland.

Doch bevor ich ihm mit dieser haarsträubenden Geschichte den Schlaf raubte, wollte ich wissen, was der Mann machte, den ich für den wirklichen Killer hielt.

Ich sah mich zuerst in der Halle um. Die Federales waren wieder abgerückt. Aus einem Ballsaal wehten südamerikanische Rhythmen. Trotz der vorgerückten Stunde waren in den Bars oder Restaurants des Hotels kaum Plätze frei, und immer noch trafen neue Gäste ein.

Ich konnte Stan Ladbrook nirgendwo entdecken. Ich verließ die Halle und schlenderte zu dem großen Parkplatz an der Seite des Komplexes.

Der gelbe Toyota stand unter einer Lampe. Ladbrook war also nicht weggefahren. Oder er war von einem Streifzug bereits zurückgekehrt.

Ich hatte im Belegungsplan nachgesehen. Stan Ladbrooks Zimmer lag im 8. Stock. Wie konnte ich mich mitten in der Nacht an ihn heranmachen? Konnte ich ihn einfach anrufen? Hi, Stan, geht es Ihnen besser? Hallo, Stan, hier ist Jerry, erinnern Sie sich? Was halten Sie davon, wenn wir noch einen zusammen trinken?

Ich wählte seine Zimmernummer von einem Telefon in der Halle aus. Ich mußte es darauf ankommen lassen, ob ich beobachtet wurde oder nicht. Ich lehnte mich mit dem Rücken gegen die Wand und sah mir das Leben und Treiben in der Halle an, während ich dem Schnarren des Rufzeichens lauschte. Von den Kolumbianern war niemand hier unten. Wahrscheinlich hockten sie in ihren Suiten und hielten Kriegsrat. Ich hoffte inbrünstig, daß sie nicht zum Schlafen kommen würden.

Stan Ladbrook meldete sich nicht.

Vielleicht war er betrunken.

Ich legte auf und fuhr in den 8. Stock hinauf.

Vor der Tür zu seinem Zimmer blieb ich stehen. Ich hatte kein Recht, in sein Zimmer einzudringen. Aber, zum Teufel, ich befand mich in einer Notwehrsituation! Ich mußte wissen, wer Cervera umlegen sollte. Und ich mußte es bald wissen.

Ich klopfte. Als ich keine Antwort vernahm, probierte ich den Drehknauf.

Die Tür war nicht verriegelt.

Ich stieß sie auf und wartete, bis sie gegen die Wand schlug. Ich starrte in das dunkle Zimmer. Als ich laute Stimmen und Lachen im Flur hörte, trat ich rasch über die Schwelle und schloß die Tür wieder. Meine Rechte lag unter der Jacke am Griff meines Smith&Wesson, als ich mit der Linken das Licht anknipste.

Ich kniff die Lider zusammen. Stan Ladbrooks Unterkunft war kleiner als meine. Sie bestand nur aus einem schmalen Raum und dem angrenzenden Bad. Meine Augen huschten über das verwühlte Bett, die umgekippte Bourbonflasche am Boden, den aufgeklappten Koffer und die achtlos herausgenommenen Wäschestücke, die überall herumlagen.

Ich stieß die Tür zum Bad mit dem Ellbogen auf.

Hier brannte Licht. Es schien in Stan Ladbrooks gebrochene Augen.

Er lag in der Wanne, die fast bis zum Rand mit Wasser gefüllt war. Das Wasser bedeckte seinen Mund und die Nase. Nur die Augen, diese blicklosen blassen Augen, schauten heraus.

Ich tauchte eine Hand ins Wasser. Es war kalt. Dann streifte ich meine Ärmel in die Höhe und packte seinen Kopf. Ich bewegte ihn vorsichtig. Deutlich konnte ich die Steifheit der Halsmuskeln spüren, das sichere Anzeichen der Totenstarre, die sich einige Stunden nach Eintritt des Todes vom Kopf ausgehend entwickelt und sich von dort aus in die unteren Gliedmaßen ausbreitet.

Ich holte die fast leere Bourbonflasche aus dem Zimmer nebenan und setzte mich auf den Hocker neben der Wanne. Ich trank einen langen Schluck direkt aus der Flasche. In diesem Moment war es mir egal, welche Schäden der Alkohol in meinem leeren Magen anrichten mochte.

Ich betrachtete den Toten. Egal, ob man Stan Ladbrook in kaltes oder warmes Wasser gesetzt hatte, nachdem er starb, brauchten die chemischen Reaktionen im Muskelgewebe, die die Leichenstarre verursachten, ihre Zeit. Die Waschhaut an seinen Händen und Füßen war stark ausgebildet. Ich bin kein Gerichtsmediziner, aber meine Erfahrung reichte aus, um erkennen zu können, daß Stan Ladbrook seit mindestens zehn Stunden tot war.

Es sollte wie ein Unfall aussehen. Aber wer immer ihn umgebracht hatte, er hatte sich keine besondere Mühe gegeben, um diesen Eindruck zu verstärken. Ladbrook hatte eine Menge Alkohol getrunken, das würde sich nachweisen lassen. Vielleicht würde ein oberflächlicher Ermittler aus der blutunterlaufenen Stelle an der linken Schläfe darauf schließen, daß Ladbrook, obwohl er betrunken war, ein Bad nehmen wollte, sich dabei gestoßen und das Bewußtsein verloren hatte und in der

Wanne ertrunken war. Der Pathologe würde sogar Wasser in der Lunge finden, und die chemische Untersuchung würde bestätigen, daß es sich um dasselbe Wasser handelte, das sich auch in der Wanne befand.

Aber ich wußte es besser. Die dunklen Druckmale an den Schultern des Toten erzählten mir das Drama, das sich vor zehn oder zwölf Stunden hier abgespielt hatte.

Sie waren mindestens zu zweit in Stan Ladbrooks Zimmer eingedrungen. Ladbrook hatte eine Menge Bourbon getrunken. Vielleicht hatte er gerade etwas schlafen wollen, um am Abend wieder fit zu sein. Einer der Eindringlinge hatte ihn mit einem stumpfen Gegenstand an der Schläfe getroffen. Gemeinsam hatten sie ihn dann ausgezogen, während die Wanne bereits voll Wasser lief, und gemeinsam hatten sie den Bewußtlosen dann in die Wanne gelegt und ihn so lange unter Wasser gedrückt, bis er tot war.

Ich war sicher, daß die Kolumbianer ihn umgebracht hatten. Ladbrook und ich waren zusammengewesen, als wir fotografiert wurden. Ladbrook und ich, ich und Ladbrook.

Aber dieser heruntergekommene Detective war da schon ein Wrack gewesen. Er war kaputt. Ich konnte mir einfach nicht vorstellen, daß die Mafia in ihm den Mann sah, der es fertigbrachte, einen von Leibwächtern abgeschirmten Mann wie Oliver Cervera zu töten.

Ladbrook hätte nur dazu getaugt, diese Rolle zu spielen. Wider Willen. So wie ich.

Und plötzlich erkannte ich, wie ich in den Schlamassel geraten war. Ich erkannte es mit eindeutiger Klarheit.

Ich hatte von Anfang an gewußt, daß ich die Rolle des Killers nur spielen sollte, um das Opfer und seine Leibwächter von dem echten Killer abzulenken.

Ursprünglich hatte man Stan Ladbrook für diese Rolle vorgesehen. Wer immer ihn ausgewählt hatte, mußte zunächst angenommen haben, eine gute Wahl getroffen zu haben. Ein heruntergekommener Detective, den man in einer Dienststelle nicht mehr für voll nahm. Einen Detective, der sich mit Nutten abgab und an der Flasche hing.

Sie hatten nicht gewußt, wie schlimm es wirklich um ihn stand. Ladbrook hatte sich bereits während des Flugs nach Mexico City vollaufen lassen. Jemand, aber nicht irgend jemand, hatte ihn unterwegs beobachtet, überwacht und dann das Notsignal abgeschossen – es wird nicht funktionieren – und sich sofort nach einem Ersatzmann umgesehen. So war ich in das Spiel geraten.

Ich hatte sofort den Eindruck gewonnen, daß die ganze Geschichte improvisiert, auf Biegen und Brechen in Szene gesetzt worden war – zumindest soweit ich beteiligt war. Erst um sieben Uhr am Abend hatte man Phil Decker als Geisel genommen. Man hatte erst herausfinden müssen, wer ich war. Und als man erkannt hatte, daß ich ein G-man war, der nicht einfach abwarten und stillhalten würde, hatte man meine Schwachstelle herauszufinden versucht. Und die einzige war und ist nun einmal mein Freund und Kollege Phil Decker.

Die Mafia mußte so etwas wie einen Einsatzleiter in unserer Nähe gehabt haben. Sofort dachte ich an Ernest Hillerman, diesen dicken, lauten, aufdringlichen Detective Captain aus Florida. Mein Magen zog sich erneut zu einem Klumpen zusammen. Wieder verdächtigte ich einen Kollegen, mit Verbrechern gemeinsame Sache zu machen. Aber Hillerman konnte der Mann sein, der Ladbrook überwacht und erkannt hatte, daß der Plan mit ihm niemals funktionieren würde.

Und er deutete auf mich, der ich nicht von Stans Seite wich! Weil ich es nicht verantworten wollte, daß sich Stan alkoholisiert in den Verkehr der mexikanischen Metropole stürzte. Ein weiterer Vorteil war, daß ich mit Stan Ladbrook vor die Linse des Kolumbianers geriet, der den angeblichen Killer bei seiner Ankunft fotografieren sollte. Denn das Gerücht, von dem Manuel Tocedo gesprochen hatte, war absichtlich verbreitet worden.

Es war so präzise gewesen, daß es sogar von dem vorbestellten Leihwagen wußte. Als Stan Ladbrook und ich dann am Schalter der Panamericana auftauchten, gerieten wir beide auf die Fotos des Kolumbianers. Besser konnte es gar nicht kommen, wenn der Plan schon in einigen Punkten geändert werden mußte. Und Cerveras Gorillas beschlossen, keinerlei Risiko einzugehen und beide Kandidaten aus dem Weg zu räumen, bevor ihr Boß eintraf.

Ernest Hillerman konnte auch den Fotografen bemerkt haben. Wahrscheinlich gehörte es zu dieser grausamen Show, daß der Mann, der die Fotos gemacht hatte, sterben mußte, um die Rolle des angeblichen Killers – Ladbrooks oder meine – um so glaubhafter zu machen. Aber vermutlich hatte der Drahtzieher sorgfältig darauf geachtet, daß der Fotograf die Fotos auch weitergeben konnte, bevor er liquidiert wurde.

Aber das Geld in meinem Badezimmer! Es war dort versteckt worden, bevor ich es zum ersten Mal betrat!

Ich dachte an die ersten Minuten nach meiner Ankunft im Hotel zurück. Da war diese Frau gewesen, deren Anblick mich mitten ins Herz getroffen hatte. Sie hatte mich aufgehalten und abgelenkt. Lange genug, damit ein Komplice das Geld aus Stan Ladbrooks Zimmer holen und in meinem verstecken konnte.

Carmen Sanromán, die angebliche Journalistin! Als sie hörte, daß an der Bar ein mexikanischer Kollege auf mich wartete, hatte sie es plötzlich eilig zu verschwinden.

Sie war Mexikanerin, das schien mir festzustehen. Vielleicht arbeitete sie hier für einen der hiesigen Verbindungsleute des Syndikats. Vielleicht war sie sogar wirklich Journalistin. Auf jeden Fall war sie schnell verfügbar gewesen.

Ich war der Wahrheit vielleicht einen Schritt näher gekommen. Aber ich war weiter davon entfernt, den wirklichen Killer entlarvt zu haben, als zuvor. Und noch weit davon entfernt, Phil und mich aus den Schwierigkeiten zu bringen. Von Oliver Cervera ganz abgesehen. Doch dessen Schicksal war mir im Grunde gleichgültig. Aber das erwähnte ich bereits.

Ich ließ den toten Detective Stan Ladbrook in seinem kalten Badewasser zurück. Er hatte vermutlich sein Leben lang seine Pflicht getan und war dann an ein Kind geraten, das ihn getötet hätte, wenn er nicht schneller gewesen wäre. Das hatte er nicht verkraftet. Ich konnte es verstehen.

Ich nahm noch einen Schluck aus der Flasche, bevor ich sie wieder neben das Bett legte. Der schale Geschmack in meinem Mund blieb. Immerhin war der Hunger verschwunden. Ich durchsuchte Stan Ladbrooks Gepäck und den Inhalt seiner Anzugtaschen. Sein Geld, seine Papiere waren da, Kopfschmerztabletten reichlich. Sein Schlüsselbund und noch ein paar Kleinigkeiten, die man so mit sich herumträgt, wenn man nicht täglich seine Taschen ausmistet. Nur der Schlüssel für den gemieteten Toyota fehlte. Doch der lag vermutlich noch an der Rezeption, wo der Boy, der den Wagen auf den Parkplatz gefahren hatte, ihn abgegeben hatte.

Der Chef zeigte seine Betroffenheit, indem er meinen Bericht schweigend anhörte. Ich stand in einer der engen Telefonkabinen in der Halle, obwohl ich mir nicht vorstellen konnte, daß es die Gangster des Syndikats geschafft haben sollten, mein Apartment mit Wanzen zu spicken. Die Zeit heute vormittag hatte gerade dazu gereicht, das Geld bei mir zu verstecken. Danach hatte niemand mehr unbefugt mein Zimmer betreten. Doch ich wollte kein Risiko eingehen.

Mein Chef in New York brauchte zwei volle Minuten, um das Gehörte zu verarbeiten.

»Leider können wir nicht damit rechnen, daß er freiwillig auf die Reise nach Mexico City und die Teilnahme am Kongreß verzichtet«, sagte John D. High schließlich. »Für ihn ist es eine Frage des Prestiges und des Prinzips. Er bewirbt sich nämlich um den Posten des Innenministers in seinem Land. Dafür braucht er sichtbare internationale Anerkennung. Aber ich werde ihm einen Strich durch die Rechnung machen!« versicherte der Chef grimmig.

Ich sah durch die Scheibe in der Kabinentür. In der Halle entstand Bewegung, als wieder mehrere Federales, mexikanische Bundespolizisten, hereinströmten. Ich hatte sie erneut angerufen. Diesmal hatte ich ihnen, wiederum ohne meinen Namen zu nennen, den Tod eines amerikanischen Staatsbürgers gemeldet.

»Hören Sie noch zu, Jerry?« erkundigte sich mein Chef.

»Entschuldigen Sie, Sir«, sagte ich. »Hier kreuzen gerade die Feds auf. Wegen Stan Ladbrook.«

»Ich werde den Direktor der Policia Federal anrufen«, fuhr Mr. High fort. »Er wird dafür sorgen, daß Oliver Cervera keine Einreisegenehmigung erhält. Bei dem, was wir über Cervera wissen, ist das kein Problem. Damit wären Sie und Phil aus allen Schwierigkeiten heraus.«

Jetzt war ich es, der nachdenklich schwieg.

»Was gefällt Ihnen nicht an meinem Vorschlag?« wollte mein Chef wissen.

Ich erinnerte ihn an den Auftrag, den er mir mit auf den Weg gegeben hatte. Ich sollte versuchen, mit Cervera ins Gespräch zu kommen. Und herausfinden, ob er unter Umständen bereit wäre, über seine Verbindungen zur Mafia auszupacken.

»Jetzt hätte ich die Chance, an ihn heranzukommen«, sagte ich. »Und ich hätte ihm sogar etwas anzubieten ...«

»Es ist zu riskant. Für Sie und für Phil.«

»Da ist noch etwas«, fuhr ich unbeirrt fort. »Wenn die Informationen stimmen, über die Tocedo verfügte, soll es ein US-amerikanischer Polizist sein, der bereit ist, im Auftrag der Mafia einen Mord zu begehen.« Es konnte ein Bluff sein. Es konnte zu dem Plan gehören. Ich hoffte es sogar. Aber ich wußte, daß schon das Wissen um die Möglichkeit, ein Polizist könne zu einem bezahlten Mord fähig sein, meinem Chef genauso zuwider war wie mir selbst.

»Wie lange wollen Sie es hinnehmen, daß sich Phil in der Gewalt dieser Verbrecher befindet? An eine Befreiungsaktion ist ohne sorgfältige Vorbereitung nicht zu denken.«

Da hatte er recht. Aber ich wußte, daß Mr. High noch in der Nacht mit den Vorbereitungen beginnen würde. Er würde einen Einsatzleiter bestimmen, der sich umgehend mit der Verwaltung des Hauses, in dem Phil wohnte, in Verbindung setzen würde. Man würde den Grundriß und die Baupläne studieren und feststellen, ob Wohnungen über, unter oder neben Phils Apartment leerstanden. Er würde das gesamte Gebäude unter Beobachtung stellen, und das nach allen Regeln der Kunst.

»Phil ist sicher, solange die Syndikatsgangster mich brauchen«, sagte ich überzeugt. »Der Killer ist hier. Wir können ihn nur von hier aus identifizieren.«

»Sie wollen also dranbleiben«, stellte der Chef fest. »Ich hätte es mir denken können. Geben Sie der Einsatzzentrale telefonisch die Namen der Teilnehmer durch! Gern tue ich es nicht, sie durchchecken zu lassen ...«

Sie waren Kollegen. Ich kam mir schmutzig vor.

»Und Cervera soll einreisen, wenn Sie darauf bestehen«, fuhr John D. High fort. »Aber wir dürfen uns keine Schwierigkeiten mit der mexikanischen Polizei erlauben. Die bekommen wir aber, wenn sich herausstellt, daß wir von einem Mordplan Kenntnis hatten, diese Kenntnis aber nicht weitergegeben haben.«

»Ich werde alles daransetzen, den Killer rechtzeitig zu identifizieren«, sagte ich.

»Und dann?« fragte der Chef beunruhigt.

»Dann werde ich den Mordkontrakt übernehmen, Sir«, erklärte ich.

Ich spürte den langen Tag in allen Knochen, aber ich wußte, daß ich so schnell doch keinen Schlaf finden würde. Deshalb ging ich noch einmal in die Bar. Es konnte zudem interessant sein, die Reaktionen der anderen Gäste zu beobachten, wenn sich die Nachricht vom Tod des amerikanischen Detectives verbreitete.

Auch jetzt konnte ich kein Mitglied der kolumbianischen Delegation unter den zahlreichen Gästen entdecken, die sich an der Theke festklammerten. Für sie bestand vermutlich nach wie vor höchste Alarmstufe und das Verbot, sich von der Truppe zu entfernen.

Ich drängte mich bis an die Theke durch, und während

ich mich an einem Ginger Ale labte, versuchte ich vergeblich, in die dunklen Nischen zu spähen.

Ich verdrehte die Augen, als sich der britische Polizeioffizier von Barbados erneut an mich heranpirschte. Sein gerötetes Gesicht und die blutunterlaufenen Augen zeugten von reichlichem Alkoholgenuß. Als er von seinen Erlebnissen im Dienst seiner Königin zu schwadronieren begann, stellte ich meine Ohren auf Durchzug.

»... ein langer Tag ...«

»Ich bin jetzt auch müde ...«

Gesprächsfetzen drangen an mein Ohr. Ruhige Stimmen, die keinerlei Aufregung verrieten. Noch hatte sich die Nachricht von Ladbrooks Tod nicht herumgesprochen.

»... sehen uns morgen, Mann ...«

»Noch ein Drink, Sir?«

Ich blickte auf, als der Keeper mich ansprach, und nickte unwillkürlich.

Ich versuchte, eine Stimme aus dem Durcheinander herauszufiltern.

Der britische Polizeioffizier packte meinen Arm und beugte sich nah an mein Ohr. »Dies hier ist auch so ein Land, wo man mal durchgreifen müßte, mit eiserner Hand!«

Ich nahm mein Glas und drehte mich um. Meine Augen hatten sich inzwischen an das Halbdunkel gewöhnt.

In einer Nische, mit dem Rücken zu mir, saß Ernest Hillerman. Der breite Rücken, das weite Hemd, das die quellenden Hüften nur unzureichend bedeckte, und das dünne blonde Haar waren unverkennbare Merkmale. Ganz gegen seine sonstigen Gewohnheiten waren seine Bewegungen knapp, und seine Stimme klang gedämpft.

Ich konzentrierte mich auf die dünnen Lippen seines Gegenübers, der sich jetzt über den Tisch beugte und etwas zu Hillerman sagte.

»Jeder bekommt, was er verdient, Mann, so ist das Leben!«

Er war es. Jetzt hatte ich die Stimme erkannt. Die blödsinnige Angewohnheit, an jeden zweiten Satz ein Mann anzuhängen, hatte mich nur aufmerksam werden lassen.

Der Kerl grinste und entblößte lange, makellos weiße Zähne. Seine Augen wanderten an der Bar entlang. Sie glitten über mich hinweg, ohne eine Reaktion zu zeigen. Er kannte mich nicht, er hatte mich nie gesehen. Er hatte nur zweimal mit mir telefoniert und dabei einen Text aufgesagt, der woanders entworfen worden war. Irgendwo ganz oben. Wahrscheinlich war es der große Rat der Mafia, der Cerveras Tod beschlossen hatte.

Der Kerl hatte ein hageres Gesicht mit eingefallenen Wangen, tiefliegende, düstere Augen und einen brutalen, gemeinen Mund. Der makellos sitzende Anzug und das lockige, sorgfältig frisierte Haar ließen auf Eitelkeit schließen. Eitelkeit, Brutalität und Gemeinheit – das war eine beängstigende Kombination.

Und dieser Mafiagangster, der das Attentat auf Oliver Cervera steuerte, unterhielt sich mit einem amerikanischen Detective Captain! Die Unverfrorenheit, mit der die beiden das taten, in einer Bar, in der es von Polizisten nur so wimmelte, verschlug mir die Sprache.

Ich hatte mich inzwischen mit Bargeld aus meinem Fach im Hotelsafe eingedeckt. Es war Mafiageld, Blutgeld. Jetzt durfte es keine Rolle spielen. Später kam der Tag der genauen Abrechnung. Ich stellte mein Glas ab, warf einige Geldscheine auf die Theke und verließ die Bar. Hillerman bemerkte mich nicht.

In der Halle war von den Federales nichts zu sehen. Sie hielten sich vermutlich noch oben in Ladbrooks Zimmer auf. Draußen unter dem Vordach standen jetzt der Portier und drei Boys in roten Affenjäckchen und langweilten sich. Der Taxiparkplatz unten an der Anfahrt war leer. Um diese Zeit war es vermutlich schwer, einen Wagen zu bekommen.

Hinter einer mit Grünzeug berankten Sprossenwand aus Bambus ließ ich mich in einen tiefen Sessel fallen.

Durch die Ranken sah ich den Eingang zur Bar. Vielleicht konnte ich herausfinden, wer der Hagere war, ob er ebenfalls im Hotel Nacional wohnte und wer zu ihm gehörte.

Außer dem Detective Captain aus Florida.

Sie kamen kurze Zeit später aus der Bar. Alle beide mußten sich so gottverdammt sicher fühlen, daß sie sich nicht einmal die Mühe gaben, so zu tun, als ob sie sich nur flüchtig kannten. Der Hagere und Hillerman blieben vor den Aufzügen stehen. Ich konnte von hier aus nicht hören, was sie sprachen. Der Hagere wippte auf den Fußballen. Seine schmalen Lippen bewegten sich. Hillerman nickte. In ohnmächtigem Zorn ballte ich die Fäuste.

Die Tür vor einer Fahrstuhlkabine glitt zur Seite. Der Hagere reichte Hillerman die Hand. Hillerman stieg ein, während der Gangster zum Ausgang ging.

Er wohnte also nicht im Nacional.

Ich sprang auf und sah dem hageren Mann nach, der durch die Drehtür wirbelte. Der Portier winkte einen Boy herbei. Der Gangster warf ihm einen Schlüssel zu, den der Junge geschickt auffing. Er flitzte zum Parkplatz.

Und draußen war kein Taxi zu sehen.

Ich fluchte lautlos. Ich hatte einen Zipfel in der Hand und konnte ihn nicht lüften.

Ich wandte mich der Rezeption zu. Der Empfangschef sah mir mit höflichem Interesse entgegen. Er würde mir innerhalb von einer Minute auch keinen Wagen besorgen können.

Da fiel mir der Toyota ein, den Stan Ladbrook gemietet hatte. Meine Augen wanderten über die Reihen der Fächer, von denen es für jedes Zimmer oder Apartment eins gab.

Stan Ladbrook hatte Zimmer 8041.

Das Fach mit der Nummer 8041 war leer.

Aber der Wagenschlüssel war auch nicht in Ladbrooks Zimmer gewesen. Unwillkürlich huschten meine Augen weiter und blieben auf meinem Fach haften.

Dort schimmerte es metallisch.

»Meinen Wagenschlüssel, bitte«, sagte ich. »Zimmer 12033.«

Der Boy, der den Toyota bei unserer Ankunft zum Parkplatz gefahren hatte, hatte mich für den Verfügungsberechtigten gehalten und den Schlüssel in mein Fach legen lassen. Hin und wieder muß man auch mal Glück haben. Hätte der Schlüssel in Ladbrooks Fach gelegen, hätte ich von den Federales vermutlich mehr als unangenehme Fragen zu erwarten gehabt.

Ein weißer Camaro mit mexikanischem Kennzeichen rollte vor dem Eingang aus. Der Boy stieg aus und hielt dem Hageren die Tür auf. Der Gangster nahm hinter dem Lenkrad Platz, wartete aber geduldig, während der Boy mit einem Lappen über die Windschutzscheibe und die Scheinwerfergläser wischte.

Ich schob mich durch die Drehtür nach draußen. Einer der Boys bemerkte den Schlüssel in meiner Hand und wollte den dazugehörigen Wagen vom Parkplatz holen. Ich winkte ab.

Der Hagere achtete nicht auf mich, als ich an seinem Camaro vorbeiging. Hinter der Hecke, die den Parkplatz vom Anfahrtsbereich trennte, setzte ich mich in Trab.

Ich schloß den Toyota auf und warf mich hinein. Das Zündschloß fand ich auf Anhieb. Es zahlte sich jetzt aus, daß ich den Wagen bereits gefahren hatte. Der Motor sprang sofort an.

Ich hörte das satte Röhren des anfahrenden Camaro und sah seine Rückleuchten durch das Laub der Hecke vorüberhuschen. Ich wartete, bis der Wagen mit quietschenden Reifen links in die Hauptverkehrsstraße bog und aufdrehte, bevor ich mich an seine Spur heftete.

Es herrschte nicht mehr viel Verkehr auf den Straßen. Ich hatte keine Mühe, dem Camaro in gebührendem Abstand zu folgen. Er fuhr über eine breite Straße, die Avenida Rio Churubusco hieß, in südlicher Richtung. Wegweiser erschienen im Scheinwerferlicht, die Namen darauf sagten mir nichts – Tlalpan, Tepalcatlalpan. Motels und Tankstellen säumten die Straßen, während die Wohnhäuser zurückblieben. Ich trat das Gas durch, um den Anschluß an den aufdrehenden Camaro nicht zu verlieren. Doch meine Sorgen waren unbegründet.

Die Rückleuchten wurden wieder größer, als der Fahrer den Fuß vom Gas nahm, und dann flammten kurz die Bremslichter auf. Ohne den Blinker zu betätigen, schwenkte der Wagen nach rechts in eine Einfahrt.

Ich behielt meine Geschwindigkeit bei, weil nicht auszuschließen war, daß der Hagere lediglich feststellen wollte, ob er verfolgt wurde.

Im Näherkommen sah ich das große, von einer einzelnen Lampe nur unzulänglich erhellte Schild am Straßenrand. *LA POSADA – Motel – Piscina – Comidas dia y noche.*

Die staubige, unbefestigte Einfahrt endete vor einem

langgestreckten, einstöckigen Holzgebäude. Im vorderen Teil waren mehrere Fenster erleuchtet. Der Camaro stieß eben in eine Lücke zwischen zwei anderen Fahrzeugen.

Ich fuhr eine halbe Meile weiter und wendete an einer Ampel, bei der das Linksabbiegern erlaubt war. Langsam kehrte ich zurück, und langsam schwenkte ich in die Einfahrt des Motels. Ich stellte den Toyota am Kopf des Gebäudes ab, in dem die Rezeption und die Cafeteria untergebracht waren. Ich stieg aus und ging an den abgestellten Fahrzeugen entlang. Es waren insgesamt elf. Außer dem Camaro standen noch zwei andere amerikanische Wagen da, ein stahlblauer Buick und ein rotes Malibu Coupé. Die anderen waren VW-Käfer.

Ich blickte durch eins der staubverkrusteten Fenster ins Innere der Cafeteria. Eine dicke Frau in einem zu engen grünen Kleid und ein magerer Mann mit Bartstoppeln standen hinter der Theke. In einer Ecke saßen ein paar Leute an einem runden Tisch. Doch bevor ich meine Stellung verändern und sie genauer in Augenschein nehmen konnte, wurde die Eingangstür abrupt aufgestoßen, und zwei Personen verließen die Cafeteria.

Ich ließ mich einfach fallen und kroch auf Händen und Füßen zwischen die Fahrzeuge. Neben dem Toyota preßte ich mich auf den Boden.

Ich hörte ihre Schritte auf dem knirschenden Kies und peilte unter dem Wagenboden her. Ich sah ein Paar schlanke Fesseln und zierliche Füße in hochhackigen roten Pumps und schmale Männerfüße in glänzenden schwarzen Slippern.

Die Füße kamen näher und wanderten dann in den schmalen Gang zwischen dem Toyota und dem roten Malibu. Die Frau wandte sich dem Toyota zu. Ich begann zu schwitzen und hielt den Atem an.

»Hillerman ist dafür, daß wir bis zum letzten Tag warten«, sagte die Männerstimme. Sie gehörte dem Hageren, den ich hierher verfolgt hatte.

»Wann ist dieser Wagen angekommen? Die Motorhaube ist noch ganz warm!«

Auch ihre Stimme erkannte ich sofort. Allerdings klang sie jetzt nicht warm und einschmeichelnd und herausfordernd, sondern kühl wie ein Gletscherhauch. Und doch spürte ich wieder das Vibrieren darin, das einen eigenartigen Reflex irgendwo in meinem Hirn hervorrief.

»Keine Ahnung«, sagte der Gangster.

»Haben Sie jemand hereinkommen sehen, Frank?« fragte sie.

»Nein. Wahrscheinlich gehört die Karre einem Gast, der sofort in seinen Bungalow gegangen ist.«

»Wahrscheinlich! Vielleicht ist es einer von Cerveras Gorillas!«

Der Hagere, der Frank hieß, lachte sorglos. »Die Kerle halten ihre Nasen ganz tief unten, Carmen. Machen Sie sich keine Gedanken!«

Zumindest ihr Vorname, Carmen, schien echt zu sein. Ich stieß vorsichtig den angehaltenen Atem aus, als sich Carmen umwandte und die Tür des Malibu aufklinkte.

»Hillermans Meinung interessiert mich nicht«, sagte sie kalt. »New York wünscht, daß die Aktion möglichst bald durchgeführt wird. Sie wissen, warum.«

Ich wußte es auch. Ihr Risiko stieg mit jeder Stunde, die sie Phil länger in ihrer Gewalt hielten.

»Wir legen den Zeitpunkt fest, sowie Cervera eintrifft«, sagte Carmen. Sie zog die Füße hoch und schwang die Beine ins Wageninnere. Frank trat neben die Wagentür. »Seine Maschine wird morgen im Lauf des Tages eintreffen«, fuhr Carmen fort. »Eigentlich müßte ich sagen, heute. Sie versuchen, die Ankunftszeit geheimzuhalten. Aber Hank wird sie rechtzeitig erfahren und uns Bescheid sagen. Danach ist er überflüssig. Sie wissen, was mit ihm zu geschehen hat. Nur erledigen Sie es unauffällig.«

»Aye, aye, Ma'am«, sagte der hagere Gangster träge.

Ich hatte mich geirrt, als ich annahm, daß er die Aktion steuerte. Carmen war der Boß, zumindest was die Operation Cervera betraf. Einem eitlen Kerl wie Frank mußte es schwerfallen, Befehle von einer Frau entgegenzunehmen. Ich fragte mich, wie sie ihre Autorität durchsetzte.

»Halten Sie Cotton bis dahin unter Kontrolle!« sagte sie jetzt. »Oder soll ich das auch noch übernehmen?«

»Ihm würde es bestimmt gefallen«, sagte Frank. »Ihnen auch, Señorita?« Ich konnte förmlich hören, wie er feixte.

Mit einer ärgerlichen Bewegung zog Carmen den Wagenschlag zu. Der Anlasser mahlte. Dann wehte eine Abgaswolke in mein Gesicht. Frank preßte sich eng an den Toyota, als Carmen Gas gab. Kies spritzte unter den Rädern weg. Der Malibu schoß zurück, wurde aber noch einmal hart abgebremst. Die Seitenscheibe fuhr herab.

»Es ist Ihre Beerdigung, wenn etwas schiefgeht, Frank, das können Sie wörtlich nehmen.« Carmens Stimme klang flach und scharf wie eine Rasierklinge. »Vergessen Sie nicht, daß Sie hier ein lausiger Gringo sind!«

Sie gab erneut Gas und preschte davon. Jetzt war ich es, der grinsen mußte. Sie war doch cool, die schöne Carmen. Cool und hart. Ich beschloß, auf der Hut zu sein, wenn ich ihr noch einmal begegnen sollte.

Ich sah Frank nach, bis er in einer Motelkabine verschwand. Hinter dem Fenster neben der Tür flammte Licht auf. Gleich darauf wurde der Vorhang zugezogen.

Ich näherte mich vorsichtig dem Bungalow, bis ich die Nummer erkennen konnte. C-4. Dann ging ich zurück und betrat die Rezeption. Der Raum ging in die kleine Cafeteria über. Es roch nach heißem Öl. Hinten saßen ein paar Männer, die wie Monteure aussahen.

Die dicke Frau im zu engen grünen Kleid starrte mich an wie eine Erscheinung. Ihr Mann kam eilfertig um die Theke herum. »Wir haben noch unseren besten Bungalow frei«, sagte er auf englisch. »Ich zeige ihn Ihnen. Kommen Sie, Señor – ich bringe Ihr Gepäck hinein.«

»Darum kümmere ich mich selbst«, sagte ich. »Ich brauche den Bungalow erst morgen. Heute übernachte ich bei einem Geschäftsfreund.« Ich zog ein paar Geldscheine heraus. »Aber ich miete den Bungalow sofort.«

Die Frau und der Mann strahlten. Die Frau schob mir den Block mit den Anmeldeformularen zu. Ich trug einen Phantasienamen ein und blätterte den Block dann beiläufig zurück, bis mein Blick auf einen Namen fiel.

Frank Benavente.

Der Bewohner von C-4 kam aus Baltimore, wenn er keine falschen Angaben auf dem Meldezettel gemacht hatte. Er hielt sich bereits seit einer Woche hier auf.

Ich vergewisserte mich, daß es Telefone in den Bungalows gab. Das hielt ich für wichtig, weil es ja möglich war, daß Benavente von hier aus telefonierte, sei es mit Carmen, sei es mit einem Kontaktmann in den Staaten.

Ich nahm meinen Schlüssel in Empfang – mir gehörte von jetzt an für die nächsten drei Tage und Nächte der Bungalow mit der Nummer D-8 – und fuhr ins Hotel Nacional zurück.

»Haben Sie schon gehört, daß Stan Ladbrook tot ist?« Ernest Hillerman zwängte seinen dicken Bauch hinter den Tisch, an dem ich mein Frühstück einnahm.

Die Bestürzung in seinem feisten Gesicht sah echt aus. Du erbärmlicher Heuchler, dachte ich.

Laut sagte ich »Mein Gott« und setzte die Kaffeetasse ab.

Wider Erwarten hatte ich ein paar Stunden tief und fest geschlafen. Ich war früh wieder aufgestanden und hatte in der frischen Morgenluft ein paar Runden im Park hinter dem Kongreßzentrum gedreht. Mein Knöchel war wieder in Ordnung. Nur die Schulter, auf die mich der Kolumbianer in Tocedos Wohnung mit dem Pistolengriff geschlagen hatte, machte mir noch zu schaffen.

In der Cafeteria des Hotels Nacional ging es gedämpft zu. Die Nachricht, daß ein Kollege ums Leben gekommen war, hatte sich unter den Gästen, die heute morgen zum größten Teil aus Tagungsteilnehmern bestanden, längst herumgesprochen.

Hillerman starrte mich an. »Was sagen Sie dazu?« fragte er drängend.

»Wieso ist meine Meinung von Bedeutung?« fragte ich. Hillerman zuckte vor dem feindseligen Unterton in meiner Stimme zurück.

»Es soll ein Unfall gewesen sein«, sagte der Captain schnell. »Der Beginn der Tagung ist verschoben worden. Die Eröffnungsansprachen finden heute nachmittag statt. Die Besichtigung des neuen Atomkraftwerks bei Contreras fällt aus.«

Das Atomkraftwerk von Contreras war mit modernsten Sicherheitseinrichtungen gegen terroristische Angriffe ausgestattet worden. Deshalb wollte es die mexikanische Regierung der Kritik und vermutlich auch der

Bewunderung der Experten aussetzen. Ich hatte das Tagungsprogramm genau studiert und nach Möglichkeiten abgeklopft, die den Initiatoren des Mordplans als besonders günstig für ein Attentat auf Oliver Cervera erscheinen mußten. Wenn man von der Ankunft Cerveras, möglicherweise auf einem mexikanischen Militärflughafen, absah, gab es immer dann Schwachstellen für die Sicherheit der Tagungsteilnehmer, wenn sie das Hotel verlassen mußten und zwar als Gruppe.

Während des Tagungsverlaufs waren insgesamt fünf Veranstaltungen außerhalb des Hotels angesetzt. Außer der Besichtigung des Atomkraftwerks, die inzwischen gestrichen war, standen ein Besuch im Ausbildungszentrum der mexikanischen Bundespolizei und die Teilnahme an einer Übung der mexikanischen Anti-Terror-Einheiten unter realistischen Bedingungen auf dem Programm. Hinzu kamen der übliche Empfang durch den Innenminister im Cortez-Palast und der Besuch einer Opernaufführung am letzten Abend.

Hillerman rieb über sein fleischiges Gesicht. Ich hatte den Eindruck, daß er noch mehr sagen wollte. Daß er es nicht tat, mochte an meiner feindseligen Haltung liegen. Oder auch daran, daß zwei Mexikaner meinen Tisch ansteuerten.

»Die Federales schwirren umher wie die Fliegen«, sagte Hillerman. Er grinste schief, als er schnell aufstand. »Mich haben sie schon durch die Mangel gedreht. Jetzt sind Sie dran.« Er ging zum Frühstücksbüffet.

Die beiden Federales sprachen englisch. Sie entschuldigten sich höflich für die Störung, bevor sie baten, Platz nehmen zu dürfen. Sie stellten eine Reihe von Fragen. Ob ich Ladbrook gekannt, wann ich ihn zuerst und wann zuletzt und ob ich ihn in Begleitung von irgendwelchen

Personen gesehen hätte. Meine Antworten schrieben sie sorgfältig auf.

Sie wurden hellwach, als ich ihnen erzählte, daß Ladbrook einen Wagen gemietet hatte. Ihre Haltung drückte unversehens Mißtrauen aus, als ich den Schlüssel des Toyota auf den Tisch legte.

»Ladbrook hat den Wagen überhaupt nicht gefahren«, sagte ich.

»Woher wollen Sie das wissen?« erkundigte sich einer der Mexikaner. Er hieß Lopez.

»Ladbrook hatte während des Fluges ziemlich viel getrunken«, erklärte ich. Das würde die Obduktion bestätigen. »Deshalb habe ich ihn vom Flughafen zum Hotel gefahren. Und der Boy vom Parkplatz ließ den Schlüssel in mein Fach legen, weil er mich für den berechtigten Fahrer hielt.«

Die beiden Federales sahen einander an. Ich konnte mir vorstellen, wie es in ihren Köpfen rotierte.

»Ich sah den Schlüssel gestern abend in meinem Fach«, fuhr ich fort. »Und ich bin dann etwas umhergefahren.«

Das mußte ich zugeben, weil der Kilometerstand bei der Übergabe des Wagens festgehalten worden war und die Federales wegen des Unterschieds auf ganz dumme Gedanken gekommen wären.

Auf die kamen sie aber auch so. Jetzt wollten sie alles ganz genau wissen.

»Sie sind nicht in seinem Zimmer gewesen?« fragte der andere leise. »Ein Amerikaner hat den Unfall nämlich gemeldet.«

»Nein«, log ich.

Wenn alles vorbei war, würde ich es erklären. Jetzt mußte ich versuchen, den Deckel draufzuhalten. Im Fall von Tocedos Mörder hatte ich es einfacher gehabt. Da konnte ich ihnen den Täter auf dem silbernen Tablett mit allen Indizien liefern. Ich war fest davon überzeugt, daß auch Ladbrook von Cerveras Männern umgebracht worden war. Ihnen waren vermutlich zwei Kandidaten gezeigt worden, die als der erwartete Attentäter in Betracht kamen. Ladbrook und ich. Um sicherzugehen, daß auch der richtige dabei war, mußte jemand befohlen haben, uns beide umzubringen.

Mit dem alkoholisierten Detective aus New Orleans hatten sie keine Schwierigkeiten gehabt. Mich hätten sie vermutlich ebenfalls erwischt, wenn Manuel Tocedo nicht gewesen wäre.

Er hatte Mut bewiesen – und dabei sein Leben verloren.

Ich wunderte mich, daß die Federales, die mir am Frühstückstisch gegenübersaßen, den Namen ihres ermordeten Kollegen mit keinem Wort erwähnten. Vermutlich sahen sie noch keinen Zusammenhang zwischen den beiden Todesfällen, solange sie Ladbrooks Tod für einen Unfall hielten.

Das würde sich jedoch schlagartig ändern, wenn das Obduktionsergebnis vorlag und sich ein Vertreter der amerikanischen Botschaft einschaltete und nachdrücklich die Aufklärung der Tat forderte.

Ich hatte keinen Grund, ihnen jetzt schon auf die Sprünge zu helfen.

Ich sah verstohlen auf die Uhr. Es war 8 Uhr 47. Ich hatte Pedro Ruiz, dem Mann, der Cerveras Leibwächtertruppe befehligte, ausrichten lassen, daß ich ihm einen Vorschlag zu machen hätte. Wenn ich herausfinden wollte, wie neugierig er war, mußte ich in mein Apartment zurückkehren.

Aber die Federales ließen sich Zeit. Vielleicht wußten

sie auch, daß etwas nicht stimmte. Oder ihr Instinkt sagte ihnen, daß hier etwas faul war.

Lopez nahm den Schlüssel des Toyota an sich. »Sie sind herumgefahren«, sagte er. »Ohne Ihren Landsmann zu fragen?« Er lächelte nichtssagend. Eine gute Frage, dachte ich.

»Er sagte mir auf der Fahrt vom Flughafen zum Hotel, daß er den Wagen erst heute benutzen wollte«, antwortete ich. Eine gute Antwort, dachte ich, deshalb schob ich noch etwas nach. »Er bot mir sogar an, den Wagen zu nehmen.«

»Und wo waren Sie genau?«

»Ich fuhr ein Stück in die Richtung der Innenstadt. Aber weil es schon so spät war, kehrte ich nirgendwo ein, sondern fuhr bald wieder zurück.«

Damit könnt ihr mich erst mal nicht festnageln, dachte ich.

»Ich nehme an, Sie werden bis zum Abschluß des Kongresses in Mexico City bleiben«, sagte jetzt der andere. Seinen Namen hatte ich nicht richtig verstanden.

»Das werde ich«, versicherte ich. »Stimmt denn etwas nicht?« Diese Frage konnte ich mir einfach nicht verkneifen.

»Wie kommen Sie darauf, daß etwas nicht stimmen könnte?« fragte Lopez prompt.

Ich hob die Schultern. »Ich weiß es nicht«, sagte ich und breitete die Handflächen aus. »Man hört nur Gerüchte, und Sie haben mich auch nicht gerade ausführlich informiert.«

»Dazu haben wir auch, keinen Anlaß, Mr. Cotton«, erklärte Lopez kühl. »Sie sind zwar ein Kollege von uns, aber vergessen Sie nicht, daß Sie sich in einem anderen Land aufhalten! Hier gelten unsere Gesetze!«

Ich schwieg, weil ich die Unterhaltung nicht in eine Auseinandersetzung ausarten lassen wollte. Denn der Mexikaner hatte ja recht. Und ich wollte in meinem Apartment sein, wenn sich Pedro Ruiz meldete.

Das Telefon klingelte auf die Sekunde um neun Uhr.

Ich stellte den Fernsehapparat an und drehte das Radio auf volle Lautstärke, bevor ich abnahm. »Hallo?« sagte ich.

»Sie wollten mir einen Vorschlag machen. Es ist wohl nicht nötig, daß wir am Telefon Namen nennen.«

Nein, das war nicht nötig. Pedro Ruiz hatte eine tiefe Stimme, die sein unbeholfenes Englisch bedächtig klingen ließ.

»Der Vorschlag betrifft Ihren Boß«, sagte ich. »Deshalb schlage ich vor, daß Sie mir Bescheid sagen, wenn er ankommt. Dann unterhalten wir uns.«

Pedro Ruiz lachte dumpf. »Warum kommen Sie nicht rüber? Jetzt sofort! Unsere Zimmer sind sauber. Und die Telefone hier ebenfalls.«

Ich hatte meinen Apparat, das Kabel und sogar die Anschlußdose genau untersucht, ohne Spuren verräterischer Manipulationen zu entdecken. Falls es den Gangstern gelungen sein sollte, trotz meiner Vorsichtsmaßnahmen Wanzen in meinem Apartment unterzubringen, so hoffte ich, daß die Übertragung durch die laute Radiomusik und das Gebrabbel aus dem Fernseher ausreichend gestört würde.

»Ich habe erst noch das eine oder andere zu regeln«, erklärte ich. »Und zum anderen habe ich keine Lust, alles zweimal vorzutragen.«

Plötzlich quoll ein dumpfes Grollen wie das Geräusch eines beginnenden Erdbebens an mein Ohr.

»Für wie dumm halten Sie mich eigentlich, Cotton?« Ich hörte sein schweres Atmen. Aber er legte nicht auf.

»Bisher haben Sie es nicht geschafft, mich umzulegen«, sagte ich. »Und ich bin jetzt auf der Hut. Aber selbst wenn Sie es schaffen, wissen Sie nicht, ob die Gefahr für Ihren Boß damit gebannt ist.«

»Reden Sie immer um den Brei herum?«

»Vielleicht ist es für alle Beteiligten sinnvoller, wenn wir ins Geschäft kommen.«

Er schwieg eine Weile, und ich grinste. Das war eine Sprache, die er verstand. Männer wie Ruiz und Cervera mußten die ganze Welt für korrupt halten.

»Warum reden wir nicht miteinander? Ich habe Vollmachten.«

»Weil nur Ihr Boß den Preis bezahlen kann. Rufen Sie mich wieder an, oder schicken Sie mir eine Nachricht! Oder lassen Sie's!« sagte ich und legte einfach auf.

Ich hoffte, daß ich Ruiz' Interesse geweckt hatte. Doch bevor ich beginnen konnte, mit ihm und Cervera zu verhandeln und die Gegenseite in mein Vorhaben zu verwickeln, mußte ich wissen, wie die Dinge in New York standen.

»Wann, glauben Sie, soll der Anschlag auf Cervera stattfinden?« fragte John D. High, mein Chef im fernen New York. Ich stand in einer Kabine unten in der Halle. Für das Gespräch mit New York wollte ich keinerlei Risiko eingehen. Deshalb hatte ich ein sicheres Telefon gewählt. Durch die Scheibe in der Kabinentür konnte ich das Kommen und Gehen in der Halle beobachten. Von Hillerman, Benavente oder der schönen Carmen war nichts zu sehen.

»Cervera ist noch nicht einmal eingetroffen«, antwortete ich. »Aber ich arbeite an einer Möglichkeit, den Zeitpunkt selbst zu bestimmen, ihn zumindest hinauszuschieben.« Ich brauchte nur Hillerman auszuschalten. »Aber was ist mit Phil?« fragte ich laut. »Wenn er in Sicherheit wäre, würde hier alles in sich zusammenfallen!«

»Wir arbeiten daran, Jerry«, erklärte John D. High ruhig. »Seit einer Stunde haben wir einen Mann in der Nachbarwohnung ...«

»Links oder rechts?«

»Links ...«

Die gemeinsame Wohnzimmerwand. Ich hatte die Bewohner hin und wieder gesehen. Ein älteres Ehepaar. Mary und Curtis Owen. Richtig, ich erinnerte mich sogar an die Namen. Curtis arbeitete als Techniker in der Verteilerzentrale des Heizkraftwerks am East River.

»Es war die einzige Möglichkeit, Jerry«, fuhr der Chef fort. »Mrs. Owen liegt im Krankenhaus, und Curtis Owen hat in dieser Woche Nachtschicht. Deshalb sind wir auch erst jetzt hineingekommen. Im Laufe des Tages versuchen wir, Abhöreinrichtungen anzubringen und Material hinaufzuschaffen. Natürlich halten wir die Ein- und Ausgänge bereits unter Kontrolle, das Telefon wird abgehört ...«

»Haben Sie mit Phil gesprochen?« unterbrach ich meinen Chef.

»George Baker kennt Phils Wohnung außer Ihnen am besten. Nicht zuletzt deshalb habe ich ihn mit der Leitung der Operation beauftragt, die zu Phils Befreiung führen soll. George hat gestern abend und heute morgen in der Wohnung angerufen, und zwar unter dem Vorwand, sich nach Phils Befinden zu erkundigen. Gestern abend schien es ihm nicht gutzugehen. Doc Reiser hat beide Gespräche mitgehört. Er ist sicher, daß Phil unter dem Einfluß von Drogen steht. Man hat ihn betäubt.«

»Warum gibt sich nicht einer als Arzt aus und marschiert hinein?« stieß ich hervor.

»Jerry, wir werden nichts dergleichen tun, bevor wir die Lage nicht geklärt haben. Und zwar von allen Seiten! Wir wissen nicht, wie viele Personen sich in der Wohnung aufhalten, ob sie vielleicht Sprengsätze gelegt oder andere teuflische Fallen aufgebaut haben!«

»Okay, okay!«

»Sowie wir die Lage übersehen, entwickeln wir eine Strategie. George meint, daß es am besten sein könnte, durch die Wand zu gehen. Mit einer Sprengladung oder mit der Feuerlanze.«

Absurderweise dachte ich zuerst an das neue Sideboard, das sich Phil erst vor kurzem gekauft hatte und das bei einer solchen Aktion draufgehen würde. Die Feuerlanze war ein Gerät, das einen außerordentlich hohen Hitzestrahl erzeugte. Diese Hitzelanze war imstande, durch Beton zu schneiden wie eine warme Messerklinge durch Butter.

»Was meinen Sie?« erkundigte sich mein Chef.

»Wenn wir durch die Wand gehen, darf sich Phil nicht im Wohnzimmer aufhalten«, sagte ich.

»Wenn sie ihn betäubt halten, kann es sein, daß er im Bett liegt.«

»Es kann aber auch sein, daß sie ihn auf die Couch im Wohnzimmer legen, damit sie ihn unter Kontrolle haben!« sagte ich. »Das Telefon im Wohnzimmer steht auf dem Sideboard ...« Der andere Apparat befand sich in Phils Schlafzimmer.

»Sie müßten dafür sorgen, daß er im entscheidenden Moment nicht im Zimmer ist«, sagte John D. High.

Himmel, wie sollte ich das anstellen? Wenn ich Phil anrief, was ich ohnehin vorhatte, würde einer seiner Bewacher das Gespräch über den zweiten Hörer verfolgen. Und außerdem kannte ich den Zeitpunkt nicht.

»Vor morgen früh können wir ohnehin nichts unternehmen«, erwiderte mein Chef, als ich ihm meine Bedenken mitteilte.

Ernüchtert und besorgt beendete ich das Gespräch und wählte sogleich die Nummer meines Freundes Phil Decker.

»Hallo?« Seine Stimme klang erbärmlich.

»Hallo, Alter, wie geht es dir heute morgen?« fragte ich in einem Ton, als ob überhaupt nichts vorgefallen wäre.

Sofort hörte ich die Stimme des Gangsters, mit dem ich gestern schon gesprochen hatte. »Cotton, Ihr Typ ist hier nicht gefragt, bevor nicht alles vorbei ist.«

»Ich will Decker sprechen ...«

»Damit Sie ihm verschlüsselte Nachrichten und Anweisungen geben können? Nicht mit uns, mein Freund!«

»Ich muß wissen, wie es ihm geht. Sonst läuft hier unten gar nichts.«

»Ich habe Ihnen doch wohl deutlich genug ...«

»Die Sache hier zieht sich hin, weil Cervera ...«

»Keine Namen!« sagte der Gangster scharf. »Oder ich lege sofort auf!«

»Na bitte! Tun Sie's doch!«

Wenn ich zu hoch reizte, war ich der Verlierer. Aber allem Anschein nach konnte ich es mir erlauben, jetzt Zeit zu verlieren und einen Rückschlag hinzunehmen.

Oliver Cervera würde kaum vor dem Mittag in Mexico City eintreffen. Danach würde er zunächst von seinen Leuten abgeschirmt werden, um so etwas wie ein Krisenprogramm zu entwickeln.

Aufgrund des abgeänderten Tagungsprogramms würden heute nur die Begrüßungsansprachen gehalten und die verschiedenen Arbeitskreise zusammengestellt werden. Sollten die Mafiavertreter dennoch auf einer schnellen Ausführung des Attentats bestehen, lag es an mir, den Termin hinauszuschieben.

Das hatte ich ohnehin vor.

Der Mistkerl in Phils Wohnung legte nicht auf.

»Die Sache hier zieht sich hin«, wiederholte ich. »Vor morgen wird sich keine Möglichkeit ergeben ...«

»Darüber kann ich nicht mit Ihnen sprechen, weil ich dafür nicht zuständig bin.«

»Aber Sie sind für Decker zuständig! Und glauben Sie nicht, daß ich hier weitere vierundzwanzig Stunden rumlaufen werde, ohne mich regelmäßig über sein Befinden zu vergewissern!«

»Was werden Sie andernfalls tun?« Die Stimme des Gangsters klang höhnisch.

»Sie werden mich nicht für das Scheitern der Aktion verantwortlich machen können, wenn unser Mann zum Beispiel keine Landeerlaubnis bekommt.«

»Er ist eingeladen worden ...«

»Einer seiner Leute ist wegen Mordes an einem Bundespolizisten festgenommen worden! Ein kleiner Hinweis an die mexikanischen Behörden genügt ...«

»Das werden Sie nicht riskieren!«

»Sie werden nicht wissen, ob der Hinweis von mir stammt. Deshalb werden Sie es nicht riskieren, einen G-man umzubringen! Nicht auf einen bloßen Verdacht hin!«

Ich schwitzte in der engen Telefonkabine, was jedoch nicht allein an der stickigen Luft in dem engen Raum lag. Ich schwitzte, weil mir bewußt war, daß der andere die besseren Karten hatte, daß ich aber mit Phil sprechen mußte! Nur ich konnte ihm verschlüsselte Hinweise geben, ohne den Verdacht der Gangster zu erregen. George Baker wußte offiziell nicht, daß Phil eine Geisel war. Jedes umständliche Gerede mußte die Gangster mißtrauisch machen.

»Denken Sie daran – ich höre mit!« sagte der Kerl brüsk.

»Hi, Jerry!« Phils Stimme klang immer noch matt.

»Was machen sie mit dir? Verpassen Sie dir Drogen?«

»Darüber darf ich nicht sprechen. Aber sie behandeln mich sonst vernünftig.«

Da hatte ich bereits zwei wichtige Informationen: Phil bestätigte indirekt, daß man ihm Drogen verabreichte, und er teilte mir mit, daß es mehr als einen Bewacher gab, weil er von ihnen in der Mehrzahl sprach. Über die Abhörleitung gelangten diese Informationen sofort an George Baker, den Einsatzleiter.

»Ich hoffe, du liegst im Bett«, sagte ich dann.

»Hier auf der Couch ist es auch ganz gemütlich«, antwortete mein Freund mit schwerer Zunge. »Aber zum Schlafen legen sie mich in mein Bettchen. Und was treibst du?«

»Ich bin hier noch beschäftigt«, antwortete ich. »Mindestens bis morgen. Aber ich rufe dich noch mal an. Du fühlst dich nicht besonders, oder?«

»Mach dir keine Gedanken ...«

»Bleib morgen im Bett, verstehst du?«

»Aye, aye ...«

Der Gangster schaltete sich wieder ein. »Das genügt!« sagte er scharf.

»Danke«, sagte ich höflich und legte auf.

Jetzt mußte ich Zeit gewinnen, damit es meinen Kollegen in New York gelang, Phil zu befreien. Dazu brauchte ich nur den wirklichen Killer auszuschalten und die Vertreter der Mafia hier in Mexico City davon zu überzeugen, daß ich wirklich bereit war, einen Mord zu begehen.

Ernest Hillerman hatte ich nach dem Frühstück zuletzt gesehen. Da verließ er gerade die Halle in der Begleitung des schlanken, gut gekleideten Mannes mit dem blauschwarzen Haar, der ihn gestern am Flughafen abgeholt hatte.

Wer war dieser Mann? War er wirklich ein Colonel? Mich beunruhigte im Moment alles, was die wenigen entwirrten Fäden, die ich in der Hand hielt, erneut zu verwirren drohte.

Da ich Hillerman also nicht im Hotel fand, beschloß ich, mich zuerst mit Frank Benavente zu beschäftigen. Ich fuhr mit einem Taxi in die Innenstadt. Dort mietete ich einen weißen VW-Käfer, mit dem ich wenig später über die Avenida Rio Churubusco nach Süden fuhr. Mein Ziel war das *LA POSADA*-Motel, wo ich seit der vergangenen Nacht über ein Ausweichquartier verfügte.

Der weiße Camaro stand jetzt im Schatten neben dem Bungalow mit der Nummer C-4, dessen Fenster zugezogen waren. Ich ließ meinen Käfer am Hauptgebäude stehen, holte mir an der Rezeption den Schlüssel zu meinem Bungalow und ging die wenigen Schritte über den ausgefahrenen Weg zu Fuß.

Bei Tageslicht entpuppte sich mein Bungalow als verstaubte Bretterbude. Immerhin boten einige Oleandersträucher etwas Sichtschutz zum Hauptfahrweg und den benachbarten Hütten.

Ich schloß die Tür auf und trat über die Schwelle. Die

Vorhänge waren zugezogen. Abgestandene, staubige Luft drang in meine Nase. Ich schloß die Tür wieder und wollte nach der Schnur der Jalousie neben dem Vorderfenster greifen, als sich die kalte Mündung eines Revolverlaufs in mein Ohr bohrte. Gleichzeitig griff eine große Hand nach dem Revolver, der links an meiner Hüfte im Hosenbund steckte.

Sekundenlang herrschte dumpfe Stille, in der ich nur das Rauschen meines Blutes und meine trockenen Atemzüge hörte. Ich verdrehte die Augen. Ich erkannte eine breite, runde Schulter in einem formlosen Leinenjackett, dessen Schnitt mir bekannt vorkam. Als ich vorsichtig den Kopf etwas bewegte, sah ich Ernest Hillermans fleischiges, von einer dünnen Schweißschicht bedecktes Gesicht.

»Hillerman!« stieß ich keuchend hervor. »Hillerman!«

»Ja, der dicke, laute Hillerman. Der Witzblattcop. Und was noch? Wofür halten Sie mich noch, Sie aufgeblasener, arroganter G-man?«

Ich hielt es für klüger, jetzt nichts zu sagen.

»Auf diese Gelegenheit habe ich gewartet, Cotton«, fuhr er fort. »Ich habe gesehen, wie Sie gestern nacht mit Ladbrooks Toyota hinter dem Camaro hergefahren sind.«

Niemand hatte mich verfolgt, da war ich ganz sicher!

»Weil ich wußte, wohin der Camaro fuhr, brauchte ich nicht hinter Ihnen herzuhetzen«, sagte Hillerman, als ob er meine Gedanken erraten hätte. »Ich und die fette Mutter in der Cafeteria sind Leidensgefährten. Sie hat mir von dem Gringo erzählt, der spät in der Nacht noch einen Bungalow genommen, ihn aber nicht benutzt hat.«

»Was wollen Sie?« fragte ich.

»Wenn ich der wäre, für den Sie mich halten, müßte ich Sie jetzt umlegen«, sagte Hillerman.

Ich verdrehte die Augen, konnte aber nicht erkennen, ob der Hahn des Revolvers gespannt war. Ich würde Hillerman den Ellbogen in den Wanst rammen, bevor er mir das Blei in den Schädel jagte. Plötzlich wich der Druck der Mündung in meinem Ohr. Die Pranke ließ meinen 38er los. Hillerman trat zur Seite. Meine Augen hatten sich auf das Halbdunkel eingestellt. Hillerman rammte seinen Revolver ins Gürtelholster. Seine Augen waren zu kleinen Schlitzen zusammengepreßt.

»Okay, Sie haben Ihren Spaß gehabt, Hillerman«, sagte ich flach. »Jetzt erzählen Sie mir etwas, damit ich mitlachen kann!«

»Wenn Sie sich nicht so gottverdammt wichtig nehmen würden und wenn Sie nicht so gottverdammt aufgeblasen dahergekommen wären, hätten wir schon längst etwas klären können!« sagte er.

Er starrte mich an, und ich starrte zurück. Ja, ich hatte ihn abgewimmelt. Gestern, als er mit mir einen draufmachen wollte. Und heute morgen beim Frühstück, als ich den Eindruck hatte, daß er wirklich betroffen war und etwas loswerden wollte.

Ich drehte mich halb um. Ohne Hillerman aus den Augen zu lassen, zog ich die Jalousie etwas auf. Zwischen den staubigen Oleanderbüschen sah ich Frank Benaventes Bungalow. Der Camaro stand noch da. Die Fenster waren immer noch zugezogen.

»Benavente hat in der Nacht noch eine Nutte geholt«, sagte Hillerman, um dann übergangslos hinzuzufügen: »Ich bin schuld an Stan Ladbrooks Tod.« Um diesen Moment der Überraschung zu überspielen, zog ich eine zerdrückte Zigarettenschachtel hervor. Hillerman nahm ebenfalls ein Stäbchen. Seine Finger zitterten, als er uns Feuer gab. Tief atmete ich den Rauch ein.

»Um das nachzuprüfen, was ich Ihnen jetzt erzähle, müssen Sie Ihren Boß einschalten, und der muß sich unter Angabe von Gründen an seinen Minister wenden«, sagte Hillerman. »Deshalb sind Sie darauf angewiesen, Ihr Mißtrauen auszuschalten und mir erst mal ganz einfach zu glauben.«

»Schießen Sie los!« sagte ich.

»Ich bin Detective Captain bei der Einwanderungsbehörde, das ist richtig. Aber ich arbeite auch seit sieben Jahren für die Drug Enforcement Administration, die Drogenbehörde. Sie wissen, daß tonnenweise Rauschgift über Florida in die Staaten gelangt. Meine Aufgabe bestand zunächst darin, die Einwanderer, ob sie nun legal oder illegal ins Land kamen, auf Verbindungen zum Rauschgifthandel hin abzuklopfen. Oder Kandidaten ausfindig zu machen, die sich als Informanten eigneten, weil sie über entsprechende Verbindungen in ihre Heimatländer verfügten. Ich will es kurz machen, Cotton. Daß ich für die DEA arbeite, weiß man nicht einmal bei meiner eigenen Behörde. Aber ein Captain der Einwanderungsbehörde ist immer für einen Bestechungsversuch gut. Mit Wissen der DEA ließ ich mich von der Mafia schmieren. Ich ließ mich ziemlich tief verstricken. Wie tief, danach fragen Sie besser nicht.«

Hillerman drückte seine Zigarette aus. »Die DEA hoffte, daß es mir gelänge, die Verbindung zu Cervera aufzurollen. Ich war ziemlich weit gekommen, glauben Sie mir! Aber dann stellte Cervera die Lieferungen ein, und alles war umsonst. Noch ein, zwei Monate, und ich hätte Material genug gehabt, um höchste Beamte aus allen Behörden bis hinauf zu prominenten Politikern ins Gefängnis zu bringen.«

Drüben in Benaventes Bungalow wurde die Tür geöffnet. Ein mageres Mädchen in einem dünnen, hellen Kleid kam heraus. Sie war fast noch ein Kind. Von dem Gangster sah ich nur kurz seinen nackten Oberkörper, bevor er die Tür wieder schloß. Das Mädchen ging davon.

»Ihr Zuhälter wartet vorn in der Cafeteria und nimmt ihr die zehn Dollar wieder ab«, sagte Hillerman bitter.

»Sie wollten mir was anderes erzählen«, sagte ich. »Warum sind Sie hier? Um Cervera umzulegen?«

»Ja, ich soll ihn umlegen. Ihn in die Hölle jagen, Cotton. Mit einer Bombe. Wußten Sie, daß es mit einer Bombe geschehen soll? Nein, das wußten Sie nicht. Ich kannte den ganzen Plan auch nicht von Anfang an. Weil sie davon überzeugt sind, daß sie mich gekauft haben, und weil die kolumbianische Verbindung ohnehin gerissen ist und sie mich dort unten deshalb nicht mehr so dringend brauchen, sind sie überzeugt, daß sie mich dazu erpressen können, Cervera umzubringen. So sind sie. Geld, Erpressung und Gewalt, daran glauben sie. Meistens funktioniert es ja auch.«

»Was werden Sie tun? Oder was hätten Sie getan?«

»Mir würde es ja nichts ausmachen, dieses Schwein umzulegen. Kommen Sie jetzt nicht mit dem Scheiß, daß wir keine Richter und erst recht keine Henker sind! Wenn ich es nicht tun werde, dann nur deshalb, weil ich Angst um meinen fetten Wanst habe. Das ist die Wahrheit, Cotton. Aber jetzt will ich Ihnen erst erzählen, wie Sie und dieser arme Teufel aus New Orleans in die Scheiße geraten sind. Ein Obermacker aus Florida hat mir so viel erklärt, wie er für richtig hielt. Daß sie alles für meine Sicherheit tun würden, daß sie zur Ablenkung einen anderen Polizisten präsentieren würden, einen angeblichen Killer, einen Burschen aus New Orleans. Ich hatte mich informiert und rausgkriegt, daß Stan Ladbrook der einzige Tagungsteilnehmer aus New Orleans war. Deshalb habe ich dafür gesorgt, daß er während des Fluges in meiner Nähe saß. Ich sah sofort, was mit ihm los war. Sie auch, Cotton! Was hätten Sie an meiner Stelle getan?«

O verdammt, dachte ich. Immer wieder überraschte mich die Gemeinheit, mit der diese Gangster mit anderen Menschen umgingen.

»Ich weiß es nicht«, antwortete ich.

»Nein? Hätten Sie nicht versucht, ihn rauszuhalten? Das tat ich. Ich gab ihnen zu verstehen, daß es mit Ladbrook nicht klappen würde, es sei denn, sie schleppten ihn an den Tatort und schmissen ihn irgendwohin.«

»Das haben Sie am Flughafen gemacht? Wie?«

»Ich habe Ihnen von dem Colonel erzählt«, sagte er. »Er ist ein echter Colonel der mexikanischen Polizei und ein echter Schweinehund. Er ist der oberste Mittelsmann der Mafia hier in Mexiko. Ich sagte ihm, was ich von Ladbrook hielt, und er handelte sofort. Er hat einen Schleimer namens Dyson mitgebracht, Henry Dyson ...«

»Wird er Hank genannt?«

»Ja. Kennen Sie ihn?«

»Ich habe nur seinen Namen gehört«, antwortete ich.

»Hank Dyson war der Verbindungsmann der Mafia in Kolumbien. Er arbeitet auch für Cervera. Der Colonel und die anderen wissen das. Deshalb füttern sie ihn mit Informationen, die er an Cervera weitergeben soll.«

Meine Haare stellten sich auf, als ich die ganze Konsequenz dessen begriff, was Hillerman mir da eröffnete.

»Was haben Sie getan?« fragte ich heiser.

»Ich habe dem Colonel gesagt, daß Sie der bessere Kandidat wären! Cotton, Sie sind ein G-man! Sie können sich besser wehren als dieser arme Teufel! Ich konnte doch nicht wissen, daß Cerveras Killerhunde ihn trotzdem umbringen würden! Und Ihnen hätte ich die ganze Geschichte rechtzeitig erzählt ...«

»Rechtzeitig?« schrie ich. »Ein mexikanischer Federal ist tot, weil Cerveras Killer mich umlegen wollten!«

»Ich kannte den ganzen verteufelten Plan nicht, Cotton!« schrie Hillerman zurück. »Ich mußte improvisieren!«

Hillerman konnte nicht wissen, daß sich ein Mann aus Cerveras Leibwächtertruppe am Flughafen aufhielt, um den erwarteten Killer zu fotografieren. Noch weniger konnte er wissen, daß die Mafia diesen Fotografen umbringen lassen würde, um die Geschichte noch glaubhafter zu machen. Der Fotograf hatte einen Teil seiner Bilder Dyson übergeben, der sie wiederum Pedro Ruiz oder einem anderen Mitglied der kolumbianischen Delegation weitergegeben hatte.

Ich erstickte fast an meiner ohnmächtigen Wut. »Zum Teufel mit Ihnen, Hillerman!« stieß ich hervor.

»Sie hatten es gestern nachmittag so verdammt eilig, wegzukommen!« sagte er hilflos.

»Versuchen Sie jetzt bloß nicht, die Schuld abzuschieben, Hillerman! Ich hatte mit der Geschichte viel weniger zu tun als Sie!«

Hillerman ließ sich auf das Bett fallen. »Haben Sie noch eine Zigarette für mich?« fragte er tonlos.

Ich warf ihm die Schachtel zu und ging in das winzige Bad. Aus dem Kaltwasserhahn kam lauwarmes Wasser. Ich ließ es über meinen Nacken laufen. Als ich mich besser fühlte, ging ich zu Hillerman zurück. »Der Colonel fingiert also das Attentat auf Cervera? Ich dachte, das täte die schöne Carmen.«

»Carmen Sanromán? Sie ist seine Frau«, erklärte Hillerman. »Und eine prominente Journalistin. Da staunen Sie, was?«

Das tat ich. »Sie sagte zu Benavente, daß Dyson umgebracht werden solle, wenn er nicht mehr gebraucht wird.«

Hillerman nickte. Er hatte nichts anderes erwartet. Dyson wohnte ebenfalls im Hotel Nacional. Er war der Spion. Deshalb schien es nur logisch, daß er sich dort aufhielt, wo es Informationen aufzufangen und weiterzugeben galt.

»Wie wäre es weitergegangen?« fragte ich Hillerman. »Hätten Sie ihnen irgendwann gesagt: ›Leute, ihr habt euch geirrt, ich stelle ihm die Bombe nicht unter den Stuhl?‹ Oder was?«

»Ich weiß es nicht genau. Ich hatte keinen festen Plan. Ich hätte sie hingehalten bis zuletzt. Sie sind ja überzeugt, daß sie mich fest in der Hand haben. Sie haben Beweise, daß ich korrupt bin.«

»Haben Sie Familie?«

»Ich lebe mit einer Ärztin zusammen, einer Kubanerin. Sie arbeitet an einem Krankenhaus in Key West. Ich habe dafür gesorgt, daß ihr während meiner Abwesenheit nichts zustoßen kann. Sie wohnt bei einem Kollegen in Orlando. Sie ist sicher, Cotton.« Er sah mich von unten herauf an. Ich erkannte, daß er wirklich Angst um seinen fetten Wanst hatte und zugleich froh war, das Problem und die Verantwortung dafür abgeschoben zu haben. »Was soll ich tun?« fragte er.

»Zuerst erzählen Sie mir jetzt alles, was Sie wissen«, sagte ich. »Alles über den Colonel und seine schöne Frau, über Hank Dyson und Frank Benavente und wer sonst noch zu der Bande gehört und in den Anschlag auf Cervera verwickelt ist. Und dann verschwinden Sie einfach von der Bildfläche!«

Der Vorschlag schien ihm zu gefallen. »In die Staaten zurück?« fragte er hoffnungsvoll.

Ich schüttelte den Kopf. »Sie bleiben hier im Bungalow und stecken Ihre Nase nicht vor die Tür!« Ich brauchte einen Mann, der die Verbindung nach New York aufrechterhalten konnte. Ich mußte mein Spiel so lange spielen, wie sich Phil noch in der Gewalt der Gangster befand. Jemand mußte mir das Zeichen geben, wenn ich das Spiel beenden konnte. Ich glaubte Hillermans Geschichte. Endgültig vertrauen konnte ich ihm allerdings erst, wenn ich sie nachgeprüft hatte.

»Jetzt haben sie das Problem am Hals«, sagte Hillerman erleichtert.

Die Gangster hatten jetzt allerdings auch eins. Sie brauchten einen neuen Mann, der die Chance hatte, nahe genug an Cervera heranzukommen, um ihm eine Bombe unter den Stuhl zu stellen.

Dieses Wissen würde es mir leichter machen, sie davon zu überzeugen, daß ich bereit war, den Mordkontrakt anzunehmen.

Die Eröffnung der Polizeitagung drüben im Kongreßzentrum fand ohne mich statt. Die Veranstaltung wurde über die hoteleigene Fernsehanlage in jedes Zimmer übertragen.

Während ich in meinem Apartment auf die nächsten Züge meiner Gegner wartete und die Gedenkminute für Ladbrook und die langweiligen Reden der Offiziellen auf dem Bildschirm verfolgte, schloß ich Wetten mit mir selbst ab, wer sich zuerst melden würde: Benavente oder Ruiz. Die Quote stand im Augenblick zwei zu eins für Benavente, solange die Stuhlreihen der kolumbinanischen Delegation in der Kongreßhalle noch leer blieben.

Ich wußte jetzt, wer Frank Benavente war. Er war ein

Sottocapo, Unterführer einer Mafiafamilie aus Baltimore, die eine bedeutende Stellung im Rauschgiftsyndikat einnahm. Er war ein Mörder. Er hatte den Fotografen auf der Flughafenstraße erschossen, und er hätte ohne Zweifel nicht den geringsten Skrupel, Cervera mitsamt seinem Troß und notfalls auch mit Unbeteiligten in die Hölle zu bomben – wenn er eine Chance hätte, an ihn heranzukommen.

Dafür brauchten sie jetzt mich.

Und ich brauchte nur abzuwarten.

Nach meiner Rückkehr aus dem *LA POSADA*-Motel hatte ich noch zweimal mit New York gesprochen. Als mein Chef kurz nach vier Uhr nachmittags zurückrief, bestätigte er, daß Ernest Hillerman für die DEA arbeitete und mit ihrem Wissen den korrupten Detective Captain spielte, um tiefer in die verzweigte Organisation des Rauschgiftsyndikats einzudringen.

»Wir werden ihn nur dann als Verbindungsmann zu Ihnen einsetzen, Jerry, wenn es keine andere Möglichkeit gibt«, sagte mein Chef, um eindringlich hinzuzufügen: »Seine Legende muß unter allen Umständen geschützt werden. Sein Verschwinden soll er später damit erklären, daß Cerveras Leute ihn geschnappt und gecheckt hätten. Es ist dünn, aber je nachdem, wie die Aktion ausgeht, kann er damit durchkommen.«

»Falls Hank Dyson die Geschichte nicht korrigiert.« Bevor Benavente ihn tötet, setzte ich in Gedanken hinzu.

»Dyson brauchen wir hier, Jerry«, sagte mein Chef. »Sorgen Sie dafür, daß er in die Staaten zurückkehrt und sich dem FBI oder der DEA stellt!«

Was soll ich denn noch alles erledigen, hätte ich meinen Chef gern gefragt. Doch ich schwieg. Auch er und meine Kollegen in Manhattan hatten eine Menge um die

Ohren. Meinen Kollegen war es inzwischen gelungen, in dem Apartment neben Phils Wohnung Abhörgeräte zu installieren. Sie konnten jetzt jedes Wort, das hinter der Trennmauer gesprochen wurde, direkt mithören. Sie wußten jetzt, daß sich zwei Gangster in der Wohnung aufhielten. Sie wußten, daß Phil am Mittag eine weitere Betäubungsinjektion erhalten hatte, nachdem er vergeblich versucht hatte, einen von ihnen dazu zu bringen, die Wohnung zu verlassen. Phil hatte eine akute Kreislaufschwäche vorgetäuscht und behauptet, ein bestimmtes Medikament zu benötigen.

Die Gangster hatten ihn mit einem Mittel aus ihrer anscheinend gutgefüllten Reiseapotheke versorgt und ihn anschließend erneut betäubt.

»Phil liegt zur Zeit in seinem Wohnzimmer auf der Couch«, berichtete John D. High.

»Dann können Sie nicht durch die Wand gehen!« sagte ich.

»Keine Sorge, Jerry! Wir brauchen noch eine Menge Zeit, um die Experten und die erforderliche Ausrüstung ins Haus und in Curtis Owens Apartment zu schaffen.«

Meine Kollegen mußten damit rechnen, daß Phils Apartmenthaus von anderen Mitgliedern der Bande beobachtet wurde. Sie konnten sich beispielsweise mit einem Trick Zugang zu einer anderen Wohnung im Haus verschafft haben oder von außen jedes Kommen und Gehen festhalten. Beim geringsten Anzeichen einer Gefahr würden die Alarmglocken losgehen.

»Wir brauchen Zeit, Jerry«, sagte mein Chef abschließend. »Mindestens bis morgen früh!«

Das Telefon klingelte um 4 Uhr 30. Benavente oder Ruiz?

»Hallo?« sagte ich.

»Wir sind bereit, uns Ihren Vorschlag anzuhören«, sagte Pedro Ruiz in seinem unbeholfenen Englisch. »Kommen Sie her! Sie wissen wohl, wo Sie uns finden.«

Der Bastard legte auf, ohne mir Gelegenheit zu geben, etwas zu sagen.

Okay, Jerry, du hast es ja nicht anders gewollt, dachte ich.

Oliver Cervera war also eingetroffen. Und er wollte mit mir reden, um der Gefahr ins Auge zu blicken. Oder weiß der Teufel, warum. Er konnte ja nichts verlieren.

Ich versteckte meinen Smith&Wesson unter einem Sessel, weil ich nicht damit rechnete, mit der Kanone an den kolumbianischen Gorillas vorbeizukommen. Wenn ich das Rendezvous lebendig überstehen wollte, war ich auf meine Phantasie und meine Überzeugungskraft angewiesen.

Die kolumbianische Delegation war im 22. Stock untergebracht, wo sie einen ganzen Flügel für sich allein hatte. Ich unterbrach meine Fahrt nach oben jedoch im 17. Stock. Kein Mensch war zu sehen, als ich vor einer Tür im Westflügel stehenblieb und hart klopfte.

Es dauerte eine Weile, bevor die Tür vorsichtig aufgeklinkt wurde und ein Auge im Spalt erschien. Das Auge zuckte erschreckt, als es mich erkannte. Aber bevor der Mann, dem das Auge gehörte, die Tür wieder zuknallen konnte, trat ich mit dem Fuß dagegen.

Die Wucht des Anpralls schleuderte den mageren Henry Dyson ins Zimmer zurück. Ich folgte ihm und blieb an der Tür stehen, nachdem ich sie geschlossen hatte.

Dyson verkroch sich ängstlich hinter der breiten Ledercouch. »Was wollen Sie? Wer sind Sie?« fragte er dann schnell, als ihm einfiel, daß er mich nicht kennen durfte.

»Keine Angst, Dyson, ich werde mir die Finger an Ihnen nicht schmutzig machen. Haben Sie Carmen oder Frank schon gemeldet, daß Cervera im Hotel eingetroffen ist?«

Das magere Gesicht wurde erst blaß und dann grau. Der Adamsapfel am dünnen Hals zuckte auf und nieder.

»Carmen und Benavente wissen, daß Sie auf zwei Schultern tragen«, sagte ich kalt. »Sie haben Sie dazu benutzt, bestimmte Informationen an Cervera gelangen zu lassen.«

Dysons Gesicht überzog sich mit einem Schweißfilm.

»Cervera weiß noch nichts von Ihrem Doppelspiel«, fuhr ich fort. »Aber er wird es in drei Minuten erfahren – nämlich von mir. Sie können sich also ausrechnen, wieviel Zeit Ihnen bliebt, und Sie können Wetten abschließen, wer Sie zuerst erwischen wird. Cerveras Gorillas oder Benavente. Denn Carmen hat ebenfalls angeordnet, Sie zu liquidieren.«

Ich griff zum Türknauf.

»Halt – warten Sie ...«, krächzte Dyson.

Ich sah ihn an. »Ist noch was?«

»Was kann ich denn tun?«

»Sie können noch einmal beten, Ihr Testament machen und einen Sarg aussuchen«, sagte ich brutal. »Aber wenn Sie am Leben bleiben wollen, gibt es jetzt nur eine einzige Möglichkeit.« Er war weich wie Wachs, und mit flackernden Augen hing er an meinen Lippen.

»Nehmen Sie Ihren Paß und Ihr Geld und sonst nichts, und fahren Sie auf dem schnellsten Weg zum Flughafen! Neben Sie die erste Maschine in die Staaten und den nächsten Anschluß nach New York!«

Ich drückte ihm einen Zettel mit der Durchwahlnummer meines Kollegen Steve Dillaggio in die Hand. »Rufen Sie ihn an, sowie Sie die Flugnummer wissen! Er wird dafür sorgen, daß Sie unter Polizeischutz gestellt werden, wenn Sie den Boden der Vereinigten Staaten erreichen. Es ist nur eine Chance«, schloß ich unheilvoll.

Ich war überzeugt, daß er sie ergreifen würde.

An der Gangbiegung zum Flügel der kolumbianischen Delegation standen zwei von ihnen. Zu Hause in New York hätte ich es darauf ankommen lassen und herauszufinden versucht, wie weit sie gehen würden. Hier durfte ich mir keinen Ärger leisten, wenn ich erreichen wollte, daß Phil am Leben blieb und ich ungeschoren davonkam.

Ich baute mich also gehorsam an der Wand auf, spreizte die Beine und ließ es zu, daß die Halunken mich betatschten. Einer von ihnen hatte vielleicht Stan Ladbrooks Kopf unter Wasser gedrückt.

Ich wandte mich wieder um, zog mein Jackett gerade und bezwang meinen Zorn. Sie nahmen mich in die Mitte und führten mich zu einer Tür an der linken Flurseite. Einer von ihnen öffnete. Der andere versetzte mir einen Stoß in den Rücken, der mich über die Schwelle beförderte.

Der Mann, der Ruiz sein mußte, trat hinter einem zierlichen Tisch hervor, der seine Körpergröße grotesk erscheinen ließ. Er mußte an die sechseinhalb Fuß groß sein. Ein mächtiger, nahezu kahler Schädel saß auf ungemein breiten Schultern. Er war ein großer, breiter Mann. Als er langsam auf mich zukam, sah ich, daß die Proportionen stimmten.

»Dieses Zimmer ist sauber«, sagte er mit seiner schwerfälligen Ausdrucksweise. »Sie können Ihren Spruch also unbesorgt aufsagen.«

Ich sah mich um. Außer den beiden Gorillas, die mich hereingeführt hatten, war niemand zu sehen. Ich spürte ein feines Kribbeln zwischen den Schulterblättern. Aber ich gab mich kaltschnäuzig, als ich auf die beiden Kerle deutete.

»Wenn mich die beiden Affen noch einmal anfassen, breche ich ihnen die Pfoten!« stieß ich hervor.

Ruiz sagte etwas auf spanisch zu ihnen, und sie verließen das Zimmer durch eine Verbindungstür, die in einen Nebenraum führte. Die Tür ließen sie geöffnet.

»Sie deuteten an, daß Sie einen Vorschlag zu machen hätten«, begann Ruiz. »Wie kommen Sie darauf, daß sich Señor Cervera dafür interessieren könnte, was sie vorzubringen haben.«

Ruiz ließ mich nicht aus den Augen. Er hatte angenehme Gesichtszüge mit einer kleinen Nase und geschwungenen Lippen, die eher zu einem Künstler gepaßt hätten. Doch die grausamen Augen und der hohe, kahle Schädel machten diesen Eindruck zunichte. Die physische Gegenwart des Mannes wirkte auf mich so bedrohlich wie eine Zeitzünderbombe wenige Sekunden vor der Zündung.

»Warum haben Sie mich denn angerufen?« entgegnete ich, dem harten Blick seiner Augen standhaltend.

»Vielleicht interessiert es mich, einen Mann kennenzulernen, der aberwitziges Glück hat.«

Ich atmete ganz langsam ein, weil ich fürchtete, sonst zu explodieren wie ein Kessel, dessen Überdruckventil nicht funktioniert.

»Victor Lomba und Ramon Vega waren meine besten Männer«, fuhr er fort.

Ramon Vega hieß also der Kerl, der mich auslöschen sollte und dem ich den heißen Kaffee ins Gesicht geschüttet hatte.

»Auf Lomba werden Sie wohl auf Dauer verzichten müssen. Mit dem anderen können Sie in Zukunft Kinder und alte Frauen erschrecken – das heißt, wenn man Sie nicht ebenfalls einsperrt. Wegen Mordes.«

»Sie haben es gerade nötig«, meinte Ruiz, und seine Stimme enthielt tatsächlich einen Unterton von Überraschung. »Ihnen dürfte inzwischen aufgegangen sein, daß wir Bescheid wissen, Cotton. Und uns nur wehren.«

Ich sah an Ruiz vorbei, als ich eine Bewegung an der offenen Tür bemerkte. Der Mann, der sich im Rahmen aufbaute, mußte Oliver Cervera sein.

Er war ein Hüne mit einem zerklüfteten Gesicht, größer und ungeschlachter als Pedro Ruiz. Doch trotz seiner stumpfen Augen, die erloschenen Vulkanen glichen, strahlte er eine gefährliche Energie und Autorität aus.

»Sie sind ein Narr«, sagte ich, auf Ruiz' letzten Satz eingehend, »wenn Sie auch nur eine Sekunde lang annehmen, daß ein amerikanischer G-man einen Mord begehen könnte. Ob freiwillig, auf Befehl, für Geld oder weil er erpreßt wird.«

Ich sah nicht, daß sich die Lippen in Cerveras starrem Gesicht bewegten, aber er war es, der sprach. Seine Stimme klang so stumpf wie seine Augen. »Was glauben Sie, wie viele korrupte amerikanische Bullen ich kenne?«

»Es ist kein G-man dabei«, sagte ich ruhig.

Niemand widersprach.

»Was wollen Sie also?« fragte Ruiz. »Mit uns ins Geschäft kommen, nehme ich an.«

Ich lachte ihm ins Gesicht. »Es gibt nichts, was Sie mir bieten könnten. Nichts.«

»Auch nicht Ihr Leben?« fragte Cervera beiläufig. Mit schleppenden Schritten trat er näher, als wolle er mich genauer betrachten.

»Es geht nicht um mein Leben«, sagte ich, mich um einen kühlen Ton bemühend. Ich mußte mich zwingen zu vergessen, daß die Männer, mit denen ich hier in einem luxuriös eingerichteten Hotelzimmer stand, für Manuel Tocedos und Stan Ladbrooks Tod verantwortlich waren. Von dem millionenfachen Elend, das sie mit ihrem Kokain über die Menschen meines Landes gebracht hatten, ganz zu schweigen.

Die Wangen in Cerveras grobem Gesicht begannen zu zucken. »Was sagen Sie da? Sie waren es ...« Der Zorn erstickte seine Stimme.

Ruiz sprach weiter. »Wir brauchen uns doch wohl nichts vorzumachen«, sagte er. »Wir wissen, was Sie vorhaben, und Sie wissen, daß wir es wissen.«

»Einen Dreck wissen Sie«, sagte ich. »Sie haben sich schon einmal geirrt – in Stan Ladbrook. Sie hätten ihn nicht zu töten brauchen. Er war ein armer Teufel. Glauben Sie, daß die Mafia einen Mann wie ihn geschickt hätte, um Sie zu liquidieren?« Ich starrte Cervera an.

»Kommen Sie zum Kern, Cotton!« sagte Pedro Ruiz kalt.

Nur zu gern. Ich hatte Angst, hier zu ersticken. »Ladbrook war dazu bestimmt, Sie zu bluffen und abzulenken. Ich genauso«, sagte ich.

Ruiz' Miene drückte Skepsis aus, aber in seinen Augen erschien ein Ausdruck, der verriet, daß er meine Behauptung nicht einfach beiseite schob.

»Sie sollten glauben, daß er oder ich von der Mafia bestochen oder gepreßt oder gekauft waren, Sie umzubringen, Cervera.«

»Wofür sind die fünfzehntausend Dollar, die man in Ihrem Zimmer hinterlegt und die Sie dann im Hotelsafe deponiert haben?« fragte Ruiz.

»Die Tatsache, daß Sie davon wissen, sollte Ihnen zu denken geben«, antwortete ich. »Warum, glauben Sie, hat man Ihnen diese und andere Informationen zugespielt? Sie sollen überzeugt werden, daß ich der Attentäter bin! Zuerst sollte Ladbrook diese Rolle spielen. Aber er hätte sie nicht glaubhaft durchhalten können.«

Cervera und Ruiz sahen mich an, ohne zu antworten.

»Henry Dyson war der Verbindungsmann zwischen der Mafia und Ihnen, Cervera. Als Sie beschlossen, die Kokainlieferungen in die Staaten einzustellen, fürchtete er, wohl zu Recht, dafür von seinen eigenen Leuten mitverantwortlich gemacht zu werden. Deshalb zog er es vor, zu Ihnen überzuwechseln. Leider ist sein Vorhaben den Mafiavertretern nicht verborgen geblieben.«

Ruiz begriff als erster, was ich damit sagen wollte. Die Mundwinkel in dem langen Gesicht sanken etwas nach unten.

»Er spielte Ihnen genau die Informationen zu, die Ihnen bekannt werden sollten«, sagte ich. »Und keine einzige mehr.«

»Und warum?« fragte Cervera.

Ruiz wußte es bereits. Seine Augen flackerten, aber er sprach es nicht aus. »Damit der richtige Killer seinen Auftrag ungestört ausführen kann«, erklärte ich.

Jetzt begriff auch Oliver Cervera. Der Blick seiner stumpfen Augen belebte sich. Der Kämpfer in ihm erwachte. »Warum erzählen Sie uns das alles?« fragte er.

Mit dieser Frage verriet er, daß sein Verstand funktionierte. Endlich, dachte ich aufatmend, konnte ich zum Geschäft kommen.

»Aus meiner Sicht ergeben sich zwei Möglichkeiten«, begann ich. »Nummer eins: Ich reise ab. Das alles hier geht mich nichts an. Sie wissen nicht, wer den Mordkontrakt in Wirklichkeit hat. Wer einen Haufen Dollars dafür kassiert, daß er Sie tötet! Wenn Sie es erfahren, wird es zu spät sein.«

Ich bluffte, weil ich nicht abreisen konnte. Aber Cervera und Ruiz wußten nicht, daß die Gangster Phil als Geisel genommen und so meine verwundbare Stelle getroffen hatten.

»Und die andere?« fragte Cervera.

»Ich ziehe das Ding durch«, antwortete ich kühl. »Die Männer, die den Plan ausgeheckt haben, wollen mich nach dem Attentat als Ihren Mörder präsentieren. Dafür müssen sie mich im richtigen Moment genau dorthin bringen, wo auch der richtige Killer zuschlagen wird.«

Daß ich den bereits gefunden hatte, verschwieg ich wohlweislich. Nicht zuletzt deshalb, weil ich die Mafiagangster bis zuletzt einer Überraschung für fähig hielt.

»Dann habe ich den richtigen Killer vor der Mündung und kann Ihr Leben retten«, sagte ich.

»Mein Leben ist Ihnen doch gleichgültig«, sagte Cervera.

»Da haben Sie verdammt recht, Cervera.«

»Also doch ...«

»Natürlich ist es ein Geschäft«, erklärte ich kühl. »Die Gegenleistung, die ich verlange, sind Informationen. Sie haben ein paar Stunden Zeit. Nutzen Sie sie, Cervera! Schreiben Sie die Namen Ihrer amerikanischen Geschäftspartner auf! Dazu Bankverbindungen, Daten von Transaktionen, Transportwege, Sie wissen, was ich meine. Wenn ich zufrieden bin, bleibe ich. Wenn nicht, reise ich ab.«

Ich ging zur Tür. Dort wandte ich mich noch einmal um. »Und noch etwas«, sagte ich, als ich sah, daß ich gewonnen hatte. Cervera würde mitspielen. Die Angst forderte seinen Lebenswillen heraus. »Es geht um Ladbrooks Mörder. Ich stelle die Bedingung, daß sie sich bis heute abend um sechs Uhr der mexikanischen Bundespolizei stellen.«

Pedro Ruiz machte eine aufbrausende Körperbewegung. Cervera legte ihm schnell eine Hand auf die Schulter.

»Ich nehme an, daß Sie auch in diesem Fall gewisse Alternativen zur Auswahl stellen«, sagte er glatt.

»Worauf Sie sich verlassen können«, versicherte ich grimmig.

Ich dachte daran, der mexikanischen Bundespolizei Hinweise zu geben, in welche Richtung sie ihre Nachforschungen lenken konnte.

Cervera dachte eher daran, daß ich irgendwann auf ihn zielen würde – und abdrücken könnte.

Vor meiner Zimmertür lag ein Ausdruck des abgeänderten Tagungsprogramms. Ich ließ mir ein paar Sandwiches und eine Kanne Kaffee auf dem Zimmer servieren. Während ich die Brote mit dem Kaffee hinunterspülte, studierte ich den neuen Programmablauf.

Am nächsten Morgen stand als erstes die Teilnahme an der Übung der Anti-Terror-Einheit auf der Tagesordnung.

Die dabei gemachten Beobachtungen sollten Material für konstruktive Kritik und Diskussionsstoff für die folgenden Tagungspunkte liefern.

Um sieben Uhr früh sollten Busse in der Hotelanfahrt

bereitstehen, um die Tagungsteilnehmer zur La Loza-Rennbahn im Nordwesten der Stadt zu befördern.

Eine Rennbahn und die Übung einer Spezialeinheit der mexikanischen Polizei, überlegte ich, das war die ideale Szenerie für das geplante Attentat. Besser geeignet als die Besichtigung des Ausbildungszentrums der mexikanischen Bundespolizei, ganz zu schweigen vom Besuch der Oper oder dem Empfang beim Innenminister.

Die Rennbahn würde bis auf die Tagungsteilnehmer und die Männer der Anti-Terror-Einheit leer sein. Und während die Männer der Spezialtruppe ihre Übung durchführten, ergab sich vermutlich die beste Gelegenheit für einen Anschlag. Niemand würde sogleich unterschieden können, was echt oder nur gespielt war.

Ich gelangte zu der Überzeugung, daß der Mordanschlag auf Oliver Cervera morgen früh in La Loza stattfinden sollte. Die Gelegenheit war einfach zu günstig. Ich erinnerte mich an Carmen Sanromán, als sie die Forderung ihrer Auftraggeber an Frank Benavente weitergab – das Attentat sollte so bald wie möglich durchgeführt werden.

Ich hatte es in der Hand, den Termin zu halten oder zu verschieben. Ich hatte ein Abkommen mit Cervera. Wenn er mir die verlangten Informationen zu seinen Verbindungen zur Mafia lieferte, gab er damit gleichzeitig zu verstehen, daß er meinen Plan akzeptierte und mir sein Leben anvertraute.

Wenn Cervera nicht mit ins Stadion ging, konnte dort auch kein Anschlag auf ihn verübt werden, und meine Kollegen in Manhattan hätten mehr Zeit zur Verfügung, um Phil zu befreien. Ich brauchte Cervera nur zu raten, seine Teilnahme an der Übung abzusagen.

Doch der größte Teil des Nachmittags verstrich, ohne

daß irgend etwas geschah. Ich wurde allmählich nervös. Wenn meine Vorausberechnungen stimmten, mußten sich die Urheber des Mordanschlags inzwischen in beträchtlicher Aufregung befinden, weil sie Ernest Hillerman nicht auftreiben konnten. Hatte ich mich verrechnet? Irgendwo etwas übersehen? War auch Hillerman nicht der Mann, der den Mord ausführen sollte? Gab es noch einen Joker?

Als letzte Notbremse würde ich mich von mir aus mit Benavente in Verbindung setzen. Ich wußte ja, wie er hieß und wo er wohnte. Doch ohne Not wollte ich dieses Wissen nicht preisgeben.

Ich beschloß, in die Halle hinunterzufahren und von dort aus mit meinem Chef zu telefonieren. Ich wollte wissen, wie weit die Vorbereitungen für Phils Befreiung gediehen waren. Ich zog mein Jackett an, steckte den Revolver in den Gürtel und ging zur Tür, als es klopfte.

Ich öffnete. Draußen stand ein Boy mit einem dicken, mehrfach verklebten Umschlag.

»Das soll ich hier abgeben, Sir«, sagte er. »Ein Herr in der Halle hat ihn mir gegeben.«

Ich gab dem Jungen ein Trinkgeld und verzog mich mit dem Umschlag ins Bad. Vorsichtig öffnete ich ihn.

Er enthielt einen Packen Blätter, die mit Namen und Zahlen vollgeschrieben und von Oliver Cervera und Pedro Ruiz unterschrieben und mit einem imposanten Stempel gezeichnet waren. Ich war außerstande, die Beweiskraft des Materials zu beurteilen. Doch darauf kam es jetzt nicht an. Ich würde die Papiere im Hotelsafe deponieren und später mit nach New York nehmen.

Als ich das Zimmer zum zweitenmal verlassen wollte, klingelte das Telefon.

Pedro Ruiz war am Apparat. Ohne seinen Namen zu

nennen, sagte er: »Wir haben Ihre Bedingungen erfüllt. Sie haben das Material, und die Federales führen eben zwei unserer Leute ab. Schauen Sie aus dem Fenster! Sie müssen jeden Moment herauskommen.«

Was sollte ich jetzt tun? Sollte ich Ruiz raten, daß Cervera seine Teilnahme an der Übung morgen früh absagte?

Meine Kollegen in New York würden Zeit gewinnen. Andererseits könnten wir eine Show abziehen. Auf ein Zeichen von mir hin konnte Cervera den toten Mann spielen.

Ich schwitzte. Das alles war zu riskant. Wenn sich einer von ihnen, vielleicht Colonel Sanromán, in unmittelbarer Nähe des Opfers aufhielt oder wenn er die Möglichkeit hatte, sich als einer der ersten dem Opfer zu nähern, wäre der Bluff geplatzt – und Phils Leben keinen Cent mehr wert.

»Hören Sie jetzt zu, Cotton!« sagte Ruiz rauh. »Es kann sein, daß die Sache morgen früh steigen soll. Sie wissen, wovon ich rede.«

Ruiz und Cervera hatten sich ebenfalls Gedanken gemacht. »Wir werden an der Veranstaltung teilnehmen, verstehen Sie? Eine Absage kommt nicht in Frage!«

»Und warum nicht?« fragte ich alarmiert. Cervera und Ruiz wußten nichts von Phil. Ich hatte auch nicht die Absicht, ihnen alles zu erzählen.

»Der Mann, um den es geht, wird während der Veranstaltung in der Präsidentenloge sitzen, zusammen mit dem Innenminister Mexikos und anderen Persönlichkeiten. Der Mann, um den es geht, wird um keinen Preis dieser Veranstaltung fernbleiben. Verstehen Sie das?«

Und ob ich das verstand! Cervera wollte Innenminister seines Landes werden. Deshalb erhoffte er sich Popularität und Aufwertung, wenn er sich mit hohen Persönlichkeiten Mexikos zeigte.

»Sagen Sie ihm, er soll wenigstens eine schußfeste Weste tragen!« sagte ich.

»Die trägt er sowieso«, antwortete Ruiz, bevor er auflegte.

Ich trat ans Fenster. Ich konnte eben noch sehen, wie zwei Männer in Handschellen von mehreren anderen zu einem geschlossenen Kastenwagen geführt und hineinbugsiert wurden.

Vielleicht waren das tatsächlich die beiden, die Stan Ladbrook ertränkt hatten. Vielleicht waren sie es auch nicht. Die wahren Täter – Cervera und Ruiz – würden für diese Tat vermutlich nicht zur Rechenschaft gezogen werden.

Ich kam nicht mehr dazu, meinen Chef anzurufen. Benavente rief an, als ich mein Zimmer verlassen wollte, um Cerveras Notizen in den Hotelsafe zu legen.

»Kommen Sie auf den Parkplatz – der weiße Camaro!« sagte er und legte auf, ohne mir Gelegenheit zu einem Einwand zu geben.

Nun, ich hätte keinen gehabt. Ich war im Gegenteil froh, daß es endlich weiterging. Aber ich hätte es vorgezogen, mit dem Gangster rumzukaspern, bevor ich mir von ihm vorschreiben ließ, was ich tun sollte. Okay, Jerry, du kannst deine Show auch gleich noch abziehen.

Wenn ich den Gangster nicht mißtrauisch machen wollte, konnte ich nicht beides tun – die Unterlagen in den Safe legen und mit New York telefonieren. Ich entschied mich dafür, Cerveras Aufzeichnungen sicher unterzubringen. Bis zum nächsten Morgen, bis zum

Beginn der Übung, die für 8 Uhr angesetzt war, hatte ich noch knapp zwölf Stunden Zeit.

Es dämmerte bereits, als ich draußen auf dem Parkplatz nach dem weißen Camaro Ausschau hielt. Ich entdeckte ihn nah an der Ausfahrt und ging auf ihn zu.

Daß niemand in dem Wagen saß, erkannte ich erst, als ich durch die Scheibe in der Beifahrertür ins Innere spähte.

Ich richtete mich wieder auf, als ich seine Stimme hörte.

»Öffnen Sie die Tür, legen Sie Ihren Revolver ins Handschuhfach, und setzen Sie sich auf die Rückbank! Worauf warten Sie, Mann?«

»Was ist, wenn ich es nicht tue?« fragte ich.

»Dann gibt es eben noch einen toten Bullen in Mexico City.«

Ich klinkte die Tür auf, legte meinen Revolver ins Handschuhfach und zwängte mich auf die enge Rückbank.

Benavente trat hinter einer hohen Limousine hervor, glitt um die Motorhaube des Camaro herum und setzte sich schnell ans Lenkrad. Dann drehte er sich um.

»Haben Sie gedacht, daß wir Sie vergessen?« fragte er.

»Nein«, antwortete ich. »Ich will es nämlich tun.«

Die düsteren Augen in dem hageren Gesicht starrten mich an. »Sie?« fragte er.

»Sie sind doch nicht überrascht, Mann«, sagte ich. »Sie haben mir doch einen Haufen Dollars geboten, damit ich es tue, oder?«

»Ja«, sagte er zweifelnd. »Ich glaubte allerdings, Sie etwas anders verstanden zu haben. Deshalb haben wir zur Sicherheit Ihren Freund …«

»Reden wir nicht lange um den Brei herum!« sagte ich

unwirsch. »Ich habe ein Motiv. Nicht Ihr dreckiges Geld, auch nicht das Leben meines Freundes ...«

»Was denn, Mann?« fragte er, weil er mit meinem Sinneswandel nicht gerechnet hatte.

»Cervera hat Ladbrook und Manuel Tocedo töten lassen«, sagte ich mit einem angedeuteten Unterton von Haß in der Stimme, den ich nicht einmal zu heucheln brauchte.

»Das ist Bullenmoral, wie? Wenn's einen von euch erwischt, dann schreit ihr Rache!«

»So ungefähr«, sagte ich. »Aber da ist noch etwas. Ich habe Ihren Bluff durchschaut. Ihr wolltet mich den Wölfen zum Fraß vorwerfen. Aber ich werde nicht den Sündenbock spielen. Ich will überleben, mein Freund, und nicht draufgehen. Deshalb spiele ich lieber mit.«

Frank Benavente hing an meinen Lippen. Er glaubte mir nicht. Aber er hatte ein Problem, weil Hillerman ausgefallen war. Und darum griff er begierig nach jedem Strohhalm, der in seine Reichweite geriet.

Denn ihn würde man morgen früh nicht auf die La Loza-Rennbahn lassen. »Also«, sagte ich gespielt unternehmungslustig, »ich erledige ihn am besten gleich morgen früh, draußen in La Loza.«

»Nicht so schnell!« sagte Benavente, dem das Tempo jetzt wohl doch etwas zu forsch war. »Zuerst verbringen wir beiden Hübschen die Nacht miteinander.« Er verzog das hagere Gesicht zu einem Grinsen, als er den Zündschlüssel im Schloß herumdrehte.

Ich biß mir auf die Lippen. Sie würden mich unter Kontrolle halten, bis es soweit war.

Bis Oliver Cervera tot war und ich als Mörder dastand. Oder lag. Tot oder lebendig, vorzugsweise tot. Das war ihr Plan.

Ich schöpfte Hoffnung, als ich das Fahrziel erkannte. Der Camaro bog in die Zufahrt des *LA POSADA*-Motels ein und fuhr bis zum Bungalow C-4 vor. Unwillkürlich schielte ich zu Nummer D-8 hinüber. Ich war überzeugt, daß Ernest Hillerman hinter der dunklen Scheibe stand und die Ankunft des Camaro beobachtete.

Neben Benaventes Bungalow brannte eine Lampe. Es war inzwischen dunkel geworden, und ich ging durch den Lichtkreis, damit Hillerman mich sicher erkannte.

Benavente schloß seinen Bungalow auf und ließ mir den Vortritt. Bevor er das Licht einschaltete, ließ er die Jalousien herab.

Ich sah mich in dem quadratischen Raum um, der dem Zimmer schräg gegenüber aufs Haar glich. Das schäbige Bett mit der durchgelesenen Matratze, die beiden Korbsessel, die vergitterten Fenster vorn und an der Seite und die angebaute Kabine mit der Dusche und dem WC-Becken. Das Telefon hing neben dem Bett an der Wand. Der Apparat hatte keine Wählscheibe. Alle Gespräche mußten also von der Rezeption vermittelt werden.

Ich war auf Ernest Hillermans Hilfe angewiesen. »Machen Sie es sich bequem, Mann«, sagte Benavente. »Sagen Sie Frank zu mir.«

Ich setzte mich und streckte die Beine aus. Ich suchte die Taschen nach Zigaretten ab. In der Packung befanden sich nur noch zwei. Ich zündete mir eine an. Benavente verzog das Gesicht, sagte aber nichts.

»Wie ist es mit einem Schluck zu trinken? Und etwas zu essen?«

Ich hatte keinen Hunger, aber ich hoffte, daß Benavente mich eine Weile allein lassen würde.

»Wir können gleich nach vorn in die Cafeteria gehen«, sagte er.

Himmel, dort durfte ich mich nicht sehen lassen! Die fette Frau und ihr magerer Mann würden mich wie einen alten Bekannten begrüßen.

»Holen Sie irgendwas, Frank!« sagte ich. »Ich bleibe hier.«

Sofort erschien ein mißtrauischer Ausdruck in seinen Augen. Sein Blick streifte das Telefon. »Telefonieren ist nicht«, sagte er.

»Will ich auch nicht. Ich will mich nur nicht mit Ihnen sehen lassen. Das ist alles.«

Er überlegte. Und er kam darauf, daß mein Argument eigentlich seiner Sicherheit diente, denn in ungefähr zwölf Stunden würde ich, wenn sein Plan und der seiner Komplicen aufging, als Mörder entlarvt sein und mein Bild in allen Zeitungen erscheinen. Da konnte es ihm nur recht sein, wenn man uns in den Stunden vor dem Attentat nicht zusammen sah.

»Ich laufe Ihnen nicht davon«, sagte ich und grinste.

Er grinste zurück. »Dafür werde ich sorgen. Und denken Sie an Ihren Freund!« Er knipste das Licht aus, bevor er den Bungalow verließ und von außen abschloß.

Ich sollte das Licht gelöscht lassen, befahl er mir.

Ich zog die Jalousie neben der Tür in die Höhe, öffnete das Fenster und brachte mein Gesicht nah ans Gitter. Ich zog an der Zigarette, damit der Widerschein der Glut weit zu sehen war.

Ich sah ihn nicht kommen. Ich hörte nicht einmal seine Schritte.

Seine Stimme war nur ein Flüstern. »Alles in Ordnung, Jerry?« Er mußte unter dem Fenster hocken.

»Ich brauche Ihre Hilfe, Hillerman!« sagte ich. »Wir

haben nicht viel Zeit. Rufen Sie meine Dienststelle an, und sagen Sie, daß ich mich nicht direkt melden kann.«

»Was verstehen Sie darunter?«

»Mein Chef weiß, was ich damit meine«, sagte ich. »Man soll Sie anrufen, sobald Phil Decker in Sicherheit ist. Und Sie geben die Nachricht an mich weiter.«

»Und wie?«

»Lassen Sie die Jalousie an Ihrem Fenster drüben unten, solange Sie keine Nachricht aus New York haben! Wenn Phil Decker befreit ist, ziehen Sie die Jalousie hoch.« Ich schätzte, daß Benavente und ich diesen Bungalow etwa um sieben Uhr verlassen würden. »Wenn die Nachricht später kommt«, sagte ich, »müssen sie sich etwas einfallen lassen. Wir werden auf der La Loza-Rennbahn sein.«

»Ich bin nicht zu übersehen, Cotton. Wenn ich dort bin, ist das das Zeichen. He, ich glaube, er kommt!«

»Hillerman! Geben Sie mir Ihren Revolver!«

Hillerman zögerte keinen Augenblick. Als er sich vor dem Fenster aufrichtete, sah ich kurz seinen Schatten. Ich nahm den Revolver und schob ihn in meinen Hosenbund.

Hillermans Schatten verschwand, und ich schloß das Fenster wieder.

Als Benavente den Bungalow betrat, lag ich auf dem Bett und rauchte meine letzte Zigarette.

Es kostete mich einige Überredungskunst, bis Benavente mir erlaubte, Phil anzurufen. Er ließ sich schließlich davon überzeugen, daß ich wissen mußte, ob mein Freund noch lebte.

Das Telefon in Phils Apartment klingelte endlos. Wahrscheinlich hatten sie ihn wieder betäubt und bekamen ihn jetzt nicht wach.

Aber ich gab nicht auf, und nach zwei endlosen Minuten wurde am anderen Ende endlich abgenommen.

»Ja? Hallo?«

»Hallo«, sagte ich. »Wie geht es dir?«

»Blendend«, antwortete Phil mit schwerer Zunge. Einer seiner Bewacher übernahm den Hörer. »Das genügt wohl, Cotton«, sagte er.

Ich gab den Hörer an Benavente weiter. »Sagen Sie ihm, daß ich wenigstens eine Minute haben will!« Auf die Weise erfuhren meine Leute in New York, daß auch meine Bewegungsfreiheit eingeschränkt war.

»Hier ist Frank«, sagte Benavente. »Laß sie quasseln! Ja, ich passe auf.« Er gab mir den Hörer zurück.

»Da bin ich wieder«, sagte ich.

»Fein, Jerry, fein ...«

»Morgen früh ist hier alles vorbei«, sagte ich. Was ich jetzt sagte, war für die Kollegen bestimmt, die die Leitung abhörten. »Zwischen neun und zehn Uhr spätestens, schätze ich.«

Benavente stieß einen Grunzlaut aus. Ich grinste ihn harmlos an, bis er ebenfalls grinste. »Was macht dein Kreislauf?« fragte ich dann.

Phil hatte nie in seinem Leben Kreislaufprobleme gehabt. Wenn ich ihn jetzt nach seinem Kreislauf fragte mußte er daraus schließen, daß die Wohnung direkt abgehört wurde – denn sonst hätte ich ja nicht gewußt, daß er von seinen Bewachern ein entsprechendes Medikament gefordert hatte, um wenigstens einen von ihnen aus der Wohnung zu schicken.

»Gut zu wissen, daß man Freunde hat, die sich Sorgen machen«, sagte er matt.

Er hatte meine Botschaft also verstanden! Er wußte jetzt, daß sich Kollegen in der Nachbarwohnung aufhielten und daß er mit jedem Wort, das er sagte, Informationen nach draußen geben konnte!

»Ich rufe dich morgen früh wieder an«, sagte ich. »Sehr früh!« Damit wollte ich erreichen, daß die Gangster Phil nicht erneut mit Drogen vollknallten. Er sollte wach sein und reagieren können, wenn George Baker und die anderen durch die Wand kamen. »Mach's gut, Alter!« sagte ich.

»Du auch«, gab Phil zurück.

Ich schlief tief und fest, bis Benavente mich um 6 Uhr 30 weckte. Ich stand sofort auf, reckte meine Knochen und zog die Jalousie ein Stück hoch. Der Morgen war glasklar.

Aber die Jalousie drüben in Hillermans Bungalow war noch herabgelassen.

Also hatte während der Nacht kein Versuch stattgefunden, Phil zu befreien – zumindest kein erfolgreicher Versuch.

Ich ging ins Bad, duschte ausgiebig und rasierte mich dann mit Benaventes Elektrorasierer. Ich fühlte mich nicht schlecht, als ich in meinen Anzug stieg. Benavente hatte den Revolver nicht entdeckt. Ich hatte die Waffe inzwischen untersucht. Mit dem 38er Colt würde ich gut zurechtkommen.

Als ich in den Hauptraum zurückkehrte, legte Benavente gerade den Hörer auf. »Alles okay?« fragte ich.

»Alles okay«, bestätigte der Gangster.

»Dann kann ich ja jetzt meinen Freund anrufen.« Er sah mich giftig an, bestellte aber die Verbindung für mich.

Phils Stimme klang frisch und munter. Sie hatten ihn also nicht betäubt!

»Wie hast du geschlafen?« erkundigte ich mich. »Mir tun alle Knochen weh!«

»Warst du denn nicht in deinem Bettchen?«

»Wo denkst du hin? Das habe ich meinen lieben Gästen überlassen!«

Deshalb also hatten die Kollegen in der Nacht keinen Versuch unternommen, durch die gemeinsame Wohnzimmerwand zu brechen!

»Aber wenn sie sich gleich über meine Kaffeevorräte hermachen, werde ich mich aufs Ohr legen, nicht wahr, meine Herren?«

»Das reicht dann!« schaltete sich einer der Bewacher energisch ein.

Ich legte auf. Zufrieden, weil die Weichen jetzt gestellt waren. Besorgt, weil Frank Benavente zum Aufbruch drängte und damit meine Chancen, mit Hillerman oder New York in Verbindung zu bleiben, auf den Nullpunkt fielen.

Als Benavente mich an einem Nebeneingang der Rennbahn aussteigen ließ, war es 7 Uhr 22. Von den Bussen, mit denen die übrigen Tagungsteilnehmer eintreffen sollten, war noch keiner zu sehen.

An dem Tor standen zwei Beamte der mexikanischen Polizei. Sie prüften meine Teilnehmerkarte nur flüchtig und ließen mich anstandslos passieren. Die Übung sollte unter realistischen Bedingungen ablaufen, was immer die Initiatoren darunter verstanden. Dazu gehörte auf jeden Fall, daß ein mutmaßlicher Terrorist keine großen Schwierigkeiten haben sollte, wenn er das vorgesehene Gelände betrat.

Während der Fahrt hatte mir Benavente erklärt, was ich zu tun hatte. Ich sollte ohne Verzug und ohne mit jemandem zu sprechen den zweistöckigen Zielrichterturm ansteuern, ihn betreten und sofort in die obere Kabine hinaufgehen.

Dort würde ich ein Scharfschützengewehr vorfinden.

Während der Nacht hatten sie Zeit genug gehabt, alles zu arrangieren. Denn daß ich nach wie vor für die Rolle des Sündenbocks vorgesehen war, wußte ich genau.

Hillerman hatte mir erzählt, daß Cervera mit einer Bombe getötet werden sollte.

Benavente hatte eine Bombe mit keinem einzigen Wort erwähnt.

Ich überquerte den taufeuchten Rasen des inneren Ovals. Vor den Stallungen standen einige Pferdetransporter. Daneben sah ich Männer, aber keine Pferde, und ich vermutete, daß sich dort die Angehörigen der Anti-Terror-Einheit auf ihre Übung vorbereiteten.

Niemand hinderte mich daran, den Zielrichterturm zu betreten. Die Tür befand sich an der Rückseite. Sie war nicht verschlossen. Ich sah mich noch einmal um, bevor ich den Turm betrat. Ich sollte keine Mätzchen machen, ich würde beobachtet, hatte mich Benavente gewarnt. Das mochte zutreffen oder auch nicht. Die Probe aufs Exempel durfte ich mir nicht erlauben.

Ich stieg die geteilte Treppe in den oberen Teil des Turms hinauf. Die Klappe vorn war heruntergelassen, und ich konnte genau in die gegenüberliegende Präsidentenloge blicken.

Ich hatte von hier aus ein Schußfeld wie auf einem Schießplatz. Leicht von oben nach unten, Entfernung knapp zweihundert Yards.

Das Gewehr lag unter der Bank an der Seite des quadratischen Raums. Ich zog es heraus und hielt es mit beiden Händen, um mich an sein Gewicht zu gewöhnen. Es war ein AR-15-Schnellfeuergewehr, dem man zusätzlich ein starkes Zielfernrohr aufmontiert hatte, eine Ausstattung, die bei einer solchen Waffe eigentlich unüblich war, obwohl sie in meinem Fall von Nutzen sein konnte. Ich konnte, vorausgesetzt, ich hätte wirklich die Absicht, eine einzelne Person drüben aus der Präsidentenloge herauszuschießen, das Ziel genau anvisieren und so vermeiden, daß bei einem Feuerstoß andere zu Schaden kamen als das ins Auge genommene Opfer.

Ich setzte mich auf die Bank, öffnete das Schloß und löste das Magazin. Es glitt aus dem Magazinschacht und fiel in meine Hand.

Das Magazin war mit fünfzehn kleinen Hochrasanzgeschossen gefüllt. Ich nahm jede einzelne Patrone heraus und prüfte sie, so gut das möglich war, ohne sie zu zerstören. Die Patronen schienen unversehrt zu sein, und es waren auch keine Platzpatronen, wie ich zunächst angenommen hatte.

Ich setzte das Magazin wieder ein, lud die Waffe durch und sicherte sie. Dann legte ich mich der Länge nach auf die Bank. Ich sollte den Kopf unten halten und abwarten, hatte Benavente befohlen.

Die Sonne stieg allmählich höher, und es wurde warm in dem hölzernen Turm. Um acht Uhr rollte ich mich von der Bank und peilte über die Kante der vorderen Öffnung, um mir einen Überblick zu verschaffen.

Das Bild hatte sich verändert. Auf der überdachten Tribüne nahmen die Tagungsteilnehmer Platz. Die schmale, nach den Seiten hin geschlossene Präsidentenloge hatte sich bereits gefüllt. Ich zog mich bis an die rückwärtige Wand des Turms zurück, wo ich im tiefen Schatten saß. Ich hob das Gewehr und preßte mein Auge an die Gummimanschette des Okulars.

Das starke Glas riß die Personen drüben in der Loge

förmlich an mich heran. Ich schwenkte den Lauf um wenige Grad und tastete die Gesichter ab. Es waren einige hohe uniformierte Polizeibeamte da. Den elegant gekleideten Mann mit der dunklen Gesichtshaut, der von zwei Bodyguards umgeben und von mehreren Fotografen pausenlos geknipst wurde, hielt ich für den Innenminister.

Und dann betrat Oliver Cervera die Bühne. Strahlend ließ er sich vom mexikanischen Innenminister begrüßen. Er nickte den übrigen Anwesenden zu und ließ seine Augen unruhig umherwandern. Seine Leibwächter hielten sich im Hintergrund. Pedro Ruiz war dabei. Ich beschloß, ihn genau im Auge zu behalten.

Er trat zur Seite und verbeugte sich, als er jemanden an sich vorbeiließ.

Ich hielt den Atem an, als ich Carmen Sanromán erkannte. Ihr langes Haar hatte sie unter einem dunklen Kopftuch verborgen. Sie trug eine olivfarbene Jacke, die dem Anlaß angemessener schien als eine aufreizende Bluse. Und doch sah sie in dieser militärischen Bekleidung genau so sexy aus, wie ich sie in Erinnerung hatte.

Ein teuflisch schönes Weib, dachte ich bewundernd. Schade, daß sie sich von Verbrechern bezahlen ließ und Mordbefehle weiterleitete.

Sie trug einen schweren Tonbandkoffer an einem breiten Schulterriemen, den sie jetzt an dem Platz abstellte, der ihr von einem Organisator zugewiesen wurde. Cervera sah sich nach ihr um, und ich sah genau, wie ihm bei ihrem Anblick die Augen aus den Höhlen quollen. Grinsend wie ein Pennäler wanzte er sich an sie heran. Der Innenminister scharwenzelte ebenfalls um sie herum und küßte ihr die Hand.

Plötzlich erwachten die Rennbahnlautsprecher zum

Leben. In den Sprachen der teilnehmenden Nationen gab ein Sprecher die Ausgangslage bekannt. Während einer Rennveranstaltung, so erklärte er, sollte von einem bewaffneten Terroristenkommando ein Regierungsmitglied als Geisel genommen und entführt werden. Der Sprecher forderte die Angehörigen der Einsatzeinheit auf, ihre Plätze einzunehmen.

Ich ließ die Waffe sinken und blickte nach links. An der Startlinie stellten sich jetzt Rennpferde auf. Ich zählte sieben. Das waren also die realistischen Bedingungen. Das Rennen sollte die Zuschauer, die in diesem Fall Polizeibeamte waren, ablenken.

Ich suchte den Tribünenhintergrund und die Zugänge zu den seitlichen Zuschauerplätzen ab, aber den Mann, den ich zu sehen hoffte, konnte ich nicht entdecken.

Ich bin nicht zu übersehen, Cotton, hatte er gesagt.

Ich richtete das Zielfernrohr wieder auf die Präsidentenloge. Cervera saß neben dem Innenminister. Der Platz an seiner anderen Seite war leer.

Dort hatte eben die schöne Carmen gesessen.

Komisch, dachte ich, bevor es losgeht, verschwindet sie wieder.

Ich kam nicht dazu, mich länger mit der Frage zu beschäftigen, warum sie die Veranstaltung verlassen hatte, noch bevor es interessant wurde. Die Holzkonstruktion des Turms vibrierte leicht. Ich zog mich zur Bank zurück und legte das Gewehr auf den Boden.

Würden Benavente und seine Hintermänner es als höhere Gewalt akzeptieren, wenn ich jetzt entdeckt würde? Bestimmt nicht. Ich vergewisserte mich, daß der Colt griffbereit im Gürtel steckte, der Griff aber vom Jackenaufschlag verdeckt wurde.

Die oberste Stufe knackte laut, dann sah ich ein Paar

glänzende schwarze Schuhe und lange, makellose Hosenbeine. Mein Blick wanderte aufwärts an dem gutgeschnittenen Anzug bis zu den blauschwarzen, glatt anliegenden Haaren. Den Mann hatte ich schon zweimal gesehen – in Hillermans Gesellschaft.

Der Mann war der Colonel. Colonel Sanromán. Der Ehemann der schönen Carmen – und hoher Polizeioffizier. Nebenbei so etwas wie der Botschafter der ehrenwerten Gesellschaft in Mexico City.

Und heute arrangierte er ein Attentat!

Großartig, dachte ich, während mich die runden Augen in dem flachen Gesicht ruhig musterten. Wenn Cervera tot war, würde er mich töten. Er, der Colonel, hätte dann einen Attentäter erschossen, leider etwas zu spät.

»Dann wollen wir doch zur Sache kommen«, sagte er.

Seine Rechte steckte in der Jackentasche. Ich sah den Umriß eines Pistolenlaufs unter dem dünnen Stoff.

Mit dem Gewehr hatte ich in einem engen Raum hier oben auf die kurze Entfernung keine Chance gegen den Colonel und die Automatic in seiner Tasche.

Ich würde Cervera nicht umbringen. Ich würde nicht einmal einen Schuß abgeben.

Ich mußte Zeit schinden.

Ich hob das Gewehr und preßte den Kolben gegen meine Schulter. Die Hufe der Rennpferde wirbelten Sand auf, als sie zwischen der Tribüne und dem Zielrichterturm hergaloppierten, aber sie nahmen mir nicht die Sicht. Die Luft blieb klar. Scharfschützenwetter!

Carmens Platz neben Cervera war immer noch leer. Aber ich sah den Schultergurt auf der Sitzfläche liegen. Hatte sie ihren Tonbandkoffer vergessen?

Du Idiot! schrie es in mir. In dem Koffer steckte die Bombe!

Meine Hände wurden kalt. Ich sollte auf die Bombe schießen und so die Detonation auslösen.

Falsch, falsch! schrie es in mir.

Das konnte der Colonel besorgen. Sie brauchten mich nur als Sündenbock, und sonst als gar nichts. Niemand würde Verdacht schöpfen.

Da sah ich hinter dem äußeren Tribünenaufgang etwas Helles. Ein grotesk geblümtes Hemd, das an einem schwammigen Körper hing, bevor es von der Treppe verdeckt wurde.

Hillerman? War das Hillerman? Atemlos wartete ich, denn er mußte gleich auf der Treppe erscheinen, während ich aus den Augenwinkeln sah, wie Sanrománs Hand mit der Kanone aus dem Jackett kam.

War Phil in Sicherheit?

Genau neunundvierzig Minuten vorher hatte sich die Anspannung in George Bakers Gesicht gelöst.

In seinen Ohren steckten die Stöpsel eines elektronisch verstärkten Stethoskops, dessen empfindliche Kapsel mit Klebeband auf der Wand zur Nachbarwohnung befestigt war.

Deutlich hörte er, wie einer von Phils Bewachern, den er Joe nannte, mit der Kaffeekanne aus der Kochecke kam und die Kanne auf den Tisch stellte. Phil saß auf der Couch. Jack hatte sich eben noch mit ihm unterhalten. Oder umgekehrt. Phil sprach fast pausenlos mit den Gangstern, damit die Kollegen in Curtis Owens Wohnung jederzeit genau wußten, wo sie sich gerade befanden.

Der zweite Effekt von Phils Rederei war, daß die Gangster nervös wurden.

»Laßt euch meinen Kaffee ruhig schmecken«, hatte Phil eben gesagt, »aber spült die Tassen wieder ab.«

»Klar«, brummte Joe.

»Spülen ist nämlich meine schwache Seite. Macht ihr das zu Hause selber, oder?«

»Ich dachte, Sie sind müde«, knurrte Jack gereizt.

»Wenn ihr meinen Kaffee schlabbert und dabei raucht, kann ich nicht pennen. Okay, okay, ich lege mich nebenan hin. Ich laufe euch nicht weg!«

Steve lauschte auf Phils Schritte. Als er das Zuschlagen der Schlafzimmertür hörte, huschte er zurück.

Das Wohnzimmer der Owens war praktisch leergeräumt worden. Alle Möbel, die Gardinen und Teppiche hatten die G-men ins Schlafzimmer geschafft.

An der gemeinsamen Wand zu Phils Wohnung klebten vier gewölbte Plastikkappen, die mit einem Spezialsprengstoff gefüllt waren. Zündkabel führten in den Flur, wo sechs G-men lagen und jetzt ihre Hände gegen die Ohren preßten und die Münder aufrissen.

George Baker hob die rechte Hand. Ein letzter Blick rundum. Curtis Owen hielt sich nach seiner Nachtschicht in einem nahe gelegenen Hotel auf.

George senkte die Hand. G-man Nick Viola drückte auf den roten Knopf der Hochspannungszündanlage.

Mit einem dumpfen, nicht allzu lauten Knall flog die Trennwand in Phils Wohnzimmer. Steinsplitter zertrümmerten ein Fenster. Die G-men hechteten halbblind durch den Staub und warfen sich auf die völlig überraschten, vom Detonationsknall tauben und vom Staub blinden Gangster. Nach vier Sekunden war alles vorbei.

Während Nick Viola und George Baker ins Schlafzimmer stürmten, drückte Steve Dillaggio die Sprechtaste seines Walkie-talkies.

»Aktion Doppeladler beendet. Adler befreit, keine Verletzten, zwei Festnahmen«, sagte er.

»Verstanden«, bestätigte John D. High, und seiner Stimme war die Erleichterung über den Ausgang der Aktion anzumerken, als er ein nicht vorgesehenes »Danke, Männer!« hinterherschickte.

Da hatte ich ihn im Okular!

Ernest Hillermans Hemd war durchgeschwitzt, als er die Treppe zur Tribüne hinaufhetzte. Er wußte nicht, wo ich war und ob ich ihn sehen konnte. Deshalb schwenkte er heftig die Arme.

Plötzlich wurde er an den Beinen gepackt und zu seiner großen Verblüffung zu Boden gerissen, als vier in dunkle Kampfanzüge und mit Masken vermummte Gestalten an ihm vorbeisprangen.

Das waren die Männer der Anti-Terror-Einheit, die das Terroristenkommando darstellten. Sie würden jetzt in die Präsidentenloge einzudringen versuchen, um eine Geisel zu nehmen.

Und mit ihr in den Tod gesprengt werden!

Colonel Sanrománs Hand bewegte sich. Ich ließ das Gewehr ein paar Zoll sinken, und urplötzlich schleuderte ich es nach vorn, durch die Öffnung hinaus.

Sanromán zog scharf die Luft ein. Sein Gesicht verzerrte sich. Aber die Pistole zielte auf meinen Kopf.

Ich ließ mich nach vorn kippen. Ich landete auf der linken Schulter. Eine Kugel streifte meinen Nacken.

Dann rollte ich herum.

Ich bekam Hillermans Colt heraus, bevor Sanromán meine schnelle Bewegung mitbekam. Mein Daumen glitt über den Hammer. Der Arm schnellte hoch.

Ich sah das Erschrecken in den runden Augen, bevor ihn die Kugel in die Brust traf und gegen die Seitenwand schleuderte.

Er sank zu Boden, wobei er mich aus Augen anstarrte, die sich rasch trübten. Hinter mir, in der Präsidentenloge, wurden Schreie laut. Dort fand ein Kampf statt, dessen Ausgang diesmal keine große Rolle spielte.

Die Schüsse hier im Turm hatte man unten nicht gehört.

Ich wandte mich um und blickte über die Brüstung. Ernest Hillerman rappelte sich eben wieder auf. Er entdeckte mich, und ich hob die rechte Hand und streckte zwei Finger nach oben – das Siegeszeichen.

Hillerman warf die Arme in die Luft.

Als ich am späten Nachmittag in mein Hotelapartment zurückkehrte, klingelte das Telefon.

Phil war am anderen Ende. »He, wo steckst du die ganze Zeit?« beschwerte er sich.

»Ich war bei den Federales«, antwortete ich. Ich hatte meine Aussagen gemacht, und sie hätten mich am liebsten eingesperrt.

Nun, ich hatte es überstanden. Sie waren zufrieden, weil sie Frank Benavente, Carmen Sanromán und ein paar Nebenfiguren geschnappt hatten.

Die schöne Carmen hatte sofort zu singen begonnen, weil sie hoffte, deshalb und weil sie doch Witwe geworden war, mit einer milderen Strafe davonzukommen. Ihr Mann habe sie gezwungen, den Sprengstoff auf die Präsidententribüne zu schaffen.

Bei der Explosion sollte außer Cervera und dem Innenminister auch der Polizeichef von Mexico City getötet werden. Und der Colonel hätte seine Nachfolge angetreten.

»Und wie geht es dir?« fragte ich.

»Im Krankenhaus haben sie mich auseinandergenommen«, berichtete er. »Sie meinen, ich sollte ein paar Tage kürzertreten. Aber ich muß jetzt meine Wohnung aufräumen. Alles ist hin, Jerry, auch das neue Sideboard.«

»Ts, ts«, machte ich bedauernd. »Aber du kannst ja ein paar Tage bei mir wohnen. Ich fliege morgen zurück. Und jetzt sollten wir Schluß machen, das Gespräch wird zu teuer.«

»Och, das macht nichts«, meinte Phil.

»Wo bist du denn?« erkundigte ich mich.

»In deiner Wohnung«, antwortete mein Freund. »Wo sonst?«

Ich legte schnell auf, bevor meine Rechnung noch höher zu werden drohte.

ENDE

Jerry Cotton ist die erfolgreichste Kriminalromanserie der Welt. Die Gesamtauflage liegt bei über 750 Millionen Exemplaren. Jerry Cotton wird in über fünfzig Ländern der Erde gelesen.
BASTEI-LÜBBE präsentiert für alle Freunde des Kriminalromans die lange vergriffenen Ausgaben der Jerry-Cotton-Taschenbücher in einer Sonderausgabe.

Die Kamikaze-Gang
Aufsteiger des Jahres
Rotes Blut – weißer Mohn

ISBN 3-404-31925-7

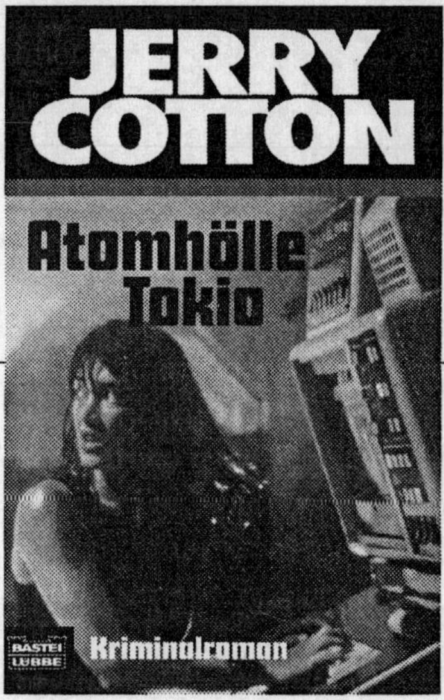

Yukio Koshima ist ›Informationshändler‹ – er stiehlt Industrie- und Militärgeheimnisse, streng vertrauliche Daten von teils höchster Brisanz, und verkauft sie an Verbrecherorganisationen oder ausländische Diktaturen. Er ist ein Mann, der vor nichts zurückschreckt, auch nicht vor brutalem Mord. Sein bevorzugtes Tötungsinstrument ist das Wurfmesser, mit dem er umzugehen versteht wie kein zweiter.
Doch dann geht er um ein Haar den FBI-Agenten Cotton und Decker ins Netz. Nur mit knapper Not kann Koshima aus New York entkommen und sich nach Tokio absetzen. Doch Cotton und Decker bleiben dem gefährlichen Killer auf den Fersen – und folgen ihm in die Atomhölle Tokio!

ISBN 3-404-31466-2

BASTEI LÜBBE

November 1943: Johann Halder, ein Spezialagent der deutschen Abwehr, wird mit der wohl spektakulärsten Mission des Zweiten Weltkrieges betraut: US-Präsident Franklin D. Roosevelt und der britische Premierminister Winston Churchill sollen während ihrer Geheimkonferenz in Kairo ermordet werden. Auf diese Weise könnte die geplante Invasion der Alliierten in der Normandie - eines der wichtigsten Konferenzthemen - verhindert, die Niederlage Deutschlands abgewendet werden. Halder steht an der Spitze eines Spezialkommandos, dem auch die junge und attraktive Ägyptologin Rachel Stern angehört.
Als der amerikanische Geheimdienst von dieser Mission erfährt, wird Harry Weaver mit der Eleminierung des Teams beauftragt. Doch für Weaver, Johann Halder und Rachel Stern steht mehr als der Erfolg ihrer jeweiligen Mission auf dem Spiel: Sie verbindet eine gemeinsame Vergangenheit und ein Freundschaftspakt, der nicht zu halten ist...

ISBN 3-404-14320-5

BASTEI
LÜBBE